失落的秘符

THE LOST SYMBOL

DAN BROWN

（美）丹·布朗——著

朱振武 文敏 于是——译

人民文学出版社

著作权合同登记:图字 01 - 2013 - 7673 号

Dan Brown

The Lost Symbol

图书在版编目(CIP)数据

失落的秘符/(美)布朗(Brown, D.)著;朱振武,文敏,于是译.—北京:人民文学出版社,2013
ISBN 978 - 7 - 02 - 010157 - 3

Ⅰ.①失… Ⅱ.①布… ②朱… ③文… ④于… Ⅲ.①长篇小说-美国-现代 Ⅳ.①I712.45

中国版本图书馆 CIP 数据核字(2013)第 252057 号

特约策划:吴文娟
责任编辑:刘　乔
封面版型设定:聂永真
封面设计:董红红

出版发行	人民文学出版社
社　　址	北京市朝内大街 166 号
邮政编码	100705
网　　址	http://www.rw-cn.com
印　　制	山东德州新华印务有限责任公司
经　　销	全国新华书店等
字　　数	436 千字
开　　本	890×1240 毫米　1/32
印　　张	14.25
版　　次	2013 年 12 月北京第 1 版
印　　次	2013 年 12 月第 1 次印刷
书　　号	978-7-02-010157-3
定　　价	39.00 元

献给布莱思

致　　谢

谨向我有幸与之共同完成这一工作的三位亲爱的朋友致以诚挚的谢意：我的编辑杰森·考夫曼，我的版权代理人海德·兰格和法律顾问迈克尔·鲁代尔。此外，我要向双日出版社，向我在全世界的出版商，当然还有我的读者，表达我无法言尽的谢意。

如果不是众多人士慨允我分享他们的专业知识，这部小说的写作是不可能完成的。我谨向你们所有人表示深切的感谢。

生活在这个世界而不知其义，如同徜徉于一个伟大的图书馆而不碰书籍。

——《古往今来的神秘教义》

事实：

一九九一年，一份文件被锁入中央情报局局长的保险柜。文件至今仍搁在那儿。那晦涩难解的文本提到一个年代久远的入口和一个无人知晓的地下秘址。文件中有这样一句话：“它被埋在某地。”

小说中出现的组织、机构都确有其事，如共济会、无形学院、安全部、史密森博物馆支持中心（SMSC）、意念科学学会。

本书涉及的仪式、科学、艺术作品和历史遗址都是真实的。

楔　子

圣殿堂

晚上 8:33

秘密就是怎样死。

自鸿蒙之初，怎样死一直是个秘密。

三十四岁的宣誓者低头凝视着掌中的人头骷髅。这骷髅是空的，像一只碗，里面盛满了血红色的酒。

喝下去，他对自己说。*你没有什么可害怕的*。

依循传统，他要身着中世纪异教徒被拖向绞刑架时的衣裤进入这场仪式。他那宽松的衬衫敞着衣襟，露出苍白的胸膛，左腿裤脚卷到膝盖处，右臂袖口撸到了肘弯。脖子上绕着沉重的绞索绳套——“牵引索”，会中兄弟都这样称它。但是，今晚，如同会中兄弟所见证的，他穿戴得如同一位尊者。

环绕他四周的兄弟们个个都披挂着他们团体标志性的全套礼服：小羊皮围裙、饰带、白手套。他们的颈项上，礼仪场合佩戴的宝石闪烁发光，像阒无声息的幽灵之眼。他们许多人在外面身居高位，然而宣誓者知道，俗世的身份在这四壁之内毫无意义。这里，所有的人都是平等的，他们共守一个秘密，宣誓互为兄弟。

他环视着令人生畏的会众，不知道外界世人是否真的会相信，这些人竟会聚集一处……而且是*这么个*地方。这房间像是古老世界的圣殿。

而真相，还要更古怪。

我跟白宫只隔着几条街。

这座宏伟的大厦坐落在华盛顿特区西北区十六街 1733 号，是一座公元前的神殿的复制品——摩索拉斯王的殿宇，最初的*陵墓*[①]……死后

---

① 陵墓（Mausoleum）一词源自摩索拉斯（Mausolus）的名字。摩索拉斯是古希腊时期波斯帝国的一位总督，其陵墓位于今土耳其西南部的博德鲁姆，约建于公元前三百五十年。——译注（本书注释均为译者所加，以下不再逐一标示）

的安葬地。在主入口外面，有两座十七吨重的司芬克斯雕塑守卫着大铜门。里面是由众多仪式室、礼堂、封闭的暗室、图书馆等装饰华丽的房间组成的迷宫，甚至还有一堵中空的墙壁，内藏两具人体骸骨。宣誓者被告知，这幢建筑物的每个房间都藏着一个秘密，可跪捧骷髅头的他并不知道，自己所在的这间巨室隐藏着所有秘密中最深邃的部分。

会堂。

这个房间呈完美的正方形。深如洞穴。巨大的单体绿色花岗岩石柱撑起高达一百英尺的穹顶。室内围着一圈俄罗斯胡桃木制作的深色手工錾面猪皮椅。一座三十三英尺高的神座傲立于西墙前边，对面是一架隐蔽的管风琴。四壁宛如涂满古老字符的万花筒……埃及文、希伯来文、天文学的、炼金术的，还有其他一些莫名其妙的符号。

今夜，为会堂照明的是事先就精心摆放好的一列蜡烛。烛光幽微，一束苍白的月光从穹顶宽阔的天眼窗里倾泻而下，照亮了房间里的镇殿之宝——由一整块抛光磨亮的比利时黑色大理石制成的巨大圣坛，雄踞于方形巨室的正中心。

秘密就是怎样死。宣誓者提醒自己。

“时间已到。”一个声音低语道。

宣誓者凝住的目光渐渐上移，看清了身着白色长袍、挺立在他面前的身影。*最高神圣尊者*。此公年近六十，被视为美国的偶像，他深受敬重，精力充沛，且富可敌国。曾是深色的头发已成银灰，毕生的权势与睿智都凝刻在他那著名的面容上。

“宣誓吧，”神圣尊者说道，语声柔如飘雪，“完成你的仪典。”

与所有入会者一样，这位宣誓者的仪典是从第一等级开始的。那个晚上的仪式和今晚的很类似，神圣尊者拿一块天鹅绒蒙住他的眼睛，用一把正式仪式所用的匕首抵住他赤裸的胸膛，喝问：“你能否以自己的名誉庄重宣誓，你是自主并自愿成为这肩负殊荣和秘密的兄弟会的候选人，你的意愿并非出于贪图财利或其他无谓的动因？”

“我宣誓。”他撒了谎。

“既然如此，让这宣誓成为你意识中的一根刺吧，”尊者告诫他，“如果你背叛了传给你的秘密，死亡会立刻降临。”

那时候，宣誓者没有一点惧意。*他们永远不会知道我的真实目的*。

然而今夜，他在圣殿的会堂里领略到一种不祥的肃穆气氛，他在这一程漫长仪典中领受过的所有可怕警示在脑海里一一再现——如若泄露他将要得知的那个古老秘密，必有可怖下场：断颈割喉……连根拔舌……脏腑掏尽焚烧……挫骨扬灰……挖心抛野喂兽——

"兄弟，"灰色瞳仁的神圣尊者把左手搁在新入会者的肩上，"最后的誓言。"

宣誓者振作精神进入最后一程，他调整身姿，转而面向掌中的骷髅。深红的酒液在黯淡的烛光下几乎成了黑色。室内是死一般的沉寂，他分明觉出所有的在场者都在注视着他，等待他诵出最后的誓言，加入最高等级的精英行列。

今夜，他想，这四壁中发生的事情，是这个兄弟会有史以来未曾发生过的。几个世纪以来，从未有过。

他知道这将成为一个触发点……会赋予他无法言喻的力量。他凝神屏息，深吸一口气，大声说出几个世纪以来全世界无数人在他之前宣读过的那番誓言。

"如我蓄意或任意违背这誓言……愿此刻入喉的醇酒成为致命的毒药。"

他的话语回响在空荡荡的四壁之间。

继而，只有沉寂。

他稳住自己的手，把骷髅端到嘴边，口唇触到了干裂的骨质。他闭上眼睛把骷髅倾向嘴唇，将酒长饮而尽，然后放下骷髅。

有一刻，他感觉肺部渐渐抽紧，心脏狂跳起来。我的天，他们知道了！然而，这感觉只是一闪而过。

一股惬意的暖流温遍了他的全身。宣誓者吸了口气，暗笑着抬头凝望那双毫无疑虑的灰色眼睛——他竟愚蠢地准许他进入这一兄弟组织最高机密层。

很快，你将失去你最珍视的一切。

第 1 章

埃菲尔铁塔南侧的奥的斯电梯带着超载的游客往上攀升。拥挤的电梯厢里有个神情严肃的商人，身着熨得板板整整的套装，正低头看着身边的男孩。“你脸色有些苍白，儿子。你真该留在地面。”

“我没事……”男孩说着耸了耸肩，掩饰自己的紧张。“再上一层我就出去。”*我快喘不了气了。*

大人又向孩子凑过去。“我还以为你现在能克服这个了呢。”他怜爱地在孩子脸蛋上刮了一下。

男孩觉得让父亲失望了，有些羞愧，可这会儿他耳朵里只有响个不停的铃声。*我喘不了气了。我得从这匣子里出去！*

电梯操作员一再保证电梯的构件安全可靠、运行性能良好。他们脚下，巴黎的街道远远地朝着四面八方辐射开去。

马上就到了，男孩对自己说，他伸长脖子仰望上面的观景平台。*再坚持一下就好。*

电梯陡然迎向上面的观景平台，升降机井开始变窄了，几根粗大的支柱收缩成一条实心的垂直通道。

“爸爸，我觉得不——”

突然，头顶传来断断续续的回声。电梯剧烈地颤动了一下，令人恐惧地朝一边晃过去。断裂的缆绳在电梯厢外壁四周金蛇狂舞般地抽打着。男孩伸手去拽父亲。

“爸爸！”

父子俩惊恐地互相对视了一秒钟。

电梯厢的底部掉下去了。

罗伯特·兰登猛然在软皮椅上直起身子，从迷迷瞪瞪的白日梦中惊醒过来。他独自坐在“猎鹰 2000EX”商务飞机宽敞的机舱内，飞机刚刚穿过颠簸的云层。耳边是“普拉特和惠特尼”双引擎发出的匀速嗡响。

“兰登先生？”头顶上的机内对讲机嗤啦啦地发出声音。“我们很快就要到了。”

兰登坐直身子，把记录讲稿的笔记本塞进皮包。刚才，他在重温复杂的共济会符号体系，没多久就迷糊了。梦境中出现了已故的父亲，兰登怀疑这和今晨收到突如其来的邀请有关，邀请人彼得·所罗门是他多年的恩师。

我绝不会让他失望。

近三十多年来，这位五十八岁的慈善家、历史学家和科学家一直用心呵护兰登，兰登的父亲去世后，他更是在各方面代行父职。虽说所罗门来自富甲一方、颇具影响力的名门望族，兰登却从他温柔的灰眼睛里感受到了仁爱与温情。

窗外，太阳已经下沉，兰登仍辨认得出世界上最大的方尖碑的纤秀轮廓，它耸立在地平线上，就像古时日晷的指针。五百五十五英尺高的大理石方尖碑标示出这个国家的核心位置。所有精心设计的几何形街道和名胜古迹都以这个尖顶为圆心，向四面八方辐射。

即使从空中俯瞰，华盛顿特区所具有的近乎神秘的力量也一丝不减。

兰登热爱这个城市，飞机着陆时，他感到某种跃跃欲试的兴奋。飞机驶向杜勒斯国际机场私人航站楼，缓缓地停下来。

兰登收拾好东西，谢过飞行员，步出豪华的机舱，走上舷梯。一月的寒风迎面吹来。

尽情呼吸吧，罗伯特，他感谢这开阔的空间。

一片白雾在跑道上蔓延开来，兰登踏上雾蒙蒙的沥青碎石路面，感觉好像走进了沼泽地。

“您好！您好！”从沥青碎石路对面传来的是曼妙的英式英语，“请问是兰登教授吗？”

兰登看见一位挂着标牌、手持文件夹的中年妇女匆匆朝他走来。他迎向她时，她也高兴地挥手，时髦的线织帽下露出鬈曲的金发。

“欢迎来到华盛顿，先生！”

兰登微微一笑。“谢谢。”

“我叫帕姆，是旅客服务中心的。”听起来这位女士非常兴奋，甚至有点激动。“先生，请跟我来，您的车在等着。”

兰登跟着她穿过跑道，向西格纳切航站楼走去。许多灯火通明的私人飞机停靠在机楼四周。**在这里能租下一个机位象征着财富与名望**。

“我真的不想打扰您，教授，”那位妇女的声音有些羞怯，“可您真的是写符号学和宗教著作的罗伯特·兰登教授吗？真的是您吗？”

兰登迟疑了一下，点点头。

“我想也是！”她面露喜色。“我们读书俱乐部读过您那本关于圣女与教会的书！结局竟是个吊人胃口的大丑闻！您真喜欢出人意料啊！”

兰登微笑了。“丑闻不是我的意图所在。”

她似乎觉察到兰登此刻没心情讨论自己的作品。“对不起，让您听我唠叨。我知道您不喜欢别人认出您……可这要怪您自己。”她开玩笑地指指他的衣着。“您的制服让您很惹眼。”

我的制服？兰登低头看了看自己的衣裤。他穿着跟平时一样的炭黑色套领毛衣、斜纹软呢外套、黄卡其布裤、学院气的科尔多瓦皮路夫鞋……这是他上课、讲座、巡回演讲、拍作者照、出席社交场合的标准装束。

女人笑了。“您穿的这件套领毛衣太过时了。您戴领带肯定更精神！”

没门儿，兰登心想。**勒脖子的劳什子**。

兰登在菲力普·埃克塞特[1]中学时，一周有六天要系那劳什子，校长对此曾有过一个浪漫的解释，说领带的起源可追溯到古罗马，当时的罗马演说家们为使声带保暖而在脖子上围系一条**小丝巾**，但兰登明白，从词源学上来说，**领结、领巾、领带**，其实是由冷酷无情的“克罗地亚”[2]雇佣军的音韵引申而来，他们系上小领巾，咆哮着冲上战场。时至今日，这种古代战场服饰成了当代办公室武士的披挂，他们希望借此在日常的办公场所震慑对手。

“谢谢你的建议，”兰登笑出了声，“我会考虑今后系领带的。”

一辆林肯城市轿车停在航站楼旁，一位身着深色套装、教授模样的男子下了车，态度雍容地朝兰登伸出手。“兰登先生？我是环线轿车服务公司的查尔斯。”他打开后座门。“晚上好，先生，欢迎来到华盛顿。”

---

① 美国最知名的学府之一，位于新罕布什尔州的埃克塞特市，建于一七八一年，是一所从九年级到十二年级的高中学校。

② 此处领结、领巾、领带的原文是 cravat，克罗地亚人原文为 Croat。

兰登向帕姆点点头，谢过她的迎送，再钻进舒适豪华的城市轿车。司机向他指了指温度控制器、瓶装水，还有一篮热松饼。不出几秒，兰登的车就已迅速驶离航站楼，上了私家专用通道。*原来，这就是另一种人的生活方式。*

司机加大油门驶向温德索克路，他征得乘客同意后按下通话键。“这是环线公司的轿车，”司机的语气专业而简洁，“确认乘客上车。”他停顿了一下。“是的，先生。您的客人，兰登先生已经抵达，我会在晚七点前把他送到国会大厦。有事请来电吩咐，先生。”他挂断了电话。

兰登忍不住笑了起来。*无微不至。*彼得·所罗门对细节的关注是他的杀手锏，令他手握大权却总能显得举重若轻。*银行里有几十亿美元也不见得是坏事嘛。*

兰登靠在舒适的皮坐椅上，闭上了眼睛，机场的噪音渐渐消逝。美国国会大厦距此只有半小时车程，他很乐于在这段时间里独自梳理思绪。今天，每件事情都发生得那么快，以至于兰登现在才开始认真思忖：即将开始的这个夜晚一定很不可思议。

秘密抵达，兰登想到这里，不禁觉得好笑。

十英里开外的国会大厦里，有个孤零零的人影正急切地等待罗伯特·兰登的到来。

第2章

这个自称迈拉克[①]的人，把针尖抵在自己剃光的脑袋上，随着针尖在皮肤上一进一出，他惬意地轻叹着。电动玩意儿扎入真皮，发出柔和的嗡嗡声，这真让人上瘾……还有针头锲入皮内、释放颜料时的啮咬感也是。

我是旷世杰作。

---

① 迈拉克（Mal'akh），这个名字在希伯来文中有“天使”的意思。

文身的目的绝不是为了美，而是为了**改变**。从公元前二千年遍体鳞伤的努比亚祭师，到古罗马西布莉[①]膜拜仪式上的文身侍僧，直到当代毛利人的文身制，人类在自己皮肤上文身，忍受修饰肉体及改变外观的痛楚，意在奉上局部身体作为祭品。

《利未记》第十九章二十八节有过危言耸听的训诫，虽有禁止在人体上刻刺花纹的经文，文身还是成了某种司空见惯的仪式——无论是眉清目秀的青少年、不可救药的吸毒者，还是城郊的家庭主妇，无数人都借此改变自己。

在自己的皮肤上文身，是一种变相的权力声明，是对这个世界的一个宣告：**我掌管自己的身体**。这种由肉身的改变激发出的令人沉醉的控制欲蛊惑着成千上万身体改造爱好者……美容外科、身体刺青、健身塑身、使用类固醇……忍饥挨饿，乃至变性。**人类的精神渴望掌控自己的躯壳**。

迈拉克的落地式大摆钟响了一下，他抬头看了看。晚上六时三十分。他放下文身工具，用桐生[②]丝绸长袍裹住赤裸的身体，迈步走下楼。他足有六点三英尺高，身材魁梧。这所豪宅气味浓郁，处处弥漫着文身颜料的辛香味儿、用来给针尖消毒的蜂蜡烟味儿。他一路走过摆放着几件价值连城的意大利古董的走廊——皮拉内西[③]的蚀刻作品，萨伏那洛拉[④]的椅子，还有一盏布加里尼的银油灯。

他经过落地长窗时朝外望去，默默赞叹着远处映衬天际的经典轮廓。美国国会大厦明亮的圆顶在暗沉冬夜的天幕中闪耀着神圣的权力之光。

那就是藏宝地，他想。**它就埋在那儿的某个地方**。

只有寥寥数人知道那东西的存在……更少有人知道它那令人敬畏的威力和巧妙藏匿的方法。时至今日，它仍然是这个国家不为人知的最高机密。这一秘密就隐藏于符号、传说和寓言之中，知情人屈指可数。

现在，他们向我敞开了大门。迈拉克想道。

---

① 西布莉（Cybele），古代小亚细亚人崇拜的自然女神。

② 桐生（Kiryu），日本地名。

③ 皮拉内西（Giovanni Battista Piranesi，1720—1778），意大利雕刻家和建筑师。

④ 萨伏那洛拉（Girolamo Savonarola，1452—1498），意大利修道士、宗教和政治改革家。

由美国最富影响力的权贵名流见证，迈拉克在三个星期前的秘密仪式上晋升至第三十三等级——世界上现存最古老的兄弟会中的最高一级。虽然他已获得新等级，但兄弟会仍然没有向他透露任何消息。*他们以后也不会说的*，他知道。这不是兄弟会的行事方式。圈子里面还有圈子，他也许永远都无法得到他们的彻底信任。

幸运的是，他不需要他们的信任也可以获得他们隐藏最深的秘密。

我宣誓晋阶就是为了这个目的。

这会儿，眼前的事让他精神抖擞。他向卧室走去。歌声响彻整座房子，音响里在播放一张珍稀唱片《永恒之光》①，变性男歌手的声音紧张而怪异，这是威尔第《安魂曲》中的一个片断——歌咏生命的可贵。迈拉克按了一下遥控器，把曲目换为震耳欲聋的《最后审判日》②。在决绝的定音鼓和平行五度背景声下，他一跃三步跳上大理石台阶，身上的长袍翻腾，露出他健壮的大腿。

跑动时，空荡荡的胃里发出呼鸣之声。迈拉克已禁食两天，只喝水，这是依照古法而行，让身体做好准备。*你的饥肠会在黎明时得到餍足*，他这样提醒自己。*痛苦也是一样。*

迈拉克带着恭敬之意步入隐蔽的卧室，锁上门。走向梳妆区时，他停下脚步，仿佛有只手牵引他走向那面金框大镜。他无法抗拒地转过身，面对自己的镜像。迈拉克缓缓地，好像打开一件无价之宝似的解开长袍，显露出赤裸的躯体。面前的形象让他心生敬畏。

我是旷世杰作。

他壮硕的身躯已剃光了毛发，平滑光洁。他低下头，先看自己的脚，那上面文着天秤和鹰爪。再往上，肌肉强健的双腿如同两根雕纹立柱——左腿是旋纹，右腿是垂直线纹。*波阿斯和雅斤*③。腹股沟和小腹犹如装饰拱门，再往上，强壮的胸部文着双头凤凰……每个头都是侧形，凤凰的眼珠正好是迈拉克的乳头。他的肩膀、脖子、脸部和剃光的脑袋上，像织锦似的布满了错综复杂的古代符号与魔咒的图纹。

我是人造之物……进化中的偶像。

---

①② 原文为拉丁语。

③ 波阿斯和雅斤出自《圣经·旧约》,《列王纪》中描写所罗门王建造神殿供奉耶和华，“他将两根柱子立在殿廊前头，右边立一根，起名叫雅斤，左边立一根，起名叫波阿斯。”

十八小时前见过迈拉克裸身的人曾惊恐地大叫："天哪！你是恶魔！"

"你觉得是，那就是。"迈拉克回答，他明白，在古人看来，天使与魔鬼完全是一样的——是可以转换的原型——所有截然对立的事物都有此特征：守护天使在战斗中战胜了你的敌人，在你的敌人眼中，他就是毁灭一切的魔鬼。

迈拉克微微低下头，看到了自己的头顶。王冠似的光晕中，一圈未经刺青的皮肤显露出来。这圈被小心守护的留白是迈拉克周身上下仅存的一块"处女肤"。神圣的留白已耐心等待良久……今晚，这儿将被填满。虽然迈拉克还未拥有完成他杰作所需要的东西，但他知道，这一时刻正在迅速到来。

镜中影像令他兴奋不已，他感觉自己的力量正在壮大。他合拢长袍走到窗边，再次凝望眼前神秘的城市。**它就埋在那儿。**

迈拉克再度凝神思索要做的事，他走到梳妆台边，仔细地往脸上、头皮上、脖子上涂抹厚厚的化妆底粉，把所有的文样全都掩饰掉。接着，他穿上那套特殊的服装，以及为今晚特意准备的物什。一切收拾停当，他在镜前检视自己。非常满意，他柔软的手掌拂过光滑的头皮，露出了微笑。

就在那里，他想，**今天晚上，有一个人会帮我找到它。**

迈拉克走出家门，他打算要干的这一番大事，将震撼美国国会大厦。为了今晚，他完成的准备和安排已够充分了。

现在，终于到了要使出杀手锏的时刻。

第3章

轿车轮胎轻触路面的沙沙声起了变化时，罗伯特·兰登正忙着整理自己的笔记卡片。他抬头一看，所在之地让他大吃一惊。

已经到纪念大桥了？

他放下笔记朝车窗外看去，波托马克河平静的流水在他们下方流淌。河面上笼罩着浓重的雾气。这地名真是贴切，福吉博顿[①]作为美国首都的所在地总显得有点奇怪。在新大陆的广袤大地上，开国元勋们惟独选中了这个雾蒙蒙的河畔沼泽垒起他们乌托邦社会的基石。

兰登向左边望去，越过潮汐湖[②]，他望见杰斐逊纪念堂的典雅轮廓，世人都说，那就是美国的万神殿。汽车正前方，耸立着简朴庄重的林肯纪念堂，它那直角相交的线条是古希腊帕特农神殿的现代版本。可在距它不远处，兰登看到了这座城市的地标——就是他在空中见过的那个尖顶。它的建筑灵感远比罗马和希腊更为古老。

美国的埃及方尖碑。

独块巨石雕刻的华盛顿纪念碑的尖顶陡然出现在眼前，在天空的衬映下，恍如一艘航船的庄严桅杆。从兰登车内的角度看，今晚的尖顶像是没有根基……在阴沉的夜幕中，它好像在波涛汹涌的大海中晃向了一边。兰登觉得自己也同样没有了根基。他这次来华盛顿完全在意料之外。*今天早上在家里醒来时，还以为会有一个平静的星期天……可现在呢，我距国会大厦只有几分钟的车程。*

今天清晨四点四十五分，兰登跃入平静的泳池，按惯常的方式开始他的一天，在空荡荡的哈佛游泳池中游五十个来回。他的体格与大学时代参加全美水球比赛时已不可同日而语，但身体依然颀长而结实，这在四十来岁的年纪已属难得。与大学时代惟一的区别是，兰登现在必须排除万难才能坚持自己的锻炼方式。

兰登回到家时大约六点，他开始了他的例行早课——手工研磨苏门答腊咖啡豆，让异域的芳香在厨房里飘散开来。但今天早上，他惊讶地发现录音电话上的红灯在一闪一闪。*谁会在星期天早上六点钟打来电话？*他按下播放键，听到了一则来电。

“早上好，兰登教授，非常抱歉这么早就打来电话。”礼貌的话音显然有些迟疑，似乎带有南方口音。“我叫安东尼·杰尔伯特，是彼得·所罗门先生的执行助理。所罗门先生告诉我，你是个早起的人……他今天早上想尽快联络到你。听到这个留言后，麻烦你直接跟彼得联系，好吗？你大概有他新的私人电话号码吧，如果没有就请拨打：202—329—5746。”

---

① 福吉博顿（Foggy Bottom），又译“雾谷”。

② 潮汐湖（Tidal Basin），紧临波托马克河的一个人工湖。

兰登突然有点担心起这位老朋友来。彼得·所罗门是个教养极好的人，处事礼数周全，他绝不会星期天一大早就来打扰别人，除非发生了非常严重的事情。

兰登丢下磨了一半的咖啡豆，急忙去书房回电话。

但愿他一切安好。

彼得·所罗门是他的良师益友，虽说只比兰登年长十二岁，但从他们第一次在普林斯顿大学见面后，在兰登眼里他就一直是个父亲的形象。当年，兰登是大二学生，被叫去参加一个晚间讲座，来宾是一位很有名气的年轻历史学家和哲学家。所罗门的讲演极富激情和感染力，他关于记号语言学和原型历史的讲解简直令人眼花缭乱，当即点燃了兰登的热情，就此终身倾心于符号学。兰登给所罗门写了一封感谢信。但使兰登鼓起勇气的并非所罗门的睿智，而是他温和的灰眼睛中闪现的仁爱。年轻的二年级生根本不敢想象全美最富有、也最具号召力的年轻知识分子会给他回信。但所罗门真的回信了。这就是两人诚挚友情的开端。

彼得·所罗门显著的儒雅学者风度掩饰了他极有权势的背景，他出身于非常富有的所罗门家族，全国许多建筑物上、大学校园里都能看到这个显赫的姓氏。如同欧洲的罗思柴尔德一样，所罗门这个姓氏在美国一直都是显贵与成功的神秘标志。彼得很年轻时就继承了父亲的衣钵，如今，他五十八岁，一生中曾在许多权力机构中出任要职，现任史密森学会[①]会长。兰登曾经跟所罗门开玩笑说，他给自己血统高贵的家族带来的惟一污点是他的毕业文凭得自于一所二流大学——耶鲁。

这会儿，兰登走进书房，惊讶地发现彼得·所罗门的传真已经到了。

彼得·所罗门

史密森学会秘书处

早上好，罗伯特，

我需要立即和你通话。

---

① 史密森学会（Smithsonian Institution），由英国科学家詹姆斯·史密森捐款创建的研究机构，一八四六年在华盛顿成立。

请在今天早上尽快拨打202—329—5746。

彼得

兰登立即拨打这个号码，并在手工制作的橡木书桌旁坐下，等待电话接通。

“彼得·所罗门办公室，”电话中传来行政助理熟悉的应答，“我是安东尼，请问有何需要效劳？”

“你好，我是罗伯特·兰登。你刚才给我留了言——”

“是的，兰登先生！”听上去，年轻人总算放心了。“感谢你这么快回电。所罗门先生急于跟你通话。我会告诉他你打来了电话，请你稍等片刻好吗？”

“没问题。”

在等着与所罗门通话的时候，兰登低头瞥见史密森学会信笺的页眉上印着彼得的名字，笑了笑。*所罗门家族懒汉可不多*。彼得的祖先宗谱里都是既富且贵的商业大亨、权倾天下的政治家，还有许多著名科学家，有些甚至是伦敦皇家学会的会员。所罗门惟一在世的家族成员——彼得的妹妹凯瑟琳，显然也继承了家族的科学基因，因为她正是一门新锐学科——意念科学学会的领袖人物。

这我可不懂，兰登心想，他回忆起去年在彼得家里举办的一个派对，不禁觉得好笑。那晚，凯瑟琳徒劳地向他解释意念科学的事儿，兰登仔细听她讲完后答道：“听起来与其说是科学，不如说是魔术。”

凯瑟琳调皮地眨眨眼睛。“它们比你想象的更接近，罗伯特。”

这时，所罗门的助理回来了。“很抱歉，所罗门先生还在一个电话会议中，今天早上这里的事情有些杂乱。”

“没问题，我稍后再打。”

“事实上，如果你不介意的话，他让我向你转达他要联系你的原因。”

“当然不介意。”

助理深吸了一口气。“教授，你也许已经知道，史密森学会董事会每年都要在华盛顿主办一场私人盛会以答谢我们最慷慨的赞助者。全国的许多文化名流都会到场。”

兰登知道自己银行账户数字后面的零还太少，不足以让他有资格跻身文化名流之列，但他心想，没准所罗门打算邀请他出席今年的盛会。

“今年，我们也将按惯例，”助理继续说，“在晚宴之前安排一场主题演讲。我们很荣幸地争取到在国家雕塑厅举办这场演讲。”

整个华盛顿特区最好的房间，兰登想。他回忆起那个壮观的半圆形大厅，自己曾在那儿聆听过一场政治演讲。五百张折叠椅摆放成完美的弧形，周围是三十八尊真人大小的雕像，着实令人难忘。这个厅堂曾被用作众议院最早的会议厅。

“问题是，”助理说，“我们的主讲人病倒了，她刚才通知我们她不能做这场演讲。”他尴尬地停顿了一下。“这就意味着，我们要寻找替代她的主讲人。所罗门先生希望你能考虑过来顶替。”

兰登好半天才反应过来。“我？”这完全出乎他的意料。“我肯定所罗门先生找得到远比我合适的替代者。”

“你是所罗门先生的第一人选，教授，你太谦虚了。学会的宾客要是知道你来讲会非常激动的，所罗门先生建议，你或许可以采用几年前给布克斯潘电视台做节目的那个题目？这样的话，你就不必做过多的准备了。他说，你的演讲涉及了华盛顿地区建筑中隐含的符号学——在那个场馆做这样的演讲可谓十分应景。”

兰登倒没有这么肯定。“我记得，那个演讲更侧重于共济会建筑物的历史，而不是——”

“正是这个！你知道，所罗门先生是共济会会员，许多出席盛会的嘉宾也是。我肯定他们会喜欢听你讲这个题目。”

我承认这会很轻松。兰登保留着每一场演讲的笔记。“我想，我会考虑这个建议。演讲是哪一天？”

助理清了清嗓子，声音突然变得别扭起来。“唔，确切地说，先生，是今天晚上。”

兰登笑出声来，“今天晚上？”

“这就是我们今天早上十分忙乱的原因。史密森学会目前处境相当尴尬……”这会儿助理说话的语气更急促了。“所罗门先生准备派一架私人飞机来波士顿接你。航程只需一小时，你会在午夜之前回到家。你对波士顿罗根机场的私人航站楼很熟悉吧？”

“是的。”兰登不情愿地承认。*难怪彼得想去哪儿就去哪儿*。

“好极了！你是否可以到那儿登机，大约在……五点钟行吗？”

“你没有给我太多选择，是不是？”兰登笑了出来。

“我只是想让所罗门先生满意，先生。”

彼得对人很有影响力。兰登思忖片刻，看来也没有别的办法了。“好吧。请告诉他我会去。”

“太棒了！”助理欢呼起来，听得出，他如释重负。接着，他把飞机的尾号和其他相关信息告诉了兰登。

挂上电话，兰登心想，有谁能拒绝彼得呢？

兰登回到咖啡机旁，又往研磨机里加了些咖啡豆。**今天早上需要额外的咖啡因，**他想。**这将会是漫长的一天。**

第4章

庄严恢宏的美国国会大厦坐落于国家广场的东端，这里是一块耸起的高地，城市设计师皮埃尔·朗方[①]称这块地方为“纪念碑的底座”。国会大厦占地足有七百五十英尺乘三百五十英尺。建筑面积超过十六英亩，内有美轮美奂的五百四十一个房间。新古典主义建筑师们设计缜密，亦步亦趋地仿造古罗马的庄严风格，而古罗马的理念正是美国的创建者们创立新生共和国法律与文化体系的灵感源泉。

进入国会大厦的新安检口设在新近落成的地下游客中心内，而游客中心即在大厦壮观的玻璃穹顶下面。刚刚上班的保安阿尔方索·努涅兹正在认真打量朝安检口走来的一位男性参观者。这个光头男子在大堂里闲晃，进入大厦前刚打了一个电话，他的右臂用绷带吊着，走起路来有些一瘸一拐。身上褴褛的服装一看就是在军需用品商店买的剩余物资，加之剃光的脑袋，都让努涅兹猜测他在军队混过。这些退役士兵是华盛顿最常见的游客。

“晚上好，先生。”努涅兹招呼道，接着便向他宣读任何单独入内的男性参观者必须了解的安全条款。

---

① 皮埃尔·朗方（Pierre-Charles L'Enfant，1754—1825），法裔美国建筑师、城市设计师，一七九一年主持制订华盛顿城市规划方案。

“你好，”参观者应道，环顾几乎空无一人的入口处，“今晚真冷清。”

“大联盟最后的决赛，”努涅兹接茬说，“今晚大家都在看红皮队[①]。”努涅兹真希望自己也能看上这场比赛，可这是他上岗的第一个月，他抽了个下下签。“金属物件请放进盘子里。”

游客用还能活动的那只手在长外套口袋里摸索，掏空了里边的东西，努涅兹一丝不苟地观察他。出于本能，人们通常会对伤残者表现出特殊的同情和体贴，但努涅兹接受过训练，可以克服这种本能。

努涅兹看着参观者从口袋里将随身小物件一一掏出：零钱、钥匙、两个手机。“扭伤的吗？”努涅兹注意到这男人受伤的手，裹在一层层厚厚的爱斯牌绷带里。

光头男子点点头。“上星期在冰上滑了一跤。还痛得厉害。”

“真遗憾。请进吧。”

参观者蹒跚地经过安检门，机器嘀嘀地鸣叫起来。

参观者皱起了眉头。“没准是绷带里裹进戒指的缘故，我的手指肿得厉害，戒指脱不下来，医生就把它给缠进去了。”

“没问题，”努涅兹说，“我用检测棒扫一下。”

努涅兹拿检测棒在参观者裹着绷带的手上扫了一遍。不出所料，惟一探测到的金属物件就在这人戴着戒指、受了伤的右手上，那儿有一个鼓起的地方。努涅兹的金属检测棒扫遍了这人吊着绷带的每一寸手臂和手指，他知道自己的上司或许正在这栋大厦靠近安检口的某处巡察，正盯着他看呢，努涅兹需要这份工作。*总是谨慎些为好*。他仔细地把探棒伸进这人手臂上的绷带里。

参观者痛得缩回去了。

“对不起。”

“没关系，”那男人说，“这年头，你怎么小心也不为过。”

“这可让你说着了。”努涅兹喜欢这家伙。奇怪的是，这条真理在这里可至关重要。人的本能是美国反恐的第一道防线。这是已被证明的事实，直觉往往比世界上所有的电子探测仪更能觉察出危险——这是*恐惧的天赋*，他们的安全参考书上就有这么一说。

这回，努涅兹的直觉告诉他，这个人不会带来任何危险。惟一让他

---

① 红皮队（Redskins），华盛顿的橄榄球队，是美国橄榄球大联盟的老牌劲旅之一。

觉得古怪的是，此刻他们站得很近，他注意到这个强壮的家伙显然使用了某种古铜色日晒霜，兴许脸上还用了遮瑕膏。*管它呢。谁都不喜欢大冬天里脸色惨白。*

“好了，”努涅兹说着收起探测棒，结束了检查。

“多谢。”光头男子开始收拾盘子里的物件。

这时，努涅兹又发现，他绷带里露出的两个手指上都有刺青，食指的指肚上文着一个王冠，拇指的指肚上是一颗星。*这年头好像人人都有文身，*努涅兹想着，虽说文在指肚部位看上去会很痛。“这么扎下去不痛吗？”

那个男人低头瞟一眼手指，咯咯地笑了。“没你想的那么痛。”

“祝你好运，”努涅兹说。“文身可让我痛死了。我在海军新兵训练营时，在背上文过一条美人鱼。”

“美人鱼？”光头男子乐了。

“是啊，”他觉得有些不好意思了。“年轻时犯傻呗。”

“明白了，”光头男子说，“我年轻时也犯过大错。现在，每天早上醒来我都会发现她在我身边。”

两人哈哈大笑，这男人向前走去。

*小儿科，*通过努涅兹的关口，迈拉克走向国会大厦的电梯时心里嘀咕着。这个入口比预期的要容易通过。迈拉克懒散的举止和经过填塞的腹部掩饰了他真实的体格，脸部和手上的化妆也遮蔽了他布满全身的刺青。但真正天才的创意，是这个用绷带吊着的胳膊，在其伪装下，迈拉克将一个威力非凡的物件堂而皇之地带进了这幢大厦。

这是一件礼物，要给这世上能帮助我的那个人，助我得到追寻之物。

第5章

这个世界上最大最先进的博物馆，本身就是被世界守护得最好的秘密之一。其藏品超过艾尔米塔什博物馆、梵蒂冈博物馆，以及纽约大都会博物馆……那些博物馆加在一起也不能与之匹敌。虽然它有着惊人的馆藏，却很少有外人能受邀进入其防卫森严的内馆。

博物馆坐落在银山路4210号，就在华盛顿特区外围。这幢锯齿形的大型建筑有五个相互连接的舱室，每个舱室的面积都比橄榄球场还大。光看博物馆泛着蓝光的金属外壳，根本想不到内里乾坤——六十万平方英尺的建筑面积中，包括一个“死亡地带”，一个“水舱”，还有超过十二英里的库房陈列室。

今天晚上，科学家凯瑟琳·所罗门驾着白色沃尔沃驶向博物馆正门的保安通道时，有些心神不定。

警卫微笑着说：“你不是橄榄球迷吗，所罗门女士？”他调低了收音机里红皮队决赛直播的音量。

凯瑟琳挤出一丝笑容说：“现在是周日晚上。”

“噢，没错。你有约会。”

“他到了吗？”她急切地问。

他低头看一眼记录。“登记簿上没有他。”

“我来早了。”凯瑟琳友好地向警卫挥挥手，继续沿着曲里拐弯的道路驶向自己平日的停车点，一个双层停车位的底层。她收拾好东西，从后视镜里迅速打量了一下自己的模样——更多是出于习惯而非虚荣。

凯瑟琳有幸和自己的地中海祖先一样，天生丽质，活力四射，年届五十却依然有着光滑的橄榄色皮肤，她几乎从不化妆，一头浓密的黑发自然垂挂。她和哥哥彼得一样，有灰色的瞳仁、纤细的身材和贵族的优雅。

你俩没准是双胞胎，人们经常这么对他们说。

凯瑟琳只有七岁时，他们的父亲就因癌症去世了，她对他几乎没有什么记忆。哥哥比凯瑟琳年长八岁，父亲去世时他只有十五岁，马上担当起所罗门家族的掌门之职，他成熟的速度超过任何人的想象。彼得不负众望地以其非凡的尊严和能力继承了家族的荣耀。直至今日，他仍然像孩提时那样照顾凯瑟琳。

虽然有哥哥的不断敦促，身边也不乏追求者，凯瑟琳却从未结婚。科学成了她的生活伴侣，她的工作已被证明能带给她极大的满足与兴奋，比任何男人期望给她的都更多。凯瑟琳没有遗憾。

她选择了意念科学作为专攻领域。她最初听说这个名词时，这门学科几乎不为世人所知，但最近几年，这一学科已然在研究人类心智意念方面打开了新的局面。

我们尚未发挥的潜能真让人震惊啊。

凯瑟琳有两本关于意念科学的专著，奠定了她在这个隐秘领域的领导者地位，而她最近的新发现——一旦公开发表——肯定会使意念科学成为全世界的热门话题。

但是今天晚上，她没有心思考虑科学。晌午时分，她接到一些有关她哥哥的消息，让她非常不安。*我仍然不相信这是真的*。整个下午，她脑子里几乎装不进别的事儿。

急遽的雨滴敲打着车窗，凯瑟琳很快整理好东西。正要跨出车子时，手机响了。

她看了一眼显示的来电者，深深吸了口气。

她把头发夹到耳后，准备接听电话。

六英里外，迈拉克一边把手机凑到耳边，一边穿过国会大厦走廊。铃声响起，他耐心等待着。

接通了，传来一个女人的声音："喂？"

"我们得再见一次。"迈拉克说。

一阵长长的沉默。"一切都顺利吗？"

"我有一个新情况，"迈拉克说。

"说吧。"

迈拉克深吸一口气。"你哥哥相信确有其物的那样东西藏在华盛顿特区的……？"

"什么？"

"是可以找到的。"

凯瑟琳·所罗门听上去惊呆了。"你是说——*那是真的*？"

迈拉克暗笑着。"有时候，一个传奇会历经几个世纪……出于某种原因。"

第6章

"你不能再靠近一点吗？"司机在第一大街停下车时，罗伯特·兰登突然焦虑起来，这地方离国会大厦还有四分之一英里的距离。

“恐怕不行，”司机回答，“国土安全局的规定。现在不允许靠近地标建筑停车了。对不起，先生。”

兰登看了看表，大惊失色，他发现这会儿已是六点五十分了。国家广场周围有个建筑工地，耽搁了他们在路上的时间，讲演十分钟后就要开始了。

“要变天了。”司机说着，下车为兰登拉开车门。“您得抓紧时间了。”兰登伸手去掏钱包想给司机小费，但那人摆手谢绝了。“您的朋友很慷慨，车费和小费都给过了。”

典型的彼得做派。兰登想着，一边收拾好东西。“好吧，那就谢谢你了。”

兰登刚走到通向新建的“地下”游客中心入口的拱形街廊上面，第一阵雨点就落下来了。

国会大厦游客中心是一项耗资巨大、争议颇多的工程。它被形容为堪与迪士尼媲美的地下城市。据报道，这个地下空间有五十万平方英尺的面积供展示、餐饮和会议使用。

兰登一直都期待能亲眼见识一下，却没有想到要在这种情况下走过这段长路。随时可能下起大雨，兰登便小跑起来，他的路夫鞋在潮湿的水泥地上很容易打滑。*我穿这身是为出席讲演，不是为了四百码雨中冲刺！*

当他跑到头时，已是气喘吁吁。推动旋转门时，他稍停了一拍，在进入大堂前先喘口气，拂去身上的雨珠，并一边抬头看看面前新竣工的建筑。

唔……令人印象深刻。

国会大厦游客中心完全不是他预期中的样子。因为这是一个地下空间，早先他一直以为它只是一个通道。兰登小时候曾被困在深井底整整一夜，从此，只要他身处封闭的空间，总会有一种几乎窒息的厌恶感。但这个地下空间却是……非常通透。*明亮、开阔*。

天花板是大面积的玻璃，夸张的照明装置投射出生动的光线，掠过内壁珍珠色的磨光漆。

要是在平时，兰登会在这儿花上一个小时里里外外欣赏个遍，可现在离讲演开场只剩五分钟了，他只能径直穿过主厅，直奔安检口和自动扶梯。*放松些*，他对自己说。*彼得知道你已经来了。你不到，讲演就不会开始*。

在安检口，兰登掏空口袋，取下式样过时的手表，那个年轻的拉美裔警卫跟他聊上了。

“米老鼠？”警卫用稍带夸张的打趣口吻问道。

兰登点点头，他习惯了人家这种调侃。这是收藏版的米老鼠手表，是父母给他买的九岁生日礼物。“我戴着这表，是为了提醒自己悠着点，别把生活搞得太严肃了。”

“我看，这表都走不动啦，”警卫笑着说，“你看上去很赶时间啊。”

兰登笑了，把背包放入 X 光安检机。“去雕塑厅往哪儿走？”

守卫指指自动扶梯。“你会看到指示标识的。”

“谢谢。”兰登从安检机传送带上取下包，匆匆而去。

自动扶梯上升时，兰登深吸了一口气，试着集中一下思绪。他抬头看见雨点刷刷地滴淌在国会大厦辉煌的巨大玻璃穹顶上。真是令人叹为观止的建筑奇迹。在高达三百英尺的屋顶之上，自由女神雕像耸立在雾蒙蒙的夜空中，就像一个幽灵哨兵。兰登经常发现这样的悖论：将高达十九英尺半的自由女神像的各个部件安置到底架上的工人，都曾是奴隶——国会大厦的秘密很少进入高中历史的教学大纲。

事实上，这整个建筑就珍藏着一幕幕的传奇。其中有一个“杀手澡盆”的典故，跟亨利·威尔逊副总统死于肺炎有关。还有个台阶沾有所谓抹不去的血迹——大批乱哄哄的参观者走到那儿似乎总要滑跤。还有一个封闭的地下室，一九三〇年，有工人在那儿发现约翰·亚历山大·罗根将军早已死去的马所制成的标本。

不过，没有什么比这建筑物里游荡着十三个幽灵的传奇流传得更持久。据说，这座城市的设计者皮埃尔·朗方的魂灵常在这座大厦里徘徊，找寻给他的账单付钱的人，尽管账单都过期两百年了。据说，还有一个建造国会大厦时从屋顶跌落而亡的工人的鬼魂，总是拖着一筐工具在走廊上游来荡去。当然，最著名、也最离奇的鬼魂当属那只转瞬即逝的黑猫，据说，那东西在地下迷宫似的狭窄过道和小房间里出现过好多次。

兰登走出自动扶梯，再看一下手表。*还有三分钟*。他急匆匆地踏上宽阔的走廊，顺着指示牌向雕塑厅走去，一边在心里默念着他的开场致辞。兰登必须承认，彼得的助理说得没错，演讲题目与这个场合十分契合——在华盛顿特区，由一个著名的共济会会员主持的讲座。

华盛顿特区的共济会历史源远流长，这不是什么秘密。这幢建筑的奠基石就是乔治·华盛顿本人亲自以全套共济会仪式埋下的。这个城市是由共济会的首领——乔治·华盛顿、本杰明·富兰克林和皮埃尔·夏尔·朗方构想并设计的——这些伟大的思想家以共济会的符号学、建筑工艺和艺术来装饰这个国家的新首都。

当然，普通人把这些符号全都视为狂想。

许多阴谋论者宣称，共济会的创始者们在华盛顿的四面八方隐藏了许多巨大的秘密，连同符号化的信息，全都藏匿在这个城市的街道规划之中。兰登从来没有留心过这类事情。关于共济会的种种误传实在太普遍了，甚至那些教养良好的哈佛学生对兄弟会这样的组织也似乎怀有令人惊讶的偏执想法。

去年，有个一年级新生瞪大眼睛冲进兰登的教室，拿着从网络上打印下来的材料。那是华盛顿街道的地图。地图上，一些街道被醒目地标出了各种形状——魔鬼的五芒星、共济会的罗盘和广场，恶魔鲍芙墨①的头——足以证明设计华盛顿特区的共济会众与某种黑暗而神秘的阴谋有关。

“有趣，”兰登说，“可不足为信。如果你在地图上画出足够多的相交线条，你准能发现你所要的一切形状。”

“但这不可能是巧合！”那孩子申辩道。

兰登耐心地让这个学生看底特律的街道地图，那上面也可能出现同样的形状。

这孩子看上去相当失望。

“别这么不开心，”兰登说，“华盛顿确实有着不可思议的秘密……但不是在这个街道地图上。”

年轻人一下子来了精神。“秘密？什么秘密？”

“每年春季，我都会开一门叫做‘秘术符号’的课程。我会讲许多有关华盛顿特区的事儿。你可以来上这门课。”

“秘术符号！”一年级新生又兴奋了。“所以说，华盛顿特区*真的*有魔鬼符号！”

兰登笑了。“对不起，但‘秘术’这个名词，不仅是指崇拜魔鬼、

---

① 鲍芙墨（Baphomet），基督教中有关异教徒之神的想象。

妖术符咒，确切地说，它的意思是‘隐藏’，或是‘隐晦’。在宗教压制时期，反教条的理论必须被‘隐藏’或‘隐秘’，因为教会觉得它构成了威胁，他们把有关‘隐秘’的任何事物都重新定义为恶魔，这种偏见至今还有。”

“噢。”那孩子又泄气了。

不过，到了今年春季，兰登发现那位新生也夹在五百名学生当中，匆匆走进哈佛大学桑德斯剧院，这是个长椅嘎吱作响的旧讲演厅。他坐在前排位子上。

“早上好，各位！”兰登的声音从宽阔的舞台上响起。他打开投影仪，身后出现了一幅图像。“准备好了吗，请大家辨认一下，有多少人能够认出图中的建筑？”

“国会大厦！”几十个声音异口同声地响起。“华盛顿特区！”

“是的。光是那个圆顶就用了九百万吨铁制品。这在一八五〇年绝对是个无可匹敌、极富创意的建筑奇迹。”

“酷！”有人喊出了声儿。

兰登翻了翻眼睛，希望有人阻止这个说法。“好了，你们中间有多少人到过华盛顿特区？”

每个角落都有手举起来。

“这么少？”兰登假装有些吃惊。“那么，有多少人到过罗马、巴黎、马德里，或者伦敦？”

讲演厅里，几乎所有的手都举了起来。

不出所料。美国大学的孩子们在进入严酷的现实生活之前，一个必要的仪式就是在夏天买一张欧洲旅游火车票。“显然，去过欧洲的人比去过我们首都的人更多。你们知道这是为什么吗？”

“欧洲没有饮酒年龄限制！”有人大声回答。

兰登笑了。“难道这儿的饮酒年龄限制真的能阻止你们喝酒？”

哄堂大笑。

这是开学的第一天，学生们要好一阵才能找到座位安顿下来，靠背木椅发出的嘎吱声要比平常的时间更长些。兰登喜欢在这个厅堂里教学，因为只需听听靠背长椅发出的嘎吱声，就可以了解学生们对讲演的热衷程度。

“说真的，”兰登说，“华盛顿特区有着世界上最出色的建筑、艺术和符号形式。为什么你们去国外之前不先去看一下自己的首都呢？”

“古老的事物更酷。”有人说。

“说到古老的事物，”兰登说，“我假定你们的意思是，城堡、地下室、神殿……诸如此类的事物，对不对？”

他们一起点头。

“好吧。那如果我告诉你们，华盛顿特区也有这些玩意儿，你们怎么想？城堡、地下室、金字塔、神殿……全部都有。”

靠背木椅的嘎吱声小下去了。

“朋友们，”兰登压低了声音，走到讲台前面，“接下来的一个小时里，你们将会发现我们国家有着太多的神秘事物和隐秘的历史。正如在欧洲一样，所有最重大的秘密，恰恰就隐藏在显而易见的景象中。”

靠背木椅的嘎吱声完全消失了。

吊住你们的胃口了。

兰登把灯调暗，又打出了一张照片。“谁能告诉我，乔治·华盛顿在这里干什么？”

照片上是一幅著名壁画，描绘乔治·华盛顿身着全套共济会服饰站在一个模样古怪的装置前——那是个悬挂着一块黑石头的绳索与滑轮的组合，巨大的木制三脚架支撑着这个组合装置。四周站着一群衣着考究的观看者。

“是要举起这块石头吗？”有人大胆地冒出了一句。

兰登没吭声，盼望学生们得出正确的结论。

“事实上，”另一个学生发言了，“我认为华盛顿正要*放下*这块石头。他身上穿的是共济会的服饰。我以前看到过这幅共济会安放奠基石仪式的画。在这种仪式中，都需要用三脚架装置来放下第一块石头。”

“说得非常好！”兰登说。“这幅壁画描绘的是我们的国父使用三脚架和滑轮装置安放国会大厦奠基石的情形，那是在一七九三年九月十八日，十一点十五分至十二点三十分之间。”他停顿了一下，扫视着整个大厅。“有人能告诉我这个日期和时间的重要意义吗？”

沉默。

“如果我告诉你们这一时刻是由三位著名的共济会会员，乔治·华盛顿、本杰明·富兰克林和华盛顿特区的首席建筑师皮埃尔·朗方选择的，你们怎么想？”

还是沉默。

“很简单，除去别的原因，这块奠基石安放的日期和时间，是因为幸运的*龙之首*[①]正好处在室女宫。”

大家彼此交换着奇怪的眼神。

“等一下，”有人说，“你的意思是……这就像是**占星术**？”

“没错。尽管这和我们今天所了解的占星术有所不同。”

有人举起手。“你的意思是我们的开国之父相信占星术？”

兰登咧嘴一笑。“非常相信。如果我告诉你华盛顿特区比世界上任何一个其他城市都有着更多的占星术标记——十二宫图，星座图，奠基石的安放时辰正是由占星术确定的，我们的宪法制定者中半数以上都是共济会会员，他们坚定地相信星座和国运休戚相关，他们在建构新世界时密切关注着天体星辰的位置，你会怎么说？”

“但整件事只能说明国会大厦的奠基石是在*龙之首*处于室女宫的时刻安放的——谁在乎这个呢？难说不是个巧合？”

“但惊人的巧合在于，联邦三角地的三座大型建筑——国会大厦、白宫和华盛顿纪念碑的奠基时间虽然在不同的年份，但都精心选择了符合相同的星象状况的时辰。”

兰登望着满屋子瞪大的眼睛。好多学生开始埋头做笔记。

后排有只手举了起来。“他们为什么要这样做？”

兰登笑了。“想知道这个问题的答案，得学上一整个学期。如果你好奇，就该来修我的神秘主义课程。坦白说，我觉得你们在情感上还没有准备好听到这一问题的答案。”

“什么？”那学生叫了起来。“未免太小看我们了吧！”

兰登佯作思忖，然后摇摇头，调侃似的对他们说：“对不起，我不能说。你们当中有些人还是一年级新生。我怕这答案有可能会搞乱你们的思路。”

“说吧！”大家都叫了起来。

兰登耸耸肩。“也许你们应该加入共济会或是东方星，这样就能从源头了解情况了。”

“我们没法加入，”一个年轻学生说，“共济会像个超级机密社团！”

---

① 原文为拉丁文。

“超级机密？真的吗？”兰登想起他的朋友彼得·所罗门骄傲地戴在右手手指上的那枚硕大的共济会戒指。“那共济会会员们为什么会佩戴明显的共济会标记物，如戒指、领带夹，或者别针？为什么共济会的建筑物都有明显的标志？为什么他们的会议时间会在报纸上刊出？”兰登对着所有那些迷惑的面庞微微一笑。“我的朋友们，共济会并不是个秘密社团……他们是个有秘密的社团。”

“一回事儿。”有人嘀咕着。

“是吗？”兰登问。“那你认为可口可乐公司是个秘密社团吗？”

“当然不是。”那个学生说。

“好啊，如果你找上可口可乐总部，叫他们给你可乐原液配方，你看会怎么样？”

“绝对不会告诉你。”

“没错。为了打探可口可乐的最大机密，你可能必须得进入可口可乐公司，在那里工作许多年，证明你是可信赖的，最终升到公司的最高管理层，也许就可以让你知道这个秘密配方了。但接下来，你得发誓要保守这个秘密。”

“那你的意思是这些共济会组织就像是一个股份公司？”

“就他们严格的等级制度和需要严守机密这一点来看，是这么回事。”

“我叔叔是一个共济会成员，”一位年轻女学生尖细的嗓音冒出来，“我婶婶很讨厌这事儿，因为他从来不跟她透露共济会的内情。她说共济会好像是某种奇异的宗教。”

“一种普遍的误读。”

“不是宗教吗？”

“我们来检验一下，”兰登说，“这里有谁修过威瑟斯彭先生的比较宗教学课程？”

有几只手举了起来。

“好。那么请告诉我，判断一种意识形态为一种宗教，需要哪三个必备条件？”

“ABC①，”一个女学生说，“确认、信仰、皈依。”

---

① ABC，这里指确认（Assure）、信仰（Believe）、皈依（Convert）三词的英文首字母。

“正确，”兰登说，“宗教确认人可以救赎，宗教信仰某种精确的神学，再有，宗教能让无信仰者皈依。”他停顿了一下。“但这三个条件，共济会一个都不具备。共济会不向人们提供救赎的保证；也没有专门的神学理论；再有，他们并不想要你的皈依。事实上，在共济会的集会和讨论中，宗教是被禁止的。”

“那么说……共济会是反宗教的？”

“恰恰相反。成为一名共济会会员的先决条件是你必须相信一种更高的力量。共济会精神和有组织的宗教的区别在于，它不用专门的定义或名称限定那种更高的力量。它没有稳定性的神学名称，如上帝、安拉、佛陀、基督，共济会使用一种更通俗的术语，如至高的存在，伟大的宇宙建筑师。这就使得不同信仰的共济会会员能走到一起。”

“听起来很前卫呢。”有人说。

“或者，也许是更新鲜、更开放？”兰登说，“在这个时代，不同的文化就各自定义的上帝谁家更好打得你死我活，你可以说，共济会的宽容传统和开放思想是值得赞赏的。”兰登在讲坛上踱着步。“或者更进一步地说，共济会向所有不同种族、肤色和信仰的人开放，它提供的是没有任何歧视的兄弟之爱。”

“没有任何歧视？”一位学校妇女中心的成员站了起来。“有多少妇女被准许加入共济会，兰登教授？”

兰登作举手投降状。“说得好。共济会传统上是欧洲的石匠行业公会，所以，这是一个男性的组织。几百年前，有人说是在一七〇三年成立了一个名为东方星的女性分会。这个组织有超过一百万的会员。”

“但是，”这位妇女说，“共济会这个强势组织还是把女性排除在外。”

兰登不敢肯定共济会是否真的还那么强势，他没打算去蹚这个浑水，有关现代共济会的看法很多，从只是一帮喜欢聚到一起玩玩盛装游戏的不碍事的老头……到始终都能左右世界的当权者的地下阴谋团伙都有，毫无疑问，实情介于两者之间。

“兰登教授，”坐在后排长着一头鬈发的年轻人说，“如果说共济会不是秘密社团，不是股份公司，也不是一种宗教，那它是什么？”

“嗯，如果你问一个共济会会员，他会给你以下的定义：共济会是一种道德体系，隐藏于寓言，彰显于符号。”

“在我听来像是某种‘怪诞的邪教’的委婉说法。”

“你说*怪诞*？”

“正是！”那孩子说着站了起来。“我听说过他们在那些秘密建筑物里的所作所为！仪式上点着怪模怪样的蜡烛，有棺材和绳套，还要喝下骷髅头骨里的酒。那就是*怪诞*！”

兰登扫视全体听众。“这一切在任何人看来都是怪诞的吗？”

“是啊！”所有人异口同声地说。

兰登装作悲哀地叹了口气。“太糟糕了。如果对你们来说这种行为太过怪诞，那我知道了，你们永远也不会想要加入*我的*秘术研究了。”

大厅里悄无声息。来自妇女中心的那位学生看上去非常不安。“你是秘密教派的信徒吗？”

兰登点点头，压低嗓音，用阴谋家的口吻悄声说，“别告诉任何人，当太阳神的异教徒崇拜日到来时，我会跪在一架古老的刑具下，大肆吞噬作为象征仪式的血和肉。”

学生们看上去都被吓住了。

兰登耸了耸肩。“如果你们有人敢和我一起去，可以在星期天去学校的小教堂，跪在十字架下领受圣餐。”

会场里仍然是一片沉寂。

兰登眨眨眼睛。“打开你们的心怀，我的朋友们。我们都害怕那些我们不懂的事物。”

钟声回响在国会大厦的走廊上。

七点钟。

罗伯特·兰登已经跑了起来。*算得上是戏剧性的登场吧*。跑过厅堂间的连接过道，他看见了国家雕塑厅的入口，径直朝里面冲去。

快到门前时，他让脚步从容下来，深吸了几口气，扣上外套的扣子，稍稍抬起下颏，当最后一声钟声响起时，一切都已准备妥帖。

出场时间到。

当罗伯特教授步入国家雕塑厅时，他目视前方，露出热情的笑容。但眨眼间，他的微笑消失了，脚步死死地定在了原地。

情况非常非常不对劲。

第7章

凯瑟琳·所罗门顶着凛冽的冬雨急急地穿过停车场，真希望自己身上有比牛仔裤和开司米羊绒毛衣更厚实的衣服。走近建筑物主入口，大型空气净化器的轰鸣声越发明显。可她几乎没听见，耳中依然回响着刚才那个电话的铃声。

你哥哥相信确有其物的那样东西藏在华盛顿特区……它是可以找到的。

凯瑟琳觉得这种说法简直难以置信。她和打来电话的人有许多事情要讨论，并约定今晚就见面。

来到主入口处，她再次感受到每次进入这座庞大的建筑物时的兴奋之情。*没人知道这地方是在这儿*。

门上的标牌赫然在目：

史密森博物馆支持中心

（SMSC）

史密森学会的藏品极为丰富，尽管国家广场有十几个大型博物馆以供日常展示，却也只能同时展出其所有藏品的百分之二。其余百分之九十八的藏品只得储藏在别处……*就在这儿*。

不必意外，这幢建筑物贮藏着大批形色各异的人造物品——巨型佛像、经书手卷、来自新几内亚的毒镖、宝石镶嵌的匕首、鲸须制成的皮划艇。这座建筑物内所藏的*天然*珍品，同样令人难以置信——蛇颈龙骨架、一块堪称无价之宝的陨石、一条巨型鱿鱼，甚至还有泰迪·罗斯福[①]非洲狩猎带回的大象骷髅。

但是，执掌史密森学会的彼得·所罗门三年前介绍自己的妹

---

① 泰迪·罗斯福，即美国第二十六任总统西奥多·罗斯福（Theodore Roosevelt，1858—1919），泰迪（Teddy）是其昵称。

妹来SMSC，并不是冲着这些宝物与收藏。他把妹妹带到这地方来并非为了让她*观赏*，而是希望有所*创造*。这正是凯瑟琳所从事的工作。

在这幢建筑物深处一个最隐蔽的暗处，设有一个小型科学实验室——和世界上所有的实验室都不同。凯瑟琳在意念科学领域的突破几乎涉及所有领域——从物理学到历史、哲学、宗教。*不久，一切都会改变*，她想。

凯瑟琳走进大厅时，前台的警卫迅速关掉收音机，拔掉耳塞。“所罗门女士！”他咧嘴一笑。

“红皮队？”

他的脸红了，不安地说，“还只是赛前介绍。”

她笑了，“我不会告诉别人的。”她走到金属探测门前，掏空口袋。从腕上摘下那块卡地亚金表时，她和以往一样顿感伤怀，这表是母亲送给她的十八岁生日礼物。母亲的惨死距今已将近十年……她就死在凯瑟琳怀里。

“那么，所罗门女士？”警卫用开玩笑的口吻悄声问，“你是不是也不想告诉别人你在这里忙乎什么？”

她抬头看了他一眼。“会有那一天的，凯勒，但不是今晚。”

“请进，”他说，“一个秘密实验室……在秘密博物馆里？你忙活的事儿肯定特别酷！”

何止是酷，凯瑟琳一边收拾起东西一边想。事实上，凯瑟琳所做的科学研究已经太超前了，甚至都不像是科学。

第8章

罗伯特·兰登僵立在国家雕塑厅门口，惊讶地看着眼前的场景。大厅如他记忆中一样，是个匀称的、古希腊圆形剧场风格的半圆形厅堂。由砂岩和意大利石膏筑成的优雅的拱形墙，突出了色泽斑驳的角砾岩圆柱。三十八尊真人大小的美国伟人雕像呈弧形排列，矗立在大片黑白相间的大理石地砖铺设的开阔场地上。

这里，确是兰登记忆中聆听讲演之处。

只有一件事不对劲。

今天晚上，这里空空如也。

没有坐椅，没有听众，没有彼得·所罗门。只有少数几个游客在随意闲逛，根本没人关注兰登的隆重登场。*彼得说的是圆形大厅吗？*他抬眼望望南边的走廊，朝另一端的圆形大厅跑去，那边也只有几个游客在走来走去。

钟声的回音消逝了。兰登现在真的迟到了。

他急忙回到走廊上，看见一名讲解员。“对不起，史密森学会的活动是今天晚上吗？在哪儿举行呢？”

那位讲解员迟疑了一下。“我不清楚这事情，先生，什么时候开始？”

“现在！”

这人摇摇头。“我不知道今晚史密森学会有活动——至少，不是在这儿。”

兰登一头雾水，匆匆回到雕塑厅，走到中央，扫视整个大厅。*是所罗门开的玩笑？*兰登无法想象。他掏出手机，从那上面翻出今早彼得那边的传真号码，拨打过去。

在这巨大的建筑物里，手机稍过片刻才有信号，铃声开始响起。

接听的是熟悉的南方口音。“彼得·所罗门办公室，我是安东尼，请问有什么需要为你提供方便？”

“安东尼！”兰登顿觉释然。“很高兴你还在。我是罗伯特·兰登。这个讲演似乎有些让人搞不懂。我现在就在雕塑厅，可是这儿什么人都没有。讲演改到别的地方了吗？”

“我想这是不可能的，先生，让我查一下。”片刻之后，助理那儿回话说，“你直接跟所罗门先生确认过吗？”

兰登有点糊涂了。“没有，我和你确认过的，安东尼。今天早上！”

“是的，我记得这事儿。”电话里有一阵沉默。“你不觉得自己有些疏忽吗，教授？”

兰登这才警觉起来。“对不起，你说什么？”

“请想一想……”对方说，“你接到一个传真，要求你拨打这个号码，你照办了。你和一个自称彼得·所罗门的助理的人说话，那人你根本不认识。接着，你自行登上一架私人飞机到了华盛顿，上了等候在那儿的汽车，对不对？”

兰登全身泛起一阵寒意。“你到底是什么人？彼得在哪里？”

“恐怕，彼得根本不知道你今天要来华盛顿。”这人的南方口音消失了，变为低沉悦耳的悄声细语。“你到了这里，兰登先生，因为**我**要你来。”

第9章

罗伯特·兰登站在雕塑厅里，攥住耳边的手机踱了一小圈。“你到底是谁？”

那人用平静柔和的声音低语道：“别紧张，教授。你被召到这儿来是有原因的。”

“被召来？”兰登觉得自己像是一头被关进了笼子的动物。“不如说是绑架吧？”

“说不上。”那人的声音里有一种古怪的宁静。“如果我想伤害你，你一上加长礼宾车就会没命了。”说完，他停顿了一下。“我的目的完全是高尚的，这我可以向你保证。我只是向你发出一个邀请。”

谢了。近几年里在欧洲经历的事情给他带来了难以推却的名声，令他像块磁铁一样，吸引来了一帮疯子。这家伙已经严重越界了。“喂，我不知道到底是怎么回事，我要挂——”

“不明智，”那男人说，“如果你想拯救彼得·所罗门的灵魂，机会很小。”

兰登猛抽了一口气。“你说什么？”

“我肯定你已经听清楚了。”

此人连名带姓地称呼彼得让兰登顿时怔住了。“你知道彼得什么事儿？”

“眼下，我知道他隐藏得最深的秘密。所罗门先生是我的客人，我可能是一个很有说服力的主人。”

这是不可能发生的事。“你不可能掌控彼得。”

“我接听了他的私人手机。这么说，你能消停一会儿吧。”

“我要报警。”

“没必要，”那人说，“当局很快就会跟你搅到一起了。”

这疯子在说些什么呀？兰登的声音严厉起来。“如果彼得在你手里，马上叫他听电话。”

“这不可能。所罗门先生陷入了很不幸的境地。”对方停了一下。“他已经在阿拉弗①了。”

“*哪儿*？”兰登意识到他把手机攥得太紧，手指都麻木了。

“阿拉弗？海密斯坦根②？但丁紧接《地狱篇》里的传奇在那部圣歌中说到的地方？”

那人对宗教和文学的引用令兰登更坚定地认为他是个疯子。《*神曲*》*第二部*。兰登对此非常熟悉，菲利普·埃克塞特中学出来的人没有一个不曾读过但丁。“你是说，你认为彼得现在是……身处*炼狱*？”

“这是你们基督徒使用的一个残酷的名词，但是，没错，所罗门先生确实是在天堂与地狱之间了。”

兰登集中注意力思索这人的话。“你是说，彼得……*死了*？”

“并不完全如此，不。”

“并不完全如此？！”兰登吼了一声。他的声音在大厅里激烈地回响。一个家庭旅行团朝他看过来。他转过身去，压低了嗓音。“生与死通常是非此即彼的概念！”

“你让我大跌眼镜，教授。我还指望着你对生与死的神秘性有更好的理解呢。这是一个介于两者之间的世界——此刻，所罗门正徘徊在那儿。他或者返回到你的世界，或者直奔下一程……这取决于你此刻的行动。”

兰登竭力想弄明白。“你想要我做什么？”

“很简单。你一直与某些相当古老的事物打交道。今天晚上，你得与我分享这些。”

“我一点都不明白你在说什么。”

“不明白？你是假装不明白托付给你的那些古老秘密吧？”

---

① 阿拉弗（Araf），穆斯林的炼狱。

② 海密斯坦根（Hamistagan），公元九世纪索罗亚斯德教的教徒所描绘的人死后的审判地。

兰登的心猛地往下一沉，开始猜测可能相关的事儿。*古老的秘密*。数年前在巴黎的那番经历，他没向任何人透露过一个字，但是圣杯的狂热信徒们密切关注着媒体的报道，有些人把星星点点的线索联系起来，确信兰登已经得到有关圣杯的秘密信息——甚至知道圣杯的藏匿之处了。

"听着，"兰登说，"如果你指的是有关圣杯的事儿，我可以向你保证，我所知道的不会比——"

"别来侮辱我的智力，兰登先生，"那人打断他的话。"我对圣杯那种疯狂之念毫无兴趣，也不在意有关人类历史的流言蜚语孰对孰错。关于信仰的语义学争辩无休无止，我也并不关心。这些问题只有经历死亡才能回答。"

这断然的口气让兰登迷惑不解。"那你到底要什么？"

那人停顿了几秒钟。"你大概知道，这个城市里有一个古老的入口。"

一个古老的入口？

"今天晚上，教授，你得为我开启这个入口。你应该对我来找你感到荣幸——这该是你毕生等待的邀请。你是惟一被选中的人。"

你一定是发疯了。"对不起，但你肯定是选错人了。"兰登说，"我根本不知道什么古老的入口。"

"你不明白，教授。不是我选择了你……而是*彼得·所罗门*。"

"什么？"他的声音几乎听不见了。

"所罗门先生告诉我怎样找到那个入口，他对我坦白说，这世上只有一个人能够打开那个入口。他说这个人就是你。"

"如果彼得这样说，那他一定是搞错了……要么就是撒谎。"

"我不这么认为。他坦白这个事实时，处于十分脆弱的状态，我愿意相信他这话。"

兰登感到一阵刺痛。"我警告你，如果你以任何方式伤害彼得——"

"太晚了。"那人用逗乐的语气说，"我已经从所罗门那儿得到我向他索要的东西了。但为了他的缘故，我建议你把我向你索要的给我。时间紧迫……对你们两人来说都一样。我建议你找到那个入口，打开它。彼得将会给你指路。"

彼得？"我想你说过彼得已在'炼狱'里了。"

"如其在上，如其在下。"男人说。

兰登不寒而栗。这奇怪的回答是赫尔墨斯学说的古老谚语，表明对天堂与人间的实质性关系的一种信仰。**如其在上，如其在下。**兰登看着阔大的厅室，心想，今天晚上，怎么所有的事情都如此突兀地失控了呢。“听着，我不知道怎么去找那个古老的入口。我要报警了。”

“你还没开窍，是不是？为什么选中了你？”

“不明白。”兰登说。

“你会明白的，”对方咯咯地笑了起来，“很快就会明白的。”

电话随即断了。

兰登僵直地呆立了好一会儿，试图搞清楚究竟发生了什么。

突然，他听到远处传来出乎意料的声响。

是从那边的圆形大厅传来的。

有人在尖声叫喊。

第10章

罗伯特·兰登曾多次进入过国会大厦的圆形大厅，但从未像这样全力冲刺着跑进去。他从北面入口跑进大厅时，看见一群游客挤在大厅中央。一个小男孩在尖叫，他的父母正在安抚他。其余的人围成一圈，几个警卫在竭力恢复秩序。

“他从吊腕带里拽出来的，”有人惊魂未定地喊道，“就扔在那儿！”

兰登凑过去，朝引起骚乱的地方看。说实话，这个物件搁在国会大厦的地板上确实很奇怪，但也不至于发出这样骇人的尖叫啊。

地板上的东西兰登曾见过许多次。哈佛艺术系有几十个这样的玩意儿——真人大小的塑料模特儿，用来帮助雕塑家和画家表现人体最复杂的部位，奇怪的是，不是人的脸部模型，而是人手。**有人把一只模型手扔在这圆形大厅？**

模型手——也有人称之为**石膏手**——有关节相连的手指，能让艺术家随心所欲地摆出姿态，大学二年级生经常会把它摆成中指伸出的模样。眼前的这只模型手，却是食指和拇指冲着天花板。

兰登越往前凑近，越觉得这只模型手有些不同寻常。它的塑料表面不像一般模型手那样光滑，还有一些斑点和细细的皱纹，看起来像是……

就像真人皮肤。

兰登突然怔住了。

他看见了血迹。*我的天哪！*

切断的手腕处似乎插在了带钉的木制底座上，朝上立着。一股令人作呕的气味冲向他。兰登向前挪了一点点，看到那个食指和拇指指尖细微的刺青时差点窒息，但并不是那刺青引起了兰登的注意。他的目光移向无名指上那个熟悉的金戒指。

不。

兰登连连后退。整个世界开始旋转。他意识到自己看见的是彼得·所罗门被切断的右手。

第 11 章

*彼得为什么不接电话？*凯瑟琳·所罗门满腹疑惑地挂断了手机。*他在哪里？*

三年来，在他们每周日晚间七点的约会中，他总是先到。这是他们家族持续已久的惯例，每个新的一周开始之前他们都要相守在一起，也是为了让彼得了解凯瑟琳实验室的最新进展。

他从没迟到过，她想，*他也一直不接手机*。更要命的是，直到此刻凯瑟琳还不能确定，万一最后他出现在自己面前，她是否要告诉他那件事。*今天发现的那件事，我怎么开口对他说呢？*

她的脚步有节奏地落在地面上，悠长的走廊像是贯穿 SMSC 的脊椎。这条走廊在 SMSC 内被称为“大街”，连接着大楼的五个大舱室。架在四十英尺高处的橘黄色管道循环系统和整座大楼的“心跳”一起有节律地搏动着——这是泵送循环过滤数千立方英尺空气的响声。

通常，在她前往实验室那段近四分之一英里的路程中，大楼的呼吸声会让她感觉平静。可今晚，这种脉动的声音却让她紧张。今天听到的有关哥哥的事情也许会给所有人带来麻烦，可彼得是家族中惟一在世的亲人，凯瑟琳一想到他对自己还有所隐瞒就觉得心烦意乱。

据她所知，他惟一对她保守过的秘密……就藏在这条过道的尽头，那是个绝妙的秘密。三年前，哥哥和凯瑟琳一起走在这条长廊里，颇为骄傲地向她介绍SMSC，这幢建筑物里有哪些不同寻常的藏品——编号为ALH-84001的火星陨石，坐牛酋长[①]手书的石壁画传，盛有查尔斯·达尔文收集的原始物种的蜡封球形罐。

当时，他们一起经过一道厚重的门，门上镶着一扇小窗。凯瑟琳马上被眼前的景象吸引住了，问："这到底是什么？"

她哥哥边走边笑。"第三舱室，也叫水舱。看上去相当奇特，不是吗？"

毋宁说是吓人。凯瑟琳紧跟在他身后。这幢建筑物就像外星球。

"我真正想让你看的是第五舱室。"她哥哥说着，在那似乎没有尽头的走廊上领着她前行。"这是我们最新扩建的，用于储藏国家自然历史博物馆地下室里的藏品。按计划，那些藏品五年后全部要搬到这边来，也就是说，第五舱室目前是空的。"

凯瑟琳看了一眼说，"空的？那我们来看什么？"

她哥哥的灰眼睛里闪现出她熟悉的调皮劲儿。"我突然想到，现在这儿既然没人使用，那也许可以给你用。"

"我？"

"正是。我想，也许你应该有一个专门的实验空间——你可以尽情使用这儿的设备，把你这些年研究的理论付诸实验。"

凯瑟琳惊讶地看着她哥哥。"但是，彼得，那些实验完全是理论上的假设！几乎不可能付诸实际操作。"

"没有什么是不可能的，凯瑟琳，对你来说，这幢大楼很理想。SMSC并不仅仅是个储存藏品的地方，也是世界上最前沿的科学研究场所。我们一直在挑选藏品，用拿钱所能买到的最好设备进行探测。只要你用得上，这里任何装置你都可以随意支配。"

"彼得，这种实验需要的装置是——"

"已经在那儿了。"他咧嘴一笑。"实验室已经布置好了。"

凯瑟琳停下了脚步。

---

① 坐牛酋长（Sitting Bull，1831—1890），美国印第安人苏族部落首领，一个传奇人物。

她哥哥指着长长走廊的尽头。“我们现在就去瞧瞧。”

凯瑟琳几乎说不出话来。“你……你为我建了一个实验室？”

“这是我分内的事。史密森学会是为科学发展而建立的。作为秘书长，我必须认真负责。我相信你的实验具有不可估量的潜能，能推动科学进入未知领域。”彼得停下来，正视着她的眼睛。“不管你是不是我的妹妹，我都有义务扶持这项研究。你的想法相当惊人。全世界都应该看到自己的前景何在。”

“彼得，我不可能——”

“好了，放松些……这是我自己的钱。现在没人在使用第五舱室。等你完成自己的实验，你要搬出去也行。再说，第五舱室有一些独特的设备，非常有助于你的工作。”

凯瑟琳想象不出这个巨大而空旷的舱室对她的研究会有什么帮助，但她知道马上就能亲眼见证了。他们来到一扇钢门前，上面刻着醒目的字样：

第五舱室

她哥哥把钥匙卡插进槽内，电子键亮了。他伸出手指正要键入密码，却又停了下来，像小时候那样调皮地挑了挑眉，问：“你确定准备好了？”

她点点头。*我的，哥哥，总是热衷于追求戏剧化的效果。*

“往后站一点。”彼得在按键上敲了几下。

钢门嘶嘶一响，开了。

门内只是一片漆黑……像是一个豁开的黑洞。黑暗深处似乎回响着旷野中的呜咽。凯瑟琳感到一股寒气从里面发散出来，一如夜间朝大峡谷深处望去。

“想象航空公司有个空机库，正等待一队空客机到来，”她哥哥说，“这么想，你对它就会有一个基本概念了。”

凯瑟琳下意识地往后退了一步。

“这个舱室太空旷了，很难保温，可你的实验室是用空心砖砌成的热绝缘房间，大致上是一个立方体，安置在这个舱室最偏的角落里，以便与其他区域最大限度地隔离开来。”

凯瑟琳试着想象实验室的格局。*盒子里面的盒子*。她竭力朝眼前的黑暗深处看去，可是什么也看不见。“里面有多大？”

“相当大……摆下一个橄榄球场还绰绰有余。我得提醒你，这段路走起来你会觉得有点费劲。里面特别黑。”

凯瑟琳往墙角看。“没有电灯开关？”

“第五舱室还没有埋线通电。”

“那……实验室怎么运作？”

他眨眨眼睛。“用氢燃料电池。”

凯瑟琳简直目瞪口呆。“你是在开玩笑吧？”

“这儿的清洁能源足以维持一个小型城市的运转。你的实验室拥有与大楼其他部分隔离的全频率无线电设施。而且，所有舱室外部封有光阻薄膜，以保护里面的物品不受阳光辐射。实际上，这个舱室是一个能量中性的封闭环境。”

凯瑟琳开始理解第五舱室的魅力了。因为她的实验需要在一个能够阻隔任何外来射线、没有“白噪音”污染的环境里进行，大量工作的重心就是测定此前未知的能量域。她的实验对精微程度要求非常严苛，甚至不允许来自周围人的“脑电波”或“思想射线”的干扰。正因为如此，大学校园或是医院实验室都不能满足她的实验条件，而像 SMSC 这样的密封舱室可谓是最理想的工作环境。

“我们进去看一下吧。”她哥哥朝她咧嘴一笑，走进无边际的黑暗中。“跟着我就行。”

凯瑟琳跨过门槛。*在一片漆黑中要走一百码吧？*她想叫哥哥拿只手电筒来，但哥哥仿佛已消失在深渊里了。

“彼得？”她喊。

“信念助你大步飞跃，”黑暗中他的声音渐行渐远，“你会找到路的，相信我。”

*他在开玩笑，不是吗？*凯瑟琳迈过门槛走了几英尺，心怦怦直跳，竭力想透过黑暗看见什么东西。*我什么都看不见！*突然，身后的钢门又嘶嘶一响，砰地关上了，她猝不及防地陷入彻底的黑暗。任何地方都不见一丝光亮。“彼得？！”

毫无声息。

你会找到路的，相信我。

她摸索着一点点地向前挪去。信念助你大步飞跃？这里伸手不见五指。她继续向前移动，但不过几秒钟工夫，她已完全不知所往。我要走到什么地方去？

这是三年前的事儿。

现在，凯瑟琳来到同样厚重的金属门前，她想，自第一天晚上来到这儿至今，她已经有了多大的进展。她的实验室——外号“立方体”——成了她的家，第五舱室深处的一个圣所。正如她哥哥先前预言过的，她在那晚的黑暗中找到了自己的路，从那之后，每天晚上她都穿过黑暗前往实验室——多亏了她哥哥让她自己发现的那套独特而简单的引导系统。

更重要的是，她哥哥的另一个预言也实现了：凯瑟琳的实验取得了惊人的成果，尤其是在最近的六个月里，这种突破将可能改变整个思维模式。凯瑟琳和哥哥都同意将她的研究成果严格保密，直至完全领悟个中深意。但凯瑟琳知道，不用很久，她就会发表人类历史上最具革命性的科学新发现。

秘密博物馆内的秘密实验室，她想着，把钥匙卡插入第五舱室门上，电子键亮了，凯瑟琳输入自己的个人识别密码。

钢门嘶嘶地打开。

熟悉的冷风，旷野中的呜咽。像往常一样，凯瑟琳感觉自己的脉搏跳动速率开始加快。

世上最奇特的上下班。

她稳住自己，踏进黑暗之前先看一眼手表。可是今天晚上，一个焦虑的念头始终在她心里盘桓。彼得在哪儿？

第 12 章

警卫队长特伦特·安德森执掌国会大厦建筑群的安保工作足有十年之久。他身材魁梧，面部轮廓分明，一头红发剃成板寸样式，这给他带来一种军官气质。他总是随身佩带武器，用以警告那些愚蠢到敢在他的地盘上惹事的家伙。

大部分时间，安德森守在国会大厦一间装备着高科技监控设施的地下室里，指挥协调他那支小小的安保队伍。他管理着一班工程技术人员，那些人负责盯着监控器、电脑记录读出设备，操作他与各个警卫保持联络的通话中心。

这天晚上平静得有些反常，安德森非常满意。他还指望能在办公室的平板显示器上瞄上一眼红皮队的比赛。可比赛刚开始，内部对讲机就响了。

“队长？”

安德森叹了口气，按下通话键时，两眼还盯在屏幕上。“喂？”

“圆形大厅有骚乱。警卫们正赶过来，我想你最好也亲自来看一下。”

“好吧。”安德森走进安保部门的神经中枢——里边密密麻麻布满了最先进的电脑监视设施。“你看到了什么？”

技术员把一段数码录影截屏转到监控器上。“这是圆形大厅东面楼厅的录像。是二十秒钟之前摄录的。”他开始播放视频。

安德森越过技术员的肩膀看过去。

今天的圆形大厅几乎空空荡荡，只有零星的几个游客。安德森训练有素的眼睛很快发现有一个人走动得比其他人快。他剃着光头，身穿从军需品商店买来的绿色军装，受伤的胳膊吊着绷带，走路有些轻微的跛足，一副懒散模样，正在打手机。

光头男子的脚步声在音频上清晰地回响，他来到圆形大厅入口处，突然停下，结束了手机通话，然后跪下来，佯装系鞋带，其实并不是在系鞋带，而是从吊着的绷带里抽出一个什么东西搁在地板上。然后，他站起身，轻快地跛行走向东面出口。

安德森奇怪地盯着这个男子放在地板上的物件。*这到底是个什么东西？*它垂直地竖在那儿，大约有八英寸高。安德森凑近屏幕。*这不会是那什么吧！*

光头男子从东面出口消失后，一个在附近走动的小男孩可能看见了那东西，说道：“妈妈，那个人掉了什么东西。”男孩朝那个物件跑去，可是，他突然停住了。一动不动地站了一会儿，然后他指着那东西发出震耳欲聋的尖叫声。

警卫队长马上转身跑向门口，大喊着下达命令。“通知所有的警卫点！找到那个光头男子，立刻拘捕他！**马上！**”

他冲出安保中心，三步一跨地冲向磨损的台阶。刚才被摄入安保录像中的那个吊绷带的光头男子，正是从东面的柱廊走出圆形大厅的。这是离开大厦最近的路径，所以，他肯定还在东西向的走廊上，就在前面。

我能逮住他。

安德森冲下台阶绕向走廊时，观察了一下面前安静的厅廊通道。远远的过道尽头有两个上了年纪的老夫妇挽着手蹒跚而行。近旁，一个身穿鲜蓝运动外套的金发游客一边翻看导游册子，一边端详着众议院大厅外面的马赛克天花板。

“对不起，先生！”安德森叫喊着朝他跑过去。“你看见一个胳膊吊在绷带里的光头男子了吗？”

那人从导游册上抬起头来，一脸困惑。

“胳膊上吊着绷带的光头男子！”安德森更肯定地重复一遍。“你见过这个人吗？”

游客迟疑了一下，然后紧张地指着走廊东面尽头。“噢……是的，”他说，“我想他刚刚从我身边跑过……朝那边楼梯的方向去了。”他指着厅堂的那一头。

安德森掏出无线电通话器叫喊道，“大家听着！疑犯往东南出口处方向去了。全面警戒！”他放回对讲机，猛地抽出枪套里的手枪，向出口处冲去。

三十秒钟后，国会大厦东侧静谧的出口处，身穿鲜蓝运动外套、体格强壮的金发男子走入雾蒙蒙的夜幕。他微笑着，享受着夜晚的凉爽。

变身。

简直易如反掌。

仅仅一分钟之前，他还身穿军服，跛足快步走出圆形大厅。他走进一个暗处的壁龛，脱下外套，露出早已穿在里面的鲜蓝运动外套。他从那件衣服口袋里掏出一顶金色假发，然后扔掉外套，把假发套在头上。直起身子后，又从鲜蓝运动外套口袋里拿出一本薄薄的华盛顿导游册子，从容悠然地从壁龛里走了出来。

变身。这是我的天赋。

迈拉克甩开长腿走向等在那儿的豪华轿车，他弯弯身子，旋即将六英尺三的身材完全挺直，肩胛向后一甩，深深地吸了一口气，让夜晚的空气充满他整个肺部。他感到胸前的双头凤凰似乎振翅欲飞。

只要他们见识我的威力，他思忖着，朝这个城市瞥了一眼。*今晚，我将完成全套变身*。

迈拉克在国会大厦内打出了一手漂亮的牌，向所有古老的礼节表达了敬意。*古老的邀请已经发出*。即便今晚兰登不能立刻进入自己的角色，也不至于拖得太久。

第 13 章

对罗伯特·兰登来说，国会大厦圆形大厅——就像梵蒂冈的圣彼得教堂一样——总会给他带来惊奇。他知道这厅室奇大无比，塞进整座自由女神像还绰绰有余，但不知什么原因，圆形大厅总是比他想象中的更宏大、更具神圣感，好像这儿冥冥之中有神灵同在。可是今晚，这儿只有一片嘈杂。

国会大厦的警卫一边隔离圆形大厅，一边疏导惊恐的游客远离那只手。那个小男孩还在哭。闪光灯亮了一下——有个游客拍下了那只手——几名警卫马上逮住那名游客，拿过他的照相机，把他押走了。混乱中，兰登感到自己恍恍惚惚地在向前挪动，穿过身边的人群，一点一点向那只手靠拢。

彼得·所罗门被切断的右手就竖在那儿，手腕的截面戳在一个木制小底座的尖叉上。三根手指呈握拳状，伸直的拇指和食指指向穹顶。

“所有人都退后！”一名警卫喊道。

兰登现在可以清楚地看见干涸的血迹，是从手腕上流出的，凝结在木制底座上。*人死后是不会流血的……这就意味着彼得还活着*。兰登不知道是该释然还是该恶心。*彼得的手是在他活着时被切下的*？苦苦的胆汁涌上喉头。他想起以往所有那些时刻，这位亲爱的朋友伸出这只手握住兰登，或是给他一个温暖拥抱的时刻。

有好一会儿，兰登的脑中一片茫然，就像电视屏幕调不出节目，只有静电干扰的信号。第一个清晰的图像出其不意地从破碎的思绪中浮现出来。

一顶王冠……一颗星。

兰登蹲下去，看着彼得的拇指和食指。刺青？难以置信，干了这事的恶魔竟在彼得的手指上留了刺青。

拇指上——一顶王冠，食指上——一颗星。

*这不可能。*这两个符号立即唤起了兰登的记忆，令他由眼前恐怖至极的一幕联想到冥界异世的场景。这两个符号在历史上曾多次出现，而且总是在同一处——人手的手指指尖上。这是古代世界[①]最让人觊觎，也最隐秘的象征。

神秘之手。

这个象征符现今已经非常少见了，但它自古就表示强令——要求行动。兰登紧张地研究着面前的这个奇异装置。*有人斩下彼得的手，制作了这只神秘之手？*这真是无法想象。按传统惯例，这个象征是雕刻在石头或是木头上的，或者只是一幅画。兰登从未听说过有从活人身上斩下制成的“神秘之手”。这想法实在太邪恶了。

“先生？”一名警卫走到兰登身后。“请退后。”

兰登似乎没听见他的话。*还有那些刺青。*尽管他还看不见蜷曲的另外三个手指的指尖，但兰登知道那几个手指上也一定各有不同的标记。这是古老的传统。总共有五个符号。数千年来，*神秘之手*五指指尖上的符号从来没有改变过……所表明的意思也没有变过。

这只手的意思是……一个邀请。

兰登想起把他召到这儿来的那个人的话，顿时不寒而栗。*教授，今晚你会接到毕生等待的邀请。*古时，*神秘之手*用于发出最最紧迫的邀请。收到这个象征物，即意味着被邀请加入一个精英团体——据说，就是保卫古往今来最隐秘智慧的人。这邀请不仅是一份极大的荣耀，也意味着某位尊长相信你具备接受那深藏不露的智慧的资格。*这位尊者发出了入会邀约。*

“先生，”警卫不由分说地把手搭在兰登肩上。“我请你马上退后。”

---

① 古代世界，此处原文为 ancient world，通常指公元四七六年西罗马帝国灭亡以前的地中海沿岸和近东一带。

“我知道这个含义，”兰登说，“我能帮助你们。”

“马上退后！”警卫喝道。

“我的朋友遇到了麻烦，我们必须——”

兰登感到那只有力的手拽住了他，把他拖了开去。他只能服从……一个趔趄差点摔倒。正式的邀请刚刚送达。有人在召唤兰登去开启隐藏古老神秘智慧的大门。

可这根本是神经错乱。

狂人的臆想。

第 14 章

迈拉克的超长豪华轿车慢慢驶离国会大厦，向东直奔独立大道。一对走在人行道上的年轻男女热切地朝贴膜的后车窗窥望，想瞧一眼车里是什么尊贵人物。

我在前排呢，迈拉克想着，暗自笑了。

迈拉克喜欢独自驾驶这辆大型豪华轿车，这让他有一种大权在握的感觉。他另外的五辆车都不能满足今晚的需要——要保证私密。完全的私密。豪华轿车在这个城市享有一种无法言说的豁免权。*车轮上的大使馆*。国会山附近的警察从来不敢确定他们阴差阳错拉到路边的豪华轿车里是哪路神仙，最简单的选择就是不去冒这个险。

当迈拉克越过安纳卡斯蒂亚河进入马里兰州时，他觉得自己像是被一股命运的重力拽向凯瑟琳那边。*我今晚被召来担当第二项重任……这是我之前未曾料到的*。昨天晚上，彼得·所罗门说出了他最后的秘密，迈拉克就此得知秘密实验室的存在，凯瑟琳·所罗门就在那里面操弄奇迹——迈拉克磕磕绊绊地弄明白了，如果那些秘密被揭晓，将会极大地改变世界。

她的工作将揭示所有事物的本质。

几个世纪以来，世界上“最有智慧的头脑”都忽视了这门古老的科学，把它讥为无知的迷信，再以怀疑论和诸多令人眼花缭乱的新兴科学来武装自己——这些工具只会使他们远离真相。*每一个时代的惊人发现*

都被下一个时代的科学证明为谬误。这已是屡经数代验证的真理。懂得越多的人，越了解自己的无知。

几千年来，人类一直徘徊在黑暗中……但现在，正如预言的那样，变革正在到来。人类盲目地摸索了几个世纪，现在已经到了十字路口。这个时刻，很早以前就被预测到了，被古老的典籍、原始历法，甚至星辰本身预言过。这个日期是特定的，它就要到来了。而在变革到来之前将出现辉煌的知识爆炸……一道照亮黑暗的清澈闪光，给予人类最后一次机会：脱离深渊，走上智慧之路。

我要来熄灭这亮光，迈拉克想。这是我的角色。

命运把他和彼得与凯瑟琳·所罗门联结在一起。凯瑟琳在SMSC取得的突破将会冒着风险打开人类新思维的闸门，启动一场新的文艺复兴运动。凯瑟琳得到的启示如果公之于众，将会成为激发人类重新发现其所失落的知识的催化剂，授予他们超乎想象的力量。

凯瑟琳，命定点燃火炬的人。

而我，将熄灭它。

第15章

凯瑟琳·所罗门在一片黑暗中摸索着实验室的外门。摸到后，她伸手打开铅层防辐射门，急忙走进狭小的门厅。穿过空荡荡的过道只花了九十秒钟，但她的心怦怦狂跳。三年了，你一定以为我早已习惯了。凯瑟琳每次逃离黑暗的第五舱室，而走进这个干净明亮的实验室时总会感到一阵释然。

“立方体”是一个没有窗子的巨大箱状空间。内部的每一寸墙壁和天花板都覆盖着钛涂层网孔防辐射铅纤维，看上去，就像是一个架设在混凝土围墙里的巨大笼子。树脂磨砂玻璃隔板把空间划分成不同功能的区域——实验室、控制室、能源供应室、卫浴室，还有一间很小的专业文献图书室。

凯瑟琳精神抖擞地走进主实验室。这个明亮的工作区是消过毒的，里面有大量令人眼花缭乱的先进设备：配对的脑电图描记仪，一台飞秒光梳装置，一个磁光阱，还有利用量子测不准原理的电子噪音 REGs 或简称随机事件发生器。

虽然意念科学应用了先进的前沿技术，但意念科学的研究成果远比这些促成实验的冷冰冰的高科技设备要神奇得多。随着令人震惊的数据不断涌现，魔幻和神秘事物正在成为现实。所有数据都支持“意念科学”的基本理念——人类心智尚有未开启的潜能。

理论很简单：*我们仅仅开发和使用了人类全部智力和精神的表层*。

在诸如加利福尼亚的意念科学学会、普林斯顿大学特异功能研究实验室等机构里进行的实验，充分证明了一点：如果正确地集中人的意念，就可以影响和改变*物质实体*。他们的实验完全不是什么“折弯汤匙”之类的客厅魔术，更恰当地说，那是一种经过严格控制的研究，而这些实验每次产生的结果都同样惊人：我们的*思想*确实能够与实体世界互动，不管我们是否知道这一点，它自始至终都在对世界的改变产生影响，甚至深入到亚原子的层面。

意识超越物质。

二〇〇一年，举世震惊的“9·11”事件发生后的几小时内，意念学科领域有了一个相当惊人的飞跃进展。四名科学家发现，当全美惊恐万状的人们聚集在一起、同时沉浸于悲恸中时，全世界设于不同地点的三十七台“随机事件发生器”的输出都突然出现了显著的随机性的*衰减*，这个发现意味深长。不知为什么，集体合一的心理体验、数以几百万计的人脑合力，影响了机器设备，梳理了随机应变量，令信息输出由紊乱变为有序。

这一惊人发现犹如应验了古人“天人感应”的信念——人类意识的大量聚合确实可以作用于物质实体。最近，有关聚众冥想和祈祷的研究在随机事件发生器中也产生了相似的结果，这更有力地证明了*人类意念*的潜能，正如意念科学的开创者琳妮·麦克塔格特所描述的，那是一种身体*之外*的物质……一种高度有序的、能够改变实体世界的能量。琳妮·麦克塔格特的著作《意念的实验》和互联网上面向全球研究的网页——theintentionexperiment.com——都是将研究聚焦于人的意念怎样对世界产生影响。这一切都让凯瑟琳心醉神迷。另一些富于挑战性的论文也引起了凯瑟琳的兴趣。

在此基础上，凯瑟琳·所罗门的研究有了进一步发展，证明了“聚焦的思想”对**任何事物**都可能产生实质性影响——植物的生长速度，缸里的鱼的游动方向，培养皿中细胞的分裂，分离的自动系统的同步运作，还有人体自身的化学反应。甚至，刚刚形成的坚固晶体也能在人的意识作用下呈现易变性。凯瑟琳曾做过一个实验，当一个玻璃瓶内的水结冰时向它输送爱的意念，结果真得到了美丽均匀的冰晶体。令人难以置信的是，反向的转变也确凿无疑：当她向水中输送负面的、污秽的意念时，冰晶就成了一堆乱七八糟的碎片。

人的意念可以改变实体世界，这是确凿的。

凯瑟琳的实验越来越大胆，取得的成果也更加惊人。“意识超越物质”？她在这个实验室里所验证的一切已超越了这种质疑，更不是“新时代运动”[①]那种自助式祷咒。意识具有改变物质状态本身的能力，而且，更重要的是，意识还具有激励物质世界向着某个特定方向运动的力量。

我们是宇宙万物的主人。

在亚原子层面，凯瑟琳已经展示过，完全基于她的观察**意念**，基本粒子就或存在或消亡了。在某种意义上，是她对看到一个基本粒子的期望……导致了这个粒子的出现。海森堡几十年前暗示过这个现实，现在它已成为意念学科的基本准则。琳妮·麦克塔格特也曾说过：“生命的意识就是一种影响力，它把某种**可能**转变为**真实**。创造我们宇宙的最本质的成分就是观察它的意识。”

但凯瑟琳在研究中最令人震惊的部分是：通过操练，这种影响物质自然界的意念能量可以被**增强**。意念是一种*学习而得的*技能。如同冥想，对“思想”的真正驾驭需要操练。更重要的是……在这方面，某些人生来就有比其他人更好的天赋。纵观整个历史，总会有少数人会成为真正的大师。

这正是现代科学与古代神秘主义之间缺失的环节。

凯瑟琳从她的哥哥彼得那里了解到这一切，现在，她的思路又转到他身上，忧虑油然而生。她走到实验室的文献图书室向内张望。没有人。

---

① 新时代运动（New Age，或称 New Age Movement），崇尚神秘主义等另类生活方式的一种文化思潮，喜欢讨论生命轮回和灵异现象，起源于上个世纪六七十年代。

这只是一个很小的阅览室，两把莫里斯椅，一张木桌，两盏落地灯，占了一面墙的桃花心木书架上大约码放着五百本书。凯瑟琳和彼得都在这儿存放他们最喜欢的资料，内容涉及从粒子物理学到古代神秘主义的每一个问题。他们的藏品中新与旧、前沿学科与历史资料无所不包，无奇不有。凯瑟琳的书多半是《量子意识》、《新物理学》、《神经科学的准则》之类，而她哥哥的书却更像是老古董：《凯巴莱恩》①、《光明篇》②、《物理之舞》③，还有一卷来自大不列颠博物馆的闪族泥板文译本。

“科学未来的钥匙，”她的哥哥经常这样说，“就藏在我们的历史之中。”毕生从事历史学、科学和神秘主义研究的学者，彼得正是第一个鼓励凯瑟琳以对早期赫尔墨斯主义哲学的理解来推进她在大学的科学研究的人。她还只有十九岁时，彼得就激发了她对于现代科学与古代神秘主义之间关联的兴趣。

“告诉我，凯蒂，你们耶鲁现在的理论物理学都读些什么书？”彼得问她，当时她是回家过暑假的耶鲁二年级生。

凯瑟琳站在塞满图书的家庭图书馆里，把必读书单背了一遍。

“挺不错嘛，”她的哥哥回应道，“爱因斯坦、玻尔，还有霍金，他们是现代物理学的天才。但你有没有读过更早一些的书呢？”

凯瑟琳挠挠头。“你是说……牛顿？”

他笑了。“再往前推。”虽然只有二十七岁，但彼得已经在学术界颇有名望了，他和凯瑟琳从小到大都很喜欢这种游戏式的智力交锋。

*比牛顿更老吗？*凯瑟琳的脑子里此刻充满了遥远时代的名字，像托勒密、毕达哥拉斯，还有赫尔墨斯·特利斯美吉斯忒斯。*现在没人再读那些书了。*

她哥哥的手指滑过长长书架上一溜皮质封皮开裂且积满尘垢的书卷。“古代的科学智慧正在蹒跚而去……现代物理学对于它的理解，现

---

① 《凯巴莱恩》(*The Kybalion*)，汇集赫尔墨斯神秘学说基本原理的出版物。一九〇八年由美国芝加哥瑜伽学会出版社出版，作者署名为“三位隐士”，真实身份不明。

② 《光明篇》(*The Zohar*)，西班牙莱昂的摩西（Moses of Leon，1250—1305）所著犹太神秘主义圣典。

③ 《物理之舞》(*The Dancing Wu Li Masters*)，量子物理学家大卫·博姆（David Joseph Bohm，1917—1992）的一本现代物理学经典著作。

在才刚刚起步。”

“彼得，”她说，“你告诉过我，埃及人对杠杆和滑轮的理解比牛顿早得多，早期炼金术士和现代化学是相通的，但那又怎么样呢？当今物理学要处理的概念是古代人根本无法想象的。”

“什么概念？”

“嗯，比如纠缠理论[①]！”亚原子研究已确证所有的物质都是互有关联的——纠缠于整合为一的咬合关系中……具有普遍的统一性。“你不会要告诉我，古人也坐而论道讨论过纠缠理论吧？”

“确实如此！”彼得说着，撩开遮在眼前的长长的黑色额发。“纠缠理论是原始信念的核心。这个名称和历史本身一样古老……佛的法身、道教、婆罗门。实际上人们最古老的精神追求就是要感知自身的纠缠，感受他自己与世上万物的联系。他总想和宇宙成为‘一体’……为了达到‘合一’[②]的状态。”她哥哥抬起了眉毛。“一直到现在，犹太人和基督教徒还在努力争取‘救赎’……而大部分人都忘了我们所追求的实际上是‘合一’。”

凯瑟琳叹了口气，她怎么能和一个如此熟知史料的人去辩论呢？“好了，但你说的是一个普遍的概述，而我说的是特定的物理学。”

“那就谈特定的物理学吧。”他投以敏锐的目光，向她发出挑战。

“好吧，比如像‘极性’这样简单的概念——亚原子范畴内正极/负极的平衡。显然，古人在这方面并没有什么理——”

“等等！”她的哥哥抽出一部积满尘垢的大书响亮地扔在桌上。“现代所说的极性，就是这本两千多年前由奎师那写的《薄伽梵歌》所描述的‘两重世界’。这里还有十来本书，包括《凯巴莱恩》，都说到二元体系和自然界中对立的力量。”

凯瑟琳表示怀疑。“好啊，可是如果我们谈谈现代物理学发现的亚

---

① 纠缠理论（entanglement theory），一九八二年，法国物理学家艾伦·爱斯派克（Alain Aspect）和他的小组在实验中证实微观粒子之间存在着一种叫作“量子纠缠”（quantum entanglement）的关系。在量子力学中，有共同来源的两个微观粒子之间存在着某种纠缠关系，不管它们被分开多远，都一直保持着这种纠缠关系，扰动一个粒子，另一个粒子（不管相距多远）立即就知道了。量子纠缠已被世界上不少实验室证实，许多科学家认为量子纠缠的实验是近几十年来最重要的科学发现之一。

② “合一”，原文是 at-one-ment，在基督教教义中是与上帝合一的意思，这个词合起来 atonement 意为救赎。

原子——比如海森堡的测不准定律——"

"那就让我们来看看这个吧，"彼得说着大步走过长长的书架，又抽出一本书。"神圣的印度《吠陀经》，就是人们所知道的《奥义书》。"他重重地把这本书压在前一本上面。"海森堡和薛定谔研究过这本书，并声称他们的某些理论构建得益于这些思想。"

这样的论证又持续了几分钟，桌上布满尘灰的书越堆越高。最后，凯瑟琳只好气恼地举手投降。"好啦，好啦！你说得有道理，可我要研究的是尖端的理论物理学。是科学的未来！我真的很怀疑凯巴莱恩或是毗耶娑在超弦理论以及多维宇宙哲学方面有多少可说的。"

"你说得对，他们在这方面是没什么可说的。"她哥哥停了一下，嘴角闪过一丝微笑。"不过，既然你提及超弦理论……"他沿着书架徘徊了一圈。"那么相关古书就在这儿。"他抬手抽出一本硕大的羊皮装帧的书本，砰的一声搁在桌上。"这是十三世纪的译本，原著是中古时代阿拉姆文。"

"十三世纪就有超弦理论！"凯瑟琳简直无法相信。"得了吧！"

超弦理论是宇宙学的一个新的分支。根据最新的科学观察，这一理论暗示着宇宙并非仅仅由三维组成……而是有十个维度，所有十个维度都互有关联，就像共鸣中的小提琴弦。

凯瑟琳看着她哥哥捧起那本书，翻开来，一行行扫视着印制华丽的内容目录，然后轻点着开头的一处内容。"看一下。"他指着褪色的文字和图表说。

凯瑟琳满腹狐疑地看着这一页。这种古老的译本非常难认，但彻底出乎她意料的是，这个文本非常清晰地勾勒出了一幅与现代超弦理论（像共鸣中的小提琴弦）的描绘完全一致的宇宙图景。她一路看下去时，突然大喘着气跳了起来。"我的天啊！这里甚至描绘着六个维度纠缠和运行如同一维的状态？！"她吓得退后了一步。"这是什么书？"

她哥哥咧嘴一笑。"这正是我希望你有一天能读一下的书。"他往回翻到扉页，印制华丽的页面上是这样几个字：

光明篇全本。

虽说凯瑟琳从没看过《光明篇》，但她知道这是早期犹太神秘主义的基本教义，曾被认为是一本有法力的书，只有最博学的拉比才有资格读。

凯瑟琳看着这本书说："你是说，早期的神秘主义者已经*知道*他们的宇宙是十维的？"

"正是如此。"他翻到描绘十个缠绕的圆圈的书页，那是犹太神秘哲学中生命之树的十个圆的图解。"显然，用来命名的术语有点诡异，但实质精神是相当先进的。"

凯瑟琳不知道该怎么回答。"但是……为什么没有更多的人去研究这个呢？"

她哥哥笑了。"他们会的。"

"我不明白。"

"凯瑟琳，我们生于一个神奇的时代。变革将要到来。当人类把他们的视线转回自然本质，转回古老方式……回到像《光明篇》和世上其他古老文本的思想中去时，他们就准备好要跨入新纪元了。强大的真理自有其力，最终会把人们拽回它身边去的。现代科学开始真诚地研究那些古老智慧，这样的一天终会到来……那时候，人类将对一直困惑他们的重大问题作出最终的回答。"

那天晚上，凯瑟琳急切地读起哥哥的古书，她很快明白，他是对的。*古人所拥有的是深刻的科学智慧。*今天的科学的许多"发现"，其实是"重新发现"。人类似乎曾经领悟过自然宇宙的本质……但后来却丢失了……忘却了。

*现代物理学可以帮助我们记起来！*这成了凯瑟琳毕生追求的目标——使用先进的科学手段去重新发现失落的古代智慧。这已经超越了对学术的追求。更重要的是，她确信这个世界*需要*这种理解……尤其是现在。

在实验室另一头，凯瑟琳看见哥哥那件实验室工作服和她那件挂在一起。她不觉又掏出手机查看信息。什么也没有。她记忆中再次回响起一个声音。*你哥哥相信确有其物的那样东西藏在华盛顿特区……它是可以找到的。有时候，一个传奇会持续几个世纪……出于某种原因。*

"不，"凯瑟琳大叫一声，"这不可能是真的。"

有时候，传奇只能是——传奇。

第16章

警卫队长特伦特·安德森迅速地跑回国会大厦的圆形大厅，冲着没抓到人的警卫们一顿咆哮。有个警卫在东出口附近的隐蔽处发现了一个吊腕带和一件军需店的夹克。

那该死的家伙大模大样溜走了！

安德森命人查看外部监控器，可是什么也没发现，那人可能早就跑了。

此刻，当安德森走进圆形大厅巡查时，看见现场已如预料般处置好了。通往圆形大厅的所有四个入口都封住了，警卫故意采用一种不引人注目的方式——遮上一条天鹅绒帘子，站上一名警卫，向游客连声道歉，再竖上一块**本厅因清洁原因暂时关闭**的告示牌。刚才在场的那十来个证人都被带到大厅东侧，警卫在那儿没收了各人的手机和相机，安德森最不想看见的就是其中一位游客会将手机摄下的图像发给CNN。

羁留的目击证人中，有个高个深色头发的男子，身穿斜纹软呢运动外套，一直想从人群中挣扎出去找警卫的头儿说话。这会儿他正跟身边的警卫激烈地讨论着什么。

“过一会儿我会和他谈的。”安德森向那边的警卫喊道。“现在，这儿的每一个人都要留在大堂里，直到我们把事情调查清楚。”

安德森把目光转向那只手，它仍然触目惊心地立在大厅中央。*看在上帝的分上。*在国会大厦担任警卫的十五年里，他还是见过一些奇特的东西的。但从没见过像这样的。

法医最好赶快过来，把这玩意儿从我这儿拿出去。

安德森朝那只手凑近了些，看清它是戳在一个木制底座的尖桩上竖立起来的。*木头和血肉，*他明白了。*金属探测器查不出来。*这里惟一的金属是那枚硕大的金戒指，安德森估计这戒指大概曾被测到过，要不就是嫌犯从死人指头上取下套在自己手指上了。

安德森蹲下来仔细研究这只手。看上去，这手的主人似乎有六十来岁。戒指上镌着华丽纹样：双头鸟和数字三十三。安德森不明白那是什么意思。真正吸引他目光的是文在拇指和食指上细微的刺青。

真他妈的变态。

“队长，”一名警卫匆匆跑来，拿着一部手机。“找你的，安全中心总机转过来的。”

安德森嗔怒地看着他，好像看着一个不正常的人。“没看见我正在忙吗？”他咆哮道。

警卫的脸刷的白了。他掩口悄声道：“是中央情报局。”

安德森一怔。*中情局都知道这事了？*

“是他们的安全部。”

安德森的身子变得僵硬了。*该死的。*他不安地瞟了一眼警卫手中的电话。

在华盛顿浩瀚的情报机构海洋里，中央情报局安全部就如同百慕大三角洲一般——神秘兮兮、阴险奸诈，所有知道他们的人都避之唯恐不及。这个机构由中央情报局出于某种奇怪的目的而设立，显然带着自我毁灭的使命——其职责是对中央情报局自身进行监控。安全部是一个强大的内部事务机构，监控着中央情报局所有雇员的违法行为：盗用基金、出售机密、窃取尖端技术、使用非法的虐待手段，等等。

他们监视美国间谍。

由于对所有事关国家安全的事务拥有调查的自由行动权，安全部可以把手伸得很长、也很有效。安德森摸不清他们怎么会对国会大厦这一事件发生兴趣，也不明白风声怎么这么快就透到他们那边去了。这只能再一次证明安全部真的是无处不在。据安德森所知，他们在国会大厦装有自己直接掌控的安全摄像机。这次事件无论从哪方面来说都不关他们的事儿，然而安德森正要处理这只斩下来的手，电话就来了，未免也太巧合了。

“队长，”警卫把手机递给他，像是抛出一只烫手的山芋。“你得赶快接听这个电话。这是……”他停了一下，蹦出两个音节。“**佐-藤**。”

安德森斜着眼看警卫。*你开什么玩笑？*他的手掌心开始冒汗。*佐藤亲自来处理这事儿？*

这位安全部的头儿——佐藤井上部长——是探员圈里的传奇人物。佐藤出生于珍珠港事件后设在加利福尼亚曼萨纳的日本侨民战时营，是一个熬过了战争的顽强幸存者，从不忘记战争的可怕，也牢记军事情报不足的危险教训。如今，佐藤已跻身美国情报机构最机密、也最炙手可热的职位，可谓久经考验的强硬派爱国者，更是让对手吓破胆的厉害角色。虽然这位夫人让人闻风丧胆，却很少抛头露面，在中央情报局里非常低调，像是一个利维坦[1]，只在吞噬猎物时才浮出水面。

安德森和佐藤只打过一次照面，那双冷冷的黑眼睛足以看到你骨子里去，这让他记忆犹新，他真庆幸这会儿只需在电话里跟她打交道。

安德森接过电话，凑近嘴边。"佐藤部长，"他尽量用和悦的声音说，"我是安德森队长。我——"

"现在你们大厦里有一个人，我需要马上和他通话。"这绝对是安全部部长的声音——就像沙砾吱吱嘎嘎地刮在黑板上。喉癌手术在佐藤的脖子上留下了伤疤，也相应地导致声调失常。"我要你马上去给我把他找来。"

*就这事？你要我去找个人？*安德森突然觉得也许这通电话真的只是个巧合。"你要找谁？"

"他的名字叫罗伯特·兰登。我相信他现在就在你们大楼里面。"

*兰登？*这个名字听起来依稀有些熟悉，但安德森不能十分肯定。他现在还不能肯定佐藤是否已经知道那只手的事。"我正在圆形大厅，"安德森说，"确实有一些游客在这里……请稍等。"他放低手机朝那边的人群喊道，"大家注意，你们中间是否有一个叫罗伯特·兰登的人？"

一阵短暂的沉默后，一个低沉的声音从游客中传来。"是的，我就是罗伯特·兰登。"

佐藤知道一切。安德森伸长脖子想看清楚那个说话的人。

就是刚才竭力想要挤出人群跟他说话的人。他看上去一脸困扰……但他的模样真的有些眼熟。

安德森把手机举到嘴边。"夫人，兰登先生来了。"

"让他接听。"佐藤沙哑的声音说。

安德森吸了口气，*幸好是他，可别再找我*。"请稍等。"他挥手让兰登过来。

兰登走近时，安德森突然意识到为什么这个名字听起来这么熟。*我刚好读过有关此人的文章。他来这儿干什么？*

---

① 利维坦（leviathan），《圣经》中描述的一个力大无穷的海怪。

虽说兰登有着六英尺的身高和运动员的体魄，但安德森上下打量了他一番，他还以为能从梵蒂冈爆炸案和巴黎追捕中生还的人肯定特有范儿，可这个人却一点酷劲儿都没有。这个家伙穿着路夫休闲鞋……还能逃开法国警察的追捕？在安德森眼里，他看上去更像是在某个常春藤名校图书馆里遇见的正在阅读陀思妥耶夫斯基的角色。

“兰登先生？”安德森向他迎了过去。“我是安德森警长，负责这里的安全保卫。你有一个电话。”

“找我？”兰登的蓝眼睛里神色不安，忧心忡忡。

安德森把手机递过去，“是中央情报局安全部打来的。”

“我从来没听说过有这么个部门。”

安德森幸灾乐祸地笑笑。“没错，先生，但他们听说过你。”

兰登接过手机放到耳边。“喂？”

“罗伯特·兰登？”佐藤部长沙哑的声音在电话中响起，安德森都能听见。

“我就是。”兰登回答。

安德森凑上去，想听清佐藤部长说什么。

“我是佐藤井上部长，兰登先生，我正在处理一桩危机事件，我相信你的信息能对我有所帮助。”

兰登现出希望的神色。“是关于彼得·所罗门的事情吗？你知道他在哪儿？”

彼得·所罗门？安德森完全堕入五里雾中。

“教授，”佐藤回答，“我要问的问题事关重大。”

“彼得·所罗门现在有很大的麻烦，”兰登喊道，“有个疯子刚——”

“对不起——”佐藤打断他的话。

安德森退缩到一边。太糟了。在电话中打断一个中央情报局高官的问话？只有平民才会犯这么傻的错误。我还以为兰登会聪明一些呢。

“仔细听着，”佐藤说，“如我所说，这个国家正面临危机。有人建议我来找你，说你有重要的信息可以帮我化解这场危机。现在，我再问你一遍，你掌握的信息是什么？”

兰登完全摸不着头脑了。“部长，我一点都不明白你在说什么。我所关心的是找到彼得和——”

“不明白？”佐藤问。

安德森看到兰登有些被激怒了。这位教授用咄咄逼人的口气说。“是的，先生。我完全不明白。”

安德森躲了开去。**错，错，错**，罗伯特·兰登在与佐藤部长的通话中犯了个非常严重的错误。

真是难以置信，安德森现在意识到已经太晚了。他惊讶地看见佐藤部长出现在圆形大厅的那一头，正快速朝兰登身后走来。**佐藤就在这幢大楼里！**安德森屏住呼吸，神经绷紧。**兰登却浑然不觉。**

部长悄悄逼近了，耳边贴着手机，黑色的眼睛像两具激光器，直射在兰登后背上。

兰登紧攥着警卫队长的手机，安全部部长的逼问更加重了他的怒气。“对不起，先生，”兰登简洁地说，“我不知道你心里在想什么。你想从我这里得到什么？”

“我想从你这里得到什么？”安全部部长那刮在黑板上似的声音在兰登的手机里炸响，尖厉而嗡嗡作响，像是垂死的人挣扎着发出的喊叫。

这人一边说着，兰登一边感到有人在他肩上拍了一下。他转过身来，眼睛向下瞄去……一个身材娇小的日裔女子正对着他看。她那张布满斑点的脸上怒气逼人，她头发稀疏，牙齿被烟草熏得黄黄的，脖子上横过一道平直的白色伤疤。这女人粗糙的手里握着的手机还贴在耳边，当她的嘴唇嚅动时，兰登认出来，这就是刚才还在手机里听到的焦躁嗓音。

“我想从你这里得到什么，教授？”她平静地合上手机，瞪视着他。“首先，你应该停止称呼我‘先生’。”

兰登呆住了，结结巴巴地说。“夫人，我……向你道歉。这儿的信号不太好，所以——”

“信号非常好，教授。”她说，“而我对废话的容忍度就没那么好了。”

第17章

佐藤井上部长是令人生畏的人物——这个身高仅四英尺十英寸的女

人却易怒好斗。她骨骼纤细，却生就一副粗糙面相，加之患有名叫白斑症的皮肤病，面部很像是一块青苔斑驳的花岗岩。一身皱巴巴的便服套在瘦削的身上，颇似一只松松垮垮的口袋，敞开的领口袒露着脖子上的疤痕。她的同事们都知道，佐藤部长对自己体貌的惟一保养就是拔去那些过于明显的唇髭。

十几年来，佐藤井上一直掌管着中央情报局的安全部。她的智商远远高过正常值，加之令人诧异的准确直觉，赋予了她强烈的自信，谁要是不能履行不可能完成的艰巨任务，她就会让谁好看。甚至致命的喉癌也没能把她从岗位上拉下来。那场“战斗”只是耗费了她一个月的工作时间，让她失去了半条声带，减了三分之一的体重，她回到部里时就像什么事儿都没有发生过一样。佐藤井上是打不倒的。

罗伯特·兰登怀疑自己不是第一个在电话里把佐藤误认做男性的人，可是这位部长仍然用愤怒的黑眼睛瞪视着他。

“我再次向你道歉，夫人。”兰登说。“我一直想说清楚——那人今天晚上以彼得·所罗门的名义把我骗到特区。”他从口袋里抽出那张传真。“这是他早上发给我的传真。我记下了他告知的飞机尾号，所以，你不妨打电话给联邦航空局，查一下这架——”

佐藤伸出纤纤小手抓过那张纸，没打开看就塞进口袋了。“教授，我在主持这项调查，在把我要知道的告诉我之前，我建议你不要再说话了，除非我让你说。”

佐藤这才转向警卫队长。

“安德森队长，”她贴近安德森的脸，细小的黑眼睛瞪视着他，“你能告诉我这里到底出了什么状况吗？东门的一个警卫告诉我，你们在地板上发现了一只人手，是这样吗？”

安德森走过去，让她看地板中央的东西。“是的，夫人，就在几分钟之前。”

她不置可否地看着那只手，好像那不过是件摆错地方的衣服。“我打来电话，你也没打算向我报告，是吗？”

“我……我还以为你都知道了。”

“别跟我撒谎。”

在她严厉的目光下，安德森有些畏畏缩缩，但他的声音仍然很自信。“夫人，情况都在掌控之中。”

“我对此非常怀疑。”佐藤同样以自信的口吻说。

“法医正往这儿赶来。不管是什么人干的，总会留下指纹。”

佐藤显露出怀疑的神色。“我认为，既然某个人聪明到能够带着这只人手经过你的安检口，就足以聪明到不留任何指纹。”

“是有这个可能，但我有责任调查这事儿。”

“事实上，我现在就解除你的职责。我来接管。”

安德森的口气硬了起来。“这不是安全部的管辖范围。”

“说得没错，可这是一起关乎国家安全的事务。”

彼得的手？兰登疑惑不解，惊讶地看着他们唇枪舌剑。*国家安全*？兰登反应过来：他的当务之急是要找到彼得，可这不是佐藤的要务。安全部部长所关心的似乎完全是另一码事。

安德森也很不解。“国家安全？恕我冒昧，夫人——”

“我明确告诉你，”她打断他的话，“我的职位在你之上，我建议你照我说的去做，不要再提什么问题。”

安德森点点头硬憋下一口气。“但是，我们至少应该做一下指纹套膜，以确认是不是彼得·所罗门的，不对吗？”

“我能确认。”兰登说着，心里涌上一阵痛苦的确定感。“我认出了他的戒指……还有他的手。”他停了一下。“不过这些刺青是新的。最近才被人文上去的。”

“你说什么？”佐藤来后，这还是第一次面露惊愕。“这只手让人文了刺青？”

兰登点点头。“拇指上文的是王冠，食指上是一颗星。”

佐藤掏出一副眼镜戴上，围着那只手绕着圈，活像一条鲨鱼。

“此外，”兰登说，“那三个手指上也文有刺青。尽管你看不见，但我可以肯定。”

佐藤被这话激起了好奇心，走向安德森。“队长，你能替我们检查一下那三个手指吗？”

安德森在那只手边上蹲下来，留意着尽量不去碰它。他的脸颊贴近地板，从下面看那蜷曲的手指。“他说得没错，夫人，所有的手指上都有刺青，尽管我还没法看清那是什——”

“太阳、灯笼、钥匙。”兰登干脆地说。

佐藤转向兰登正视着他，那双小眼睛在掂量他。“你怎么知道得这么确切？”

兰登也正视着她。“以这种形式刺青的人类手形是一个非常古老的图符，被称作‘神秘之手’。”

安德森突然站起身来。“这东西有**名称**？”

兰登点点头。“这是古代世界最隐秘的图符之一。”

佐藤频频点头。“那么请允许我问一下，这样的手放置在国会大厦里是什么意思？”

兰登真希望自己能从这噩梦中醒过来。“就传统意义而言，夫人，这是用于邀请。”

“邀请……什么？”她问。

兰登低头看着他朋友被斩断的手。“几个世纪以来，‘神秘之手’被赋予一种召唤之意。简要地说，这是要邀请某人接获秘密知识——只能由少数精英知晓并严守的秘密。”

佐藤把两条细瘦的胳膊交叠着抱在胸前，乌黑的眼睛凝视着他。“好，教授，就一个懵懵懂懂来到这儿的人而言……到目前为止，你的表现已经很不错了。”

第 18 章

凯瑟琳·所罗门穿上实验室工作服，开始她每次到达之后的例行事务——她哥哥称之为“巡视”。

她就像牵肠挂肚的父母照看睡眠中的小宝宝那样，首先走进机械室。这间氢燃料工作室运行得十分平稳，备用燃料箱也都妥善地安置在各自的支架上。

随后，凯瑟琳穿过走廊走到数据储存室。在带有温控的库房内，那两台冗余全息备份装置发出正常运行的嗡嗡声。她心想，**这是我所有的研究**，凝视的目光穿过足有三英寸厚的防碎玻璃。全息数据储存设备与它前几代祖先那种冰箱大小的模样不同，它更像线条明快、造型优美的立体组合音响，每一个部件都安置在一个柱形底座上。

这个实验室的全息装置同步运行，保持完全同一——让冗余备份来保护她那些工作的每一份文件。万一出现地震、火灾、失窃等情况，大部分备份协议都能在*离站*状态下激活第二套备份系统，不过凯瑟琳和她哥哥都认为，这些机密极为重要，一旦这些数据离开这幢大楼进入一个外部服务器，就不能肯定数据是否还保有其机密性了。

看到这里的所有装置设备都运行良好，她满意地回到走廊上。转过一个墙角，她突然发现实验室对面有什么出乎意料的东西。*怎么回事*？一道柔和的光亮投射过所有的设备。她急忙走进实验室查看，却惊异地发现光亮是从控制室的树脂玻璃墙后照出来的。

他在这儿。她飞快地穿过实验室，推开控制室的门。“彼得！”她一路喊着跑过去。

坐在控制室终端前的丰满女人跳了起来。“噢，我的天啊！凯瑟琳！你吓了我一大跳！”

翠西·唐纳——惟一被允许进入这儿的外人——是凯瑟琳的元系统的分析员，她很少在周末来这儿工作。这个二十六岁的红发女子在数据建模方面很有天赋，曾处理过一些很有价值的克格勃秘密文档。今晚，她显然正在分析控制室的等离子墙上的数据，那是一面巨大的展示屏幕，酷似美国国家航空航天局的指挥中心。

“对不起，”翠西说，“我不知道你在。我正想赶在你和你哥哥到来之前做完这个。”

“你跟他通过电话了？他还没到，而且不接听电话。”

翠西摇摇头。“我敢打赌，他还在琢磨要怎么使用送给他的新iPhone呢。”

凯瑟琳赞赏翠西的幽默感，而且，翠西的出现让她有了一个点子。“说实话，我很高兴你今晚来这儿。你也许可以帮帮我，如果你不介意的话？”

“没事，不管是什么，我敢说肯定比球赛来劲。”

凯瑟琳深吸了一口气，平稳一下思绪。“我不知道该怎么解释这事儿，这是我今天早些时候听到的一个不同寻常的消息……”

翠西·唐纳不知道凯瑟琳·所罗门听到的是什么消息，但这件事显然使她非常紧张。她的上司往日平静的灰眼睛看上去很焦虑，自从进入这个房间后，她已经把头发往耳后捋了三次——翠西把这称为紧张的

“流露”。天才的科学家。糟糕的扑克牌玩家。

“对我来说，”凯瑟琳说，“这个消息像是小说……一个古老的传说。但是……”她停下了，再一次把一绺头发夹到耳后。

“但是什么？”

凯瑟琳叹了口气。“但是今天我得到的有关这个传奇的消息，是可靠的信息来源提供的，是真的。”

“嗯……”她这么含糊其辞地是要说些什么？

“我准备和我哥哥谈谈这事儿，但我突然想到，在这之前你也许能给我一些启发。我很想知道，这个传说能否从其他历史文献中得到确证？”

“所有的历史？”

凯瑟琳点点头。“世界上所有的历史，任何语言、任何时间段的历史。”

奇怪的要求，翠西想，可这肯定办得到。十年前，也许这是一项不可能的任务。但今天，在互联网和全球所有大图书馆和博物馆的在线数据帮助下，凯瑟琳的这一要求只需使用配有翻译模块的相对简单的搜索引擎，输入一些精心挑选的关键词就能办到。

“没问题。”翠西说。这个实验室的许多研究资料包含许多用古代文字书写的段落，翠西经常被要求编写一些特定的光学字符识别翻译模块，把那些晦涩的文字变成英语文本。她不得不成为世界上惟一使用古老的弗里斯兰语①、米克语②、阿卡得语③建立光学字符识别翻译模块的元系统专家。

这些模块会有助益，但要想建立一个有效的搜索蜘蛛④，关键还在于选对关键词。具有独特性却又不能过度限制。

凯瑟琳似乎已经想到了翠西前面，在一张纸上匆匆写下一些可能的关键词。写了几个后，她停顿一下，思索片刻后又写了一串。“好了。”她说着把那张纸递给翠西。

翠西接过那张搜索词表，眼睛猛地睁大了。凯瑟琳要调查的是什么疯狂的传说啊？“你要我搜索所有这些关键词条吗？”里面甚至有个翠

---

① 弗里斯兰语（Frisian），古代居住在荷兰北部的条顿人使用的语言。

② 米克语（Maek），据东密歇根大学的语言学网页介绍，这是韩国东部极少数居民使用的一种口语，但有些专家怀疑这种语言的存在。

③ 阿卡得语（Akkadian），古代生活在美索不达米亚的闪米特人游牧部族阿卡得人的语言。

④ 搜索蜘蛛（search spider），搜索引擎的一种自动程序。

西都不认识的词。**这是英语吗？**“你真的认为我们在一个地方找齐全部东西？逐字逐字？”

“我想试一下。”

翠西本想说**不可能**。但这个单词在这儿是被禁用的。凯瑟琳认为，在一个会把预先设定的谬误变成确定的真理的领域里，这是一个危险的意识设定。翠西·唐纳极为怀疑对这些关键词的搜索会落入那个范畴。

“需要多长时间？”凯瑟琳问。

“编写蜘蛛需要一两分钟，然后启动搜索。大概十五分钟后，蜘蛛就会抓得差不多了。”

“这么快？”凯瑟琳看上去颇受鼓舞。

翠西点点头。传统的搜索引擎通常需要一整天时间来爬梳整个在线世界，以找出新的文本，消化其内容，然后添加到可搜索的数据库里。但这不是翠西要编写的蜘蛛。

“我会编写一个名为**代理者**的程序。”翠西解释说，“这不是完整的程序，但用起来很快。原则上，就是命令别人的搜索引擎为我们的工作服务。大部分的数据库都有内部搜索功能——图书馆、博物馆、大学、政府机构等等。我编写的蜘蛛会找到**他们**的搜索引擎，输入你的关键词，要求他们进行搜索。使用这种方式，我们可以驾驭成千上万的搜索引擎共同为我们工作。”

凯瑟琳对此深表赞赏。“程序并联。”

一种元系统。“发现了什么我会叫你的。”

“谢谢你，翠西。”凯瑟琳拍拍她的背，向门口走去。“我在图书室。”

翠西开始写程序。以她的水平，编写搜索蜘蛛实在是大材小用，但翠西·唐纳不在乎这个。她会为凯瑟琳·所罗门做任何事情。直到现在，翠西仍时常觉得，自己能来这儿干活是天赐好运。

你终于来了，宝贝[①]。

一年前，翠西从那个有着许多小隔间的高科技公司辞掉了元系统分析员的工作。赋闲在家的那段时间里，她成了编程自由人，还开了一个专题研究博客——“元系统分析的应用前景”[②]——尽管她怀疑是否有

---

① 原文是 You've come a long way，baby，出自某烟草公司的香烟广告词。

② 网上确有这样一个博客。

人能读得懂。但是有天晚上，她的手机响了。

“翠西·唐纳吗？”一个女人彬彬有礼的声音问。

“是的，请问你是谁？”

“我叫凯瑟琳·所罗门。”

翠西差点晕倒。*凯瑟琳·所罗门*？“我刚读过你的书——《意念科学：古代智慧的现代通途》，还写在博客上了呢！”

“是的，我知道，”那女人亲切地说。“这就是我打来电话的原因。”

当然啦，翠西明白了，她觉得说不出话来。*就算是最有才智的科学家也会自己在谷歌上搜索*。

“我对你的博客很有兴趣。”凯瑟琳说，“我不知道元系统模型已经进展到这一步了。”

“是的，夫人，”翠西试图用最简单明了的方式来解释。“数据模型是一种具有广泛应用价值的发展迅猛的技术。”

接下来的几分钟里，两个女人聊起了翠西在元系统方面的工作、她的数据分析员经历，以及对海量数据域流向的预测。

“显然，你的书太深奥，超出了我的理解力。”翠西说，“但足以让我明白地看到了这种理论与我的元系统工作交叉的部分。”

“你在博客里说，你相信元系统的模型能够*改变*意念科学的研究模式？”

“当然！我相信元系统可以让意念科学变成一种真正的科学。”

“*真正的*科学？”凯瑟琳的声音有点生硬起来。“相对于什么而言……”

噢，该死，说错话了。“哦，我的意思是，意念科学更……深奥。”

凯瑟琳大笑起来。“别紧张，我在开玩笑呢。我都明白。”

我可不觉得奇怪，翠西想。就连加利福尼亚的意念科学研究所也免不了用艰涩深奥的语言，将这门学科定义为“直接并即刻获取超越正常感知和推理能力的知识的人类”研究。

翠西知道，“意念”这个词派生于古希腊名词——大致可译为“内在知识”或“直觉意识”。

“我对你的元系统工作，及其如何应用于我的研究，非常有兴趣，”凯瑟琳说，“我们见个面好吗？我想听听你的看法。”

*凯瑟琳·所罗门想要借用我的想法？*这感觉像是玛丽亚·莎拉波娃[①]向你征询网球的打法。

第二天，一辆白色沃尔沃开到翠西家门前，身材苗条、穿着蓝色牛仔裤、富有魅力的女士从车里走出。翠西一看，惊为天人。*天啊！*她顿时觉得自己极为渺小，忍不住呻吟起来。*聪明、富有，而且还苗条——我是不是得相信上帝有偏心眼啊？*但凯瑟琳谦和自然的风度让她很快就自在起来。

她们在翠西宽敞的后廊坐下来，从这儿可以眺望一片开阔的风景。

"你的房子真不错。"凯瑟琳说。

"谢谢。我很幸运，在大学里就写过一些专利软件。"

"元系统方面的？"

"元系统的雏形。911事件后，政府暗中截取分析了大量的数据域：平民的电子邮件、手机通话、传真、文件、网页——到处搜寻恐怖分子联络的关键词。所以，我写了一个软件，让他们用另一种方式来处理数据……从大量数据中捕获额外的情报。"她笑了。"本质上，我的软件是让他们搭搭美国的脉。"

"你的意思是？"

翠西大笑起来。"是啊，听起来有点疯，我知道。我的意思是，这个软件可以让他们量化国家的*情绪*。如果你愿意的话，可以说这个软件是某种宇宙意识晴雨表。"翠西解释道，这个过程即利用全国的通讯数据，根据某些关键词的"发生密度"和数据场的情感指示器来获取国家情绪指标。快乐的时候，数据语言也快乐，反之亦然。比方说，一旦恐怖分子发动袭击，政府就可以使用数据场来评估美国民众的心理变化，以此给总统提供国民反应的参考意见，更加有的放矢。

"太妙了。"凯瑟琳说着，摸摸自己的下巴。"实质上，你查看的是个体的集合……你把他们当作*单个的*有机体来看待。"

"确实如此。一个*元系统*。一个由其部分合众为一的实体。举例来说，人的身体由成千上万的单个细胞组成，每一个细胞都有其不同的属性和功能，但总体来看却是以一个实体来活动的。"

凯瑟琳热切地点点头。"就像一群鸟或是一群鱼的活动。我们把它

---

① 玛丽亚·莎拉波娃（Maria Sharapova），俄罗斯网球女选手，曾排名世界第一。

称为会聚倾向或是纠缠现象。”

翠西明白，这位著名的访客已经看出元系统程序在她自己的意念领域研究中的潜在作用了。“我的软件，”翠西解释道，“是用来帮助政府情报部门更好地评估大规模危机——如全国性流行疾病、全国性的紧急状态、恐怖主义等情况，并对此作出恰当反应。”她停了一下。“当然，也有用于其他方向的潜能……也许可用来摄取全国思维定式、预测总统大选结果，或是股市开盘后的走向。”

“听起来很有威力啊。”

翠西指指她的大房子。“政府也这么认为。”

凯瑟琳的灰眼睛聚焦在她身上了。“翠西，可以问你一个有关你的工作所面临的职业伦理困境吗？”

“什么意思？”

“我的意思是，你开发了一种很容易就遭到滥用的软件。拥有这款软件的人能借此获得并非所有人都拥有的巨量信息，虽说并不是每个人都会去滥用。你编程的时候一点都没犹豫过吗？”

翠西眼都不眨地回答：“当然不在乎。我的软件和其他软件，比方说……航空模拟程序，没有什么区别，有些使用者会用它来执行前往不发达国家的飞行紧急救援任务。有的却用它来载着乘客去撞摩天大楼。知识只是一种工具，就像所有的工具一样，它的结果取决于使用它的人。”

凯瑟琳靠回椅子，深有触动。“那么，让我来问你一个假设性的问题。”

翠西突然觉得她们的谈话有点像是工作面试。

凯瑟琳伸手从地上捡起一颗微小的沙粒，举到翠西面前给她看。“我突然想到，”她说，“你的元系统实质上是让你计算沙滩的总体重量……通过每一次称一颗沙粒的方式。”

“是的，基本上是这样。”

“如你所知，这颗小沙粒有*质量*。很微小的质量，但无疑是一份质量。”

翠西点点头。

“这颗沙粒有质量，也就存在*重力*。当然，很微小，几乎感觉不到，但它毕竟存在。”

“没错。”

“好，”凯瑟琳说，“如果我们把数万亿颗这样的沙粒堆积起来让它们互相吸引，形成……比如说，形成一个**月亮**，那这样合并起来的重力就足以改变所有海洋的位置，整个地球的潮起潮落都会受它牵引力的影响。”

翠西从未往这个方面想过，但她很喜欢这样的论述。

“那么，让我们来做一个假设。”凯瑟琳说着扔掉沙粒。“如果我告诉你某一种**思想**……你脑子里形成的任何一个微小的想法……都是具有**质量**的，你会怎么想？如果我告诉你这种思想是某种确凿的**物质**，一个可测量的实体，具有可测量的质量，你会怎么想？当然，那是极小的质量，但无论如何是有质量的。那意味着什么？”

“假定地说？嗯，显而易见的含义就是……如果思想是有质量的，那么它就存在重力，并能够把其他东西拉向它。”

凯瑟琳微笑了。“你说得对。现在，我们再推进一步。如果许多人把意识聚焦于**同样的**思想，那会发生什么事情？所有这些同时发生的意念融会成一种思想，那么这一思想的累积质量就会开始增长。于是，它的重力就增大了。”

“对啊。”

“这意味着……如果有足够多的人开始想同样的事，这种思想的重力作用就会变得有形有质……产生真实的力量。”凯瑟琳眨了眨眼。“它就会对我们的物质世界产生可以称量的影响。”

第 19 章

佐藤井上部长双臂环抱站在那儿，一边思忖兰登刚才说的话，一边怀疑地盯着兰登。“他说要你为他打开一个古老的入口？我应该怎样理解**这个**说法，教授？”

兰登有气无力地耸耸肩。他又感到一阵恶心，竭力避免低头去看他的朋友被斩断的手。“这是他的原话。一个古老的入口……藏在这幢大厦的某个地方。我告诉他，我不知道什么入口。”

“那么，为什么他认为你能够找到呢？”

“显然，他精神失常。”**他说彼得会指路的**。兰登低头看着彼得指向上方的手指，想起那个虐待狂绑架者的话，又是一阵恶心。**彼得会指路的**。兰登迫使自己的眼睛顺着手指的方向朝着头上的穹顶看去。**一个入口？在那上面？疯子**。

“那个打电话给我的人，”兰登告诉佐藤，“是惟一知道我今晚要来国会大厦的人，所以，不管是谁通知你我今晚在这儿，一定就是你要找的那个人。我建议——”

“我从哪里得到的情报与你无关，”佐藤尖厉的声音打断了他，“此刻，我的首要任务是与此人合作，而我的情报说你就是惟一能替他找到他要的东西的那个人。”

“但我的首要任务是找到我的朋友。”兰登气馁地回答。

佐藤深吸了一口气，她的耐心显然受到了考验。“如果想找到彼得·所罗门，那么我们的行动目标是一致的，教授——跟知道他在什么地方的人合作。”佐藤看一下手表。“我们的时间有限。我可以向你保证，我们必须尽快答应那个人的要求。”

“怎么做？”兰登怀疑地问，“寻找和打开一个古老的入口？没有入口，佐藤部长。那人是疯子。”

佐藤向他走近一步，距兰登不到一英尺。“如果我向你指出……你所说的**疯子**今天早上已经机灵地操控了两个相当聪明的人，你怎么想？”她直视着兰登，又瞄了一眼安德森。“在我的领域，疯子和天才之间存在清晰的界线。我们也许应该对此人心怀些许敬意。”

“他斩下了一个人的手！”

“我的观点没错。这不太可能是未受约束的精神病患者或精神状态极不稳定的人的所作所为。更重要的是，教授，此人显然相信你能帮助他。他大费周折把你弄到华盛顿——他这么做必然有其根据。”

“他说他相信我能打开‘入口’的惟一理由就是**彼得**，是彼得这么跟他说的。”兰登反驳道。

“如果这不是真的，那彼得·所罗门为什么要这么说呢？”

“我肯定彼得没说这样的话。如果他这么说了，那一定是身不由己。他神志不清……或是被恐吓了。”

“是啊。那就是所谓的刑讯逼供，相当有效的一招。那就更有理由让人相信彼得说的是真话了。”佐藤说话的语气好像她本人也曾用这种方式达到过目的。“他解释过为什么彼得认为只有你能够打开那个入口吗？”

兰登摇摇头。

“教授，如果你不是浪得虚名，那么你和彼得·所罗门两人都对这类事情兴趣不浅——各种秘密，历史上的玄奥，神秘主义，诸如此类。回想一下你和彼得的所有谈话，难道他一次都没有向你提起过什么——有关华盛顿特区秘密入口？”

兰登简直不能相信这是一个中央情报局高级官员问出来的话。“我敢肯定没有。彼得和我谈过很多不可思议的事儿，但相信我，如果他跟我扯到什么地方隐藏着一个古老入口，我会叫他找大夫查查脑子。尤其是这个入口能引向什么**古代奥义**。”

她向上瞟了一眼。“你说什么？那人明确告诉过你那个入口通向的目标？”

“是啊，只是他没有必要说出来。”兰登指着那只手。“神秘之手是一则正式邀请，邀请某人穿过一个秘密之门获取古代神秘知识——被称为**古代奥义**的智慧，据说法力无边……换言之，就是失落的古代智慧。”

“那么，你是听到他说，他相信秘密是藏在这儿了。”

“很多历史学家都听说过此事。”

“那你怎么能说这个入口不存在？”

“恕我直言，夫人，谁都听说过**青春不老泉或世外桃源**的传说，但那并不表示它们一定存在。”

安德森的无线电对讲机鸣叫起来。

“队长，”无线电里传出声音。

安德森从皮带上取下对讲机。“我是安德森。”

“夫人，全部搜查完毕。没有发现目标中的嫌疑人。请指示下一步行动，夫人？”

安德森迅速朝佐藤瞥了一眼，以为又要挨批，但佐藤部长似乎对此毫无兴趣。安德森离开了兰登和佐藤，低声对对讲机说着什么。

佐藤继续直视着兰登。“你是说，他所相信的藏在华盛顿的这个秘密……是一个幻想？”

兰登点点头。“一个非常古老的神话。确切说来，这个有关**古代奥义**的秘密公元前就有了。流传数千年之久。”

“现在仍在流传？”

“和许多不可信的信仰一起流传着。”兰登经常提醒他的学生，现代宗教中的大部分故事都经不起科学验证：每一桩事儿都是这样，从摩西分开红海……到约瑟夫·史密斯透过一副有魔力的眼镜翻译发掘于纽约北部的《摩门经》，经文刻在一系列黄金薄片上。*被广泛接受的思想未必经得起检验*。

“我明白了。那么，这个……**古代奥义**到底指什么？”

兰登叹了口气。*你有一两个星期的时间吗？*“简单说来，**古代奥义**指的是很久以前长期累积下的一套秘密知识。这种秘密知识的蛊惑人心之处在于，据说能让掌握它的人获取隐匿在人脑中的强大能量。被授予这种知识的先哲们发誓要守护这一奥义，确保其不为外界所知，因为他们认为对于未经开化的大众来说，这种知识的能量过于强大，过于危险。”

“危险表现在哪些方面？”

“保守这一秘密的道理如同我们不让小孩子玩火一样。在使用得当的人手中，火能提供光明……但若落到不合适的人手里，火也能造成极大的毁灭。”

佐藤摘下眼镜盯着他。“告诉我，教授，你相信这种具有强大能量的知识真的存在吗？”

兰登不知道该怎么回答。**古代奥义**一直是他学术生涯中最大的悖论。事实上，世界上每一种神秘传统都围绕着一个思想——确实存在能对人产生深刻影响的知识，这种知识神秘而不可思议，仿佛具有神圣的法力：塔罗牌和《易经》的魔力是向人们预言未来；炼金术通过杜撰的**魔法石**指示长生不老的路径；威卡[①]应许那些高级信徒们施展魔咒的能力。这样的例子不胜枚举。

身为学术研究者，兰登不可能对历史记载中的这些传说视而不见——被发掘的文件、手工艺品和艺术作品，确实都明确显示古人有过

---

① 威卡（Wicca），一个现代巫术宗教团体，由杰若·加德诺于一九五一年创立。其教义融合了犹太神秘主义、塞尔特人神话、东方哲学和埃及观念学等元素。

非凡的智慧，并且，他们只可能把这种智慧编织在寓言、神话和图符之中，以确保只有那些有资格被接纳的人方可获取智慧的力量。不过，作为一位现实主义者和怀疑论者，兰登一直都对此存疑。

“这么说吧，我是一个怀疑论者，”他对佐藤说，“我从未在真实世界里见到过任何证据能表明**古代奥义**不止是传说——一种不断重复的神话母题。在我看来，如果人类真的*有可能*获取某种神奇能力，那倒能证明奥义真的存在。但迄今为止，还没有一个人获得过超人的力量。”

佐藤挑了挑眉毛。“那么说并不完全属实。”

兰登犹豫了一下，他意识到对于许多宗教信徒来说，人类神祇的先例确实存在，其中最明显的就是基督耶稣。“毫无疑问，”他说，“许多知识分子也相信那种能够给人力量的智慧存在，但我还不能确信。”

“彼得·所罗门属于那一类知识分子吗？”佐藤问道，目光瞟向下面的那只手。

兰登无法从容地正视那只手。“彼得的家族，历来热衷于一切与古老秘密有关的事物。”

“那就是说，他是？”佐藤问。

“我可以向你保证，即使彼得相信**古代奥义**真实存在，他也不可能相信能够通过什么隐藏在华盛顿特区的入口去找到它。他通晓充满隐喻的符号学，而绑架他的人似乎不懂这个。”

佐藤点点头。“所以，你认为那个入口只是一个*隐喻*。”

“当然，”兰登说。“无论如何，从理论上讲是这样。这是一个相当普遍的隐喻——一个神秘的入口，你必须得到启悟才能被授权进入其中。入口、门，都是相当普遍的符号建构，入门象征了某种改造作用的仪式。要寻找一个*真正意义上*的奥义入口，如同找到一扇真正的**天堂之门**。”

佐藤似乎此刻正在思考着他的话。“不过，看上去好像所罗门的绑架者相信你能帮他打开那个*真实的*入口。”

兰登又叹了口气。“他和许多狂热分子犯的是同样的错误——把真实与隐喻搅和在一起了。”同样，早期的炼金术士们也曾徒劳地想把铅炼成金，从来都不曾意识到铅成金只不过是关于激发人类潜能的隐喻——把一个麻木的、无知的家伙转变为一个聪明的文明人。

佐藤指着那只手。“如果这个人要你去为他找到某种入口，为什么他不干脆告诉你怎么去找？为什么要布置这样一个戏剧化的场景？为什么要给你一只文有刺青的手？”

兰登也向自己提过同样的问题，答案却是无法确定。“看来，我们要对付的这个人，虽然精神不是很稳定，但受过良好的教育。这只手证明了他非常精通神秘主义以及符号的秘密。不用说，他对这个大厅的历史相当了解。”

“我不明白你的意思。”

“他今晚所做的每一步都与古代文献中的仪式规程极其吻合。在传说中，这只神秘之手是神圣的邀请，所以，必须放置在一个神圣的地方。”

佐藤的眼睛眯缝起来。“这是国会大厦的圆形大厅，教授，不是什么古代的秘密神殿。”

“说实在的，夫人，”兰登说，“我认识的许多历史学家都不会赞同你的说法。”

这一刻，城市的另一头，翠西正坐在“立方体”内发光的等离子大屏幕前。她已经完成搜索蜘蛛的编程，键入了凯瑟琳给她的五个关键词组。

暂且这么试试。

她基本不抱希望地启动蜘蛛，开始了一个全球范围的大规模“钓鱼”游戏。词组开始以令人炫目的速率比对全世界所有的文本……寻找完美的匹配。

翠西当然想知道那些词组的含意，但她和凯瑟琳·所罗门一起工作已久，早已习惯了不去刨根问底。

第 20 章

罗伯特·兰登焦急地偷偷瞟了一眼手表：晚上七点五十八分。米老鼠的笑脸没能让他的情绪好起来。*我要去找彼得。我们这是在浪费时间。*

佐藤走到一边去打了个电话，然后又走回兰登身边。“教授，我是否耽误了你什么事情？”

“没有，夫人。”兰登说着拽下袖口盖住手表。“我只是非常担心彼得。”

“我能理解，但我向你保证，你救彼得的最好办法是帮我弄清楚这个绑架者的想法。”

兰登可不这么确信，但他感觉到自己现在是哪儿都去不成了，除非这位安全部部长搞到了她需要的情报。

“刚才，”佐藤说，“你说起过，这个圆形大厅对于那个**古代奥义**有着某种神圣的含义。”

“是的，夫人。”

“请解释一下。”

兰登知道他必须谨慎用词。他曾给学生讲过一整个学期有关华盛顿特区神秘符号的课，仅与这幢大厦有关的神秘主义参考文献就能列出一个没完没了的书单。

美国有一个隐秘的过去。

兰登每次开设美国符号学讲座，学生们得知美利坚开国元勋们的真实意图时都糊涂了，那跟许多当代政客所宣称的完全不是一回事。

美国最初的命运已失落在历史中了。

创建这个国家首都的国父们最初将她定名为“罗马”。他们用“台伯河[①]”来命名流经的河，建造了有先贤祠和万神殿的古雅都城，所有的殿堂都饰以传说中的伟大神祇和女神像——阿波罗、密涅瓦[②]、维纳斯、太阳神、火神、朱庇特。在城市中央，如同许多宏伟的古都，开国者们矗立了一尊永久的向远古人们致敬的标记——埃及方尖碑。这个方尖碑甚至比开罗或是亚历山大城内的还要壮观，以五百五十五英尺、超过三十层楼的高度伸向天空，向着半人半神的国父昭示感恩与敬意，因为他，这个城市有了一个新名称。

华盛顿。

如今已过去了几个世纪，尽管美国实现了政教分离，但古老的宗教

---

① 台伯河（Tiber），意大利中部的一条河，流经罗马。

② 密涅瓦（Minerva），即罗马神话中的雅典娜，司智慧与工艺的女神。密涅瓦是拉丁语名称。

式符号象征却在这个政府维护的圆形大厅大放异彩。圆形大厅内供设十多个不同的神祇——甚至超过了它的原版——罗马万神殿。当然，罗马万神殿于公元六〇九年皈依了基督教……而这里的万神殿却从未皈依，仍朴素地保留着真实的历史痕迹。

“你也许知道，”兰登说，“这个圆形大厅的设计表达了对罗马最神秘的圣殿的崇敬之意。维斯太①之殿。”

“就像是维斯太贞女②的祭坛？”佐藤看上去不太相信守护维斯太的火焰和国会大厦会有什么关联。

“罗马的维斯太神殿，”兰登说，“就是圆形的，地板上有一个豁口，透过那个豁口能看见由贞女姐妹们照料着、确保其永不熄灭的神圣启明之火。”

佐藤耸耸肩。“这个圆形大厅是圆的没错，可我看不见地板上有什么豁口。”

“是啊，现在不再有了，但从前这个大厅中央确实有一个很大的豁口，就在现在彼得的手放置的地方。”兰登指着地板。“事实上，你现在还能从地板上看出曾设置过防止游客滑落的围栏的痕迹。”

“什么？”佐藤连忙仔细察看地板。“我从未听说过这事儿。”

“好像他说得没错。”安德森指指现在还留在那儿的一些圆形小铁片，那是以前曾立过柱子的地方。“我以前就见过，可我从来没想过为什么要在这儿立起柱子拉上围栏。”

你并不是惟一不知情的，兰登想道，他想象着成千上万的人，包括那些著名的立法者，他们在走过圆形大厅地板中央时，压根就不知道他们每一天都有可能掉入国会大厦地窖里——圆形大厅底下那一层。

“地板上的洞，”兰登告诉他们说，“后来被盖住了，但在很长一段时间里，参观圆形大厅的人仍然能够看得见底下在燃烧的火。”

佐藤转过身。“火？在国会大厦里？”

“确切说来，更像是一支大火炬——永恒之火，就在我们下面的地穴里燃烧。透过地板的洞穴可以看见，使这个大厅成为现代的维斯太神殿。这个大厦里甚至还有自己的护火贞女——有个联邦政府的雇

---

① 维斯太（Vesta），罗马神话中的女灶神。

② 维斯太贞女（Vestal virgin），古罗马主持祭祀女灶神维斯太的女祭司。

员就被称作‘地穴守护者’——她使地火持续燃烧了五十年之久，但后来由于政治、宗教的原因，加之烟尘给建筑物带来损害，终于给熄灭了。”

佐藤和安德森两人都大吃一惊。

现在，这里曾有过燃烧的火焰的惟一物证，就是嵌在底下一层地板上的那个四星罗盘——那是美国永恒之火的象征，意味着光亮传向新大陆四隅。

“这样说来，教授，”佐藤说，“你的看法是，把彼得的手放在这儿的那个人，知道所有这些名堂？”

“清清楚楚，而且所知甚多。这个大厅里的所有符号都反映了有关**古代奥义**的信念。”

“秘密智慧，”佐藤的声音听上去更像是嘲讽，“让人们获得神一般力量的知识？”

“是的，夫人。”

“好像不符合支撑着这个国家的基督教教义啊。”

“看起来是，但事实就是如此。这种从人到神的转变被称为‘神化’①，不管你是否了解，这一论说——人转变为神——就是这个圆形大厅符号的核心。”

“神化？”安德森转了一圈，好像惊讶地发现自己不认识这儿了。

“是的。”**安德森在这儿工作。他知道。**“apotheosis 一词就是‘转化为圣’的意思——那个人成了上帝。这是从古希腊语来的：apo 意思是‘成为’，theo 意思是‘神’。”

安德森惊异地说。“Apotheosis 意思就是‘成为上帝’？我以前根本不知道。”

“你们在说什么？”佐藤问。

“夫人，”兰登说，“这幢楼里最大的一幅画名为 *Apotheosis of Washington*。② 清楚地描绘出了华盛顿**转变**为神的一幕。”

佐藤表示怀疑。“我可从来没见过这类东西。”

“说实在的，我肯定你**见到过**的。”兰登举起食指，径直指向他们的

---

① 此处原文为 apotheosis。

② 意为华盛顿成圣。

头顶。“就在我们头顶正上方。”

第 21 章

《华盛顿成圣》，这幅四千六百六十四平方英尺的巨幅壁画布满了整个国会大厦圆形大厅的穹顶，完成于一八六五年，作者为康斯坦丁·布伦米迪。

布伦米迪在大厅最高的画布——天花板上完成了一幅壁画，被誉为“国会大厦的米开朗琪罗”，他在圆形大厅施展的抱负，犹如米开朗基罗之于西斯廷大教堂。像米开朗琪罗一样，布伦米迪曾在梵蒂冈完成过最好的几幅作品。然而，他于一八五二年移居美国，离开了上帝的最大圣殿，为了一个新的圣殿——美国国会大厦，如今这个地方处处闪现着他的隐秘符号象征——从“布伦米迪走廊”立体感极强的错视画，到副总统厅的天花板壁沿。然而，许多历史学家公认，覆盖整个国会大厦圆形大厅穹顶的巨幅壁画才是布伦米迪的最具代表性的杰作。

罗伯特·兰登抬头仰望穹顶的巨幅壁画，平日里，他很乐意看到学生们在这幅杰作的奇特形象面前表现出的惊异反应，可是此刻，他只觉得自己陷入了一个仍未详释的噩梦之中。

佐藤部长站在他身旁，双手撑腰，皱着眉头眺望高耸的天花板。兰登感到她的反应和许多初次站在他们国家首都的中心、细看这幅巨画时的人一样。

全然的迷惑。

*不仅是你一个。*兰登想。对大多数人来说，你盯着《华盛顿成圣》的时间越长，就越感陌生。“这是华盛顿，站在油画的中央，”兰登说着，指向一百八十英尺高的天花板穹顶中央。“你看到了吗，他身着白色长袍，旁边侍立着十三名少女，坐拥祥云，脱凡入圣。这是他登升的一刻……他变成了神。”

佐藤和安德森都没说话。

“近旁，”兰登继续说，“你们可以看见时空错乱的人物系列，很奇怪吧，古代的神祇正向开国先辈奉上先进的知识——密涅瓦向我们国家最伟大的发明者本杰明·富兰克林、罗伯特·富尔顿、塞缪尔·莫尔斯奉上技术灵感。”兰登一一指出那些人物。“那儿，是火神优尔甘正在帮助我们制造一台蒸汽机。他们旁边是海神，正在展示如何铺设横跨大西洋的电缆。再旁边，是刻瑞斯，司掌谷物的女神，她的名字是**谷类食物**（cereal）这个单词的词根，她坐在麦考密克收割机上，农业技术的突破使这个国家在粮食生产方面在世界上居于领先地位。这幅壁画相当显豁地描绘了我们的国父们从众神手里接获伟大智慧的情形。”他低下头，看着佐藤。“知识就是力量，而**正确的**知识可以让人们创造出神祇般的奇迹。”

佐藤的目光转向兰登，揉了揉脖子。“铺设电话电缆跟神祇相距太远吧。”

“对于现代人来说也许是那样。”兰登回答。“但如果乔治·华盛顿知道我们已经能够隔着大洋互相通话，能以声波的速度飞行，能够登上月球，他会认为我们也成了能够施行神迹奇事的神祇了。”他停了一下。“未来学家阿瑟·C. 克拉克说过一句话，‘任何先进技术都难说不是魔术。’”

佐藤抿起嘴唇，显然陷入了沉思。她低头看着那只手，又顺着那食指指示的方向朝穹顶望去。“教授，那人告诉你‘彼得会指路的’。是不是？”

“是的，夫人，不过——”

“队长，”佐藤转向安德森，“你能让我们近距离观察这幅壁画吗？”

安德森点点头。“这个穹顶内部有一圈狭小的通道。”

兰登瞧一眼那个通向壁画下方能看得见小栏杆的通道，不禁全身僵硬起来，“没必要爬到那上面去。”他以前曾上过这个很少有人光顾的通道，当时他应一对参议员夫妇之邀，却因令人眩晕的高度和危险的通道差点昏过去。

“没必要？”佐藤诘问。“教授，有个人相信这个大厅藏有一个入口，这个入口有可能使他成为神，我们现在看到的天顶壁画的象征意义就是人变成了神，这里还有一只手正指着这幅画。似乎每一个迹象都在敦促我们上去看一下。”

“事实上，”安德森插进来说，他朝上瞥一眼，“很少有人知道，可是这圆屋顶上确实有一个六角形的花格镶板，旋转一下就能打开，就像一个入口，你们不妨通过那个窗口朝下观察——”

“等一下，”兰登说，“有一个要点你们没有搞明白。那人在寻找的入口，是一个*比喻性*的用词——一个通向并不存在的地方的入口。当他说‘彼得会指路’的时候，使用的也是一个隐喻。这个手的姿势——食指和拇指向上伸出——是古代神秘学说中众所周知的符号，世界各地的古老艺术中都曾出现过。也见于莱昂纳多·达·芬奇最著名的编码杰作——《最后的晚餐》、《三博士来朝》、《施洗者圣约翰》。那是神人之间神秘关联的密码符号。”*如其在上，如其在下*。现在，这疯子选择的古怪用语让人觉得有些关联了。

“这我以前从未见到过。”佐藤说。

那就去看看 ESPN[1]*吧*，兰登想，他每次看到那些专业运动员在完成一个触地得分和本垒打后指着天空向上帝谢恩的姿势时，都觉得很好玩。他想，有多少人知道他们承续了史前古人感恩上天赐予神秘力量的秘密传统？那一刻，正是这种神秘力量把他们变成有能力完成神奇壮举的力士。

“不知我要说的这件事对你是否有帮助，”兰登说，“彼得的手，并不是第一次在圆形大厅摆出这种造型的手。”

佐藤盯着他看，好像他疯了。“你说什么？”

兰登指指她的黑莓手机。“用谷歌搜一下‘乔治·华盛顿，宙斯’。”

佐藤犹豫了一下，但还是搜索起来。安德森朝她那边挪挪身子，从她身后望过去。

兰登说：“这个圆形大厅早先只有一座巨大的华盛顿塑像……像神祇一样被供奉。他所处的位置就如宙斯在万神殿的位置，华盛顿胸膛赤裸，左手握着一把剑，举起的右手张开拇指和食指。”

佐藤显然找到了网上的那个图像，因为安德森看见她的黑莓手机搜索到的图像后惊叫起来。“等等，*这是*乔治·华盛顿？”

“没错，”兰登说，“是按宙斯的形象塑造的。”

“看他的手，”安德森说着，还在看着佐藤的手机。“他右手摆出的样子和所罗门先生的一模一样。”

我说过了，兰登心想，第一次在圆形大厅摆出这种造型的并不是

---

① ESPN，娱乐与体育节目电视网（Entertainment and Sport Programming Network）的简称。

彼得的手。当霍拉提奥·格林诺夫[①]在圆形大厅首次将胸膛赤裸的华盛顿雕像展示在公众面前时，许多人开玩笑说，华盛顿这个姿势的意思显然是竭力要向上天讨一件衣服穿。但随着美国宗教理想的改变，那些开玩笑的批评转为激烈的争议，这座雕像被挪走了，搁到东园的一个库房里。最近它才安身于史密森学会管理的美国国家历史博物馆，凡在那儿见过那座雕像的人，都不会怀疑它是与最后遗留的一个与过去时代的关联，那时国父如上帝一般俯瞰美国首都……就像宙斯在万神殿上。

佐藤开始拨打黑莓手机，显然在跟她的手下核实什么事情。“你找到了什么？”她耐心地听着。“知道了……”她径直看着兰登，又转向彼得的手。“你肯定吗？”她又听了一会儿。“好吧，谢谢。”她挂断电话，转向兰登。“我的助手做了一些研究，证实了你所说的‘神秘之手’的存在，也确认了你说的每一件事：五个手指的刺青符号——星、太阳、钥匙、王冠还有灯笼——指示发现秘密智慧的古老邀请。”

“我很高兴。”兰登说。

“别忙着高兴。”她断然回答。“显然现在我们走进了一个死胡同，除非你把还没有告诉我们的事情说出来。”

“夫人？”

佐藤朝他走近一步。“我们一直都在兜圈子，教授，除了我能够从自己的助手那儿得到的信息，你什么都没有告诉我。我再问你一次，为什么你今晚会被召到这儿？你为什么会如此特殊？为什么只有你知道那个秘密？”

“刚才已经说过了，”兰登把她顶了回去，“我不知道那家伙为什么把我看做是通晓一切的人！”

兰登有点抑制不住，很想问问这个该死的佐藤，她怎么知道他今晚在国会大厦，但那刚才也已经说过了。*佐藤只发问，不回答。*“如果我知道下一步的事情，”他对她说，“我会告诉你的。从传统意义上说，神秘之手是导师向学生打出的一个手势。接着，这只手很快就会发出一组指令……朝某个神殿方向，指出将要教导你的尊师姓名。*到底要教导什么？*但这家伙留给我们的只是五个*刺青*。几乎没有——”兰登突然住了口。

---

① 霍拉提奥·格林诺夫（Horatio Greenough，1805—1852），美国雕塑家。

佐藤看着他。“什么？”

兰登的目光转到那只手上。**五个刺青**。他突然意识到他刚才说的话可能不是完全正确。

“教授？”佐藤催问。

兰登朝那个可怕的物件挪了一小步。**彼得会指路的**。“刚才，我突然想到，也许那人把某样东西留在彼得握住的手心里——一张地图，一封信，或是一份指令。”

“没有东西，”安德森说，“你们都看见的，那三个手指并没有攥得很紧。”

“没错，”兰登说，“可我突然想到……”他蹲下来，想从彼得握住的掌心里看清楚什么。“也许不是写在纸上呢。”

“是刺青？”安德森问。

兰登点点头。

“你们看见掌心里有什么东西吗？”佐藤问。

兰登的身子弯得更低了，竭力朝握着空拳的手指里面窥视。“这个角度没法看见——”

“噢，看在老天分上，”佐藤说，走近他身边，“掰开这该死的东西！”

安德森走到她面前。“夫人，我们应该等法医到来之后再动——”

“我想要答案。”佐藤说着一把推开他，蹲下身子，把兰登也挤开了。

兰登站起来，难以置信地看着佐藤从口袋里抽出一支钢笔，小心翼翼地插进那三个蜷缩的手指里。然后把手指一个个撬开，直到整个手掌完全摊开，清楚地呈现在他们面前。

她朝上瞥一眼兰登，脸上掠过一丝微笑。“你又说对了，教授。”

第 22 章

凯瑟琳在图书室里来回踱步，她拉开实验室工作服的袖子看了一下表。她不是个习惯等待的女人，但此刻，她感到自己的整个世界似乎都在等待了。她在等着翠西的蜘蛛搜索结果，她在等哥哥的消息，此外，她还得等那个要对整桩麻烦事情负责的人给她回电。

真希望他没有告诉我，她想。通常，凯瑟琳对新结识的人都显得极为谨慎，但这个今天下午才第一次见面的人，却马上就赢得了她的信任。*完全信任*。

今天下午他打来电话时，凯瑟琳正在家中，如往常一样浏览科学杂志，享受周日下午的惬意时光。

“所罗门女士吗？”有点不真实的怪声音传出来。“我是克里斯多弗·阿贝当医生。我可以和你聊聊吗，关于你哥哥？”

“对不起，你是谁？”她问道。*你怎么知道我的手机号码*？

“你没听说过克里斯多弗·阿贝当医生？”

凯瑟琳想不起认识这样一个人。

这人清了清嗓子，好像他才发现对话有些尴尬。“我很抱歉，所罗门女士。在我的印象中，你哥哥曾向你提起过我。我是他的医生。你的手机号码就列在他的紧急情况联系人名单中。”

凯瑟琳的心怦怦直跳。*紧急情况联系人*？“出什么事了？”

“不……我不是这个意思。”这人说，“你哥哥没有来赴今天早上与我的预约，我打了他的所有电话都没法找到他。他从来没有不来电话就爽约的先例，我只是有点担心。我犹豫着是否要打电话给你，但是——”

“不，不，没关系，我很感谢你的关心。”凯瑟琳还在想着这个医生的名字。“我从昨天早上以后就没再跟我哥哥联系了，不过也可能是他忘了开机。”凯瑟琳最近送他一个新的 iPhone 手机，他还没能花时间去搞明白怎么使用呢。

“你说你是他的*医生*？”她问道。*彼得有什么病瞒着我吗*？

对方好一阵沉默。“我非常非常抱歉，我给你打这个电话显然是犯了职业大忌。你哥哥告诉我，你知道他来我这儿就诊的事情，但现在我明白了，不是那么回事儿。”

我哥哥对医生撒了谎？凯瑟琳越来越担心了。“他病了吗？”

“对不起，所罗门女士，医患隐私条款不允许我和你讨论你哥哥的情况，我刚才说他是我的病人已经越界了。我要挂断电话了，不过如果你今天有他的消息，请让他打电话给我，好让我放心。”

"等等！"凯瑟琳说。"请告诉我彼得出了什么问题！"

阿贝当医生轻吁一声，好像对自己的失误非常不满。"所罗门女士，我听得出，你现在非常担心，我不能因此责怪你。我可以保证你哥哥很好。他昨天就在我的办公室里。"

"昨天？而他又约了**今天**？听上去情况很紧迫。"

这人长叹了一口气。"我建议在我们谈起这个话题之前，先给他一点儿时间——"

"我现在就到你办公室来，"凯瑟琳说着冲向门口。"你的诊所在哪儿？"

沉默。

"克里斯多弗·阿贝当医生？"凯瑟琳问道，"我可以查询到你的地址，或者你自己告诉我，不管怎么样，我马上要过来。"

医生停了一下。"如果我和你会面的话，所罗门女士，你是否可以给我个允诺，在我找机会向你哥哥解释之前，不对你哥哥提起这件事？"

"可以。"

"我的诊所在卡洛拉马高地。"他说了个地址。

二十分钟后，凯瑟琳·所罗门就驱车穿过宽阔靓丽的街区来到了卡洛拉马高地。她打遍哥哥所有的电话都没有回音。虽然她不是过于担忧哥哥的去向，但他秘密会见医生的消息却让她不安。

当凯瑟琳最终找到这个地址时，面对眼前的大楼她不禁犯起了嘀咕。**这是医生的诊所吗？**

这是一幢安装着精制铁艺栅栏和电子摄像头的豪宅，周围绿树掩映，花木繁茂。当她放慢车速再次核对地址时，摄像头转向她，大门打开了。凯瑟琳满腹狐疑地开车进去，找到了车库，把车泊在六辆轿车和一辆超长豪华车旁边的车位上。

这到底是个什么样的医生啊？

当她钻出车子时，大楼前门打开了，一个优雅的身影飘了出来。他长得很英俊，身材特别高，比她想象的要年轻，但仍然有一种略为年长者才具备的老练和成熟。他身着中规中矩的深色西服，打着领带，一头浓密的金发有型有款。

"所罗门女士，我是克里斯多弗·阿贝当医生。"他悄声低语地说道。凯瑟琳和他握手时，感觉他的皮肤光滑，保养得当。

“凯瑟琳·所罗门。”她也作了自我介绍，尽量不去看他的皮肤，因为那种光滑的古铜色太不寻常了。*他难道敷了底妆？*

当她走进装饰得美轮美奂的休息室时，心里的疑惑更深了。背景中有古典音乐，空气中似乎还飘散着焚香的气息。“这儿真的很不错，虽说跟我想象的……诊所不太一样。”

“我很幸运，不必离家上班。”这男人把凯瑟琳让进了起居室，里面的炉火噼啪作响。“请自便。我去泡茶，我会把茶端出来，然后我们可以谈话。”他大步朝厨房走去，继而消失了。

凯瑟琳·所罗门没有坐下。她知道，女性的直觉是一种强有力的本能。这地方让她汗毛直竖。她从没见过一个医生有这样的诊所。装饰古雅的起居室到处都是古典艺术品，主要是诡谲的神秘主题原始绘画。她在一幅表现《美慧三女神》的大型油画前停了下来。三位女神赤裸的身体呈现着引人注目的生动色彩。

“这是迈克尔·帕克斯[①]最早的油画作品。”阿贝当医生突然出现在她身边，手里端着直冒热气的茶碟。“我想我们最好还是坐到壁炉边吧？”他引她到起居室的椅子上坐下。“在这儿没必要紧张。”

“我没有紧张。”凯瑟琳立即回应道。

他向她绽开一个让她安心的微笑。“说实在的，我的职业使我能够洞察对方是否感到紧张。”

“你说什么？”

“我是精神科医生，所罗门女士。这是我的专业。我与你哥哥接触已将近一年了。我是他的治疗师。”

凯瑟琳干瞪着眼说不出话来。*我哥哥在作精神治疗？*

“病人一般都不喜欢让人知道他们正在进行的治疗。”这男人说，“我给你打电话是犯了一个错误，尽管我有理由说是你哥哥误导了我。”

“我……我一点都不知道。”

“如果我让你感到紧张，我向你表示歉意。”他的声音显得有些尴尬。“我注意到我们见面时你在琢磨我的脸，没错，我确实化了妆。”他摸了一下脸颊，看上去有些不好意思。“我有皮肤方面的问题，因此，

① 迈克尔·帕克斯（Michael Parkes，1940— ），美国画家，擅长魔幻题材。

我情愿把它掩饰起来。我妻子经常为我化些底妆，但如果她不在这儿，我就得自己来做了，我涂得可能太厚了。”

凯瑟琳点点头，尴尬得说不出话来。

“这可爱的头发……”他摸了一下茂密的金发。“是假发。我的皮肤问题也影响到了头皮，所有的头发都掉光了。”他耸耸肩。“恐怕我的弱点之一是虚荣。”

“显然，我的弱点是粗鲁。”凯瑟琳说。

“完全不是。”阿贝当医生的微笑很让人安心。“我们开始好吗？要不要先来点茶？”

他们坐在炉火前，阿贝当医生为她斟上茶。“你哥哥在我这儿治疗期间我每次都会给他准备茶。他说所罗门家族的人都是茶客。”

“家族传统，”凯瑟琳说，“不加糖不加奶，谢谢。”

他们一边喝茶一边闲聊了几句，凯瑟琳急于知道哥哥的情况。“为什么我哥哥要来找你？”她问。**为什么他不告诉我？**诚然，彼得这辈子承受了很大的痛苦——年幼失怙，后来在短短五年之内，先是埋葬了仅有的儿子，接着是孩子的母亲。尽管如此，彼得每次都能找到应对之法，从悲伤中挺过来。

阿贝当医生喝了口茶。“你哥哥来找我是因为他信任我。我们之间已经超越了普通的病人与医生的关系。”他指了一下靠近壁炉的一个镶在镜框里的文件，看上去像是一份证书，凯瑟琳看到那上面有个双头凤凰的图案。

“你是共济会的？”**这是最高等级的标志，最高。**

“彼得和我是会中同一等级的兄弟。”

“你肯定是完成了某个非常重大的使命才被受邀进入第三十三等级。”

“也不尽然，”他说，“我有家族留给我的钱。我给共济会的慈善团体捐了不少。”

凯瑟琳现在明白了为什么她哥哥会信任这个年轻医生。**一个出身富有的共济会成员，热衷于慈善和古代神秘学说？**阿贝当医生与她哥哥的共同点之多，超出了凯瑟琳最初的想象。

“我问你为什么我哥哥来找你，”她说，“不是问他为什么选择了你。我的意思是，为什么他要找精神科医生？”

阿贝当医生笑了。“是的，我知道。我也正试图从侧面委婉地回答你的问题。这确实不是我应该讨论的事情。”他停了一下。“其实我也感到困惑，你哥哥会把我们的讨论向你隐瞒？可这与你的研究有直接关系啊。”

“我的研究？”凯瑟琳说。她完全摸不着头脑了。*我哥哥谈起过我的研究？*

“最近，你哥哥来我这儿寻求专业咨询，关于你正在实验室里进行的突破性研究会产生的心理影响力。”

凯瑟琳差点被茶呛到。“真的吗？我……太吃惊了。”她竭力控制着自己。*彼得在想什么？他把我的研究告诉了他的心理医生？*他们的保密协议中有不与任何人讨论有关凯瑟琳研究状况的条款。更何况，签订保密协议还是她哥哥的主意。

“你当然知道，所罗门女士，你哥哥非常在意你的研究一旦公之于众将会发生的事情。他看到了这个世界发生哲学上的重大转变的可能……而且，他还在这儿讨论了可能会出现的衍生学科……从*心理学*角度。”

“我明白。”凯瑟琳说，她手里的茶杯轻轻晃动着。

“我们讨论的问题非常富有挑战性：如果生命中的伟大奥秘被揭示出来，将会对人类产生什么影响？当那些被我们作为宗教而接受的奇迹*信仰*……突然间被证明为绝对的*事实*，或者被反证为*神话*？会有人提出，有些问题最好还是不要有答案。”

凯瑟琳几乎不能相信自己的耳朵，不过她还能控制自己的情绪。“我希望你不要介意，阿贝当医生，但我不想在这儿讨论有关我工作的细节。我还没有立即将它公之于众的计划。我的发现暂时还安全地封闭在实验室里。”

“有意思。”阿贝当医生向椅背上靠去，有一刻陷入沉思之中。“无论如何，我要求你哥哥今天一定要来我这儿，因为昨天他有一点*崩溃*的迹象。一旦发生这种事情，我会要求我的病人——”

“崩溃？”凯瑟琳的心怦怦直跳。“你说他崩溃？”她简直无法相信她哥哥能为什么事情而崩溃。

阿贝当医生友善地伸出手来。“好啦，我看出我让你担心了。对不起。考虑到这些令人尴尬的情况，我能理解你的感受，你可能觉得自己有权利知道答案。”

“不管我有没有权利，”凯瑟琳说，“我哥哥是我惟一留在世上的亲人。没有人比我更了解他，如果你告诉我他到底发生了什么，也许我可以帮助你。我们关心的是同一件事——怎样才对彼得最好。”

阿贝当医生沉默良久，然后才慢慢地点头，似乎认同凯瑟琳的意见。最后，他开口道：“从专业角度说，所罗门女士，如果我向你透露你哥哥的相关信息，那我必须首先确信你的洞察力能够帮助我治疗你的哥哥。”

“当然。”

阿贝当身子前倾，胳膊支在膝盖上。“所罗门女士，自从第一次见到你哥哥，我就感到他深深地挣扎在一种负疚的情绪中。我从来没有在这一方面给他施加过压力，因为他不是因为这些来找我的。但是昨天，出于某些原因，我还是向他开口询问了这件事情。”阿贝当的眼睛紧紧地盯住她。“你哥哥相当出人意料地向我打开了话匣子。他告诉我的事情，是我没有预料到的……其中包括你母亲死去的那天晚上发生的事情。”

圣诞节前夜——差不多就是十年前。她死在我的怀里。

“他告诉我，你们的母亲是在入室盗窃案中被谋杀的？有人闯入你们家中，搜寻一件他相信是藏在你们家里的东西？”

“是这样。”

阿贝当用眼睛审视着她。“你哥哥说他开枪打死了那个人？”

阿贝当抚摸着下颏。“你能否回忆起，那个入侵者闯进你们家里是要找什么？”

十年来，凯瑟琳徒劳地竭力想抹去这段记忆。“是的，他想要一样非常特别的东西。不幸的是，我们都不知道他说的是什么。我们都没搞懂他要什么。”

“可是你哥哥搞懂了。”

“什么？”凯瑟琳坐直了。

“至少，根据昨天他对我说的，彼得确切地知道这个入侵者要找什么。但你哥哥不想交出来，所以他当时假装不知道。”

“这太荒唐了。彼得根本不可能知道那人要的是什么。他的要求匪夷所思！”

“有意思。”阿贝当医生停了一下，做了些笔记。“我刚才也提到过，彼得告诉我他确实知道。你哥哥相信，如果他当时跟入侵者合作的话，你们的母亲今天可能还活在世上。当时的这一决定导致了他终生的悔恨和负罪。”

凯瑟琳摇摇头。“简直是疯了……”

阿贝当有点沮丧，显得心烦意乱。“所罗门女士，你提供的信息十分有用。正如我所害怕的，你哥哥似乎真有些分不清现实与错觉。我必须承认，我很怕这会招致严重后果。这就是我要求他今天到我这儿来的原因。这些时而浮现的错觉与创伤性记忆发生关联的病例并不少见。”

凯瑟琳又摇摇头。“彼得根本不是一个会产生错觉的人，阿贝当医生。”

“我同意，只是……”

“只是什么？”

“只是他对那次入室抢劫的追忆只是开端……是他告诉我的一个冗长而不可思议的故事中的一个小片断。”

凯瑟琳身子向前倾去。“彼得对你说了什么？”

阿贝当露出一个悲哀的微笑。“所罗门女士，让我问你一个问题。你哥哥和你讨论过他相信藏在华盛顿特区的……或者他在保护的某种宝藏……失落的古代智慧方面所扮演的角色吗？”

凯瑟琳的下巴都快掉下来了。“你到底在说些什么？”

阿贝当医生长长地叹了口气。“我正在告诉你的事情可能非常让人震惊，凯瑟琳。”他停了一下，眼睛紧紧地盯着她。“但如果你肯把你所知道的有关情况告诉我，那将会是莫大的帮助。”他伸手去拿她的茶杯。“再来点茶？”

第 23 章

又一个刺青。

兰登急切地蹲到彼得摊开的手掌旁，仔细打量藏在僵曲的掌心中的那七个很小的字符。

“看样子是数字，”兰登惊奇地说，“虽然我认不出是什么数字。”

“前面的是罗马数字。”安德森说。

“说实在的，我可不这么认为。”兰登纠正他，“罗马数字I-I-I-X是不存在的。那应该写成V-I-I。”

“其他那些符号是怎么回事？”佐藤问。

“说不准。看上去像是阿拉伯数字的八-八-五。”

“阿拉伯数字？”安德森问。“看上去像是普通数字。”

“我们通常所用的数字就是阿拉伯数字。”兰登早已习惯在这一说法上纠正学生们，他开设的一个讲座曾谈到早期中东文化促成科学进步的史实，我们的现代数字系统就来自于中东文化，这种数字比罗马数字更具优势，它包括“位置记数法”和数字“零”的发明。当然，兰登总是以这样的提醒来结束这个讲座：阿拉伯文化还给人类提供了一个耳熟能详的单词al-kuhl——哈佛大学一年级新生的心头最爱——众所周知的酒精饮料[1]。

兰登仔细查看这个刺青，还是不清楚那是什么意思。“我甚至都不能确定是不是八-八-五。这种直线式的写法看上去很不寻常。也许不代表数字。”

“那代表什么呢？”佐藤问。

“我也说不准。这整个刺青就像是……用如尼文[2]写成的。”

“什么意思？”佐藤问。

“如尼文字母都是由直线条组成的。这些字母被称作魔力符号，经常被用于石碑雕刻，因为笔画弯曲的文字比较难凿。”

“如果这是如尼文，”佐藤说，“那代表什么意思呢？”

兰登摇摇头。他的专业知识仅限于认识最基本的如尼字母表——富托克字母（Futhark）——属于三世纪的日耳曼语系，但这不是富托克字母。“老实说，我甚至都不能肯定这是不是如尼文。你最好还

① 酒精饮料，英文alcohol。

② 如尼文（runic），一种古代北欧文字，接下来提及的几种文字，都属如尼文系统。

是去咨询这方面的专家。如尼文有许多种不同的语言形式——赫尔辛格文（Hälsinge）、马恩文（Manx），还有由‘点’组成的斯当格纳文（Stungnar）——”

“彼得·所罗门是共济会的，是吗？”

兰登愣了一下。“是的，可是跟这事有什么关系吗？”他站起身，居高临下地看着那个小个子女人。

“这要你来告诉我。你说如尼字母用于石碑雕刻，我便想到那些最初的共济会会员都是石匠。我提起这个，只是因为我让办公室里的手下搜索‘神秘之手’和彼得·所罗门的关联时，出现了一个特定的链接。”她停了一下，好像要强调她的发现的重要性。“共济会。”

兰登重叹一声，竭力压下了一个想要开导佐藤的冲动念头，他经常对学生说：“谷歌不是‘研究’的同义词。”当下，关键词搜索铺天盖地，似乎每一件事都能扯上任何一件事。这个世界正在变成一个信息越来越密集地纠结在一起的庞大网络。

兰登继续以他耐心的语调说：“我一点都不奇怪共济会出现在你手下的搜索中，共济会和彼得·所罗门以及任何一个深奥话题之间都有着显而易见的关联。”

“是的，”佐藤说，“我一直感到奇怪还因为，今天晚上你还没提到过共济会。毕竟，你一直在谈论被极少数启悟者保护的秘密智慧。那听起来很像是共济会吗？不是吗？”

“可是……听上去也像是跟玫瑰十字会①、卡巴拉教②、光照派③，以及任何一个隐秘团体有关。”

“但彼得·所罗门是一个共济会会员——一个很有权势的共济会会员。我们一说到有关秘密的事儿，就会跟共济会扯上关系。谁都知道，共济会最爱保守他们的秘密。”

兰登在她的声音里听出了不信任，他不想跟这事儿纠缠不清。“如果你想知道有关共济会的事儿，最好还是去找共济会的人问问。”

“说实在的，”佐藤说，“我宁愿问一个我信得过的人。”

---

① 玫瑰十字会（Rosicrucian），十七世纪初在德国创立的一个秘密会社。

② 卡巴拉教（Kabbalistic），犹太教的一个神秘分支。

③ 光照派（Alumbradian），十六、十七世纪西班牙的一个天主教神秘教派。

兰登觉得这句话既无知又冒昧。“夫人，有记载为证，共济会的全部思想都建立在诚实正直的基础上。你能见到的最值得信赖的人中不乏共济会会员。”

“可我却看到了很有说服力的反证。”

随着时间分秒地过去，兰登对佐藤部长越来越反感了。他曾花了数年工夫写作有关共济会隐喻性图示和符号的著作，他知道共济会是世界上最容易受到中伤和误解的组织。对共济会的指责从魔鬼崇拜到阴谋组建世界性政府都有，不一而足，但共济会的一个原则是从不回应对他们的攻击，这更使他们成了众矢之的。

“不管怎么说，”佐藤尖声说道，“我们又陷入了僵局，兰登先生。在我看来，似乎要么是你忘记了什么……要么就是你还有什么没有告诉我。我们正在对付的那个人说，所罗门是有意选中你的。”她冷冷地注视着兰登。“我认为我们应该转移到中央情报局总部去继续这场谈话。也许在那儿我们的运气会更好些。”

佐藤的威胁对兰登几乎没产生什么影响。不过，她前面的那句话却在他的脑中回荡。*彼得选中了你*。再加上刚才提到的共济会，突然给了兰登某种奇怪的触动。他低头看着彼得手上的共济会戒指。这个戒指是彼得最珍贵的物品之一——所罗门家族的传家之宝，上面刻着双头凤凰的符号，那是共济会智慧最终极的神秘图像。金戒指在灯光下熠熠发亮，猝不及防地激活了他的一段记忆。

兰登的气息急促起来，他回想起绑架彼得的人说过一句古怪的话：*你还没开窍，是不是？为什么选中了你？*

在这个可怕的瞬间，兰登的思绪猛地坠落、失焦，迷雾升起。

刹那间，兰登被召到这儿的意图一清二楚了。

十英里外，迈拉克驾车向南行驶在苏特兰林荫道上，他清楚地听见座位旁的震动声。那是彼得·所罗门的iPhone手机，今天，它被证明是很有效的工具。来电显示中出现的是那个黑发飘飘的靓丽中年女人头像。

来电——凯瑟琳·所罗门

迈拉克微笑了，不去理会手机。*命运把我推近了*。

今天下午，他诱使凯瑟琳来他家里的理由只有一个——确定她是否有能助他一臂之力的资讯……也许一个家族秘密就能帮助迈拉克找到他正在寻求的东西。可是，显然，凯瑟琳的哥哥这些年来始终没把他保守的秘密透露给她。

尽管如此，迈拉克到底还是从凯瑟琳那儿挖到了一些信息。*这点信息今天让她多活了几个小时*。凯瑟琳向他确认她的所有研究都是在*一个地方*进行的，被安全地封闭在她的实验室内。

我必须去摧毁它。

凯瑟琳的研究旨在打开一扇新知的大门，一旦开启，哪怕只是豁开一条缝儿，其他人就会鱼贯而入。这样一来，一切事情的改变就只是时间问题了。*我不能让这事情发生。这个世界必须照原样运行……在无知的黑暗中浮沉。*

iPhone 手机又响了，显示凯瑟琳留了一条语音短信。迈拉克打开短信。

“彼得，还是我。”凯瑟琳的声音听上去非常担心。“你在哪儿？我还在想着和阿贝当医生的谈话……我很担心。你一切都好吗？请打电话给我，我在实验室。”

语音留言结束。

迈拉克笑了。*凯瑟琳应该少担心她哥哥，多担心她自己*。他驶离苏特兰林荫道拐入银山路。行驶不到一英里后，黑暗中，他从大道右侧望见了掩映在绿树丛中的 SMSC 影影绰绰的轮廓。整个建筑群围在高高的铁丝护栏中。

一幢安全的建筑？迈拉克暗自笑了起来。*我知道有人会为我打开这里的门。*

第 24 章

启示如波浪般轰然漫过兰登全身。

我知道我为什么会在这儿了。

兰登站在圆形大厅中央，只觉一股强大的推动力促使他转身离去，躲开彼得的手，躲开那枚熠熠发亮的戒指，远离佐藤和安德森怀疑的目光……然而，他仍死死地站在原处，更紧地攥住肩上的皮包。*我得离开这个地方*。

他的下颚收紧，思绪飘向几年前一个冬天的早晨在剑桥市发生的一幕。早上六点钟。兰登如往常一样在哈佛游泳池游完晨泳，跨进教室门槛。熟悉的粉笔灰和热蒸汽扑面而来。他向课桌走了两步，突然呆呆地站住了。

有个人影在等他——那人有着鹰隼般五官鲜明的面庞，王者一样威严的灰色眼睛。

“彼得？”兰登看着他，惊呆了。

彼得·所罗门的微笑照亮了暗沉沉的教室。“早上好，罗伯特·兰登。见到我很惊奇吧？”柔和的声音里自有一种威严。

兰登急忙上前，热情地与他握手。“什么风大清早就把一个耶鲁蓝血刮到深红校园[①]来了？”

“深入敌后的隐秘任务，”所罗门笑着说。他指着兰登匀称的腰身。“每天晨泳的结果吧，你的身材真棒。”

“就为了让你显老呗，”兰登和他开着玩笑。“很高兴见到你，彼得。有什么事吗？”

“短期出差。”对方回答，环视了一下空荡荡的教室。“我很抱歉这样跑来见你，罗伯特，但我只占用你几分钟时间就行。有件事我需要问你……面谈。求助。”

这可是破天荒头一回。兰登不知道一个普通大学教师能为一个几乎拥有一切的人做些什么。“什么事情？尽管说。”他回答，很高兴有机会为一个曾给过他那么多帮助的人做事，况且，彼得的人生虽然优裕却也屡遭不幸。

所罗门压低了声音。“我希望你能考虑一下，替我照看一样东西。”

兰登转动着眼珠。“不会又是赫丘利[②]吧。”兰登曾有一次答应所罗门在他出外期间替他照顾那只重达一百五十磅的大獒赫丘利。那只狗在

---

① 深红校园（Crimson campus），指哈佛大学，该校校刊名为《深红》，运动队队服也是深红色。

② 赫丘利（Hercules），希腊神话中的大力神。

兰登家里显然是害了思乡病，因为没有它最喜欢的皮质咀嚼玩具，兰登书房里的一件珍物便成了替代品——装帧华美的一六〇〇年代的《圣经》手抄本，上等犊皮纸的原版书。用“坏狗狗”来形容它，简直太小儿科了。

“你知道，我仍在设法找寻一本好赔给你。”所罗门不好意思地笑道。

“忘了它吧。我很高兴赫丘利尝到了宗教的滋味。”

所罗门咯咯地笑了起来，但仍显得有些心烦意乱。“罗伯特，我来找你的原因是想让你替我保管一样东西，这东西对我相当珍贵。我前一阵子刚刚继承的，但把它搁在家里或是办公室里，我心里总觉得不安。”

兰登一听，顿时觉得有点别扭。在彼得·所罗门的世界里，任何“相当珍贵”的东西都肯定是百分百的宝物。“放到保险箱里怎么样？”*你们家难道不是拥有美国的半数银行的股份吗？*

“那会牵涉一大堆文件，还要跟银行职员打交道，我宁愿找一个值得信赖的朋友。我知道你是能守住秘密的。”所罗门从口袋里掏出一个小包递给兰登。

有了如此戏剧性的铺垫，兰登原本以为会看到一件什么不同凡响的东西。可这小包不过是三英寸见方的小盒子，外面裹着一层褪色的棕色包装纸，扎着细绳。从包裹的大小和分量来看，里面似乎装着石头或金属。*就这个？*兰登拿着盒子转来转去地看，他注意到有一侧的细绳谨慎地用蜡封住了，封蜡上有个浮雕蜡印，像是古代的敕令，印有双头凤凰的图案，凤凰胸前饰有数字三十三——这是共济会最高等级的传统符识。

“说真的，彼得，”兰登说着，脸上掠过一丝不自然的笑容，“你是共济会集会所中的尊者圣师，不是教皇。这个包裹是你用自己的戒指来封印的？”

所罗门低头看一眼自己手上的戒指，哈哈一笑。“这不是我封的，是我的曾祖父，差不多是一百年前的事了。”

兰登一怔。“什么？”

所罗门举起戴戒指的手指。“这个共济会戒指是他的。后来传给我的祖父，然后是我父亲……最后到了我手里。”

兰登举起这个小包。“你的曾祖父一百年前封好了这个小包，后来再也没人打开过？”

“没错。”

“可是……为什么不打开呢？”

所罗门微微一笑。“因为时机未到。”

兰登的眼睛瞪大了。“*什么时机*？”

“罗伯特，我知道这事儿挺古怪的，但你知道得越少，对你就越好。只要把这个小包放在安全之处，别跟任何人说起我交给你了。”

兰登在他的导师眼里搜寻开玩笑的迹象。所罗门向来喜欢戏剧化的表达方式，兰登不知道这会儿他是否有所夸张。“彼得，你能肯定这不是一个诡计吗？把古代共济会机密托付给我，以便勾起我的兴趣，诱惑我入会？”

“共济会并不招兵买马，罗伯特，这你是知道的。再说，你已经告诉我你不会加入共济会的。”

这倒是没错。尽管兰登对共济会的哲学和符号怀有很大的敬意，却从未打算宣誓入会，那种严守秘密的宣誓会使他无法与学生自由自在地讨论共济会的学术问题。苏格拉底也是鉴于同样的理由拒绝正式参与依洛西斯秘密仪式①。

兰登意识到这密封的小盒子与共济会的关系后，忍不住问了一个谁都会想到的问题。“为什么不把它托付给你们共济会的兄弟呢？”

“这么说吧，直觉告诉我，这东西放在共济会*以外*的地方更安全。不要被这盒子的大小所迷惑。如果我父亲对我说的话是正确的，那么，里面所盛之物拥有一种实质性的巨大能量。”他停了一下。“一件具有不可思议神力的宝器，或类似的东西。”

他说的是宝器？就其定义而言，宝器是指具有神奇魔力的物件。从传统意义上来说，宝器能用来带来运气、击退邪魔，或是用于古代仪式。“彼得，你真的知道吧——宝器在中世纪就已经过时了，对不对？”

彼得把手搭在兰登的肩上，耐心地说，“我知道这听起来有点怪，罗伯特。我认识你有很长时间了，你的怀疑精神对于学术研究来说是最宝贵的。但这也是你最大的弱点。我对你非常了解，我知道你不是那种

---

① 依洛西斯秘密仪式（Eleusinian Mysteries），古希腊每年在依洛西斯城举行的秘密宗教仪式，以纪念谷物女神和冥后。

人——我不能要求你相信……只是要求你的信赖。现在，我就请求你信我一句话：这个魔符很强大。有人告诉我，拥有它的人也将拥有变混沌为有序的能力。”

兰登听呆了。“变混沌为有序”，这是共济会最伟大的基本理念之一。Ordo ab chao①，尽管如此，一件宝器能够赋予人能力的说法也太荒谬了，远不如“变混沌为有序”可信。

“这件宝器，”所罗门继续道，“落到错误的手中就有可能变得十分危险，并会导致不幸，我有理由相信，有些有权势的人想从我这里偷走它。”兰登从来没有在他的眼睛里见过如此郑重和严肃的神情。“我想要你为我安全妥当地保管一段时间。可以吗？”

那天晚上，兰登独自坐在厨房桌前，看着那个小包，想象着里面会有什么。最后，他只是把这件事情当作彼得的一个怪癖，把那个小包锁进了他家图书室墙上的保险柜里，然后就把这事儿忘得一干二净。

直到……今天早上。

那个带南方口音的人打来的电话。

“噢，教授，我差点儿忘了！”那位助理在给兰登叙述了到达华盛顿以后的安排后说。“所罗门先生还有一件事情。”

“什么？”兰登的脑子已经转到他同意进行的演讲上了。

“所罗门先生有一个口信留给你。”那人开始磕磕巴巴地念便条，好像在辨认彼得的笔迹。“‘请让罗伯特……把一个我多年前委托他保管的密封小包带来。’”那人停了一下。“你听得明白吗？”

兰登想起一直放在墙上保险柜里的那个小包，吃了一惊。“没错，是的。我明白所罗门先生的意思。”

“你能带来吗？”

“当然，请告诉所罗门先生我会带去的。”

“太好了。”那位助理似乎松了一口气。“祝你今晚演讲成功。一路顺风。”

离家前，兰登如约把那个包裹从保险柜里取出，塞进自己的包里。

现在，他站在国会大厦里，惟一能确信的是：如果彼得·所罗门知道兰登深深辜负了他，将会何等惊惶。

---

① Ordo ab chao，拉丁语：变混沌为有序。

第25章

我的天！跟以前一样，又让凯瑟琳说对了。

翠西·唐纳惊讶地盯着眼前等离子屏幕上蜘蛛搜索的结果。她曾怀疑这样的搜索会一无所获，但事实上，现在足有一打命中点摆在她面前。许多搜索结果还在不断地涌进来。

有一个信息看上去尤其有用。

翠西转身朝图书室方向喊道："凯瑟琳？我觉得你应该来看看这个！"

翠西这样操作搜索蜘蛛已有两三年了，但今晚的结果令她特别吃惊。几年前，这样的搜索根本就行不通。眼下，数码资料搜索似乎已经到了这样的地步——不管是什么，只要它存在，就能揪出来。难以置信的是，其中一个关键词还是翠西以前从未听说过的……居然也被搜到了。

凯瑟琳冲进控制室。"你找到了什么？"

"一大批备选项。"翠西指着等离子屏幕墙。"每一个文档都包含所有你那些关键词。"

凯瑟琳把头发夹到耳后，扫视着目录。

"趁你还没有乐晕了，"翠西添了一句，"我得向你保证，这里大部分文件**不是**你要找的。都是我们称之为'黑洞'的东西。看看文件大小就知道。绝对海量。这些东西是成千上万电子邮件备份的压缩包、巨量的大型百科全书配置文件、运行多年的全球信息平台的存档文件，等等。凭借庞大的容量和门类众多的内容，这些文件包含了无数的潜在关键词，以至于任何靠近它们的搜索引擎都会被吸附。"

凯瑟琳指着靠近目录顶端的一个登录地址。"这个怎么样？"

翠西笑了。凯瑟琳的敏锐真是超乎常人，一眼就发现了目录上一个容量较小的单个文件。"好眼力。是的，目前为止，这是你惟一的真正备选项。事实上，这个文件小得只有不到一页的容量。"

"打开。"凯瑟琳热切地说。

翠西无法想象仅有一页的文件能包含所有凯瑟琳提供的那些奇怪的搜索字符串。可是，当她点击打开这个文件时，关键短语就在那儿……清清楚楚地显示在文本内。

凯瑟琳凑上前去，目光来回扫视着等离子屏幕墙。“这个文件是……编辑过的？”

翠西点点头。“欢迎来到数字化文本世界。”

当提供的是数字文件时，自动编辑就成为一项标准操作。编辑，是指服务器允许使用者搜索整个文本，但只把一小部分与所提交的关键短语吻合的文本显露出来的程序——像是恶作剧。通过删除大部分文本，服务器防止了版权侵犯，还给使用者发送了一条颇有悬念的信息：我有你正在搜索的信息，如果你需要其余部分，必须从我这里购买。

“你可以看到，”翠西说，扫过大量的缩减页，“这个文件包含了你所有的关键短语。”

凯瑟琳一声不吭地盯着这个编辑过的文本。

翠西让她去思索，自己回到这个页面的顶端再看。凯瑟琳的关键短语在这上面以大写字母下划线显示，并伴随着一个恶作剧文本的样本——关键短语的两边各有两个单词。

[redacted] **地下秘址在** [redacted] . . . [redacted] **华盛顿特区某处，就在**

坐标 [redacted] . . . [redacted] **揭示一个古代入口通向** [redacted]

[redacted] . . . [redacted]

警告金字塔藏有危险 [redacted]

. . . [redacted]

破译这个表记的铭文，将解开 [redacted]

翠西无法想象这个文件是关于什么的。而该死的“表记[1]”又是什么东西？

凯瑟琳急切地凑向屏幕。“这个文件是从哪儿来的？谁写的？”

翠西已经在查找了。“给我一小会儿，我正在找这个源头。”

“我需要知道这个文件是谁写的。”凯瑟琳又说了一遍，声音有些紧张。“我想看到其余的部分。”

“我正在试。”翠西说，她被凯瑟琳急切的口气吓了一跳。

太奇怪了，这个文件的地址无法在平常的网页上显示出来，只有一个数值型的互联网协议地址。“我没法揭开这个 IP 地址，”翠西说。“这个域名没有出现。等等。”她拉出一个终端窗口。“我来操作一个路由追踪程序。”

翠西键入一系列指令，盯住控制室电脑和那台存有这一文件而不知身藏何处的电脑之间所有的跳数[2]。

“开始追踪。”她一边说一边执行了指令。

路由追踪极为迅速，一长串网络设备列表一下子就出现在等离子屏幕墙上了。翠西一行一行往下扫视……目光越过和她的电脑相关的路由器路径和网络交换机……

这是怎么了？她的追踪在这个文件的服务器前停下了。不知什么原

---

① 原文为 Symbolon，源自古希腊语。将一个物件拆分给不同的人，以备日后凭各自所执部分验合，这个物件拆分成的部分即为“表记”，类似中国古代调动军队使用的兵符。

② 跳数（hops），为了找出一个网络站点须做出的数个连结动作。

因，PING 连接测试程序撞上了一个网络设备后被吞没了，而不是被弹了回来。“我的路由追踪好像被阻断了，”翠西说。*这怎么可能？*

“再试一下。”

翠西再次启动路由追踪，还是同样的结果。“不行，搞不定。这个文件在一个无法追踪的服务器上。”她看着撞墙前的最后几个跳数。“不过我可以告诉你，这个地址就在华盛顿特区的某个地方。”

“你开玩笑？”

“没什么奇怪的，”翠西说。“这个蜘蛛程序是按地理螺线运作的，也就是说，最先搜到的结果基本上是本地的。再说，你其中的一个搜索字符串就是‘华盛顿特区’。”

“试试‘是谁’这个搜索怎么样？”凯瑟琳敏捷地说，“那不就能告诉你谁拥有这个域名了吗？”

*听上去有点弱智，可这主意还不坏。*翠西启动操作搜寻“是谁”的数据库，寻找那个 IP 地址，希望能找到跟那个含义模糊的数据匹配的真实域名。她的受挫感这会儿被越来越强的好奇心压了下去。*谁有这个文件？*这个“是谁”的结果很快显示出来了，一条匹配都没有，翠西举起双手作投降状。“好像这个 IP 地址不存在。有关它的信息一点都没有。”

“显然，这个 IP 是*存在*的。我们搜到的一个文件就储存在那儿！”

*没错。*但是，拥有这个文件的人显然不愿让人知道他 / 她的身份。“我不知道该不该告诉你。地址追踪真的不是我的强项，要不你找一个有黑客技术的人来吧，我没辙了。”

“你认识什么人？”

翠西转身盯着她的老板。“凯瑟琳，我在开玩笑，这可不是个好主意。”

“但那真的可行，不是吗？”她看了下手表。

“嗯，是的……向来如此。技术上来说，相当容易。”

“你认识什么人？”

“黑客？”翠西不安地大笑起来。“我打过交道的人大半都是。”

“有你信任的吗？”

*她是当真的？*翠西看得出凯瑟琳非常当真。“噢，有啊，”她连忙说，“我认识一个可以用的家伙。曾是我们的系统安全专家——他是个电脑

鬼才。那会儿他想泡我，挺讨厌的一个家伙，不过是个好人，我可以相信他。还有，他现在是个自由职业者。”

“他做事谨慎吗？”

“他是个黑客，当然做事谨慎。这就是他做事的方式。可我肯定他至少要一千美元，哪怕只是瞧一眼——”

“打电话给他。加倍付费，要加快。”

翠西说不清什么地方让自己感觉不太自在——帮凯瑟琳·所罗门雇一个黑客……而且还是打电话给可能仍然无法相信自己的想入非非竟会被一个矮矮胖胖、一头红发的元系统分析员回绝的家伙。“你肯定要这样做？”

“用图书室的电话，”凯瑟琳说，“那是号码保密的电话。别说我的名字。”

“好吧。”翠西向门口走去，但当她听到凯瑟琳的 iPhone 轻声一响时，便停下了脚步。如果运气好的话，这个短信说不定会把翠西从这份讨厌的任务中解脱出来。她等着凯瑟琳从实验室工作服口袋里掏出手机查看屏幕。

凯瑟琳·所罗门见到手机屏幕上的名字，压在心里的大石头总算放了下来。

终于。

彼得·所罗门

“是我哥哥的短信。”她说着朝翠西瞟了一眼。

翠西满怀希望地看过来。“那么，我们不妨就这件事情征求一下他的意见……趁着还没去找黑客？”

凯瑟琳看着等离子屏幕墙上的编辑文档，阿贝当医生的声音又在她耳边响起。*你哥哥相信确有其物的那样东西藏在华盛顿特区……它是可以找到的。*凯瑟琳不知道该相信什么了，这个文档包含着有关某种玄秘思想的信息，那正是令彼得非常痴迷的东西。

凯瑟琳摇摇头。“我想知道这个文档是谁写的、在什么地方。去打电话吧。”

翠西皱皱眉头走了出去。

不管这个文件是否能解释她哥哥曾经告诉过阿贝当医生的事儿，至少，今天有一个秘密被解开了——她哥哥终于学会了用凯瑟琳给他的iPhone发短信了。

“要广而告之哦。”凯瑟琳朝着翠西的背影喊道。“伟大的彼得·所罗门刚刚发出了他的第一条短信。”

在SMSC的街对面一个小型购物中心的停车场里，迈拉克叉开两腿站在豪华轿车旁，等着一个他知道必定会打来的电话。雨已经停了，冬天的月亮从云层里钻了出来。三个月前，迈拉克在入会仪式期间看到过和今天一样的月亮的清辉，透过神殿的天眼窗投射下来。

今晚，这个世界看上去很不一样。

在他等待的时候，胃里又翻腾起来。两天的禁食虽然不舒服，但在他的准备中却是至关重要的。这是一种古老的方法。很快，所有的肉体不适都会变得无关紧要。

迈拉克站在寒夜中等待时，想到*命运*呈现在他面前的东西，不禁咯咯笑了起来，更像是嘲讽，因为他正面对着一个小教堂。这儿，在“斯德林牙科诊所”和一爿日杂店之间，是一个小小的圣所。

上帝的荣耀之所。

迈拉克望向窗户，从那里可以看得见教堂里呈示的部分教义：**我们相信主耶稣基督是圣灵感孕，由处女玛利亚所生，他是人又是神。**

迈拉克微笑了。*是的，耶稣的确具有双面性——既是人又是神——但处女所生并非成圣的先决条件。不是这样的。*

手机铃声划破了夜幕，他的脉搏加快了。现在响起的这个电话是迈拉克*自己的*——昨天才买来的预存话费廉价手机。来电者正是他所期待的人。

本地电话，迈拉克感到有趣，眺望着那边银山路月色笼罩下树林顶端显露出来的锯齿形大楼的模糊轮廓。迈拉克打开了翻盖。

“阿贝当医生。”他使自己的声音听起来更深沉。

“我是凯瑟琳，”一个女人的声音说，“我终于从我哥哥那里收到了一条信息。”

“噢，我放心了。他怎么样？”

“他现在正在来我实验室的路上。”凯瑟琳说，“实话说，他建议你也来跟我们会面。”

“你说什么？”迈拉克装出犹豫的样子。“到你的……实验室？”

“他肯定非常信任你。他从来没有邀请过别人来实验室。”

“我想，也许他认为我的造访能有助于我们的讨论，可我总有闯入禁地的感觉。”

“如果我哥哥欢迎你，那么我也欢迎你。再说，他说他有许多问题要问我们两个，而我很希望能把事情弄个明白。”

“好吧。你的实验室在什么地方？”

“在史密森博物馆支持中心。你知道这地方吗？”

“不知道。”迈拉克说着，从停车场向那边的建筑群张望。“我现在正在车上，我有一个导航仪。请告诉我地址好吗？”

“银山路四二一零号。”

“好，等等。我把地址输进去。”迈拉克等了十秒钟，然后说：“好消息，比我想象的更近。导航仪上显示我离你那儿只有十分钟的车程。”

“很好。我会打电话给门口保安，告诉他们你要来。”

“谢谢。”

“待会儿见。”

迈拉克把那个廉价手机塞进口袋，眺望了一下 SMSC。*我邀请自己是否太过冒昧？*他笑了，现在，他拿出彼得·所罗门的手机，欣赏着几分钟前发给凯瑟琳的短信。

> 收到你的短信。一切安好。很忙。忘了跟阿贝当医生的约会了。很抱歉没有更早跟你谈起他。说来话长。现在我正在来实验室的路上。如果可以的话，请阿贝当医生也一起见个面。我完全信任他，我有许多事要告诉你——彼得。

不出所料，彼得的 iPhone 马上就收到了来自凯瑟琳的回复。

> 彼得，恭喜你学会了发短信！很高兴你一切都好。和阿贝当医生说过了，他正在来实验室的路上。希望尽快见到你！——凯

手握彼得的手机，迈拉克在豪华轿车前蹲下来，把它塞在前轮和人

行道之间。这个手机帮了迈拉克的大忙……但现在，要让它无法追踪。他坐到方向盘前，点火发动，向前驶去，直到听见尖厉的咔啦咔啦的手机爆裂声。

迈拉克把车倒回停车场，望向远处 SMSC 的侧影。**十分钟**。彼得·所罗门那庞大的仓库储藏着三千多万件珍品，但迈拉克今晚来这儿只是为了两件最有价值的藏品。

凯瑟琳的所有研究。

还有凯瑟琳本人。

第 26 章

“兰登教授？”佐藤叫道。“你看上去像是见了鬼。你没事吧？”

兰登把背包肩带往上顺了顺，手压在背包上，似乎这样才能把他携带的那个方方正正的小包裹藏得更严实。他能感觉到，自己已是面如死灰。“我只是……在担心彼得。”

佐藤点点头，斜眼瞟他。

兰登突然起了警觉心，佐藤今晚出现在这儿可能和彼得托付给他的小包裹有关。彼得曾警示过兰登：**有权势的人想从我这里偷走它。它落到错误的手中将会非常危险**。兰登无法想象中央情报局为什么对藏在盒子里的宝器感兴趣……还有，这个宝器会是什么呢？*Ordo ab chao*？

佐藤向他走近一步，她那双黑眼睛审视着他。“我感到你得到某种启示了？”

兰登觉得自己浑身是汗。“不，不完全是。”

“你在想什么？”

“我只是……”兰登迟疑了一下，不知道该说什么。他不想把那个包裹的秘密抖落出去，但如果佐藤把他带到中央情报局，他的包很可能会被搜查。“实际上……”他撒了个小谎，“我对彼得手上的数字又有了一个新的想法。”

佐藤面无表情。“是吗？”她向安德森看去，后者正迎向终于到达的法医。

兰登困难地咽了下口水，在那只手旁边蹲下来，琢磨着编个什么说法来对付他们。*你是一个教授，罗伯特——即兴讲演是你的拿手好戏！*他又朝那七个字符看了一眼，希望能找到什么灵感。

什么也没有。一片空白。

兰登在自己大脑的百科全书里浏览有关符号学的清晰记忆时，只找出了一个可以编排的答案。那也是刚才的第一反应，但似乎完全不可能。可是这当儿，他必须争取思考的时间。

"呃……"他开始说，"在破解符号和密码时，一个符号学家会犯的第一个路径错误，就是试图用多种符号学语言来作诠释。举例来说，当我告诉你们这是罗马文字和阿拉伯文字时，我就是一个糟糕的分析员，因为我使用了多种符号系统。说它是罗马文字和如尼文字也一样。"

佐藤胳膊交叠着抱在胸前，挑了挑了眉毛，好像在说，"继续。"

"一般而言，交流只能用**同一种**语言，不大会是多种语言。所以，符号学家解读文本的第一项工作就是找到一种可以应用于整个文本的、前后一致的**单一**语言符号系统。"

"那你现在看出一个单一的系统了？"

"呃，是啊……还没有。"兰登曾有过的"匀称回形多义文[1]"经验告诉他，符号的意义有时需要从多个角度去理解。在这个案例中，他意识到确有一种单一语言方式可以用来破解所有的七个字符。"如果我们对这只手稍作处理，这上面的语言就会具有某种连贯性。"怪异的是，兰登想要尝试的处理方式好像是那位绑架彼得的家伙提示他的，他想到那人说起的那个古老的赫尔墨斯格言。*如其在上，如其在下。*

兰登伸手去摸那个钉着彼得的手的木制底座时，身上不禁掠过一阵寒意。他把底座轻轻倒转过来，这样，彼得伸出的手指就径直指着地面了。手掌上的字符马上变成了——

① 匀称回形多义文（Rotational symmetry of ambigrams），是一种有意设计的字符，一个对称排列的图形字可以从各个不同角度读出多个单词的意义。

SBB XIII

“从这个角度看，”兰登说，“X-I-I-I 就成了一个实实在在的罗马数字——十三。此外，其余的字符可用罗马字母解读为——SBB。”兰登估计这个分析会招致茫然不解的耸肩，可是安德森马上表情大变。

“SBB？”这位队长问道。

佐藤转向安德森。“如果我没有记错，这听起来像是国会大厦熟悉的排序系统。”

安德森脸色变得苍白。“是的。”

佐藤露出一丝阴沉的笑容，向安德森点点头。“队长，请跟我来。我有话要跟你单独谈。”

当佐藤带着安德森队长走到一边耳语时，兰登独自困惑地站在那儿。*这到底是怎么回事？SBBXIII 是什么？*

安德森队长不知道今晚还会发生什么更稀奇古怪的事情。*这只手的意思是 SBB13？*他惊愕的是，居然还有外人知道 SBB……更何况是 SBB13。彼得·所罗门的食指，似乎不是像摆设的那样指向上方……而是一个截然相反的方向。

佐藤部长把安德森引到托马斯·杰斐逊铜像旁的安静角落。“队长，”她说，“我相信你很清楚 SBB13 的确切位置，是吗？”

“当然。”

“你知道里面有些什么？”

“不知道，没去看过。我想差不多有几十年没人使用那个地方了。”

“好，你去把那儿打开。”

安德森似乎很不情愿在自己的地盘上被人指手画脚地喝令。“夫人，那个地方可能不容易进去。我得先去查一下值班名册。你知道，这幢大楼的底层大部分都是不对外开放的办公室或储藏室，安全协议规定——”

“你去给我打开 SBB13。”佐藤说，“否则我就叫安全部派一队人马带上攻城槌来这儿。”

安德森吃惊地盯着她看了好一会儿，然后拿出无线电对讲机举到嘴边。“我是安德森。我需要有人来帮我打开 SBB。五分钟后叫人在那儿跟我会合。”

对讲机中对方的声音似乎非常困惑。“队长，你说的是 SBB？”

“没错，SBB。马人派人过来。另外，我需要一个手电筒。”他关了对讲机。当佐藤向他走近时，安德森的心怦怦直跳。她的声音压得更低了。

“队长，时间很紧，”她悄声道，“我要你尽快带我们去 SBB13。”

“是，夫人。”

“我还需要你做一件事。”

*强行闯入之外还要怎样？*安德森已全无招架之力，但他并非没有注意到彼得的手被发现后不到几分钟，佐藤来到国会大厦圆形大厅，现在，她又要借机侵入国会大厦的私人领地。她今天晚上已经越界太多，简直为所欲为。

佐藤指着那边的教授。“兰登肩上的那个背包。”

安德森望过去。“怎么了？”

“我想，兰登进入这幢大厦时，你的人应该用 X 光检查过他的包了？”

“当然，所有的包都必须探测。”

“我要看一下扫描记录。我要知道他包里放了什么。”

安德森望着兰登今晚一直背在身上的那个包。“可是……你问他一下岂不更简单？”

“我还有什么说得不清楚的地方吗？”

安德森掏出无线电对讲机下达命令。佐藤把自己黑莓手机的电子邮箱告诉他，要求他的人尽快把他们找到的扫描数据拷贝发过来。安德森只好执行。

法医把那只斩断的手收起来了，正要交给国会大厦警察，但佐藤命令他们直接送往兰利总部她手下那里。安德森已经没力气去抗争了。他不过是被那个小小的“日本蒸汽压路机”碾过来碾过去的人。

“我要那只戒指。”佐藤对法医说。

法医技术主管似乎打算要问什么，但想了想还是作罢了。他从彼得手指上摘下金戒指，放入一个干净的物证收集袋交给了佐藤。她把它塞进自己外套口袋里，然后转身朝着兰登。

“我们走吧，教授，带上你的东西。”

"去哪儿？"兰登问。

"跟着安德森先生就行了。"

*走吧，安德森想，跟得紧点儿。*SBB是国会大厦人迹罕至之处。他们要穿过一个有许多小房间的迷宫和地穴下面的狭窄过道。亚伯拉罕·林肯的小儿子泰迪有一次在下面迷了路，差点没回来。安德森觉得佐藤没准会在下面迷路，罗伯特·兰登也够呛。

第27章

系统安全专家马克·佐比安尼斯一向为自己的多才多艺感到自豪。此刻，他正坐在日式床垫上，身边是电脑遥控器、无绳电话、笔记本电脑、掌上电脑。还有一大碗"海盗的战利品"[①]。一边看着设置为静音状态的红皮队比赛，一边瞅着自己的笔记本电脑，佐比安尼斯戴着蓝牙耳机和一个断了消息一年多的女人说着话。

今晚的附加赛就毁在翠西·唐纳的电话粥上了。

他的前同事社交水平丝毫没有长进，居然挑了红皮队比赛的夜晚来电话找他聊天，还要找他帮忙。翠西先是瞎聊一气往昔的回忆，还说她多么想念他那些好笑绝顶的笑话，然后就转入正题：她正试着解开一个隐藏的IP地址，也许就是在华盛顿特区的一个设密的服务器上。那个服务器里面有一个小小的文本文档，她想获取……或者，至少要知道这文件是谁的。

*找对了人，可挑错了时候。*他这样告诉她。翠西马上大力恭维他的电脑技艺，她说的大多没错，佐比安尼斯还没闹明白是怎么回事，就往自己的笔记本电脑上打下了一行看上去很奇怪的IP地址。

佐比安尼斯看了一下那个编码，马上有些不安。"翠西，这个IP格式很酷的。是用不公开使用的协议写成的。也许是政府的内部网络，也许是军方的。"

"军方？"翠西大笑起来。"相信我吧，我刚从这个服务器上扒下一

---

① "海盗的战利品"（Pirate's Booty），美国罗伯特美食公司出品的一种类似薯片的零食。

个编辑文档，根本不是什么*军方*。”

佐比安尼斯调出一个终端窗口试着做路由追踪。“你说你的路由追踪死翘了？”

“是的，死了两次。同样的跳数。”

“我也是。”他拉出一个诊断探测器开始启动。“这个 IP 什么地方这么有趣？”

“我用一个代理搜索引擎去追踪这个 IP，调出一个编辑过的缺损文件。我需要看到全部文档。我很愿意为这事儿耗费时间，但我就是找不出这个 IP 是谁的，也没法登录。”

佐比安尼斯对着屏幕直皱眉头。“你肯定吗？我正在操作一个诊断程序，这个防火墙密码好像……设置得非常严谨。”

“这就是给你一大笔钱的理由。”

佐比安尼斯考虑了一下。人家愿意付他一大笔钱就为了这碟小菜。“就问一句。翠西，你干嘛这么火烧火燎地要这个？”

翠西顿了一下。“我是为一个朋友求你个人情。”

“肯定是一个特殊的朋友。”

“她是的。”

佐比安尼斯咯咯地笑了起来，不再问什么了。*我就知道*。

“听着，”翠西的声音有点不耐烦了，“你到底能不能解开这个 IP？能还是不能？”

“当然能。好了，我知道你就是想使唤我。”

“需要多长时间？”

“不会太长，”他一边说话一边打字，“我应该能用十分钟左右进入他们的网络。等进去了，看到要找的东西，我就给你打电话。”

“非常感谢，你怎么样啊？”

现在再来问这个？“翠西，看在上帝分上，你在红皮队附加赛的晚上打电话给我，现在还想聊天？你想不想要我黑这个 IP 啦？”

“多谢啦！马克。我真的很感谢。我等你的电话。”

“十五分钟。”佐比安尼斯挂断电话，抓起那碗“海盗的战利品”，打开了比赛的声音。

女人。

第 28 章

他们要把我带到哪里？

兰登跟着佐藤和安德森急匆匆地钻进国会大厦地下深处，每往下走一步，他的心跳就加快一些。他们先从圆形大厅西侧廊柱的大理石台阶往下走，然后回过头朝相反方向，经过一个宽阔的过道，进入圆形大厅正下方的那个著名地宫。

国会大厦地穴。

这里空气沉闷，兰登已经产生了幽闭恐惧。地穴里低矮的顶棚，向上打出的柔和地灯，都突显了直接顶着上层大理石地面的四十根陶立克柱的坚固形体。*放松些，罗伯特。*

“这边。”安德森说着快速斜插左边，穿过宽阔的圆形空间。

谢天谢地，这地穴里没有埋葬死人。倒是有一些雕像，一具国会大厦的模型，还有一个地下仓储区，存放着木制灵柩台，上面有几口棺材，是为国葬预备的。有人急急走过那儿，甚至都没朝中间那个曾经燃烧“永恒之火”的四角大理石罗盘看上一眼。

安德森似乎急于赶路，佐藤却又一次埋头摆弄她的黑莓手机。兰登听说过，国会大厦任何一个角落都覆盖了移动通讯网络，以支持这座建筑物里每天成千上万个政府部门的手机通话。

斜穿地宫，这队人马进入了一个灯光昏暗的大厅，然后就是一连串盘旋曲折的过道和死胡同。这些密密麻麻的过道里有许多房门。每扇门上都有一个标识号码。兰登一边走一边念出那上面的号码。

S154……S153……S152……

他不知道那些门后都藏着些什么，但至少有一点现在已经很清楚了——彼得·所罗门手掌上的那个刺青。SBB13，显然就是国会大厦曲里拐弯的“内脏”中的一个门牌号。

“这些房间是干什么用的？”兰登问。他把背包紧紧挟在胳膊下，疑惑地思忖：彼得·所罗门的小包和那个标着 SBB13 号码的门牌会有什么关系。

“办公室和储藏室。”安德森说。“私人办公室和储藏室。”他又补充了一句，回头瞟一眼佐藤。

佐藤仍然埋头看着黑莓手机。

“这些房间看上去都不大。”兰登说。

“大部分是改装过的储藏间，但仍然是华盛顿最受欢迎的房产。这儿曾是国会最初的核心区域，老的参议院就在我们顶上两层。”

“SBB13 呢？”兰登问。“那是谁的办公室？”

“不是谁的办公室。SBB 是一个私人储藏间，我得说，我也搞不清楚是——”

“安德森队长！”佐藤打断他，自己还是盯着黑莓手机。“你只需要带我们去那儿。”

安德森马上闭嘴了，默不作声地领着他们通过一处像是自助式储物区的地方，那儿如同一个巨大的迷宫。几乎每一面墙上都有方位标记，显然想把这个通道网络中不同区域的位置标清楚。

S142 至 S152……

ST1 至 ST70……

H1 至 H166；HT1 至 HT67……

兰登不知道自己是否能独自走出这个地方。*这是一个迷宫。*他能分清楚的是，S 打头的表明是参议院一边的地下层，H 打头的则是众议院一边。ST 和 HT 则显然是对应安德森称之为楼厅的部分。

还是没看见 SBB 的标记。

最后，他们来到一扇沉重的钢制安全门前，门上嵌着一个电子门卡盒。

SB 层

兰登感到他们靠近了。

安德森想取自己的门卡，却又犹豫起来，显然对佐藤的命令感到很不舒服。

“队长，”佐藤命令道，“我们没有一晚上的时间。”

安德森不情愿地插进了他的门卡。钢门松动了。他推开门，他们走进里面的门厅。沉重的门在他们身后“咔嚓”一声关上了。

兰登不清楚自己原本期望在这个房间里看到什么，但眼前所见绝对非他所料。他瞪着那个往下的楼梯。“还要往下？”他愣在了那儿。“在地穴*下一层*？”

“是的，”安德森说，“SB 的意思是‘参议院地下室’。”

兰登呻吟起来。*可怕*。

第 29 章

汽车前灯在林木覆盖的 SMSC 入口通道盘旋，这是前门警卫在前一小时内见过的第一盏车灯。他尽职地调低了便携式电视机的声音，把零食塞进值班台下面。*来得真不是时候*。红皮队正要完成他们的开局战术，他实在不想错过这个。

汽车驶近跟前，警卫检查了一下他面前记事本上的名单。

克里斯多弗·阿贝当医生。

凯瑟琳·所罗门刚才来电话通知过警卫，有这样一位客人即将到来。警卫不知道这个医生是何许人也，但很显然，他一定医术高明；他乘坐的是一辆黑色超长豪华车。汽车驶到警卫室门前停下了，司机悄然放下镀膜的车窗。

“晚上好。”司机说着摘下帽子。这是一个体格强壮、剃着光头的男子。他正收听收音机里的橄榄球比赛。“我车上是克里斯多弗·阿贝当医生，是凯瑟琳·所罗门女士请来的。”

警卫点点头。“请出示一下身份证件。”

司机很吃惊。“对不起，所罗门女士没给你打电话吗？”

警卫一边点头，一边偷看一眼电视。“打过了，但我还是要扫描并登记一下来访人的身份证件。对不起，这是规定。我得看医生的身份证。”

“没问题。”司机转过身，朝座位背后的私密隔板悄声说了一句什么。他这么做的时候，警卫趁机又朝电视偷看了一眼。红皮队这会儿正突破，但愿下一个动作开始时能让这辆豪华车过去。

司机转过身，递上显然刚从隔板后面接过来的证件。

警卫接过证件，迅速塞入扫描系统。屏幕上显示这份华盛顿特区驾照持有人名叫克里斯多弗·阿贝当，住在卡洛拉马高地。照片上是一个英俊的金发男子，穿着鲜蓝色运动外套，系着领带，一条丝缎手帕露出袋沿。*有谁口袋里插着丝缎手帕去拍驾照？*

电视机里隐隐传出欢呼声，警卫转身时正好看到红皮队球员冲入球门区，朝天空伸出手指。“我错过了这个球。”警卫抱怨地嘟哝着，回到车窗前。

“好了，”他把驾照还给司机，“你可以进去了。”

豪华轿车驶入时，警卫回到电视机旁，希望能看到回放镜头。

迈拉克驾驶着豪华轿车沿着蜿蜒曲折的通道上去时，他忍不住笑了，彼得·所罗门的秘密博物馆就这么轻而易举被突破了。还是那么爽，今晚，是他在二十四小时之内第二次进入所罗门的私人领地了。昨晚，他对所罗门的住宅有过一次同样的拜访。

尽管彼得·所罗门在波托马克有一幢漂亮的乡村别墅，但他大部分时间还是住在城内多切斯特阿姆斯一套安静的顶层公寓里。他的府邸，就像大部分超级富人一样，是一个真正的城堡。高墙深院，门口有警卫，来客须预约登记，地下停车场也有安保设施。

当时，迈拉克驾着这辆超级豪华车驶向那幢大楼的警卫室，从剃光的头上摘下司机帽，说：“我车上是克里斯多弗·阿贝当医生。他是彼得·所罗门先生邀请的客人。”迈拉克说这番话的口气就像是通报约克公爵驾到。

警卫查了一下访客日志和阿贝当医生的身份证件。“是的，我看到所罗门先生约请阿贝当医生的记录了。”他摁一下按钮，门打开了。“所罗门先生在顶层公寓。请你车上的客人使用右边*最后面*的那部电梯。直接上去就行。”

“谢谢。”迈拉克戴上帽子，开车进去了。

他把车开进地下车库，查看一下安保摄像头。没有那玩意儿。显然住在这儿的人既不担心有人撬车，也不喜欢被人监控。

迈拉克把车泊在电梯近旁的阴暗角落，放下驾驶室与后座之间的隔板，爬到后面，脱下司机帽，戴上金发。整好外套和领带，然后对着镜子检查一下仪容，看看脸上的化妆是否给蹭掉了。迈拉克可不想有什么闪失。今晚不能。

这一天我等得太久了。

不一会儿工夫，迈拉克就走进了私人电梯。电梯平稳无声地升向顶层。门打开时，他发现自己来到了一处陈设精美的私家门厅。主人已经等在那儿了。

“阿贝当医生，欢迎。”

迈拉克仔细看着那双著名的灰眼睛，感觉自己的心跳加速了。“所罗门先生，很高兴你能见我。”

“请叫我彼得。”两人握了手。迈拉克握住这个年长男子的手掌时，一眼瞅见戴在所罗门手指上那枚共济会金戒指……就是这只手，曾经用枪指着迈拉克。一个声音从迈拉克久远的过去悄然传来。*如果你扣下扳机，我永远都不会放过你。*

“请进——”所罗门说着，把迈拉克领进一间雅致的起居室，透过宽敞的大玻璃窗可以看见华盛顿的天际线。

“我好像闻到了茶的香味，是吗？”迈拉克进屋说。

所罗门似乎有点感慨。“我父母总是习惯用茶来招待客人。我也继承了这个家风。”他引着迈拉克坐下，一套茶具已经摆在壁炉前了。“要加奶油和糖吗？”

“都不用，谢谢。”

这又让所罗门有所触动。“纯粹主义者。”他斟了两杯红茶。“你说过，你想跟我讨论的问题比较敏感，而且只能是私下讨论。”

“谢谢你为我抽出时间。”

“你我现在都是共济会的兄弟了。我们有一条共同的纽带。请告诉我能为你做什么。”

“首先，我要为几个月前让我获得第三十三级的荣誉而感谢你。这对我来说意义非凡。”

“我很高兴，不过你要知道，这个决定不是我一个人能作出的。是最高理事会投票通过的。”

“当然。”迈拉克怀疑彼得·所罗门可能投了反对票，但在共济会内，就如天下万事一样，金钱就是力量。迈拉克，在他自己所属的分会拿到第三十二级之后，只等了一个月，又以共济会总会的名义向慈善机构捐献了数百万美元。正如迈拉克所预料的，这一主动捐献的无私行为，足以让他迅速进入精英集团的第三十三级。可是我什么秘密都没有得到。

除了那句古老的私语——“一切展露于三十三等级”——迈拉克没被告知什么新的内容，这句话和他要寻找的东西一点关系都没有。不过他根本就没指望能得悉什么机密。这个共济会的核心圈子里，还有更小的圈子……也许，迈拉克尚需数年时间才能弄明白其中到底还有多少圈子。他并不关心这事儿。晋阶已经让他达到了目的。在那个神圣殿堂内举行的仪式，已赋予迈拉克超乎一般会众的权力。我不再按你们的规则玩了。

“你知道吗，”迈拉克品着茶说，“你我许多年前见过面。”

所罗门很惊讶。“真的吗？我想不起来了。”

“那是很久以前。”而且，克里斯多弗·阿贝当不是我的真名。

“对不起，我怕是年纪大了。能提醒一下么？”

迈拉克对着这个世界上他最仇恨的人最后微笑了一下。“很不幸你居然想不起来了。”

只见麻利的一闪，迈拉克从口袋里抽出一个微型器械，一伸手猛然击在对方胸膛上。伴随着一道蓝光，嗞嗞作响的泰瑟枪在放电，一百万伏的电流瞬间击入彼得·所罗门的胸膛。他双眼瞪圆，一动不动地瘫坐在椅子上。迈拉克站起身，低头看着这个男人，就像一头狮子打算啮咬受伤的猎物。

所罗门大口喘息着。

迈拉克看出了他眼中的恐惧，心想，不知道有多少人能目睹伟大的所罗门这副熊样。迈拉克多停了几秒品味眼前的光景。他呷了一口茶，等这男人喘过气来。

所罗门扭曲着身子，竭力想发出声来。“为——为什么？”他终于出声了。

“你说呢？”迈拉克问。

所罗门似乎真的一头雾水。“你想要……钱？”

钱？迈拉克大笑起来，又喝了一口茶。“我给共济会捐了几百万美元，我根本不需要钱。”我为智慧而来，他却要给我财富。

“那……你想要什么？”

“你有一个秘密。今晚你得和我一起分享它。”

所罗门挣扎着抬起下颏，看清了迈拉克的眼睛。“我不……不明白。”

“别再撒谎了！”迈拉克叫喊着，朝这瘫痪的人走近一步。“我知道它就藏在华盛顿。”

所罗门的灰眼睛毫无惧意。“我不知道你在说什么！”

迈拉克又喝了一口茶，把茶杯搁在杯垫上。“十年前，你对我说过同样的话，就是你母亲死去的那个晚上。”

所罗门的眼睛陡然睁大了。“你……？”

“她本来不会死的。如果你给了我我要的东西……”

大概是认出了他，这长者的面庞一下子惊恐地扭歪了……而且满脸疑虑。

“我警告过你，如果你扣下扳机，我永远都不会放过你。”

“可是你——”

迈拉克长舒一口气，泰瑟枪又一次狠狠地击在所罗门的胸膛上。蓝光又一次闪过，所罗门一动不动了。

迈拉克把泰瑟枪塞回口袋，平静地喝完茶。拿起一块带有交织字母花纹的餐巾擦擦嘴唇，低下眼睛看着那个人。“我们是不是该走了？”

所罗门的身体一动不动，但他的眼睛大睁着，他已经明白了。

迈拉克低头凑近他的耳朵。“我要带你去一个只保留真相的地方。”

迈拉克二话不说，便将那块带有交织字母花纹的餐巾塞进所罗门嘴里。然后把这个全身瘫软的人扛到自己宽厚的肩膀上，向私人电梯走去。出门时，他在过道桌子上拾起所罗门的 iPhone 和钥匙。

今晚你要把所有的秘密都告诉我，迈拉克想。*包括多年前你为何要把我扔在那儿等死。*

第 30 章

SB 层。

参议院地下室。

跟着他们越往下走，罗伯特·兰登的幽闭恐惧症状就越明显。他们来到这幢大厦最底部时，空气已变得非常滞重，通风设备似乎完全不起作用了。下面的墙壁是一些参差不齐的石块和黄色砖头砌成的。

佐藤部长一边走一边在黑莓手机上敲字。兰登从她戒备的神态中觉出她在怀疑自己，但很快，这感觉就发展成双向的了。佐藤仍然没说她是怎么知道兰登今晚在这儿的。*事关国家安全问题？*他苦苦思索了古代神秘主义和国家安全之间的关系。现在，他又得苦苦思索眼下的情势。

彼得·所罗门把一件宝器委托给我……一个神经错乱的疯子把我骗进国会大厦并且还要我去替他打开一个神秘入口……那入口可能就在一个编号 SBB13 的房间里。

理不出一个清晰的概貌。

刚才他们催逼时，兰登试着抹去头脑里彼得的手文上刺青，变成了“神秘之手”的可怕景象。那幅阴森的画面伴随着彼得的声音：*罗伯特，***古代奥义***滋生出许多神话……但这并不意味着奥义本身是虚构的。*

尽管他的学术研究涉及神秘主义符号和其历史，但兰登在理性上一直对**古代奥义**及其许诺的神化力量有所保留。

不得不承认，史料记载中确有无可辩驳的证据，证明在早期的埃及神秘学校里，秘密智慧曾经代代传承。这种知识后来转入地下，欧洲文艺复兴时期又重新兴起，根据许多史料记载，这种知识的传承曾局限于一个科学家精英团体，即欧洲最早的科学家思想库——伦敦皇家科学院——它有一个神秘绰号叫作“无形学院”。

这个无影无踪的“学院”很快成为世界上最具启蒙意义的智囊团——成员包括艾萨克·牛顿、弗朗西斯·培根、罗伯特·波义耳，乃至本杰明·富兰克林。今天，现代追随者的名册也毫不逊色——爱因斯坦、霍金、玻尔、摄尔西乌斯[①]。这些伟大的头脑都曾在人类的认知领域有过重大突破，根据某些人认为，这些进展与突破跟他们与隐藏于“无形学院”的古代智慧的接触有很大关系。兰登怀疑这种说法，尽管在“无形学院”的四墙之内确实进行过大量的“神秘工作”。

一九三六年发现的艾萨克·牛顿的秘密文件震惊了整个世界，因为

---

① 摄尔西乌斯，此处可能指安德斯·摄尔西乌斯（Anders Celsius，1701—1744），瑞典天文学家，摄氏温标的发明者。他是更接近牛顿那个时代的人物。

那些文稿透露了牛顿对于古代炼金术和神秘智慧的研究抱有极大热忱。牛顿的秘密文件中包括写给罗伯特·波义耳的书信，他在信中劝告波义耳在提及他们掌握的秘密智慧时要“守口如瓶”。“这是不能公之于众的，”牛顿写道，“否则，这世界难逃一劫。”

这个奇怪的警告至今仍被人们争论不休。

“教授，”佐藤突然从黑莓手机上抬起头来，“尽管你一再坚持说你今晚不知道为什么会被召到这儿，可你也许能提供一些有关彼得·所罗门的戒指的线索。”

“我试试吧。”兰登说着，开始重新梳理思路。

她拿出物证袋递给兰登。“告诉我这个戒指上符号的意思。”

他们从杳无人迹的通道经过时，兰登一边走一边审视着这个熟悉的戒指。戒面上是双头凤凰，撑起一面“变混沌为有序”拉丁文字样的旗帜，凤凰胸前饰着数字三十三。“这个带有三十三数字的双头凤凰代表着共济会的最高等级。”其实，这个尊贵等级仅存在于苏格兰派[①]。不过，这种仪规和共济会等级有一整套很复杂的制度，兰登没有心情在今天晚上给佐藤详加讲解。“原则上，这第三十三等级是一个属于共济会高层的精英小团体。它以下的所有等级都可以通过逐级晋升来获取，但只有这第三十三等级是受到控制的。必须获得邀请才能晋级。”

“这么说，你知道彼得·所罗门是这个精英团体的核心成员了？”

“当然。会员身份很难保密。”

“那么，他是他们职位最高的官员？”

“现在，是的。彼得领导着第三十三级最高理事会。这是美国苏格兰派的主管机构。”兰登一直都很喜欢拜访他们的总部——圣殿堂——建筑史上的古典主义杰作，它的符号装饰堪比苏格兰的罗斯林大教堂。

“教授，你注意到镌在戒指指圈上的字了吗？上面的字样是‘一切展露于三十三等级’。”

兰登点点头。“这是共济会传说中的一个传统。”

“也就是说，我可以假设，如果一个成员进入最高的第三十三等级，

---

① 苏格兰派（Scottish Rite），指执行苏格兰仪式的美国共济会的两个高级支派之一，划分为三十三个等级，另一个是约克派。

共济会就会向他透露某种特殊秘密了，是吗？”

“是的，这是一种说法，但也可能不真实。因为总会有某种阴谋论的猜测，说共济会的最高等级中有极少数被挑选出来的人保守着伟大的秘密智慧。我怀疑，真相恐怕没有那么戏剧化。”

彼得·所罗门经常风趣地暗示某一共济会重要秘密的存在，但兰登一直以为那只是诱使他加入这个兄弟会组织的恶作剧式的玩笑。不幸的是，今天晚上的事情绝对不好玩，而且，彼得郑重地托付给他的那个小包裹——如今看来也完全不是玩笑。

兰登无奈地朝存放彼得金戒指的塑胶袋看了一眼。“夫人，”他问，“你介意让我来保管这个吗？”

她看看他。“为什么？”

“这对彼得非常珍贵，我想今天晚上能还到他手上。”

她看上去很怀疑。“那就希望你有这个机会吧。”

“谢谢。”兰登把戒指放进自己的口袋。

“还有一个问题，”佐藤说，这时他们在迷宫里钻得更深了。“我的工作人员说，当他们重复检验‘第三十三等级’和‘入口’与共济会之间的关联名词时，结果出来了几百条和‘**金字塔**’字样相关的词条，这是怎么回事？”

“这也不必奇怪，”兰登说，“埃及金字塔的建造者们是现代石匠的前辈，金字塔和埃及的主题，在共济会符号体系中相当普遍。”

“象征什么？”

“金字塔主要象征启蒙。这是一种古代建筑学符号元素，表明古人有能力冲破大地的束缚，向着天堂和金色的太阳上升，最终升到光明的至高源头。”

她等了一会儿。“没别的了？”

没别的了？！兰登刚才描述的是历史上最辉煌的符号之一。**借由这个结构，人把自己提升到神祇的领地。**

“据我的工作人员说，”她继续道，“这个符号和今晚的事情似乎还有更密切的关系。他们告诉我，有一个流传广泛的传说，说是在华盛顿另有一个金字塔——这个金字塔跟共济会和**古代奥义**关系尤深。”

兰登这才意识到她指的是什么，他尽量直截了当地切入正题，以免浪费时间。“我对传说非常熟悉，但这纯粹是虚构。**共济会金字塔**是华盛顿特区流传时间最长久的神话之一，可能起因于美国国玺上的金字塔[①]吧。”

“你刚才为什么没有提到这个？”

兰登耸耸肩。“因为这是没有事实依据的传说。我说过了，这只是个神话。是许多与共济会有关的传说之一。”

“可是这个神话和**古代奥义**直接有关，是吗？”

“没错，就和其他许多神话一样。**古代奥义**是历史上流传下来的无数传说的基础——由圣殿骑士、玫瑰十字会、光明会、西班牙光照派成员守护的具有极大能量的智慧——这样的例子数不胜数。这些传说的基础就是**古代奥义**……而**共济会金字塔**只是其中的一例。”

“我明白了，”佐藤说，“那么这个传说究竟说明了什么？”

兰登分几步思考了一下，然后回答：“我不是阴谋理论方面的专家，但我曾修过神话方面的课程，大致说来是这样的：**古代奥义**——历朝历代失落的智慧——一直都被认为是人类最神圣的财富，就像所有的伟大宝藏一样，它们被小心地守护着。那些受到启示的圣贤就是领悟这些智慧的真正力量、并且知道要对它的潜能心存敬畏的人。他们知道，如果这一秘密智慧落入外人之手，其结果将是毁灭性的，就像我们刚才说过的，水可载舟亦可覆舟。所以，为了保卫**古代奥义**，人类历史上有许多早期实践者秘密组织兄弟会。在这些组织内部，他们只与有资格入会的人分享智慧，由圣贤把智慧传给圣贤。许多人相信，我们回顾历史……在那些巫士、魔术师和治病术士的故事里，我们可以看见那些掌握秘密智慧的人留下的遗迹。”

“那么**共济会金字塔呢**？”佐藤问，“这个传说可归入哪一方面？”

“嗯，”兰登紧赶几步跟上队伍，“这是历史与神话融汇之处。根据某些说法，到十六世纪时，欧洲所有这些秘密兄弟会组织几乎全部销声匿迹了，大部分是在日益高涨的宗教迫害中被除掉的。据说，共济会就成了**古代奥义**最后的监护者。可以想象，他们生怕有一天他们的兄弟会组织也和其他前辈一样彻底完蛋，**古代奥义**就会永远消逝。”

“那么**金字塔**呢？”佐藤又追问道。

---

① 美国国玺（The Great Seal of United States）有正反两面图案，作为国徽的正面是一只秃鹰，反面是塔尖上带有一只眼睛的金字塔。

兰登接着说："有关**共济会金字塔**的传说相当简单。它表明，共济会为了履行他们在未来时代保护伟大智慧的责任，决定把这一智慧藏在一个宏伟的堡垒里。"兰登试图重新梳理一下所有这方面传说的记忆。"我再声明一次，所有这些都是神话传说，但据说共济会把他们的秘密智慧从欧洲旧大陆转移到了美洲新大陆——就在这里，在美国——他们希望能摆脱宗教专制、保持自由的地方。在这里，他们建设了一个难以渗透的堡垒——一尊隐秘的*金字塔*——用以保护**古代奥义**，直到人类已准备好面对这一令人畏惧的力量、用这一智慧进行交流的那一天。根据这一神话，共济会给他们伟大的金字塔冠以一颗闪亮的纯金尖顶石，示意内有珍贵财产——也就是能赋予人类能量、使人类发挥全部潜能的古代智慧。一句话：使凡人神化。"

"真是个不错的故事。"佐藤说。

"是啊，共济会已沦为所有疯狂传奇的受害者。"

"显然，你不相信这个金字塔的存在。"

"当然不信，"兰登回答。"无论哪里都没有证据说共济会的先辈曾在美国造了一个类似金字塔的东西，更不用说在华盛顿特区了。金字塔是很难隐藏的，尤其是大到能够容纳有史以来所有失落的智慧的金字塔。"

据兰登回忆，这个传说从来没有解释过**共济会金字塔**里面究竟藏着*什么*——是古代典籍、玄秘文件、科学启示，还是某种更加玄妙的东西？——但传奇*确实说过*：金字塔里的珍贵信息是以非常高明的符号密码储存的……只能为那些悟性最高的头脑所理解。

"不管怎样，"兰登说，"这个故事被我们符号学家归类为'原型混杂'类传说——它结合了其他经典传奇，从那些只能被视为虚构的广为人知的神话里借用了许多元素……所以只能是*虚构*，并非史实。"

当兰登向学生们讲授有关原型混杂的知识时，他举过许多童话例证，都是代代相传，并代代夸张，都是带有相同的象征元素的同质化道德故事，彼此大量借鉴和串味——贞洁的处女、英俊的王子、壁垒森严的城堡和强大的巫师。借用童话故事，最原始的"善与恶"对峙模式自孩提时代起便根深蒂固地埋在我们心中：梅林对仙女摩根[①]、圣·乔

① 梅林（Merlin）、仙女摩根（Morgan le Fay），传奇故事《亚瑟王》中的正、邪两方人物。

治对恶龙[①]、大卫对歌利亚[②]、白雪公主对恶女巫，甚至还可以加上卢克·斯凯沃克与达斯·维达的对战[③]。

一行人跟着安德森转过一个角落，走下一段较短的台阶，佐藤还在琢磨。“告诉我，如果我们没有弄错的话，金字塔曾被认为是一个神秘**入口**，通过这个入口，那些死去的法老们可以上升为神，对不对？”

“对。”

佐藤突然停了下来，拽住兰登的胳膊，脸上的表情夹杂着惊讶与怀疑。“你说那个绑架彼得·所罗门的人要你去找到一个隐藏的入口处，而你竟然没想到他是在援引传说中的**共济会金字塔**？”

“不管换成什么名目，**共济会金字塔**就是一个童话故事。纯粹的虚构和想象。”

佐藤向他靠近一步，兰登可以闻到她带有烟味的呼吸。“我能理解你的立场，教授，但考虑到调查的需要，某些相似的线索很难被忽视。一个引向秘密知识的入口？在我听来，这很像是彼得·所罗门的绑架者认为你、只有你可以开启的入口。”

“噢，我没法相信——”

“重点不是你相不相信。不管你信不信，你必须承认，那人真的相信共**济会金字塔**是真实存在的。”

“那人是疯子！他也许还真的相信那个SBB13是一个巨大的地下金字塔入口，里边藏着所有古代失落的智慧！”

佐藤站在那儿一动不动，眼里几乎冒火。“今天晚上我要面对的危机绝对*不是*童话故事，教授，而是相当真实的，我可以向你保证。”

一阵冰冷的沉默。

“夫人，”安德森打断了沉默，指着十英尺外的另一扇安全门。“我们差不多要到了，如果你还想继续。”

佐藤的目光转向安德森，用手势告诉安德森向前走。

他们跟着警卫队长通过了安全门，门里是条狭窄的通道。兰登左右

---

① 圣·乔治（Saint George）屠龙的故事，最早的书面记载出自十一世纪时小亚细亚的格列高利文本，故事中圣·乔治依靠十字架的力量杀死了恶龙，拯救了公主，于是国王和那里的人民都皈依了基督教。

② 大卫与歌利亚的故事，出自《圣经·撒母耳记上》。

③ 卢克·斯凯沃克与达斯·维达的故事，出自电影《星球大战》。

看了一下。*不是开玩笑吧。*

他正站在他所见过的最长的通道中。

第31章

翠西出了灯光明亮的“立方体”，走进那一片空旷的黑暗，一阵兴奋涌上心头。SMSC的前门警卫刚才来电话，说凯瑟琳的客人阿贝当医生已经到了，需要有人把他领入第五舱室。翠西主动要求去带他进来，大部分原因是出于好奇。凯瑟琳压根没提起过这位即将造访的客人，这反倒引起了翠西的兴趣。此人显然深得彼得·所罗门的信任，所罗门兄妹从未邀请外人进入“立方体”。这是第一次。

我希望经过这段路时他可别吓着了，翠西穿过那段死寂的黑暗时想道。她最不愿看到凯瑟琳的尊贵客人意识到进入实验室必须经过这段黑暗时会惊慌失措。*第一次总是好不了*。

翠西的第一次是大约一年前。当时她接受了凯瑟琳提供的工作，签署了保密协议，然后和凯瑟琳一道来SMSC看实验室。两个女人走过“大街”，来到第五舱室的门前。尽管凯瑟琳事先把实验室的冷僻幽深向她作过一番描述，但当第五舱室那扇门打开后，翠西还是猝不及防，被眼前的情景震住了。

彻底的空无。

凯瑟琳跨过门槛，向着茫茫黑暗走出几步，叫翠西跟上她。“相信我。你不会跟丢的。”

翠西想象自己徘徊在一个体育场大小、一片漆黑的房间里，只是这么一想，就浑身冒汗。

“你不会走岔的，我们有导引系统，”凯瑟琳指着地面，“不过没什么技术含量。”

翠西斜眼看见前方的黑暗中有一片粗糙的水泥地。她适应了片刻才看清，黑暗中有一块窄窄的地毯铺成一道直线，像消失在黑暗中的一条小路。

“用你的脚去看，”凯瑟琳说着，扭头便走，“紧跟在我后面就行。”

凯瑟琳消失在黑暗中，翠西只好硬着头皮跟上。**这简直是发疯！**她刚在地毯上走了几步，第五舱室的门就在身后关上了，最后一丝亮光也消失了。翠西的心急速跳动起来，把所有的注意力都集中在脚下的地毯上。她在柔软的地毯上才走了几步，就感到右脚触到了硬实的水泥地，她一惊，本能地把右脚往左挪，直到两只脚都踩到柔软的地毯上。

凯瑟琳的声音在前面的黑暗中响起，但这沉沉深渊似乎能吞没声音。“人类的身体真的很神奇，”她说，“如果你的一种感官信号输入被剥夺了，其他感官就会取而代之，几乎是瞬间的事。就是现在，你脚上的神经慢慢开始变得更敏感了。”

好事情。翠西想着，又一次矫正了脚步。

她们似乎在沉默中走了好久。“还有多远？”翠西忍不住问。

“大约还有一半路。”凯瑟琳的声音现在离她更远了。

翠西加快脚步，尽可能不偏不倚，但辽阔的黑暗似乎要把她吞没了。**我甚至看不见眼前一毫米内的东西！**“凯瑟琳，走到什么时候才知道要停下呢？”

“你会知道的。”凯瑟琳说。

这是一年前的事情，今天晚上，翠西又一次走进空旷中，朝着相反的方向行进，到大堂去迎接她老板的客人。脚下地毯的突然变化让她警觉到离出口只有三码了。**一段警戒线**，彼得·所罗门这个狂热的棒球迷就是这么称呼它的。她掏出钥匙卡，在黑暗中摸索着墙壁，直到摸到那个钥匙槽，插入她的钥匙卡。

门打开了。

翠西眯缝着眼看着 SMSC 楼道上悦人的光明。

要让它……再来一次。

走在空旷的过道上，翠西的脑子里想着那个加密网页上发现的奇怪编辑文档。**古老的入口？秘密就藏在地下？**她不知道马克·佐比安尼斯是否找到了那个神秘文件的藏身之处。

控制室里，凯瑟琳站在等离子大屏幕墙柔和的光亮中，凝视着她们刚刚发现的、谜一般的隐秘文档。她把自己的关键短语剔出来，现在，她越来越相信这个文件说的就是那则遥远的传说，她哥哥显然已经告诉了阿贝当医生。

……**地下**秘址在……

……**华盛顿特区**某处，坐标……

……揭示一个**古代入口**通向……

……警告**金字塔**藏有危险……

……破译这个**表记的铭文**将解开……

我要看到文档的其余部分，凯瑟琳想。

她对着那些文字又凝视了片刻，然后关掉等离子屏幕墙的电源开关。凯瑟琳总是随手关掉这些耗电量较大的显示设备，以节省燃料室储存的液态氢。

她看着那些关键词逐渐变成了一个小小的白点，缩向屏幕墙中央，然后完全消失。

她转身走回自己的办公室。阿贝当医生就要正式来访，她要让他感到受欢迎。

第32章

“快到了。”安德森指着那条似乎没有尽头的过道，对兰登和佐藤说。这条过道几乎等同于国会大厦东翼地基的全部长度。“在林肯时代，地上堆满了脏东西，老鼠四下乱蹿。”

兰登很高兴现在地上铺了瓷砖，他可不想看到老鼠。他们继续往前走去，脚步声在长长的过道里发出古怪的不均匀的回响。过道中有一扇扇门，有些关着，有许多开着一道缝。许多房间似乎都已废弃不用了。兰登注意到门牌数字现在是一个递减序列，而且，似乎过了一段，门牌数序就要到头了。

SB4……SB3……SB2……SB1……

他们走过一扇没有门牌号码的门，在数字开始往上递增时，安德森突然停了下来。

HB1……HB2……

“抱歉，”安德森说，“走过头了。我从来没到过这么深的地方。”

这队人折回了几码到了一扇旧金属门口，兰登现在明白了这是过道的中轴线——参议院地下室（SB）和众议院地下室（HB）的分界点，结果他们发现，那扇门是有门牌号的，只是已经褪色了，几乎难以辨认。

SBB

“我们到了，”安德森说，“钥匙随时会送过来。”

佐藤皱皱眉头，看了下手表。

兰登看着SBB的标记问安德森：“为什么中间这块地方归参议院这边？”

安德森似乎也摸不着头脑。“你说什么？”

“SBB，是以S开头的，而不是H开头。”

安德森摇摇头。“这个S不是参议院的开头字母，而是——”

“队长，”一个警卫的声音从远处传来。他顺着过道跑向他们，手里举着一把钥匙。“对不起，夫人，花了几分钟才找到。我们没有找到SBB的主钥匙。这是从备用钥匙盒里找来的。”

“原来那把不见了？”安德森问，他非常惊讶。

“也许丢了，”警卫气喘吁吁地回答说，“好多年都没人要求来这儿。”

安德森接过钥匙。“SBB13没有第二把钥匙了？”

“对不起，眼下我们任何一个SBB房间的钥匙都没找到。麦克唐纳还在找。”警卫掏出无线电对讲机说：“鲍伯？我在队长这儿。SBB13的钥匙有什么新消息吗？”

警卫的对讲机咔啦咔啦响了一阵，一个声音回答说：“是的，发现了。非常奇怪。我们用电脑搜索时没看见有什么结果，可是这份硬拷贝记录上却说SBB所有的储藏间都在二十年前被清空不再使用了。现在这些房间都被列入未被使用空间。”他停了一下。“除了SBB13。”

安德森抓过对讲机。“我是队长。你说什么，除了SBB13？”

“是的，夫人，”那个声音回答，“我在这里找到一个手写的记号，把 SBB13 标上了‘私用’字样。这是很久以前的事了，但这好像是建筑师亲手写的，还有他的首字母签字。”

兰登知道**建筑师**这个词此时指的不是设计国会大厦的那个人，而是管理它的人，相当于建筑经理，被任命为国会大厦建筑师的人要对包括维修、翻新、安全、雇用员工和政府签租办公室等所有事务负责。

“奇怪的是……”无线电里的声音说，“那个建筑师标注的‘私用’字样旁边写着彼得·所罗门使用。”

兰登、佐藤和安德森都震惊地交换了一下眼神。

“我猜，夫人，”那个声音继续道，“所罗门先生有 SBB 的原配主钥匙，以及通往 SBB13 的所需的钥匙。”

兰登简直不敢相信自己的耳朵。**彼得在这个国会大厦的地下室有一个私人房间？**他向来知道彼得有秘密，即便如此，这消息也让兰登非常吃惊。

“好吧，”安德森说，显然很认真，“我们想进入 SBB13 房间，继续寻找备用钥匙。”

“好的，夫人。我们还在弄你要的数字图像——”

“谢谢。”安德森打断了对方，按下通话键。“就这些事了。一旦有了马上将文件发到佐藤部长的黑莓手机上。”

“明白，夫人。”对讲机里的声音消失了。

安德森把对讲机还给站在他们面前的警卫。

那个警卫掏出一张复印的蓝图，递给队长。“夫人，SBB13 涂成灰色的，我们在那个房间的位置上标了 X，所以不难找。这个区域很小。”

安德森谢过警卫，把注意力转到那张蓝图上，那个年轻人匆匆走开了。兰登凑过来，吃惊地看着那些标着奇怪号码的小房间组成的国会大厦及其怪诞的地下迷宫。

安德森对着蓝图研究了一会儿，然后点点头，把图纸塞进了口袋。转向标着 SBB 的那扇门，他举起钥匙，好像有点迟疑。兰登也有同样的担忧，他不知道这扇门后面到底藏着什么，但他相当肯定，不管所罗门在这里藏了什么，他都在刻意保持私密。**非常私密**。

佐藤清了清喉咙，安德森应声而动。这位队长深吸一口气，把钥匙插了进去，试图转动。钥匙一动不动。有一会儿工夫，兰登几乎希望这把钥匙是错的。安德森又试了一下，锁转动了，安德森推开了门。

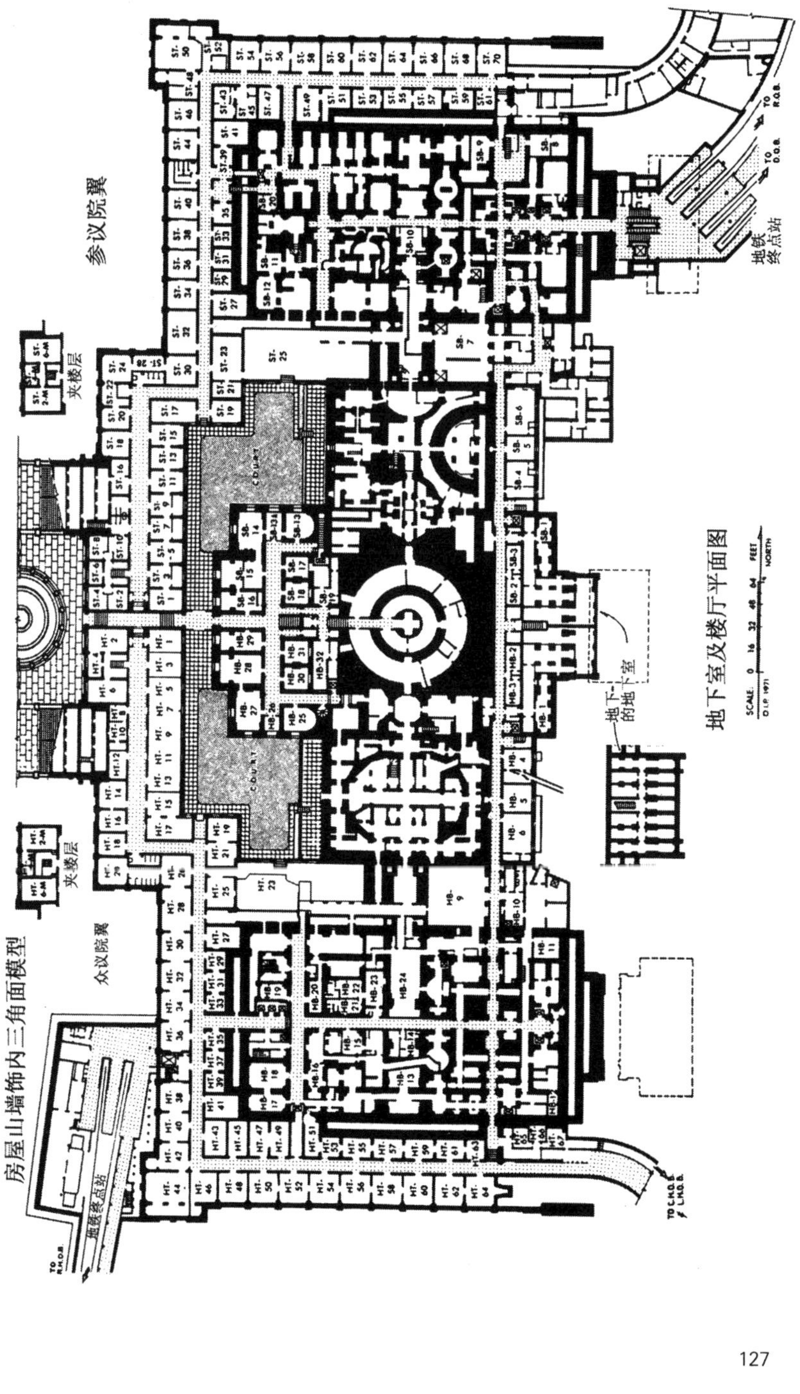

参议院翼
众议院翼
夹楼层
夹楼层
房屋山墙饰内三角面模型
地下的地下室
地铁终点站
地铁终点站
地下室及楼厅平面图
SCALE 0 16 32 48 64 FEET
NORTH
D.L.P. 1971
COURT
COURT
TO R.O.B.
TO D.O.B.
TO C.H.O.B. & L.H.O.B.
TO R.H.O.B.

沉重的门朝外打开，潮湿的空气从里面的过道一涌而出。

兰登朝里面的黑暗深处望去，但什么都看不见。

“教授，”安德森说，回头看了一下兰登，一边摸索着灯开关。“我还没回答你的问题，这里的S不是参议院，而是**地下**[1]。”

“地下？”兰登问，他糊涂了。

安德森点点头，打开了里面的灯。只有一只灯泡照亮着直通漆黑一片的极其陡峭的下行台阶。“SBB的意思是国会大厦下层地下室。”

第33章

系统安全专家马克·佐比安尼斯把身子深埋在日式床垫里，闷闷不乐地瞅着笔记本电脑上的信息。

这到底是个什么地址呢？

他最好的黑客工具在翠西给他的这个文件和这个神秘的IP地址面前全都败下阵来。十分钟过去了，佐比安尼斯仍然对这堵网络防火墙毫无办法。那似乎是针插不进水泼不入的铜墙铁壁。**怪不得她们要付我那么多钱**。他打算重装工具再试一下别的办法，这时他的电话铃响了。

翠西，看在上帝分上，我说过我会打给你的。他把橄榄球比赛调为无声，然后接起电话。“喂？”

“你是马克·佐比安尼斯吗？”一个男人问。“在华盛顿金斯顿大街357号？”

佐比安尼斯能听见对方线路上有悄悄的说话声。**附加赛时间来电话直销？他们疯了吗？**“让我猜一下，我赢得了安圭拉岛的一周旅游？”

“不是，”对方的声音毫无幽默感，“这里是中央情报局的安全系统。我们想知道你为什么想要进入我们的一个分类数据库？”

国会大厦下层地下室上面三层的全开放式访客中心，每晚这个时候，警卫努涅兹都按时把主要入口锁上。在穿过宽阔的大理石过道走回

---

① 地下，英语sub一词。

去时，他心里想起那个身穿军服、文着刺青的家伙。

我让他进来了。努涅兹不知道明天是否还能保住这份工作。

当他走向电梯时，外面突然传来敲门声，他转身朝主入口处张望，看见一个上了年纪的非裔男子站在外面，用手掌拍着玻璃门，打着手势要进来。

努涅兹摇摇头指了一下手表。

这人又敲起门来，而且还走到灯亮的地方。他身上穿着剪裁合体的蓝色西装，一头剪得很短的灰发。努涅兹的脉搏加速了。*老天爷啊*，即便是从远处，努涅兹也认出了这男人是谁。他急忙返回到入口处，打开了门。“对不起，先生，请进，请进来。”

沃伦·巴拉米，国会大厦的建筑师，他走进来，彬彬有礼地点头谢过努涅兹。巴拉米身材柔韧而修长，有着挺拔的姿态、穿透力很强的目光，对四周散发着一种掌控一切的自信。二十五年来，巴拉米一直是国会大厦的主管。

“有什么能为您效劳，先生？”努涅兹问。

“谢谢，是有事找你。”巴拉米的出言吐字有一种干脆利落的决断。他毕业于东北部常春藤名校，说话措辞严谨得更像是个英国人。“我刚刚听说，今晚你们这儿发生了一起事故。”他看上去面有忧色。

“是的，先生，是——”

“安德森队长在哪里？”

“和中央情报局安全部的佐藤部长一起到地下室去了。”

巴拉米的眼睛担忧地睁大了，“中央情报局的人在这里？”

“是的，先生，事件刚发生，佐藤部长就来了。”

“怎么回事？”巴拉米问。

努涅兹耸耸肩。*我也正想这么问呢*。

巴拉米径直走向电梯。“他们在哪儿？”

“他们往底下那一层去了。”努涅兹急忙跟上他。

巴拉米回头满腹疑虑地看了一眼。“往底下去了？为什么？”

“我不太清楚——我只是在无线电对讲机里听到的。”

巴拉米加快了脚步。“马上把我带到他们那儿去。”

“是，先生。”

两人急匆匆穿过宽阔的大厅时，努涅兹一眼瞥见巴拉米手指上硕大的金戒指。

努涅兹掏出无线电对讲机。“我通报队长你要下去了。”

“不。”巴拉米的眼里闪过一丝威胁的神色。“我宁愿不通报他们。”

努涅兹今晚犯了一个很大的错误，但是，不向安德森队长通报建筑师进入大厦将会是他最后的一个错误。“先生，”他不安地说。“我想安德森队长希望——”

“你不知道安德森是我*雇用*的吗？”巴拉米说。

努涅兹点点头。

“那么，我想他会希望你按我的意思办。”

第34章

翠西·唐纳走进SMSC大堂，抬头一看便吃了一惊。等候在这儿的客人完全不像通常进入这幢大楼的身穿法兰绒外套书生气十足的博士们——那些人类学、海洋生物学、地理学和其他科学领域的研究者。恰恰相反，阿贝当医生那身剪裁完美的西服令他看起来几乎说得上颇有贵族气派。他个子很高，肩膀宽阔，脸上的皮肤晒得恰到好处，一头式样完美的金发让翠西觉得此人更习惯于出入奢侈品商店而非实验室。

“阿贝当医生吗？”翠西伸出手来。

这男人一下子有点发楞，但很快伸出宽阔的手掌握住了翠西丰满的手。“对不起，你是？”

“翠西·唐纳，”她回答，“我是凯瑟琳的助手。她让我来带你去实验室。”

“噢，是这样。”来者这才微笑起来。“很高兴认识你，翠西。如果我看上去有点失礼，我得向你道歉。因为我以为凯瑟琳晚上是独自待在这儿。”他指了一下大厅。“不过我听你的，请带路吧。”

尽管这男人很快恢复了常态，翠西还是在他眼里看到了一丝失望的神色。她现在开始怀疑凯瑟琳约请阿贝当医生的动机了。*也许是浪漫约会的开始？*凯瑟琳从来不谈起自己的社交生活，可她这位访客真的非常英俊迷人，虽然比凯瑟琳年轻，但他显然也出身于和她一样的富贵家族。不过，无论阿贝当医生对今晚的造访作过怎样周密的计划，翠西的出现显然都不在他的计划之内。

在大堂安检口，一个警卫迅速摘下耳机，翠西还能听见红皮队比赛的喧嚣声。这个警卫让阿贝当医生过了一遍通常访客例行的金属探测仪检查，给了他临时安检证。

“谁领先？”阿贝当医生一边倒空口袋里的手机、钥匙、打火机之类，一边和蔼地问。

“红皮得了三分。”警卫回答，急着想回去再听。“紧张得要命的比赛。”

“所罗门先生很快就到，”翠西告诉警卫。“他一来你就让他去实验室好吗？”

“我会的。”他们通过时，警卫向他们感激地眨眨眼睛。“谢谢关照。我会显得很忙的。”

翠西的话一方面是提醒警卫，另一方面也是旁敲侧击地告诉阿贝当医生，今晚闯入了他与凯瑟琳的私密夜晚的可不只她翠西一个。

“你是怎么认识凯瑟琳的？”翠西一边问，一边朝上瞟一眼这位神秘来客。

阿贝当医生咯咯地笑了。“噢，说来话长。我们曾一起共事过。”

明白，翠西想。*不关我的事儿*。

“这真是个奇妙的处所。”步入宏伟的走廊，阿贝当医生环顾四周说。“事实上，我从没来过这儿。”

他轻快的语气变得越来越和蔼，翠西注意到他对所有的东西都极有兴趣。在过道明亮的灯光下，她还注意到他脸上像是抹了一层做假的古铜色日晒霜。*古怪*。不过，在他们经过空无一人的过道时，翠西还是把 SMSC 的大致概况给他介绍了一下，包括各个不同的舱室及其功能。

看上去，这位访客被深深震撼了。“这地方藏着许多无价的艺术品。我估计这里到处都有警卫。”

“没必要，”翠西指着天花板上一排金鱼眼镜头说，“这里的安保设施是自动控制的。过道上的每一英寸都有全天候的监控记录，这个过道是整个建筑物的中枢，必须持有钥匙卡和个人识别码才能从这儿进入到其他舱室。”

“摄像机的有效使用。”

“我们运气很好，从来没有小偷来过。再说啦，这也不是那种人家想来偷的博物馆——这儿的东西都是黑市不怎么感兴趣的玩意儿，绝迹的花类、因纽特人的兽皮船，或者是巨型鱿鱼尸体。”

阿贝当医生笑了。“你说得没错。”

“我们最大的安全威胁是啮齿动物和昆虫。”翠西介绍了这个建筑群如何通过冷冻 SMSC 所有的垃圾以防虫害，他们还采用特有的建筑结构来消灭昆虫——在两堵墙之间设立被称为“死亡圈”的无生命隔间，像一道护鞘将大楼裹住。

“难以置信。”阿贝当医生说。“那么，凯瑟琳和彼得的实验室在哪里？”

“第五舱室，”翠西说，“这条过道一直通到底就是。”

阿贝当突然停下了，转向右边，看着那个小窗子。“我的天！你看到那个了吗？”

翠西大笑起来。“是的，那是第三舱室。他们叫它‘水舱’。”

“水舱？”阿贝当把脸贴在玻璃上。

“那里面有三千多加仑的液态乙醇。记得我刚才提到的巨型鱿鱼尸体吗？”

“那是鱿鱼？！”阿贝当从窗边转回身，眼睛大睁着。“巨型的！”

“一头雌性的大王乌贼，”翠西说，“超过四十英尺长。”

阿贝当医生显然被这鱿鱼搞得欣喜不已，似乎眼睛都离不开玻璃窗了。有一会儿工夫，这个大男人让翠西想起趴在玩具店玻璃橱窗前的小男孩，盼着进去看一下小毛毛狗。五秒钟后，他还伏在玻璃窗上朝里看。

“好啦，好啦，”翠西终于说话了，一边大笑一边把她的钥匙卡插进锁槽，同时键入她的个人识别码。“来吧，我带你看鱿鱼去。”

迈拉克走进第三舱室光线昏暗的室内，他扫视了一下四周的安全摄像头。凯瑟琳胖乎乎的助手一边跟着进了门，一边叽叽喳喳地说着这个舱室的物种。迈拉克根本没在听她的。他对巨型鱿鱼毫无兴趣。他有兴趣的只是利用这个隐秘空间解决一个未曾料到的问题。

第35章

国会大厦下层地下室向下延伸的木楼梯之阴暗陡峭是兰登从未见识过的。此时他呼吸急促，肺部抽紧。这里的空气又冷又潮湿，数年前梵蒂冈古罗马墓园里那段相似的楼梯不禁在兰登的头脑里闪回。*死亡之城*。

在他前面，安德森打着手电筒带路。他的后面，佐藤紧紧地尾随着，偶尔还用那只纤纤小手推一下兰登的后背。*我已经尽量走快了*。兰登深吸一口气，尽可能对两边逼仄的高墙视而不见。这个空间仅够他肩膀通过，他的背包蹭到墙面，把墙灰都刮落了。

"你该把包留在上面。"佐藤在他身后说。

"没事。"兰登回答，他不想让它离开自己的视线。他想起彼得那只小包裹，但无法想象它和国会大厦的地下室有什么关系。

"没几步了，"安德森说，"快到了。"

他们沉入黑暗中，完全离开了映照楼梯的那盏灯。兰登踏下最后一级台阶时，他觉出脚下的地面是松软的土。*地心游*？佐藤也下来了，站在他身后。

这时，安德森举起手电筒巡视四周。这个下层地下室——与其说是地下室，不如说是一条垂直于楼梯的格外狭窄的过道。安德森朝左边照了一下，又照向右边，兰登看见过道约有五十英尺长，两边都有木制的小门。门与门之间的距离挨得很近，想来这里面的空间不会超过十英尺宽。

集中式存储[①] *加上多米蒂拉地下墓穴*[②]，兰登心想。安德森在查看着那张蓝图。这一小块描绘次地下室的图样用一个X标出了SBB13的位置。兰登不禁觉得这张平面图就像是画的一个有十四个墓室的陵墓——七个墓室对七个墓室——其中一个被他们刚刚走过的楼梯取代。*总共十三个*。

---

① 集中式存储（ACME Storage），为住宅及企业提供的集中存储仓。

② 多米蒂拉地下墓穴（Catacombs of Domatilla），古罗马时代基督徒的集体墓窟。

他心想，如果让美国的那些“十三”阴谋理论者们知道在他们的国会大厦底下隐匿了恰好十三个储藏间的话，那些家伙又该搞一场户外集会了。有人曾对一系列的“十三”深感不解：美国国玺有十三颗星，还有十三支箭、十三步金字塔阶梯、十三道条纹、十三片橄榄叶、十三棵橄榄树、annuit coeptis① 的十三个字母、e pluribus unum② 的十三个字母，还有许多许多。

“这地方好像真的废弃不用了。”安德森说，手电筒照进正对他们的那个房间。沉重的木门大开着。电筒光柱照亮了这间狭窄的石头小屋——大约十三平方英尺——就像一个过道中的死胡同。这个房间里只有两三个朽烂的箱子和一些捆成一堆的文件。

安德森的手电筒照在那扇门上。门上布满了铜绿，但原来的标记还清晰可辨：

SBB IV

“SBB4。”安德森说。

“SBB13 是哪一间？”佐藤嘴里微微冒出一缕热气，飘散在地下室寒冷的空气中。

安德森把光柱转向过道南面。“在那边。”

兰登朝狭窄的过道看进去，不禁发起抖来，尽管这里很冷，他却冒出汗来。

他们走过挤挤挨挨的一扇扇门，所有的房间都一样，门都虚掩着，显然久已弃置不用了。他们走到尽头时，安德森转向右边，举起手电筒照着 SBB13。光柱落在这扇沉重的木门上。

---

① annuit coeptis，拉丁文：天佑国事。美国国徽上的字样。

② e pluribus unum，拉丁文：合众为一。美国国徽上的字样。

SBB13 与其他房间不同，它紧闭着。

最后这扇门看上去和别的门一样——沉重的铰链，铁制的把手，铜锈的门牌。七个字符和彼得·所罗门手掌上的一模一样。

SBB XIII

请告诉我这门是锁上的，兰登想。

佐藤毫不犹豫地吩咐道。“打开门。”

警卫队长有些不安，但他还是伸出手，拽住沉重的铁制门把手往下按。门把手纹丝不动。他把手电筒的光照上去，查看那个老式的锁板和钥匙孔。

“试试那把主钥匙。”佐藤说。

安德森掏出从上面主入口处拿来的钥匙，但是根本就插不进。

“是不是我搞错了？”佐藤语带嘲讽，“遇到紧急情况时，警卫队难道不是可以进出建筑物的任何角落吗？”

安德森叹了口气，回头看着佐藤。“夫人，我手下正在查找备用钥匙，但——”

“开枪射穿这锁，”她说着，点头示意瞄准钥匙孔下面的锁板。

兰登的心狂跳起来。

安德森清了清嗓子，不安地说：“夫人，我正等着那把备用钥匙的消息。如果强行进入，我觉得不大对劲——”

“也许，你因妨碍中央情报局的调查而被关进监狱了才会更来劲？”

安德森似乎不相信她说的话。踌躇了好一阵，然后他不情愿地把电筒交给佐藤，拿出枪套。

“等等！”兰登说，他不能这样无动于衷地站在一边。“请考虑一下。彼得宁可丢了自己的右手，也不肯泄露这扇门后藏着什么。你们肯定我们非得这么做吗？打开这扇门，实际上就是屈从恐怖分子的要求。”

“你想要彼得·所罗门回来吗？”佐藤问。

“当然想，但是——”

“那我就建议你按照绑架者说的去做。”

“打开这个古老的入口？你们认为这就是那个入口？”

佐藤把手电筒的光照在兰登的脸上。“教授，我不知道这里面到底有什么东西。不管这是仓库还是某个古老金字塔的秘密入口，我要打开它。我说得够清楚了吗？”

兰登被光晃得眯起了眼睛，最后，点了点头。

佐藤放低光柱，重新对准那个古旧的锁板。“队长，继续。”

安德森仍是一副不情愿的样子，慢腾腾地掏出手枪，犹犹豫豫地瞄准了目标。

“噢，看在上帝分上！”佐藤的小手倏地从安德森手里抢过枪。她把手电筒塞到他那只腾出来的手掌中。“亮着这该死的灯。”她以受过严格武器训练的自信举起枪，毫不犹豫打开手枪的保险，瞄准那把锁。

“等等！”兰登喊道，但已经晚了一步。

枪声响了三下。

兰登感到耳膜都给炸开了。她疯了吗？在这狭小的空间里，枪声简直震耳欲聋。

安德森也颤抖了一下，手里的电筒照向被子弹击穿的房门时晃了晃。

锁裂了，四周的木头都碎裂开来。锁开了，房门震开了一条缝。

佐藤用手里的枪管顶在门上推了一下。房门滑向了黑暗的空间。

兰登朝里面看去，一片漆黑中他什么都看不见。这到底是什么气味？一股恶臭从黑暗中飘散出来。

安德森走进去，用手电筒照着地板上，仔细地搜索着肮脏空荡的室内地板。这房间和其他房间一样——是一个狭长的空间。墙壁都是粗糙的石头，看上去像是个古代的牢房。但那恶臭味……

“这儿什么都没有，”安德森说着让电筒的光照进更里面的地板。光柱落到了地板的尽头，他举起电筒想看清楚后面的墙。

“天啊……”安德森大叫起来。

大家都看见了，往后一跳。

兰登疑惑地朝房间最深处直视去。

太恐怖了，竟然有什么东西在瞪视他们。

第 36 章

"上帝啊，这到底是……"安德森站在 SBB13 门口叫了起来，他笨手笨脚地晃着手电筒退后一步。

兰登、佐藤也被眼前的景象吓得退缩了。

佐藤用枪指着里面的墙壁，示意安德森的手电再往那东西上照一下。安德森又举起电筒，光柱打到里面墙壁上已黯淡多了，但仍足以照见那张苍白的幽灵般的脸上毫无生气的空眼窝正对着他们。

一个骷髅头。

这骷髅头摆放在一张抵靠着后墙的摇摇欲坠的桌子上。两条人腿骨摆放在两边，桌上还有一些精心布置的物件——一个古代沙漏、一个水晶瓶、一支蜡烛、两个盛着粉末的碟子，还有一张纸。桌子一旁的墙边立着一把模样狰狞的长柄镰刀，镰刀略弯的刀刃很像那个熟悉的"收割人"手中的可怕之物①。

佐藤走进房间。"哦，看起来……彼得·所罗门的秘密比我想象中还要多。"

安德森点点头，跟在她后面走近一步。"这就是'壁橱里的骷髅'②啦。"他举起手电筒把整个空房间扫视一遍。"这是什么气味？"他又说了句，吸了吸鼻子。"什么呀？"

"硫磺。"兰登站在他身后平静地回答。"这儿桌子上应该有两个碟子，右边装的应该是盐，另一边就是硫磺。"

佐藤不相信地转过身子。"你怎么会知道的？"

"因为，夫人，全世界到处都有和这摆设一样的房间。"

地下室上面一层，警卫努涅兹陪同国会大厦建筑师沃伦·巴拉米顺着东面地下室长长的过道走了过来。努涅兹发誓说，他刚才听到地底下

---

① 西方文化中死神的形象，为一穿黑袍拿镰刀的收割者。

② 壁橱里的骷髅（skeletons in your closet），西谚：家族秘密。

传来三声闷闷的枪响。**这不可能啊。**

“地下室的门是开着的。”巴拉米说，眯缝着眼看着远处一扇半敞的门。

今晚确实奇怪，努涅兹想。**没人会到那下面去啊。**“我得打听一下到底是怎么回事。”他说着去掏无线电对讲机。

“回到你的岗位上去，”巴拉米说，“这下面我自己能行的。”

努涅兹不安地倒着两只脚。“你真的能行？”

沃伦·巴拉米停下来，一只坚定的手放在努涅兹肩上。“孩子，我在这儿工作了二十五年。我想我能找得到路。”

第37章

迈拉克这辈子见过许多奇异的场景，但几乎都无法与神秘怪异的第三舱室相比。**水舱**。看上去，这巨大的房间像是一个疯子科学家接管了沃尔玛超市，然后在所有的过道和货架上摆满形状各异、大小不一用以保管物种的瓶瓶罐罐。里面的灯光设置像一个照相冲洗暗房，从架子底下向上投射的略带红色的“安全灯”映照着整个空间，照在浸着酒精的容器里。那股像是在医院会闻到的化学防腐剂的气味实在令人作呕。

“这个舱室里存有两万多个物种，”姑娘唠叨个不停，“鱼类、啮齿类、哺乳类、爬行类。”

“**都是死的，**我想？”迈拉克问，做出一副紧张样儿。

姑娘笑了。“是的，是的。全都是死的。我得承认，我过来上班至少六个月后才敢进这儿。”

迈拉克可以理解。他看到这里到处都是贮藏死亡物种的罐子——火蜥蜴、水母、老鼠、臭虫，还有好多他认不出来的东西。好像这里的收藏物本身还不够吓人似的，为了保护感光性物种不暴露在常光下的红色安全灯还让来访者产生置身于巨型水族馆的错觉，那里面无生命的物种像是聚集在一起，透过阴影看着你。

“这是腔棘鱼类。”姑娘指着一个大型树脂玻璃容器说，里面有条丑陋无比的鱼，迈拉克从没见过。“这种鱼类被认为早已和恐龙一起灭绝了，这是几年前有人从非洲捕获捐赠给史密森学会的。”

你走运了，迈拉克想，他几乎没在听这姑娘的唠叨。他正忙着打量四壁的保安摄像头。他只看见一个——装在入口处的门上——这不奇怪，因为这可能是惟一的入口。

“这就是你想看的东西……”她指着他刚才从窗外看见的那个巨大的水箱。“这是我们最长的标本。”她伸出胳膊掠过那个可怕丑陋的动物，像是一个主持人在展示一辆新车。“大鱿鱼。”

这个鱿鱼水箱像是把并置的一排玻璃电话亭熔结到一起。在这具透明的长棺材里，盘旋着一个挺吓人的东西，通体惨白，形状模糊。迈拉克低头看着这玩意儿球根状似囊的脑袋，还有篮球大小的眼睛。“那个腔棘鱼类几乎算得上是英俊啦，”他说。

“让你瞧一下它发亮的样子。”

翠西翻开水箱盖，酒精味冲了出来，她俯身探进水箱，打开液体线上面的开关。一道荧光闪了几下，瞬即照亮了整个水箱底部。鱿鱼被照得通体透亮——硕大的脑袋上附着一大团滑溜溜的已在腐烂的触须和剃刀一般锋利的吸管。

她开始扯起鱿鱼如何打败幼鲸的事儿。

迈拉克只听见一片空洞的唠唠叨叨。

机会来了。

翠西·唐纳每次走过第三舱室都有点不安，但刚才身上掠过的一阵寒意却与往常不同。

内心的本能。原始的本能。

她想甩开这感觉，不安却反而越来越强烈，越来越紧地攫住了她。尽管翠西说不清这股焦虑来自何处，但直觉告诉她，应该离开这儿。

“不管怎么说这只是一条鱿鱼。”她说着把手伸进水箱关掉照明灯。“我们应该去凯瑟琳那儿了——”

一只宽大的手掌捂住了她的嘴，把她的脑袋向后扳去。紧接着，一条强壮有力的胳膊挟住了她，她被紧箍在一个坚如磐石的胸膛前。有一刻工夫，翠西被这突袭弄晕了。

随即是一阵恐惧。

这男人在她胸前摸索着，搜到她的钥匙卡后狠狠一拽。钥匙绳在她脖颈后勒得火辣辣的，然后绷断了，掉在他们脚下的地板上。她竭力挣扎，但根本不是这男人的对手。她想叫喊，但他的手死死地捂住了她的嘴。他弯下身把嘴巴凑近她耳边悄声说："我把手松开时，你不准叫喊，听明白了？"

翠西用力点点头，她要窒息了。*我透不过气来！*

这男人把手从她嘴上挪开，翠西大口喘着气。

"放开我！"她无力地要求道。"你到底想干什么？"

"把你的个人识别码告诉我。"男人说。

翠西彻底糊涂了。*凯瑟琳！救命！这是个什么人？！*"警卫会看见你的！"她说，她清楚地知道他们现在完全不在摄像监控范围内。*根本没人看见这儿。*

"你的个人识别码。"这男人又说了一遍。"跟你的钥匙匹配的。"

一阵冰冷的寒意在她体内翻腾，翠西拼命扭动身子，抽出一条胳膊去抓男人的眼睛。指甲触到那人的脸颊，便狠狠地往下一抠。那人脸上马上现出四道抓痕。翠西这时意识到他脸上的深色条纹并不是血，那人涂的底妆被她抠掉了，露出了里面的刺青。

这恶魔是谁？！

这男人显然力大无穷，他掉转她的身子把她举起来，往敞开的鱿鱼水箱里揿下去，她的脸现在就在乙醇上面。那气味烧灼着她的鼻孔。

"你的密码是什么？"他又问了一遍。

她的眼睛灼痛不已，可以清楚地看见沉在下面的那条鱿鱼苍白的身体。

"说，"他把她的脸再往下揿，"是什么？"

她的喉咙也开始冒火。"零—八—零—四！"她叫喊着，透不过气来。"放开我，零—八—零—四！"

"别想撒谎！"他说着又把她往下揿，她的头发浸入乙醇了。

"我没撒谎！"她呛咳着说，"八月四日，是我的生日！"

"谢谢，翠西。"

他强健的手臂更紧地攥着她的脑袋，死死地把她往下摁去，她的脸浸入了水箱。剧烈的灼痛感烧着了她的眼睛。这个人又加了一把劲，把她整个头部都揿入液态乙醇中。翠西的脸碰到了鱿鱼的头部。

她聚集全身力气想扳回身子从水箱里仰起头。但那只有力的大手毫不放松。

我要呼吸！

她还在水里，竭力闭住眼睛和嘴巴。她努力遏制住口吸气，但她的肺再不呼吸就要炸开了。*不！不要！*但翠西的嘴巴终于松开了。

她的嘴大张着，肺部猛烈扩张试图吸进急需的氧气。一股乙醇涌进她嘴里，顺着喉咙流到肺里。翠西感到一阵前所未有的痛楚。幸好，只是几秒钟的时间，她的世界便沉入一片漆黑。

迈拉克站在水箱边上，喘着气看着这一过程。

这毫无知觉的女人挂在水箱边上，她的脸还浸在乙醇里。看着这个身体，迈拉克眼前闪过另一个他杀掉的女人的影子。

伊莎贝拉·所罗门。

很久以前。上辈子。

迈拉克低头看着这女人一动不动的尸体，他搬动她丰满的臀部，用双腿把她举起来，让她从鱿鱼水箱边缘滑落进去。翠西·唐纳的头部先滑入乙醇之中，接着身体的其余部分全部掉落进去。丰满的身子慢慢浮到了那个巨大的海洋生物上面。她的衣服越来越重，开始下沉，浸入了黑暗中。翠西·唐纳的尸体渐渐趴到了那头庞然大物上面。

迈拉克擦了擦手，拿起树脂玻璃盖关上水箱。

水舱里现在有了一个新标本。

他从地板上捡起翠西的钥匙卡放进口袋：零八零四。

当迈拉克在大堂第一眼见到翠西时，他觉得这是个要解决的麻烦，但现在，他意识到翠西的钥匙卡和密码是他得手的保证。如果凯瑟琳的数据库房间如彼得所暗示的那样安全，那么迈拉克可以想见要说服凯瑟琳打开数据库将会是个不小的挑战。*现在我有了自己的钥匙。*他很高兴地想，他不需要再浪费时间让凯瑟琳服从他的意志了。

迈拉克挺起身子，玻璃窗上的倒影让他意识到自己的化妆给毁了。不过已经不要紧了。等到凯瑟琳把一切都弄明白，就已太晚了。

第38章

“这是共济会的房间吗？”佐藤问道，视线从骷髅转向黑暗中的兰登。

兰登平静地点点头。“这儿被称作‘反思室’。这些房间设计成冷酷严厉的模式，供共济会会员在其中反思死亡，通过思索死亡之不可避免而获得对生命转瞬即逝本质的一个有价值的认识。”

佐藤环顾着这个怪异的空间，显然没有被说服。“就像是那种*冥想*室吗？”

“基本上是的。这种房间一般都会有相同的符号——骷髅和摆放在两边的腿骨、长柄镰刀、沙漏、硫磺、蜡烛等等。这些死亡符号能促使共济会会员沉思如何在世上更好地生活。”

“看上去像是一个死亡圣殿。”安德森说。

这可说到点子上了。“大部分修符号学的学生第一次看到这情景也是这个反应。”兰登给他们开出的书单中经常会有巴莱斯尼亚克的《共济会符号》那本书，里面有一些关于“反思室”的漂亮图片。

“你的学生们，”佐藤问，“没觉得共济会‘反思室’的骷髅和镰刀很瘆人吗？”

“不会比基督徒跪在一个被钉在十字架上的人脚下更瘆人，印度教徒还在被称作‘甘尼许’的四臂象神前唱歌哩。对一种文化符号的误解是常见的偏见之源。”

佐藤转过身去，显然没有听课的心情。她走向桌上的物品。安德森想用手电筒为她照明，但光柱开始变暗了。他轻轻拍打着电筒底部，想让光变得亮一些。

这三个人向狭隘的房间深处走去时，兰登觉得那股呛人的硫磺味愈见浓重地直钻入鼻孔。这个地下室非常潮湿，空气中的湿度更加重了碟中硫磺的气味。佐藤走到桌前，低头看着骷髅和旁边的物件。安德森也走过去和她站在一起，尽可能用渐趋微弱的光柱为她照明。

佐藤细查着桌上每一样东西，然后两手撑腰，叹了口气。“这些破烂儿到底是什么啊？”

兰登却知道，摆在这儿的物件都是精心挑选布置的。“这是转变的符号。”他告诉她。在走到桌前加入他们的途中，那种受拘的感觉如影随形，“这个骷髅，或称 caput mortuum[①]，代表了人经由腐烂而变身的形象，提醒我们终有一天，我们都将卸下必死的肉身。硫磺和盐是促进转变的炼金术催化剂。沙漏代表转变过程中时间的力量。”他指着那支蜡烛说：“而这蜡烛代表非常重要的原始之火，以及人从愚昧无知中的觉醒——经由光明的转变。”

“噢……那个呢？”佐藤指着那个角落问。

安德森把昏暗的电筒光转向靠着后墙的长柄大镰刀。

“这并不是像大多数人猜测的那样是死亡的符号，”兰登说。“这把长柄镰刀实际上代表的是自然界可变形的营养物——收割自然的馈赠。”

佐藤和安德森沉默了，显然在竭力分析周围这些怪异的东西。

兰登只想赶快离开这地方。“我知道这个房间很不寻常，”他对他们说，“但这儿没什么可看的，它真的非常普通。许多共济会集会所都有跟这一模一样的房间。”

“可这不是共济会的集会所！”安德森说。“这是美国国会大厦，我想知道这房间在我的大厦里到底是要干嘛。”

“有时，共济会会员会在他们的办公室或是家里布置一个这样的沉思空间。这也没什么不正常的。”兰登知道波士顿有一个心脏外科医生就在自己的诊所布置了一个共济会的反思室，每当施行外科手术之前，就入内进行沉思冥想。

佐藤看上去有些不安。“你是说彼得·所罗门来这儿反思死亡？”

“这我倒是真的不知道，”兰登老老实实地说，“也许这是他为共济会兄弟设立的，给在这个大厦里工作的兄弟……那些有权势的立法者们，作出会影响其同胞命运的重大决策之前能有一个远离喧嚣尘世的精神圣殿。”

“可爱的感绪，”佐藤语带嘲讽，“但我觉得，美国人民对于他们的领导人在一个有着长柄镰刀和骷髅的密室里祷告也许会想不通。”

*嗯，他们不该有异议，*兰登想象着，如果真有更多的领导人在发动

---

① caput mortuum，拉丁文：头盖骨。

战争之前到死亡的临界点来祷告一下，世界将会多么不同。

佐藤抿起嘴唇仔细地查看着四个角落设有蜡烛的房间。“这里除了骷髅和碟子里的化学品之外，必定还有其他的东西，教授。有人可是大费周章把你从剑桥的家中弄到这个房间来的。”

兰登挟紧了腋下的包，还是想象不出包里的东西和这个房间有什么关系。“夫人，对不起，但我在这里没见到任何不寻常的东西。”兰登希望他们至少可以着手去寻找彼得。

安德森的手电筒又偏闪了一下，佐藤转身朝他大发脾气。“看在上帝分上，这也要我多说吗？”她把手伸进口袋掏出打火机，拇指一摁，举起火光去点桌上那支蜡烛。蜡烛芯噼啪响着燃了起来，幽灵似的光照亮了一小片地方，长长的阴影投射在后面的石墙上。当烛光变得更亮时，一个意想不到的景象出现在他们面前。

“瞧！”安德森指着喊。

烛光里，他们可以看见一小块褪了色的涂鸦——后墙上潦草的七个大写字母。

VITRIOL[①]

“选了好古怪的单词，”佐藤说。烛光把可怕的骷髅轮廓投射在字母上。

“实际上，这是首字母缩写，”兰登说，“共济会反思室后墙上一般都会有这七个字母的手写体，那是共济会的冥想格言缩略语：visita interiora terrae，rectificando invenies occultum lapidem。”

佐藤意味深长地看着他。“什么意思？”

“进入地心深处，藉由矫正，你会发现隐藏的石头。”

佐藤的眼神瞬间发亮。“这个隐藏的石头和隐藏的金字塔有什么关系吗？”

兰登耸耸肩，不想把事情往这方面扯。“那些喜欢幻想华盛顿特区藏着金字塔的人会告诉你，occultum lapidem 指的就是石头金字塔，是的。但别的人会告诉你，这指的是哲人之石——炼金术士相信能够让他

① Vitriol，硫酸盐，刻薄话。

们长生不老或是点石成金的东西。还会有人声称，这指的是最神圣的地方，在‘伟大圣殿’中心一个隐藏着石头的房间。有些人会说这是基督教有关圣彼得的隐含教义——石头[①]。每一种深奥的神秘传统都会以自己的方式来诠释‘石头’，但总而言之，这个 occultum lapidem 是指力量的源泉和智慧的启蒙。”

安德森清了清嗓子。“有可能是所罗门对那家伙撒了谎？也许他跟那人说这里有什么东西……但其实什么都没有。”

兰登也有同样的想法。

烛光突然闪了一下，好像有一股气流吹过，暗了一下马上又亮起来。

“奇怪，”安德森说。“但愿不是谁把上楼的门给关上了。”他走出房间钻进了黑暗的过道。“喂？”

兰登几乎没有注意到他的离去。他的眼睛突然被后墙吸引过去了。*这是怎么回事？*

“你看见了吗？”佐藤问，她也警觉地盯上了后墙。

兰登点点头，他的脉搏加速跳动起来。*我刚刚看见了什么？*

刚才，这堵后墙看上去似乎微光闪烁，好像有一波能量穿墙而过。

安德森折回房间。“外面没人。”他一进来，墙上又透出一丝微光。“他妈的！”他嚷着，往后跳了一步。

三个人好一会儿没有吭声，一齐盯着后墙。兰登感到当他们看着这堵墙时，又有一股冷风透过墙缝钻了过来。他试探地伸出手去，直到他的手指触碰到房间后部的表面。“这不是墙壁。”他喊道。

安德森和佐藤凑上前去，仔细查看着。

“是帆布。”兰登说。

“可它是鼓起来的。”佐藤很快地说。

*是的，这非常奇怪。*兰登又仔细地查看了一下墙体表面。帆布表面反射的烛光非常怪异，因为帆布不是贴着墙壁的……透过后墙壁向后摆动。

---

① 石头，希腊文中彼得的意思是“石头”。《圣经·马太福音》第十六章第十八节：“我还告诉你，你是彼得，我要把我的教会建造在这磐石上，阴间的权柄不能胜过他（‘权柄’原文作‘门’）。……”

兰登远远地伸出手指小心翼翼地把帆布向后压去，然后惊跳着把手抽回。*后面是空的！*

“把它扯开。”佐藤命令道。

兰登的心狂跳起来。他伸手抓住帆布的边缘，慢慢地把这块织物扯向一边。看到隐藏其后的东西，兰登睁大了眼睛，难以相信。*我的天啊！*

佐藤和安德森看着墙壁后面豁开的口子也惊得说不出话来。

最后，佐藤开口道，“看来，我们发现要找的金字塔了。”

第 39 章

罗伯特·兰登瞪着墙后面的豁口。隐藏在帆布帘子后面的是一个从墙上抠出的完美的方形墙洞，横向大约有三英尺宽，显然是挖去了上下整排的墙砖。有一刻，兰登站在黑暗中，还以为这个洞是另一个房间的窗。

现在他知道了，这不是窗。

这个豁口仅向墙内挖进不到一英尺，并没有穿通墙体，好像是粗粗凿出的一个壁橱，凹进去的空间让兰登想起博物馆专为放置小型雕像而设计的壁龛。这个凹室里正好也放置着一个小物件。

那东西大约九英寸高，是一个花岗岩雕刻品。在烛光的照耀下，四个棱面都显露出打磨后的光洁、精美。

兰登无法揣度这东西是干什么用的。*石头金字塔？*

“从你惊讶的表情来看，”佐藤的声音里有一种自我满足，“我可以想象，这个物件不属于共济会反思室的*典型摆设*，是不是？”

兰登摇摇头。

“那么，也许你可以重新评估一下这件东西和隐藏在华盛顿的**共济会金字塔**的关系了？”她的声音几乎接近自鸣得意。

“夫人，”兰登马上回答，“这个小金字塔不是**共济会金字塔**。”

“那么，我们发现藏在美国国会大厦中心、属于共济会领导人密室中的金字塔，只是一个巧合？”

兰登揉揉眼睛，试图把事情再想清楚些。“夫人，这个金字塔和传说没有任何相似点。**共济会金字塔**被描述成一个体量巨大、铸有纯金尖顶的模样。”

还有，兰登知道，这个小金字塔——没有尖顶——甚至都算不上一个*真正的*金字塔。没有尖顶，这就完全变成了另一种符号，就是所谓的“未完成的金字塔”，这个符号提醒人们的是，发挥潜能、升华到最高境界是一项旷日持久的重任。不过，很少有人意识到这是地球上被印制得最多的符号。*已印行了两百多亿*。在每张一美元纸币上，“未完成的金字塔”都耐心地等待着它的尖顶石——它悬于上空，提醒着美国尚有未完成的命运和未完成的功业，无论对国家还是对个人而言都一样。

“把它搬下来，”佐藤手指着那个金字塔，对安德森说，“我要仔细检查一下。”她毫无敬畏地把桌上的骷髅和腿骨扫到一边。

兰登开始觉得他们就像是一伙粗野的盗墓贼，正亵渎着一个私人圣殿。

安德森灵巧地走过兰登身边，把手伸向壁龛，用两只宽大的手掌握住金字塔的两个面。这个尴尬的角度几乎无法让他把那东西举起来，他把金字塔转过来，重重地砸落到木桌上，然后退后一步给佐藤让出地方。

部长把蜡烛挪近金字塔，仔细研究着打磨过的表面。她用瘦巴巴的手指慢慢地抚过去，检查着平顶上的每一英寸，接着又研究侧边。她的手转到金字塔后面，失望地皱了皱眉头。“教授，你刚才说**共济会金字塔**是为了保守一个秘密而造的。”

“传说是那么讲的，没错。”

“但假设绑架了彼得的人相信*这*就是那个**共济会金字塔**，他就会相信这里面藏着能量强大的信息。”

兰登点点头，他有点被惹火了。“是的，即便他发现了这个信息，也有可能根本就读不懂。根据传说，金字塔的秘密是用符号编写的，无法被破译……除了最配得上的人。”

“对不起，请再说一遍？”

虽然兰登越来越没有耐心，还是以平静的口吻回答。“神话学意义上的珍宝*从来*都是由经过考验、配得上的人来保护的。你回想一下那个‘石中剑’的传奇吧，那块石头只肯向亚瑟王俯首称臣，因为后者已在精神上做好准备去使用那把威力可怖的宝剑。**共济会金字塔**的传说也是基于同样的理念。在*这里*，信息就是宝贵的财富，据说这种信息是用密码写成的——失落的神秘语言——只有配得上的人才能破译。”

佐藤的嘴角闪过一丝微笑。“这就可以解释为什么你会被召到这儿来了。”

“你说什么？”

佐藤平静地把金字塔在桌上转了一百八十度。金字塔的四个棱面在烛光下闪闪发光。

罗伯特·兰登惊讶地瞪着它。

“显然，”佐藤说，“有人相信你配得上。”

第40章

什么事让翠西耽搁了那么久？

凯瑟琳·所罗门又看了一下表。她忘了提醒阿贝当医生来她实验室要经过一段怪异的路程，但她觉得那片黑暗应该不至于让他们拖延那么长时间。*现在他们该到了*。

凯瑟琳走到出口处打开了防辐射门，向着空旷的黑暗张望着。她听了一会儿，什么都没有。

“翠西？”她向外喊了一声，声音沉没在黑暗中。

阒无声息。

她奇怪地关上门，拿出了手机，打电话给大堂门卫。“我是凯瑟琳。翠西在外面吗？”

“没有，夫人，”大堂门卫说，“她和你的客人大约十分钟前进去了。”

“真的？可他们现在还没到第五舱室。”

“等一等，我查一下。”凯瑟琳听见警卫的手指敲击着电脑键盘。“你说得没错。根据翠西小姐的钥匙卡记录，她还没有打开第五舱室的门。她最后一次使用钥匙卡大约是八分钟前……在第三舱室。我猜她可能正领你的客人作简短的参观。”

凯瑟琳皱皱眉头。*似乎是这么回事*。这个消息有点儿怪，但至少她知道翠西在第三舱室不会待得太久。*那里的气味太可怕了*。“谢谢。我哥哥到了吗？”

“还没有，夫人。”

“谢谢。”

凯瑟琳挂断电话时，突然感到一阵不期然的惶恐。不安的感觉让她停了一下，但那只是一瞬间。同样的感觉发生在她踏进阿贝当医生的家里时。在那儿她的女性直觉令人困窘地背叛了她。糟透了。

没事儿，凯瑟琳对自己说。

第 41 章

罗伯特·兰登研究着那个石头金字塔。*这是不可能的*。

“一种古代密码语言，”佐藤头也不抬就说，“告诉我，这能算得上吗？”

这是金字塔刚显露出来的一面，光滑的石面上刻着十六个字符的组合图形。

兰登旁边的安德森此时瞠目结舌，更加映衬了兰登的震惊。在这位警卫队长眼里，这组符号活像是一个怪模怪样的电子键区。

“教授，”佐藤说，“我猜你能解读出来，对吗？”

兰登转过身。“为什么你会这么想？”

"因为你被弄到了这里，教授。你是被选中的。这个铭文看起来是某种密码，考虑到你的声望，我当然会认为你被带到这儿就是为了破译它。"

兰登不得不承认，自从有过罗马和巴黎的经历后，他持续不断地收到让他帮助破译历史上难解密码的各种请求，其中包括：菲斯多斯圆盘[①]、多拉贝拉密码信[②]、神秘的伏尼契手稿[③]。

佐藤的手指抚过铭文。"你能告诉我这些图标的意思吗？"

这不是图标，兰登想，*这是符号*。他当即就认出来了——这是一种十七世纪编成密码的符号语言。兰登很清楚破译的方法。"夫人，"他口气有些犹豫，"这个金字塔是彼得的*私人*财产。"

"不管是不是私人的，如果这个密码确实就是你被带到华盛顿来的原因，在这件事上我就不会给你什么选择。我要知道它说的是什么。"

佐藤的黑莓手机大声响起来，她从口袋里抽出手机，看着发过来的信息。兰登很惊讶国会大厦的内部网络信号居然能通到这种地方。

佐藤哼了一声，抬起眉毛，用奇怪的表情看了兰登一眼。

"安德森队长，"她转过身。"和你私下说句话，可以吗？"这位部长示意后者到她这边来，然后他们一起消失在漆黑的过道深处，把兰登一个人留在闪烁着烛光的彼得的"反思室"里。

安德森队长不知道这个夜晚要到什么时候才算完。*一只斩断的手在我的圆形大厅？一个死亡圣所在我的地下室？一个刻有奇怪文字的石头金字塔？*相形之下，红皮队的比赛已算不上什么事儿了。

安德森跟着佐藤走进暗黑的过道时，拧亮了手电筒。光线虽暗，但总比没有好。佐藤领着他在过道里走了几步，离开兰登的视线。

"给你看一样东西。"她悄声说，把黑莓手机递给安德森。

安德森接过手机眯缝着眼看那个亮着的屏幕。上面显示的是一张黑

---

① 菲斯多斯圆盘（Phaistos Disk），一九〇八年发现于希腊克里特岛的一件石质圆盘，上面有象形文字。

② 多拉贝拉密码信（Dorabella Cipher），据称是英国作曲家爱德华·埃尔加（1857—1934）写给多拉·潘妮小姐的一封密码信。

③ 伏尼契手稿（Voynich Manuscript），据称是一部写成于十五世纪的神秘书籍，有二百多页，手稿中有天体、裸女、幻想植物等插图。

白图片——X 光射线下兰登的包，就是刚才佐藤要求安德森的手下调出来发给她的。在 X 射线下，物质最密集部分显示出最明亮的白色。在兰登的包里，有一个物体比任何部分都要亮。显然，物质密度极高，这个物体混杂在其他一些晦暗的物件里就像一件闪光的珠宝。这件东西的形状是确凿无疑的。

他今晚一直带着这个？安德森抬头惊讶地看着佐藤。“那兰登为什么没有提起？”

“该死的，问到点子上了。”佐藤悄声说。

“这个东西的形状……不可能是巧合。”

“不可能。”佐藤说，她的声音变得愤怒起来。“我得说，不可能。”

过道里一阵微弱的窸窣声引起了安德森的注意。他吃了一惊，用手电筒照了照黑暗的过道。在快要熄灭的灯光的映照下，过道里空无一人，只有一排打开的门。

“喂？”安德森喊。“有人吗？”

无声。

佐藤奇怪地看着他，她什么都没听见。

安德森又听了一会儿，不再想了。我得离开这个地方了。

兰登独自站在点着烛光的房间里，手指抚过刻着铭文的金字塔锋利的边缘。他很好奇佐藤得到的信息是什么，但他不能再往深处闯入彼得的隐私了，他们已经走得太远了。为什么这疯子要在意这个小金字塔呢？

“我们有一个问题，教授。”佐藤的声音在他背后轰然响起。“我刚才收到了一条新的信息，我已经受够你的谎言了。”

兰登转身看着安全部部长走进来，手里握着黑莓手机，眼里冒着火。兰登吃了一惊，望着安德森想求援，但这位队长现在守卫在门口，脸上没有现出丝毫同情之色。佐藤走到兰登面前，把自己的黑莓手机举到他眼前。

兰登迷惑不解地看着屏幕，那上面显示着一张黑白图片，就像幽灵电影的底片。照片看上去像一堆乱七八糟的东西，有一件特别明亮。尽管有些歪斜，也不在正中，但那个明亮的东西正是一个清楚的小尖顶金字塔。

一个小金字塔？兰登看着佐藤。“这是什么？”

这个问题似乎更激怒了佐藤。“你还在假装不知道？”

兰登也火了。“我没假装！我这辈子从没看到过这东西！”

“胡说！”佐藤尖后的声音划破了潮湿的空气。“你今天晚上一直把这玩意儿带在包里！”

“我——”兰登一下子说不出话来。他的眼睛慢慢地移向自己背着的包，然后他又举起黑莓手机。*我的天哪！……那个包裹*。他向屏幕凑得更近些。现在，他看见了。那个幽灵样的方盒子里，装的是金字塔。兰登震惊地意识到这是自己背包的X射线图片……还有彼得那个神秘的小方盒。这个立方体，实际上是一个中空的盒子……里面装着一个小金字塔。

兰登张开嘴巴想要说话，但什么都说不出来。一个新的顿悟击中了他，他感到自己肺里的空气都被抽光了。

简单。纯粹。醍醐灌顶。

我的天哪。他回头看着桌上被截了顶的金字塔。它的顶端是平的——一小块方形区域——这个空缺的区域象征性地等待着它的最后一小部分——将使它由“未完成金字塔”变身为“真正的金字塔”的那一小部分。

兰登现在意识到，他一直带在身上的其实根本不是金字塔，*这是尖顶石*。此刻，他明白了为什么只有他才能解开这个神秘金字塔之谜。

我带着最后一部分。

而这确实是……一件宝器。

当彼得告诉兰登这里面藏的是一件*宝器*时，兰登还大笑了一通。现在他明白了，他的朋友是对的。这个尖顶石是一件宝器，但不是有魔力的那种……而是更古老的“宝物”。远在宝器包含具有魔力之层内涵之前，它还有另外一个意思——“完成”。宝器源于意为“完成”的希腊语词telesma，它指的是另就他者使其完整的物件或思想。*最后一块拼图*。从符号学来讲，尖顶石，就是最终的宝器，把“未完成的金字塔”变身为彻底圆满的符号。

兰登此刻感到，有种奇异的会合在迫使他接受一个非常奇怪的真相：彼得反思室里的石头金字塔似乎正在自我变身，它一点一点地转变成了与传说中的**共济会金字塔**大致接近的模样——除了尺寸不同之外。

从X射线图片上尖顶石的亮度来看，兰登怀疑它是由金属制成……一种密度很高的金属。他没法知道那是不是纯金，也不想在这上面费神。*这个金字塔太小了。这些密码太容易解读。而且……这是神话，看在老天分上。*

佐藤目不转睛地观察着他。“作为一个聪明人，教授，你今晚作出的选择很愚蠢。对一个情报官员说谎？有意阻挠中央情报局的调查？”

“我可以解释，如果你让我说的话。”

“你去中央情报局总部解释吧。现在，我要拘捕你。”

兰登的身子变得僵硬起来。“你不可能当真。”

“绝对当真。我非常清楚地向你表明过，今晚危机临头，而你却选择拒不合作。我强烈建议你开始考虑，解释这个金字塔的铭文，因为等我们到达中央情报局总部时……”她举起黑莓手机，拍下石头金字塔上铭文的特写快照。“我的分析员们就会捷足先登。”

兰登张口想要抗议，但佐藤已经转向门口的安德森。“队长，”她说，“把石头金字塔放到兰登的包里，带上它。我来监管兰登先生。给我你的武器，可以吗？”

安德森面无表情地走进房间，卸下肩上挎着的枪套，把枪递给佐藤，后者接过来马上对准兰登。

兰登看着这一切，仿佛坠入梦中。*这不可能发生。*

这时安德森走到兰登身边，一把从他肩上夺下包，掠过桌面然后放在椅子上。他拽开背包拉链，撑开包，举起桌上沉重的金字塔搁进了包里，和兰登的便笺本以及那个小包裹放在了一起。

突然，过道里传来一阵窸窸窣窣的响动。一个黑色的人影出现在门口，冲进房间，迅速冲向安德森背后。队长从没看见这人进来。眨眼间，那个陌生人低下肩膀，从背后把安德森往前一顶。队长向前扑了过去，他的脑袋撞到石壁龛的边缘，重重地倒在桌上，人腿骨和其他遗物都飞了出去。沙漏在地板上散落开来。蜡烛也倒在地板上，但仍然亮着。

混乱中，佐藤摇晃着，举起了枪，但闯入者抓起一根腿骨猛甩过来，腿骨击中了她的肩膀。佐藤痛得大叫一声，往后退了几步，手里的枪也掉了。新来者把枪踢开，立刻转向兰登。这个人身材高大颀长，是一个兰登之前从未见过的非裔美国人。

“拿上金字塔！”这个人命令道，“跟我来！”

第42章

领着兰登穿过国会大厦下层地下室迷宫的非裔美国人显然颇有权势。这个优雅的陌生人不仅熟知穿越所有边廊和密室的路径，还带着一串似乎可以打开挡住他们去路的每一道门的钥匙。

兰登跟着他，迅速登上陌生的楼梯。他们向上攀爬时，他感到背包的皮带深深地勒进了肩膀里。这个石头金字塔太重了，兰登很怕背包的带子会断开。

刚才那几分钟简直混乱至极，此刻兰登觉得自己只能凭本能行事了。直觉告诉他可以相信这个陌生人。除了把他从佐藤的拘捕中解救出来之外，这个人的冒险行动还保住了彼得·所罗门的神秘金字塔。*不管这金字塔是什么*。虽然他的动机仍是个谜，但兰登已在这男人手指上瞥见了作为凭证的金戒指——共济会戒指——微光泛动的戒面上刻有双头凤凰和数字三十三。这人和彼得·所罗门不仅是彼此信赖的朋友，还是最高等级的共济会兄弟。

兰登跟着他登上楼梯顶端，走进另一层的过道，而后穿过一扇没有门牌的门进入一条运货通道。他们经过了一些货箱和垃圾袋，突然拐弯穿越一道安全门，踏入了一个全然意想不到的世界——一个豪华电影厅或类似的场所。那个年长者在前面领着路，顺着剧院边上的通道跑出主入口处，进入一个灯光明亮的大型中庭。兰登现在意识到他们是在访客中心了，今天晚上早些时候，他就是从这里进来的。

不幸的是，这里还有一个国会大厦的警卫。

他们和那个警卫面对面时，三个人都停下了脚步，互相看着对方。兰登认出了这名年轻的拉美裔警卫就是今晚早前站在X光机旁的那个。

“努涅兹警官，”非洲裔美国人说，“别说话，跟我来。”

这警卫看上去有些不安，但还是什么也没问就服从了。

这家伙是谁？

三个人匆匆跑向访客中心的东南角，来到一个装有一排厚重的门扇的小休息厅前，有几个橘黄色塔形桩挡在门口，门上封着防护胶带，显然是为了将访客中心与外界正在发生的什么纷扰隔绝开来。那人伸手撕去了门上的胶带，掏出那串钥匙，一边对警卫说："我们的朋友安德森在下层地下室里。他可能受伤了。你去看一下。"

"是，先生。"努涅兹看上去既吃惊又困惑。

"最重要的是，你*没有看见*我们。"这人找出一把钥匙，从钥匙环上摘下来，插进门上的锁孔里。他拽开钢门把钥匙扔给警卫。"把门从外面锁上。尽可能照原样重新贴上胶带。把钥匙装进口袋里，对*任何人*都不要说什么，包括队长。明白了吗，努涅兹警官？"

警卫看着钥匙，如同他刚刚被委托保管一件宝石。"是，先生。"

这人匆匆走进门里，兰登尾随其后。警卫在他们身后把沉重的门锁上，兰登可以听见他重新贴上胶带的声音。

"兰登教授，"他们顺着一条看上去很现代的过道迅速地大步向前走，这里显然还在修建中，"我的名字是沃伦·巴拉米，彼得·所罗门是我亲密的朋友。"

兰登朝这个模样气派的男人投去惊愕的一瞥。*你就是沃伦·巴拉米？*兰登从来没有见过国会大厦的建筑师，但他当然知道此人的名字。

"彼得十分赞赏你，"巴拉米说，"很遗憾我们在这么糟糕的情况下见面。"

"彼得有大麻烦了，他的手……"

"我知道。"巴拉米的声音很阴沉。"恐怕这还不是最糟糕的部分。"

他们走到亮灯的过道尽头时，这条通道突然拐向左边，余下的这段不知通往何处的走廊里漆黑一片。

"等一下。"巴拉米说，他闪入近旁的一间配电室，一堆而拥的橘黄色展接线从里面蜿蜒而出，一直向黑暗的过道深处延伸开去。巴拉米在里面四处翻找时，兰登等待着。这位建筑师肯定是找到为展接线供电的开关了，因为他们面前的过道突然亮了。

兰登惊讶地瞪大了眼睛。

华盛顿特区——就像罗马一样——是一个秘密出入口与地道的密布城市。他们眼前的通道让兰登想起了连接梵蒂冈和圣天使堡的*密道*。*幽深、黑暗、狭窄*。不过，和古代的*密道*不同，这条通道是现代的，还没有完工。这是一个狭长的区域，又长又窄，长得似乎看不到尽头。惟一的光源是一线施工用的断断续续安装的灯泡，这点儿亮光更令通道显得幽深得不可思议。

巴拉米已经走在前头了。“跟着我。留心脚下。”

兰登赶快调整步子跟上巴拉米，想知道这条路到底通往什么地方。

此时，迈拉克步出了第三舱室，迅速地大步走在 SMSC 前往第五舱室的主通道上。他手里捏着翠西的钥匙卡，平静地悄声念道：“零—八—零—四。”

还有一些别的事情在他脑子里盘桓。迈拉克收到一条来自国会大厦的紧急信息。*我的线人撞上了出乎意料的麻烦*。尽管如此，这个消息还是令人振奋：现在金字塔以及尖顶石都被罗伯特·兰登拿到了。虽然这事发生的方式令人始料未及，但关键部分已经到位。似乎是命运自己引导着今晚发生的一切，以确保迈拉克的获胜。

第 43 章

兰登匆匆跟上沃伦·巴拉米疾速前行的脚步，他们默不作声地顺着狭长的过道走着。到目前为止，国会大厦的建筑师还没有就所发生的事情对兰登作过任何解释，但他显然绝不仅仅只是打算把这个石头金字塔从佐藤那儿带走而已。兰登越来越意识到，这事情远远超出了他的想象。

中央情报局？国会大厦建筑师？两个第三十三等级的共济会会员？

兰登的手机尖厉地响了起来。他从外套口袋里掏出手机，没有把握地问：“喂？”

说话者悄声低语，声音怪异而熟悉。“教授，我听说你突然有了一个意想不到的同伴？”

兰登感到一阵冰冷的寒意。“彼得到底在什么地方？”他问道，声音在封闭的通道里回响着。在兰登身边的沃伦·巴拉米迅速向他投来关注的一瞥，显出担忧的神色，并示意兰登继续前行。

“别担心。”那个声音说，“我告诉过你，彼得在某个安全的地方。”

“你斩断了他的手，看在上帝分上！他需要一个医生！”

“他需要一个牧师。”那个人回答。“但你可以救他。如果你照我的要求去做，彼得就会活着。我向你保证。”

“疯子的保证对我毫无意义。”

“疯子？教授，你肯定很欣赏我今晚在遵照古代礼仪约定表现的敬畏之意。让‘神秘之手’把你带到了一个入口——这个有望揭示古代智慧的金字塔。我知道它现在在你手上。”

“你以为这就是**共济会金字塔**？”兰登问。“这只是一大块石头。”

通话的另一方沉默了片刻。“兰登先生，你太聪明了，不适合装傻。你对今晚自己发现的一切知道得非常清楚。一个石头金字塔……藏在华盛顿特区中心位置……是被一位有权势的共济会会员所藏，是不是？”

“你在追寻一个*神话*！不管彼得告诉了你什么，他是在恐惧中说的。关于**共济会金字塔**的传说是*虚构*的。共济会从来没有建造过什么金字塔来保护古代秘密智慧。就算他们这样做了，*这个*金字塔也太小，不可能是你想象的东西。”

男人咯咯地笑了。“我看彼得告诉你的事情极其有限。不过，兰登先生，不管你是否选择接受你现在所有之物就是那东西，你都必须照我说的去做。我很清楚你身上带着的这个金字塔刻有密码字符。你要为我破译这些铭文。然后，只能是然后，我才会把彼得·所罗门还给你。”

“不管你相信这个铭文揭示了什么，”兰登说，“那都不会是所谓的**古代奥义**。”

“当然不是，”他回答。“那些奥义卷帙浩繁，不可能刻在这个小石头金字塔的侧面。”

这个回答让兰登颇感意外。“但如果这个铭文*不是***古代奥义**，那么这玩意儿也就*不是***共济会金字塔**了。传说清楚地表明，**共济会金字塔**是用来保护**古代奥义**的。”

现在，那男人的语气有些居高临下的意味。“兰登先生，**共济会金字塔**的确是用以保护**古代奥义**的，但是用一种你显然还没有领会的迂回方式。彼得从来没有告诉你吗？**共济会金字塔**的能量，*不在于*揭示奥义本身……而是揭示隐藏奥义的*地点*。”

兰登愣了一下，然后才恍然大悟。

“破译这个铭文，”那个声音继续道，“它会告诉你人类最伟大财富的隐藏之处。”他大笑起来。“彼得并没有把*财宝*本身托付给你，教授。”

兰登突然停下了脚步。“等等，你说这个金字塔……是一张地图？”

巴拉米也停了下来，他的表情既震惊又警觉。显然，来电者刚刚击中了要害。这个金字塔是一张地图。

“这个地图，”那声音悄声说，“或者说是金字塔，或者是入口，或者不管你叫它什么……是很久以前造出来，用以确保**古代奥义**的隐藏地点永远不会被忘记……永远不会失落在历史中。”

“那一串十六个符号看上去不像是地图。”

“外表可能具有欺骗性，教授。但不管怎么说，只有你才有解读这段铭文的能力。”

“你错了，”兰登回击过去，脑子里浮现出那幅简单的密码图。“任何一个人都可以破译这个铭文。它并不是很复杂。”

“我怀疑金字塔包含的意义比我们所看到的更多。但无论如何，只有你才拥有尖顶石。”

兰登想起包里的小尖顶石的模样。变混沌为秩序？他现在不知道该相信什么了，但搁在他包里的石金字塔似乎每一刻都在变得比之前更加沉重。

迈拉克把手机贴在耳边，很享受地听着从另一端传来的兰登焦虑的呼吸声。“现在，我还有事情要处理，教授，你也一样。把地图破译出来后马上打电话给我。我们一起去那个藏宝之处，完成我们的交易。彼得的生命……交换所有的古代智慧。”

“我什么都不会做的，”兰登说，“尤其是在还没得到彼得还活着的证据时。”

“我建议你不要考验我的耐心。你是庞大机器上很小的一颗螺丝钉。如果你不服从于我，或者想来找我，彼得就死定了。我发誓。”

“就我所知，彼得已经死了。”

“他还活得好好的，教授，但他绝对需要你的帮助。”

“你到底在找什么？”兰登对着电话大叫起来。

迈拉克回答之前停顿了一下。“许多人都在追寻**古代奥义**，并对它到底有多大能量争论不已。今晚，我将证明这些奥义是真实存在的。”

兰登沉默不语。

“我建议你马上研究这个地图，”迈拉克说，“我今天就需要这个信息。”

“今天?！现在已经过九点了！”

“没错。时光飞逝[①]。”

第44章

纽约曼哈顿，编辑乔纳斯·弗克曼刚刚关掉办公室的灯，电话就响了。他这个时候已不打算接听了，直到他一眼瞥见来电者的身份显示才改变了主意。应该是好事，他想，伸手拿起了听筒。

“我们还在出你的书吗?”弗克曼半开玩笑地说。

“乔纳斯！”罗伯特·兰登的声音听上去非常焦虑。“感谢上帝你还在。我需要你的帮助。”

弗克曼来精神了。“你有书稿要交给我编是吗，罗伯特?”终于来了?

“不，我需要一个信息。去年，我让你联系一个叫凯瑟琳·所罗门的科学家，是彼得·所罗门的妹妹，对吗?”

弗克曼皱起了眉头。没有书稿。

“她当时想找一个出版商出版有关意念科学方面的书。你还记得她吗?”

弗克曼转动着眼睛。“当然记得。万分感谢你的介绍。她不仅拒绝给我看她的研究结论，而且也还不打算出版任何东西，说要等到未来某个神奇的日子。”

“乔纳斯，听我说，我现在没有时间。我需要凯瑟琳的电话号码，马上。你有吗?”

“我得警告你……你的举动有点儿迫不及待哦。她是很美，可你别为了给她留下深刻印象就——”

“我不是在开玩笑，乔纳斯，我现在需要她的号码。”

“好吧……等一下。”弗克曼与兰登相识已久，所以他知道兰登这会

---

① 原文为拉丁文。

儿是当真的。乔纳斯往搜索窗口键入凯瑟琳·所罗门的名字，开始扫描公司的电子邮箱服务器。

“我正在找，”弗克曼说。“不过为了保证效果，你给她打电话的时候，可别在哈佛的游泳馆里打，听上去你就像是在一个精神病院。”

“我没在游泳馆。我在国会大厦的地下通道里。”

弗克曼从兰登的声音里听出他没在开玩笑。*这家伙出什么事了？*“罗伯特，为什么你就不能好好待在家里*写东西*呢？”他的电脑叮的一声响了。“好啦，等等……我找到了。”他的鼠标跳过那些很久以前的电子邮件。“看上去我只有她的手机号码。”

“我记一下。”

弗克曼报了电话号码。

“谢谢，乔纳斯，”兰登的声音充满感激，“我欠你一个情。”

“你欠我一部书稿，罗伯特。你打算多久——”

电话挂断了。

弗克曼看着手机摇摇头。如果没有这号作者，图书出版这一行可就容易得太多了。

第45章

凯瑟琳·所罗门瞥见手机来电显示上的名字时惊讶地再看了一眼。她原以为是翠西来电向她解释为什么和克里斯多弗·阿贝当医生耽搁了那么久。但来电者不是翠西。

根本不是。

凯瑟琳嘴边掠过一丝泛红的微笑。*今晚还会有更多怪事吗？*她迅速打开手机翻盖。

“别告诉我，”她开玩笑地说，“书蠹王老五正在寻找单身的意念科学学者？”

“凯瑟琳！”这个低沉的声音正是罗伯特·兰登。“感谢上帝，你没事。”

“我当然没事，”她困惑地回应道，“只不过，自去年夏天彼得家中的聚会之后，你就再也没来过电话。”

“今晚发生了一些事情。请听我说。”他平时说话挺流畅，这会儿听上去有些结结巴巴。“我很抱歉要跟你说这个……彼得现在有了大麻烦。”

凯瑟琳的微笑消失了。“你在说什么？”

“彼得……”兰登犹豫了一下，好像在斟酌合适的用词。“我不知道怎么说，但他被……**带走**了。我不确定他是怎样和被谁带走的，但是——”

“被带走？”凯瑟琳问道。“罗伯特，你在吓唬我。带走……带去哪里了？”

“被绑架了。”兰登声音沙哑，好像有些不知所措。“这肯定是今天早些时候发生的，也许是昨天……”

“这一点也不好笑，”她嗔怒地说。“我哥哥**好好的**。十五分钟前我还跟他通过话！”

“通过话？！……”听起来兰登非常吃惊。

“是的！他刚刚给我发了短信说他要来实验室。”

“他**发短信**给你……”兰登心里想着的话直接蹦了出来。“但你实际上并没有**听到**他的声音，是吗？”

“没听到，但——”

“听我说。你收到的这条短信**不是**你哥哥发的。有人拿了彼得的手机。他很危险。今天晚上，就是这个人把我骗到了华盛顿。”

“骗你来的？你的话我完全听不懂！”

“我知道，对不起。”兰登似乎有些一反常态的茫然。“凯瑟琳，我觉得你可能会有危险。”

凯瑟琳·所罗门很肯定兰登绝不会开这种玩笑，而且他听上去似乎失去了理智。“我很好，”她说。“我在一幢安全封闭的大楼里！”

“**请**把彼得发来的那条短信念给我听听。”

凯瑟琳有些不解地翻出那条短信念给兰登听，当她念到最后提及阿贝当医生的那段话，心里一冷。“如果可以的话，请阿贝当医生也一起见个面。我完全信任他……”

“噢，天哪……”兰登的声音里充满了恐惧。“你邀请这个人来你的实验室了吗？”

“是的！我的助手刚才到大堂去接他了。我本想他们会到得更——”

“凯瑟琳，赶快出去！”兰登大喊道。“马上！”

在SMSC大楼另一端的门卫室里，电话铃响了，盖过了红皮队比赛的声音。警卫不情愿地又一次扯下耳机。

“大堂，”他回答，“我是凯利。”

“凯利，我是凯瑟琳·所罗门！”她的声音非常焦急，几乎透不过气来。

“夫人，你哥哥还没有——”

“翠西在哪儿？”她问，“你在监视器里看见她了吗？”

警卫旋转椅子看向监视器屏幕。“她还没有回到‘立方体’吗？”

“没有！”凯瑟琳喊了起来，听起来十分惊慌。

警卫现在意识到凯瑟琳·所罗门已是上气不接下气，像是在奔跑。*出了什么事啦？*

警卫麻利地操作视频控制杆，快速搜索数字显示器里的录像。“噢，等等，我倒回去看一下……我看到翠西和你的客人离开了大堂……他们顺着过道走……快进……好，他们走进了‘水舱’……翠西用她的钥匙卡开了门……他俩都进了‘水舱’……快进……好了，他们一分钟前才走出‘水舱’……走到……”他转动着脑袋，放慢了回放速度。“等一下。有点怪。”

“什么？”

“那位先生是一个人走出水舱的。”

“翠西留在里面？”

“是的，看起来是这么回事。我现在正看着你的客人……他独自进了大厅。”

“翠西在哪儿？”凯瑟琳更疯狂地问。

“我的监视器屏幕里看不见她。”他回答，声音里有一丝焦虑。他再看回屏幕上，那男人外套的袖子似乎是湿的……一直湿到肘部。*他在水舱搞什么名堂啊？*警卫看着这男人正坚定地顺着主干道走向第五舱室，他手里拿着的东西看着像是……钥匙卡。

警卫感到后脖上的汗毛都倒竖了起来。“所罗门女士，我们遇到了一个严重的问题。”

对凯瑟琳·所罗门来说，今晚简直是一个“第一次”之夜。

两年来，她从未在舱室里使用过手机，也不曾没命地狂奔着穿越这个舱室。而此时此刻，凯瑟琳一边盲目地飞跑在似乎长得无尽无边的地毯上，一边把手机贴在耳边。每一次脚步偏离地毯时，她都会转回正道，在一片漆黑中疾速前行。

“他现在在哪里？”凯瑟琳气喘吁吁地问警卫。

“正在查。”警卫回答。“快进……好啦，他正顺着大厅往前……走向第五舱室……”

凯瑟琳跑得更卖力了，希望能在被困在这里之前到达出口处。“他到达第五舱室门口大约还要多久？”

警卫停了一下。“夫人，你没理解。我还在快进中。这是回放的录像。这是*已经*发生过的情景。”他停了一下又说。“等等，让我查一下进门的监视器。”过了一会，他说：“夫人，唐纳小姐的钥匙卡显示大约一分钟前打开过第五舱室的大门。”

凯瑟琳猛地刹住脚步，在漆黑的深渊中停了下来。“他已经打开第五舱室的门了？”她轻声对着手机问。

警卫疯狂地敲击键盘。“是的，他好像是……九十秒钟之前进入的。”

凯瑟琳的身体变得僵硬起来。她停止了呼吸。包围着她的黑暗好像突然间活跃起来。

他就在这儿。

瞬息之间，凯瑟琳意识到这整个空间里惟一的光亮来自她的手机，正映出她脸部的一侧。“呼叫请求帮助，”她轻声对警卫说，“去水舱帮助翠西。”然后她平静地盖上手机，亮光消逝了。

她周围是完全的黑暗。

她一动不动地站着，尽可能把呼吸放轻。过了片刻，一股浓烈的乙醇气味从她面前的黑暗中飘过来。气味变得越来越强烈。她可以感觉到有人向她靠近，在距她只有几码的地毯上。静默中，凯瑟琳心脏跳动的声音响得似乎要把她给暴露了。她悄悄脱下鞋，向地毯左边探出去。脚底感触到水泥地面的冰凉。她又跨出一步去探测地毯。

她的一个脚趾“咔啦”响了一声。

这在一片静默中不啻于一声枪响。

几步开外，衣服的摩挲声突然冲向她面前的黑暗。凯瑟琳立即闪身躲开，但太晚了，一条强壮有力的胳膊挡住了她，黑暗中，那双手摸索着拼命想抓住目标。这只虎钳般的手抓住了她的实验室工作服，她转过身子，那只手又猛地扯住她的后背把她揪过去。

凯瑟琳胳膊向后一甩，从实验室工作服里挣脱开去。突然间，凯瑟琳·所罗门发现自己在一片漆黑的无尽深渊中，完全盲目地向前冲去，却浑然不知出口的路在哪里。

第 46 章

虽然被很多人称为拥有“世界上最美丽的房间”，但国会图书馆最出名的还不是它令人惊叹的宏伟建筑，而是其丰富的馆藏——五百多英里长的书架，足以从华盛顿特区延伸至波士顿，完全配得上“世界上最大图书馆”的称号声。而且其馆藏仍在继续扩展规模，以每天增加一万多个品种的速度。

因为建馆初期的收藏来自托马斯·杰斐逊有关科学和哲学的私人藏书，这个图书馆就成了美国致力于知识传播的一个象征。它是华盛顿特区第一批安装电灯的建筑物之一，如同“新大陆”在黑暗中亮起的灯塔。

如其馆名所示，国会图书馆主要是服务于国会，就是在街对面国会大厦内工作的那些可敬的人们。国会大厦与国会图书馆这种年代久远的联系，眼下又将被一条新建的实体纽带大大增强——就是这条位于独立大道底下、连接两个建筑群的地下通道。

今晚，在这条灯光昏暗的通道里，罗伯特·兰登一路跟随沃伦·巴拉米穿过这个还在施工的区域，一边竭力克制着对凯瑟琳的深切担忧。*那个疯子在她的实验室里?!* 兰登甚至不愿去想象他为什么要去那儿。他刚才打电话警告凯瑟琳时，挂断电话前明确告诉了她去什么地方和他会面。*这该死的通道还有多长啊?* 这会儿他的脑袋开始痛起来了，里面翻腾着一团纠缠不清的思路：凯瑟琳、彼得、共济会、巴拉米、金字塔、古代预言……还有地图。

兰登摇摇头甩开这些念头，继续奋力前行。*巴拉米承诺给我答案的。*

两人终于走到通道尽头时，巴拉米领着兰登进入仍在地下的一扇尚未完工的双开门，因为还在施工，他们进去后这道门不能锁上，巴拉米随兴从一堆建筑材料里找来一把摇摇晃晃的铝制梯子抵住门，然后拎过一只金属桶压在梯子顶上。如果有人打开这扇门，金属桶就会很响地砸到地面。

*这是我们的预警系统？*兰登瞅着压在上面的金属桶想道，他希望巴拉米对他们今晚的安全能有一个更周详的计划。每件事都发生得那么快，以至于兰登直到此刻才开始考虑他跟随巴拉米逃跑的后果。*我成了中央情报局追缉的逃犯。*

巴拉米在前面领路，他转过一个弯，两人登上了一段用橘色锥形警示筒围起来的宽阔楼梯。兰登上楼梯时感觉到肩上背包的分量。“这个石头金字塔，”他说，“我还是不理解——”

“别在这儿说，”巴拉米打断他的话，“我们要在一个明亮的地方查看它。我知道一个安全地点。”

兰登很怀疑这样的地方还是不是存在，对一个刚刚对中央情报局安全部部长实施了身体袭击的人来说。

两人上楼后，进入一个饰有意大利大理石、灰泥墙面上贴饰着金叶子的宽阔门厅。门厅内一路排开八对雕像——塑造的都是女神密涅瓦。巴拉米继续匆匆赶路，领着兰登向东穿过一条拱顶走廊，走进一个更加宏大的空间。

即便是在夜晚昏暗的光线中，图书馆大厅依然熠熠生辉，显示出欧式宫廷的古典宏伟气派。高达七十五英尺的天花板，彩色玻璃天窗与贴饰着铝箔的横梁交相辉映，当时铝制品被认为是比黄金更贵重的金属。横梁下，是双柱装饰的庄严堂皇的二层楼厅，两条盘旋式的宽大楼梯通向楼厅，两端楼梯下方的中心支柱是两个巨大的青铜女神雕像，女神手里举着启蒙的火炬。

在既想反映现代启蒙的主题，又试图保留文艺复兴建筑的装饰风格的奇特努力之下，这里楼道的栏杆雕饰被做成了按照丘比特模样雕塑的现代科学小天使裸像。*小天使电学家举着一个电话？天真无邪的昆虫学家拿着标本盒？*兰登不知道贝尔尼尼[①]见了会怎么想。

“我们可以在那边谈。”巴拉米说，他领着兰登走过防弹玻璃柜，里

---

① 贝尔尼尼（Gian Lorenzo Bernini，1598—1680），意大利雕塑家、建筑师。

面陈列着图书馆最珍贵的两本书——《美因茨大圣经》，一四五〇年代的抄本；还有《谷腾堡圣经》的美国藏本，这是世界上仅有的三部善本中的一部。穹顶天花板上画着约翰·怀特·亚历山大①寓意贴切的六格壁画：*书籍的演变史*。

巴拉米径直走向后面东廊中间一扇精致的双开门。兰登知道这个房间和其他房间隔得很远，但挑选这儿作为谈话的场所似乎比较奇怪。且不说在一个到处都有“请保持安静”标志的地方谈话有些滑稽，但这个房间坐落在整个图书馆的心脏部位，正好位于平面十字中心，似乎不像一个“安全地点”。躲进这里，就像是冲进一个教堂藏身在祭坛之上。

尽管如此，巴拉米还是打开门，步入幽暗深处，摸索着寻找光源。当他把灯打开时，美国最伟大的建筑师之一的代表作似乎是突如其来地呈现在了他们眼前。

这个著名的阅览室如同一场献给感官的盛宴，中央部位高达一百六十英尺，房间的八个面由各种不同色彩的大理石砌成：巧克力色的田纳西大理石、奶油色的西艾拉大理石和苹果红的阿尔及利亚大理石。因为灯光从八个角度照射进来，任何地方都没有阴影，给人的感觉就像是房间本身在闪闪发光。

“有人说这是华盛顿最令人震撼的房间。”巴拉米说着把兰登带进里面。

也许全世界也找不出第二间。兰登跨进门时心想。像往常一样，他的目光首先落在卓尔不凡的穹顶中央圈，饰以花草与图案的藻井从穹顶盘旋而下直抵上层楼厅。那上面环绕着一圈青铜“肖像”雕塑，凭栏俯首向下凝视。雕像下面，是漂亮的拱廊和拱顶组成的下层楼厅。地面上，三圈打磨得锃亮的木桌围绕着中间那张巨大的八边形桌子辐射开来。

兰登把注意力转回巴拉米身上，后者这会儿正把那扇双开门大敞开来。“我还以为我们应该*躲藏起来*。”兰登给弄糊涂了。

“如果有人进入这幢大楼，”巴拉米说，“我希望能听见。”

“可在这里他们不是马上就发现我们了吗？”

“**不管**我们躲在什么地方，他们都会找到我们的。但如果有人把我

① 约翰·怀特·亚历山大（John White Alexander，1856—1915），美国画家，以装饰性的肖像画和壁画闻名。

们围困在这幢楼里，你会很高兴我选了这个房间。”

兰登对这话不明就里，但巴拉米显然不想讨论这个。他已经向房间中央走过去，挑了一张阅览桌，拉开两把椅子，打开阅读灯。他指了指兰登的背包。

“好了，教授，我们来仔细研究一下。”

兰登不想冒险让粗糙的花岗岩在光滑的桌面上留下划痕，他拎起整个包搁在桌上，拽开拉链，摊开背包，露出里面的金字塔。沃伦·巴拉米调整了一下阅读灯，仔细观察着金字塔。他的手指抚过那不同寻常的铭文。

“我想你能认得出这种语言吧？”巴拉米问。

“当然。”兰登回答，眼睛看着这十六个符号。

这种据称是共济会密码的符号，曾在早期共济会兄弟中用作秘密交流的编码语言。但这种密码编制方式很早以前就已经弃用了，原因很简单——它太容易破译了。兰登的大部分高年级符号学研讨班学生用大约五分钟左右的时间就能解开这种密码。兰登只需一支铅笔和一张纸，六十秒钟内就可以搞定。

这种历经几个世纪之久的编码系统有着人尽皆知的易破性，现在则呈现为两种互相矛盾的说法：其一，声称兰登是世界上惟一有这种破译能力的人，这个说法实在荒谬；其二，佐藤声称共济会密码是关乎国家安全的某种机密，这就好像是在暗示我们的核武器发射密码是用 Cracker Jack[①] 解码器就能破解的玩意儿。兰登仍然无法相信其中任何一

① Cracker Jack，一种破解密码的程序，入门级黑客经常使用的工具。

种说法。**这金字塔是一个地图？指向失落的古老智慧？**

“罗伯特，”巴拉米的声音非常严肃，“佐藤部长是否跟你说过她对这东西感兴趣的原因？”

兰登摇摇头。“没有特别提过。她只是反复强调事关国家安全。我估计她是在撒谎。”

“也许。”巴拉米说着揩擦了一下后脖颈。看上去他的内心似乎在为什么事情而挣扎。“问题是这里有一个更麻烦的可能性，”他转身注视着兰登的眼睛，“很可能佐藤已发现了这个金字塔的真实潜能。”

第 47 章

凯瑟琳感觉自己被彻底的黑暗吞噬了。

逃离了熟悉而安全的地毯后，她现在完全盲目地摸索着前行，跌跌撞撞地闯入越来越深的旷漠中，她伸手可触的只有一片虚空。穿着丝袜的脚下是无尽的冰冷的水泥地，如同冰冻的湖面……她必须赶快逃离这个险恶的环境。

乙醇的气息闻不到了，她停下来，在黑暗中等着。她一动不动地站在那儿倾听，希望自己的心跳不要太响。背后重重的脚步声似乎停止了。**我甩掉他了吗？**凯瑟琳闭上眼睛想象着自己身处何地。**我朝着哪个方向跑的？门在哪里？**没有用。她现在晕头转向，根本搞不清出口在何处。

凯瑟琳曾听说过，恐惧作用于人体时，能够刺激和增加人脑思考的能力。但现在，她的恐惧却把脑子搅成一片惊慌和混乱的漩流。**即便我找到了出口，也没法出去。**她的钥匙卡在她甩下实验室工作服时给弄丢了。她只希望自己这会儿变成稻草堆里的一根针——三万平方英尺建筑物格网上的一个点。尽管她心里压倒一切的冲动是赶快逃开，但长于分析的头脑告诉她，惟一正确的行动是——以静制动。**好好待着。别发出一点声响。**警卫正在往这边赶来。不知什么原因，这个袭击者身上带着一股浓烈的乙醇气味。**一旦他靠近我，我就会察觉。**

凯瑟琳屏声敛气地站着，她的思绪飞向了兰登刚才的话。**你哥**

哥……被带走了。她感觉到一滴冰冷的汗珠顺着胳膊往下流淌，滴在紧握在她右手里的手机上。这是她没想到的危险状况。如果这时手机响起，就会暴露她的位置。而她又不能在不打开手机盖照亮显示屏的情况下关闭手机。

把手机扔掉……然后走开。

但已经太晚了。那股乙醇气息向她右边逼近，越来越浓烈了。凯瑟琳竭力保持镇定，拼命控制住自己想跑开的本能冲动。她小心翼翼，慢慢地向左边跨出一步。她衣服的窸窣声显然是袭击者最需要的。她听到了他的呼吸声，乙醇气息向她飘来的同时，一只强壮有力的手也抓住了她的肩膀。她使劲扭身脱开，强烈的恐惧感攫住了她。数学概率出问题了，凯瑟琳在黑暗中突然奔跑起来。她拼命偏向左边，变换着路径，又盲目地冲进了混沌的空漠之中。

不知从哪儿冒出了一堵墙。

凯瑟琳一头撞了上去，肺里涌出一大口气，胳膊和肩膀一阵钻心的疼痛，她竭力稳住不让自己摔倒。她是斜撞到墙上的，没有使上全身的力量，可这也没有什么值得欣慰的，因为这一声重击的回声传开去了。他知道我在哪里了。她忍着又一阵剧痛，扭头凝视着舱内的一片黑暗，感觉到他也正在凝视着她。

改变你的方位。快！

她仍然竭力屏住呼吸顺着墙移动，一边走左手一边无声地摸着墙面上突起的钢板壁骨。贴着墙走。趁他还没把你逼入死角赶快溜过去。凯瑟琳的右手还攥着手机，打算一旦有必要，就把它当作武器投掷过去。

凯瑟琳突然猝不及防地听到一阵衣服的窸窣声，就在自己的正前方……靠着墙。她吓得怔住了，一动不动地站着，使劲屏住呼吸。他怎么摸到墙边的？她感到有一小股气流吹来，伴随着乙醇的气息。他顺着墙壁向我这边过来了！

凯瑟琳后退几步，然后静静地转身一百八十度，朝着相反方向顺着墙壁迅速跑开。她跑了二十英尺左右，意想不到的事情又发生了。她再次在自己的正前方听到了衣服的窸窣声，接着又是同样的乙醇气息飘过来。凯瑟琳·所罗门吓得呆住了。

我的天啊！他无处不在！

迈拉克赤裸上身，凝视着黑暗。

衣袖发散的乙醇气息对他不利，于是他把它变成一个优势，他脱下衬衫和外套，用它来逼近他的猎物。他把外套甩到右边的墙上，这时他听到凯瑟琳突然停住，然后改变了方向。现在，他又把衬衫甩向左边，迈拉克听见她又一次停住。他成功地制造了一个让凯瑟琳不敢越界的"围栏"，把她逼到了墙根边。

现在，他等待着，耳朵警觉地倾听着黑暗中的静默。*她只有一个方向可去——径直朝我这边过来。*但即便这样，迈拉克还是什么都没听见。或许是凯瑟琳已经吓瘫了，要不就是她决定一动不动地站着，等待救援人员赶来进入第五舱室。*不管哪种情况，她都死定了。*没人能很快进入第五舱室，迈拉克已经用非常野蛮却有效的技巧把门外电子键区破坏了。他使用过翠西的钥匙卡后，就往钥匙槽里狠狠地塞入一枚一角硬币，这一来别的钥匙卡就没法再用了，除非先把整个装置全卸下。

你我是一对一，凯瑟琳……只要这情况持续下去。

迈拉克默不作声地一点点向前挪动，仔细听着任何一点移动的声音。凯瑟琳·所罗门今晚就要死在她哥哥的博物馆的黑暗之中了。一个诗意的结局。迈拉克期待着将凯瑟琳的死讯告诉她哥哥。那个老人的痛苦便是他等待已久的复仇。

突然，迈拉克万分惊愕地在黑暗中看见远处有一丝微弱的亮光，他意识到凯瑟琳犯了个致命的判断错误。*她打手机呼救？！*刚才闪亮的电子显示屏在人体腰部的位置，大约在他前面二十码开外的地方，就像黑暗洋面上的一座灯塔。迈拉克原来打算等着凯瑟琳跑出来，现在他不必等了。

迈拉克猛地跳起，冲向飘浮着的亮光，他知道必须在凯瑟琳打完报警电话前把她拿住。他迅速扑向那儿，冲着亮起手机的位置伸出两手，打算双手合围擒住她。

迈拉克的手指狠狠地戳进坚实的墙里，向后一折几乎折断。接着他的头也撞到了墙上，砸在一根钢制的桁条上。他痛得嚎叫起来，翻身摔倒在墙边。他一边咒骂一边竭力站起身，好不容易才拽住一根齐腰高的支桁条站起来，凯瑟琳机智地将翻了盖的手机搁在了那上面。

凯瑟琳又跑起来，她毫不顾忌自己的手触到第五舱室侧壁间距均等的突起的金属壁骨发出的有节奏的声音。**跑！**如果她一直贴墙绕着舱壁跑动，她知道迟早会找到出口。

警卫到底去哪儿了？

她跑动时，左手仍触摸着舱壁上间距均等的壁骨，右手伸向前方以防止撞上什么东西。**我什么时候才能跑到那个角上？**这道侧壁似乎无边无际，可是壁骨出现的规律突然乱了。她左手挥了几下都扑了空，接着壁骨又出现了。凯瑟琳刹住脚步后退一下，好像摸到了光滑的金属嵌板。**为什么这里没有壁骨了？**

她现在能听到那个袭击者拖着很响的脚步声跟在她身后，顺着墙边摸索着朝她这个方向过来了。但是，另外一个声音更让她心惊肉跳——远处，警卫在用手电筒有节奏地敲打着第五舱室的门。

警卫进不来？

虽然这声音很可怕，但敲门的位置——就在她右面的对角——马上给凯瑟琳指示了明确的方位。她现在能够想象出自己在第五舱室的位置了。她灵光一闪，突然明白了墙上那块金属嵌板是什么。

每一个舱室都有一个样本备用出入口——一块可收缩移动的巨大墙面，以方便体量过大的样本进出舱室，这门就像飞机库那种门一样巨大，凯瑟琳做梦都没想到过会有必要去打开它。但此刻，这门似乎成了她惟一的希望。

能不能操作这玩意儿？

凯瑟琳在黑暗中胡乱摸索着，终于触到了一个硕大的金属把手。她抓住它使出全身力量往后拽，试图拉开这道门。但门纹丝不动。她又试了一下。还是不行。

袭击者的声音离她越来越近了，朝着她发出响声之处袭来。**这扇备用门锁上了！**她在极度惊慌中把门摸了个遍，想在表面找到门闩或是控制杆什么的。突然，她的手碰到了一根垂直的杆子，她顺着杆子摸下去，身子蹲下摸到了杆子底部，发现是插入水泥地面的。**保安插销！**她用腿合力去撬，把它从插槽中抽出。

他几乎就要到了！

凯瑟琳摸索着寻找门把手，又一次抓到了它，用尽全身力气向后拉。巨大的金属门似乎没见撼动，但有一丝月光透进了第五舱室。凯瑟琳又拉了一下，那道好像从外面透进来的光柱更大了。*再多一点儿！*她最后又拽了一下，感觉到袭击者离她只有两三英尺的距离了。

凯瑟琳向光亮处一跃，扭动着纤细的身体挤进豁开的门缝。一只手蓦地从黑暗中伸出，抓住了她，要把她重新拉进门内的黑暗中。她的身子被那只布满刺青的粗大胳膊从门缝里拖了进来，可怕的胳膊扭曲转动着就像一条想抓住她的愤怒的蛇。

凯瑟琳扭转身体挣脱了，顺着第五舱室长长的外墙夺路而逃。整个SMSC建筑群周围地面铺的都是碎石，一路扎着她只穿着丝袜的脚，但她还是拼命朝正门方向往前狂奔。夜色很黑，但她的眼睛在第五舱室的绝对黑暗中早已瞳孔扩大，她能看得清清楚楚——几乎就像在白天的光线下一样。她身后，那扇沉重的备用门嘎嘎地响着打开了，她听到沉重的脚步声沿着墙边追了上来。脚步似乎快得不可思议。

*我绝不可能比他更快地跑到正门那儿。*她知道她的沃尔沃轿车越来越近了，但即便如此也还是太远。*我赶不到了。*

这当儿，凯瑟琳意识到她还有最后一张牌。

当她靠近第五舱室的拐角时，她已听到黑暗中他迅速赶上来的脚步声。*机不可失，时不再来。*她没有顺势拐弯，却突然冲向左边，离开了那幢建筑，跑上了草坪。她紧闭双眼，两手紧捂着脸，不顾一切地冲过草坪。

这个动作激活了安全照明灯，刹那间第五舱室周围的夜晚变得亮如白昼。凯瑟琳听到身后传来一声痛苦的尖叫，强烈的泛光灯以超过二千五百万支光的亮度灼射着那个袭击者过于放大的瞳孔。她听见他跌倒在碎石地面上。

凯瑟琳仍然两眼紧闭不辨东南西北地在草坪上狂奔。当感觉到已远离房屋和灯光时，她才把眼睛睁开，辨明方向后在黑暗中往前飞奔。

她的沃尔沃钥匙总是留在老地方，在中间的储物柜里。她大口喘着气用颤抖的手抓起钥匙，点着了火，引擎轰鸣着发动起来，她打开了前灯，却照出一个恐怖的人影。

一个可怕的怪物正向她冲来。

凯瑟琳吓得怔住了。

前灯映照着一个光脑壳、赤裸着胸膛的野兽，皮肤上文满了刻度、符号和文字。他吼叫着冲向耀眼的车灯，举起双手遮在眼前，像是一个洞穴野兽初次见到了阳光。她伸手去抓离合器变速杆，但突然间，他就到了眼前，手肘猛地击破了车窗，防弹玻璃撒在她膝盖上。

一只粗大的布满刻度刺青的胳膊伸进车窗，在昏暗中摸到了她的脖子。她把车往后倒去，但袭击者的手紧紧地掐住了她的喉咙，用难以想象的力气死掐下去。她拼命扭头想挣脱出来，突然，她与他面对面瞪视着对方。四道深深的像是指甲的划痕，抓开了他的化妆表层，露出里面的刺青。他的眼睛狂野地瞪着她。

“我本该在十年前就杀掉你，”他嚎叫道，“就是我杀死你母亲的那天晚上。”

他的话激起了凯瑟琳的可怕记忆：他眼里的野性——她以前曾见到过。*是他*。如果不是脖子被紧紧掐住，她会失声尖叫起来。

她的脚猛地踏到了油门，汽车晃动着向后退去，那人被汽车拖曳着，差点把她的脖子扭断。沃尔沃因倾斜的角度过大而差点翻倒。凯瑟琳觉得在他的重力下脖子就要被掐断了。突然，树枝刮过车子侧面，拍打着车窗，重压消失了。

汽车呼地穿过常青树丛冲进上层停车场。凯瑟琳刹住车。下面，那个半裸上身的人从地上爬起来，瞪着她的前灯。他以可怕的镇定神情举起一条布满刺青的胳膊，笔直地指着她。

凯瑟琳心里充满了原始的恐惧和仇恨，她掉转车头踩下油门。片刻工夫，她的车子就摇晃着驶上了银山路。

第48章

在极度紧张中，国会大厦警卫努涅兹毫无选择余地，只能帮着国会大厦建筑师和罗伯特·兰登逃走。但现在，回到地下室的警卫总部，努涅兹看见象征暴风骤雨前奏的云层迅速聚集过来。

特伦特·安德森头上敷着一块冰垫，另一个警卫正在处理佐藤的伤口。他们两个站在一组监控屏幕前，回放着前面的录像以确认兰登和巴拉米的去向。

“检查每一个过道和出口的回放录像，”佐藤命令道，“我要知道他们去了哪里！”

努涅兹看着这一切心里直发毛。他知道只需片刻工夫，他们就可以从监控录像中知道真相。*我帮助他们逃走了*。更严重的是，四人一组的中央情报局行动组已经到达，正在附近做准备，马上要去追踪兰登和巴拉米。这些人跟国会大厦的警卫人员截然不同，都是些极为严肃的军人……黑色伪装服、夜视镜、未来派风格的手枪。

努涅兹觉得自己快要辞职了。他下定决心，小心翼翼地走到安德森队长面前。“队长，说句话行吗？”

“什么事？”安德森跟着努涅兹进入大厅。

“队长，我犯了个糟糕的错误。”努涅兹说着，身上开始冒汗。“我很抱歉，我想辞职。”*反正你也马上就要炒了我的*。

“你说什么？”

努涅兹艰难地咽了一下口水。“刚才，我看见兰登和建筑师巴拉米到过访客中心，要出大厦。”

“什么？！”安德森咆哮起来。“你为什么一声不吭？”

“建筑师说不能对任何人透露一个字。”

“你是为*我*工作的，该死的！”安德森的声音回响在过道上，“看在基督分上。巴拉米刚才拿我的脑袋往墙上撞！”

努涅兹把建筑师刚才给他的钥匙交给了安德森。

“这是什么？”安德森问道。

“这是通向独立大道新的地下通道的钥匙。建筑师巴拉米的。他们就是那样逃走的。”

安德森瞪着钥匙，一句话都说不出来。

佐藤把脑袋探进大厅，眼睛四下里搜索着。“这里是怎么回事？”

努涅兹觉得自己脸色一下子变得苍白。安德森手里仍然拿着那把钥匙，佐藤显然看见了。这模样可怕的小个子女人走过来，努涅兹竭力想掩饰一下，希望能保护队长。“我在负二层地下室的地上发现了一把钥匙，我刚才在问安德森队长知不知道这把钥匙是哪里的。”

佐藤走到他们身边，看着那把钥匙。“队长知道吗？”

努涅兹抬头看着安德森，后者在开口说话之前明显正作着艰难的选择。终于，队长摇了摇头。“还没查证过。我得去看一下——”

“别麻烦了。”佐藤说，“这把钥匙是打开访客中心往地下通道那扇门的。”

“真的吗？”安德森问。“你怎么知道？”

“我们刚才找到了监控录像的一段截频，这里的努涅兹警官帮助兰登和巴拉米逃跑了，然后他又把地道门重新锁上。这把钥匙是巴拉米给他的。”

安德森转向努涅兹，两眼喷着愤怒的火光。“是这样吗？”

努涅兹使劲地点点头，尽力采取合作的态度。“我很抱歉，夫人。建筑师要我对谁都别说！”

“我才不管建筑师跟你说了什么！”安德森叫道。“我希望——”

“闭嘴，特伦特。”佐藤打断了他，“你们两个恶心的撒谎者。把这话留到中央情报局调查时说吧。”她从安德森手里一把抢过地道钥匙。“你们的事到此为止了。”

第 49 章

阅览室里，罗伯特·兰登挂断手机，心里的担忧越来越深。**凯瑟琳没接电话？**凯瑟琳刚才许诺过，一旦她安全地离开实验室，就会在赶来见他的路上给他电话。但她没有打来。

巴拉米坐在兰登旁边。他刚刚也打了一个电话，给一个声称能为他们提供庇护所——一个安全的藏身处的人。不幸的是，那人也没接电话。巴拉米给他留了电话录音，要他马上拨打兰登的手机。

“我会试着再打给他，”他对兰登说，“但这会儿，我们得靠自己了。我们需要讨论一下关于这个金字塔的问题。”

金字塔。对兰登来说，阅览室令人目眩神迷的背景全部消失了，他的世界现在只容得下他直面相觑的几件事情——一个石头金字塔；一个装有尖顶石的密封小包；以及一个从黑暗中蓦然出现，把他从中情局的审讯中解救出来的风度优雅的非洲裔美国人。

兰登本来还以为国会大厦的建筑师会心智更健全一些，但现在看来，沃伦·巴拉米也并不比那个声称彼得在炼狱中的疯子更理性。巴拉米坚持认为这个石头金字塔实际上就是传说中的**共济会金字塔**。古老的地图？会引导我们找到能量巨大的智慧？

“巴拉米先生，”兰登彬彬有礼地说，“有关存在一种会赋予人以巨大能量的古老智慧的说法……我实在无法把它当真。”

巴拉米的眼神看起来既失望又诚恳，使兰登的怀疑理论越发难堪。“是的，教授，我估计到你可能会有这种想法，我不应该感觉惊讶。你是以局外人的眼光来看待这件事。共济会的故事是真实的，你把它当作神话来看，是因为你没有宣誓入会，也没有理解这些事情的心理准备。”

这下兰登觉得自己被人理解了。我不是奥德修斯的水手，但我肯定“独眼巨人”是一个神话。“巴拉米先生，即使这个传说是真实的……这个金字塔也不可能是**共济会金字塔**。”

“不是吗？”巴拉米伸出一个手指抚过金字塔表面的共济会密码。“在我看来它与描述的完全吻合。一个石头金字塔，有一个闪光的金属压顶石——根据佐藤的X射线图——那正是彼得委托你保管的。”巴拉米拿出那个方形小包，在手掌中掂量。

“这个石头金字塔不到一英尺高，”兰登说。“我所听说过的这个故事的每一种版本都把**共济会金字塔**描绘得体量巨大。”

巴拉米显然对这个回答早有准备。“如你所知，这个传说中的金字塔高耸入云，以至于上帝能伸手触摸到它。”

“没错。”

“我可以看出你的困境，教授。但是，**古代奥义**和**共济会哲学**都赞美我们每个人内心潜在的上帝。从象征意义上说，你可以宣称任何达到神启境界的人……都离上帝很近。”

兰登不为这种文字游戏所动。

“即使在《圣经》中也有这样的说法，”巴拉米说。“如果我们接受《创世记》告诉我们的‘神就照着自己的形象造人’① 那番话，那么我们也必须接受这句话所暗示的——人类并不是比神低一等的造物。在《路加福音》第十七章第二十节里就有‘神的国就在你们心里’这说法。”

---

① 见《旧约·创世记》第一章第二十七节。

“对不起，但我不知道有哪一个基督徒会以为他们自己与上帝*并驾齐驱*。”

“当然不会，”巴拉米说，他的声音强硬起来。“因为大部分基督徒是以两种方式接受这一说法的。他们既想骄傲地宣称自己是《圣经》的信徒，但又对其中觉得难以理解或不方便认同的部分干脆不予理会。”

兰登没有回答。

“不管怎么样，”巴拉米说，“**共济会金字塔**的高度达到能被上帝触摸的程度，这一古老的描述长期以来导致了人们对它体量的误读。这使得你这样的学者顺水推舟地坚持把它视为一种传说，没有人再去追根问底。”

兰登低头看着那个石头金字塔。“很抱歉让你不快。”他说，“我只是一直以来都把**共济会金字塔**当作一个神话。”

“石匠们把地图刻在石头上，难道你不认为这顺理成章吗？纵观整个历史，我们最重要的引导都是刻在石头上的——包括上帝交给摩西的石板——引导人们行为的‘十诫’[①]。”

“我知道，但提到**共济会金字塔**时通常指的是*传说*。*传说*意味着那是虚构的。”

“是啊，*传说*。”巴拉米咯咯地笑了。“恐怕你遇到了和摩西同样的问题。”

“对不起，你说什么？”

巴拉米好像被逗乐了，他转过椅子抬头看着二层楼厅，那儿的十六尊雕像低头凝视着下面的他们。“你看见摩西了吗？”

兰登抬头看着图书馆里那尊著名的摩西雕像。“是的。”

“他有角。”

“我知道。”

“但你知道他*为什么*会有角吗？”

就像大部分教师一样，兰登也不喜欢被人教导。上面那层的摩西有角，就和*成千上万*基督徒想象中摩西有角的原因一样——对《出埃及记》的误译。最初的希伯来文本把摩西描绘成“karan 'ohr panav”——

---

① 见《旧约·出埃及记》第二十章第二至十七节。

"脸上的皮肤放射出光芒"——但是在罗马天主教的官方拉丁文《圣经》中，翻译者却把这句话笨拙地译成了"cornuta esset facies sua，"意思是"他的脸上长出角来"。从那以后，艺术家和雕塑家们生怕自己不能正确理解福音会遭报应，开始把摩西描绘成长角的模样。

"这只是一个错误。"兰登回答，"大约公元四百年时，圣哲罗姆[①]的误译。"

巴拉米意味深长地说："没错，一个误译。而结果是……可怜的摩西自那以后就成了现在这副奇形怪状的模样。"

"奇形怪状"倒是个不错的说法。兰登还是个孩子时，就曾被米开朗琪罗的雕塑、那个恶魔般的"长角摩西"吓坏过——那是罗马圣彼得镣铐教堂的中心装饰。

"我提到长角的摩西，"巴拉米说，"是为了说明一个单词、一个误译足以重写历史。"

你在对唱诗班讲道，兰登想，他几年前在巴黎就已经有过第一手教训了。SanGreal：Holy Grail. SangReal：Royal Blood[②].

"在**共济会金字塔**这件事上，"巴拉米继续道，"人们听到传闻说那是*传说*。这个说法就因此被敲定。**共济会金字塔**的*传说*，听上去就像个神话。但*传说*这个词其实另有所指，它一直都遭到误解。跟*宝器*这个词的情况一样。"他微笑了。"言语也能很出色地保守秘密。"

"没错，但你现在又把我给说糊涂了。"

"罗伯特，**共济会金字塔**是*地图*，跟一般的地图没什么区别，但它有一个*传说*——这是引导你去解读它的关键。"巴拉米举起那个小方包。"你看见了吗？这个尖顶石*就是*金字塔的传说。它非常关键，会告诉你怎么解读世界上最有能量的物品……这是一份揭秘地图，它能揭示人类最伟大的财富——失落的古老智慧——的藏身之处。"

兰登沉默了。

"我必须谦卑地提醒你，"巴拉米说，"你所说的高耸入云的**共济会金字塔**正是……*这个*——一块不起眼的石头，但它的尖顶石却高耸入

---

① 圣哲罗姆（Saint Jerome，347—420），早期罗马教会中学识最渊博的教父，将《圣经》希伯来文《旧约》、希腊文《新约》译成拉丁文，其译本后称通俗拉丁文本。

② 这几个单词都是"圣杯"的意思，在丹·布朗的前作《达·芬奇密码》第三十八章中有详细交待。

云，可以为上帝所触摸。高到足以让一个蒙神启示的人伸手触及。”

两人都陷入了沉默。

兰登垂下眼睛看这金字塔时，感觉到一阵意料之外的兴奋的脉动，他以一种新的眼光在看它。他的目光再次转到共济会密码上。“可是这个密码……似乎太……”

“太简单？”

兰登点点头。“几乎任何人都能破译它。”

巴拉米笑了，找出铅笔和纸递给兰登。“那么，也许你可以给我们一些启发？”

兰登看着这些密码，心里有些不安，但考虑到目前的情势，这似乎只是对彼得的一点小小的背叛。更何况，不管上面刻的是什么，他都不能想象那就能够揭开一个秘密的藏宝地点……更不用说有史以来最宝贵的财富了。

兰登从巴拉米手里接过活动铅笔，用下巴把笔芯顶出来，开始研究那些密码文字。密码实在太简单了，他几乎不需要笔和纸。不过，他想要保证准确无误，于是他拿起铅笔在纸上写下共济会密码中最普通的解码密钥。这个解码密钥由四个字母格组成——两个不带点字母格和两个带点字母格——按顺序一一填入字母。字母表里每一个字母现在都按顺序被塞进一个独具形状的栏位。这样，每一个字母所占栏位的形状就成为与字母对应的符号。

这种体系实在太简单了，几乎就是幼儿级水平。

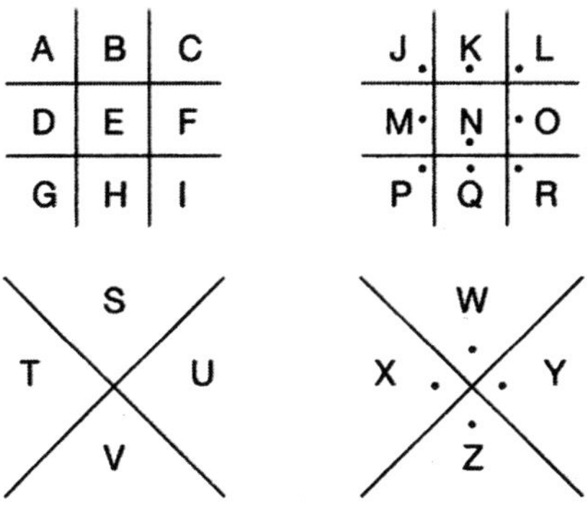

兰登再次检查了一下他写下的东西。自信这个解码密钥准确无误

了，然后把注意力转向金字塔上的密码。为了破解这个密码，他所要做的就是找到与解码密钥相匹配的形状，把字母替换进去。

金字塔铭文的第一个符号看上去像一个朝下的箭头，或者是一个大酒杯。兰登很快在解码密钥中找到了这个酒杯形状的字母位置。就是左下角那个 V 形栏位里的字母 S。

兰登写下了 S。

接下来的符号是一个带点的缺了右边一竖的方框。这个符号就是解码密钥字母格中的 O。

他写下了 O。

第三个符号是一个没有点的方框，那就是字母格中的 E。

兰登写下了 E。

S O E ……

他一路继续下去，很快就找齐了所有符号的对应字母。可是，当他垂目瞪视着已经完成的工作时，却发出了一声迷惑的叹息。*这可不能称作一个“尤里卡时刻”*①*啊*。

巴拉米脸上浮现出一丝微笑。“你知道，教授，**古代奥义**是为真正有悟性的人保留的。”

“没错，”兰登皱着眉头说。*显然，我不够格*。

① 尤里卡时刻（Eureka moment），来自希腊语：阿基米德每有灵光一闪的重大发现时，他都会大喊一声：“Eureka（我找到了）！”

第 50 章

在位于弗吉尼亚州兰利的中央情报局总部一个隐蔽的地下室里，同样的十六个共济会密码在高分辨率电脑屏幕上明亮地闪烁着。安全部高级分析员诺拉·凯独自坐在那儿，研究着她的上司佐藤井上十分钟前用电邮发给她的这个图像。

这是个玩笑吗？诺拉当然知道不是，佐藤部长压根不是一个有幽默感的人，今晚发生的事件绝对不是个玩笑。诺拉在拥有全视目光的中情局安全部享有很高的安全级别，可以查看机密文件，这使她能够看到这个世界上所有权力之下不可告人的隐蔽世界。然而在刚刚过去的二十四小时内，诺拉见证的事情却永久性地改变了她关于有权势的人们究竟掌握了怎样的秘密的想法。

“是的，夫人，”诺拉把电话听筒挟在肩上对佐藤说，“这组铭文确实是共济会的密码。可是译出来的字母没有意义。像是一组随机字母。”她低头看着自己的译码。

S	O	E	U
A	T	U	N
C	S	A	S
V	U	N	J

“它肯定有什么含义。”佐藤坚持道。

“除非它还有我不知道的第二层加密术。”

“能猜一下吗？”佐藤问。

“这是一个字母矩阵，所以，我可以用常规方法试试看——维吉尼亚密码、栅格密码、网格密码，等等——但不能保证可以解开，尤其如果它是采用一次性编码编写的。”

“尽你所能吧。要快。X 射线图像的事怎么样？”

诺拉把椅子旋向另一套系统，那里有一个标准的 X 射线透视的背包显影。佐藤要知道背包里一个方盒内看似小金字塔的信息。一般来说，这个两英寸高的小物件不会和国家安全有关，除非它是用浓缩钚做成的。但这东西不是。不过它的材质也相当令人惊讶。

“图像密度的分析已经有结论了。”诺拉说，“每立方厘米十九点三克。是纯金的，非常非常贵重。”

“还有别的吗？”

“确切来说，是的。密度扫描在金字塔表面触及到一些细小的不规则面。显示金子表面刻有文字。”

“真的吗？”佐藤的声音透露着希望。“说些什么？”

“我还说不上来。铭文相当模糊。我正在尝试用滤镜放大，但是X射线的图像分辨不是很好。”

“好的，继续。一旦有发现就打电话给我。”

“好的，夫人。”

“还有，诺拉，”佐藤转为警告的口气，“你在过去二十四小时得到的有关石头金字塔的图像和纯金尖顶石的信息，必须列入最高机密。你不能向任何人咨询这事儿。有情况直接向我报告。这一点必须明确。”

“没问题，夫人。”

“很好。有消息请通知我。”佐藤挂断了电话。

诺拉揉了揉眼睛，视线有些模糊地看回电脑屏幕。她已经三十六个小时没睡觉了，她知道得很清楚，除非这次危机有个了断，否则她就别想休息。

不管是怎样的了断。

回到国会大厦访客中心，四名身穿黑野战服的中情局特种兵站在地道入口，虎视眈眈地盯着灯光昏暗的通道深处，像是一群急于追捕的猎狗。

佐藤走过来，她刚打完一通手机。“先生们，”她说，手里仍拿着建筑师的钥匙，“对这次任务的要求你们清楚了吗？”

“明白，”那个领头的探员回答。“我们有两个目标。第一个是那块刻着字符的金字塔，将近一英尺高。第二个是那个方形小包，大约两英寸高。两样东西最后被发现是在罗伯特·兰登肩上背着的包里。”

“正确，”佐藤说，“这两个物品必须完好无损地尽快追回。还有什么问题？”

“允许使用武力吗？”

佐藤被巴拉米击伤的肩胛骨还在一阵阵作痛。“我说过，追回这两件物品至关重要。”

“明白。”四个人转身走进地道的黑暗中。

佐藤点起一支香烟看着他们远去。

第51章

凯瑟琳·所罗门一向是个谨慎的驾驶者，但这会儿她的沃尔沃却以九十多码的速度没命地朝着苏特兰林荫大道冲去。她颤抖的脚一直踩在油门踏板上，整整一英里后，惊惶失措的情绪才开始慢慢平息下来。此时她意识到自己无法控制的颤抖不完全是因为恐惧。

我要冻僵了。

冬天的寒风刮进破碎的车窗，感觉简直像是从北极圈吹来的风吹打在她的身上。她只穿了袜子的双脚都冻麻木了，她伸手往下摸索备用鞋，平时总是搁在副驾驶座底下的那双。低头时，脖子上的扭伤突然一阵拉扯般的剧痛，刚才一只强健有力的手曾死死地卡在她项颈上。

这个砸破车窗的家伙，与凯瑟琳认识的那个一头金发的克里斯多弗·阿贝当医生没有丝毫相像之处。那头茂密的头发、光滑的棕褐色肌肤都不见了。他剃光了脑袋，赤裸着胸膛，被抓破了妆容的脸上显露出织锦般的可怕刺青。

凯瑟琳又听见了他的声音。从砸破的车窗外随着寒风悄声传来。*凯瑟琳，我本该在十年前就杀掉你……就是我杀死你母亲的那天晚上。*

凯瑟琳颤抖了一下，毫无疑问，*就是他*。她永远都不会忘记他眼里恶魔般残忍的神情，也不会忘记她哥哥的那一声枪响，那一枪原本应该已经杀了他，把他从高处击入冰冻的河里，他沉入冰层中再也没有浮起来。警探搜寻了好几个星期，却没有找到他的尸体，后来，他们认定他已经被水流冲到切萨皮克湾去了。

他们弄错了，她现在明白。*他还活着。*

他又回来了。

回忆往事，凯瑟琳又陷入疑惧之中。那恰好就是十年前发生的事儿。圣诞节。凯瑟琳、彼得、他们的母亲——她的全部家庭成员——聚集在波托马克的大宅里，那片建筑的占地面积为两百英亩，坐落在有一条小河流经的私家树林里。

他们的母亲按老习惯在厨房里忙碌着，开心地为两个孩子准备节日家宴。即便已是七十五岁的高龄，伊莎贝拉·所罗门仍精于厨艺。这天晚上，满屋子都是烤鹿肉、萝卜肉汁、大蒜酱土豆的香气，让人闻着就想流口水。在母亲准备家宴时，凯瑟琳和哥哥坐在暖房里聊着她最近为之着迷的事情——一门名为“意念科学”的学问。意念科学不可思议地把现代粒子物理学和古代神秘主义熔于一炉，彻底激发了凯瑟琳的想象力。

物理学遭遇哲学。

凯瑟琳告诉彼得，她一直想做一些这方面的实验，也从他的眼里看出了被激发的强烈兴趣。凯瑟琳很高兴能在这个圣诞节里给哥哥一些积极的鼓舞，因为这个节日在他们家中已成了一个可怕的悲剧提醒日。

彼得的儿子，扎伽利。

凯瑟琳侄子的二十一岁生日也是他的最后一个生日。这个家庭经历过一场噩梦，而她的哥哥直到最近才似乎重新开始露出笑容。

扎伽利成熟较晚，他意志薄弱而又笨拙，却又是一个反叛性十足的愤怒青少年。这个男孩无视优裕的家境与加诸他的宠爱，执意要和所罗门家族决裂。他被一家私立高中开除，跟一帮出名的坏孩子鬼混在一起，避开父母严格而又慈爱的苦心教导。

他伤透了彼得的心。

在扎伽利十八岁生日快到来时，凯瑟琳和母亲、哥哥坐在一起，听他们争论一件事：在扎伽利变得更成熟之前，是否应该让他得到那份家族继承权。所罗门家族有一个延续几世纪之久的传统，即每一个所罗门家族的孩子都会在十八岁生日时得到一份数额相当惊人的财产。因为他们家的人相信，人生起步之初的馈赠比晚岁的获得更有意义。更何况，把一大笔所罗门的财富交给意气风发的年轻继承者，正是家族财富得以持续增长的关键。

可是，在扎伽利的问题上，凯瑟琳的母亲认为把一大笔钱交到彼得这个尽惹是生非的儿子手里非常危险。彼得不同意。“所罗门的财产传承是一项不可动摇的家族传统。这笔钱也许会是一个良好的动力，促使扎伽利变得更有责任感。”

不幸的是，她哥哥错了。

一俟大笔财产到手，扎伽利立马离家出走，家里他的所有物品一样都没带走。几个月后他再次露面，是在那些小报的花边新闻栏里：**口含金匙的花花公子在欧洲穷奢极侈**。

那些小报乐此不疲地刊载了扎伽利的放荡奢侈。游艇上的狂野派对、喝得烂醉恍惚中大跳迪斯科的照片已经让所罗门家族难以接受，但当报纸报道扎迦利在东欧携带可卡因过海关被逮捕时，这个任性少年的照片让他们由悲哀转向恐惧——大阔佬所罗门在土耳其锒铛入狱。

他们得知，那个监狱名叫索根立克——属于F级的极为严酷的羁押中心，位于伊斯坦布尔郊外的卡尔塔区。彼得·所罗门对儿子的安全感到害怕，亲自飞去土耳其想把他带回来。结果，凯瑟琳这位近乎发狂的哥哥却是空手而返，甚至都没被准许让他见上扎伽利一面。惟一让人感到有点希望的消息是，由于所罗门的人脉关系，美国国务院正在着手尽快将他引渡回国。

但两天后，彼得接到一个可怕的国际长途电话。第二天早上，报纸的标题是：**所罗门家族继承人在狱中被谋杀。**

那张摄自监狱内的照片非常可怕，媒体也无情地大肆渲染，甚至一直延续到所罗门家族的私人葬礼结束后很久。彼得的妻子不肯原谅他未能让扎伽利获释，他们的婚姻六个月后解体。彼得从那以后就一直单身。

几年以后，凯瑟琳、彼得和他们的母亲伊莎贝尔才能一起平静地过圣诞节。痛楚依然存在，但随着时间的推移慢慢消减了。母亲在厨房准备家宴时，锅碗瓢盆发出令人愉悦的叮当声。凯瑟琳和彼得坐在暖房里吃着烤软乳酪，享受着轻松的假日聊天。

这时，冷不丁的，他们身后响起一个声音。

“嗨，所罗门一家子。”那个轻飘飘的声音说。

凯瑟琳和她哥哥大吃一惊，转过身去，看见一个肌肉发达、身材魁伟的家伙进了暖房。那人头上的黑色滑雪面罩遮住了整个面孔，只露出一双眼睛，闪着野性和凶残的目光。

彼得马上站起来。“你是谁？！你怎么进来的？”

“我和你的小男孩扎伽利是在监狱里认识的，他把藏大门钥匙的地方告诉了我，”那陌生人举着一把旧钥匙，像野兽一样狞笑着，“在我拿棍子打死他之前。”

彼得的嘴巴愕然大张。

一把手枪突然出现，指着彼得的胸膛。“坐下。”

彼得坐回到椅子上。

这家伙走进来时，凯瑟琳吓呆了。他露在面罩外的那双眼睛就像一头暴怒的野兽。

“嗨！”彼得大喊一声，想要提醒厨房里的母亲。“不管你是什么人，拿上你要的东西赶快出去吧！”

这人举枪对准彼得的胸膛。“你以为我要什么？”

“告诉我你要多少吧。”所罗门说，“我们一般不会把钱搁在家里，但我可以——”

这恶魔大笑起来。“别来侮辱我。我来这儿不是为了钱。我是为了扎伽利的其他继承权。”他露齿而笑。“他把金字塔的事儿告诉我了。”

金字塔？凯瑟琳又迷惑又恐惧。**什么金字塔**？

他的哥哥倨傲地说：“我不知道你在说什么。”

“别想来耍我！扎伽利告诉我你把它藏在书房的保险柜里。我要这个，马上。”

“不管扎伽利对你说过什么，他肯定是糊涂了。”彼得说，“我听不懂你的话！”

“不知道？”这个入侵者转身把枪对准凯瑟琳的脸。“现在呢？”

彼得的眼睛充满了恐惧。“你一定要相信我！我不知道你要的是什么！”

“再对我撒一次谎。”他说着，仍把枪对准凯瑟琳。“我发誓我会把她从你这儿带走。”他笑了。“扎伽利说过，你这小妹妹比你任何东西都宝贵——”

“怎么回事？”凯瑟琳的母亲大喊一声冲进了屋子，手里拿着彼得的勃朗宁奇托利猎枪——正对着这人的胸膛。入侵者转身向她，愤怒的七十五岁老太太毫不犹豫地开了火，屋子里响起震耳欲聋的枪声。入侵者踉跄地后退一步，手中的枪发疯似的向四面八方射开去，他跌倒时击碎的玻璃纷纷落地，他随即奋力冲出玻璃门，手枪掉落在地上。

彼得马上俯身捡起手枪。凯瑟琳倒在地上，所罗门太太冲过去，跪在她身边。“我的天啊！你受伤了吗？”

凯瑟琳摇摇头，震惊得一句话都说不出来了。破碎的玻璃门外，那个蒙面人爬起来向树林跑去，一边跑一边用手捂着身体一侧。彼得·所罗门回头看了一眼母亲和凯瑟琳都没事，便攥着手枪飞奔着去追赶入侵者。

凯瑟琳的母亲举着手，浑身颤抖。“感谢上帝，你们都没事。”接着，母亲倏地后退一步。“凯瑟琳，你在流血！有血！你受伤了！”

凯瑟琳看见了血。许多血。全身都是。但她没有一点痛的感觉。

母亲狂乱地查看凯瑟琳全身，想找到伤口。“伤在哪儿？”

“妈妈，我不知道，我没觉得疼！”

凯瑟琳发现了血的来源，她顿时冰冷。“妈妈，不是我……”她指着母亲白缎子衣服的一侧，血还在往外涌，一个绽开的小创口清晰可见。她母亲低头看了一眼，好像更迷惑了。突然她身子往后一缩，像是刚刚才被疼痛击中。

“凯瑟琳？”她的声音很镇定，却陡然传达出七十五岁的苍老和疲惫。“我要你赶快去叫辆救护车。”

凯瑟琳跑到厅堂里去打电话。当她回到暖房时，发现母亲一动不动地躺在地上，身下一大摊血。她跑到母亲身边蹲下来，把母亲的身体抱在怀里。

不知过了多长时间，凯瑟琳听到远处树林里传来一声枪响。最后，暖房的门猛地打开，她哥哥彼得神色疯狂地冲进来，枪还握在手上。他看见哭泣着的凯瑟琳怀里毫无生气的母亲，他的脸痛苦地扭成一团。凯瑟琳·所罗门永远都不会忘记那一声回响在整个暖房里的叫喊。

第 52 章

迈拉克转身绕过一幢建筑物飞快地跑向第五舱室敞开的备用门，这时他感到文着刺青的背上一条条肌肉迎风鼓凸。

我必须进入她的实验室。

凯瑟琳的逃跑不在他的预料中……这很麻烦。现在，她不仅知道迈拉克的住处，还知道了他的真实身份……他就是十年前闯入她家里的那个人。

迈拉克也没有忘记那个夜晚。他离那座金字塔只在咫尺之遥，但命运挫败了他。*我还没有准备好*。但现在他已经准备好了。更有能量，更有影响力。他在为这次回归所做的准备中经受了难以想象的艰苦磨砺。今天晚上，迈拉克要最终一举完成他的使命。他确信当夜晚过去，黎明到来之前，他一定会凝视着凯瑟琳·所罗门临终的眼神。

迈拉克跑到备用门那儿时，已说服自己相信：凯瑟琳没有真正逃跑、只是在照例拖延时间而已。他迅速走进大门，自信地大步走在黑暗中，直至脚下踩到了地毯。然后，他转向右边朝着“立方体”走去。第五舱室入口处的敲门声听不见了，迈拉克猜测那个警卫正在设法取出他刚才塞进钥匙槽使其失灵的那枚硬币。

当迈拉克走到进入“立方体”的门口时，他把翠西的钥匙卡插进外门的电子键区。那块电子板亮了。他输入了翠西的个人识别码，进入里面。“立方体”里灯火通明，走进那个无菌空间，他眯缝起眼睛打量令人眼花缭乱的设备。迈拉克对技术不是门外汉，他在自己家里的地下室就做过那套科学实验，昨晚有些实验已见成效。

真相。

彼得·所罗门独一无二的窘境——孤身落入两难之间的陷阱——把人类所有的秘密都曝光了。*我能洞穿他的灵魂*。迈拉克已经确知了他料到的一些秘密，但还有一些他不知道，包括凯瑟琳的实验室，以及她那些令人震惊的发现。*科学正在接近真相*，迈拉克意识到。*我不能允许它为那些不具备资格的人照亮道路*。

凯瑟琳在这里的工作开始运用现代科学去解开古代的哲学问题。*有人听见我们的祷告吗？死后有生命吗？人类有灵魂吗？*令人难以置信的是，凯瑟琳已经回答了所有这些问题，而且比这更多。以科学的方式，且有了定论。她使用的方法是无可辩驳的。即便最持怀疑态度的人也会被她的实验数据说服。如果这些信息公之于众并使人信服，人类的整个意识就会发生根本性的改变。*他们将找到自己的路*。迈拉克今晚在变身之前的最后一项使命，就是确保这样的事情不会发生。

在实验室里穿行时，迈拉克发现了彼得告诉过他的数据室。透过厚厚的玻璃墙，他看到了两台全息数据储存设备。*就像他说的完全一样。*迈拉克很难想象这些小匣子能够改变人类发展的轨迹，但在所有的催化剂中，真相是最有效的。

看着全息数据储存设备，迈拉克拿出翠西的钥匙卡插入门上的电子键区，让他吃惊的是，键板没亮。显然，翠西·唐纳没有进入这个房间的权限。此刻他摸到了凯瑟琳工作服口袋里的钥匙卡。插入这张卡后，键板亮了。

迈拉克有一个问题。*我根本不可能知道凯瑟琳的个人识别码。*他试了一下翠西的个人识别码，没有用。他抚摸着下巴，回到三英寸厚的树脂玻璃门那儿仔细琢磨起来。他知道，即便用斧子也无法破门而入去把那些设备毁掉。

但迈拉克已经想好了怎么处理这个意外事故。

在能源供应室里，正如彼得描述过的，迈拉克找到了那个架子，架子上装着几个颇似水下呼吸器的大金属罐。罐上标着字母 LH，数字 2，以及通常用于标识可燃物的符号。其中一个大罐联接着实验室的氢燃料室。

迈拉克留下一个罐子继续联接着，他小心翼翼地搬出其中一个备用罐放到架子旁边的移动推车上，然后推着它走出能源供应室，穿过实验室，来到全息数据储存室的树脂玻璃门前。尽管这个地方密封得相当完好，但他还是注意到厚重的树脂玻璃门有一个薄弱环节——地面和门框之间的那道罅隙。

他小心地把罐子横过来，从门下的缝隙塞入橡胶管，卸下安全密封器和找到汽缸阀门费了他一些工夫，尽管动作很轻，他最终还是拧开了阀门。他透过树脂玻璃清楚地看见冒着泡的液体开始从管子里流出，在数据室的地板上流淌。迈拉克看着这片水洼越来越大，渗过地板，冒起了泡沫和蒸汽。氢气只有在冷冻的条件下才能保持液态，当温度升高时，它就开始蒸腾为气态，比液态更加易燃。

别忘了兴登堡[①]。

---

① 兴登堡（Hindenburg），指一九三七年德国飞艇“兴登堡”号访问美国时，在新泽西上空因氢燃料爆炸而机毁人亡的事件。

现在，迈拉克急忙跑进实验室，找到耐热材料罐贮装的本生灯[1]燃料——一种黏稠的高度易燃物，而呈油状时却非常安全。他拿着那罐东西来到树脂玻璃门边，很高兴地看到小罐里的液态氢还在往外泄漏，数据室的整个地面都是沸腾的液体泡沫，地面的支架上就是那两组全息数据储存设备。液态氢开始转为气体，白蒙蒙的烟雾从沸腾着的小水洼中升腾起来……飘满了狭小的空间。

迈拉克举起本生灯燃料罐往氢气罐、橡胶管和门下的隙缝里都适量喷洒了一些。然后，他非常小心地倒退着离开实验室，一边走一边在地面上洒下一道不间断的油迹。

华盛顿特区处理 911 报警电话的接线员，今晚出乎意料地忙个不停。*橄榄球赛，啤酒，还有满月之夜*，她正这么想着，又一个紧急电话显示在屏幕上，那是阿纳卡斯蒂亚苏特兰林荫道一个加油站的付费电话。*没准是交通事故*。

“911 报警中心，”她回应道。“你有什么紧急情况？”

“我刚才在史密森博物馆支持中心遭到了袭击，”一个惊慌失措的女人说，“请派警察过来！银山路 4210 号！”

“好的，请说慢点，”接线员说，“你需要——”

“我需要你再派警察到卡洛拉马高地去，我认为我哥哥被绑架了！”

接线员叹了口气。*唉，满月之夜*。

第 53 章

“这正是我想告诉你的，”巴拉米对兰登说，“这个金字塔还另有玄机。”

显然是这么回事。兰登不得不承认，这个立在松开拉链的背包里的石头金字塔，这会儿看来更神秘了。他对共济会密码的破译似乎只是提供了一组毫无意义的字母格。

---

① 本生灯（Bunsen-burner），一种实验室用的煤气灯。

混沌。

S	O	E	U
A	T	U	N
C	S	A	S
V	U	N	J

兰登对着这字母格研究了好长时间，思忖着这些字母中隐含的意义——隐藏的单词、颠倒的排列顺序、其他任何线索——却一无所获。

“**共济会金字塔**，”巴拉米解释道，“据说是将秘密守护在多层遮蔽物之下。每当你揭开一道帘幕，就会面对另一道帘幕。你已经破译了这些字母，但它们什么都没有告诉你，你得再卸下另一层密饰。当然，据说拥有尖顶石的人才可能知道这种破解方法。那个*尖顶石*，我猜上面也是有铭文的，可以告诉你怎样破译金字塔。”

兰登看了一眼桌上的方形小包。听了巴拉米的话，他现在明白了尖顶石和金字塔是“分割式密码”——一套密码分成几个部分。现代编码术一直都在使用分割式密码，尽管这种保密术起源于古希腊。古希腊人想要保存秘密信息时，就把它刻在一块黏土简片上，然后把简片分成几块，每一块简片都分别藏于不同地点。只有当所有的简片集拢到一起时，密码才能破解。这种镌有文字的简片——被称作“表记”（symbolon）——就是现代单词“符号”（symbol）的起源。

“罗伯特，”巴拉米说，“这个金字塔和尖顶石世代以来一直都被分开保管，就是为了确保这个秘密的安全性。”他的声音变得沮丧起来。“但是今天晚上，这些分开的部分已经很危险地集中到一起了。我相信我不必说这……但我们的责任是确保这个金字塔不要被完整合成。”

兰登觉得巴拉米戏剧化的表情和声音似乎有点过于夸张。*他是在说尖顶石和金字塔……还是在说引爆雷管和原子弹？*他还是不能完全接受巴拉米的说辞，但这好像不是问题的症结。“就算这是**共济会金字塔**，就算这上面的铭文揭示了古代智慧的秘密隐藏处，那么，这种智慧怎么来赋予传说中所言的力量呢？”

“彼得一直说你是个很难说服的人——一个相信实证甚至推断的学者。”

“你的意思是你**确实**相信这个？”兰登问道，他有些不耐烦了。“我得恭敬地说你是一个受过良好教育的现代人，你怎么会相信这种事呢？”

巴拉米露出一个耐心的微笑。“共济会的技能使我对超越了人类认知能力的事物深怀敬意。我学会了永不拒绝任何一种思想，哪怕它看似不可思议。”

第54章

在SMSC外围巡逻的一名警卫沿着建筑物外围的砂砾通道一路飞跑。他刚才接到里面警卫的一个电话，说第五舱室的电子键区被人破坏了，而且，一个保安监控灯显示第五舱室的备用门现在大开着。

到底出了什么事？

当他跑到备用门前时，确实看见那扇门敞开了两三英尺。**怪事**，他想。**这门只能从里面打开的**。他从皮带上摘下手电筒向黑漆漆的舱室里照去。什么也没有。他也没打算进到里面去探个究竟，只是把脚跨进了门，手电筒扫过敞开的空间，先是扫左边，然后——

一双强壮有力的手抓住他的手腕把他拖进了黑暗中。警卫觉得自己似乎被一股无形的力量扭转了身子。他闻到一股乙醇气味。手电筒飞了出去，还没等他弄明白怎么回事，一记重拳就像石块般砸在了他的胸口。警卫倒在水泥地上……痛苦地呻吟着，一个高大的黑影离开了他。

这名警卫侧身躺在地上，大口喘着气，艰难地呼吸着。他的手电筒横在旁边，光柱照出地板上一个看上去像是金属罐的东西。那罐子的标签说明那是本生灯燃料。

打火机一亮，橘色的火焰映出了一个几乎不像人形的影子。**耶稣基督啊！**警卫几乎没法看清楚眼前的一切，那赤裸上身的人影已经跪下身子把火苗凑向地面。

一条火带迅速离开他们蹿向寂寥的空间。警卫不知所措地回头张望时，这人影已经跃出备用门跑进黑暗之中。

警卫挣扎着坐起来，皱着眉头强忍疼痛，目光追随着那条火带。**这**

究竟是搞什么名堂?!火苗似乎很微弱，难以造成什么威胁，但这会儿，他意识到一桩绝对可怕的事儿就要发生了。火苗不仅是照亮了空漠的黑暗，还一路蹿向后墙。此刻，火光映红了一个宏伟的空心砖砌成的建筑物。这名警卫从未获准进入过第五舱室，但他很清楚这幢建筑物是什么。

“立方体”。

凯瑟琳·所罗门的实验室。

火光顺着一条线径直冲向实验室外门。警卫爬起来，他非常清楚这条油火线如果从实验室门底下钻进去会有什么后果……立即把里面点燃。但他转身想奔出门去寻找救援时，他感到一股出其不意的气体冲向他。

顷刻间，整个第五舱室都笼罩在火光之中。

这名警卫从没见过这种场景，只见氢气火球冲天而起，将第五舱室屋顶掀上几百英尺高空的情形了。他也没见过像暴雨般从天而降的大量碎片，那是炸飞的钛网、电子设备什么的，还有全息储存设备上熔解的硅片。

凯瑟琳·所罗门驱车向北行驶时，突然在后视镜里看到了火光。一声闷雷似的巨响穿过黑夜传到耳边，让她心惊肉跳。

是爆竹吗？她不知道。红皮队赢了上半场？

她重新把注意力集中在道路上，但她还想着刚才在荒凉的加油站打的那个911紧急电话。

凯瑟琳确信911接线员已经派警察去SMSC调查文身闯入者了，凯瑟琳祈祷他们能够找到她的助手翠西。此外，她还急切地催促接线员派人去卡洛拉马高地阿贝当医生的住址查看一下，她觉得彼得可能被关在那个地方。

不幸的是，凯瑟琳没法记下罗伯特·兰登来电时没有显示的手机号码，因而，她现在似乎别无选择，只能快速赶往国会图书馆，兰登说过他会去那儿。

阿贝当医生可怕的真实身份的暴露改变了一切。凯瑟琳不知道该相信什么了。她只知道多年前杀死她母亲和侄儿的人，现在又绑架了她的哥哥，还要来杀她。这个疯子是谁？他想要什么？惟一合理的答案却又说不通。金字塔？同样让她困惑的是，为什么这家伙今晚要来她的实验室？如果他想伤害她，为何今天早些时候不干脆就在他自己家里动手？却要自找麻烦发来短信，还冒险闯入她的实验室？

后视镜里的火光越来越亮，最初的闪光之后是一个出人意料的景象——凯瑟琳看见一团橘色的火球蹿出林际线冲上天空。这到底是什么？火球伴随着黑色的浓烟……根本不在红皮队的主场馆附近。她不知所措地想弄明白树林那边究竟是哪家工厂爆炸了……就在路的东南面。

突然，就像撞上一辆迎面驶来的卡车一般，她一下子明白了。

第55章

沃伦·巴拉米急切地拨弄着手机按键，再次试着联系能够帮助他们的人，不管那会是谁。

兰登看着巴拉米，但他的思绪还在彼得那儿，一心想着怎样才能找到他。解开这个密码，彼得的绑架者命令道，它会告诉你人类最伟大的财富的隐藏之处——我们一起去……完成我们的交易。

巴拉米放下电话，皱起眉头。还是没有应答。

“这我就不能理解了，”兰登说。“就算我可以在某种程度上接受秘密智慧的存在……这个金字塔是引向一个地下藏宝处……可我要找的是什么呢？一个墓穴？一个地堡？”

巴拉米静静地坐了很长时间，然后发出一声不情愿的叹息说：“罗伯特，根据我这些年来所了解的，这金字塔是指向一个旋形楼梯的入口。”

“楼梯？”

“没错。这个楼梯通往地下……有好几百英尺深。”

兰登几乎不能相信自己听到的话。他向前凑了凑。

“我听说，古代智慧是被埋在地下深处的。”

罗伯特·兰登站起来，开始走来走去。一段旋形楼梯通往地下几百英尺……在华盛顿特区。“没人见过那个楼梯？”

“据说这个入口被一块巨石封住了。”

兰登叹了口气。这种坟墓被石头封住的想法正是出自《圣经》中对耶稣坟墓的描述。如果要追溯这一想法的源起，出处就在这里。“沃伦，**你**相信那个通往地下的神秘楼梯真的存在？”

“我从未亲眼见过，但一些年长的共济会兄弟发誓说它肯定存在。我刚刚打电话要找的正是他们当中的一个人。”

兰登还在踱步，不知道该怎么说。

“罗伯特，你给我出了一个关于金字塔的难题了。”沃伦·巴拉米的目光在阅览室柔和的灯光下变得严峻起来。“我知道无法**强迫**一个人去相信他不愿相信的东西。但我希望你能理解自己对彼得·所罗门的责任。”

*是的，我有责任帮助他。*兰登想。

“我不是要你相信这个金字塔能够揭示的力量。也不需要你相信那个引向秘密的楼梯的存在。但是，我需要你相信你从道义上有责任保护这个秘密……不管是什么秘密。”巴拉米指着那个方形小包说。“彼得委托你保管这个尖顶石，因为他信任你会尊重他的意愿保守秘密。现在，你必须这么做，哪怕可能要牺牲彼得的生命。”

兰登突然停住了踱步，转过身来。“你说什么？”

巴拉米仍坐在那儿，表情痛苦而坚定。“这就是他想要的。你要忘了彼得，他已经走了。彼得完成了他的工作，尽最大努力保护了金字塔。现在，我们的工作是确保他的努力不会白费。”

“我不相信你会说这话！”兰登怒气冲冲地大喊道。“就算这个金字塔完全像你说的那样，彼得是你共济会的兄弟，你发过誓要保护他胜过保护一切，甚至包括你的国家！”

“不，罗伯特。一个共济会会员保护他的兄弟须胜过保护一切……只除了一件事——我们兄弟会为了全体人类而保护的最高机密……不管我是否相信失落的智慧具有历史上所暗示的潜能，我发过誓要保护它不被那些不配拥有它的人占有。而我也不能把它用来交换任何人——即使是彼得·所罗门的生命。”

“我认识很多共济会会员，”兰登愤怒地说，“包括最高等级的，我绝对肯定这些人不会发誓为了什么石头金字塔而牺牲他们的生命。我也绝对肯定，他们没有人会相信有这么一个引向地心深处藏宝之处的楼梯。”

“圈子里面还有圈子，罗伯特，不是每一个人都知道每一件事的。”

兰登吸了一口气，想控制自己的情绪。与其他人一样，他也听说过共济会内部还有精英小圈子的传言。不管它是不是真的，都与当前的情况没有关系。“沃伦，如果这个金字塔和尖顶石真的能揭示共济会的终极秘密，那为什么彼得把我给扯了进来？我甚至都不是你们的兄弟……更别提什么内部的小圈子了。”

“我知道，我猜到了彼得挑选你来保护它的原因。这个金字塔一直是许多人的目标，包括那些渗透到我们兄弟当中的怀有不良动机的人。彼得把选择的目光挪到共济会之外，是一个聪明的决定。”

“你早就知道我有这个尖顶石？”兰登问。

“不。如果彼得把这事告诉过别人，那也只能是一个人。”巴拉米抽出手机重新拨打电话。“到目前为止，我还是联系不上他。”他发了一条语音问候短信，挂了电话。“唔，罗伯特，看来眼下你我要依靠我们自己了。我们要作一个决定。”

兰登看见他的米老鼠表指向晚上九点四十二分。“你要知道，彼得的绑架者正等着我今晚破译这个金字塔密码并把结果告诉他。”

巴拉米皱起了眉头。“历史上有许多伟大人物都为保护**古代奥义**做出了巨大的牺牲。你我也必须如此。”他站起身。“我们该走了。佐藤迟早会找到我们。”

“凯瑟琳怎么办？！”兰登问，他不想离开。“我联系不上她，她又不回电话。”

“肯定发生了什么事儿。”

“但我们不能扔下她不管！”

“忘了凯瑟琳！”巴拉米说，他的语气现在是命令式的。“忘了彼得！忘了每一个人！你难道还不理解？罗伯特，你被委以的责任比我们所有的人都更重要——你、彼得、凯瑟琳，还有我自己。”他眼睛紧盯着兰登。“我们需要找到一个安全之处，藏好这个金字塔和尖顶石，让它们远离——”

一声金属撞击的回响从大厅传来。

巴拉米转过身，眼里充满惊恐。“来得真快。”

兰登转向门口。响声显然是巴拉米顶住通道门那把梯子上的金属桶被撞落时发出的。*他们正朝我们逼近。*

接着，又传来出其不意的撞击声。

又是一声。

又是一声。

流浪汉坐在国会图书馆门前的长椅上，揉揉眼睛望着眼前的场景。

一辆白色沃尔沃冲上路口，穿过无人行走的人行道，随着刹车的一声尖叫，车在图书馆主入口处停了下来。一个黑头发的漂亮女人跳下车四处看了一圈，发现那个流浪汉，大声喊问："你有手机吗？"

女士，我穷得叮当响。

那位女士显然也意识到了，她冲上通向图书馆主入口处的台阶，走到门口时，她拽着门把手拼命想打开巨大的三扇门中的一扇。

图书馆关门了，女士。

可这女人似乎不肯罢休，她抓住一个沉重的门环，使劲往后一扯，又重重地撞击在门上。她撞了一下又一下，一下又一下。

*哇哦，*这个流浪汉想，*她一定是真的很需要一本书。*

第56章

最后，凯瑟琳终于看见图书馆巨大的铜门打开了，她所有的情绪就像开了闸的洪水一般迸发了。今天晚上，她所遭受的一切恐惧和困惑都喷涌而出。

站在图书馆门口的是沃伦·巴拉米，他哥哥的密友。但巴拉米身后的那个人才是凯瑟琳最想见到的。这种情感显然是双向的。罗伯特·兰登一看见冲进门来……径直扑向他怀抱的她，眼里也马上露出如释重负的神色。

凯瑟琳扑向老朋友安慰的怀抱时，巴拉米关上了前门。她听到沉重的锁在身后"咔嗒"一声落下，感到自己终于安全了。眼泪不由自主地涌了上来，但她竭力克制着。

兰登抱着她。"好啦，"他悄声说。"你没事啦。"

*因为你救了我，*凯瑟琳想对他说。*他毁了我的实验室……我的所有*

成果。多年来的研究……全都灰飞烟灭了。她想把一切都告诉他，可她现在只有喘气的份儿。

“我们会找到彼得的。”兰登深沉的声音震荡在她胸前，给了她很大安慰。“我保证。”

我知道是谁干的！凯瑟琳想大叫。就是那个杀了我母亲和侄子的人！还没等她开口，一个声音突然打破了图书馆的静谧。

这声响亮的金属撞击声来自他们底下门厅的楼梯井——好像一个巨大的金属物件砸到了瓷砖地上。凯瑟琳感到兰登的肌肉立马绷紧了。

巴拉米向前走去，脸上的表情很可怕。“我们要离开这里，马上。”

凯瑟琳不明就里地跟着巴拉米和兰登匆匆穿过大厅，朝图书馆著名的阅览室走去，那里还亮着灯。巴拉米迅速锁上两道门，先是外门，再是内门。

凯瑟琳晕眩地跟着他们两人走到房间中央。三人来到阅览桌灯光底下的皮背包面前。包旁边有一个方形小包，巴拉米迅速抓起它，放进包里，还有那个——

凯瑟琳突然愣住。金字塔？

尽管她从未见过这个镌有铭文的石头金字塔，却一眼认出了它，因而她整个身子不由得退缩了一下。她的本能告诉自己这是真的。此刻，凯瑟琳·所罗门与毁了她生活的这个物件直面相觑。金字塔。

巴拉克拉上拉链把包交给兰登。“别让这东西离开你的视线。”

一声突然的爆炸声在外门响起，玻璃叮咄作响地撒落在地。

“这边来！”巴拉米转过身，此刻他表情恐惧，领着他们跑向中央的桌子——八张桌子围着的一个巨大的八角形柜子。他带他们转到桌子后面，然后指着敞开的柜门说：“躲进去！”

“躲在这儿？”兰登问。“他们肯定会发现我们的！”

“相信我。”巴拉米说，“不是你想象的那样。”

第 57 章

迈拉克驾着豪华轿车向北飞速驶往卡洛拉马高地。凯瑟琳实验室的爆炸规模超出了他的预想。幸运的是，他出来时毫发无损。接踵而至的混乱使得他得以安然无恙地抽身逃离，驾着自己的豪华轿车从那个惊慌失措地冲着电话叫喊的门卫身边冲出去。

我得离开大路，他想。即使凯瑟琳还没打电话给警察，实验室的爆炸也肯定引起了他们的注意。*而一个赤裸上身、驾着豪华车的男人很难被人忽视*。

在经过几年的准备后，迈拉克几乎不敢相信这个夜晚真的降临到自己面前了。一路走来的历程漫长而艰难。*几年前开始的惨剧……今晚要以荣耀画上句号*。

在一切开始的那个夜晚，他还不叫迈拉克这个名字。事实上，在一切开始的那个夜晚，他根本没有名字。*三十七号囚犯*。就像大部分关押在伊斯坦布尔郊外可怖的索根立克监狱里的犯人一样，三十七号囚犯被关进那儿是因为毒品。

他一直躺在监狱水泥地面的铺位上，黑暗中他又饿又冷，不知道还要在这鬼地方待多久。他的新同室（他二十四小时前刚见到他）正在他的上铺睡觉。监狱长，一个肥胖的酒鬼，非常讨厌自己这份工作，经常把这口恶气出在犯人身上，那天晚上，他把所有的灯都给关了。

大约快到十点钟时，三十七号囚犯听到有谈话声从通风口透进来。第一个声音清楚而又鲜明——很刺耳，像吵架似的，那是监狱长的嗓音，他显然不喜欢这么晚了还被人搅醒好梦。

“是的，是的，你大老远地跑来这儿。”他说，“可是头一个月是禁止探访的。国家规定，没有例外。”

回答的声音柔和、文雅，充满痛苦。“我儿子安全吗？”

“他是个瘾君子。”

“他的待遇还好吗？”

“够好的啦，”监狱长说，“这里又不是酒店。”

这里有一个痛苦的停顿。“你知道，美国国务院将会提出引渡。”

“是的，是的，他们总是这样。会被批准的，尽管公文批示需要耗上一两个星期……甚至一个月……要看。”

“看什么？”

“噢，”监狱长说，“我们人手不足。”他停顿了一下。“当然，有时候，相关方面，比如你们自己向监狱工作人员作一些捐助，那就能加快我们办事的进程。”

来访者没有吭声。

“所罗门先生，”监狱长压低了嗓门，继续说：“对你这样的人来说，钱不是问题，总是有办法的。我在政府里有认识的人。如果你我一起努力，我们也许就可以把你儿子从这里弄出去……*明天*，如果所有的费用到位，他甚至回到美国都可以不用面临起诉。”

那人即刻回应道：“你的建议涉嫌违法，我不能让我儿子以为有钱就能摆平一切，或者让他以为生活中没有义务和责任这回事，尤其是在这个严重的案件上。”

“你情愿把他*留在*这儿？”

“我想和他说话，马上。”

“我说过的，我们有规定。你儿子不能见你……除非你愿意在立即释放他的问题上进行磋商。”

一阵冰冷的沉默持续了片刻。“美国国务院会联络你。请保证扎伽利的安全。我希望他在这个星期内坐上飞机回家。晚安。”

门砰的一声关上了。

三十七号囚犯简直不能相信自己的耳朵。*什么样的父亲会把自己的儿子留在这种鬼地方，只是为了要给他个教训*？彼得·所罗门甚至拒绝了一个能让扎伽利洗清案底的机会。

这天晚上，他一直眼睁睁地躺在铺上没有睡觉，三十七号囚犯想到了一个可以让自己重获自由的办法。如果金钱是让三十七号囚犯与自由隔绝的惟一原因，那么三十七号囚犯实际上已经自由了。彼得·所罗门也许不愿出钱，但任何一个读过小报新闻的人都知道，他的儿子扎伽利同样有的是钱。第二天，三十七号囚犯私下和监狱长密谈了一次，提出了一个计划——大胆而天才的计划，这将给他们两人都带来各自想要的东西。

“扎伽利·所罗门必须死去，才能使计划生效。”三十七号囚犯解释道，“但我们两个人都要马上消失。你可以退休去希腊某个岛屿，永远都不再见到这个地方。”

磋商一番后，两人握手成交。

不久，扎伽利·所罗门就要死了，三十七号囚犯暗自思忖，想想也乐，事情真是太容易了。

两天后，美国国务院的人给所罗门的家人带去了一个可怕的消息。监狱的快照显示他们的儿子被暴殴致死，尸体蜷曲着躺在囚室地上。他的头部被人用钢棍砸得稀烂，身体其余部分也被捣得不成人样。他显然是遭受连续拷打后死去的。主要怀疑对象是监狱长，可他消失了，大概是席卷了那被害男孩的钱财逃之夭夭。扎伽利曾签署过一份文件，把他的大笔资金转入一个私人账号，他死后那笔钱马上不见了。至今也没人知道钱的去向。

彼得·所罗门乘坐私人飞机飞去土耳其，带回了儿子的棺材，他们把他葬在所罗门家族墓地。监狱长再也没出现过。他也*不可能*出现了，三十七号囚犯心知肚明。那具肥胖的尸体现在正躺在马尔马拉海底，成了穿越博斯普鲁斯海峡的蓝蟹的美食。属于扎伽利·所罗门的那一大笔钱已转到一个不可追踪的数字账户上，三十七号囚犯再次成为自由人——享有大笔财富的自由人。

那个希腊岛屿真是天堂一般的地方。阳光，海水，女人。

没有什么东西是钱买不到的——新的身份、新的护照、新的希望。他选择了一个希腊名字——安多罗斯·达瑞奥斯——*安多罗斯*的意思是“勇士”，*达瑞奥斯*的意思是“富有”。监狱里的黑暗夜晚让他害怕，安多罗斯发誓绝不再回去。他剃光了蓬乱的头发，跟毒品完全断绝了关系。他开始了新的生活——开拓了以前从未想象过的感官享乐。单独驾船出海遨游在深蓝的爱琴海，让他有了新的海洛因沉醉；从烤肉棒上吮咂多汁的希腊羊羔肉串的味觉感受，造就了他新的欣快；从悬崖峭壁上一跃而下潜入“爱欲岛”满是泡沫的溪谷，成了他新的可卡因。

我重生了。

安多罗斯买下锡罗斯岛的一个别墅山庄，置身于奢华的波塞多尼亚镇的*俊美之乡*。这片新天地不仅是一个富有的社区，而且人们体格健美，富有文化气息。他的邻居们非常自豪于自己的体格和心智，他也受到感染。新来者突然在海滩上开始跑步锻炼，晒黑他苍白的身体，还看起书来了。安多罗斯阅读荷马的《奥德赛》，被青铜时代战斗在那些岛屿上体格强健的人物形象迷住了。第二天，他开始举重，而且惊喜地看到自己的胸肌和胳膊很快强壮起来了。渐渐地，他感觉到女人们落在他身上的目光，非常陶醉于这种爱慕。他还渴望着变得更加健壮。也确实如愿以偿了。在类固醇掺和着黑市上日益增多的激素产品的辅助下，加上无休无止的举重训练，安多罗斯变身为一个他以前从来不曾想象过的新人——一个完美的男性物种。他在身量和肌肉方面都有了很好的发展，胸肌完美壮实，双腿强健有力，皮肤晒得恰到好处。

人人都对他侧目而视。

安多罗斯曾被警告过，过多服用类固醇和激素，不仅会影响他的身体，也会影响声带，使他的声音变成一种怪异的、像是气声似的细声细语，可是这倒让他变得更神秘了。这种柔和而异样的声音、他的新体魄、他的财富，加之他拒绝透露自己神秘的往事，搞得女人见了他就像嗅到猫薄荷[①]。她们心甘情愿地把自己给他，而他也乐意满足所有的人——从来岛上拍摄照片的时装模特儿，到度假的适龄美国女大学生，以及他邻居的太太们，还有邂逅相遇的小帅哥。他们永远不餍足。

我是珍品。

可是随着年岁的增长，安多罗斯的性冒险开始失去了吸引力。就像其他所有的事情一样。这个岛上的美食佳肴变得索然无味，书籍也再勾不起他的兴趣，甚至在他的别墅里可欣赏到的美得令人目眩的落日也变得单调呆板。*这是怎么回事？*他当时只有二十四五岁，却已经觉得自己老了。*生活还能有什么？*他已经把自己的身体塑造成一件精品，也曾以文化来滋养自己的头脑，他把家安置在天堂一般的地方，和任何一个他渴慕的人做过爱。

可是现在，难以置信的是，他感到自己竟像在土耳其监狱里时一样空虚。

我错过了什么？

几个月后，答案出现了。安多罗斯独自坐在别墅里，心不在焉地来回转换着午夜的电视频道，偶然发现了一个有关共济会秘密历史的节目。这个节目做得很烂，更多是提出问题而不是回答问题，但他却被围绕着兄弟会的阴谋理论给吸引住了。叙述者描述了一个又一个传奇故事。

共济会和新世界的秩序……

美国伟大的共济会国玺……

---

① 猫薄荷（Catnip），一种产于欧洲和西南亚、中亚的植物，据说猫吃了会产生颤抖、痴迷、发呆等种种迷幻症状。

P2[①] 共济会分会……

失落的共济会秘密……

共济会金字塔……

安多罗斯坐了起来，大吃一惊。金字塔。这个叙述者开始讲述刻有密码铭文的神秘石头金字塔，说那个金字塔能够指引找到失落的智慧和无限能量的入口。虽说故事听起来有点神神道道，却点燃了他一个遥远记忆的火花……那是关于一段黑暗时期的模糊记忆。安多罗斯想起，扎伽利·所罗门曾听他父亲讲起过这个神秘的金字塔。

可能吗？安多罗斯竭力回忆着那些细节。

节目结束后，他开门走到阳台上，让冷冷的空气清醒自己的头脑。现在，他记忆中的有关细节更多了，所有的记忆都回来了，他开始觉得这个传奇故事说的也许是真的。如果是这样，扎伽利·所罗门——虽然早已死去——仍然能做出某种贡献。

我有什么损失？

三个星期后，根据周密制定的时间表，安多罗斯站在了所罗门家族波托马克别墅的暖房外，那地方能把人冻僵。透过玻璃，他可以看见彼得·所罗门和他的妹妹凯瑟琳正在笑着聊天。他们好像转个身就能把扎伽利给忘得一干二净，他想。

在拉下黑色滑雪蒙面罩遮住脸之前，安多罗斯吸服了一点儿可卡因，这是他多年来的第一次。他感到一阵熟悉的无畏感又回来了。他抽出手枪，用一把旧钥匙打开门走了进去，“嗨，所罗门一家子。”

不幸的是，那天晚上的事情没有像安多罗斯计划的那样进行。他不但没有得到此行想要的金字塔，还中了猎枪的一把霰弹，不得不穿过大雪覆盖的草地朝密林深处跑去。让他大吃一惊的是，彼得·所罗门紧跟着追了过来，手里抓着把手枪。安多罗斯冲进树林，沿着一条峡谷奔逃。下面，瀑布哗哗的水声穿过冬天凛冽的寒风传上来。他穿越过一排橡树拐向左边。突然间，他在一条冰封的路上刷地滑行着停下了，与死神擦肩而过。

我的天啊！

在他前面不到一英尺处，就是道路的尽头，冲下去就是冰冻的河

① P2（Propaganda Due），即共济会的意大利分会。

流。路边一块大石头上刻着一个孩子稚拙的手书：

扎克的桥

道路在峡谷那一端蜿蜒伸向前方。可是桥在哪儿？！可卡因的效应消失了。我走投无路了！惊慌失措的安多罗斯返身往回跑，但与彼得·所罗门正面遭遇，他气喘吁吁地站在那儿，手里攥着枪。

安多罗斯看到枪，向后退了一步。身后的峭壁至少深达五十英尺。瀑布的雾气环绕在他们身旁，寒意砭骨。

“扎克的桥多年前就朽烂了，”所罗门喘着气说，“他是惟一走到如此深僻处的人。”所罗门稳稳地举着枪。“你为什么要杀我的儿子？”

“他什么都不是，”安多罗斯回答，“一个瘾君子。打发了他是做了一件好事。”

所罗门走得更近了，手里的枪正指着安多罗斯的胸膛。“也许我应该做一件同样的好事。”他的声音极为愤怒。“你把我的儿子殴打致死。一个人怎么能做出这样的事情？”

“人到了被逼无奈时就不会多想。”

“你杀了我的儿子！”

“不，”安多罗斯愤怒地回答。“是你杀了自己的儿子。什么样的人会把自己的儿子留在监狱里，在明明可以救他出狱的情况下！是你杀了你的儿子！不是我！”

“你什么都不知道！”所罗门叫喊起来，声音里充满了痛苦。

你错了，安多罗斯想。我什么都知道。

彼得·所罗门又逼近了一步，距他只有五码了，手枪对准他射出了子弹。安多罗斯的胸膛炸开了，他知道自己正在大量出血。温暖的血流淌到他的腹部。他回头看了一下身后的悬崖。不可能。他转回身对着所罗门。“我知道的比你想象的更多，”他低声说，“我想你不会是那种冷血杀手。”

所罗门又上前一步，瞄准他。

“我警告你，”安多罗斯说，“如果你扣下扳机，我做鬼也永远不会放过你。”

“你已经是鬼了。”说着，所罗门射出了子弹。

驾着豪华轿车返回卡洛拉马高地的一路上，这个现在自称迈拉克的人回顾着那天将他从冰河之上救出死亡魔掌所发生的一系列神奇事件。他已经永远地变身了。一声枪响只是一瞬间的事儿，可它却回响了几十年。他的身体，曾经晒成棕褐色的完美无瑕的身体，自那晚之后就布满了伤疤……他把那些伤疤都隐藏在象征着他新身份的刺青底下。

我是迈拉克。

这就是我的宿命。

他已经穿过火焰，从灰烬中重生，他再次露面时……又是一次变身。今天晚上，将是他漫长而庄严的旅程中的最后一步。

第 58 章

绰号为 KEY4 的炸药，是特种部队发明的专门用于破门而入的利器，同时能将连带损失降至最低。炸药的主要成分是黑索今[①]，掺以二乙己基增塑剂，实际上是一种薄如纸片的 C-4[②]，能轻易塞入门缝。在图书馆阅览室这种地方，此类炸药最适用。

行动指挥官特纳·西姆金探员走到炸开的门前，扫视这巨大的八角形房间，搜索着任何移动的蛛丝马迹。什么都没有。

“关灯。”西姆金命令道。

另一名探员找到墙上的配电箱，拉下电闸，整个房间马上陷入了黑暗。四个人一起冲上前去，拉下夜视头盔，调整着眼睛上的护目镜。他们一动不动地站着，环视着整个房间，眼前的一切泛着绿荧荧的冷光呈现在他们的护目镜内。

眼前的场景一如其旧。

黑暗中没有人影跑动。

这几个逃跑的人可能都手无寸铁，但这些现场探员冲入房间时还是

① 黑索今，学名环三亚甲基三硝胺（Cyclotrimethylenetrinitramine），简称 RDX，一种性能优良的高爆炸药。

② C-4，一种塑性炸药。C 即 Composition 的首字母。

举起了手中的武器。在伸手不见五指的一团漆黑中，他们的枪投射出四道威胁性的激光柱。这几个人在地板上四处照了一遍，又把光柱伸向高处的墙壁、再高处的楼厅，向黑暗处探扫进去。通常来说，在一个黑暗的房间里，这种激光武器只需一露面，就足以把人吓得马上投降。

但今晚显然不是。

还是没有动静。

西姆金探员举起手，示意他的团队进入房间。静默中，这四个人呈扇形排开，小心地向中间的过道走去。西姆金伸手打开夜视镜上的开关，激活了中央情报局装备的最新配件。热成像系统已经研发成功多年了，但最近这一系统在小型化、差异敏感性以及双源整合上的改进，促成了新一代视力增强设备的诞生，这使得现场探员的眼睛几乎能达到超人水平。

我们在黑暗中能看见一切。我们能看穿墙壁。而且，现在……我们还能穿越时间，看到之前的事。

由于热成像设备对热能差异的敏感性，它不仅能确定人体现在的方位……还能确定人体移动*之前*的方位。这种能够透视过去的能力经常被证明是所有功能中最具价值的。今天晚上，它再一次证明了自己的价值。西姆金探员现在测到了房间里某张阅览桌上的热源信息。他的夜视镜里有两把椅子在泛着紫红色的光，证明这两把椅子的温度比其他椅子高。这张桌子上的灯泡发出橘色的光。显然有两个人曾坐在这张桌前，但问题在于他们现在的去向。

在房间中央环绕着那个大型木柜的柜台式长桌上，他的问题找到了答案。一个幽灵似的手印，发出深红色的光。

西姆金举起武器向八角柜那里移动，激光视线穿过表面。他环视着那个目标直到发现边上敞开着的柜门。*他们真的躲在柜子这样一个死角里吗？*探员扫视着柜门周围，又发现了一个手印。显然，有人钻进柜子时摸了一把门框。

沉默的时间结束了。

“热源目标出现！”西姆金大喊，指着柜门。“两翼包抄！”

他两边的人马上从对角方位迅速包围了八角形柜子。

西姆金向柜门移动。还有十英尺时，他看见了里面透出的光。“柜子里面有光！”他大喊，希望巴拉米和兰登先生能够听见他的声音后举着双手出来投降。

什么动静也没有。

好吧，我们就用另一种方式来解决。

当西姆金靠近柜子时，他意外地听见里面传出一阵嗡嗡声，有些像是机器声。他停了停，想象了一下如此小的空间里会有什么能发出这样的噪音。他又向前挪了一点，现在听到的像是在机器以外还有别的声音。接着，当他走到柜门前时，里面的灯熄灭了。

谢谢，他心里说，随手调整了一下夜视镜。*我们领先一分*。

他站在柜门前朝里面看去。里面的景象出乎意料。这个东西与其说是储藏柜，不如说是一个装饰楼梯通道口的凸起的顶棚，那儿有一段通往下面房间的陡峭楼梯。探员把武器朝下瞄准，顺着楼梯下去。随着下楼梯的脚步嗡嗡的机器声越来越响。

这地方到底是干什么的？

阅览室下面的这块地方，看上去像是一个小小的机械设备间。他听到的嗡嗡声确实是机器发出的，他不能肯定是巴拉米和兰登发动了机器，还是机器运作被设为定时开启的。不管是哪一种情况，都没什么区别了。这个空间的惟一出口处——那扇沉重的钢门上，逃亡者留在数字键板上的四个清晰的手指印还在熠熠发亮。下面的门缝里透出几道橘色的光，光线显然是从另一边透进来的。

“炸开门，”西姆金说，“这是他们逃走的通道。”

插入和引爆一枚KET4只需八秒钟，烟雾散去后，现场探员们眼前出现了一个被称作“书库”的奇异的地下世界。

国会图书馆有着一排排绵延数英里的书架，大部分都在地下。那一排排长得没有尽头的书架看上去就像某种镜子造成的“无限远”的视觉影像。

墙上有一行告示：

温控环境

此门须保持关闭

西姆金推开那扇被炸坏的门走进去，一股冷气扑面而来。他实在忍不住地笑了。*这不是更容易了吗？*温控环境中显示的热源影像就像太阳耀斑一样清晰，他的夜视镜已经捕捉到前面栏杆上有一处发出红光的地方，那是巴拉米和兰登跑过时在上面扶了一把。

“你们可以跑，”他悄声说，“但你们躲不了。”

西姆金和他的人马进入了书库，他意识到这个场地对他们甚至更有利了，因为他们不用探测镜就能追踪目标。书库本来应是一个相当不错的藏身之地，但国会图书馆为了节省能源使用了动作激活感应灯，逃跑者一路过去留下的灯像是一条明亮的跑道。灯光照亮的狭长的过道通向远处，无论如何迂回躲闪，都会留下清晰的痕迹。

四个人都摘了夜视镜，甩开训练有素的双腿向前追去，现场探员们跟着灯光踪迹拐来拐去地穿过迷魂阵似的书架。西姆金很快看到前面黑暗处有灯光在一闪一闪。*我们找到了。*他加快脚步向前冲去，这时，他听见前面有沉重的喘息声。他看见目标了。

“发现目标！”他喊道。

沃伦·巴拉米颀长的身影吸引了追踪者。衣着端庄的非洲裔美国人步履踉跄地穿行在一排排书架间，显然喘不过气来了。*没用的，老家伙。*

“马上停下，巴拉米先生！”西姆金喊道。

巴拉米还在跑，突然转过一个弯，曲折地穿过书架。每一次转弯时，灯光都会在他头顶上亮起。

这边的人距他只有二十码了，他们再一次喊他停下，但巴拉米仍在往前跑。

“把他拿下！”西姆金命令道。

队伍中持有非致命步枪的探员举手射击。这颗射中巴拉米腿部的子弹外号“蠢线”，可其实它一点都不蠢。这是桑迪亚国家实验室①发明的一种军事技术，这种不致命的“失能剂”②是一束粘胶性极强的聚氨酯，一碰到接触物就变得硬如磐石，在逃跑者的膝盖后面形成坚固的横七竖八的塑胶网。用来对付跑动中的目标，其效应相当于往一辆骑行中的自行车轮子里塞进一根棍子。跑动中的人腿被固定住，马上就会扑倒

① 桑迪亚国家实验室（Sandia National Laboratory），美国能源部下属的一个实验室。

② 失能剂（incapacitant），指能够暂时引起晕眩、瘫痪等反应，或是阻止人体活动的化学制剂。

在地。巴拉米在黑暗的通道里向前滑行了十英尺才倒下来，他头顶上的灯一闪一闪地亮着。

“我来对付巴拉米。”西姆金喊道，“你们继续追兰登！他肯定就在前面的某个——”队长停住了，他看见巴拉米前面的书架廊一片漆黑。显然，巴拉米前面没有人在跑动。*他是单独一个人？*

巴拉米仍然胸口着地躺在地上，沉重地喘着气，他的腿和膝盖上横七竖八地粘着变硬的塑胶。探员走上前去，用脚上的靴子把老人翻转过来。“他在哪里？！”探员问道。

巴拉米的嘴唇倒地时摔破了，流着血。“*谁*在哪里？”

西姆金探员抬起脚，靴子照准巴拉米的丝绸领带踩上去。然后，他俯下身子，又加了点压力。“相信我，巴拉米先生，你没必要跟我玩这套把戏。”

第59章

罗伯特·兰登感觉自己像具尸体。

他仰面躺着，双臂抱在胸前，四周漆黑一片，全身封闭在一个狭小至极的空间里。虽然凯瑟琳就躺在靠近他头部的一个同样狭小的空间里，但兰登看不见她。他紧闭着眼睛，生怕瞥见自己身处的可怕困境。

他的这个空间很小。

非常小。

六十秒钟前，随着阅览室的双开门被炸开倒下，他和凯瑟琳跟着巴拉米钻进了八角形柜子里，顺着陡峭的楼梯下去，进入底下那个意想不到的空间。

兰登马上意识到了他们的位置所在。这是图书馆配送系统的中心部位，很像是一个小型航空行李转运中心，配送间里有许多朝不同方向去的传送带。因为国会图书馆有三幢分开的大楼，阅览室需要的图书须通过这个地下通道配送系统来完成远距离传送。

巴拉米马上穿过这儿走向一扇钢门，他插进自己的钥匙卡，键入一组号码，推开了门。里面的空间很暗，但门一打开，自动激活感应灯就闪烁起来了。

兰登看着眼前的情形，马上意识到几乎没有什么人知道这儿。*这是国会图书馆的藏书库。*他对巴拉米的计谋有了信心。*还有什么藏身之处比得上这个巨大的迷宫呢？*

巴拉米没有领着他们走进那一排排书架里，而是拿起一本书支着门不让它合拢，然后转身面朝他们。“我本来希望能向你们解释得更详细些，但现在没时间了。”他把自己的钥匙卡给了兰登。“你会用得着的。”

“你不跟我们在一起？”兰登问。

巴拉米摇摇头。“除非我们分头行动，否则就不会成功。最重要的是要把金字塔和尖顶石送到安全的地方。”

除了回到阅览室的楼梯那边，兰登看不出还有什么别的路可以逃走。“**你**往哪儿走？”

“我得把他们引到书架那儿，远离你们。”巴拉米说，“这是我能够帮助你们逃走的最好办法。”

还没等兰登问他和凯瑟琳应该往哪儿去，巴拉米就从一条传输带上取下一大箱书，“躺到带子上，”巴拉米说，“把手缩进去。”

兰登瞪着传输带。*你不会是真要我们上去吧！*这条传输带延伸一段距离后就消失在墙上一个黑黢黢的洞口里。那个洞口只能容一箱书通过，不会更大了。兰登回头眼巴巴地望着那边的书架库。

“别指望那边，”巴拉米说，“行动感应灯会让你们无处藏身的。”

“热源目标！”一个声音在上面叫喊。“两翼包抄！”

凯瑟琳显然已经听见了一切。她爬上传输带，头离墙洞只有几英尺，像躺在石棺里的木乃伊一样两手交叉搁在胸前。

兰登怔怔地站在那儿。

“罗伯特，”巴拉米催促道，“如果你不愿为我这样做，那么为了彼得吧。”

楼上的声音更近了。

兰登好像在梦游似的走到传输带前，先把背包搁上去，然后自己爬上去，头靠着凯瑟琳的脚跟。坚硬的橡皮传输带冰冷地贴着他的脊梁。他看着天花板，感到自己像是医院里的病人，正准备头朝前被推入一台核磁共振机。

“手机保持开机状态，”巴拉米说。“有人很快会打来电话……给你帮助。相信他。”

*有人会来电话？*兰登知道巴拉米给某人打过几次电话并发过短信了。就在刚才，在他们匆匆走下旋转楼梯时，巴拉米又最后拨了一次电话，电话通了，他简短地悄声说了几句就马上挂断了。

“跟着传输带一直到底，”巴拉米说，“然后别等它转回来就马上跳下。用我的钥匙卡出去。”

“出去是什么地方？”兰登问。

巴拉米已经启动操纵杆，所有不同方向的传输带嗡嗡地启动起来。兰登感到自己摇晃了一下，天花板开始移动。

上帝保佑我。

当兰登快要通过墙洞时，他回头看见巴拉米冲过那扇门跑进了书库，门在他身后关上了。片刻之后，兰登滑入黑暗中，被图书馆吞没……就在红色的激光点一路舞动着下来时。

第60章

来电记录上的确是卡洛拉马高地的这处住址，优佳保安公司一名低薪女保安再次核对了一遍。*是这儿吗？*她眼前这个大门口的车道是附近一带最气派也最安静的，所以，那个911接警电话会接到事关此处的报警似乎有点古怪。

接到未经确认的报警电话后，911接线台一般会先联系当地的保安公司，在麻烦警察之前。通常保安认为公司的警示格言——“你的第一道安全防线”——很可能是“失误报警、恶作剧、宠物丢失，以及对疯疯癫癫邻居的投诉”。

今天晚上，像往常一样，这名保安也没打算特别留意哪方面的情况就来到了现场。*我就拿这么点钱，还管那么多？*她的工作只是驾驶着带有黄色旋转灯的车子兜一圈，看一下住家的情况，如有不寻常的迹象就汇报一下。一般来说，很可能是因为什么小问题触发了报警系统，她会用自己的万能键码将其复位。但这幢房子非常安静。报警器没响。从路边看进去，整幢房子黑沉沉的一派安宁。

保安摁了一下门口的通话器，没有应答。她输入自己的万能键码打开大门，驶入里面的车道。她让车子引擎仍处于发动状态，黄色的旋灯不停地转着，她走到前门，摁了门铃。没人应答。里面没有灯光也没有人走动。

根据程序，她不情不愿地拿出手电筒照了一下房子周围，看看门窗是否有被人砸破的痕迹。当她走到转弯处时，一辆黑色豪华轿车驶过房子，减了速又继续往前行驶。*好管闲事的邻居。*

她一点一点地绕着房子向前走去，但什么都没看见。这幢房子比她想象中要大，但她走到后院时，身上已冷得瑟瑟发抖。肯定没人在家。

“调度台？”她掏出无线电对讲机。“我在执行卡洛拉马高地报警巡视任务。主人不在家。结束巡查。没有入侵者的迹象。失误报警。”

“收到。”调度员回答，“晚安。”

保安把对讲机别回腰带，往回走去，她急于回到温暖的车上。但突然，她发现刚才漏了什么——屋子后面有一缕微弱的蓝荧荧的灯光。

她奇怪地走过去，看到了发出灯光的地方——是一个低矮的气窗，显然是地下室的。玻璃窗黑糊糊的，里面涂了一层不透明的黑颜料，*是暗室什么的吗？*她看见的那缕微蓝色的光是从黑颜料脱落的小点点里透出的。

她蹲下身去，想朝里面张望一下，但小孔里看不见更多的东西。她敲敲玻璃，想知道什么人在那下面忙乎。

“喂？”她喊道。

没人应答，可是当她敲了敲玻璃窗的时候，粘贴在玻璃上的黑漆突然掉下来一块，里面的情景更完整地呈现在她的面前。她倾身向前，脸几乎贴到了玻璃窗上朝地下室扫视。她立刻就为自己的行动后悔不及。

上帝啊，这是什么？

她惊呆了，僵硬地蹲在那儿，瞪着眼前的可怕场景。最后，浑身颤抖的保安去摸皮带上的对讲机。

她摸不到了。

泰瑟枪[①]在她后颈“嗞嗞”猛击了两下，一阵灼热的疼痛传遍她全身。她无力地一头倒向前去，脸冲下地贴在冰冷的地面上，眼睛还来不及闭上。

---

① 泰瑟枪（Taser），一种发射带电镖箭使人暂时不能动弹的武器。

第61章

今晚不是沃伦·巴拉米第一次被蒙上眼睛。他也曾和共济会兄弟一样，在晋升高阶的仪式上被蒙上专用的“遮眼布”。当然，那是在他所信赖的朋友之中。今晚的情况不一样。这些手段粗鲁的家伙“固定”了他的腿脚，还往他头上套了一个袋子，推着他在图书馆一排排书架间穿行。

探员们威胁巴拉米要对他来狠的，逼他说出罗伯特·兰登的去向。巴拉米知道自己衰老的身躯经受不住折磨，马上就对他们撒了个谎。

“兰登根本没和我一起下来！”他大口喘着气说，“我叫他上楼厅躲在摩西雕像后面，但我不知道现在他在哪儿！”这个说法显得挺有说服力，两名探员马上跑去了。剩下的两名探员静静地押着他穿行在书架中间。

巴拉米惟一的安慰是得知兰登和凯瑟琳带着金字塔抵达安全地点。很快会有一个愿意提供避难处的人联系兰登。*相信他*。巴拉米与之通话的那个人非常了解**共济会金字塔**及其秘密——引向地心深处藏有很久以前掩埋的古代秘密智慧地点的旋形楼梯的位置。他们最后逃离阅览室时，巴拉米终于打通了他的电话，他确信自己留下的口信会被正确地理解。

现在，行走在完全的黑暗中，巴拉米脑子里浮现出兰登包里的石头金字塔和金尖顶石。*多少年了，这两件东西今天才又同归一处*。

巴拉米永远忘不了那个痛苦的夜晚。*彼得的许多个第一次*。巴拉米曾受邀参加所罗门家族在波托马克大宅举办的扎伽利·所罗门的十八岁生日派对。扎伽利尽管是个反叛青年，却还是所罗门家族的人，因而根据家族传统，他要在那天晚上接受一大笔遗产。巴拉米是彼得最亲近的朋友之一，也是受信赖的共济会兄弟，所以作为见证人受邀出席。但巴拉米见证的不仅仅是钱财移交。那天晚上，还有远比财富更要紧的事。

巴拉米到得稍微早了些，他应邀进入彼得的私人书房等待。那个奇妙的房间弥漫着皮革气息、木柴的烟熏味儿和散装茶叶的芳香。沃伦坐定后，彼得带着儿子扎伽利进来了。这个骨瘦如柴的十八岁青年见到巴拉米时，皱起了眉头。“你来这儿干吗？”

“担任见证人。”巴拉米说。“生日快乐，扎伽利。”

那男孩咕哝了一声，目光转开去了。

“坐下，扎克。”彼得说。

扎伽利在父亲硕大的木书桌对面的一把椅子上坐下。所罗门关上书房门。巴拉米坐到旁边的位子上。

所罗门以严肃的口吻对扎伽利说，“你知道为什么叫你来吗？”

“我知道。”扎伽利说。

所罗门深深叹了口气。“我知道，你我有好长一段时间没有面对面看着对方了，扎克。我已经尽了最大努力来做一个好父亲，并为你这一刻的到来而做准备。”

扎伽利什么都没说。

“正如你所知道的，每一个所罗门家族的孩子在成年时刻都会得到一份生来就有权获得的馈赠——所罗门财富的一份——希望它能成为一颗‘种子’……由你自己来培育，使它成长，并有益于人类。”

所罗门走向嵌入墙内的保险柜，打开了它，取出一个很大的黑色文件夹。“儿子，这些公文包括将你的钱财转入以你自己名字开户的账号上的一切法律文件。”他把文件夹放在桌上。“目的是让你用这笔钱为自己建立一个勤于奉献、优裕富足以及乐善好施的人生。”

扎伽利伸手去拿文件夹。“谢谢。”

“等等。”他父亲把手搁在文件夹上。“还有一些事情，我需要解释一下。”

扎伽利向父亲投去一个轻蔑的眼神，倒在椅子上。

“所罗门的遗产中还有一些事情是你不知道的。”父亲的目光直盯着扎伽利的眼睛。“你是我的头生孩子，扎伽利，这就意味着你有权利选择。”

这年轻人坐直了身子，眼里闪出了好奇。

“这个选择也许会在极大的程度上决定你的未来，所以，我敦促你慎重地考虑一下。”

“什么选择？”

他父亲深深地叹了口气。“这个选择就是……财富，或者智慧。”

扎伽利茫然地瞪着他。“财富或者智慧？我不明白。”

所罗门再次走向保险柜，他拿出一个刻着共济会符号的沉甸甸的石头金字塔。他举着金字塔走过来，把它放在桌上的文件夹旁边。“这个金字塔是很久以前制造出来的，委托我们家族保管好几代了。”

“一个金字塔？”扎伽利看上去不怎么来劲。

“儿子，这个金字塔是一份地图……揭示埋藏人类失落的最伟大财富地点的地图。这个地图的制作，是为了让那笔财富有朝一日能被重新发掘。”彼得的声音此刻浸满骄傲。“今天晚上，根据传统，我可以把这交给你……以某种条件。”

扎伽利怀疑地看着金字塔。“这财富是什么？”

巴拉米看得出来，这种粗俗的问题不是彼得所希望听到的，但他仍然保持着稳健的风度。

“扎伽利，如果没有大量的背景知识很难解释得清楚。但这个财富……本质上，是某种我们可以叫做**古代奥义**的东西。”

扎伽利大笑起来，显然他认为父亲在开玩笑。

巴拉米可以看出彼得眼睛里越来越深的忧郁。

“我很难描述，扎克。传统上，一个所罗门家的孩子到了十八岁时就要开始接受更高的教育——”

“我告诉过你！”扎伽利冒着火顶了回去。“我对大学没有兴趣！”

“我说的不是*大学*，”他父亲说，声音仍然镇定平静。“我说的是共济会兄弟会组织。我说的是在始终保持神秘的人类科学中的教育。如果你也有加入我们这个行列的打算，就得先接受一些必要的知识以理解你今晚要作出的决定的重要意义。”

扎伽利翻了个白眼，“共济会的讲训你还是给我省了吧。我知道我是第一个不想加入共济会的所罗门。可那又怎么样？你不明白吗？我可没有兴趣跟一帮老头玩化装游戏！”

他父亲沉默良久。巴拉米注意到，彼得仍然显得年轻的眼睛周围有了一圈细微的皱纹。

“是的，我明白，”彼得最后说，“现在时代不同了。我明白共济会在你看来可能显得很奇怪，甚至有些乏味。但我得让你知道，万一你改变想法，这扇大门将**永远**为你敞开。”

“别白费口舌了。”扎克嘟囔道。

"就这样吧！"彼得截断了话头，站起身。"我意识到生活对你来说一直就是一场争战。扎伽利，但我不是你惟一的路标。有许多优秀的人在等着你，那些人将在共济会里欢迎你，并告诉你你真正的潜能是什么。"

扎伽利咯咯地笑出了声，朝着巴拉米看过去。"这就是你来这儿的原因，巴拉米先生？你们共济会的兄弟们联手来向我施压啰？"

巴拉米什么都没说，却向彼得·所罗门投去尊敬的眼神——提醒扎伽利，这屋子里谁是主事者。

扎伽利转向父亲。

"扎克，"彼得说，"我们现在辩不出个所以然来……我告诉你吧，不管你是否理解今晚跟你说到的这份责任，我们家庭都有义务提呈出来。"他指着金字塔。"保护这个金字塔是一种罕有的特权。我提请你在作出决定之前，认真考虑几天要不要把握这个机会。"

"机会？"扎伽利说。"看守一块石头？"

"世界上有许多伟大的奥秘，扎克。"彼得叹息道。"那些秘密超出了你最大胆的想象。这座金字塔保护着那些奥秘。更重要的是，也许在你有生之年它就会显露于世，到时候金字塔的密码将被破译，奥义会重见天日。那将是人类转变的伟大时刻……而你有机会在这一时刻扮演重要角色。我要你极其认真地考虑一下。钱财是很常见的，而智慧却毕生难求。"他指指文件夹，又指指那个金字塔。"我要你记住，没有智慧的财富往往以灾难为结局。"

扎伽利的表情像是觉得他父亲神经不太正常。"随便你说什么，爸爸，但要让我为这玩意儿放弃我应得的财产，根本就没门。"他指着那个金字塔说。

彼得把胳膊抱在胸前。"如果你选择接受责任，我会保管你的钱财和金字塔，直到你在共济会内完成所有的教育。这将花费几年的时间，但你会以更成熟的态度接受金钱和这个金字塔。财富和智慧，强有力的结合。"

扎伽利嗖地站起来。"老天啊，爸爸！你还有完没完了？难道你还没搞明白，我根本就不在乎什么共济会或是石头金字塔，还有那些古代奥义？"他伸手抓过那个黑色文件夹，在他父亲面前挥舞着。"这是我与生俱来的权利！所有在我之前的所罗门都有同样的权利。我简直不敢相信你会用这些古代财富地图的鬼话，来骗我放弃继承权！”他把文件夹在腋下，经过巴拉米身边出了书房。

“扎伽利，等等！”扎伽利出去时，他的父亲追在后面喊。“不管你怎么做，你绝对不能把你看见金字塔的事儿说出去！”彼得·所罗门的声音嘶哑了。“不能跟任何人说起，永远不能！”

但扎伽利理都不理，径自消失在夜色中。

彼得·所罗门回到书房时，那双灰眼睛里充满了痛苦，他沉重地倒在皮椅上。沉默良久之后，他抬头看着巴拉米挤出一丝惨淡的微笑。“会谈到此为止。”

巴拉米叹了口气，他感受得到所罗门的痛苦。“彼得，我不想往你的伤口上撒盐……但是……你信得过他吗？”

所罗门神情茫然。

“我是说……”巴拉米又说，“与金字塔有关的事情他不会说出去吧？”

所罗门的表情一片空白。“我真的不知道说什么好，沃伦。我甚至都不能肯定自己是否还了解这个儿子。”

巴拉米站起身，在宽大的书桌前慢慢地来回踱步。“彼得，你继承了家族世代相传的责任，可是现在，你得考虑一下刚才发生的事情，我认为我们需要有所防范。我应该把尖顶石还给你，你得为它找一个新的藏身之地，让别的人来保管它。”

“为什么？”彼得问。

“如果扎伽利跟别人说起了金字塔……提及今天晚上我在场……”

“他对尖顶石一无所知，而且，他太不成熟，对金字塔的重要性也并不了解。我们没有必要另找地方存放尖顶石。我把金字塔搁在保险箱里。你的尖顶石还是藏在原来的地方好了。像原来一样。”

六年后，圣诞节那天，所罗门家族还沉浸在扎伽利去世的痛苦中，一个声称自己在狱中打死了扎伽利的壮汉闯入所罗门家的别墅。入侵者为索要金字塔而来，但他带走的却是伊莎贝尔·所罗门的生命。

几天后，彼得把巴拉米召到他的书房。他锁上门，把金字塔从保险箱里拿出来放在桌上。“我本该听从你的劝告。”

巴拉米知道彼得对此深怀内疚。“好在还没有发生问题。”

所罗门疲惫地叹了口气。“你把尖顶石带来了吗？”

巴拉米从口袋里拿出一个方形小包。褪色的棕色纸上系着细线，上面盖着所罗门戒指的蜡封印。巴拉米把小包搁在桌上，他知道，这个分为两部分的**共济会金字塔**不该像今晚这样共处一室。“另找人来保管吧，别告诉我是谁。”

所罗门点点头。

“我知道什么地方可以藏金字塔。”巴拉米说。他跟所罗门说起了国会大厦地下室。“在华盛顿，再也没有比国会大厦地下室更安全的地方了。”

巴拉米记得所罗门一听就喜欢上了这个主意，因为他觉得把金字塔藏在象征我们国家心脏的部位具有符号上的重大意义。*典型的所罗门风格，*巴拉米想。*危急时刻仍不失理想主义者的本色。*

现在，十年后，巴拉米被蒙上眼睛，被人推搡着穿过国会图书馆，他知道今晚的危机远远没有结束。他还知道所罗门选择了谁来保管这个尖顶石……他祈祷上帝，罗伯特·兰登能够胜任。

第 62 章

我在第二大街下面。

传输带辘辘转响，在黑暗中挪向亚当斯大厦，这时兰登仍是双目紧闭。他尽可能不去想象头上数以吨计的泥层和自己正在行进中的狭窄管道。他能够听见头顶几码外凯瑟琳的呼吸声，但到目前为止，她没有说过一句话。

*她吓坏了。*兰登还不想把她哥哥被斩了手的事情告诉她。*但你必须说，罗伯特，她应该知道。*

“凯瑟琳？”兰登终于开口了，还是没有睁开眼睛。“你还好吗？”

一个颤抖而有气无力的声音从他头顶方向传来。“罗伯特，你拿着的那个金字塔，是彼得的，是吗？”

“是的。”兰登回答。

一阵长长的沉默。“我想……这个金字塔就是我母亲被杀害的原因。”

兰登知道伊莎贝拉·所罗门于十年前被害，但他不太了解具体细节，彼得从来不提任何与金字塔有关的事。“你说什么？”

凯瑟琳讲起那个可怕的圣诞之夜，讲述那个身上文有刺青的家伙闯进他们家中的情形，此时她的声音里充满了揪心揪肝的激动。“那是很久以前的事了，可我永远不会忘记他要一个金字塔。他说是在监狱里听到金字塔的事儿，从我侄子扎伽利那儿……就在他打死扎克之前。”

兰登惊讶地听着。这个所罗门家族的惨剧真是令人难以置信。凯瑟琳说，她以前一直以为那个入侵者当晚就被击毙了……但是，同一个人，今天重新露面了，冒充彼得的心理医生，诓骗凯瑟琳到他家去。“他知道我哥哥的许多私事，我母亲的死，甚至还有我的**工作**，”她急切地说，“那些事情他只能从我哥哥嘴里得知。所以我相信了他……这就是他进入史密森博物馆支持中心的原因。”凯瑟琳深深地吸了口气，告诉兰登，她几乎可以肯定这人今天毁了她的实验室。

兰登听后简直惊呆了。好一会儿，他们两人在移动的传送带上沉默无语。兰登知道他必须把今晚另一个可怕的消息告诉凯瑟琳。他慢慢地、尽可能委婉地讲述，从她哥哥几年前怎样委托他保管一个方形小包开始，说到他自己怎样被骗来，今晚就这样带着这小包来到华盛顿，最后，在国会大厦圆形大厅怎样发现了她哥哥的手。

凯瑟琳的反应是死一般的沉默。

兰登知道她这是震惊的反应，他希望自己能伸过手去安慰她，但他们头对脚地躺在黑暗中，他根本做不到。“彼得能挺过去，”他悄声说，“他还活着，我们会把他找回来的。”兰登拼命给她打气。“凯瑟琳，绑架他的人向我保证过，你哥哥会活着回来……只要我为他解开金字塔的密码。”

凯瑟琳仍然一声不吭。

兰登又继续说了下去。他告诉她关于石头金字塔的事情，那上面的共济会密码，密封的尖顶石，当然还有巴拉米声称**共济会金字塔**的传奇实有其事……那是张地图，能够揭示一段隐藏的通向地心深处的旋形楼梯……在几百英尺深处，藏着很久以前埋在华盛顿的神秘古代财富。

凯瑟琳终于开口了，但她的声音呆板而不露情感。“罗伯特，睁开眼睛。”

睁开眼睛？兰登丝毫也没有兴趣了解这个空间究竟有多逼仄，哪怕只是瞥上一眼。

“罗伯特！”凯瑟琳又说，现在她的口气更紧迫了。“睁开眼睛！我们到了！”

兰登睁开眼睛时，他的身体正通过一个跟他进入时一样的出口。凯瑟琳已经从传输带上爬下来了。她从传输带上拎起他的包，兰登也一偏腿跃下，在传输带折返之前及时跳到瓷砖地上。他们此刻置身于一个配送间，跟传输带另一头另一大厦中的那个房间非常相像。有块小字标牌上写着：**亚当斯大厦：第三配送间。**

兰登感到自己像是刚从某个地下沟渠生出来似的。*再生*。他马上转向凯瑟琳。“你还好吗？”

她的眼睛红着，显然刚哭过，但她只是克制地点点头。她一言不发地拎起兰登的包穿过房间，把它搁在一张乱糟糟的桌子上。她拉亮了夹在桌上的氙气灯，拉开拉链，翻下包面，朝里面看去。

在清亮的氙气灯光下，花岗岩金字塔看上去显得有些简陋。凯瑟琳的手指抚过镌在上面的共济会密码，兰登能感觉到她心里起伏不定的情绪。她慢慢地伸手进去拿出那个方形小包，举在灯下细细地查看。

“你能看出，”兰登静静地说，“这个蜡封是彼得的共济会戒指印上去的。他说过，这个小包是一个多世纪前用戒指封印的。”

凯瑟琳什么也没说。

“当时你哥哥把这件东西委托给我保管，”兰登告诉她，“他说这将会给我一种从混沌中创造秩序的力量。我完全不相信这个说法，但我可以假定这块尖顶石也许能揭示某些重要事实，因为彼得坚持说不能让它落到错误的手中。巴拉米先生刚才跟我提到了同样的说法，告诫我把金字塔藏起来，别让任何人打开这个小包。”

凯瑟琳现在似乎有些愤怒了。“巴拉米叫你*不要*打开这小包？”

“是的，他的态度很坚定。”

凯瑟琳显得十分怀疑。“但你说过，惟有这块尖顶石才能解开金字塔的密码，不是吗？”

“也许吧。”

凯瑟琳提高了嗓门。“你说过解开金字塔密码是那人要你做的事情。这是我们能够把彼得找回来的*惟一*办法，不是吗？”

兰登点点头。

“那么，罗伯特，我们为什么不打开这小包，马上破解密码呢？”

兰登不知道该怎么回答。“凯瑟琳，我和你的反应是一样的，但巴拉米告诉我，要把金字塔的秘密保存好，这比任何事情都更重要——甚至包括你哥哥的生命。”

凯瑟琳漂亮的面孔变得严峻起来，她把一绺头发夹到耳后。当她开口说话时，她的声音十分坚定。“这个石头金字塔，不管它是什么，已经让我付出了整个家庭的代价。先是我的侄子扎伽利，再是我的母亲，现在是我哥哥。让我们直说吧，罗伯特，如果你今晚没有打电话来警告我……”

兰登感到自己陷入了僵局之中，一边是凯瑟琳的逻辑，一边是巴拉米的坚定主张。

“我也许是个科学家，”她说，“但我来自一个著名的共济会家庭。相信我，我听说过所有关于**共济会金字塔**的故事以及关于它能引向启蒙人类的宝藏的暗示。老实讲，我觉得很难相信这种事情的存在。不过，*如果它确实存在*……也许揭开它的时间到了。”凯瑟琳已将手指伸到捆扎小包的细绳下边。

兰登跳了起来。“凯瑟琳，别！等等！”

她停了一下，但手指仍顶在细绳下。“罗伯特，我不愿让哥哥为此赴难。不管这个尖顶石上有什么东西……不管刻在上面的铭文揭示了什么失落的财富……秘密到今晚都结束。”

凯瑟琳说着挑衅地把细绳使劲一拽，脆弱的蜡封裂开了。

第 63 章

华盛顿使馆区西侧一个安静的居住区里，有一幢中世纪风格的花园围墙建筑，墙内的玫瑰据说是十二世纪种植的。这个花园的卡德洛克观景台——被称作“影屋”——优雅地坐落在曲折的石砌小径中，筑径的石块来自乔治·华盛顿的私人采石场。

今天晚上，一个闯进木制大门的年轻人打破了花园别墅的宁静，他一边进门一边高声叫着。

“喂？”他喊道，竭力借着月光朝里面张望。“你在吗？”

一个虚弱得几乎听不见的声音回答。“在凉亭……透透气。”

年轻人找到了形容枯槁的老人，他正坐在凉亭的石凳上，身上盖着毯子。这位弯腰驼背的老人个子瘦小，有着一副精灵般的容貌。虽然岁月把他几乎弯成了两截，还夺走了他的视力，但身上依然保持着一种令人无法忽视的精神力量。

年轻人大口喘着气告诉他：“我刚……接到一个电话……是你的朋友……沃伦·巴拉米打来的。”

“噢？”老人昂起头来。“什么事？”

“他没有说，但他的声音似乎非常焦急。他告诉我，他在你的语音信箱留了一条口信，你现在要听吗？”

“他说的就是这些？”

“还有。”年轻人停了一下。“他要我问你一个问题。”*非常奇怪的问题*。“他说他需要你马上回答。”

老人向前凑近了些。“什么问题？”

年轻人向老人复述着巴拉米的问题时，月光下，老人脸上掠过一道阴影。他立刻掀开毯子，费劲地想站起来。

“请扶我进去，马上。”

第64章

不再有秘密了，凯瑟琳心想。

她面前的桌上，完好无损地密封了几代之久的蜡印裂成了碎片。她已经把哥哥珍藏的小包上那层褪了色的棕色包装纸拆开了。她身边的兰登一副心神不宁的样子。

从包装纸里，凯瑟琳取出一个灰色的石制小盒。这盒子很像是打磨过的花岗石立方体，盒子没有铰链，没有插销，令人不知如何开启。这让凯瑟琳想起了中国谜盒。

“像是一块实心的石头。”她说，用手指上下抚摸着那些棱角。“你肯定X射线的图像显示它是空心的？装着尖顶石？”

“是的。”兰登说着挨到凯瑟琳身边，细细查看这神秘的盒子。他和凯瑟琳从不同的角度凝视着盒身，希望找出能开启它的机关。

“找到了，”凯瑟琳说着，用指甲顶在隐藏在盒子边棱的一条缝隙上。她把盒子放在桌上，小心翼翼地撬起盒盖。如同名贵的首饰盒一般，顶盖顺滑地开启。

盒盖翻开时，兰登和凯瑟琳两人都呼吸急促。盒子里面似乎有光芒射出来。此物闪耀着超自然的光泽。凯瑟琳从来未见过这么大块的金器，不过她马上意识到，它只不过是在反射着桌上台灯的光线。

“真是壮观啊，”她悄声说。尽管在石盒里密封了一个多世纪，尖顶石却没有显旧或褪色。*黄金具有抗腐蚀性。这也是古人认为它神奇的原因之一*。凯瑟琳感觉自己身子前倾时心跳加快了，她低头看着那个小小的金顶。“上面刻着字。”

兰登向前凑了一些，他们的肩膀靠在一起。他的蓝眼睛里闪着好奇的光芒。他告诉过凯瑟琳，这是一种古希腊人创造的表记——分成几份的密符，而这个与金字塔长久分离的尖顶石很可能是解开金字塔密码的关键。照此说来，尖顶石上的铭文，不管刻的是什么，都会把混沌变为有序。

凯瑟琳把小盒子凑到灯下，直视着尖顶石。

铭文虽然很小，却异常清晰，优雅地镌在尖顶石的一个面上。凯瑟琳念出了那六个简单的单词。

接着，她又念了一遍。

“不！”她喊道。“不可能是这样的！”

隔着大街，佐藤部长匆匆走过国会大厦长长的走廊，朝着第一大街的集合地点走去。她的现场探员的最新汇报令人无法接受。没有兰登，没有金字塔，没有尖顶石。巴拉米被羁押了，但他没有说实话，起码现在还没有。

我会让他开口的。

她扭头看了一眼华盛顿最新的观光点——国会大厦圆屋顶笼罩下的访客中心。灯火璀璨的国会大厦穹顶更反衬出今夜的危险处境。*危急时刻*。

佐藤释然地听到自己的手机响了显示是她的分析员的来电。

“诺拉，”佐藤应答，“你找到了什么？”

诺拉·凯给她的是一个坏消息。X 光射线图像中的尖顶石字迹太模糊，无法读取，图像放大过滤器也无济于事。

妈的。佐藤咬了一下嘴唇。“那十六个字母格呢？”

“我还在试，”诺拉说，“可是到目前为止，我还没有找到另一套有效的解码系统。我用电脑把这几个格里的字母进行了重组，想找出一些特征来，但出来的组合超过二十万亿。”

“继续。有消息报告。”佐藤挂断电话，板起了脸。她还指望靠一张 X 光片破译金字塔密码呢，这惟一的希望也破灭了。我需要金字塔和尖顶石……没时间了。

佐藤到达第一大街时，一辆黑色车窗的凯雷德越野车呼啸着穿过双黄线停在她面前的集合地点。只有一个探员从车上下来。

“兰登有什么消息？”她问。

“把握很大。”这个人不动声色地说，“后援正在到来。图书馆所有的出口都被包围了。我们还有空中支援。我们会用催泪弹把他给熏出来，他无处可逃了。”

“巴拉米呢？”

“押在后座上。”

好。她的肩膀还在痛着。

这名探员递给她一只装着手机、钥匙和钱包的塑胶防水袋。“巴拉米的物品。”

“没别的了？”

“没有了，夫人。金字塔和尖顶石肯定还在兰登手里。”

“好吧。”佐藤说，“巴拉米知道得相当多，可他没有说出来。我要单独问他。”

“是，夫人，押他去兰利？”

佐藤深吸了一口气，在越野车旁边踱了几步。对于平民的审讯是严格受到条例控制的，审讯巴拉米严重违法，除非在兰利有证人、律师等等在场，而且全程录像。“不去兰利。”她说。她想找个更近、更隐秘些的地方。

这名探员什么都没说，站立在越野车旁边待命。

佐藤点起一支香烟，狠狠地吸进一口，低头看着装有巴拉米物品的防水袋。她注意到他的钥匙环上一个电子遥控钥匙，上面刻着四个字母——USBG。佐藤当然知道这个遥控钥匙可以打开的是哪一幢政府大楼。这幢大楼离这儿很近，而且，在这一时刻，非常隐秘。

她微笑了一下，把遥控钥匙放进了口袋。*太好了*。

当她告诉探员她要带巴拉米去什么地方时，还以为那名探员会露出惊讶的神色，但他只是点了点头，为她拉开副驾驶座的门，他冷静的眼神里没有一丝表情。

佐藤喜欢专业的人。

兰登站在亚当斯大厦的地下室，难以置信地凝视着纯金尖顶石上的优雅铭文。

就这些？

一旁的凯瑟琳把尖顶石凑到灯下，摇了摇头。“肯定还有更多的东西，”她说，口气中有上当的感觉。“这就是我哥哥这些年来一直在保护的东西？”

兰登不得不承认他也被搞得一头雾水。据彼得和巴拉米的说法，这个尖顶石应该可以帮助他们破译石头金字塔的密码。兰登原本还指望着这东西能给他点启示和帮助。*不如说显而易见，却毫无用处*。他又念了一遍镌在尖顶石上的铭文。

The
secret hides
within The Order

奥秘
隐藏于
秩序之中

*奥秘隐藏于**秩序**之中？*

第一眼看去，这铭文的意思似乎十分显然——金字塔上的字母没“秩序”，而秘密就潜伏于它们的正确排序之中。但这样解读，铭文除了自我证明之外，似乎别无他用。“定冠词（the）和秩序（order）的首字母是大写的。”兰登说。

凯瑟琳茫然地点点头。“我看到了。”

奥秘隐藏于秩序之中。

兰登只能想到一个合乎逻辑的暗示。"'秩序'（The Order）指的一定是共济会。"[①]

"我同意，"凯瑟琳说，"可这仍然没有任何帮助，还是等于什么都没告诉我们。"

对此兰登也只能认同。说到底，关于**共济会金字塔**的整个故事都是围绕着共济会隐藏的奥秘的。

"罗伯特，我哥哥是否跟你说过，这个尖顶石会给你一种能力，让你从在别人只是一片混沌的事物中看到秩序？"

他挫败地点点头。今晚，罗伯特·兰登第二次感觉到自己并无价值。

第65章

迈拉克把今夜的不速之客——优佳安保公司的女保安处置停当后，立刻把窗玻璃上剥落的油漆粘回原位，她刚才就是从那个洞眼瞥到他的密室圣所的。

现在，他走上台阶，步出地下室微蓝色的薄雾，穿过一道暗门进入起居室。他在屋里停了停，欣赏那幅引人入胜的《美慧三女神》，品味着自己居所里熟悉的气息和声响。

很快我就要永远离开了。迈拉克知道，过了今晚，他再也不会回到这个地方来了。过了今晚，他想着未来，露出微笑，我将不再需要这个地方。

他想知道罗伯特·兰登是否已领会到了金字塔的真正力量……或是他命定的角色的重要性。兰登还没有给我电话，迈拉克想着，又一次查看一次性手机上的显示屏。现在是夜里十点零二分。他只有不到两小时的时间了。

---

① 原文为order作为名词既有秩序，顺序，命令之意，也用于表示社团、团会、组织、结社或家教团体。

迈拉克上楼进入铺着意大利大理石地板的卧室，打开蒸汽淋浴龙头让热气蒸腾起来。然后，他有条不紊地脱光衣服，急切地开始洁身仪式。

他喝了两杯清水，镇定一下饥肠辘辘的胃。接着，他走向全身镜，细细欣赏自己的裸体。经过两日禁食，肌肉线条更凸显了，他实在无法不赞叹自己的身姿。*到了黎明，我将更加卓越不凡。*

第66章

“我们应该离开这儿，”兰登对凯瑟琳说，“他们早晚会发现我们的。”他希望巴拉米已安全脱身。

凯瑟琳依然目不转睛地盯着尖顶石看，仿佛很难相信铭文对他们竟毫无帮助。刚才，她从盒子里取出了尖顶石，翻来覆去地仔细端详，现在只得小心翼翼地把它放回盒中。

奥秘隐藏于团会之中，兰登心想，*真够有帮助的*。

兰登发现此刻自己在怀疑，关于盒中玄机，彼得是不是被误导了。早在彼得出生前，这座金字塔和尖顶石就已在世了，彼得只是执行先父的指示保住秘密，但他或许也和兰登、凯瑟琳一样，对内情一无所知。

*我还能指望什么呢？*兰登心想。今晚，他对**共济会金字塔**的传说所知越多，似乎就越发感到扑朔迷离不可相信。*我是在寻觅隐藏在巨石下的旋梯吗？*可他似乎听到了答案：他只是在捕风捉影。但无论如何，破译金字塔的密码恐怕是救出彼得的最好办法。

“罗伯特，你对一五一四年有什么印象？”

一五一四年？这问题，似乎无的放矢。兰登一耸肩，“想不起什么。为什么这么问？”

凯瑟琳把石盒递给他。“看，这盒子上有年份。你对着光仔细看看。”

兰登在桌边坐下，凑近台灯审视立方体的石盒。凯瑟琳把手轻轻搭在他肩头，指出刚才她在盒身上发现的那排小字，就在靠近底边的一角。

“公元一五一四。”她指着盒子念。

毫无疑问，雕刻的小字正是数字1514，后面还有A和D的字样，但排列的方式异乎寻常。

1514 

“这个年份，”凯瑟琳的声音里突然透出了希望，“大概就是我们一直寻找的关键点？这块方石标注了日期，很像共济会的奠基石，或许它是某个真正的奠基石的象征物？或许是公元一五一四年落成的某栋建筑？”

兰登几乎没怎么听她说。

“AD1514”*不是一个年份*。

任何一位研究中世纪艺术的专家都会认得这种符号，，这是众所周知的落款——代替签名的符号。许多早期哲学家、艺术家和作家都会用独特的图案或字母组合为著作署名，而不是直接写下姓名。这样做既能为作品增添神秘的吸引力，又能在他们的著述或艺术作品不被接受的情况下保护他们免遭攻击。

盒身上这枚记号中的A和D并不代表*耶稣纪元后*……而是一个意思完全不同的德语词。

霎那间，仿佛洞若观火，兰登看到所有的碎片都吻合上了。就在那几秒之间，他确定自己能一清二楚地破解金字塔的秘密。“凯瑟琳，这是你的功劳，”说着，他把盒子包好，“万事俱备。我们走。我在路上慢慢跟你解释。”

凯瑟琳一头雾水，“公元一五一四这个年份当真对你有启发？”

兰登朝她挤了下眼睛，径直走向门口。“AD指的不是年份，凯瑟琳。而是一个人。”

第67章

使馆街以西，十二世纪的玫瑰花丛、凉亭，连同围墙里的整个花园都重新归于寂静。在进门那条路的另一头，有位年轻人正搀扶着驼背老人走过宽阔的草坪。

他让我给他带路？

平日里，双目失明的老人总是拒绝别人帮忙，情愿凭记忆在他的隐居地走动。可是，今晚他显然急着进屋去回沃伦·巴拉米的电话。

“谢谢你，”他们走进大楼时，老人说，“到这儿就行了，我能摸过去。”他的私人书房就在楼里。

“先生，我很乐意留下来帮——”

“今晚不需要再麻烦你啦，”他说，松开年轻人的手臂匆匆转身蹒跚地走入了黑暗。“晚安。”

年轻人出了楼，再次走过大草坪，回到下面他自己的简朴住所。等他走进自己的公寓时，还觉得好奇难耐。这是明摆着的，老人被巴拉米先生提出的问题惹急了……而且，那问题很奇怪，好像没什么意思。

寡妇之子没人帮吗？

他绞尽脑汁猜了又猜，还是琢磨不出这话的意思。他疑惑地走到电脑前，在搜索引擎栏里完整地输入这句话。

结果却让他大吃一惊，相关的资料一页又一页地冒出来，都一字不差地引用了这句提问。他翻看着网页，百思不得其解。如此看来，沃伦·巴拉米不是史上抛出这个怪问题的第一人。这话早在几百年前就被人念叨过了……是所罗门王哀悼被谋杀的亡友时说的。据说，共济会成员们至今仍在使用这句话，作为求救暗语。看来，沃伦·巴拉米刚刚是向另一位共济会会友发出了遇难信号。

第 68 章

*阿尔布雷特·丢勒？*①

凯瑟琳跟着兰登疾走在亚当斯大厦的地下室里，试图理清头绪。*AD 代表阿尔布雷特·丢勒？*这位十六世纪的著名德国雕刻家和画家是

① 阿尔布雷特·丢勒（Albrecht Dürer，1471—1528），文艺复兴时期德国最重要的艺术家、理论家。他与达·芬奇一样，具有多方面的才能，不过在版画艺术上贡献尤巨。

她哥哥最喜爱的艺术家之一，凯瑟琳对他的作品有一些印象。即便如此，她还是无法想象在眼下的情形里丢勒对他们能有何助益？首先，他已经死了四百多年了。

“从符号学上说，丢勒近乎完美。”兰登边说边朝一连串闪亮的出口指示灯走去。“他是文艺复兴思想的终极体现者——既是画家、哲学家、炼金师，还终其一生钻研**古代奥义**。至今还没有人能完全理解隐匿在丢勒艺术品中的信息。”

“你说得没错，”她说，“但为什么‘1514 阿尔布雷特·丢勒’可能解释如何破译金字塔的密码呢？”

他们走到一扇门前，门锁住了，兰登用上了巴拉米的门卡。

“1514 这几个数字，”他们快步上楼时，兰登说：“明确无误地告诉我们：那是指丢勒的一幅具体作品。”他们走进了又长又宽的走廊。兰登四下一看，指着左边说：“往这边走。”他们接着快步前行。“事实上，阿尔布雷特·丢勒在他最神秘的杰作里隐藏了 1514 这几个数字，那幅画叫《忧郁症 I》，完成于一五一四年，被公认为北欧文艺复兴的扛鼎之作。”

彼得曾向凯瑟琳展示过一本古代神秘主义的老书，书里就有这幅《忧郁症 I》，但她记不得画里隐匿着数字 1514。

“你大概知道吧，”兰登有点激动，“《忧郁症 I》描绘了人类为了理解**古代奥义**如何苦思冥想。画中的符号寓意非常复杂，相形之下，列奥纳多·达·芬奇的画甚至显得有些直白了。”

凯瑟琳突然停下脚步，瞪着兰登。“罗伯特，《忧郁症 I》就在华盛顿，挂在国家美术馆里。”

“是的。”他露出微笑，“而且我有种感觉，那并不只是巧合。美术馆现在已经闭馆了，但我认识馆长——”

“得了吧，罗伯特，我知道你进了博物馆会发生什么。”凯瑟琳看到身旁的小房间里有书桌，桌上有台电脑，便掉头走了过去。

兰登跟着她，一脸的不高兴。

“我们还是走捷径吧。”兰登教授似乎并不赞赏这种做法，原作就在附近，却要用互联网看画——这不符合艺术鉴赏大师的精神，令他陷入了某种伦理困境。凯瑟琳绕到书桌后，插上电源。等这台机器终于慢悠悠地启动了，她才意识到还有一个问题。“没看到浏览器的图标。”

“这是图书馆的内部网络。”兰登指了指桌面上的一个图标，“试试那个。”

图标上显示的是“数码藏品”，凯瑟琳点击了进去。电脑上顿时出现了一个新画屏，兰登又指了指。凯瑟琳点中他指的图标：“古典艺术佳品”。屏幕刷新了。“古典艺术：搜索”。

“输入‘阿尔布雷特·丢勒’。”

凯瑟琳把名字打进搜索框，点击搜索键。不出几秒，屏幕上就出现了一系列画作的小图标。所有画作看上去都是一个风格——错综复杂的黑白线条。丢勒显然创作了数十幅类似的雕版画。

凯瑟琳扫视着按照字母排序的作品列表。

《亚当与夏娃》
《基督被叛》
《天启四骑士》
《伟大的受难》
《最后的晚餐》

看着所有这些圣经题材的作品，凯瑟琳也想起来了，丢勒习的是“神秘主义基督教”，一种早期基督教、炼金术、占星术和科学的混合体。

科学……

火光冲天的实验室，那幕场景突然浮现在她脑海里。她还来不及思忖这个事件会造成怎样的长远后果，眼下，她想到的是助理翠西。但愿她逃过了这一劫。

兰登正在说着丢勒的《最后的晚餐》，但凯瑟琳听不进去，她刚刚找到《忧郁症 I》的链接。

她摁下鼠标，网页刷新，显示出介绍文字。

忧郁症 I，1514

阿尔布雷特·丢勒
直纹纸雕版画
罗森旺德　收藏

国家美术馆

华盛顿特区

她滑动鼠标把网页往下拉，丢勒的杰作化为一张高清晰度的数码照片，夺人眼目。

凯瑟琳迷惑不解地瞪着屏幕，她已经忘了这是多么诡谲的一幅画。

兰登善解人意地笑了笑，“我说过，这画晦涩难懂。”

《忧郁症 I》的画面主体是一个深思的人物，背后张开巨大的双翼，坐在一栋石头建筑物前，身边围绕着各种古怪、诡异、源自想象的东西，彼此都似乎毫无关联——量尺、衰竭的瘦狗、木匠工具、沙漏、各种几何形体、吊着的摇铃、天使像、一把刀、一把梯子。

凯瑟琳隐约记得哥哥告诉过她，画中人有双翼寓意着“人类中的天才”——这是个伟大的思考者，托腮冥想，面露沮丧，仍未获得灵光启示。围绕这个天才的是象征人类智慧的所有符号——科学、数学、哲学、自然、几何学，甚至木工所需的物件——但他依然不能攀上通往真知的梯子。*即便是人类中的天才，也苦于无法领悟古代奥义。*

“从符号学来看，”兰登说，“这幅画象征了人类试图将人类智慧转变为神一般的能力的诸多努力均告失败。用炼金术来诠释的话，它代表了我们无法把铅炼成金。”

“不算是特别鼓舞人心的画意，”凯瑟琳应和道，“那么，它对我们有什么用？”她没有看到兰登提及过的那个隐藏的数字 1514。

“变混沌为有序，”兰登说着，牵动一边嘴角露齿而笑，“恰如你哥哥的承诺。”他从口袋里掏出一张纸，上面是刚才从共济会密码中得到的字母格。“刚才，这个字母格毫无意义可言。”他把它摊平在桌上。

S	O	E	U
A	T	U	N
C	S	A	S
V	U	N	J

凯瑟琳瞥了一眼字母格。*肯定毫无意义。*

“但丢勒会让它变身的。”

“怎么变？”

“语言炼金术。”兰登指了指电脑屏幕。“仔细瞧瞧。揭开我们这十六个字母奥秘的答案，就藏在他这幅杰作中。”他等了等。“看出来了吗？找一找数字 1514。”

凯瑟琳没心情玩课堂游戏。“罗伯特，我什么都没瞧见——这是一只球，这是梯子、刀子，那是多面体，那是天平吗？我放弃。”

“看啊！就在背景里。刻在天使背后的建筑物上，摇铃下面，丢勒刻了一个方格盘，里面填满了数字。”

凯瑟琳这才看到，方格子里确实有数字，1514 就在其中。

“凯瑟琳，那个数格就是破译金字塔的钥匙！”

她惊诧莫名地瞪着他。

“那不是个普通的数字方格，”兰登说着，咧嘴一笑，“所罗门小姐，那是个*幻方*。”

第 69 章

他们到底要带我去哪儿？

巴拉米蜷缩于越野车后车厢，双眼被蒙住了。车在国会大厦图书馆附近停了一下，然后继续往前行驶……但只走了一分钟左右。此时，越野车又停下了，大约只开过了一个街区。

巴拉米听到一段含糊的对话。

“对不起……不行……”有人用权威的语气说，“……闭馆了……”

驾驶越野车的司机用同样威严的口气说：“中央情报局调查组……国家安全……”显然，这些名词、这种身份很有说服力，因为对方的语气立刻来了个一百八十度的改变。

“是的，当然……工作人员入口……”又传来一阵噪音，好像有一扇大车库门被拉开了，此时，那人又补充了一句，“需要我陪你们吗？进去后，你们无法通过——”

“不。我们已经有钥匙了。”

就算门卫大吃一惊也无济于事，太晚了。越野车再次开动。前进了约有五十码就停下来。沉重的车库门又被人拉上了。

寂静。

巴拉米意识到，自己一直在发抖。

嘭！越野车的后车厢盖被打开了。巴拉米感到肩头一阵锐痛，有人拽住他的胳膊，把他拖出去，让他站定。挟持他的人一言不发，只是拉着他走了很长一段人行道。这儿有一股奇怪的泥土味，他想不出会是哪里。还有别人的脚步声，跟着他们一起走，这身份不明的人始终没有吭声。

他们停在一扇门前，巴拉米听到刷电子门卡的“嘟嘟”声。门弹开了。巴拉米被粗暴地推着走过了好几条走廊。他忍不住注意到空气越来越温暖、越来越潮湿了。*或许是个室内游泳池？*不是。空气里的气味并不是氯……闻起来更像是单纯的泥土。

*我们到底在哪里？*巴拉米心里明白，他们距离圆形大厅至多只有一两个街区之遥。他们又停下来，他再一次听到电子门卡打开了一道保险门。这扇门开启时，有轻微的“嘶嘶”声。当他们把他拉到门内时，扑面而来的气味让他恍然大悟。

巴拉米现在意识到他们身在何处了。*我的上帝啊！*他经常来这里，但从没走过工作人员通道。这座宏伟壮观的玻璃建筑就在国会大厦三百码之外，照理说，这儿也属于国会大厦建筑群落。*这地方归我管！*巴拉米明白了：他们就是用他钥匙串上的门卡进入此地的。

臂力强劲的挟持者推着他走上门道，沿着一条有风轻吹的走廊继续前行，感觉很熟悉。通常，这地方的闷热潮湿能让他放松。但今晚他汗如雨下。

我们在这儿干什么？

那人猛地一拉，巴拉米停下来，又被推倒在一条长凳上。强壮的挟持者解开他的手铐，又将他的手反扭到背后，重新铐上。

“你们想从我这儿得到什么？”巴拉米问，心脏怦怦跳得很凶。

回答他的是靴子走开的脚步声，玻璃门轻轻滑拢了。

寂静。

死一般的寂静。

*他们想把我留在这儿？*巴拉米使劲地甩动双手想挣脱手铐，此时他已是汗流浃背。*我甚至不能自己解开眼罩吗？*

“救命！”他喊起来，“有人吗？”

巴拉米也清楚，就算是惊惶高呼，也没人会听到他的求救。这座玻璃屋壮观极了——人称“丛林”——只要门都关上，内部就是完全密闭的。

他们把我扔在丛林里，他心想，*得到明天早上才会有人发现我*。

就在这时，他听到了什么。

那声音很轻，几乎听不到，却把巴拉米吓了一大跳，好像聋了一辈子的人突然被声音惊着了。*有什么在呼吸。非常近*。

他不是独自一人在长凳上。

火柴头“嘶”一声划亮了，紧贴着他的脸，他都能感到一阵灼热。巴拉米退缩了一下，出于本能地猛力拉扯手铐。

随后，毫无预警地，有只手摸上他的脸，移走了他的眼罩。

当佐藤井上把火柴凑近叼在嘴边的香烟时，他眼前的火焰在佐藤的的黑眼睛里映照着，她的烟和巴拉米的脸之间只隔了几英寸。

月光从玻璃天顶上倾泻下来，她借着月光凝视着他。看到他张皇失措，她好像挺满意。

“那么，巴拉米先生，”佐藤说着甩灭火柴。“我们从哪里说起？”

第70章

幻方。凯瑟琳看着丢勒雕版画中的数字点了点头。一般人会认为兰登疯了，但凯瑟琳一下子就领悟到，他是对的。

“幻方”是个术语，指的并不是什么神秘法术，而是数学——由连续的数字组成的数格，无论纵向、横向还是对角线的数字相加都能得到相同的数值。最初，幻方是由四千多年前的古埃及和古印度的数学家发明的，至今都有人相信，幻方中存有神秘的力量。凯瑟琳读到过，今天还有些虔诚的印度人在神殿上画三阶幻方，称之为Kubera Kolam。不过，现代人基本上已把数学幻方归入了“娱乐算术”之列，还有些人热衷于发现新的幻方组合。*天才们说的数独游戏*。

凯瑟琳飞快地分析了一遍丢勒的幻方，将每一排、每一列的数字相加。

16	3	2	13
5	10	11	8
9	6	7	12
4	15	14	1

"三十四，"她说，"每个方向加起来都是三十四。"

"说得对，"兰登说，"但你知道**这个**幻方为什么闻名于世吗？因为这个幻方看起来不可能实现，但丢勒做到了。"他用手比画了一下，向凯瑟琳展示：不止是纵向、横向、两条对角线相加为三十四，丢勒还成功地做到了四个象限、四个中心方块、甚至四个角上的方块里的数字相加都是三十四。"更让人惊叹的是，丢勒还有办法把十五和十四这两个数字嵌入底层数列，暗示他是在一五一四年完成的这项不可思议的杰作。"

凯瑟琳按照他的指点去算，果然被无懈可击的组合震惊了。

这时，兰登更激动了，"非凡之作啊！《忧郁症I》是幻方历史上首次出现在**欧洲**艺术品中。有些历史学家相信，丢勒在此暗示：古代文明的秘密已从埃及神秘教派中游离而出，此刻正掌握在欧洲神秘社团的手中。"兰登停顿了一下，"我们因此回到……这里。"

他指向那张纸，雕刻在石头金字塔上的字母格。

S	O	E	U
A	T	U	N
C	S	A	S
V	U	N	J

"现在再看这个模式就有点眼熟了吧？"兰登问。

"四阶数格。"

兰登拿起铅笔，将丢勒的幻方谨慎地描摹到小纸片上，排列在字母格的旁边。凯瑟琳此刻才看出，这有多么简单。他泰然自若地站起身，铅笔还拿在手里，但是……奇怪，一番激动后，他似乎又犹豫了。

“罗伯特？”

他转身看她，竟有一丝惊恐的神情。“你确定我们要这么做吗？彼得特别说过——”

“罗伯特，如果你不想破解这些铭文，那我来。”她伸出手问他要铅笔。

兰登看得出什么都阻止不了她，便只好屈服，注意力重新转回金字塔。他仔细地把数格套到字母格上，为每个字母标上一个数字。于是，将共济会铭文字母按照丢勒幻方中的顺序规定重新排列，他制作出一个新的字母格。

兰登写完后，两人一起复查结果。

J	E	O	V
A	S	A	N
C	T	U	S
U	N	U	S

凯瑟琳顿时傻眼了。“仍然一堆乱码。”

兰登沉默良久。“事实上，凯瑟琳，这不是乱码。”灵光一现，他的眼睛又亮起来，“这是……拉丁文。”

漆黑的长廊里，年迈的盲人用他最快的速度往私人办公室走去。终于进屋后，他疲惫地瘫坐在书桌旁的坐椅里，快散架的老骨头总算舒坦了些。答录机的蜂鸣器在叫。他摁下按钮，仔细地听。

“我是沃伦·巴拉米，”他的朋友、共济会会友压低了声音说，“恐怕我的消息会让你担忧……”

凯瑟琳·所罗门又看了一遍字母格，反复琢磨其中的意思。毫无疑问，在她眼里，有个拉丁词汇突显出来了。*Jeova*。

J	E	O	V
A	S	A	N
C	T	U	S
U	N	U	S

凯瑟琳没有学过拉丁文，但她读过古希伯来文的文献，因而看熟了这个词。*Jeova*。*Jehovah*。她的视线继续往下推进，就像读一本书一样读着字母格，她突然惊诧地发现：自己能把金字塔铭文全部读通。

Jeova Sanctus Unus.

她一下子读懂了。这个短语在现代希伯来经文翻译中随处可见。《圣经·摩西五经》，希伯来的上帝有许多名字——*Jeova*，*Jehovah*，*Jeshua*，*Yahweh*，*the Source*，*the Elohim*——但许多罗马译本将这些令人困惑的专用语统一合并为一个拉丁文短语：*Jeova Sanctus Unus*。

"真一神？"她喃喃自语。这个词怎么看都不像是能帮他们找到她哥哥的资讯。"这就是金字塔的秘密信息？真一神？我以为是一幅地图。"

兰登也同样困惑不解，眼中的兴奋光芒渐渐消退。"这样解码显然是正确的，可是……"

"绑架我哥哥的人想知道**地点**。"她把头发拢到耳后，"这个答案无法让他满意。"

"凯瑟琳，"兰登说着长叹了一声，"我就担心这一点。整个晚上，我一直有种感觉，我们把神话和传说当现实了。或许，这段铭文指出的是一个**隐喻性**的地点——只是告诉我们，惟有真一神才能提升人的真正潜能。"

"但这么说不合情理！"凯瑟琳回答，她下颌紧绷，挫败感流露无遗，"我们家族保护这尊金字塔已有几个世代之久！真一神？**这**就是秘密？中央情报局会认为这事关国家安全？要么是他们在扯谎，要么就是我们遗漏了什么！"

兰登只能以耸肩作答。

就在这时，他的电话响了起来。

古书堆积的混乱办公室里，驼背的老者俯在书桌上，患有关节炎的老手紧紧地攥着听筒。

铃声响了又响。

终于，对方应答了，语调里透着犹疑，"喂？"声音低沉却不甚确定。

老者轻声说，"有人告诉我，你需要庇护。"

电话那头的男子显然被惊吓到了，"你是谁？是不是沃伦·巴——"

“不要说名字，我请求你，”老者说，“告诉我，你有没有保护好托付给你的地图？”

对方惊得楞住了。“是……但我认为它无关紧要。它没有说明什么。如果它是份地图，似乎更像是隐喻性的而不——”

“不，那是千真万确的地图，我向你保证。它指向一个非常确凿的地点。你必须保证它的安全。千言万语都无法向你证明它是多么重要。有人正在追踪你，不过，如果你能到我这儿，并不被人发现，我将提供庇护所……以及答案。”

男子犹豫了一下，显然不确定如何是好。

“我的朋友，”老者再次开口时，越发谨慎地斟酌词句，“罗马台伯河以北有一个避难所，存有十块西奈山上的石头，其中之一来自天堂，还有一块刻有路加黑暗之父的面容。你知道我在哪里吗？”

电话那头传来长时间的静默，接着，那男子答道：“是的，我知道。”

老者露出微笑。*我知道你会懂的，教授*。“立刻就来。要确保没人跟踪。”

第 71 章

迈拉克赤身站在热气汩汩翻腾的淋浴花洒之下。他感到自己又纯净了，身体上残余的最后一丝乙醇气味也已经洗去。含有桉树精油的水汽浸润着他的皮肤，他能感觉到，毛孔在热气中舒缓张开。接着，他开始了他的仪式。

首先，他在遍布文身的身体和头皮上涂抹褪毛膏，一根体毛都不能留下。*赫利阿德斯七岛的众神浑身光滑无毛*。接着，在渴求滋润的柔软体肤上涂抹阿伯拉梅林魔油。*阿伯拉梅林是伟大的巫师所用的圣油*。随后，他把水龙头猛地向左扳到底，水立刻变得冰凉。他站在冻人的水柱下足有一分钟，让毛孔封闭，把热气和能量锁入身体的深处。冰冷的水也在提醒他：牢记这次变身始于何处。

从花洒下走出来时，他浑身颤抖，但数秒过后，体内的热量透过层层血肉散发出来，他感到暖和了，体内仿佛有火炉。他裸体立于镜前，欣赏这具躯体……或许，这是最后一次吧，目睹凡胎俗身的自己。

双脚，是鹰爪。双腿，一是波阿斯，一是雅斤，都是古代贤才，好比智慧的栋梁。臀和腹，是神秘力量的拱门。拱门之下，雄壮的生殖器刺上了他命运的象征。曾几何时，这根血肉茎干是肉体欢愉的源泉。但不再是了。

我已被净化。

像卡特里派神秘阉人僧侣那样，迈拉克摘除了睾丸。为了更有价值的力量，他甘愿牺牲肉体之能。*神没有性别*。摆脱了人类性别限制所带来的不完美，也涤除了性欲的纷扰，迈拉克已经变得像天神乌拉诺斯、美少年阿提斯、罗马的斯普拉斯，以及亚瑟王传说中那位伟大的阉人魔法师一样。*每一种精神升华都以肉体变身为先*。所有伟大的神明告诉我们的……无论是古埃及冥神奥西里斯、苏美尔农神塔慕茨，还是耶稣、湿婆乃至佛陀。

我必须抛弃裹挟自己的人身皮囊。

突然，迈拉克的视线转而向上，越过胸前的双头凤凰和脸部的古代魔咒文饰，直接落定在天灵盖上。他对着镜子，头微微前倾，尚能依稀见到留在那里的一圈头皮，空白无纹。身体的这个位置是神圣的。俗称“囟门”，是人类出生时仍然打开着的区域。*大脑的天目*。尽管这条身体通道在数月之内就会闭合，却仍被视为一个表示外部世界和内部世界之间遗失的关联的符号性器官。

迈拉克凝视着这块尚未文饰的神圣体肤，周围，衔尾蛇的神秘图案如皇冠般将其围拢。赤裸裸的天灵盖好像也在凝视他……如同承诺般闪闪发亮。

用不了多久，罗伯特·兰登就会发现迈拉克所需的珍宝。只要迈拉克得到它，头顶的留白就将被填满，他也将做好最终变身的准备。

迈拉克从镜前走到卧室另一边，从最底层的抽屉里取出一条长长的白绸。像往常一样，他用绸布裹住下腹和臀部，然后走下了楼。

书房里，他的电脑刚刚接收到一条电邮短信。

来自他的线人：

你要的东西现已唾手可得。

一小时之内我就联系你。耐心点。

迈拉克笑了。是时候做最后的准备了。

第72章

中央情报局现场探员从阅览室阳台退下来时，心情糟透了。巴拉米耍了我们。他用热成像设备找了半天，楼上摩西雕像边和楼上其他地方都没有热源信号。

兰登那家伙到底跑哪儿去了？

刚才，他们只在一个地方发现了热源——在图书馆的配送室，探员折回去复查。他又钻到楼梯底下，在八角形的通道台口下移动。传送带辘辘作响地运转。钻进来后，他把推到头顶的热成像探测眼镜放下来，仔细检查这个房间。没发现什么。他朝那堆碎片看去，损坏的门板仍然显示有爆炸后的高热。除此之外，他什么也没——

见鬼了！

探员吓得往后一缩——有发光的形象飘进他的视野。活像一对鬼影，发着幽暗的光的两个人形刚刚出现在墙里的传送带上。热源。

探员目瞪口呆，眼看着两条离奇的人影在传送带上绕着房间转了一圈，然后消失在墙里的一个小洞口。他们搭乘传送带出去？疯了吧。

他们眼巴巴地看着罗伯特·兰登从他们眼皮底下穿墙而过，不仅如此，探员还发现了新问题。兰登不是独自一人？

他想打开对讲机呼叫组长，组长却抢先一步呼叫他了。

"全员注意，我们发现一辆沃尔沃停在图书馆前门，车里没人。车主登记名为凯瑟琳·所罗门。有见证人说她进入图书馆没多久。我们怀疑她正和罗伯特·兰登在一起。佐藤部长下了命令，我们要立刻找到他们俩。"

"我刚刚发现了他俩的热源信息！"配送室里的探员大声回复道，汇报了现场状况。

"看在上帝的分上！"组长听罢，焦躁地问，"该死的传送带通到哪里？”

探员已经在察看告示板上的内部资料。“亚当斯大厦，”他答道，“距此一个街区。”

“全员注意。赶往亚当斯大厦！立即出发！”

第73章

庇护所。答案。

当兰登和凯瑟琳冲出亚当斯大厦的边门，闯进寒冷的冬夜时，这些话仍在他的头脑里萦绕不去。神秘的致电人用晦涩的隐语暗示了自己的位置，但兰登明白了。令人惊讶的是凯瑟琳的反应，她对下一个目的地充满信心：*要找真一神，难道还有别的地方可去吗？*

现在的问题是，怎样到达那里。

兰登开始收拾，生怕落下什么东西。天很黑，但幸好雨云已消散。他们正站在一个小庭院里。远处，圆顶国会大厦看起来是那么遥远，兰登突然意识到，这是他七小时前赶到国会大厦后第一次走到室外。

我的演讲到此为止。

“罗伯特，你看！”凯瑟琳指着杰斐逊纪念堂的轮廓说道。

兰登的第一反应是诧异：他们竟然在地下传送带上行经了这么长一段路！紧接着他就警觉起来。杰斐逊纪念堂外闹哄哄的——卡车和汽车直往里开，还有人在喧哗。*那是探照灯吗？*

兰登一把拉住凯瑟琳的手。“快走。”

他们穿过庭院向北飞奔，迅速消失在一栋马蹄形的优雅建筑物后面，兰登知道，他们经过的是福尔吉·莎士比亚图书馆。今夜，这座图书馆似乎是他们绝佳的藏身地，因为弗朗西斯·培根的《新亚特兰蒂斯》原著拉丁文手稿就保存在这里，美国先辈正是依据古老文明的乌托邦理想来建构新世界的。但即便如此，兰登也不想在此逗留。

我们需要一辆出租车。

他们跑到第三大街和国会东街的拐角。路上没几辆车，兰登四下张望搜寻出租车，心渐渐凉了半截。他和凯瑟琳沿着第三大街向北小跑，只想把国会图书馆远远地抛在身后。他们跑过整整一个街区之后，兰登总算在街角发现了一辆出租车。他挥手示意司机，车子便慢慢地靠过来。

收音机里放着中东音乐，年轻的阿拉伯司机朝他们和善地笑笑，等他们一跳上车便问："去哪儿？"

"我们要去——"

"西北！"凯瑟琳插了一句，指着和杰斐逊纪念堂方向相反的第三大街。"朝联合车站开，然后在马萨诸塞街左拐。什么时候停车我们会告诉你的。"

司机一耸肩，拉上了树脂玻璃隔板，转而把音乐声重新调大。

凯瑟琳瞧了兰登一眼，似乎在警告他："不能留下踪迹。"她指了指车窗，示意兰登去看盘旋在低空的一架黑色直升机，它正在逼近这个地区。*该死的*。佐藤动真格的了，她显然是铁了心要抢回所罗门的金字塔。

他们观望着直升机降落在杰斐逊纪念堂和亚当斯大厦之间，凯瑟琳转过身，忧虑的神情越来越凝重了。"我能不能看一下你的手机？"

兰登把手机递给她。

"彼得跟我说过，你的记忆力惊人，过目不忘？"她说着，摇下她身边的车窗。"也记得自己拨过的每一个电话号码？"

"是真的，但——"

凯瑟琳一扬手，手机消失在夜色中。兰登扭过身去，眼看着他的手机翻了几个跟斗，在车后的人行道上砸得粉碎。"你为什么要这么做！"

"销声匿迹。"凯瑟琳目光深沉地说。"这尊金字塔是我们找到哥哥的惟一希望，我不想眼看着中央情报局从我们手上偷走它。"

奥玛·阿米拉纳在驾驶座上摇头晃脑，跟着音乐哼着小调。今晚生意惨淡，总算有了上门客，他觉得自己挺走运的。车刚过斯坦顿公园，收音机里就传来公司调度员嘶哑的嗓门。

"调度中心呼叫国家广场区的所有车辆。我们刚刚接到政府部门发来的通知，有两名逃犯从亚当斯大厦……"

奥玛听着调度员描述逃犯的外貌，不禁大吃一惊，分明就是他车里的那对乘客。他不安地偷偷瞥了一眼后视镜。奥玛不得不承认，高个儿男人确实有些眼熟。莫非是在全美通缉告示上见过他？

奥玛尽量不露声色地把手探向无线电话机。“调度？”他压低了声音对着话筒说，“我是一三四号出租车。你刚提到的那两人——他们在我车上……就是现在。”

调度员立刻指示奥玛该怎么做，并告诉他一个电话号码。奥玛拨手机时，双手不停地颤抖。有人接电话了，声音果断干练，像士兵。

“我是特纳·西姆金探员，中央情报局现场探员。你是谁？”

“呃……我是那辆出租车的司机，”奥玛说，“他们跟我说有两个——”

“逃犯眼下就在你车上吗？回答是或否。”

“是。”

“他们听得到你打电话吗？是或否？”

“否。隔板——”

“你送他们去哪里？”

“马萨诸塞街西北边。”

“具体方位？”

“他们没说。”

探员迟疑了一下，又问：“男乘客是否携带一只皮包？”

奥玛瞥向后视镜，瞪大了双眼。“是的！那只包里没什么爆炸物或——”

“仔细听好，”探员说，“只要你按照我的指示做，你就没有危险。明白吗？”

“是，先生。”

“你叫什么？”

“奥玛。”他已经吓出了一身冷汗。

“听着，奥玛，”对方镇定地说下去，“你做得很棒。我的小组会赶到你前面，我要你尽可能缓慢行驶。你明白吗？”

“是，先生。”

“另外，你有没有装车内通话器，能让你和后座的乘客交流？”

“有，先生。”

“很好。我来告诉你接下去怎么做。”

第 74 章

丛林，名副其实，是美国国家植物园（USBG）的镇馆之宝，这儿被称为美国活着的博物馆，坐落在离国会大厦仅一箭之遥的位置。丛林，实际上是热带雨林，置于高耸的温室中，有橡胶树、扼颈无花果，还有一道天蓬栈道，供胆大的游客半空散步。

从林里泥土芳香，阳光透过玻璃天顶洒下来，在蒸汽喷管制造的雾气中更显朦胧，这一切，平日里只会让沃伦·巴拉米觉得神清气爽。可今夜只有月光依稀，这片丛林令他顿觉恐惧。汗水浸透了衣衫，他扭动身体，禁锢手臂的铁铐却依然死死地锁在身后，令他痛苦万分。

佐藤部长在他面前踱着步，冷静地吞云吐雾——在调试精准的环境里，这种行为近乎生态恐怖主义。蒙着烟雾的月光从玻璃天顶一泻而下，她的脸孔犹如恶魔。

“好了，”她继续说道，“今晚你到国会大厦的时候，发现我已经在那儿……你决定不让我知道你到了，自己偷偷潜入 SBB，而且还冒着极大的危险攻击了安德森队长和我本人，然后，你协助兰登带着金字塔和尖顶石逃跑。”她揉了揉肩膀，“有意思的决定。”

再来一次，我还会这样做，巴拉米心想。“彼得在哪儿？”他愤怒地问。

“我怎么会知道？”佐藤说。

“但别的事你好像都知道！”巴拉米开始反攻，毫不掩饰他对她可能就是幕后黑手的怀疑。“你知道要去国会大厦。你知道要找罗伯特·兰登。你甚至还知道用 X-射线查看兰登的背包就能发现尖顶石。显然，有人把许多内部消息透露给你了。”

佐藤冷酷地放声大笑，向他再走近一步。“巴拉米先生，你就因为*这个*才攻击我的吗？你认为我是*敌人*？你以为我要偷你的小金字塔吗？”佐藤深吸了一口烟，然后从鼻孔里喷出。“仔细听好了。没人比我更明白保守秘密的重要性。我相信，恰如你认定的那样，某些消息不该让大众知晓。但是今晚有好几种力量在对峙，恐怕你还没领会到。绑架彼得·所罗门的人掌握了强大的威力……一种，你显然还没意识到的力量。相信我，他已经成了一枚活动的定时炸弹……完全有能力引发一系列事件，你也猜得到，这将会让整个世界天翻地覆。”

“我不明白。”巴拉米在长椅上改换了一下坐姿，他的手臂被铐得生疼。

“你不*需要*明白。你需要的是服从。现在，我惟一的希望是和这个人合作，以免造成大灾难……他要什么，就给他什么。换句话说，你得给兰登先生打个电话，让他速来自首，还得带上金字塔和尖顶石。只要兰登在我的照管之下，他就能破解金字塔的铭文，得到那人需要的信息，不管他要的是什么，我们都按他的要求给他。”

告诉他通往**古代奥义**旋梯的所在地？“我不能那么做。我宣过誓，要保守秘密。”

佐藤骤然暴怒，“我才不管你宣过*什么*誓呢，我可以立刻把你投入监狱——”

“你想怎么威胁我都可以，”巴拉米蔑视地打断她的话，“我不会帮你的。”

佐藤深吸一口气，用可怕的声音耳语道：“巴拉米先生，你根本不知道今晚到底发生了什么事，是不是？”

死寂的沉默僵持了数秒，终于被佐藤的手机铃声打破了。她把手伸进口袋，迫不及待地接听。“说吧，”她应答道，然后谨慎地聆听回应。“出租车现在在哪儿？多久？好，很好。把他们带到植物园。工作人员入口处。你要再三确认，把那天杀的金字塔和尖顶石也带来。”

佐藤挂了电话，转身对着巴拉米洋洋自得地笑起来。“那好吧……没想到你这么快就没用了。”

第75章

罗伯特·兰登失神地凝望夜空，累得都不想催促慢吞吞地开着车的司机赶紧提速。在他身边，凯瑟琳也静默不语，看起来像是因为他们搞不明白这座小金字塔为什么如此特殊而沮丧不已。他们已经把他们所知的有关金字塔和尖顶石的一切，还有今晚的诸多离奇事件又通通想了一遍，但仍然毫无头绪：这尊金字塔怎么会是地图呢？

真一神？奥秘隐藏于团会之中？

神秘的联络人向他们保证，只要他们到那个地方见他，答案就将水落石出。罗马的避难所，台伯河以北。兰登知道，早年的美国先辈曾命名此地为“新罗马”，后来才改名为“华盛顿”，昔日的理想国已成遗迹，但仍依稀可寻：台伯河水仍然流向波托马克河；参议员们仍在模拟圣彼得圆顶会堂的国会大厦里召集会议；火神伍尔坎和米涅瓦依然护佑着圆形大厅里早已不再的火焰。

兰登和凯瑟琳苦苦追索的解答显然就在几公里外等着他们。马萨诸塞街西北角。他们的目的地是名副其实的避难所……华盛顿台伯河的北面。兰登真希望司机踩踩油门。

突然，凯瑟琳从坐椅里猛然挺起身子，好像刚刚想起什么。“哦，我的上帝啊，罗伯特！”她转身看着他，脸孔煞白。她迟疑了一瞬，斩钉截铁地说道：“我们走错方向了！”

“没有，这么走是对的，”兰登反驳道，“是往马萨诸塞大道的西北——”

“不！我是说，我们要去的*地方*错了！”

兰登一头雾水。他已经跟凯瑟琳解释了自己是如何推断神秘联络人在电话里描述的地点的。*存有十块西奈山上的石头，其中之一来自天堂，还有一块刻有路加黑暗之父的面容。*世上只有一栋建筑物符合这些条件。出租车确实正在往那里开。

“凯瑟琳，我敢说地址是千真万确的。”

“不！”她喊起来，“我们不需要再去*那里*了。我想出金字塔和尖顶石的奥妙了！我知道是怎么回事儿了！”

兰登惊呆了，“你明白了？”

“明白了！我们必须去自由广场！”

兰登这下傻眼了。自由广场，虽然就在附近，但似乎与当晚的事件毫不相干。

“*Jeova Sanctus Unus*！”凯瑟琳说，“希伯来人的真一神。希伯来文化中的神圣符号是犹太星——所罗门的封印——也是共济会的重要符号！”她从口袋里摸出一张一美元的纸钞，“给我支笔。”

兰登糊里糊涂地把夹克衫里的笔给她。

"瞧，"她把纸钞摊平放在大腿上，接过他的笔，指着背后的国玺图案。"如果你把所罗门封印叠加在美利坚合众国的国玺上……"她在金字塔上画了一个犹太六角星的符号。"再看看结果！"

兰登低头盯着纸钞，又抬头看凯瑟琳，仿佛她疯了。

"罗伯特，仔细点看！难道你没看出来我正指着什么？"

他又低头去看。

她到底在说什么呀？以前，兰登见过这个图像。阴谋论学者曾以它为例，指证共济会在美国建国初期拥有秘密的影响力。当六角星正好覆盖在美国国玺图案上时，顶端的星和共济会"全视眼"恰好重叠……更怪的是，另外五颗星分明指出了共济会（Mason）的五个字母。

"凯瑟琳，这只是巧合，我还是不明白这和自由广场有什么关系。"

"再看看！"听起来，她快要发火了，"你没在看我指的东西！就在这儿呀，你看不见吗？"

再一眼，兰登就看到了。

中央情报局的现场指挥官特纳·西姆金站在亚当斯大厦外，手机紧紧贴在耳畔，竭尽全力去听出租车后座上的谈话声。出了什么事。他的行动队马上就要登上塞考斯基 UH-60 改良型直升机，直飞西北并设置路障，但现在听来，情况突然有变。

几秒钟前，凯瑟琳·所罗门坚持声称他们走错了方向。她的解释——和美元纸钞、犹太星有关——指挥官根本听不懂，显然，罗伯特·兰登也听得稀里糊涂。至少，一开始没明白。但现在，兰登好像领会了她的意思。

“我的上帝，你说得对！”兰登的惊叹冲口而出，“我以前没发现！”

突然，西姆金听到司机背后的隔板被敲响，滑门拉开了。“我们改主意了！”凯瑟琳对司机喊道。“带我们去自由广场！”

“自由广场？”司机反问道，听来十分紧张。“不去马萨诸塞街西北边了？”

“不去了！”凯瑟琳又喊了一嗓子。“自由广场！从这儿左转！就这儿！**这儿！**”

西姆金指挥官听到出租车一个急刹车，转了弯。凯瑟琳又兴奋地和兰登说着什么，谈到了青铜国玺，嵌在广场地上的著名铸件。

“夫人，只是确认一下，”司机又紧张兮兮地插了一句，“我们是往自由广场——宾夕法尼亚街和第十三大街交接口？”

“是的！”凯瑟琳说，“快开！”

“很近呀，两分钟就到了。”

西姆金笑了。**奥玛，干得不错啊。**当他跑向空转待命的直升机时，对行动队员大吼一声：“我们逮住他们了！自由广场！行动！”

第76章

自由广场就是张地图。

坐落在宾夕法尼亚街和第十三大街的交界处，广场宽阔的地面上镶嵌着大石块，描绘出皮埃尔·朗方的华盛顿街道预想图。这是一处热门旅游景点，不仅因为在巨大的地图上行走很有趣，也因为马丁·路德·金——自由广场正是由于他而得名——那篇《我有一个梦想》的大部分手稿就撰写于毗邻广场的韦拉德酒店。

华盛顿特区的出租车司机奥玛·阿米拉纳常常拉客人去自由广场，

但今晚不同，两位乘客显然不是普通的观光客。中央情报局在追捕他们？奥玛的车还没停稳，那一男一女就冲出了车门。

“就等在这儿！”穿斜纹软呢外套的男人对奥玛说，“我们马上就回来！”

奥玛望着两人跑上“大地图”，四周开阔得很，他俩一边查看错综交汇的街道规划图，一边还指手画脚、连呼带叫。奥玛抓起仪表盘上的手机。“先生，您还在听吗？”

“是的，奥玛！”声音盖过背景里震耳欲聋的噪音传过来，几乎听不清，“他们现在在哪里？”

“下车了，在地图上。好像他们要找什么。”

“别让他们离开你的视线，”探员要大声喊才行，“我就快到了。”

奥玛远远地看见两名逃犯很快就找到了广场上鼎鼎有名的国玺——至今为止最庞大的一块青铜章。他们在那儿站了一会儿，又飞快地朝西南面跑去。接着，穿斜纹软呢外套的男人转身朝出租车奔过来。奥玛赶忙把手机搁在仪表盘上，眨眼间，那男人就跑到车前了，上气不接下气。

“弗吉尼亚州的亚历山大在哪个方向？”他问。

“亚历山大？”奥玛指了指东南方，刚才他们在广场上就是指着那个方向。

“我就知道！”男人兀自咕哝了一句。他转身朝女人高喊，“你是对的！亚历山大！”

女人又指向广场另一边亮着灯的“地铁”标记。“蓝线直接到那儿。我们从国王大街车站下车！”

奥玛登时着慌了。哦，不。

男人转回身，塞给奥玛很多钱。“多谢了。我们不用车了。”说完，提起皮包就跑。

“等一下！我可以开车送你们去！我总去那儿的！”

但为时已晚。那对男女已经横穿广场一路跑去。他们的身影很快消失在中央地铁车站下。

奥玛抓起手机。“先生！他们直接跑下地铁啦！我拦不住他们！他们说要坐蓝线去亚历山大。”

“你在原地等着！”探员还在喊，“我十五秒钟就到！”

奥玛低头瞅着男人塞给他的车钱。最上头的那张钞票显然就是他们刚才讨论的。美国国玺上画了一只犹太六角星。说得没错哩，星星的五只角指向的字母刚好拼成“共济会”。

突然，奥玛感到一阵震耳欲聋的声响从天而降，好像有辆牵引车马上就要撞上他的出租车。他抬头看去，街上却空空荡荡的。噪音越来越响，一架黑色直升机冷不丁地从夜空中显形，在广场地图的正中央降落。

一队黑衣人跳出来。其中大多数直奔地铁入口，但有一人径直奔向奥玛的出租车。他一把拉开副驾驶座的车门。“奥玛？是你吗？”

奥玛点点头，一句话也说不出。

“他们说要去哪儿了吗？”探员追问。

“亚历山大！国王大街车站，”奥玛脱口而出，“我说要开车送他们去，可——”

“他们有没有说，去亚历山大的什么地方？”

“没有！他们看了看广场上的国玺大铜章，然后问我亚历山大的方向，再然后就付了这个给我。”他把那张一美元递给探员，纸钞上留有古怪的图画。就在探员研究纸钞的时候，奥玛突然醒悟，零散的信息拼凑到了一起：共济会！亚历山大！美国最著名的共济会建筑就在亚历山大。“对呀！”他不假思索地说，“乔治·华盛顿共济会国家纪念馆！就在国王大街车站的正对面！”

“就是它，”探员如梦方醒，也显然刚刚注意到别的探员从地铁站跑回来了。

“没追上！”其中一人喊道，“蓝线刚刚离站！他们不在地铁站里。”

西姆金指挥官看了看表，转向奥玛说：“坐地铁去亚历山大要多久？”

“起码十分钟。说不定还要多。”

“奥玛，你的任务出色地完成了。谢谢你。”

“不客气。这到底是出什么事儿了？”

但西姆金指挥官已跑向直升机了，边跑边喊：“国王大街地铁站！我们得赶在他们前头到达！”

奥玛迷惑极了，眼巴巴看着巨大的黑鸟腾空飞走。它朝南一个急拐，眨眼就越过宾夕法尼亚大道，在轰鸣声中消失在夜空里。

·

就在那辆出租车的地下，一辆地铁刚刚提速，离开了自由广场。车上，罗伯特·兰登和凯瑟琳·所罗门并排坐着，气都喘不上来，他们一言不发，任列车呼啸着将他们带往目的地。

第 77 章

记忆总以同一场景重现。

他跌落……背朝下，径直坠向深渊底的冰封大河，安多罗斯的枪筒之上是彼得·所罗门无情凝视的灰色眼眸。坠落时，头顶的世界不断后退，当他坠入瀑布上游翻滚的水雾时，一切都在消失。

有那么一瞬间，万事万物都是白色的，就像天堂。

然后，他跌落在冰面上。

冰凉。黑色。痛苦。

他在颤抖……被一股强大的力量拽着下坠，残忍地撞向岩石，将他置身于不可思议的冰寒的空虚。他的肺憋得发疼，需要空气，可胸肌在冰寒彻骨中剧烈收缩，根本无法舒张呼吸。

我在冰面下。

瀑布旁水流不断，冰层显然不厚，安多罗斯直接砸穿了冰面，落入深水。他正在被冲向下游，身体被一片透明的冰层天花板困在水下。他伸手抓挠冰面，想要破冰而出，却无奈没有撬棒。肩膀上灼热的枪伤渐渐消退，子弹带来的刺痛感也一样消失了；疼痛此刻都被因身体麻木而引发的激颤阻绝。

水流在加快，弯道的河水反复回流，统统打在他身上。他的身体急需氧气。突然他又被枝条缠住，跌落河道的一棵树将他钉在流水中。**动动脑子！**他盲目地摸索枝条，找寻树干刺破冰面的地方，渐渐贴近了冰封的河面。手指终于触摸到了树干旁的小孔，有流水，他使出浑身的气力顶动树干，想把小孔撑大；一次、两次，开口越裂越大，足有几英寸了。

他倚在树干上，反扭脑袋把嘴凑近那小小的洞口。冬日的气息吸入肺里，他觉得暖和了一些。氧气仿佛也点燃了他的希望。他把脚蹬在树干上，肩背用尽全力朝上顶。死树周围的冰层被枝杈和破碎的树皮刺得千疮百孔，本来就已薄弱，当他强劲的双腿在树干上使上劲时，头和肩膀便冲出冰封，碎冰抖落在冬日的夜色里。空气灌进了他的肺腑。半个身子还浸没在水中的他奋力地向上扭动，挣扎着用双腿和双臂又蹬又拉地把身体从枝杈中抽出来，最后他终于从水里脱身，气喘吁吁地躺在冰面上。

安多罗斯扯下浸透冰水的滑雪罩塞进口袋，朝后上方的瀑布上流看去，寻找彼得·所罗门。河流的弯道遮挡了他的视线。他的胸口又开始疼得灼人了。他悄无声息地拖来一段小枝条，盖在冰窟窿上以掩人耳目。到早上，这个窟窿又将被冰封住了。

安多罗斯蹒跚地走入树林时，天下起雪来。他不知道自己跑了多远才跌跌撞撞地走出树林，倒在一段小型高速公路的路坝旁。他神志不清，体温过低。雪越下越大，只见远处有一对车前灯在慢慢靠近。安多罗斯狂乱地挥舞手臂，孤零零的轻便运货车当即靠边停下。车牌是佛蒙特的。一位穿红色格子花呢衬衫的老人跳下车。

安多罗斯艰难地朝老人走去，摁着鲜血淋漓的胸口。“有个猎人……打中我了！我要……医院！”

老人毫不犹豫地帮安多罗斯坐进副驾座，打开了暖气。“最近的医院在哪里？”

安多罗斯不知道，但他指向南方。“下个出口。”*我们才不去医院哪。*

第二天，有人向警方报案：来自佛蒙特的老人在暴风雪中失踪了，但谁也不知道他是在*哪里*消失的。也没有人把他的失踪和次日报纸上的最新头条新闻——伊莎贝尔·所罗门遇害——联系起来。

安多罗斯醒来，躺在廉价汽车旅店的破旧房间里，这儿的旅店整个冬季都封门停业，荒无人烟。他记起自己是如何闯进来撕破床单包扎伤口的，又是如何找到一张摇摇晃晃的床，再盖上一摞散发霉味的旧毯子。他饿极了。

他一瘸一拐地进了洗手间，看到水槽里有几颗血淋淋的鸟枪弹。他模模糊糊地想起，自己亲手把它们从胸部伤口里捡出来。他抬眼看着污浊不堪的镜子，不情不愿地揭开血污绷带检查伤口。结实的胸肌和腹肌没让鸟枪弹伤得太深，但他曾经完美无瑕的身体已是伤痕累累。彼得·所罗门射出的那颗子弹显然击穿了他的肩膀，留下了血肉模糊的弹孔。

更糟的是，他千里迢迢赶到这里却一无所获。*金字塔*。胃在绞痛，他一瘸一拐地走出门，钻进老人的车，希望能找到些吃的。厚厚的积雪盖住了轻便运货车，安多罗斯不禁思忖自己在这座破旅店里到底睡了多久？*感谢上帝我醒过来了*。安多罗斯翻遍前座也没看到食物，倒是在仪表盘下的抽屉里发现了关节炎止痛药。他抓了一大把，混着几口雪水咽下肚去。

我需要食物。

几小时后，轻便运货车从废弃的汽车旅馆后缓缓驶出，此时这车与两天前开进去的那辆已截然不同。车前盖不见了，轮毂罩没有了，保险杆上的贴纸被撕掉，所有饰物荡然无存。佛蒙特的车牌被摘下了，被安多罗斯换上了旅馆垃圾站旁找到的一辆老维修车上的那块，他还把沾血的床单、鸟枪弹以及所有能证明他在此逗留过的证物丢进了垃圾箱。

安多罗斯没有放弃金字塔，但眼下只能等待。他需要藏身、痊愈，而首当其冲的是：*进食*。他在路边找了家餐饮店，狼吞虎咽地干掉了鸡蛋、培根、土豆饼和三杯橙汁。吃完后还加点了很多外带食物。重新上路后，安多罗斯打开了车里的旧收音机。自出了事以来，他还没有看过报纸或电视，现在总算听到了地方电台新闻，其中一则报道听得他目瞪口呆。

新闻报道员念道："联邦调查局调查员正在继续搜寻两天前闯入位于波托马克的所罗门私宅，并杀害伊莎贝尔·所罗门的持枪杀人犯。据可靠消息，该罪犯已跌入冰河，顺流漂进海域。"

安多罗斯惊呆了。*杀害伊莎贝尔·所罗门*？他陷入困惑，一边沉默地驾驶，一边细听整篇报道。

该远走高飞了，离这地方越远越好。

从位于上西区的公寓可以看到中央公园令人惊叹的迷人景致。安多罗斯选择这个住处是因为窗外的绿海无时无刻不在提醒他曾在亚得里亚海边享受过的时日。大难不死，本该知足常乐，但他做不到。他从未挣脱空虚感，他发现自己对上次没能得手的彼得·所罗门的金字塔念念不忘。

安多罗斯花了大量时间钻研**共济会金字塔**的传说，关于金字塔是否真有其物似乎没有公断，但世人一致认定：它必能带来无穷的智慧和力量。共济会金字塔必有实物，安多罗斯对自己说。我有无可辩驳的内部消息。

命运之手已把金字塔推到安多罗斯触手可及之处，他知道如果视若无睹，就好比手里的乐透彩票中了头奖，自己却不去领兑奖金。知道金字塔确有其物的生者中间，只有我不是共济会会员……我还知道守卫它的人是谁。

几个月过去后，尽管身体痊愈了，安多罗斯却不再像生活在希腊时那样傲气十足。他不再四处招摇，不再欣赏自己的镜中裸身。他只觉得年岁的无情销蚀渐渐显现于肉体。昔日完美无瑕的皮肤上疤痕斑驳，更令他倍感沮丧。他还在依赖在康复期间使用的止痛药，感觉自己又恢复了将他送入索根立克监狱的生活方式。他不在乎。肉体自有肉体的渴求。

一天晚上，他去格林威治村买毒品，那个毒贩的小臂上文了一长条尖利曲折的闪电图案。安多罗斯好奇地问，那人说文身是为了遮掩车祸后的一道伤疤。“天天看到那道疤，我就会想起那次车祸，”毒贩说，“所以我在伤疤上文上这个图案，象征个人力量。我又夺回了自控力。”

那天晚上，新毒品让安多罗斯很兴奋，他跌跌撞撞地冲进一家文身廊，脱下衬衫。“我要把这些伤疤遮掉，”他郑重其事地说。我想夺回自控力。

“遮掉？”文身师瞥了一眼他的胸膛。“用什么遮？”

“文身。”

“是……我是问，文什么？”

安多罗斯一耸肩，他无非是想抹煞过往的丑陋印迹。“我没主意。你来挑。”

文身师摇摇头，递给安多罗斯一本图册，里面满是古代文饰和神圣的传统图腾。“等你准备好了再来吧。”

安多罗斯发现，纽约公共图书馆里藏有五十三本有关文身的图书，几周之内就被他全部读完。阅读的激情重返生活，他开始乐此不疲地从图书馆抱回每次都塞满了背包的书籍，回到俯瞰中央公园的公寓里如饥似渴地阅读。

这些有关文身的图书仿佛向他敞开了异世界的大门，安多罗斯以前甚至从不知道它的存在——充满了符号、神秘、神话和魔法的世界。读得越多，他就越感慨自己曾是多么盲目无知。他开始做笔记，把所有念头、手绘和怪梦记下来。等到图书馆无法再满足他的求知欲时，他便出钱雇佣珍本书商帮他搜罗世上最稀有的读本。

《论妖术》……《所罗门之钥》……《阿尔玛德之书》……《黑魔法降神书》……《圣导之书》[①]……一本接一本。全都读完后，他越来越肯定：这个世界还有太多财富等待他去发现。还有的是超越人类理解力的秘密呢！

后来，他发现了亚历斯特·克劳利的著作，十九世纪初的克劳利是个异想天开的神秘主义者，被教会视为“有史以来最邪恶的活恶魔”。弱小的心灵历来都畏惧强大的智慧。安多罗斯了解了仪式和咒语的力量。他领会到，只要念对那些神圣的咒语，就好比掌握了锁匙，通往异世界的门会为之洞开。这个世界的背后还有一个幽冥宇宙……能让我汲取力量的世界。他无比渴求那种力量，但也心知肚明：必先严守其规并完成重任。

克劳利写道：庄严祭献自我，方能变得神圣。

大地之法曾是“献祭”的古老仪式。早有古希伯来人在神庙前点燃火祭，古玛雅人在奇琴伊萨金字塔的塔尖砍头血祭，后有耶稣基督以肉身祭献十字架，古人明白上帝需要牺牲。牺牲就是人类祈求众神眷顾，并使自己神圣的原初仪式。

献——庄严奉献。

祭——供奉神明。

虽然献祭仪式已被废弃数代，但其效能尚存。只有屈指可数的几位现代神秘学家实践过这门艺术，亚历斯特·克劳利就是其中之一，他们反复演练，使其完善，自身也在这个过程中不断长进。安多罗斯惟愿自己也能追索其道，终成神圣。不过，他明白得很，为此必先跨越一道危险的桥梁。

惟有鲜血隔光明于黑暗。

---

① 《论妖术》（*De Praestigiis Daemonum*），一五六三年出版，德国精神病学家约翰·韦尔著。《所罗门之钥》（*Lemegeton*），记载了所罗门王使用天使加百列所赠予的戒指之力，封印并驱使七十二位地狱恶魔的方法。《阿尔玛德之书》（*Ars Almadel*），《所罗门之钥》的第四部，是支配各方位的天使的魔法书。《黑魔法降神书》（*Grimorium Verum*）也叫“真实之书”。《圣导之书》（*The Ars Notoria*）约于十三世纪写成，内容涉及所罗门秘识和魔法咒语等，据说该书能释放奇能，让人类与上帝沟通。

一天夜里，有只乌鸦飞进安多罗斯洗手间敞开的窗户，困在他的公寓里飞不出去。安多罗斯看着这只鸟扑扇着翅膀飞绕了一会儿，终于停下来，显然是接受了它无力逃出禁锢的事实。安多罗斯领悟良多，将之视为一个征兆。*这是在催促我前进呀。*

一手擒着飞鸟，他站在厨房临时搭就的圣坛前，举起利刃，大声念着牢记在心的咒语。

“Camiach，Eomiahe，Emial，Macbal，Emoii，Zazean……*吾以《阿萨米亚之书》天使最神圣之名征唤汝灵助此祭礼，真一神永能为证。*”

言罢，安多罗斯放下刀，仔细对准受惊的黑鸟右翼下的大血管刺了下去。乌鸦开始流血。看着暗红色的血流注入预先摆放好的金属杯，他感到空气里骤然起了一层寒栗。但他仍然继续。

“Adonai，Arathron，Ashai，Elohim，Elion，Asher Eheieh，Shaddai……*万能神灵助我，使这鲜血神效如我所愿所求。*”

当晚，他梦到许多鸟……还有一只巨大的凤凰从滚滚火海中袅袅飞升。次日黎明醒来时，他只觉精力充沛，那是一种童年时代才有的感觉。他去公园跑步，越跑越快，快到他自己根本想象不到。到跑不动了，他停下脚步开始做俯卧撑和仰卧起坐。如此反复无数次。可精力仿佛用不完。

夜里，他再一次梦到了凤凰。

中央公园又到了金秋时节，小动物们急急忙忙地囤积过冬的食物。安多罗斯厌恶寒冷的天气，但不会因此停止行动，他精心布置的陷阱里收获颇丰，活捉了很多老鼠和松鼠。他把它们塞进背包里带回家，举行的仪式也越来越复杂了。

Emanual，Massiach，Yod，He，Vaud……*恳求神灵瞩目吾辈之能。*

血祭增添了他的活力。安多罗斯觉得自己一天比一天更年轻。他夜以继日地阅读——古代神秘文书，中世纪史诗，早期哲学著作——读得越多，越能领悟世间万物的本然真性，他也越来越深刻地意识到，人类的所有希望都已落空。*他们瞎了眼……在一个永远无法理解的世界里毫无目的地徘徊迷失。*

安多罗斯仍然是个人，但他感觉自己正进化成某种异类。某种更强大、更高级的异类。*某种庄严神圣的存在。*他强健的身体从休眠中苏醒过来，重现魁梧庞然之态，比之前更有力量。他终于理解了肉身的真正用途。*我的身体只是容器，潜藏着最深的财富……我的思想。*

安多罗斯懂了，他的真正潜能尚未实现，而他还要向更深处挖掘。*我的宿命是什么？*所有的古代文书都谈及善恶……谈及人需要在二者间做出选择。*很久以前我就选好了*，他心里清楚，也并无反悔之意。*如果不是自然法则，恶又能是什么？*黑暗追随光明。混沌追随秩序。能量消散是根本性的。万事万物都在腐坏衰退。构造完美的水晶最终将化为无序尘埃。

存在创造者……亦存在毁灭者。

直到安多罗斯读罢约翰·弥尔顿的《失乐园》，他才终于看清了自己的宿命。他读到了堕落的大天使……与光明争斗的战魔……英勇无比的神……叫作摩洛克。

摩洛克如上帝般行走尘间。安多罗斯后来还读到，这个天使的名字用古语来念就变成了——迈拉克。

我也该如此。

如同所有伟大的转变，这一次也必须从血祭开始……但不再是用老鼠或飞鸟。不，这一次变革必须有*真正的*牺牲。

只有一种值得的牺牲。

他突然感觉到一种这辈子从未体验过的明澈。他的整个命运已完全显形。他在一张巨大的纸上画了三天三夜。当他完成时，他创造出了一份细致地描绘了他将变成什么样子的蓝图。

他把这幅与身等高的素描挂在墙上，久久凝视，如同窥入一面镜中。

我是旷世杰作。

第二天，他带着这幅画又去了文身廊。

他准备好了。

第78章

乔治·华盛顿的共济会国家纪念馆立于舒特山顶，位于弗吉尼亚州的亚历山大。从底座到尖顶，从简朴到复杂，逐层叠加了三种代表性的建筑风格——多利安式、爱奥尼亚式和科林斯式——形象地寓示了人类智慧渐进的过程。高耸于云的石碑上端是埃及金字塔式，塔尖是火焰形状，其灵感来自古埃及亚历山大法罗斯灯塔。

壮观的大理石大厅里坐落着一尊乔治·华盛顿的大青铜像，一身共济会的密仪服饰，随身的铁铲货真价实，是他为国会大厦奠基时使用的。大厅上方，九层空间冠以“岩穴”、“地穴”、“骑士圣武堂”之名。这里收藏了无数珍贵文物，包括两万多卷共济会文献，令人目眩的约柜复制品，甚至还有所罗门神殿宝座的等比例模型。

UH-60改良型直升机低飞掠过波托马克河上空时，中央情报局现场指挥官西姆金看了看表。**还有六分钟，他们乘坐的地铁才到站**。他长舒一口气，望出舷窗，耸立在地平线上的方尖碑耀人眼目。他不得不承认，这尊辉煌闪耀的尖塔堪比国家广场上的任何一栋伟岸建筑，绝对让人过目难忘。西姆金从来没有走进过纪念碑的内部，今晚也不见得会破纪录。如果一切都按计划进行，罗伯特·兰登和凯瑟琳·所罗门压根儿就没机会走出地铁站。

“在那儿！”西姆金冲着飞行员大喊一声，手指地面上纪念碑正对面的国王大街地铁站。飞行员灵活地将直升机一转，降落在舒特山脚的一片绿地上。

行人们吃惊地抬头看着西姆金和行动队鱼贯而出，横穿街道进入国王大街地铁站。浑身黑衣、全副武装的士兵方队噔噔噔跑下楼梯时，出入站的乘客们都被惊得跳到一边，贴着墙壁躲开他们。

国王大街地铁站远比西姆金料想的大，显然有好几条地铁线在此交汇——蓝线，黄线，美铁。他跑向墙上的线路图，找出自由广场到这个站的线路。

“蓝线，停靠南面站台！”西姆金大喊着下达指令，“立刻下站台，清场！”队员急速，冲下楼去。

西姆金又跑到售票亭，扬了扬手中的证件，冲亭里的售票小姐问道：“下一班从中央地铁站开来的列车——什么时候到站？”

售票小姐吓坏了。“我不能确定。蓝线每隔十一分钟来一班。没有固定时刻表。”

“上一班开走有多久了？”

“五……六分钟吧？顶多了。”

特纳心算了一下。*好极了*。下一班就该是兰登那趟了。

全速行驶的地铁车厢里，凯瑟琳·所罗门在硬邦邦的塑料椅上换了换坐姿。头顶明晃晃的白色荧光灯刺得她双眼生涩，但她极力克制，千万不能垂下眼皮，一秒钟也不行。整个车厢空荡荡的，紧挨着她的兰登只是茫然地瞪着脚边的皮包。他的眼皮也仿佛重得抬不起来了，有节奏地晃动的列车令他昏昏欲睡。

凯瑟琳想到兰登的皮包里的古怪物品。*中央情报局为什么要这尊金字塔*？巴拉米说过，佐藤明白它的真正价值，所以紧追不放。然而，就算金字塔*当真*能揭示**古代奥义**的具体藏匿地点，凯瑟琳仍然很难相信它担保存在的神秘智慧会激起中央情报局的兴趣。

无独有偶，她提醒自己，中央情报局因秘密操作涉及古代魔法和神秘学的超心理学、异象超能实验已多次被逮个正着。一九九五年有“星门”丑闻，曝光了中央情报局的秘用技术：“遥视”——即长距离心灵感应，“遥视者”无需亲身到达某地，仅需转移心智之眼就能监控地球上的任何地方。当然，这并不是什么新技术。神秘学家称之为“星状投射”，瑜伽修行者称之为“体外经验”。不幸的是，诚惶诚恐的美国纳税人认为它*荒唐可笑*，这个项目便叫停了。起码是公开宣称中止。

具有讽刺意味的是，凯瑟琳却在中央情报局办砸的实验项目和自己在意念科学领域的突破性进展之间看出了显著关联。

凯瑟琳心急如焚，很想给警察局打个电话，问问他们在卡洛拉马高地有何发现，但她和兰登都没手机了，况且，联络警方或许反而会给自己惹麻烦，谁也说不清佐藤的魔爪能伸多远。

耐心点，凯瑟琳。用不了几分钟，他们就会到达安全的藏身地，邀请人还能让一切水落石出。凯瑟琳在心底祈愿，不管他的答案是什么，只要能救出她哥哥就好。

“罗伯特？”她轻声唤道，瞥了一眼地铁线路图。“下一站就是了。”

兰登仿佛从白日梦中苏醒，“对，谢了。”当列车隆隆地逼近车站时，他捡起皮包，又不甚确定地看了凯瑟琳一眼。“但愿我们能平安抵达。”

等特纳·西姆金跑下楼和行动队会合时，月台已被清场，一个乘客都没有，队员们以支柱为掩护，在月台上一字散开。隧道的另一头远远传来轰隆隆的回响，响声越来越大，西姆金能感到污浊发热的空气翻滚着袭来。

这下你跑不了啦，兰登先生。

西姆金转身对两名应他的要求跟着他行动的队员说，“出示证件，亮出武器。这些地铁都是自动化控制的，但总有一个驾驶员负责开门。把他找出来。”

列车的前灯已出现在隧道的尽头，刹车的锐利声响刺破空气。列车驶进车站并开始减速，西姆金和两名队员探向轨道，挥舞着中央情报局带徽章的证件，虎视眈眈地试图攫住司机的目光，令他不敢贸然开门。

列车眨眼间就靠近月台了。在第三节车厢里，西姆金终于发现了司机震惊的脸孔，他显然很想弄明白，为什么三个黑衣人朝他拼命摇晃证件徽章。西姆金朝列车小跑过去，此时车眼看就要停稳了。

“中央情报局！”西姆金大吼一声，举着证件。“*不要*打开车门！”列车从他身边缓缓滑行而过，他径直跑向驾驶舱，冲驾驶员喊叫：“不要打开车门！听明白了吗？不要打开车门！”

列车完全停住了，目瞪口呆的驾驶员使劲点着头。“出什么事儿了？”他从小侧窗里问。

“不要开动列车，”西姆金说，“也不要开门。”

“好吧。”

“你能让我们进入第一节车厢吗？”

驾驶员又点点头。他看起来十分害怕地走出列车，把身后的车门关好，然后用手动操作模式打开第一节车厢的车门，护送西姆金和全体队员上了车。

“锁上门。”西姆金说完拔出了他的枪。等他们迅速步入第一节车厢生硬的灯光下时，司机在他们身后锁上了门。

第一节车厢里有四名乘客——三个男孩和一位老妇人——眼看着三名荷枪实弹的男人走进车厢，他们惊慌失措。西姆金出示了证件。“没事的。你们坐在原位就行了。”

西姆金和两名探员开始往后面的车厢走去，进行地毯式搜捕，一节又一节，在情报局特别训练营地里，这种做法被称为“挤牙膏”。这趟列车上没几个乘客，将近一半车厢都走过了，三人却仍未发现与罗伯特·兰登和凯瑟琳·所罗门的相貌哪怕一丁点吻合、甚或类似的目标。但西姆金信心十足。在一列地铁上他们绝对无处藏身。没有洗手间，没有储藏室，没有别的出口。就算他俩发现他们上了车，逃向列车尾部，也还是死路一条。夺门而逃几乎是不可能的，况且，西姆金在月台上和列车两边都安插了队员。

耐心。

直到倒数第二节车厢，西姆金才有点着慌。这节车厢里只有一名乘客——一个中国男子。西姆金和两名队员继续朝前，搜索任何可以藏身的角落。什么也没发现。

“最后一节。”西姆金边说边扬了扬枪，三人决定朝列车尾部迈进。可当他们走进最后一节车厢时，三人全都立刻停住脚步，瞪视着前方。

*这是……？！*西姆金疾步冲到空无一人的车厢尾部，把每个座位后面都查看一遍。他返回队员身边，怒火中烧，“他们到底去哪儿了？！”

第79章

在弗吉尼亚州亚历山大以北八英里处，罗伯特·兰登和凯瑟琳·所罗门沉着地迈着大步，走过一片蒙着白霜的宽阔草坪。

“你该去当演员，”兰登说，心下佩服凯瑟琳当机立断的即兴表演。

“你也不赖啊。”她朝他一笑。

一开始，兰登被凯瑟琳在出租车里的唐突之举搅得一头雾水。她毫无预兆地要求他们去自由广场，惟一的理由就是当场发现的犹太星和美国国玺的关联。她在一美元纸钞反面画出一个图案——众所周知的共济会阴谋论，并据此力争，让兰登凑近了看她*指出*的部分。

最终，兰登意识到凯瑟琳指的根本不是美钞，而是司机座椅背后的一盏小指示灯。灯泡积着厚厚的灰尘，所以他一直没注意到。可当他倾身向前时，就能看到小灯泡亮着，发出黯淡的红光。他也看到了红灯下有三个微弱的小字。

——通话中——

兰登吓了一跳，回头看了看凯瑟琳，她正用惊慌狂乱的眼神敦促他往前座看。他遵命而行，偷偷瞄进隔板的缝隙。司机的手机就吸在仪表盘上，打开着，屏幕是亮的，朝着内部通话器。兰登一下子就明白了凯瑟琳的用意。

他们知道我们在出租车里……他们一直在监听。

兰登不知道出租车停下并被团团包围之前，自己和凯瑟琳还有多少时间，但他知道先下手为强。于是，他当即决定配合演出，凯瑟琳要去自由广场和金字塔毫无关系，只是因为那儿有一个大的轨道交通站——中央地铁站，他们可以在那里乘坐红线、蓝线、橙线，总共有六个方向。

他们在自由广场跳下车后，兰登就担当了主角，他还主动添加戏份，在和凯瑟琳跑下地铁站前，用亚历山大共济会方尖碑的线索误导对方，其实他们径直奔过蓝线月台，去了红线，并且赶上了一辆开往完全相反方向的列车。

北行六站到了坦冷镇，他俩孤零零地下车，走进一片安静的高档住宅区。他们的目的地是方圆几公里内的最高地标，远远的就能看到，只需走过马萨诸塞大道旁那精心修剪的大草坪。

现在，两人走在湿漉漉的草地上，真像凯瑟琳所说的那样，“销声匿迹”。右边是一座中世纪风格的花园，以其古老的玫瑰花丛、影屋凉亭闻名于世。他们走过花园，径直走向那幢他们应召前往的宏伟楼宇。*避难所，存有十块西奈山上的石头，其中之一来自天堂，还有一块刻有路加黑暗之父的面容。*

“我从没在夜里来过这儿，”凯瑟琳说，她举目凝望塔尖明亮的灯光。“真壮观啊。”

兰登深有同感，自己早忘了这地方有多么震撼人心。这座新哥特式的建筑杰作傲然耸立在使馆街北端。他都好多年没来这儿了，上一次来是为了给儿童杂志写一篇文章，以激起美国年青一代来瞻仰这座绝世地标的兴趣。题为《摩西、月球石和星球大战》的这篇文章被纳入经典旅游文学多年。

华盛顿国家大教堂，兰登心想，多年后重返此地，竟有一种意想不到的预感油然而生。*还有什么地方比这儿更适合追问真一神？*

“这座教堂当真有十块西奈山的石板？”凯瑟琳问，望着并排而立的双钟塔。

兰登点点头，“就在主圣坛旁边。象征了摩西从西奈山上得到的十诫。”

“月球石也是真的？”

其中之一来自天堂。“是的。有一块彩色玻璃被称为‘太空窗’，嵌入了一小块月球岩石碎片。”

“好吧，但你总不能说，最后一条也是确有其事。”凯瑟琳瞄他一眼，漂亮的眼眸里闪过怀疑的神色。“达斯·维达的……雕像？”

兰登忍不住笑出声来。“天行者路加的黑暗之父？绝对就是。维达是国家大教堂里最受推崇的妖魔鬼怪。”他指了指高耸入云的西塔，“晚上很难看到，但他就在那儿。”

“达斯·维达怎么会在华盛顿国家大教堂上面？”

“在一次为孩子们举办的邪恶之脸滴水兽石雕大赛中，达斯获胜。”

他们来到大门口的宽阔台阶前，台阶通往精美绝伦的圆花窗下八十英尺长的拱门道。他们走上台阶时，兰登的思绪又飘向那位打来电话的神秘联络人。*不要说名字，我请求你……告诉我，你有没有保护好托付给你的地图？*兰登一直背着沉甸甸的金字塔，肩膀都疼了，巴不得能搁下来。*庇护所和答案。*

就要走完台阶时，一扇壮丽的对开木门展露在他们眼前。“我们敲敲门就行了？”凯瑟琳问。

兰登也在琢磨这事，却见半边门已经吱吱呀呀地开了一条缝。

“谁在那儿？”问话的声音十分虚弱。门口出现了满脸皱纹的老人。他身披牧师长袍，他的眼睛幽暗无光，蒙着白翳。

“我叫罗伯特·兰登，”他答道，“我和凯瑟琳·所罗门前来寻求庇护。”

盲眼老人如释重负地长吁了一口气：“感谢上帝。我一直在等你们。”

第80章

沃伦·巴拉米突然感到有了一线希望。

丛林深处，佐藤部长刚才一接现场探员的电话就激动地发飙了。“得了吧，该死的，你最好把他们找出来！”她冲着手机吼，“我们已经快没时间了！”此刻，她挂了电话，又在巴拉米面前来回踱步，好像要想出下一步该怎么做。

终于，她停在他面前，转过身说：“巴拉米先生，我要问你一次，只问一次。”她用锥子般的眼神盯着他，“你知道罗伯特·兰登大概会去哪里吗？——回答是或否。”

巴拉米知道有好几个可能，但他摇摇头，“不知道。”

佐藤的富有穿透力的目光丝毫不移地瞪着他的眼睛，“很不幸，我的职责之一就是知道人们是否在撒谎。”

巴拉米移开视线。“对不起，我不能帮你。”

“建筑师巴拉米，”佐藤说，“今晚七时刚过，你在城郊的餐厅里用餐时接了一个电话，致电人声称他绑架了彼得·所罗门。”

巴拉米顿时打了个寒颤，重新盯住她的眼睛。*你怎么会知道这事儿？*

“这个人，”佐藤继续说，“告诉你他派罗伯特·兰登到国会大厦去，让兰登担任一项重任……一项需要*你*协助的重任。他警告你，如果兰登失手，你的朋友彼得·所罗门就会死。你吓坏了，把彼得的电话一个一个拨了个遍，却找不到他。可以想见，你紧接着赶到了国会大厦。”

巴拉米想不通，佐藤怎么会知道这通电话？

“你逃出国会大厦时，”焖烧的香烟挡在佐藤和他之间，“给绑架所罗门的人发了一条短信，向他保证，你和兰登已经顺利地拿到了**共济会金字塔**。”

*她从哪里得到情报的？*巴拉米迷惑不解。*就连兰登也不知道我发了那条短信。*一进国会图书馆的地道，巴拉米立刻钻进电力室，扳开工程照明的电闸。他决定趁那个独处的机会给劫持所罗门的人发一条简短的回复，汇报了佐藤的介入，同时保证他——巴拉米——和兰登已拿到了**共济会金字塔**，也会按照他的要求予以合作。当然，这是谎言，但巴拉米希望再三保证能换来些时间，既是为彼得·所罗门的生命，也为了藏好金字塔。

“谁告诉你我发短信了？”巴拉米问。

佐藤把他的手机甩在长椅上，“高深的火箭科学。”

巴拉米这才想起来，他的手机和钥匙被胁持他的探员拿走了。

“至于别的内部消息，”佐藤说，“爱国者法案授予我权限，凡是我认为对国家安全有威胁的对象，我都可以设置电话窃听。而我刚好认为，彼得·所罗门就是一个潜在威胁，昨晚我采取了行动。”

巴拉米简直无法相信她的话。“你在窃听彼得·所罗门的电话？”

“是的。所以我才知道绑架者把电话打到了你的餐厅。你拨通了彼得的手机，焦虑万分地留下一条短信，这就解释了刚刚发生的事情。”

巴拉米意识到她说得对。

“我们也截获了罗伯特·兰登刚到国会大厦时的一通电话，他得知自己入了圈套，被骗去那里，因而疑惑不解。我立刻赶过去，比你到得早只是因为我离得近罢了。至于我怎么会想到查看兰登皮包的X射线图像嘛……鉴于我充分认识到所有的事件都牵扯到兰登，就派手下人重新检查了一大清早兰登与彼得·所罗门的手机之间那通看似普通的电话，当时手机已在绑架者手里，他冒名为所罗门的助理，劝服兰登来做演讲，并且还嘱咐他把彼得曾经托付给他的一小包东西带来。可兰登没有向我提及随身携带的那只小包，我才要求审查那只包的X光片。”

巴拉米的脑子都快转不动了。他不得不承认，佐藤的话天衣无缝，但总觉得还少了什么。“可是……你怎么会认为彼得·所罗门威胁到国家安全？”

“相信我，彼得·所罗门*确实*严重威胁到了国家安全，”她突然停下了，“坦率地说，巴拉米先生，您也一样。”

巴拉米坐直身体，手铐死死地扣住手腕。“你说什么？”

她挤出一丝假笑。“你们这些共济会成员就会耍危险游戏。你们守着一桩非常、*非常*危险的秘密。”

*她是在说***古代奥义**？

“万幸的是，你们总能成功地隐藏你们的秘密。但不幸的是，你们最近有点疏忽，而今晚，你们手中最危险的秘密就要公之于众了。除非我们可以提早阻止，要不然，我敢确定，那将引发灾难性的后果。”

巴拉米茫然失神地瞪着她。

“如果之前你没有攻击我，”佐藤说，“就会更早地发现我和你是同一阵营的。”

同一阵营。这话在巴拉米的脑海里一闪，引发了一个几乎无法深究的新结论。*佐藤是东方星的成员*？东方星——一直被认为是共济会的姐妹联盟团体——同样推崇神秘主义仁爱哲学、神秘智慧和开放性思

维。同一阵营？我正被铐着呢！她还窃听彼得的电话！

“你要帮我阻止这个人，”佐藤说，“他有能力引发一场大灾难，而这个国家未必能重生。”她的脸如同一尊石像。

“那你为什么不去追踪他？”

佐藤不敢相信似的看着他，“你以为我没有努力吗？我们对所罗门手机的追踪在得出具体位置之前就断线了。他的另一部手机显然是一次性的——几乎无法定位跟踪。私人飞机公司告诉我们，接送兰登的飞机是由所罗门的助理用所罗门的手机、所罗门的侯爵专机金卡预订的。毫无破绽。不过那都不重要了。就算我们找出他的具体位置，我也不见得会冒险闯进去抓住他。”

“为什么不？”

“我不能向你和盘托出，消息是绝密的。”佐藤说，眼看她的耐心就快用完了。“我要求你在这件事上信任我。”

“好吧，我不信。”

佐藤的眼光冷若冰霜。她突然转身，对丛林另一边高喊：“哈特曼探员！请把手提箱拿来！”

巴拉米听到电子门开启的嘶嘶声，又见一名探员大步迈进丛林。他提着一只光溜溜的钛合金手提箱，放在空气检测仪旁的地面上。

“退下。”佐藤说。

探员走了，门又“嘶嘶”响着闭合，万籁俱寂。

佐藤拎起金属箱搁在膝盖上打开了扣锁。随后，她的视线慢慢地转向巴拉米。“我不想这么做，但我们时间紧迫，你让我别无选择。”

巴拉米注视着这口古怪的箱子，突然觉得越来越恐惧。她是打算折磨我吗？他再一次想挣脱手铐。“箱子里是什么？”

佐藤冷酷地一笑：“好东西，能让你用我的方式看待问题。我保证。”

第 81 章

迈拉克修习魔法的地下密室掩藏得十分巧妙。他家的地下室，在进入其中的外人眼里显得十分平常：热水锅炉、保险丝盒、柴火堆以及一些零碎的杂物。然而这个暴露在外的地下室不过是迈拉克地下空间的一小部分，另有一个可观的空间被他隔了出来，专门用于秘密修行。

迈拉克的密室分隔成许多小房间，每一间都有特殊的用处。这个密室惟一的出入口是一条直通起居室的陡峭暗道，因此外人几乎不可能发现这个秘藏之处。

今晚，当迈拉克走下陡坡时，文在身上的魔符在地下室特殊的幽蓝灯光下显得栩栩如生。他一步步溶入蓝莹莹的雾霾里，走过好几扇紧闭的房门，径直迈向暗道尽头那个最大的房间。

“密室圣所”——迈拉克喜欢这么称呼它——是个十二英尺见方的空间。*十二代表十二宫图。十二是一天的时限。十二还是天堂的门数。*密室正中央摆着一张石桌，七英尺见方。*七，《启示录》有七封印。七，神殿有七层阶梯。*桌上悬挂彩光之钟，校准得分秒不差，光源沿着预设的色谱周游无休，每六小时走完一圈，严格遵循神圣的行星时表[①]——每一小时都有特定的天使掌管。*亚诺的一小时是蓝色。纳斯尼亚的一小时是红色。撒拉的一小时是白色。*

现在到了“凯拉时”，密室蒙上幽幽的紫光。迈拉克仅用一条丝带缠住腰腹和阉割过的生殖器，开始准备工作。

他配制好呆会要点燃用以圣化空气的薰香试剂，接着，把纯白无瑕的丝袍折叠好，最终他将用它替换缠腰带。最后，他净化了一烧瓶为祭品施洗用的水。一切准备停当，他把所有这些必备品陈列在一张边桌上。

他走向搁板，取下一只小小的象牙盒，回到边桌旁，把它和别的物品放在一起。尽管他还不打算使用它，却忍不住打开盒盖，欣赏其中的宝物。

刀。

象牙盒里的黑丝绒垫上，那把献祭用的刀是迈拉克特意为今夜准备的。去年，他在中东古玩黑市场里以一百六十万美元购得此刀。

史上最著名的宝刀。

---

① Table of Planetary Hours，占星术中的一种时刻表，根据行星位置、日出日落时刻而定，根据《所罗门之钥》记载，每个小时都有天使掌管，并拥有魔法名。例如：下文中的“亚诺”即为凌晨二时，纳斯尼亚即为凌晨三时，撒拉即为凌晨四时。

这珍贵的利刃由铸铁制成，嵌在骨柄槽中，它古老得不可思议，世人都以为它已在历史的尘埃中消泯。千百年来，无数权贵占有过它。近几十年以来，它却销声匿迹，被人秘密封藏，锋芒衰颓。迈拉克费了九牛二虎之力才探明它的下落。他怀疑，这把刀已有几十年……或许几百年没沾过血了。它是为饮血祭神而造的，今晚，利刃将再现于世，尽显神力。

迈拉克轻轻地从柔软的丝垫里取出宝刀，用浸过净水的丝布崇敬有加地擦拭刀锋。自从来到纽约初次开始实践至今，他的技艺已有了长足的进步。迈拉克修习的黑魔法在不同语言里有不同的名称，但无论叫什么，它都是一门精确的科学。这种原始技艺曾掌握着通向神力的钥匙，但已被世人冷落甚久，笼罩于神秘学与魔术的阴影下。依然潜心钻研这种魔法的人被视为疯癫，但迈拉克知之甚多。*这可不是为那些天资愚钝的家伙准备的*。古代黑魔法，就像现代科学，是一门运用精准公式，使用特定材料，格外讲究时机的高等学科。

这种魔法，绝不是当今那种假模假式的所谓“黑魔法”——通常都是一些好奇心过强的人在半信半疑地操练。而古老的黑魔法，就像核物理研究，很可能释放出巨大能量。其警示十分可怕：*技艺不精的修习者要冒可能陷入逆流、乃至彻底被毁灭*的风险。

迈拉克欣赏够了神圣的祭刀，又转而去看身前桌上的一张厚犊皮纸。这张羊犊皮是他亲手从一只羊羔身上剥制的。遵循古书记载的程式，羊羔必须很纯洁，尚未性成熟。犊皮纸旁边有一支他用乌鸦羽毛制成的羽毛笔，一只银托盘，还有摆放在铜碗周围的三根闪着微光的蜡烛。这只纯铜制成的小碗里盛着一英寸深红色的液体。

彼得·所罗门的鲜血。

血是永恒之色。

迈拉克拾起羽毛笔，将左手摁在犊皮纸上，将笔尖蘸上鲜血，再小心地沿着张开的手掌轮廓落笔。画完后，他又在画中的五个指尖分别描上**古代奥义**的五个符号。

王冠……代表我将成为王。

星星……代表授定我命运的天宇。

太阳……代表我的灵魂之光。

灯笼……代表人类微薄智力的幽光。

钥匙……代表缺失的部分，也就是今晚我终于能拥有的东西。

迈拉克画完所有血符后举起犊皮纸，在三道烛光中欣赏自己的杰作。等血迹干涸，他将犊皮纸折了三道。随后，迈拉克轻声浅吟古代咒语，将犊皮纸凑上第三支蜡烛，火焰骤起。他将点着的犊皮纸搁在银盘上任其燃尽。渐渐地，兽皮中的碳熔成一层烧焦的黑粉。火焰熄灭后，迈拉克小心地将灰烬拍入盛血的黄铜碗里，再用乌鸦的羽毛搅拌。

液体变成更深的猩红色，红得接近发黑。

迈拉克双手捧着这只碗将它举过头顶，吟咏**血圣餐歌**，向古代先灵称谢感恩。随后，他万分谨慎地将黑红的液体倒入一盏玻璃樽，以木塞封口。稍后，迈拉克描摹尚未文饰的天灵盖以完成他的杰作时，就将以此为墨水。

第 82 章

华盛顿国家大教堂是全世界排名第六的大教堂，比一幢三十层的摩天大厦还高。这件哥特式杰作饰有两百多扇彩色玻璃窗、架带五十三只铃铛的钟琴和一架拥有一万零六百四十七个乐管的巨型管风琴，能容纳三千名朝圣者。

不过，今晚的大教堂阒寂无声。

柯林·盖洛韦神父是大教堂的主教，他看起来仿佛永生在世。身形佝偻，形容枯槁的他身着俭朴的黑色长袍，不出一言地摸索着蹒跚带路。兰登和凯瑟琳默默跟随着他，在黑暗中穿过四百英尺长的中殿主道，长廊略微向左倾斜，造成了一种柔和的视错觉。当他们来到大十字架前时，主教挥手示意，让他们走过祭台屏风——这是象征性的界限：此前是公共区域，此后则是圣所[①]。

教堂高坛里弥漫着乳香。这处圣所幽暗至极，只有层层穹顶折射的稀薄微光。在数幅精美的圣经题材雕饰上方，悬挂着五十个州的州旗。盖洛韦主教继续前行，显然对这个地方熟稔于心。起先，兰登以为他们

---

① Sanctuary，既指教堂圣地，也有避难所、庇护所之意。

要径直走上高高的圣坛，也就是嵌列十块西奈山石头的地方，老主教却向左一拐，摸索着穿过一道十分隐蔽的暗门，原来，这道门能直通神职人员的办公附楼。

他们向下走过一条短小的过道，停在一扇门前，门上有块黄铜铭牌：

柯林·盖洛韦神父 博士
教堂主教

盖洛韦打开门，亮起了灯，显然早已习惯于牢记待客礼仪。他招呼他俩进屋，再关上门。

主教的小办公室很雅致，有高高的书架，一张书桌，雕花衣橱和一个私人卫生间。墙上挂着十六世纪织花挂毯和好几幅宗教画。老主教指了指正对书桌的两张皮椅。兰登跟着凯瑟琳坐下来，顿时心存感激——总算能把肩头的沉重包袱搁到脚边的地板上了。

庇护所和答案，兰登默念着这句话，在舒适的座椅上安顿下来。

老人走到书桌后，也在他的高靠背椅里放松地坐定。然后，随着一声疲惫的叹息，他抬起头，睁着蒙着白翳的双眼，用空洞的眼神凝视他俩。他开口时，嗓音出乎意料的清晰有力。

“我知道我们素昧平生，”老人说，“但我觉得与二位神交已久。”他掏出一块手帕，轻轻抹了抹嘴角。“兰登教授，我很了解您的著作，包括那篇论述本教堂符号体系的大作。所罗门小姐，我与令兄彼得同为共济会兄弟，至今相识已有多年。”

“彼得眼下境遇堪忧。”凯瑟琳说。

“我已有所耳闻，”老人说，“只要力所能及，我将不遗余力地帮助你们。”

兰登注意到，主教的手上没有戴共济会戒指，但他明白，很多共济会会员不愿意将这种身份公之于众，尤其是神职人员。

交谈一开始他们就明白了，盖洛韦主教已从沃伦·巴拉米的电话留言中得知了当晚的事件。兰登和凯瑟琳还把他所不知的最新情况简单陈述了一番，主教的神色越来越凝重。

“那个人绑架了我们亲爱的彼得，”主教说，“坚持让你破解金字塔的秘密，以换取彼得的生命？”

“是的，”兰登说，“他认为那是张地图，能指引他到达**古代奥义**的藏匿地。”

主教诡异无神的双眼转向兰登，“我的耳朵告诉我，你不相信有这种事。”

兰登不想在这件事上浪费时间。“我是否相信无关紧要。我们需要救出彼得。不幸的是，我们解密之后发现金字塔没法指引我们去任何地方。”

老人一下子挺直身体。“你们已经解开金字塔的密码了？”

凯瑟琳接上话茬，迅速地解释说尽管巴拉米警告过、她哥哥也曾要求兰登不要打开小包，她还是一意孤行地这么做了，对她来说，排在第一位的就是竭尽所能先救出哥哥。从纯金尖顶石到阿尔布雷特·丢勒的幻方，以及如何根据十六个字母的顺序将共济会铭文解码成*Jeova Sanctus Unus*，凯瑟琳将来龙去脉全都告诉了主教。

“它就告诉你们这一句话？”主教问，“真一神？”

“是的，先生，”兰登回答，“显而易见，金字塔并不是地理意义上的地图，而是隐喻。”

主教摊开双手，“让我也感受一下吧。”

兰登拉开皮包的拉链，取出金字塔，小心翼翼地搬上书桌，摆放在神父的面前。

兰登和凯瑟琳目不转睛地看着老人用脆弱的手指一寸一寸抚摩着石块——刻有铭文的侧面，光滑的基座，截去尖顶的顶端。他摸了一遍，又摊开双手，“尖顶石呢？”

兰登取出玲珑的小石盒，放到书桌上，再打开盖子，他亲手取出尖顶石，直接放进老人迎候的手掌中。主教又如刚才那样细细抚摩一遍，每分每毫都没遗漏，当他摸到尖顶石上的铭文时，手指停留了很久，那些镌刻精细的小字显然让他读得很费力。

“‘奥秘隐藏于团会之中’，”兰登念出声来，“The 和 Order 的首字母都是大写。”

老人面无表情地把尖顶石叠放在金字塔顶端的平台上，再依手感将它们对拢。他静默了一会儿，好像在做祈祷，然后摊开手掌，虔诚地笼住整个金字塔，如此反复了好几次。随后，他伸手找到立方体的小盒，捧在双手中，屏气凝神地感受着什么，手指在盒子里里外外细细摸索。

之后，他放下盒子，靠回椅背上。“告诉我，”当他再开口时，语调突然变得冷峻犀利，“你们为什么来找我？”

兰登根本没料到他会这么问，“我们来这里，先生，因为是*您*让我们这么做。巴拉米先生说我们应该信任您。”

“可你并不信任*他*。”

“您的意思是？”

主教白蒙蒙的瞳仁直勾勾地盯着兰登。“装有尖顶石的盒子是封存的。巴拉米先生告诉你切勿打开，但你们还是打开了。另外，彼得·所罗门也叮嘱过你，*不要*打开它。你也没有守约。”

“先生，”凯瑟琳插言道，“我们只是想救哥哥一条命。绑架他的人要求我们破解——”

“我能够体谅这份苦心，”主教断然地说，“可你们贸然*开启*石盒后又得到了什么呢？一无所获。绑架彼得的人正在寻找一个地址，*Jeova Sanctus Unu* 这个答案是不会让他满意的。”

“我同意，”兰登说，“但很遗憾，这就是金字塔传达的讯息。我刚才提到过，地图似乎是个*比喻性*的——”

“你弄错了，教授，”主教说，“**共济会金字塔**是一份*真实确凿*的地图。它指向*真实确凿*的地点。你不理解，因为你还没有彻底破解金字塔的秘密。连边儿都没挨上呢。”

兰登和凯瑟琳惊惶地对视一眼。

主教又把双手放回到金字塔上，近乎爱抚地触摸着它。“这份地图，和**古代奥义**本身一样，含义无穷，层层递进。对你来说，它真正的秘密仍在云遮雾绕中。”

“盖洛韦主教，”兰登说，“我们已经把金字塔和尖顶石查了个遍，每个角落都没放过，可真的没有别的信息了。”

“不在其当前的形态中，不。但万物恒变。”

“先生？”

“教授，如你所知，这尊金字塔预示着一种最不可思议的变形的力量。传说，这尊金字塔会兀自变身……更换物理形态，从而显露其秘密。就像将神剑释放到亚瑟王种的那块著名岩石一样，**共济会金字塔**也能自己变形，并在有资格的人面前展露秘密，如果它选择这么做……”

兰登现在感到：老人的高寿或许意味着往昔的理智也已不在。“对不起，先生。您是说，这尊金字塔可以发生*物理形态*的改变吗？”

“教授，如果我亲自动手，在你眼前变形这座金字塔，你会相信亲眼所见吗？”

兰登不知道该如何作答。“我想那我就别无选择了。”

“很好。等一会儿，我就要这么做。”他又擦了擦嘴角。“让我先提醒你们，曾几何时，哪怕最聪明的头脑也认定地球是扁平的。因为如果地球是圆的，海洋必定会流光。请试想一下，如果你宣称，‘地球不仅是圆球体，还有一种肉眼看不见的神秘力量把万事万物吸附在地球表面！’他们又该如何嘲笑你？”

“这是两码事，”兰登说，“重力……和你用手触碰一下就能让物件变形的能力。”

“是吗？难道不可能吗——我们至今仍生活在无知的黑暗世代，仍在嘲笑我们看不到也理解不了的‘神秘’力量？如果要说历史教会了我们什么，那就是，今日被我们大加嘲讽的怪事有一天会成为显赫的事实。我声称只需动动手指头就能让这座金字塔变形，而你质疑我的理智。如果面对的是历史学家，恐怕我该有更高的期待。古往今来不乏伟大的思想家，他们都在宣称**同一**件事……都坚称人类拥有不为他们自己所知的神秘的能力。”

兰登心里知道，主教说得对。著名的赫尔墨斯格言——“*难道不知你就是神？*”——就是**古代奥义**的支柱之一。*如其在上，如其在下……上帝依据自己的形象塑造人类……人的神化*。人类自身就有神性——深藏未露的潜能——这种论调经久不衰，是卷帙浩繁的古籍中反复出现的主题。甚至《圣经·诗篇第八十二章》中都曾高呼，“*你们是神！*”

“教授，”老人说，“我认识到，你和许多知识分子一样，活在几个世界之中深受困扰——一足立于精神，一足立于物质。你的心灵渴望去相信……但你的智慧却拒绝接受。身为学者，你该明智地从历史的伟大思想中获益更多。”他停下来清了清嗓子，“如果我记得没错，人类最伟大的一位思想家曾如是说：‘令我们费解的，却真正存在。自然的秘密背后，尚存微妙、无形亦无解的东西。我的宗教，就是尊崇我们远远无法理解的这种力量。’”

“这是谁说的？”兰登问，“甘地？”

“不，”凯瑟琳插言道，“是艾尔伯特·爱因斯坦。”

爱因斯坦笔下的每一字每一句，凯瑟琳·所罗门都读过，深深震撼于他对奥秘的深邃的崇敬，还有他那些总有一天会被大众认同的预言。**未来的信仰，爱因斯坦曾如此预测：将是宇宙的宗教。它将超越个人化的上帝，免除教条和神学的禁锢。**

罗伯特·兰登似乎很难通盘接受这些论点。凯瑟琳能感觉到他对年迈的主教派神父的失望越来越深，她很理解。毕竟，他们千辛万苦到了这里，是为了得到答案，可是他们找到的却是一位盲眼老人，还断言动动手指头就能让物件变形。然而，老人对神秘力量所抱有的热烈、坚定的信念让凯瑟琳想起了她的哥哥。

“盖洛韦神父，”凯瑟琳说，“彼得有难。中央情报局在追捕我们。沃伦·巴拉米派我们来寻求帮助。我不知道这尊金字塔说了什么或指向何处，但如果解开秘密就能拯救彼得，我们就得试一把。巴拉米先生或许情愿牺牲我哥哥的性命也要保住这尊金字塔的秘密，但为了它，我的家庭经历的只有痛苦。不管它隐藏了什么秘密，今晚就算到头了。”

“你是对的。”老人答了一句，音调十分骇人。“今晚，都将到尽头。你们已经开了头。”他长叹一声，“所罗门小姐，你解开那只盒子上的封印，就如同开启了连环套，一系列事件将环环相扣地发生，再也无法回头了。今晚，那些力量就将生效，而你们尚未领悟其真谛。没有回头路。”

凯瑟琳哑然失声地瞪着神父。他的用了预言大灾难般的语调，仿佛他提及的是启示录里的七封印，或潘多拉的盒子。

“先生，恕我直言，”兰登打破了凯瑟琳的沉默，“我实在无法想象一个石头金字塔能开启什么。”

“你当然不能，教授，”老人盲眼的视线仿佛穿透了他，“你还没有眼睛，如何去看？”

第 83 章

从林里湿气浓重，国会大厦建筑师能感到汗水正汩汩流下后背。被铐的手腕疼痛难忍，但他将所有的注意力都集中在那口不详的钛合金手提箱上，佐藤刚刚在他俩之间的长椅上打开了盒盖。

好东西，佐藤对他说了，能让你用我的方式看待问题。我保证。

矮小的亚洲女人在巴拉米的视野死角里打开了金属箱扣，他还没来得及看清箱子里的东西，但他大胆地猜测起来。佐藤的双手在箱子里动作，巴拉米几乎要认定，她将从中取出一系列闪着寒光、锋利如刀的工具。

突然，箱子里闪出一道光，越来越亮，从下到上照亮了佐藤的面孔。她的双手还在里面忙活，灯光则改变了颜色。过了一会儿，她腾出了手，扳住整个箱子，掉转方向，移到巴拉米面前，好让他看得见里面的东西。

巴拉米这才发现，刚刚斜睨到的光芒来自于某种未来派掌上电脑，附带电话听筒手柄、两根天线和一只双键盘。他刚想放下心来，又很快开始感到困惑。

屏幕上有中央情报局的标志，还有几行字：

安全登录

使用人：佐藤井上

安全等级：5 级

掌上电脑的登录窗口下面还有一个图标正在旋动：

稍等片刻……

解密文件……

巴拉米抬眼望向佐藤，她的目光早已锁定在他脸上。“我不想让你看到这个，”她说，“但你让我别无选择。”

屏幕又闪了一下，巴拉米赶忙低头看，文件打开了，内容撑满了整个液晶显示屏。

有好一会儿，巴拉米直楞楞地盯着屏幕，企图弄明白看到的是什么。渐渐的，思路清晰了，他直觉脸部的血凝住了。他恐惧地瞪眼看着，无法转移视线。“可、可这是……不可能的！”他喊出声来，

“这……这怎么可能！”

佐藤神色冷峻，“你告诉我，巴拉米先生，得由你来告诉我。”

当国会大厦的建筑师终于彻底领会了所见之物的后果时，他顿觉整个世界正在灾祸的边沿摇摇欲坠。

我的上帝啊……我犯了个错，一个可怕的大错！

第84章

盖洛韦主教感到振奋。

和所有凡夫俗子一样，他知道大限已近，他将要抛下肉身空壳，但今晚还不是时候。此刻他肉做的心正强劲而又快速地跳动……他的思维感觉敏锐。还有职责要尽。

饱受关节炎之苦的沧桑老手拂过金字塔光滑的表面，他几乎无法相信自己感受到的一切。我从来不曾想象过，我能活着见证这一时刻。经过了一代又一代，地图表记的两半一直安全地分藏于两处。现在，它们终于合拢了。盖洛韦在思忖，现在是否就是预言中的那个时刻？

离奇的是，命运竟选中了两名共济会以外的人来合并金字塔。然而，这似乎很合适。奥义正从内部环环渗出……流出黑暗……流向光明。

“教授，”他说，把头转向兰登呼吸的方向，“彼得告诉过你吗？为什么他想让你守护这个小包裹？”

“他说，有权势的人想把它从他那里偷走。”兰登答。

主教颔首道，“是的，彼得也这样对我说过。”

“他说过？”凯瑟琳的声音突然从他的左边冒出来，“我哥哥和你谈论过金字塔的事？”

“当然谈过，”盖洛韦说，“令兄和我谈过许多事。我曾在圣殿堂中担当尊者一职，他常来向我请教。大约一年多前，他来圣殿堂，饱受困扰。他就坐在你现在坐的椅子里，问我是否相信超自然预兆。”

“预兆？”听上去，凯瑟琳很关注此事，“你是说……就像是幻象？”

“不完全是，更像是内心的感觉。彼得说他感觉得到生命中有一股黑暗力量日渐壮大。他感到，有什么东西在观望他……在等待……企图给他造成极大的伤害。”

“显然他是对的，”凯瑟琳说，“那是同一个凶手，杀害了我们的母亲和彼得的儿子，又来到华盛顿，摇身一变，成为彼得的共济会兄弟。”

“没错，”兰登说，“但这不能解释中央情报局怎么会卷了进来。”

盖洛韦并不十分确定。“有权势的人总是对更强大的力量感兴趣。”

“可是……中央情报局？”兰登反问道，“**古代奥义**？说不通啊。”

“当然说得通，”凯瑟琳说，“中央情报局始终得益于科技进步，对神秘科学的研究实验也从没停止过——超感觉的知觉，遥视，剥夺感官体验，引发超感精神状态的药理学。说到底都是一件事——激发不可见的人类潜能。如果说我从彼得那儿学到了什么，那就是：科学和神秘主义密切相关，其区别只在于切入方式不同。二者目标一致，但所用方法不同。”

“彼得对我说，”盖洛韦说，“你的研究领域是某种现代神秘科学？”

“意念科学，”凯瑟琳点点头，说，“它试图证明人类的能力远远超出我们的想象所能及的范畴。”她指了指彩色玻璃窗上常见的“光明耶稣”：基督的头和手散发出万丈光芒。“事实上，我刚做了一组实验，用超冷却电荷联接装置拍摄了一位宗教治愈师工作时的手部动作。照片和您彩色玻璃上的耶稣像有惊人的相似之处……能量从治愈师的指端源源不断地释放出来。”

训练有素的头脑，盖洛韦心想，掩饰住微笑，*你认为耶稣是如何治愈伤病者的呢？*

“我认识到，”凯瑟琳接着说，“现代医学只会讥讽治愈师和萨满巫医，但我相信亲眼所见。我的电荷耦合装置相机清晰地拍摄到了这个人从指尖输出一股巨大的能量场……并确实改变了患者伤口的细胞组织结构。如果说*那*都不是神迹般的力量，那我真不知道什么才算是。”

盖洛韦主教终于笑了出来。凯瑟琳的炽烈的热情和她哥哥如出一辙。“彼得曾把意念科学和早期探险家相提并论，后者因相信地球是圆的而被世人嘲讽。几乎就在一夜之间，这些探险家从傻瓜变成了英雄，发现了海图上从未标识的新大陆，为地球上的每一个人开拓了疆界。彼得认为，你也将作出这样的伟大贡献。他非常赏识你的工作，寄予了很高的期望。毕竟，历史上每一次具有哲学意义的划时代变革都以一个大胆创想为开端。”

盖洛韦当然知道，不一定要走进实验室才能见证这种大胆创想——人类拥有未被开发的潜能。这座天主教堂就招纳了不少治愈师，为伤病患者造福，奇迹般的真实事例层出不穷，那些身体上发生的物理性变化也是医学研究所承认的。问题不在于是否会将上帝伟大的力量灌注给人类……而是，我们该如何*解放*那种神力？

苍老的主教用双手虔诚地护拢**共济会金字塔**，极其安详地说道：“我的朋友，我不知道这尊金字塔到底指向*何处*……但我知道*这一点*。在某个地方，深藏着一笔巨大的精神财富……在黑暗中耐心等待了几个世代的财富。我相信，那是一种足以改变这个世界的促动力。”此刻，他的手抚摸着纯金尖顶石，“而现在金字塔已然完整……时机也在迅速逼近。为什么不呢？预言永世不朽，必有翻天覆地的伟大启蒙。”

“神父，”兰登的语调带着质疑，“我们都很熟悉《圣约翰启示录》和《新约启示录》的字面意思，但似乎很难用《圣经》里的预言——”

“噢，天哪，《启示录》写得太糟了！”主教说道，“没人知道该怎么读通。我说的是用清晰的语言撰写的清晰的思想——圣奥古斯丁的预言，弗朗西斯·培根爵士的预言，牛顿、爱因斯坦，这样的例子数不胜数，他们都在期待启蒙降临的时刻，变革的时刻。就连耶稣自己也说过：‘掩藏的事没有不显出来的，隐瞒的事，没有不露出来被人知道的。’”

“这种预测太容易了，”兰登说，“知识的增长具有指数模式。我们知道得越多，能力就变得越强大，我们也就能更迅速地扩展知识基础。”

“是的，”凯瑟琳补充道，“我们在科学界就能见证这一点。每一种新科技的发明就转变为工具，用来发明更新的技术……就像滚雪球。所以近五年的科学进步远甚于过去*五千年*。指数递增。从数学图表上看，随着时间递进，指数函数的递增曲线会变成近乎垂直，会出现不可思议的迅猛发展。”

主教的办公室里出现了一阵沉默，盖洛韦意识到，两位来客仍然不明白这尊金字塔如何能帮助他们进一步揭开秘密。*所以命运让你们来找我*，他心想，*我必须扮演自己的角色*。

许多年来，柯林·盖洛韦神父和共济会兄弟荣辱与共，担任守门人的重责。现在，一切都改变了。

我不再是守门人了……我是向导。

“兰登教授？”盖洛韦说着，把手伸向书桌对面。“如果可以，请您抓住我的手。”

罗伯特·兰登眼看着盖洛韦主教的手伸向自己，一时间没了主意。

我们要做祈祷吗？

出于礼貌，兰登也伸出右手，放在主教枯瘦的手心里。老人坚定有力地抓住他，但并没有开始祷告，而是摸索到兰登的食指，再牵引他的手往石盒里原本搁置金尖顶石的位置摸。

“你的眼睛令你盲目，”主教说道，“如果你像我一样，用指尖去看，就会明白盒子里还留有指引你的信息。”

半信半疑地，兰登用指尖在盒子内部摸了一圈，但什么也没摸到。盒子内部非常光滑。

“继续找。”盖洛韦鼓励他。

终于，兰登的手指摸到了什么——一个微小而突起的圆圈——盒子底部正中央有一颗微细的小点。他抬起手，朝盒子里细看。用肉眼几乎看不到那个小圆圈。*那是什么？*

“你认出这个符号了吗？”盖洛韦问。

“符号？”兰登答，“我简直什么也看不到。”

“摁一摁。”

兰登照做了，把指尖摁在那一处。*他以为会发生什么事呢？*

“手指向下，”主教说，“使劲。”

兰登瞥了一眼凯瑟琳，她正把一绺头发抿到耳后，也是一脸茫然。

几秒钟后，老人总算点头示意。“好了，把手移开。炼金术已经完成了。”

*炼金？*罗伯特·兰登把手从石盒里拿出来，满头雾水、一言不发地干坐着。什么都没有改变。盒子仍然在书桌上。

“没变，”兰登开口了。

“看看你的指尖，”主教答道，“你应该看得到变化。”

兰登看向自己的手指，他能看到的惟一改变就是皮肤被那个小点压出了一轮凹痕——小小的圆圈，中心有一点。

⊙

“**现在**你能认出这个符号吗？”主教问。

兰登认得出，但让他诧异的是，主教竟能感受到如此微妙的细节。用指尖去看，这显然是老人眼盲后学到的宝贵才能。

“炼金术里的符号，”凯瑟琳说着，把椅子稍稍挪近，细看兰登的手指。“是古人指代**金子**的符号。”

“正是如此。”主教笑了，轻轻拍了拍盒子，“教授，恭喜你。你刚刚实现了历代炼金术师梦寐以求的事情。点石成金。”

兰登皱着眉头，丝毫不为奉承所动。这种客厅小把戏此刻似乎毫无助益。“这想法很有意思，先生，但恐怕这个符号——圆圈中心有一点——有几十种涵义。这叫**环点符**，是历史上运用最广泛的符号之一。”

“你在说什么？”主教问，听来颇有疑虑。

兰登被惊得目瞪口呆，他竟比一名共济会会员更了解这枚符号的精神要旨。“先生，环点符的涵义可谓**无穷无尽**。在古埃及，它代表太阳神 Ra，当代天文学仍然用它表示太阳。在东方哲学里，它代表第三只眼的灵视、神圣玫瑰和光明的启迪。犹太教卡巴拉密教派用这个符号象征皇冠——生命最高层的源质和‘隐秘之事中最隐秘之事’。早期的神秘主义者称其为‘上帝之眼’，也就是国玺中‘全视眼’的起源。毕达哥拉斯派还用环点符指代‘单子’——神圣真理，本始智慧，思智和心灵的合一，以及——”

“够了！”盖洛韦主教忍不住咯咯笑出声来，“教授，非常感谢。当然了，你说得一点没错。”

兰登幡然醒悟，他被老人捉弄了。*他早知道了*。

“环点符，”盖洛韦一边顾自笑着，一边接着说：“是**古代奥义**中最重要的符号。考虑到这一点我才推断：它出现在盒子里绝非偶然。传说有言，地图的机密藏在最小的细节里。”

“很好，”凯瑟琳说，“可就算这个符号是有意刻在这里的，它也不能帮我们找出地图的机密，不是吗？”

“你刚才提到你撕开的蜡封上有彼得戒指的文饰？”

"是的。"

"你还说，戒指就在你手上？"

"在我这儿。"兰登将手探入口袋找出戒指，把它从塑料袋里取出后再放在主教面前的书桌上。

盖洛韦拿起戒指开始抚摩戒面。"这枚戒指绝世无双，和**共济会金字塔**是同一时期的造物，按照传统，只有负责**护卫**金字塔的共济会会员才能佩戴它。今晚，当我摸到石盒底部的小环点符时；方才意识到这枚戒指，事实上，也是表记的一部分。"

"是吗？"

"我很肯定。彼得是我最亲密的朋友，他戴这枚戒指很多年了。我非常熟悉它。"他把戒指递还给兰登，"你自己看吧。"

兰登接过戒指细细察看，还用指尖触摸双头凤凰、数字三十三、ORDO AB CHAO的字样，以及那句话：**一切展露于三十三**。他没发现什么特殊的启示。接着，当手指沿着指环外侧移下来时，他停顿了一下。似乎被吓了一跳，他把戒指翻转过来，凝视指环的最底端。

"你发现了吗？"盖洛韦问。

"我想是的，发现了！"兰登说。

凯瑟琳又凑近了些，"发现了什么？"

"指环上的角度标识，"兰登说着，指给她看。"太小了，你几乎不可能看到，但只要用手一摸就明白了，它真的是凹进去的——就像个细小的圆形切口。"角度标识在指环底端的中心位置……尺寸大小刚好吻合立方体石盒底部的微凸的小圆点，这是无可否认的事实。

"是一样大吗？"凯瑟琳凑近了细看，说话都激动起来了。

"只有一个办法确认。"他拿起戒指，凑近石盒，让两个小圆圈互相贴近。他用力摁下去，浮凸于石盒的小圆圈嵌入了戒指上的小圆槽，然后，只听到轻微而又明确的一声"咔嗒"。

他们都跳了起来。

兰登等待着，却什么也没有发生。

"怎么样了？！"神父问。

"没怎么样，"凯瑟琳答，"戒指锁定位置了……可是，没别的动静。"

"没有显著的变形？"盖洛韦也困惑起来。

我们还没干完呢，兰登猛然想到什么，低头看镌刻在戒面上的文饰——双头凤凰和数字三十三。*一切展露于三十三*。他的脑海中蓦然浮现出毕达哥拉斯派神圣几何学的角度和线条；他在想，莫非共济会的“三十三等级”在此也意味着数学里的“三十三度”[1]？

动作很慢，心却跳得飞快，他俯下身去，攥紧戒指——现已牢牢地锁扣在立方体石盒上了。接着，他将戒指缓缓地拧向右边。*一切展露于三十三*。

手中的戒指转过十度……二十度……三十度——

接下去的场景，兰登从未见过。

第 85 章

变形。

盖洛韦主教*听出*来了，甚至不需要亲眼目睹。

与他隔桌相对的兰登和凯瑟琳一声没吭，毫无疑问，他们被惊呆了，怔怔地凝视着立方体石盒，它在他们眼皮底下发出声响——张扬地变形了。

盖洛韦忍不住露出微笑。他早料到这个场面了，哪怕仍不明确这种进展最终将怎样助他们一臂之力，以帮他们解开金字塔的终极机密。给哈佛大学符号学专家指点符号经的机会可是不多，他十分享受。

“教授，”主教说，“很少有人知道，共济会尊崇立方形态——或是我们称之为*方琢石*——是因为它以三维形态代表了另一种符号……一种更古老的二维符号。”盖洛韦无需问教授是否意识到这个古老的符号此刻正摊放在他面前的书桌上。它是世界上最著名的符号之一。

罗伯特·兰登凝视着面前书桌上变形后的石盒，不禁思绪万千。*真没想到*……

几秒钟之前，他把手伸向石盒，抓住共济会戒指轻轻拧动。当戒指

---

① Degree 既有等级，也有度数的意思。

被拧到三十三度角时，立方石盒在他目不转睛的观察下突然变形了。彼此连接的暗藏的铰链松开来，围成方盒的正方形四壁同时落下。盒子瞬间摊平了，四个围边和顶盖向四周平铺开去，“啪”的一声，响亮地摊落在桌面上。

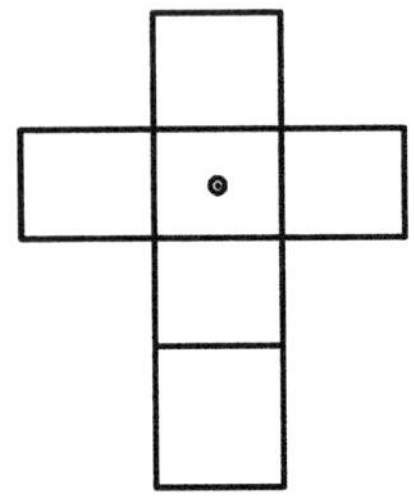

方盒变成了十字架，兰登心想，符号的炼金术。

凯瑟琳眼看着石盒摊平，更是大惑不解。“**共济会金字塔**和……基督教有关？”

这念头也在兰登的头脑里闪现过。毕竟，共济会里也有许多基督教信徒，所以基督教十字架也被共济会会员视为值得尊敬的符号，但是，共济会会员中还有犹太教、穆斯林、佛教、印度教的信徒，以及没有为神命名的信徒。这个符号只能指向基督教，其局限性似乎太强了。此时这个符号*真正的*含义在他脑子里跳了出来。

“这不是十字架，”兰登说着站起身来，“有环点符在中心的十字形，是一个二元符号——两个符号合二为一，形成一种新的符号。”

“你在说什么？”凯瑟琳看着他在办公室里踱起步来。

“十字形，”兰登说，“一直到四世纪才成为基督教的符号。之前更久远的年代里，它为埃及人所用，指代二维相交——人间和天界的相交。如其在上，如其在下。它是对人神合一之处的直观表示。”

“哦。”

“环点符，”兰登说，“我们已经知道它有很多涵义——其中最隐秘的一种是*玫瑰*，象征‘完美’的炼金术符号。但是，当你把玫瑰置于十字形的中心点，就创造出另一种完全不同的符号——玫瑰十字。”

盖洛韦靠在座椅里，微笑地说，“啊呀呀，你现在开窍了。”

凯瑟琳也站起来。“我怎么听不懂了？”

“玫瑰十字，”兰登开始解释，“是常见于共济会的一种符号。事实上，在苏格兰派中有一个等级称为‘玫瑰十字骑士’，专门授予为共济会神秘主义哲学研究作出贡献的早期玫瑰十字会会员。彼得大概跟你提起过玫瑰十字会吧。许多伟大的科学家都是该团体的会员——约翰·狄，伊莱亚斯·阿什莫尔，罗伯特·弗拉迪[①]——”

“他当然提过，”凯瑟琳说，“我为了做研究，把《玫瑰十字会宣言》通篇读过。”

每个科学家都应该如此，兰登心说。玫瑰十字会——更正式的名称是：古代神秘玫瑰十字团——的历史有如一个谜团，它曾对科学发展产生过巨大影响，其渊源与**古代奥义**的传说是两根非常接近的平行线……先贤掌握的神秘智慧代代相传，只能由最聪慧的思想家来钻研。无可否认的是，若把历史上玫瑰十字会的著名成员一一列出，就无异于写下了一部欧洲文艺复兴时期的名人册：帕拉塞尔苏斯、培根、弗拉迪、笛卡尔、帕斯卡、斯宾诺莎、牛顿、莱布尼茨……

根据玫瑰十字会的教条，这个团体“建立于古老过往中的深奥真理”，所谓的真理必须是“凡夫俗子无从知晓的”、且对“精神领域”具有巨大的洞察力。兄弟会的会徽在历经多年后演变为一朵绽放在华丽十字形上的玫瑰，但追根溯源，这个图案最早的形态却只是毫无装饰的十字形上有一个朴素的环点符——极其简单的十字，配上极其简单的玫瑰。

“彼得和我常常探讨玫瑰十字会的哲学，”盖洛韦对凯瑟琳说。

当主教简要地谈起共济会和玫瑰十字会的关联时，兰登感觉自己的思绪又被拉回到困扰了他一整晚的烦人线索上去了。*Jeova Sanctus Unus*。*这个词肯定和炼金术有所牵连*。他还是想不起来彼得跟他说起这个词时的原话，但不知怎的，提及玫瑰十字会，好像又刺激了那根神经。*好好想想，罗伯特！*

“玫瑰十字会的创始人，”盖洛韦刚刚在说，“据称为一名德国神秘学者，用的名字是玫瑰十字基督徒——这显然是个化名，他甚至可能是

---

① 约翰·狄是十六世纪的英国数学家、炼金术师、占星学家；伊莱亚斯·阿什莫尔是十七世纪的英国古文物专家、政治家、兵器专家和炼金师；罗伯特·弗拉迪是十六世纪的英国占星学家、医学专家、神秘主义研究者。

弗朗西斯·培根，有些历史学家相信正是培根本人创建了这个团体，尽管没有确凿证据——”

“化名！”兰登突然喊出声来，甚至连他自己也吓了一跳。“那就对了！*Jeova Sanctus Unus*！这是个化名！”

“你在说什么？”凯瑟琳问。

兰登的心怦怦直跳。“整个晚上，我一直想记起来彼得谈起 *Jeova Sanctus Unus* 以及这个词和炼金术的瓜葛时对我说了什么。我总算想起来了！与其说它和炼金术有关，还不如说是和炼金术士有关！一个非常、非常有名的炼金术士！”

盖洛韦咯咯笑出声来，“差不多该想起来啦，教授。我提到他的名字已有两次，还有化名这个词。”

兰登呆呆地看着老主教，“你早知道了？”

“唉，当你告诉我用丢勒的炼金幻方解码铭文得到 *Jeova Sanctus Unus* 这个词时，我尚有疑虑，但当你发现了玫瑰十字，我就能确定了。你或许知道，我们提到的这位科学家留下了许多秘密手稿，其中就有一份被他注释得密密麻麻的《玫瑰十字会宣言》。”

“是谁？”凯瑟琳问。

“全世界最伟大的科学家之一！”兰登答，“他是位炼金术士，伦敦皇家协会会员，也是玫瑰十字会会员，还在其最机密的科学论文上签署化名——*Jeova Sanctus Unus*！”

“真一神？”凯瑟琳说，“这家伙真够谦虚的。”

“聪明的家伙，当真是聪明，”盖洛韦纠正道，“他那样署名是有原因的，和古代法师一样，他认定自己能通神。而且，把 *Jeova Sanctus Unus* 的十六个字母重新排列组合就能得到他本名的拉丁语，可以称得上绝妙的化名啊。”

凯瑟琳听罢更觉困惑。“把 *Jeova Sanctus Unus* 的十六个字母重新排列组合，能得到最著名的炼金术士之名，还是拉丁文？”

兰登随手拿起主教桌上的纸笔，边说边写，“拉丁语中的 J 和 I、V 和 U 可以互换，也就是说，*Jeova Sanctus Unus* 完全可以改写成他的名字。”

兰登把那十六个字母一一写下：*Isaacus Neutonuus*。

他把那张纸递给凯瑟琳，说：“我认为你该听过他的大名。”

“艾萨克·牛顿？”凯瑟琳看着纸，反问道：“**这就是金字塔**上的铭文要告诉我们的讯息！”

刹那间，兰登仿佛又回到了威斯敏斯特大教堂，站在牛顿的方石墓碑前。他在那儿经历过同样有如醍醐灌顶般的顿悟时刻。**今晚，伟大的科学家再次现身**。这不是巧合，当然……金字塔、神秘、科学、不为人知的知识……全都盘根错节地缠绕在了一起。牛顿的名字始终如同指路标，为寻求秘识的人们指明方向。

“艾萨克·牛顿，”盖洛韦说，“一定与解开金字塔的机密有关。我想象不出会是什么关联，但——”

“天才啊！”凯瑟琳叫出声来，眼睛瞪得大大的，“我们就能这样变形金字塔！”

“你明白了？”兰登说。

“是的！”她说，“我不能相信我们之前竟没有看出来！它一直明明白白地摆在我们面前。一个简单的炼金过程。我可以用基础科学变形这尊金字塔！牛顿科学！”

兰登想要努力跟上她的思维。

“盖洛韦主教，”凯瑟琳说，“你看看这个戒指，它说——”

“别说了！”老主教突然举起手指要他们噤声。他慢慢地将脑袋侧向一边，仿佛要听什么。过了一会儿，他冷不丁地站起来。“我的朋友们，这尊金字塔显然还有秘密等你们去破解。我不知道所罗门小姐的意思是什么，但如果她知道你们下一步要怎么做，那么我也要尽我的分内之责。收拾你们的东西，别再跟我讨论了。让我在黑暗里待一会儿。我们的访客会千方百计逼我开口，我情愿没有什么可告诉他的。”

“访客？”凯瑟琳问罢，也侧耳倾听。“我没听到有人来。”

“你会听到的，”盖洛韦说着，冲房门点了点头向他们示意。“快走。”

城市的另一边，有座手机信号塔正在试图联系上马萨诸塞街上碎成几瓣的手机号。接到“不在服务区”的信号后，语音信箱功能自动开启。

“罗伯特！”沃伦·巴拉米惊慌失措的声音喊叫道。“你在哪里？！快给我电话！坏事了！”

第 86 章

在地下室天蓝色的幽光中，迈拉克站在石桌前，继续他的预备工作。正忙着，他那空空如也的胃囊叫唤起来。他根本不予理睬。受尽肉身奴役的日子已到尽头，已被他抛在身后。

变身需要献祭。

和历史上许多唯灵人士一样，迈拉克断然选择了一条最高贵的血祭之路。阉割没他预想的那么痛苦。他也认识到，这其实很普通。每一年，成千上万的男人接受阉割手术——通常被称为“睾丸摘除术”——动机五花八门，有人为了变性，有人为了治疗性瘾症，还有人要从根本上端正精神信仰。对迈拉克而言，这是为了最高天性。恰如神话中自宫的阿提斯，迈拉克十分清楚：要获得不朽，就需斩断情丝。

阴阳合体即为一。

古人理解这种嬗变的牺牲所固有的力量，但如今已不再有宦官。就连早期基督徒也曾听耶稣本人赞扬过这种美德，《马太福音》第十九章有记载：“*并有为天国的缘故自阉的，这话谁能领受，就可以领受。*”

彼得·所罗门作出了血肉牺牲，尽管一只手在恢宏的目标前不足挂齿。但今晚过去，所罗门就将牺牲更多、更多。

为了创造，我必须毁灭。

这便是对立的本质。

当然，彼得·所罗门活该有今晚的下场。这是个恰当的结局。很久以前，他在迈拉克的尘世生活道路上扮演了关键角色，为此，彼得才被选中，在迈拉克的伟大变身中担任关键角色。他理应忍受这些恐惧和痛苦。彼得·所罗门并非世人所想的那个人。

他牺牲了自己的亲儿子。

彼得·所罗门曾让他的儿子扎伽利在不可选择的二者间抉择——要智慧，还是要财富。扎伽利的选择太糟了。他的选择引发了一连串事端，最终把这个年轻人拽进地狱的万丈深渊。*索根立克监狱*。扎伽利·所罗门死在那个土耳其监狱了。全世界都知道这件事……但世人不知道，彼得·所罗门本可救出他。

我就在那儿，迈拉克心想。*我全都听见了*。

迈拉克从没忘记那一夜。所罗门残忍的决定注定了儿子扎伽利的悲惨结局，却也导致了迈拉克的诞生。

有人必须死，别人才能活。

迈拉克头顶的灯光渐渐开始变色，夜已深了。预备工作全都完成后，他转身走上斜坡。是时候插手尘世俗务了。

第87章

一切展露于三十三，凯瑟琳一边跑一边琢磨。*我知道怎样让金字塔变形！*整个晚上，答案就在他们眼皮底下。

现在，只有凯瑟琳和兰登两个人了，他们跑过教堂附楼，又沿着“花园”的标牌一路飞奔。现在，恰如主教保证的那样，他们冲出了大教堂，奔进了一座极其宽阔、四面有围墙的庭院。

教堂的内院有回廊环绕，花园呈五边形，中央有座青铜制的后现代派的喷泉。听到喷泉的流水在庭院里发出轰轰回响，凯瑟琳很是诧异。接着，她才反应过来，她听到的声音并非来自喷泉。

“直升机！”她大喊一声，此时一道白光划破他们头顶的夜空，“躲到柱廊下去！”

兰登和凯瑟琳刚跑到花园另一侧，躲进一条通往教堂外围草坪的甬道的哥特式拱顶下，刺眼的探照灯光就已一泻而下，照亮了整个花园。他们猫在甬道里等待，此时直升机掠过头顶，以极大的弧度盘旋在大教堂周围。

“我觉得盖洛韦没错，他真能听到有访客前来。”凯瑟琳很是佩服。*盲眼有灵耳*。此刻，她自己的耳朵里灌满了剧烈的心跳声。

“这边，”兰登说着抓紧皮包，朝甬道深处走去。

盖洛韦主教给了他们一把钥匙和一连串清晰的指示。他们走到短甬道的尽头，却很不走运地发现一片大草坪阻挡在前，直升机探照灯把整个地块照得亮如白昼，他们根本无法立刻跑到目的地。

“我们过不去。”凯瑟琳说。

“再等等……瞧。”兰登指着左边草坪上显出的一片黑影。一开始那只是些没规则的斑点，但阴影很快变大了，在移向他们，然后越来越清晰，也越来越迅速地朝他们急冲而来，渐渐拉长，最终变形为一整块黑漆漆的暗影，还顶着两只不可思议的尖顶。

“大教堂的建筑本身挡住了探照灯。”兰登说。

“他们要在正前门降落！”

兰登一把抓住凯瑟琳的手。“跑！快！”

大教堂里，盖洛韦主教感到脚下有种久违的轻盈。他疾行穿过祭坛屏风后的大十字架，走下中殿主道，直奔教堂前厅和正门而去。

现在，他能听到直升机在教堂前轰鸣，他想象着它的灯光穿透面前的圆花窗，瑰丽的光影笼罩圣殿。他回想起自己还能看到颜色的年月。谁能料想当他的世界陷入黑暗后，无光无色的虚空反而为他照亮了更广阔的视野，真是讽刺啊。*我现在看得更清楚。*

盖洛韦年轻时便听从上帝的召唤，奉献终生爱护这座教堂，其虔诚无人能比。恰如其他终其一生热爱上帝的同侪，盖洛韦也很疲倦。整整一辈子竭尽全力，期待自己的恳切疾呼能盖过无知世界的喧嚣。

我有何期盼？

从十字军东征到异端裁判所，再到美国政纲——耶稣之名在各种各样的权力斗争中被劫持为盟友。自人类之始，无知者总是叫得最响，引领着毫无戒心的大众，强迫他们听从吩咐。为了掩饰自己世俗欲念，他们引用自己也不理解的《圣经》真言。他们将邪端邪说当作他们虔诚的铁证来称颂。现在，经过这么多年后，人类终于成功地损害了一切有关耶稣的种种美好。

今晚，和玫瑰十字的符号不期而遇点燃了他心中的盛大希望，令他想起《玫瑰十字宣言》中的预言，盖洛韦读过无数遍，至今记忆犹新。

第一章：揭示那些先前只保留给被选中的人的奥秘，耶和华将重获人身。

第四章：整个世界将融会贯通，科学和神学之间的所有矛盾将被化解。

第七章：世界末日之前，上帝将心灵之光的大洪水，减缓人类所受的折磨。

第八章：揭露奥秘之前，圣杯里注满神学的毒茎、伪善的生命，世界必因中毒而沉眠。

盖洛韦知道教会迷失已久，他奉献毕生心血就是为了指正方向。现在，他意识到时机迫近了。

黎明前的黑暗总是最深沉。

中央情报局的现场探员特纳·西姆金蹲踞在塞考斯基直升机的钢柱旁，等待它降落在结霜的草地上。他和手下的队员一起纵身跳下，然后他立刻朝飞行员挥手，命其迅速升空，以便监视所有出口。

任何人不得离开这座教堂。

直升机又升上了夜空，西姆金和小分队跑上台阶，来到大教堂的正门口。面对六扇恢宏的大门，他还没拿定主意该先砸响哪一扇，此时门却打开了。

“有事吗？”阴影里传来镇定自若的问话。

西姆金几乎认不出牧师长袍里的佝偻人影。“您是柯林·盖洛韦主教？”

“正是在下。”老人答。

“我在找罗伯特·兰登。您见过他吗？”

老人迈步向前，异于常人的空茫视线死死地盯住西姆金。“哎呀，那岂不成奇迹了。”

第 88 章

时间紧迫。

安全部分析员诺拉·凯紧张得如在弦之箭，她正喝着的第三杯咖啡如同电流一样在她体内奔腾。

还没有佐藤的命令。

终于，电话响了，诺拉跳起来去接。“安全部，”她说，“我是诺拉。”

“诺拉，我是系统安全部的里克·帕里什。”

诺拉一下子泄了气。不是佐藤。“嗨，里克。有什么要我效劳？”

“我想给你提个醒儿——我们部里可能有些消息和你今晚忙的事有关。”

诺拉放下咖啡杯。*你怎么知道我今晚忙什么？*“你说什么？”

“冒犯你啦，我们正在测试运行新的CI程序，是它发现的，”帕里什说，“它一直把你的工作站号码标记出来。”

诺拉这才反应过来他在说什么。眼下，情报局正在运行一套“综合协作”软件程序，当情报局的不同部门碰巧在处理相关的数据场时，程序就会提供即时警报。在这恐怖分子的威胁无时不在的年头，阻止灾难的关键往往简单到只需要一个提醒：告诉你大厅那头的家伙正在分析你需要的数据。在诺拉看来，这套CI软件明摆着是干扰，一点儿忙都没帮上，还不如用她起的绰号来命名——“软件不停干扰”软件。

“对，我忘了。”诺拉说，“你有什么消息？”她能百分百确定，这栋楼里没有别人*知道*这桩危机，更别提调查了。今晚，诺拉只在电脑上忙活了一些历史研究——帮佐藤搜寻古怪深奥的共济会资料。但她不得不配合里克玩一把协作游戏。

“好吧，大概也算不上什么消息。”帕里什说，“但我们今晚拦截了一名黑客，CI程序一直闹个不停，吵着让我和你分享这些信息。”

*黑客？*诺拉抿了一口咖啡。“我在听呢。”

“大概一小时之前，”帕里什说，“我们截住了一个叫佐比安尼斯的家伙，他使足了劲想进入我们内部数据库里的一个文档。这家伙声称是被雇佣的，只是拿钱干活，他完全不知道*为什么*有人出钱让他进入这个特定的文档，更不知道它存在于中央情报局的服务器上。”

“哦。”

“我们把他审了一通，他没问题。但怪事儿就来了——他瞄准的那个文档在今晚上半夜被一个内部搜索引擎标记过。看上去，好像有人盗用内部账号入侵我们的系统，运行了特定关键词搜索，并生成了一个修订版本。怪就怪在，他们使用的那些*关键词*真的非常古怪。其中一个关键词被CI程序标亮为‘高优先匹配’——在我们两个部门的数据库里都是独一无二的。”他停顿了一下，“你知道这个词吗……*表记*？”

诺拉吓得坐挺起来，咖啡都泼到了桌子上。

“别的关键词也一样非同寻常，”帕里什继续说，“*金字塔*，*入*

口——”

“就说到这里吧，”诺拉一边下命令，一边抹桌子，“把你得到的所有消息都给我！”

“这些词儿你真看出什么意义来了？”

“立刻给我！”

第 89 章

大教堂书院是毗邻国家大教堂的一栋看似古堡的典雅大厦。这座传教士书院依据华盛顿第一任新教圣公会主教的预想而设，接受任命的神职人员可以在此进修。如今，书院提供了涵盖神学、世界司法、信仰治愈和灵学研究等领域的诸多课目。

兰登和凯瑟琳冲上草坪，用盖洛韦给的钥匙开了门，就在直升机飞回教堂上方、探照灯又将地面照得亮如白昼之前，他俩刚好躲进门内。站在大厅里，趁着上气不接下气的当口，他俩环顾四周。外面射进来的光线已够充足，兰登看出没理由开灯，那无异于冒险向头顶的直升机昭告他们的行踪。他们沿着中廊，走过了一连串会议厅、教室和休息区。这样的内部结构让兰登回想起耶鲁大学的新哥特式建筑——外部华美得惊心动魄；内部却又出人意料的实用，那个时代的优雅已经经历了翻修加固，以便建筑能够承受经年累月的大量客流。

“往这边，”凯瑟琳说，指了指远处大厅尽头的方向。

凯瑟琳还没来得及告诉兰登她的最新发现，但显然是艾萨克·牛顿的大名让她灵感闪现。他们跑过草坪时，她只说了一句：只需运用简单的科学思维就能让金字塔变形。她相信，她所需的一切素材应该都能在这幢建筑里找到。兰登不知道她需要什么，也不知道凯瑟琳打算如何让结结实实的花岗岩或金子变形，但想到自己刚刚见证了立方体变形为玫瑰十字，他愿意信她。

他们跑到大厅尽头了，凯瑟琳皱起了眉头，显然是没看到她想要的东西。“你说过，这栋楼里有宿舍？”

“是啊，有住宿生。”

“所以他们肯定有厨房，对不对？”

“你饿了？”

她冲他皱了皱眉，“不，我需要实验室。”

当然是这么回事。兰登一眼就发现，向下的楼梯上有一个意义明确的符号。*美国人最喜爱的象形文字*。

地下室厨房是一派工业时代的风貌——许多不锈钢材料，许多大碗——一望便知，这儿是给集体食客烧大锅饭的。厨房里没有窗。凯瑟琳关上门，开了灯。排气扇自动运转起来。

她开始在橱柜里翻找所需的东西。“罗伯特，”她开始指示，“如果可以，请你把金字塔拿出来，放在厨台上。”

仿佛入门学徒听从烹饪大师丹尼尔·波路德的指令，兰登照她说的做了，将包里的金字塔搬出来，并把纯金尖顶石安置在顶端。他做完这些时，凯瑟琳正忙着往一只大锅里灌热水龙头里的水。

“你能帮我把这个提到灶头上去吗？”

兰登把热水泼溅的锅举上了炉灶，此时，凯瑟琳拧开煤气阀点上了火。

“我们要煮龙虾吗？”他问，想表现得满怀希望。

“这笑话挺不错。不，我们是要炼金。要做实验笔记的话得这么写：这是一口*意大利面*锅，而不是龙虾锅。”她指了指厨台，原本在锅里的滤网已被她取出，就放在金字塔旁边。

我真傻。“那么，煮意大利面有助于我们破解金字塔的秘密吗？”

凯瑟琳没答理这话，她的口吻变得严肃起来：“我相信你肯定知道，共济会选择三十三作为他们的最高等级有历史和符号学上的*原因*。”

“当然，”兰登说。在毕达哥拉斯的时代，也就是公元前六世纪，*数字命理学*的传统将数字三十三定为最高级的终极数字。三十三是最神圣的数字，标志着神圣的真理。这一传统得到共济会的世代承袭……也在别的地方流传下来。尽管没有确凿的历史证据，基督徒都知道耶稣是在三十三岁被钉上十字架，这绝非巧合。约瑟和圣母玛利亚结婚时是三十三岁，耶稣完成了三十三种奇迹，上帝之名在《创世记》里出现了三十三次，甚至在伊斯兰教中，天堂子民也永远是三十三岁。这些都绝非巧合。

“三十三，”凯瑟琳说，“在许多神秘传统中都是圣数。”

“对。”可兰登还是摸不着头绪；这和意大利面锅有何关系？

“所以，早期的炼金术士、玫瑰十字会会员还有艾萨克·牛顿这样的神秘学家也认为数字三十三很特殊——这不会让你感到惊讶吧？”

“我肯定他是那么想的，”兰登答道，“牛顿对命理学、占卜术和星相学都研究得很深，但这——”

“一切展露于三十三。”

兰登从口袋里掏出彼得的戒指，看了看铭文。又回头看看那锅水。“对不起，你把我搞糊涂了。”

“罗伯特，先前半夜的时候，我们全都认为‘三十三’说的是共济会的三十三等级，可当我们把戒指转到三十三度角时，方盒就变形了，成了十字形。就在那时，我们觉察到三十三还有别的意思。”

“是的，刻度上的三十三。”

“完全正确。但刻度不止一种，三十三度还有第三层含义。”

兰登瞥向炉子上的锅，“温度。”

“完全正确！”她说，“明明白白写在我们面前，整整一晚！‘一切展露于三十三’。如果我们把这座金字塔加温到三十三度……说不定它就会显露出什么。”

兰登知道凯瑟琳聪慧过人，但她好像忘了某种常识。“要是我没弄错的话，想要三十三度就几乎要结冰了。难道我们不是该把金字塔放进冰箱吗？”

凯瑟琳笑了。“我们要是照着署名‘*真一神*’的伟大炼金术士和玫瑰十字会神秘学家写的菜谱做，那就不能放冰箱。”

艾萨克·牛顿写过菜谱？

“罗伯特，*温度*是炼金术里最基本的催化剂，它不总是用华氏或摄氏来度量。还有更古老的温度度量法，由艾萨克创——”

“牛顿度量法！”兰登恍然大悟，她完全正确。

“对啊！艾萨克·牛顿创建了一整套基于自然现象的温度度量法。冰融的温度就是牛顿度量法中的基点，他称之为‘零度’。”顿了顿，她又说，“我估计你猜得出他将沸水的温度定为几度——所有炼金过程中的终极结果？”

“三十三度。”

“对，三十三！三十三度！根据牛顿的度量法，沸水的温度就是三十三度。我记得我问过哥哥，为什么牛顿会选这个数字。我是说，它看上去也太随便了。沸水是炼金术中最基本的要素，他选择三十三？为什么不是一百？为什么不是更高贵的说法？彼得的解释是，对艾萨克·牛顿这样的神秘学家来说，没有什么数字比三十三更高贵了。”

一切展露于三十三。兰登望着锅里的水，又看了看金字塔。“凯瑟琳，金字塔是用实心花岗岩和纯金做的。你真的认为沸水就能让它们变形？”

一抹微笑展现在凯瑟琳的嘴边，兰登明白，她准是知道什么他一无所知的窍门。果然，她信心十足地走到厨台边，端起金顶花岗岩金字塔，放进了滤网。然后，小心翼翼地把整个滤网浸到滚滚沸水中。“不试不知道，对不对？”

国家大教堂的上空，中央情报局的飞行员将直升机锁定在自动盘旋模式后，便开始严密监视建筑物内外的动向。*没动静*。他的热成像系统无法穿透教堂的石壁，因而，他无法得知小分队在教堂内的行动状态，但如果有人想溜出来，探测视镜准能把他逮住。

六十秒钟后，热成像感应器躁动起来。它的探测器的工作原理和家用保安系统一样，只要感应到有悬殊的温差，警报就会响。通常，这意味着有人走过凉爽的地带，但屏幕上显示出的却更像是一团热雾，一团飘过草坪的热气。飞行员定位热源，发现书院大楼侧面的排风扇正在转动。

应该算不上问题，他心想。这种情形太普遍了。*有人在烧饭或洗衣服*。就在他要扭头的时候，却意识到有异状。停车场里一辆车都没有，整栋楼里也不见一盏灯。

他又在 UH-60 直升机的热成像系统上研究了半天。随后呼叫分队队长。“西姆金，这可能是误报，但……”

“白热温度记号！”兰登必须承认，这招很绝。

“这就是基础科学，”凯瑟琳说，“不同物质会在不同温度时达到白热化。我们称之为热标记，一直应用于科学领域。”

兰登低头察看浸没在水中的金顶金字塔。沸腾的水面上开始升起袅袅热气，他还是没看出希望的曙光。他瞥了一眼手表：十一点四十五分，心跳得更剧烈了。“你相信它加热后会*发光*？”

“不是发光，罗伯特。是*白热*。二者有很大的区别。白热由受热引起，但只在到达特定的温度时发生。比方说，钢材制造商锻造梁柱时，他们会用透明质地的材料在钢梁上喷出格子，一到目标温度，格子就会白热化，他们就能知道钢梁已经造好了。再想想心情指环吧。只要套上手指，它就会根据你的体温变色。”

“凯瑟琳，这座金字塔是十九世纪的造物！工匠在石盒里嵌入隐秘的开盒铰链，这我能理解，但使用某种透明的热覆膜？”

“完全可行。”说着，她充满期待地看着浸没于沸水中的金字塔。“早期炼金术士一直用有机磷做热标记。中国人造出彩色烟花，甚至埃及人——”说到一半，凯瑟琳戛然而止，紧张地注视滚水。

“怎么了？”兰登跟随她的视线，也瞪着滚滚的沸水，却什么也没看到。

凯瑟琳俯下身子，凑得更近去看。突然，她转身就跑，直奔厨房门。

“你去哪儿？”兰登高喊。

她跑到门边，扬手摁下电灯开关。灯光灭了，排风扇也停转了，整个房间瞬间陷入黑暗和寂静中。兰登转身再去看金字塔，透过蒸汽紧盯水中的尖顶石。等凯瑟琳跑回炉灶旁时，他不敢相信似的大张着嘴。

果然不出凯瑟琳所料，金顶的狭小表面开始在水下发出光芒。字母开始显现，随着水温越来越高，字迹也越来越清晰。

“有字！”凯瑟琳轻声说。

兰登点点头，惊得发懵了。闪光的字词就在尖顶石铭文下显形了。看起来只有三个词，兰登还不能完全辨认出来，却已经开始思忖：有了这三个词，他们找了一晚的秘密是否就水落石出了？*金字塔是千真万确的地图*，盖洛韦对他们说过，*它指向一个非常确凿的地点*。

字迹愈加分明，凯瑟琳关掉煤气，滚水渐渐停止了沸腾。平静的水面之下的金字塔成了惟一的焦点。

一排闪闪发光的字清晰可见。

第 90 章

书院的地下厨房里光线幽暗，兰登和凯瑟琳站在一锅水旁，凝视水面下的起了变化的尖顶石。金顶的一个斜侧面上，显出一行莹莹闪光的字。

兰登认出了晶亮的字词，几乎无法相信自己的眼睛。他知道，传说中的金字塔能揭露一个确凿的地址……但他想都不敢想那地址竟会详细到这种地步。

Eight Franklin Square
富兰克林广场八号

“一个街名。”他喃喃自语，惊呆了。

凯瑟琳同样疑惑不解，“我不知道这地址在哪里，你呢？”

兰登摇摇头。他知道富兰克林广场是华盛顿历史最悠久的街区之一，但他不认得这个地址。他从尖顶石的铭文顶端开始往下读把整段话念通顺。

The
secret hides
Within The Order
Eight Franklin Square

奥秘
隐藏于
团会之中
富兰克林广场八号

富兰克林广场隐藏了某个团会？

那儿的某栋大楼里隐藏着通向深旋梯的入口？

这个地址是否果真埋藏了什么东西，兰登还无从得知。眼下，最要紧的是他和凯瑟琳已经解开了金字塔的秘密，掌握了争取释放彼得的谈判所需要的信息。

而且也没多少时间了。

兰登的米老鼠腕表上的荧光指针在催促他们：顶多只剩十分钟了。

“打电话，”凯瑟琳指向厨房墙上的一个电话机。“快啊！”

这个时刻终于到了，却惊得兰登措手不及，他发现自己在犹豫。

“我们真要这么做？”

“我非常确定。”

“除非让我们知道彼得是安全的，否则我不会向他透露半点信息。”

“那是当然。你记得号码，对吗？”

兰登点点头，走向厨房里的电话。他提起听筒，拨通了那个人的手机号码。凯瑟琳也走过来，把头贴在他的旁边，以便第一时间听见对话。铃声响了，兰登做好了再次听到那人声音的心理准备，先前捉弄过他的那个诡谲的低语声。

终于，电话有人接了。

但没有问候。没有声音。只听得到电话那头有人在呼吸。

兰登等了一会儿，只能先开口，“我有你要的信息，但如果你想要，必须先把彼得交给我们。”

“你是谁？”回答他的是个女人。

兰登跳了起来。“罗伯特·兰登，”他条件反射般地回答道，“您是哪位？”一时间，他相信自己肯定是拨错号码了。

“你叫兰登？”那女人听来十分诧异，“这儿有人问起你了。”

什么？“抱歉，您是谁？”

“优佳安保公司的佩吉·蒙特马利警员。”她的声音有点打颤儿。“你或许可以帮我们解释这里的情况。大约一小时前，我的搭档接到911报警电话通知，前往卡洛拉马高地探查……可能是一起绑架案。我和她失去联系后，呼叫了后援，并亲自来这个住宅区检查情况。我们在后院发现了我搭档的尸体。房主不在，所以我们破门而入。门厅的桌上有个手机在响，所以我——”

“你进门了？”兰登问。

“是的，911 警员的提醒……很有用，”女警员结结巴巴地说，“如果我听来很着慌，我得说声抱歉，但我搭档死了，我们还发现一名男子被非法扣押在这里。他的情况很糟，我们正在抢救。他一直提起两个人——一个叫兰登，一个叫凯瑟琳。”

“那是我哥哥！”凯瑟琳冲着听筒喊起来，头也凑近了兰登，“是我打 911 报警的！他还好吗？”

“事实上，夫人，他……”女警的声音低哑下去，“他的情况不容乐观。他的右手不见了……”

“求求你，”凯瑟琳焦急万分，“我想和他说话！”

“他们正在抢救。他神志不清。如果你们在附近，应该尽快赶到这里。他显然想见到你们。”

“我们过去大约需要六分钟！”凯瑟琳说。

“那我建议你们越快越好。”电话似乎被捂住了一下，背景显得很嘈杂，女警员回来时又说，“对不起，有人需要我过去。你们到了我们再谈。”

电话挂断了。

第 91 章

大教堂书院，兰登和凯瑟琳上了地下室的楼梯，匆匆忙忙跑到黑漆漆的走廊里，想找到前门的出口。他们已经听不到直升机在头顶盘旋了，兰登感到有了一线希望，或许他们可以溜出去，不被发现，再想办法赶到卡洛拉马高地去见彼得。

他们找到他了。他还活着。

三十秒前，他们一放下女保安的电话，凯瑟琳就赶忙捞起滚水中的金字塔和金顶。她把金字塔放回兰登的皮包时，石头还在滴水。此刻，他隔着皮包都能感到它们在散发热气。

找到彼得的兴奋之情暂时中断了他们对尖顶石上闪耀的字迹的揣测——*富兰克林广场八号*——但他们去见彼得的路上还有时间琢磨。

他们跑上楼梯顶的拐角时，凯瑟琳停了一下，指向大厅对面的一间休息室。透过凸窗，兰登看到一架黑黝黝的直升机停踞在草坪上。只有一个飞行员站在飞机旁，背对他们，正冲无线电对讲机说着什么。还有一辆黑色凯雷德停在旁边，窗玻璃都是暗色的。

没敢开灯，兰登和凯瑟琳悄悄钻进休息室，谨慎地朝窗户外看，好像他们能够看到情报局其他的队员。感谢上帝，国家大教堂外的宽阔草坪上空荡荡的。

“他们准是进教堂里了。”兰登说。

“他们没进教堂。”一个低沉的声音从他们身后冒出来。

兰登和凯瑟琳转身去看谁在说话。就在休息室的门口，两个身着黑金属色行动服的探员举起激光瞄准的来复枪对准他们。兰登可以看到一个发光的小红点在他胸膛上一跳一跳。

“很高兴再见到你，教授。”那个刺耳的嗓音听来很熟悉。两个探员分立两旁，瘦小的佐藤部长从两人之间毫不费力地穿行而过，径直穿过休息室，停在兰登面前。“今晚，你作出了一系列错得离谱的选择。”

“警察找到彼得·所罗门了，”兰登气势逼人地说道，“他的情况很糟，但还活着。这事儿结束了。”

如果说听到彼得的下落让佐藤有点惊讶，她也没有表现出来。当她走向兰登，一直走到离他仅几英寸之遥时才停止时，她的眼神始终毫无畏惧。“教授，我能让你相信，事情离结束还早着呢。如果现在警方也卷进来了，事态只会变得更严峻。今晚一开始我就跟你说过，这是一个极其微妙棘手的局面。你根本就不应该带着金字塔逃跑。”

“夫人，”凯瑟琳忍不住了，“我得见我哥哥。金字塔可以给你，但你必须让——”

“我必须？”佐藤揪住这个词反问道，目光转向凯瑟琳，“我想，您就是所罗门小姐？”她瞪着凯瑟琳的眼睛里仿佛燃着怒火，继而她扭头看着兰登。“把皮包放在桌上。”

兰登低头看了看胸口的一对红点。他把皮包放在了咖啡桌上。一名探员谨慎万分地靠过来，拉开拉链，把包向两边拉平。憋在包里的一股热气徐徐升腾出来。他打开手电往皮包里照，瞪了好一会儿，面露不解，然后才朝佐藤点点头。

佐藤走过去，朝包里瞥了一眼。湿漉漉的金字塔和尖顶石在手电筒的光照下晶晶闪亮。佐藤蹲下身，凑近了看金顶石，兰登想起来，之前她只在X光片里见过它的轮廓。

“这铭文，”佐藤问，“你能看出什么意思来吗？‘奥秘隐藏于秩序之中’？”

“吃不准，夫人。”

“金字塔为什么直冒热气？”

“我们把它浸在滚水里了。”凯瑟琳不假思索地答道。“这是解密所需的一道程序。我们会把一切都告诉你的，但请让我们先去见我哥哥。他熬——”

“你们把金字塔*煮*了？”佐藤追问道。

“把手电关了。”凯瑟琳说，“再瞧瞧尖顶石。你大概还能看到。”

探员关了手电。佐藤在金字塔前跪坐下来。即便从兰登站立的角度，也可以看到尖顶石上的字，它们仍在微微闪光。

“富兰克林广场八号？”佐藤念了一遍，甚是惊讶。

“是的，夫人。这几个字用特殊的白热漆或别的材质写上去的。三十三其实是指——”

“地址？佐藤追问道，“*这*就是那家伙要的地址？”

“是的。”兰登说。“他相信金字塔是地图，能告诉他巨大财富的所在地——打开**古代奥义**的钥匙。”

佐藤又看了看尖顶石，一脸的不信。“告诉我，”她的语气里竟透露出些许恐惧，“你们和那人联系上了吗？你们是不是*已经*把这个地址告诉他了？”

“我们试过。”兰登把刚才拨打那人手机后的情况简要地说了一遍。

佐藤一边听他说，一边舔着泛黄的牙齿。眼看着怒火就要喷发，她却转身对一名探员用克制的耳语说：“把他带进来。他在车里。”

探员一点头，对着步话机说起来。

“把谁带进来？”兰登问。

“惟一有希望把你们搅的局扳回来的人！”

“搅什么局？”兰登毫不示弱地反驳，“既然彼得已经安全了，一切都——”

“看在上帝的分上！”佐藤爆发了，“这事*不只*与彼得有关！我在国会大厦的时候就想让你明白，教授，可你却决意和我*对着干*，而不是跟我*合作*！现在你已经铸成大错！当你毁掉手机的时候——顺便说一句，我们的确跟踪了你的手机——你就切断了和这个人的联络。而你发现的这个地址——不管它到底是该死的什么东西——这个地址是我们逮住那个疯子的惟一机会。我需要你和他继续玩这个游戏，把这个地址提供给他，那样，我们至少能知道去哪里抓他！”

兰登还来不及答话，佐藤又转向凯瑟琳发泄剩余的怒火。

“还有你，所罗门小姐！你早就知道这个疯子住在哪里，为什么你不告诉我？你竟然让一名雇用警察去他的住所？难道你没发现这是错失良机？我们原本可以在那里将他拿下！我很高兴你哥哥脱离了危险，但让我跟你这么说吧，我们今晚面对的危机涉及的远远不止你的家人，还会影响整个世界。绑架你哥哥的那个人拥有难以形容的强大威力，我们需要立刻逮住他。”

她的愤慨抨击话音刚落，沃伦·巴拉米颀长优雅的身姿便从黑暗中出现，他走进休息室，看上去衣冠不整，伤痕累累，浑身颤抖……好像刚从地狱里上来。

“沃伦！”兰登跳起来，“你还好吗？”

“不，”他答道，“不太好。”

“你听到了吗？彼得还活着！”

巴拉米点点头，仿佛还晕乎着，好像什么事都无所谓了。“是的，我刚刚听你们说了。我很高兴。”

“沃伦，到底发生了什么事？”

佐藤打断他们，“小伙子们，过一会儿再寒暄吧。现在，巴拉米先生要联络这个疯子，和他沟通一下。反正今晚他一直忙着这事。”

兰登听糊涂了。“巴拉米没有在今晚忙着和这家伙沟通！这人根本不知道巴拉米在场！”

佐藤转身看着巴拉米，挑了挑眉。

巴拉米长叹一声，“罗伯特，恐怕，今晚我对你有所隐瞒。”

兰登只能目瞪口呆。

“我以为我的做法是正确的……”巴拉米说着，神色惊恐。

“好吧，”佐藤说，“现在你要做的才是正确的……我们最好祈祷上帝这法子有用。”壁炉架上的时钟敲响报时了，似乎在应和佐藤信誓旦旦的口吻。她取出一只塑封袋，扔给巴拉米。“这是你的东西。你的手机能拍照吧？”

“是的，夫人。”

“很好。把尖顶石举起来。”

迈拉克刚刚收到的短信是来自他的线人——沃伦·巴拉米——也就是他在上半夜派往国会大厦协助罗伯特·兰登的共济会会员。巴拉米和兰登一样，一心想要保住彼得·所罗门的性命，因而承诺迈拉克他将帮兰登得到金字塔，并破解其密码。整个晚上，迈拉克一直收到他发来的电邮报告，这些邮件都自动转发到了他的手机上。

*这条该会有点意思了。*迈拉克一边想着一边点开了讯息。

> 发信人：沃伦·巴拉米
>
> 和兰登失去联络
> 但你要的东西总算有消息了
> 证据参见附件
> 欲知完整信息请电话联络。
> ——wb[①]
> 附件 1（.jpge）——

*欲知完整信息请电话联络？*迈拉克困惑地点开了附件。

附件里是一张照片。

迈拉克一看到它，便惊喜得大叫一声，心脏也激动地狂跳起来。眼前的画面，正是一尊小黄金金字塔的近距离特写。*传说中的尖顶石！*镌刻在石头表面的华丽铭文分明道出一则信息，绝不可能有错：*奥秘隐藏于秩序之中。*

这段铭文之下，迈拉克又看到了什么，那更让他震惊。尖顶石似乎在发光。简直令人难以置信，他凝视着那行微微闪光的字迹，意识到传说是千真万确的：**共济会金字塔**会*自动变形，向具备资格的人展露秘密。*

这奇妙的变形是如何发生的，迈拉克毫无头绪，也不在乎。闪光

① 沃伦·巴拉米的名字缩写。

的字迹显然指向了一个确凿的华盛顿地址，恰如预言所说。富兰克林广场。不幸的是，尖顶石的照片也照进了沃伦·巴拉米的食指，别有用心地遮住了机密信息中的重要部分。

奥秘
隐藏于
秩序之中
[redacted]富兰克林广场

欲知完整信息请电话联络。迈拉克终于明白了巴拉米的用意。

国会大厦的建筑师整晚都很配合，但现在他选择要玩一个非常危险的游戏。

第92章

在数名全副武装的中央情报局探员的监视下，兰登、凯瑟琳和巴拉米跟在佐藤身边，在休息室里等待。他们面前的咖啡桌上，兰登的皮包依然敞开，金顶耸了出来。*富兰克林广场八号*的字样已经消散无踪了，根本看不出它们曾经闪现过。

凯瑟琳苦苦哀求过佐藤，让她去看望哥哥，但佐藤只是摇头，眼睛紧紧盯着巴拉米的手机。手机也放在咖啡桌上，还没动静。

*巴拉米为什么不把实情告诉我？*兰登在思忖。显然，建筑师整晚都和绑架彼得的人保持联系，向他保证兰登正在一步步破解金字塔的秘密。这是障眼法，为的是给彼得赢得更多时间。其实，巴拉米在竭尽所能不让任何人有机会揭开金字塔的秘密。而现在，巴拉米好像改变了立场。他和佐藤打算赌上金字塔的秘密，企图借此将那人逮住。

“拿开你们的手！”一个苍老的声音突然响彻走廊，“我是*瞎了*，但还不是废物一个！我认得书院里的路！”盖洛韦主教被一名探员推搡着走进休息室，他被迫坐下时仍在高声抗议。

“谁在那儿？”盖洛韦问，空茫的双眼死死瞪着前方。“听上去有很多人。扣押一个老人需要动用你们多少人手？快说！”

“我们共有七人，”佐藤说，“包括罗伯特·兰登，凯瑟琳·所罗门和您的共济会兄弟沃伦·巴拉米。”

盖洛韦瘫软在坐椅里，刚才的凶悍劲儿不见了。

“我们很好，”兰登说，“而且，我们刚刚得知，彼得现在是安全的。他的情况不好，但有警察在身边照应。”

“感谢天主，”盖洛韦说，“那——”

突然，咔嗒咔嗒的急促响声让房间里的每个人都吓了一跳。调在振动状态的巴拉米的手机在咖啡桌上颤动起来。每个人都屏气凝神。

“好吧，巴拉米先生，”佐藤说，“别搞砸了。你清楚这事关重大。”

巴拉米做了一次深呼吸。然后俯身按下免提键，接通了电话。

“我是巴拉米，”他冲着咖啡桌上的手机大声说道。

传出的嘶哑声音并不陌生，就像一阵微弱的耳语。听起来，对方好像在使用车里的免提手机。“半夜已过，巴拉米先生。我要准备让彼得脱离苦海了。”

房间里一片令人不安的死寂。“让我和他通话。”

“不可能，”那人回答，“我们正在开车。他在尾厢里，绑着呢。”

兰登和凯瑟琳对视一眼，冲彼此摇摇头。**他在瞎吹！彼得已经不在他手上了！**

佐藤示意巴拉米继续施压。

“我要**证据**，证明彼得还活着。”巴拉米说，“否则，我不会给你完整的——”

“您的尊者需要看医生。别浪费时间讨价还价了。告诉我是富兰克林广场哪里，我就把彼得交给你。”

“我跟你说了，我想——”

“快说！”那人蛮横地打断他，“要不然我现在就停车，立刻让彼得死。”

“你听我说，”巴拉米也气势汹汹，“如果你想要完整的地址，就得按照**我**的规则来。我们在富兰克林广场碰头。只要你把彼得活着送到那里，我就告诉是哪条街哪栋楼。”

“我怎么知道你不会带来官方的人？”

“因为我不想两次惹火你，我不敢冒那个险。彼得的性命不是你手里惟一的一张牌。我知道今晚真正的危机是什么。”

“你是明白人，”电话里的男人说道，“但凡我发觉一丁点儿苗头，不止你一个人等在富兰克林广场，我就会把车开走，你将永远找不到彼得·所罗门的哪怕一丝踪迹。当然……到时候，你也没工夫担心这茬了。”

“我会一个人去。”巴拉米阴郁地说，“等你交出彼得，我会把你需要的一切都告诉你。”

“广场中心，”那人说，“我起码要二十分钟才能到那儿。我建议你稍安勿躁，乖乖等着。”

电话挂断了。

房间里立刻闹腾起来。佐藤大喊大叫着下达指令。几个探员抓着对讲机一边嚷嚷一边直奔门口。“行动！行动！”

混乱之中，兰登看向巴拉米，指望他对今晚到底发生了什么事能作些许解释，但那位前辈已匆匆忙忙出了门。

“我要见我哥哥！”凯瑟琳也在喊，“你*必须*放我们走！”

佐藤冲到凯瑟琳面前，“我*不必*做任何事，所罗门小姐。明白了吗？”

凯瑟琳坚定不移，绝望地盯住佐藤的小眼睛。

“所罗门小姐，我的首要任务是将富兰克林广场的那人绳之以法，你得和我手下的人坐在这儿等，直到我完成自己的使命。然后，只有那时候，我们才能处理你哥哥的事。”

“但有一点你疏忽了！”凯瑟琳说，“我知道那人*确切的*住址！就在五分钟车程之内，沿着大路开到卡洛拉马高地就行，那儿会有能助你一臂之力的证据！另外，你说过你想低调行事。等彼得的情况稳定下来，谁知道会跟警方说些什么？”

佐藤嘟起嘴，显然在琢磨凯瑟琳的话。外面的直升机螺旋桨已经转起来了。佐藤皱了皱眉，转身对她的一名手下说：“哈特曼，你用凯雷德送所罗门小姐和兰登先生去卡洛拉马高地。不允许彼得·所罗门向*任何人说话*。明白？”

“是，夫人，”探员答。

“你们到那儿了就给我电话。汇报你发现的情况。也不能让这两人离开你的视线！”

哈特曼探员敏捷地点点头，掏出凯雷德的车钥匙，朝门口走去。

凯瑟琳紧跟着他。

佐藤转身对兰登说：“我们很快会再见的，教授。我知道你认定我是敌人，但我向你保证这绝不是事实。快去见彼得吧。这事儿还没完。”

兰登的另一边，盖洛韦主教静静地坐在咖啡桌旁。他已经伸手摸到了金字塔，它仍然摆在他面前桌上兰登敞着口的皮包里。老人的手在温热的石头表面抚摸着。

兰登说：“神父，你要去看彼得吗？”

“我只会拖你们的后腿。”盖洛韦移开双手，把围在金字塔旁边的拉链拉上。“我就留在这儿为彼得的康复祈祷。我们可以再聊。不过，在你把金字塔给彼得看时，能不能帮我捎句话？”

“当然可以。”兰登把皮包背上了肩。

“告诉他，”盖洛韦清了清嗓子，“**共济会金字塔**一直严守机密……**至真至诚**。”

“我不太明白。”

老人眨了眨眼。“只要告诉彼得就好。他会明白的。”

之后，盖洛韦主教低头开始祈祷。

困惑不解的兰登只能把老者留在休息室向门外跑去。凯瑟琳已经坐在越野车的前座，向探员说明目的地的方位。兰登爬上后座，还没拉得及把门拉紧，彪悍的越野车就加速驶过草坪，朝北直奔卡洛拉马高地而去。

第 93 章

富兰克林广场位于华盛顿市中心西北区，以 K 街和第十三街为界。这儿是许多历史建筑的所在地，其中最著名的是富兰克林学院，一八八〇年，亚历山大·格雷汉姆·贝尔从这里发出了全世界第一条无线电报。

全速飞行的 UH-60 直升机从西而来，占据了广场上空，从国家大教堂到这里只用了几分钟。时间很充裕，佐藤心想，俯瞰着广场全景。她手下的人得赶在目标抵达前各就各位，她知道，这至关重要。他说他起码要二十分钟才能到这儿。

在佐藤的指挥下，飞行员低空盘旋在广场四周最高建筑物的楼顶上，那便是著名的富兰克林广场一号，一幢屋顶上耸起一对金色尖塔的挺拔而显赫的办公大楼。当然，在此飞行是违法的，但直升机只停留几秒钟，而且起落架只不过是刚刚擦到砂砾屋顶。等大家都跳出机舱，飞行员就会立刻将直升机拉升向东飞去，再攀升到“静音高度”，既不让地面的人听到或看到，又能在高空施行协助。

当行动队分头部署，为巴拉米做预备工作时，佐藤等在一旁。在建筑师看到了佐藤机密电脑上的文档之后，至今仍显得有点茫然。我说得没错……就是国家安全问题。巴拉米当即领会了佐藤的意思，因而才彻底合作。

“夫人，一切准备就绪。”西姆金探员来报告。

根据佐藤的指令，几名探员陪着巴拉米穿过屋顶消失在了下面的楼梯间里，从那里去一楼各就各位。

佐藤大步走到屋顶边缘向下看去。矩形的公园绿树成林，占据了整个街区。掩体很多。佐藤的小分队充分理解掩护的重要性。如果他们的目标在这儿感到苗头不对，就会溜得无影无踪……那样的结局，部长想都不敢想。

屋顶上风很大，也很冷。佐藤环抱胳膊，定神站稳，以免被风吹下去。从制高点往下看去，富兰克林广场比她印象中的小，周围的建筑物也仿佛少了。她在想哪栋楼是“富兰克林广场八号”。她已经吩咐分析员诺拉去查相关资料了，只盼着快点有消息。

巴拉米和陪同探员们出现了，像蚂蚁一样微小，迅速散进了黑压压的林区。西姆金给巴拉米的定位是一片空地，紧临空无一人的公园中心。随后，西姆金和他的手下就消失在天然掩体中，再也看不见了。几秒钟之间，巴拉米成了孤身一人，在公园中心区的街灯下来回踱步，浑身颤抖。

佐藤丝毫不怜悯他。

她点了一支烟，深深地吸了一口，咂摸着香烟渗透肺腑时的一丝暖意。地面上的一切都已部署得井井有条，她很满意，她从屋顶边缘走回来，等候着两通重要电话——分析员诺拉的，以及被她派往卡洛拉马高地的哈特曼探员的。

第 94 章

*慢点开！*兰登紧紧抓着凯雷德的后座，眼看着它风驰电掣般地转弯，外弯道的两只轮子都快飞起来了。中央情报局探员哈特曼要么是迫不及待地想在凯瑟琳面前炫车技，要么就是得了指令，务必在彼得·所罗门清醒前赶到，确保他不会在官方人员面前说些不该说的话。

在使馆街闯红灯就够让人担心了，可现在他们是奔驰在到了卡洛拉马高地住宅区绕来绕去的小街巷里。凯瑟琳一路大喊，为哈特曼指路，当日午后她还去过那人的家。

每次转弯，兰登脚边的皮包都被撞来撞去，兰登听得到金字塔发出磕碰声，不用说，尖顶石已经被颠下来了，正在他的包里，在金字塔基座旁蹦来跳去。他担心尖顶石会被碰坏，伸手到包里掏，好一会儿才摸到。它仍是热乎乎的，但闪光的字迹已经彻底消退无影，铭文又恢复了原样：

奥秘隐藏于团会之中。

在兰登想把尖顶石放到侧袋里去时，他觉察到它优雅的表面上覆着些小小的白色凝块。他很疑惑，想把它们抹掉，可块状的小东西却牢牢地黏在头上，很难擦掉……像塑料。*这是怎么回事儿？*此时他看到石头金字塔基座上也覆满了小小的白点。兰登用指甲盖剥下一块在指尖捏搓。

“蜡？”这话脱口而出。

凯瑟琳转头朝后看，“什么？”

“金字塔和尖顶石上全是小块的蜡。我搞不懂了。这蜡是从哪儿来的呢？”

“大概是蹭到了你包里的什么东西？”

“我觉得不是。”

他们又急拐了个弯，凯瑟琳指着挡风玻璃外的一栋楼，扭头对哈特曼探员说：“就是这儿！我们到了。”

兰登抬眼一看，只见前头的车道上停了一辆安保车，警灯还在旋转着。车道的门已被打开，探员一踩油门，越野车冲进了停车区。

这栋豪宅十分养眼。屋里的每盏灯都在闪耀，前门大敞。车道上、草坪上随意地停着六七辆车，显然是匆匆忙忙赶到的。有些车还没熄火，前灯也亮着，大多数车都正对着豪宅，惟独一辆车方向相反，他们开进来时，大灯晃得他们什么都看不清。

哈特曼探员在草坪旁踩下刹车，停在一辆贴着“优佳保安”鲜艳贴纸的白色汽车旁。因为警灯旋转、车灯明亮，那条贴纸几乎难以看清。

凯瑟琳立刻跳下车向豪宅跑去。兰登提起皮包，来不及拉上拉链就背上肩去。他紧跟在凯瑟琳身后，一路小跑穿过草坪，直奔房门而去。屋里传出嘈杂的声音。兰登身后的越野车“吱”的一响，探员哈特曼锁好车跟了上来。

凯瑟琳一步三级登上门廊台阶，迈过大门，一进门道就消失不见了。兰登紧随其后迈过门槛，看到凯瑟琳已经走过大厅，顺着大走廊朝嘈杂的声源奔去。在她前头，可以看到大厅尽头有一张餐桌，桌边的椅子里坐着一位身穿制服的女士，背对着他们。

“夫人！”凯瑟琳边跑边喊，“彼得·所罗门在哪里？”

兰登跟在她后面冲了过去，但他突然留意到一种出乎他意料的动静。在他左边，透过起居室的窗户，他能看到车道的大门正慢慢阖上。*奇怪*。紧接着，他的视线又被另一番景象攫住了……是刚才开进来时，耀眼的警灯和晃眼的大灯令他们看不清的细节。兰登本来以为随意停在车道上的六七辆车都是警车或救护车，现在再看，却发现根本不像。

梅赛德斯？……悍马？……特斯拉跑车？

刹那间，兰登猛然反应过来，听到的嘈杂声响只是餐厅那边的电视机发出的声音。

一切仿佛变成慢动作，兰登冲着大厅那头大喊一声，“凯瑟琳，等一下！”

可当他扭过头时，看到凯瑟琳·所罗门不再跑动了。

她在半空中。

第 95 章

凯瑟琳·所罗门知道自己在下落……但她想不通为什么。

她跑向大厅的尽头，径直跑向餐厅里的女保安，可双脚突然之间被某种看不见的东西缠住了，整个身体猛然前倾，冲到了半空。

现在，她落回地面……说得确切些，是硬木地板。

凯瑟琳俯冲下来，肺被冲撞得剧烈紧缩。一根沉重的柱式衣帽架被撞得劈头盖脸地倒下来，差一点就砸到趴在地板上的她。一口气还没喘上来，她就抬起头，迷惑地看着女保安竟然在座位上纹丝不动。更离奇的是，倒下的衣帽架显然在底部有机关，牵着它的细绳贯穿了整个大厅。

怎么会有人……？

“凯瑟琳！”兰登正在呼喊，她翻过身向后看，只觉血液顿时凝固成冰。*罗伯特！小心后面！*她想要尖叫，却喘不上气来。她只能惊恐地眼看着兰登跑过大厅要来帮她，完全没察觉身后的哈特曼探员摇摇晃晃地迈过门槛，抓着自己的喉咙。一切都像慢动作。鲜血从哈特曼的手指间喷涌而出，一柄长螺丝刀直插在他的脖子上，他徒劳地用手摸索把柄。

探员仆倒在地时，刺杀他的人也显身了。

我的上帝啊……不！

浑身上下只系着一条缠腰布似的古怪内衣的魁梧杀手显然一直躲在大厅里。他肌肉健硕的身体上满是从头到脚奇异的文身。大门慢悠悠地关上了，他也跑进大厅，向兰登直冲过去。

哈特曼倒地时，大门正好合拢。兰登惊恐地回望，但文身的男子已经扑上来了，用手里不知是什么的装备朝他的背上扎去。电光一闪，烧灼声嗞嗞响起，凯瑟琳眼见着兰登瞬间变得僵直。他双眼空瞪，全身麻痹地向下扑去。他重重地跌倒在皮包上，金字塔也滚落到了地板上。

文身男子甚至没有费神去瞥一眼手下败将，便直接跨过兰登，笔直朝凯瑟琳走去。她慢慢往身后的餐厅爬去，却不小心撞上了一把餐椅。

原本坐在那把椅子里的女保安晃动一下，死沉沉地栽倒在她的身边。毫无生气的脸上凝固着死前的惊惧。她的嘴里塞着一团碎布。

还没等凯瑟琳有机会反抗，巨人般的男子便攫住了她。紧抓双肩的那双手力大无比，如同非人。他的脸上不再有化妆品的遮掩，骇人的面貌一览无遗。他的肌肉一紧，她登时觉得自己成了碎布娃娃，轻而易举地被提到他腹部的高度。坚实的膝盖顶上她的后背，刹那间，她以为自己会被一折为二。他抓紧她的双臂，反扭到身后。

在头扭向一侧、脸颊抵在地毯上时，凯瑟琳便看到了兰登，他的身体仍在抽搐，但看不到他的脸。更远处，哈特曼探员动也不动地倒在门口。

有冰冷的金属掐在凯瑟琳的手腕上，她意识到自己被铁丝捆上了。惊恐万分的她想要挣脱，双手却如针扎般剧痛。

"要是你动，铁丝会把你割破。"那个男人说着，绑完了她手腕，又转向她的脚踝十分迅速地实施同样恐怖的束缚。

凯瑟琳抬腿蹬他，他却出拳击中了她右后侧的大腿，让她无法动弹。几秒钟之内，她的脚踝也被锁住了。

"罗伯特！"她终于高声喊出来了。

兰登在走廊地板上呻吟。身下压着皮包，金字塔滚到头边，他彻底瘫软了。凯瑟琳猛然意识到，金字塔是她惟一的生机。

"我们破解了金字塔！"她对那个男人说，"我会把一切告诉你！"

"是的，你会说的。"说完，他把死去的女保安嘴里的碎布扯出来，结结实实地堵在凯瑟琳的嘴里。

那是死亡的味道。

罗伯特·兰登已经身不由己。他躺着，麻木而又僵硬，脸颊死沉沉地压在硬木地板上。他听说过眩晕枪，知道这种攻击是靠电流暂时干扰神经系统而使被攻击者瘫痪。电击致使肌肉能力骤停，就好比遭到闪电雷劈。剧痛袭来，好像要穿透身体里的每一颗分子。现在，尽管他的神志清楚，意图明确，肌肉却拒绝遵循大脑的指挥。

站起来！

兰登脸冲下地瘫软在地，喘息微弱，几乎无法吸气。他都没看到袭击他的人是谁，但他能看到哈特曼探员身下的血泊正在蔓延扩大。兰登能听到凯瑟琳在挣扎，在与对手争执，可没多久她的声音就变得含含糊糊，好像那人在她嘴里塞了什么。

站起来，罗伯特！你得去帮她！

兰登的双腿此刻一阵刺痛，火辣辣的疼觉恢复了，但还是不听使唤。动一动啊！他的双臂也有感觉了，却只是抽搐不已，脸孔和头颈也一样。他使出所有微弱的气力试图转一转头，在硬木地板上生生拖动脸颊，好不容易才扭向餐厅的方位。

兰登的视线被阻挡了——被滚出皮包、落在地板上的金字塔挡住了，底座距离他的脸孔只有几英寸。

一时间，兰登没明白自己看到的是什么。眼前那正方形的石头分明是金字塔的底部，可看起来却和之前不同。大不相同。仍然是正方形，仍然是石头……但它不再平整而光滑。金字塔的底部完全被镌刻的符号覆盖了。这怎么可能？他定定地凝视数秒，还以为自己产生了幻觉。我检查过十多遍了，底部也没有漏掉……可本来没任何标记啊！

现在，兰登洞彻了原委。

他猛然吸进一口气，喘了上来，也意识到**共济会金字塔**还有秘密可挖掘。我又见证了一次变形。

记忆电光石火间闪回，兰登顿悟了盖洛韦最后的请求的深意。告诉彼得：共济会金字塔一直严守机密……至真至诚。那时候觉得这句话莫名其妙，可现在兰登明白了盖洛韦主教对彼得说的是暗语。兰登多年前读过一本平庸的惊悚小说，讽刺的是，这个词是小说中让情节突然急转直下的关键。

罪（sin）＋蜡（cere）＝至真至诚（sincere）

自米开朗琪罗时代至今，雕塑家们都用蜡遮瑕，先将融化的蜡填补在瑕疵上，再扑上石粉。有人认为这种手法是欺世瞒人，因此，任何“没用蜡”，字面上说就是“以蜡为耻（即 sin-cere）”的雕塑都被誉为“至真至诚（sincere）”的艺术品。这个词就流传下来。如今，我们仍会在信尾署名时用上“诚挚的”一词以示承诺：我们所写的都“没用蜡”，字字属实。

镌刻在金字塔底部的铭文也运用了这种障眼法隐藏起来。当凯瑟琳根据尖顶石的指示将金字塔煮过之后，蜡就融化了，露出了底部铭文。盖洛韦曾在休息室里用双手抚摩金字塔，他一定已摸到了暴露在基座底部的符号。

就在那一瞬间，兰登把自己和凯瑟琳面临的一切危险都抛诸脑后。他痴迷地注视着金字塔底部的符号排列。毫无头绪，不知道代表了什么意思……也不知道它们最终将揭示出什么奥妙，但有一点是确凿的。**共济会金字塔**还有隐秘要诉。富兰克林广场八号并非最终的答案。

或许是因为这桩新发现太振奋人心，也或许是在原地又躺了片刻，兰登先前没发现，这会儿却突然感觉到又能掌控自己的身体了。

他痛苦地掠起一条胳膊，把皮包推出视野，以便更清楚地望见餐厅里的情形。

他惊恐不已地发现凯瑟琳已经被捆了起来，一大团破布结结实实地塞在她嘴里。兰登活动一下筋骨，拼命地想跪起来，可眨眼间，他彻底呆住了，不敢相信眼前的一切——餐厅门口的景象让人直打寒颤——那是个人形，兰登却从没见过这样的人。

以上帝之名，这究竟是……？！

兰登翻身一滚，蹬动双腿，拼命往后躲，可巨人般的文身男子已经抓住了他并一手将他掀翻，兰登仰面朝天，他便跨骑在兰登的胸上。他的双膝抵住兰登的二头肌，将痛苦的兰登死死钉牢在地板上。这个男人的胸上文着双头凤凰，羽翼随着动作波动。他的脖颈、脸部和剃光的脑袋上都文满了令人眼花缭乱的异常复杂的符号，兰登认得，那都是魔符——黑魔法的隆重仪式中所用的符咒。

不等兰登再次挣扎，这巨人便张开双掌扣住兰登的双耳，将他的头搬离地面，又以不可思议的蛮力将头砸向硬木地板。

兰登顿时失去了意识。

第 96 章

迈拉克站在走廊上，环顾身旁的一片狼藉。他的私宅俨然成了战场。

罗伯特·兰登毫无知觉地躺在他脚边。

凯瑟琳·所罗门四肢被缚，口舌被堵地倒在餐厅地板上。

女保安的尸体本来是摆在餐椅里，后来被撞倒了，现在蜷曲地歪在凯瑟琳的身边。这名女保安只想活命，迈拉克说什么她都照做了。迈拉克横刀架在她的喉咙上，指使她接听了手机，并用谎言诳骗兰登和凯瑟琳快马加鞭地赶来。*她没有同伴，而彼得·所罗门的情况显然不容乐观。*等她按照要求打完了电话，迈拉克就不露声色地掐死了她。

为了制造更逼真的假相，让来者轻信他本人不在家，迈拉克还钻进自己的一辆车内，用车载免提给巴拉米打了电话。*我在路上*，这番话不止是对巴拉米说的，不管谁在他身边，也要让他们听见。*彼得在我的尾厢里。*实际上，当时迈拉克只是把车从车库开到了前院，那里有他泊好的几辆车——车子都停得歪歪扭扭，前灯大亮，引擎空转。

圈套设得很完美。

就差一点。

惟一美中不足的是躺在门口血泊中的大块头，脖子上插着一把螺丝刀。迈拉克在尸体上搜了一番，找到高科技无线电收发器和带情报局标志的手机时，忍不住咯咯发笑。*看起来，就连他们也意识到我的能耐啦。*他取出电池，用一只死沉的青铜制门器把这两个玩意儿砸了个稀巴烂。

迈拉克知道，现在必须迅速行动，尤其是如果中情局也插手了的话。他大步走回兰登身边。教授昏过去了，还会昏一会儿。迈拉克激颤的视线转向了地板上的石头金字塔，它就在教授敞开的皮包旁。他的呼吸变得急促起来，他的心怦怦直跳。

我苦等多年啊……

当他弯腰捡起**共济会金字塔**时，手在轻轻颤抖。手指缓缓拂过铭文，文符隐喻的深意令他深感敬畏。他按捺住心醉神迷之情，将金字塔连同尖顶石放回兰登的皮包，把拉链拉上。

很快我会将它们合拢……在更安全的地方。

他把兰登的包搭上肩头，接着，还想拎起兰登本人，没想到教授晒成古铜色的身躯远比他预料的沉重。迈拉克只好把他夹在双臂下，在地板上拖行。*他可不会喜欢自个儿的下场*，迈拉克心想。

就在他拖着兰登的时候，厨房里的电视机还在轰响。节目里的喧嚣也是假相的一部分，迈拉克还没腾出手去关电视。现在，电视台正在播放福音传道，在神父的带领下，参加圣会的信徒们念诵主祷文。迈拉克不由得想，电视机前饱受蛊惑的观众们是不是知道这位祈祷者究竟从何而来？

“……在地上，如其在天堂……”信徒们齐声吟咏。

没错，迈拉克心想，*如其在上，如其在下*。

“……不叫我们遇见试探……”

帮助我们掌控肉身的虚弱。

“……救我们脱离凶恶……”他们都在苦苦哀求。

迈拉克笑了。*那可有点困难。黑暗在扩张*。即便如此，他还是要称赞他们的努力尝试。在这个摩登时代，对不可见的力量倾诉、祈助的人类是濒死物种。

当信徒们高呼“阿门！”时，迈拉克已拖着兰登走过了起居室。

阿蒙，迈拉克更正祷文。*埃及是你们宗教的发源地*。阿蒙神[1]是宙斯的原型……朱庇特的原型……每一尊现代神的鼻祖。时至今日，地球上的每一种宗教都用各色各样的词高呼他的名。基督徒称颂阿门（Amen）！伊斯兰教称颂阿敏（Amin）！印度教称颂奥姆（Aum）！

电视福音传道士开始念诵《圣经》中描述统率天堂和地狱的天使、魔鬼和神灵的原文。“保护你们的灵魂，远离邪恶力量！”他警示信徒们，“在祈祷中提升你们的心意！上帝和天使们会听到你们的声音！”

他说得对，迈拉克知道。*不过，恶魔们也听得到*。

迈拉克很早以前就领悟到，通过执行恰当的魔法程式，施法者能开启通往精神领域的入口。看不见的力量就存在于那儿，就像人本身，具有多姿多彩的形态，既有善，也有恶。有光明的力量能治愈、卫护、求索宇宙之道。也有黑暗的力量背道而驰……带来毁灭和混沌。

若召唤得当，无形的力量会顺从施法者的命令，在尘世间施展……因而，施法者仿佛拥有了超能力。作为协助召唤者的回报，这种力量需要祭礼——对光明力量要祈祷和赞美……而对黑暗力量，则要血溅祭台。

献祭越盛大，转换的能量就越强大。迈拉克早就开始用微不足道的小动物修习血祭。随着时间的推移，他对牺牲品的选择变得越来越大胆了。*今晚，我要迈出最后一步*。

---

[1] Amon，古埃及神，司生活和生殖。

“小心！”传道士高喊起来，警示即将到来的启示录惨状。“人类灵魂的最后战斗即将响起号角！”

确实如此，迈拉克在想。*而我，将成为那个战斗中最伟大的战士*。

这场战斗，当然，很久很久以前就开战了。在古埃及，精通魔法的术士都是有史以来最顶级的魔法师，超越凡庸俗人，变成光明力量的真正施法者。他们就像地上的众神般行走。他们建起伟大的庙宇，让来自世界各地的新信徒一起分享智慧。金人种族由此崛起。在那短暂的时段里，人类似乎泰然地升华了自我，超脱了俗世禁锢。

古代奥义的黄金时代。

然而，人是凡胎肉身，易受傲慢、憎恶、焦躁和贪婪诸罪的诱惑。随着岁月流转，有人玷辱了魔法之艺，为了个人私欲将其力量扭曲、滥用。他们开始用扭曲的方式召唤黑暗力量。就此滋生出另一种魔法……更强大、更直接的魔法，也更令人痴狂难耐。

这就是我的魔法。

这就是我的伟大工程。

显赫一时的魔法师和他们高深莫测的兄弟会见证了邪恶力量的盛兴，看到人类滥用新发现的本领，却不是为了自己种族的善和好。因此，他们把智慧深深藏匿，决不让不相称的人看到。最终，它便失落在历史中。

随之而来的，是人类的堕落。

以及，持续不断的黑暗。

到了今天，魔法师高贵的后代继续奋进，盲目地求索光明，企图重获失落已久的祖辈超能，想让黑暗势力走投无路。他们曾是教堂、庙宇和地球上所有宗教朝圣地的教士和修女。时间抹煞了记忆……将他们从历史中涤除。他们不再明了自身潜藏的智慧从何而来。当人们问起祖辈的神圣奥义时，新一代卫道士只会吵吵嚷嚷地否认，谴责他们是异教徒。

他们真的遗忘了吗？迈拉克想知道答案。

从犹太教里的卡巴拉密教，到伊斯兰教里高深的苏菲派，古代魔法弦音未散，萦绕在地球的每一个角落。在基督教的神秘仪式中也有残留，在意味着分食基督血肉的圣餐礼神食仪式中，在圣人、天使和魔鬼的等级排列中，在圣歌和咒语中，在圣历的星象学基础中，在圣袍中，在其许诺的永生来世中。即便现在，基督教牧师驱魔时仍要摇摆袅袅生烟的香炉、摇响圣铃、泼洒圣水。基督徒继续使用超自然驱邪术——那是基督教早期信徒必修的法力，不仅用于驱散邪魔，也用于召唤它们。

难道他们还无法看到自己的过去？

有关教会神秘过往的力证，最多莫过于天主教自己的中心之地。梵蒂冈圣彼得广场的中央点，矗立着不朽的埃及方尖石塔。雕刻完成于耶稣出世前一千三百年，那一整块巨石浑然天成，孑然傲立，与周边之物毫不相干，和现代基督教也全无关系。但它就在那儿。在基督圣会的核心点。一座疾呼着想要世人听闻的石头灯塔。是对牢记着它源自何处的极少数圣贤的一个提醒。这座教堂，生于**古代奥义**的母腹，继承了原初的神圣仪式和符号。

一个高于一切的符号。

装点着教堂的圣坛、法衣、尖顶和《圣经》的是基督的形象——一个珍贵的、被牺牲的人。相比于别的教宗教派，基督教更能理解来自牺牲的转变能量。即便是当下，为了尊崇耶稣的牺牲，信徒们仍会摆出种种姿态，献上卑微的自我牺牲……禁食，大祭月的节制，征收什一税。

毋庸置疑，所有那些献祭都不足挂齿。没有鲜血……就没有真正的牺牲。

长久以来，黑暗势力笃信血祭，由是肆虐增扩，态势凶猛，以至于美善势力现在必须努力控制他们蔓延。用不了多久，光明就会彻底耗尽，黑暗的施法者将自由自在地控制人类的思想。

第 97 章

“富兰克林广场八号必须存在！”佐藤在施压，“再给我好好查！”

诺拉·凯坐在工作台边，把耳机调整好。“夫人，哪儿都查了……华盛顿特区不存在那个地址。”

“可我就站在富兰克林广场**一号**的楼顶，”佐藤说，“肯定会有**八号！**”

佐藤部长在楼顶上？“别挂。”诺拉又输入了一条新的搜索指令。

她一直在考虑，要不要把黑客那事儿报告给安全部部长，但眼下佐藤似乎盯准了富兰克林八号。更何况，诺拉还没拿到所有资讯。*说起来，该死的系统部老兄跑哪儿去了？*

“好了，”诺拉盯着屏幕说，“我知道问题出在哪儿了。富兰克林广场一号是那栋楼的*名字*……而不是地址。地址实际上是 K 街 1301 号。”

看起来，新的消息反而让部长更坚定了。“诺拉，我没时间听你解释——金字塔上明明白白地写着地址，就是富兰克林广场八号。”

诺拉腾地坐直了。*金字塔指出了一个具体地址？*

“铭文，”佐藤说，“是这样说的：‘奥秘隐藏于团会之中——富兰克林广场八号’。”

诺拉简直无法想象。“团会……就像是共济会或兄弟会吗？”

“我觉得是。”佐藤答道。

诺拉想了片刻，又开始打字。“夫人，过了这么多年，这条街的地址排列或许有变化？我是说，如果这尊金字塔真的像传说中的那么古老，富兰克林广场的地址或许和金字塔建造的时候有所不同？现在我不用八号作为搜索关键词……再查‘团会’……‘富兰克林广场’……‘华盛顿特区’……这样，我们或许能得到——”话还没说完，搜索结果就跳出来了。

“得到什么了？”佐藤问。

诺拉瞪着结果列表上的第一条——一张埃及大金字塔的壮观照片——这个网站是献给富兰克林广场上的某栋建筑的，照片被用作背景图。这栋楼却和广场上的高楼大厦格格不入，完全没有类似之处。

要这么说的话，整个华盛顿也找不出第二栋来。

让诺拉瞠目结舌的与其说是华丽的建筑物本身，倒不如说是对其*目的*的描述。根据这个网站所言，这栋非同一般的大厦是秘密朝圣点，由……一个古代秘密团会……设计，更是*专为*其建造的。

第 98 章

罗伯特·兰登恢复知觉时感到头痛欲裂。

我在哪儿？

不管他在哪儿，总之是黑漆漆一片。深穴似的黑暗，死一般的寂静。

他仰面平躺着，双臂置于体侧。他不明就里，想动动自己的手指和脚趾，发现四肢都能动而且不疼，他舒了一口气。出什么事了？除了头在疼，除了深邃的黑暗，一切似乎多多少少算是恢复了正常。

几乎是一切。

兰登意识到，自己正躺在硬邦邦却异常光滑、酷似一面玻璃的地板上。更奇怪的是，滑溜溜的质感紧贴着皮肉……肩膀，后背，屁股，大腿，小腿。难道我是赤裸的？他困惑极了，双手在身上摸了一遍。

天啊！我的衣裤都去哪儿了？

黑暗中，思绪纠结，兰登看到记忆闪回出……骇人听闻的场面……中央情报局探员的尸体……文身野兽的脸……兰登的头狠狠地撞向地板。快照般的图像加速呈现……现在，他记起了凯瑟琳·所罗门被缚在厨房地板上，嘴里塞着破布，这画面令他晕眩。

我的上帝啊！

兰登蓦地坐起，没想到前额撞上了悬在他身体上方几英寸的什么东西。疼痛炸裂般穿透他的颅骨，将他生生弹回地板，差点儿昏过去。他眼前直冒金星，只得伸手摸索，想在黑暗中摸出障碍物是什么。触摸到的东西却让他毫无头绪。好像这间屋子的天花板就在头顶，不足一英尺之高。搞什么鬼！当他向两侧伸展手臂想翻个身时，双手却撞到了侧壁。

他终于明白过来。罗伯特·兰登根本不是在一个房间里。

我在一个箱子里！

狭小逼仄如棺材的箱子里只有黑暗，兰登开始狂乱地用拳头砸。他大声呼救，一声紧接一声。每过一秒钟恐惧就加深一层，最后他忍无可忍。

我被活埋了。

囚禁兰登的怪棺材盖板纹丝不动，就算他使出吃奶的劲用双臂双腿疯狂地去顶去踹也无济于事。他只知道，这盒子是用超厚玻璃纤维制成的。密封。隔音。隔光。隔绝逃生之机。

我会在这箱子里活活闷死的。

他想起儿时坠落深井的经历，那一夜是多么骇人，只能孤零零地在不见底的深渊里踩水求活。兰登的精神创伤就此根深蒂固，他再也无法摆脱对幽闭空间的极大恐惧。

今晚，被活埋的罗伯特·兰登俨然置身于终极噩梦之中。

迈拉克的餐厅地板上，凯瑟琳·所罗门在死寂中发抖。箍住手腕和脚腕的尖锐铁丝早已嵌入她的皮肉，哪怕最轻微的动弹都仿佛会让这镣铐锁得更紧。

文身男子残忍地把兰登撞晕后，拖走了他毫无知觉的身体，也夺走了皮包和金字塔。他们去哪里了，凯瑟琳毫不知情。陪他们来的探员已经死了。过了好半天她都没听到一丝动静，不清楚文身男子和兰登是否还在这栋豪宅里。她试图呼喊求救，可每次想张口嘴里的破布就往后缩，几乎要堵住她的气管。

现在她听到地板上有渐渐走近的脚步声，她扭过头去看，满心希望是救兵。出现在走廊里的却是那个绑架者的巨大身影。凯瑟琳顿时回想起十年前的那一幕，站在她家的也是这个人。

他杀了我的家人。

他大步流星地走向她。不见兰登的踪影。这人蹲下身，抓住她的腰，粗暴地将她扛上肩。铁丝死死嵌进她手腕的伤口，破布吞没了她痛苦的哭喊。他扛着她顺着走廊走到起居室，就在当天午后，他俩还一起温文尔雅地共享下午茶呢。

他要带我去哪儿？

他扛着凯瑟琳横穿起居室，停在她下午称赞过的“美慧三女神”的大幅油画前。

“你跟我说过，你喜欢这幅画。”那人轻声说道，嘴唇几乎触碰到她的耳朵。“我很高兴。这或许是你见到的最后一样美物啦。”

说完，他伸出手掌按在大画框的右侧。让凯瑟琳大吃一惊，油画转入了墙面，就像旋转门一样绕着一个中央枢轴活动起来。*暗门！*

凯瑟琳拼命扭动身体，可他的手像钳子一样攫住她，迈进了画布后面的暗室。当“美慧三女神”在他们身后旋转合拢时，她看到画布背后贴着厚厚的隔音板。不管暗道里发出什么声响，显然外面都听不到。

油画后的空间很狭窄，与其说是暗室，不如说是走道。那男人扛着她一路走到头，又推开一扇厚重的门，两人便到达了一个小空地。凯瑟琳低头发现一条通向深处地下室的窄小斜坡。她深吸了一口气想尖叫，但破布简直令她窒息。

斜坡又陡又窄。两边都是水泥墙，笼罩他们的幽幽蓝光似乎是从下面发散出的。飘上来的空气温暖而刺鼻，复杂的气味古怪地混合着……有呛人的化学品，有舒缓的线香，有人类汗腺的麝香味，而压倒一切的，分明是发自人兽肺腑、极端恐惧的味道。

“你的科学让我深深叹服，”他们到达斜坡最底下时，男人又耳语道，“我希望，*我的*，也能让你印象深刻。”

第99章

中央情报局探员特纳·西姆金蹲伏在黑压压的富兰克林公园里，目光始终不离沃伦·巴拉米。还没人上钩，但时间还早。

西姆金的对讲机轻轻响起来，接听时他满心希望是哪个手下发现了什么状况。可那是佐藤。她有新消息。

西姆金听她讲完她的担心，并表示了赞同。“别挂，”他说，“我去看看能不能看到。”他从灌木掩体里爬出来，往身后的方向看，他就是从那儿进入广场的。调整望远镜后，他总算找到了目标。

老天呀。

他看到的建筑物俨然是一座古老世界的清真寺。周围的建筑物都比它高得多、大得多，那摩尔式的小楼就窝在其中，正面墙壁由赤陶瓷砖铺成错综繁复的彩色图案。三扇大门之上，有两层尖顶窗，仿佛会有阿拉伯弩手突然出现，准备向不请自来的袭击者开火。

“我看到了。”西姆金说。

“有活动迹象吗？”

“没有。”

“好。我需要你重新部署一下，密切关注。那栋楼叫阿玛斯圣祠神庙，是某个神秘社团的总部。”

西姆金在华盛顿特区工作多年，却压根儿不了解这座神庙，也浑然不知富兰克林广场上有什么古代神秘社团总部。

“这栋楼，”佐藤说，“属于一个名叫古阿拉伯神秘圣地贵族社团。”

“闻所未闻。”

“我认为，你应该听说过，”佐藤说，“他们是共济会的附属组织，更普遍的称呼是‘圣地兄弟会’。”

西姆金半信半疑地瞥了一眼那座华丽的庙宇。*圣地兄弟会？给孩子们造医院的那个？*在他的想象里，再也没有什么“团会”比一群头戴小红毡帽在游行队列中行进的慈善家结成的兄弟会更可怕了。

即便如此，佐藤的担心仍是有道理的。“夫人，如果我们的目标发现这栋楼实际上就是富兰克林广场上的‘团会’，他就不需要地址了。他只需绕过约好的见面地点，直接去正确的地址就行。”

“我也这么想。密切关注进口处。”

“遵命，夫人。”

“哈特曼探员有没有从卡洛拉马高地发来消息？”

“哦，还没有。”

*奇怪，*西姆金想着，看了看表。*他耽搁了。*

第 100 章

罗伯特·兰登浑身赤裸，他颤抖着孤零零地躺在彻头彻尾的黑暗中。惊恐令他瘫痪，他不再猛捶或怒吼。相反，他闭上了双眼，尽其所能控制剧烈的心跳和急促的呼吸。

*你躺在一片浩瀚的夜空下，*他企图说服自己。*上面什么都没有，只有绵延数十英里的空旷。*

前不久他做过一次磁共振体检，幻想安逸平静的画面是他让自己在那个封闭的空间里忍受下来的惟一方法……还有三份剂量的安定片。然而，今晚，再怎么幻想也没用。

凯瑟琳·所罗门嘴里的破布滑到了嗓子眼，呛得她喘不上气来。劫持她的男子已扛着她走下了狭窄的陡坡，进入一条幽暗的地下室走廊。她瞥到走廊尽头有一间屋子，笼罩在一片红得发紫的诡谲光线中，但他们没走到那么远。男子在一间小边屋停下来，把她背进去，再放在一张木椅上。他还把她被缚的手腕扭到椅子背后，使她无法移动。

现在，凯瑟琳分明感受到缚住她的铁丝在皮肉里嵌得越来越深。这种痛楚仅次于无法呼吸带给她的惊慌。嘴里的破布滑向嗓子眼，越来越深，她感到自己在不由自主地阵阵作呕，视野开始变窄。眼前一黑。

在她身后，文身男子关上小门，打开了灯。凯瑟琳早已眼泪汪汪，现在灯光骤起，她几乎分辨不出身边的物事。只觉模模糊糊的一片。

眼前浮现出一个扭曲的斑斓肉身，凯瑟琳眼看着就要丧失意识，感到眼皮开始微弱而急促地跳动。一条文满刺青的胳膊伸过来，把破布从她嘴里揪了出来。

凯瑟琳大口喘息着，深深吸了口气，边咳边呛，肺腑这才灌入了宝贵的空气。慢慢的，视野也清晰起来，她发现自己正怔怔地望着魔鬼的脸。那番容貌简直不像人类所有。令人惊骇的诡异图符覆盖着脖颈、脸庞和剃光的头顶。除了头顶心的那一小圈没有文身，他周身上下的每一寸肌肤显然都被装点过。一只巨大的双头凤凰在他胸膛上活像贪婪的秃鹰般瞪视着她，乳头就是眼睛。

“张嘴。”男人轻声说。

凯瑟琳深恶痛绝地瞪着他。什么？

“张开你的嘴，”男人又说了一遍，“要不然，再把布堵回去喽？”

颤抖不已的凯瑟琳张开嘴。男人伸出文满图案的粗壮食指，插入她的双唇间。当他碰到她的舌头时，凯瑟琳觉得自己快要吐了。他抽出湿漉漉的手指，举到光头上方。他闭起双眼，用蘸着她唾液的手指在尚未文饰的那圈头皮上画了一圈。

凯瑟琳憎恶地别过头去。

她身处的这间屋子显然是锅炉房一类的地方——墙上有大管子，还有荧光灯，咕噜咕噜的流水声。不过，还没工夫仔细打量周围环境，她的视线就停在身边地板上了。那儿有一堆衣物——套领毛衣，斜纹软呢运动外套，路夫鞋，米老鼠手表。

“我的上帝！”她扭回头，面对那文身的怪兽。“你对罗伯特干了什么？”

“嘘——”男人耳语般说道。“要不然他会听到的。”他走到一边，向身后指了指。

兰登不在那儿。凯瑟琳只看到一个黑色玻璃纤维大箱子。其形状与战场上运尸体用的板条箱令人不安的相似。两把大锁紧紧扣住盖板。

“他在那*里面*？”凯瑟琳的追问冲口而出。“可是……他会窒息的！”

“不，他不会。”男人说着，指向一排排绕墙而行、直通箱底的透明管。“他只是**但愿**他能够。”

伸手不见五指的黑暗里，兰登在屏息倾听，现在能听到外面隐约有动静。*有声音*？他开始捶箱子，使足力气高喊：“救命！有人能听见我吗？”

仿佛在很遥远的地方，含含糊糊有声音响起来：“罗伯特！我的上帝啊，不！不！”

他认得出这声音。是凯瑟琳，而且，她听来惊恐万分。纵是如此，这依然不啻为天大的好消息。兰登又深吸一口气，想铆足劲吼出她的名字，但他蓦地打住了，感到后颈处有一种不期而至的奇怪感觉。一丝微弱的空气好像从箱底送了进来。*这怎么可能*？他一动不动地躺平，仔细去感知。*是的，绝对是*。他能感到背上的汗毛在空气流动中微微刺痒。

出于本能，兰登开始沿着箱底摸索，寻找空气的来源。没过多久他就找到了。*有个小通气孔*！特意打出的小孔有点像水槽里的下水口或下水管，只不过，在这个箱子里是只入不出，轻柔、稳定的空气正从小管道里冒出来。

他在为我输入空气。他不想让我闷死。

兰登的释然只持续了短暂的一小会儿。这时通气孔里传出一阵吓人的声响。毫无疑问，这是液体汩汩而来的声音……直冲他而来。

凯瑟琳无法相信眼前的事，水流声如此清晰，从一根管子里灌进兰登所在的箱子。这阵势，好像魔术师在舞台上表演脱身大法。

他在把水灌进箱子里？

凯瑟琳扭动着想挣脱，顾不上深深地扎紧了她手腕的铁丝。她只能惊惶地坐着看着这一幕。她听到兰登在绝望地捶打，但当水流入箱底后，捶打声就停止了。这时的寂静惊心动魄。接着，捶打声再起，带着更深更急的绝望。

“放他出来！”凯瑟琳在央求他，“求你了！你不能这么做。”

“溺毙，是很痛苦的死法，这你知道。”男人绕着她慢慢踱步，冷漠地说道，“你的助手，翠西，就能告诉你这一点。”

一字一句凯瑟琳都听见了，但她几乎无法明白其中的含义。

“你或许还记得我也曾经险些溺毙。”男人轻声细语，“事情发生在波托马克，你家的地界。你哥哥开枪射中我，我坠下扎克的桥，跌穿了冰层。”

凯瑟琳怒视着他，充满了痛恨，*那晚你杀了我母亲*。

“那晚，众神保佑我，”他说，“还向我指明了道路……脱胎换骨，成为他们中的一员。”

咕噜咕噜地从兰登脑袋后面注入箱子的水是温热的……身体的常温。积水已有几英寸深，赤裸的背脊已完全隐没。当水淹上胸膛时，残酷的现实迅速逼近兰登。

我就要死了。

恐慌加剧，他扬起胳膊，再一次没命地捶打起来。

第 101 章

“你得让他出来！”凯瑟琳苦苦哀求，声泪俱下，“不管你要怎样，我们都照做！”她听得见兰登越捶越猛，水源源不断地灌进去。

文身男子却只是微笑。“比起令兄，你可太好搞定了。为了让彼得说出他的小秘密，我可费了不少劲儿……”

“他在哪儿？！”她问道，“彼得在哪儿？告诉我！你说什么，我们就做什么！我们已经破解了金字塔的——”

“不，你们没有破解。你们在耍我。不但有所隐瞒，还带了一名政府探员来我家。这种行为还指望我犒赏不成。”

“我们没有选择。”她已泣不成声，“中央情报局在找你。他们指派了探员跟我们走。我会把一切告诉你的。只要你放了罗伯特！”兰登在箱子里呼喊和捶打，凯瑟琳听得真真切切，眼睁睁看着管子里的水汩汩入内。她知道，他时限无多。

就在她面前，文身男子托着下巴，不痛不痒地说：“我估计，还有不少探员在富兰克林广场恭候我的大驾吧？”

凯瑟琳一言不发，男子把庞大的手掌摁在她肩膀上，慢慢地把她拖向前。箍着铁丝的双臂反扭在椅背后，她只能拉伸肩骨，剧痛袭来，几乎要被拽得脱臼。

“是的！”凯瑟琳说，“富兰克林广场是有探员！”

他更用力地拽。“金字塔上的地址到底是什么？”

手腕和双肩已经疼得无法忍受，但凯瑟琳还是没说话。

“你是现在告诉我，凯瑟琳，还是等我折断你的胳膊后再问。”

“八号！”她痛得激烈地喘息。“向你隐瞒的数字就是八！金字塔说的是：秘密隐藏在团会之中——富兰克林广场八号！我发誓，这是真的。我不知道还能告诉你什么！就是富兰克林广场八号！”

男人没松手，仍然扳着她的肩膀。

“我就知道这些！”凯瑟琳说，“这就是地址！放开我！让罗伯特从水箱里出来！”

“我会的……”男子说，“但还有个问题。我不能去富兰克林广场八号送死。告诉我，那个地址是什么意思？”

“我不知道！”

“那金字塔基座上的符号呢？最底下的？你知道它们的含义吗？”

“什么最底下的符号？”凯瑟琳不明白他在说什么。“底面没有符号。石头是光的，什么都没有！”

棺材般的箱子里发出的求救哀号听来很含糊，可文身男子充耳不闻，他冷漠地走向兰登的皮包，取出了金字塔。再踱回凯瑟琳面前，平举到她的眼前，让她直视基座底面。

凯瑟琳一见到镌刻的符格就傻眼了，疑惑万分，倒吸一口冷气。

可是……这是不可能的啊！

晦涩难懂的符号完全占据了金字塔的底部。之前这儿一无所有！我敢肯定！她压根儿不明白这些符号可能有什么含义。它们好像涵盖了每一种神秘文化传统，还有好些符号她根本不清楚出处。

绝对的混沌。

"我……不知道它们的涵义。"她说。

"我也不知道。"威胁她的男子说，"幸运的是，我们还有一位专家随叫随到。"他瞥了一眼大箱子。"我们问问他，好不好？"他拿着金字塔走向大箱子。

仿佛看到一线生机，凯瑟琳以为他是要去解锁开盖。没想到，他气定神闲地坐在了箱盖上，探身向下，把一道滑门拉向一边，露出箱子顶部的树脂玻璃窗。

光！

兰登捂住双眼，避开突然直射进来的光线。等眼睛适应了，希望却转变成了困惑。仰面而见的显然是一扇窗，安在箱子顶部。他透过小窗，看到一片白色的天花板和一盏日光灯。

文身男子的脸突兀地出现在他正上方。他在朝下看。

"凯瑟琳在哪儿？"兰登吼出声，"让我出去！"

男子笑了。"你的朋友凯瑟琳就在这里，和我在一起，"他说，"我有权放她一条生路。对你也是一样。但你的时间不多，我建议你仔细听好。”

隔着玻璃，兰登几乎听不见他在说什么，水越升越高，漫过了他的胸膛。

“你是否知道，”男子问道，“金字塔底部有很多符号？”

“是的！”兰登喊道，躺在楼上地板上时他就已看到密密排列的符格。“但我不知道它们的意思！你得去富兰克林广场八号！答案在那里！那才是金字塔——”

“教授，你和我都知道，中央情报局在那儿等着我。我没兴趣也没打算走进圈套。何况，我根本不需要街牌号码。在那个广场，只有一栋建筑物或许和我们的事有关联——阿玛斯圣祠神庙。”他停顿了一下，俯视着兰登。“古阿拉伯神秘圣地贵族社。”

兰登糊涂了。他很熟悉阿玛斯圣祠神庙，却忘了它就坐落在富兰克林广场。*圣祠……就是“团会”？秘密阶梯就在他们的圣庙下？*纵观历史，这无论如何都说不通，但眼下可不是兰登争辩历史课题的时候。“是的！”他喊起来，“一定是它！秘密隐藏在团会里！”

“你很了解那座神庙？”

“非常了解！”兰登拼命仰起头，青筋暴现，以免快速上升的液体淹没耳朵。“我可以帮你！让我出去！”

“那你相信自己可以告诉我，神庙和金字塔底的符号有何关系？”

“是的！让我看一眼符格就行！”

“那可好极了。让我们瞧瞧，你会得出什么结论？”

*快！*温热的液体涌动在身边，兰登半撑身体靠近顶盖，希望男子能解开锁。*求你了！快点！*可顶盖丝毫没有开启的意思。相反，金字塔的底面突然出现了，悬在树脂玻璃窗上。

兰登惊恐地瞪大双眼。

“我相信，这么近的距离对你应该够了吧？”男子抓着金字塔，“快点想，教授。我估摸着你只有六十秒不到的时间了。”

第 102 章

罗伯特·兰登常听人说，动物走投无路时会顿生不可思议的蛮力。话是这么说，当他倾尽全力去推内壁时，箱盖还是纹丝不动。身边的液体持续上涨。只剩下不到六英寸的空间可供呼吸，逼得兰登只能死命仰头，凑近逼仄的空气层。现在，他的脸都快贴上树脂玻璃窗了，眼睛距离金字塔底面只有几吋之遥，高深莫测的符格却仿佛遥不可及地悬在他头顶。

我真不知道这是什么意思。

封存在蜡和石尘的坚硬混合物下长达百年，**共济会金字塔**上最后的铭文终于尽显无遗。这个镌刻是由你能想象出的每种古老传统中的符号组成的一个完美的方阵格——炼金术、占星术、纹章学、天使学说、魔法术、算术、魔符学、希腊语、拉丁语。从总体上看，这符格好比是符号的无序混乱状态——俨然是一锅字符粥，每颗米都来自不同的语言、文化和时间段。

绝对的混沌。

就算符号学家罗伯特·兰登作出最大胆的学术解释，也无法揣摩这个符格的用意。*这样的混沌中能找出秩序？不可能。*

液体漫升到喉结了，兰登能感觉到他的恐惧的程度也随之高涨。他继续猛捶箱壁。金字塔却回望着他，仿佛在嘲笑。

就在疯狂的绝望中，兰登努力聚神，将所有注意力集中在棋盘状的符格上。*它们的含义可能是什么呢？*可惜，符号的排列怎么看都太离谱，彼此毫无关联，他都不知从何看起。*它们甚至不属于同一个历史时段！*

箱子外，凯瑟琳的哭喊声依稀可辨，她仍在声泪俱下地哀求那人放了兰登。尽管他不能窥出个中奥妙，濒死绝境却似乎激发起他身体里每一个细胞去找出答案。他感觉到神志变得古怪的明晰，他从未有过这样的经验。*动脑筋！*他聚精会神地把符格扫视一遍，寻觅线索——是否有模式、暗语、特殊的符号，随便有什么都好——可他看到的只是一系列无序的符号。*混沌。*

时间一秒一秒地过去，兰登感到异样的麻木感遍布周身。仿佛寸寸血肉严阵以待，谨防死亡的痛苦夺去他的神智。现在，水就要灌进他的耳道了，他不顾一切地伸长脖子、额头抵在顶盖内壁。骇人的画面开始浮现。新英格兰，小男孩在深井下的黑暗里蹬水。罗马，棺材倾倒，有个男人困在跌出的骷髅下。

凯瑟琳的呼喊变得越来越疯狂。凭着听到的只字片语，他知道她正在跟那个疯子*讲道理*——她坚称兰登必须亲身勘察阿玛斯神庙，否则不可能破解符格。“好比拼图少了一块，而那一块必定在那栋建筑物里！罗伯特不了解所有信息，怎么可能破解密码呢？”

兰登很感激她的不懈努力，却也非常确信“富兰克林广场八号”指的*不是*阿玛斯神庙。*时间不吻合！*根据传说，**共济会金字塔**创建于十九世纪中期，那时候，圣地兄弟会根本不存在。事实上，兰登意识到，那个广场也还没有被命名为“富兰克林广场”。金字塔不太可能指向一个尚不存在的地址及其尚不存在的建筑物。不管“富兰克林广场八号”指向何处……它*必须*在一八五〇年就存在于世。

不幸的是，兰登的头脑正慢慢变得空白。

他在记忆深处搜索一切与这个时间点契合的事物。*富兰克林广场八号？什么东西一八五〇年就已存在？*兰登一无所获。液体慢慢流进了他的双耳。要和恐惧抗争！他恶狠狠地瞪着玻璃窗外的符格。搞不懂它们之间的联系！在茫然的狂怒中，他的思维开始四散迸发，蹿向所有可能有关联的遥远方向，彻底跳出了惯常逻辑。

富兰克林广场八号……广场（square）还有正方形之意……这个符格也是正方形……正方形和圆规是共济会的标志……共济会圣坛是方的……方形意味着四个角都是九十度。水还在上涨，但兰登已然物我两忘。富兰克林八号……八……这个符格就是八乘八的布局……富兰克林（Franklin）有八个字母……团会（The Order）也有八个字母……旋转 8 就得到永恒的符号∞……在数字命理学中八意味着毁灭……

兰登理不出头绪。

水箱外面，凯瑟琳仍在哀求，但水已经升至头部，在他耳畔汩汩流动，听见的一切都是断断续续的。

"……不知道怎么可能……金字塔的信息显然……奥秘隐藏于——内"

听不到她的声音了。

水灌进他的耳道，吞没了凯瑟琳最后的言词。突然之间，仿佛卷入了寂静的子宫，兰登意识到他真的要死了。

奥秘隐藏于……之内——

凯瑟琳最后的言词萦绕在他安宁的墓穴里。

奥秘隐藏于……之内——

奇怪的是，兰登还知道，这句话自己听过很多遍了。

奥秘隐藏于……之内——

即便处境如此，**古代奥义**似乎还在奚落他。"奥秘隐藏于……"，正是奥义的核心宗旨，敦促着人类去寻找上帝……不是在高高的天堂……而是在他们自己的内心。隐藏在内部的奥秘。这才是所有神秘主义伟大导师要传达的信息。

上帝的天国就在你之中。基督耶稣如是说。

认识自己。毕达哥拉斯如是说。

你们不知你们即神。赫尔墨斯·特利斯美吉斯忒斯[①]如是说。

这样的名言数不胜数……

---

① Hermes Trismegistus，埃及智慧神。

千百年来，一切神秘的教诲都旨在揭示这一点。**奥秘隐藏于内**。纵是如此，人类仍在仰望天堂寻觅上帝的容颜。

在兰登看来，这种认识现在已成了一个天大的嘲讽。此时此刻，双眼仰望，如盲目的前辈祖先一样面向天堂，兰登突然看见了光。

有如醍醐灌顶。

The
secret hides
within The Order
Eight Franklin Square

奥秘
隐藏于
团会之中
富兰克林广场八号

电光石火间，他明白了。

金字塔上的讯息霎时变得水晶般剔透。整整一晚上，这番寓意始终正视着他。尖顶石上的文字，就像**共济会金字塔**本身一样，是表记——拆散的密码——将讯息分藏于不同的部分。金字塔的涵义竟是以如此简练的方式伪饰自掩，简直让兰登不敢相信他和凯瑟琳竟然一直没发现。

兰登更惊诧的是，现在他已明白尖顶石上的讯息**确实**准确揭示了如何破解底座的符格。太简单了！恰如彼得·所罗门的承诺，金顶是宝器，其力量足以化混沌为有序。

兰登开始猛捶盖板，高喊道："我知道了！我知道了！"

悬在头上的金字塔被掀开拿走了。文身男子那张吓人的脸出现在上方，他正透过小窗俯瞰下来。

"我解开它了！"兰登喊道，"放我出去！"

文身男子开口时，兰登灌满水的耳朵什么也听不到。但眼睛能看到他嘴唇开合，说出三个词。"**告诉我**。"

"我说！"兰登吼叫着，水快流进眼睛了，"放我出去！我会解释一切！”太简单了。

男子的嘴唇又开合了一次，“现在就说……要不就死。”

水逼近顶盖，只剩下一条缝，兰登只得侧过头，把嘴留在水线上呼吸。就在这时，温暖的液体渗进他的眼眶，模糊了他的视线。他反弓着背，把嘴唇压在树脂玻璃上。

就在空气只能再支撑几秒钟之际，罗伯特·兰登说出了破解**共济会金字塔**的方法。

等他说完，液体涨到了他的唇边。出于本能，兰登最后深深吸了一口气，然后紧闭嘴唇。眨眼间，水流彻底淹没了他，蹿上了这墓穴的顶端，从树脂玻璃窗的隙缝里流了出去。

他成功了，迈拉克明白。兰登成功破解了金字塔的机密。

答案如此简单。一目了然。

小窗下，罗伯特·兰登淹在水下的脸孔仰面瞪着他，眼里充满绝望和哀求之意。

迈拉克对他摇摇头，用清晰的嘴形，慢慢地说：“谢谢你，教授。享受来世吧。”

第 103 章

作为一个谨慎的游泳者，罗伯特·兰登常常对淹死会是什么感觉感到好奇？现在他知道了，自己即将亲身体验。尽管他憋气的时间比大多数人长，却已感受到身体缺氧后的种种反应。二氧化碳沉积在血液里，激起吸气的本能。别喘气！每过一秒，吸气的应激反应就更强烈。兰登知道，自己很快就要到憋气的极限了，那就是生死攸关的临界点，之后，人便不能自觉地憋住气了。

把盖子打开！兰登的本能反应是去重击并抗争，但他懂，此时最好不要浪费宝贵的氧气。他能做的，只是隔着水波向上瞪着，以及，保持希望。外面的世界现在只剩下树脂玻璃窗上的一片昏暗的光。胸肺开始有灼痛感，他知道，那是缺氧的征兆。

幽灵般的美丽脸庞突然出现了，俯身凝望他。那是凯瑟琳，隔着涟漪，柔美的容貌宛若天仙。他们的目光穿透了小窗相遇，那一瞬间，兰登还以为自己得救了。*凯瑟琳！*然后隐约听到的却是她的惊恐哭泣，他冷不丁反应过来，她还在那人手里。文身魔鬼逼迫她亲眼目睹结局。

凯瑟琳，对不起……

在这个诡异的黑暗之处，困在水下，兰登无法相信*这*就是他生命的尽头。很快，他就不复存在了……他……或曾经的他……或未来的他……都将终结。当他的大脑死亡时，脑灰质中贮存的一切记忆，连同毕生修得的学识，都将在汹涌而至的一大堆化学反应中烟消云散。

此刻，罗伯特·兰登领悟到自己在宇宙间其实微不足道。那是一种从未有过的孤独而谦卑的感受。几乎是心怀感激的，他感到屏息的临界点降临了。

死期将至。

兰登的肺挤空了，塌缩了，急切地需要吸气。他又忍了最后一秒。接着，就像再也捧不住滚烫火炉的人，他放手了，把自己交给命运。

条件反射战胜了理智。

他的双唇分开了。

他的肺叶扩张了。

液体灌了进去。

胸腔里充溢的痛苦超出了兰登的想象。液体侵入肺部时是灼热的。突然，痛楚冲上脑颅，他觉得脑袋像是被钳住了，马上就要被压碎。耳内有雷鸣般的巨响，但刺穿一切的，是凯瑟琳的尖叫。

一片炫目的光芒。

接着，是黑暗。

罗伯特·兰登不在了。

第104章

完了。

凯瑟琳·所罗门停止了尖叫。目睹溺亡让她神经紧绷，她几乎因极度震惊和绝望而瘫软。

树脂玻璃窗下，兰登死气沉沉的双眼仿佛看穿了她，直接望进虚无。凝固的表情写着痛楚和遗憾。最后一颗细小的水泡从毫无生息的嘴里冒上来，接着，仿佛默许了释放他的幽魂，哈佛大学的教授慢慢地沉向箱底……直到隐没在阴影中。

他死了。凯瑟琳没有了感觉。

文身男子探下身，无情地做出最后一个动作，将视窗滑合如初，把兰登的尸体留在里面。

随后，他对她微笑："可以吗？"

没等凯瑟琳作答，他提起被悲伤攫紧的她，横抱过肩，关上灯，又扛着她走出了小房间。他迈着强劲有力的腿脚，三步两步就把她扛到走廊尽头，进入一间似乎沐浴在红紫色灯光下的大空房。这个房间里有薰香的味道。他把她扛到房间中央的一张方桌旁，将她仰面摔在桌上，她险些岔气。桌面的感觉又坚硬又冰冷。*是石头*？

凯瑟琳还没搞清楚自己身在何处，男子就解下了她手腕和脚踝上的铁丝。她本能地动弹起来，想要挣脱他，可她抽痛的双臂和双腿却不听使唤。这时，他用厚皮带把她捆绑在桌上，第一根缠紧膝盖，第二根绕过臀部，又将她的双臂压在体侧。接着，他用最后一根皮带缚住她的胸脯，就在双乳上方。

这一切眨眼间便完成了，凯瑟琳又一次被箍死，动弹不得。手腕和脚踝悸痛不已，血液向四肢回涌。

"张嘴。"男子轻声说着，舔了舔自己文饰过的嘴唇。

凯瑟琳紧咬牙关，对他恨之入骨。

男子又伸出了食指，慢吞吞地抚摸她的嘴唇，这让她汗毛直立。她把牙关咬得更死。文身男子咯咯地笑了，伸出另一只手，在她脖颈上找到一个穴位，使劲按下去。凯瑟琳的下巴立刻弹开。她知道他的手指探进了她的嘴巴，沿着舌头游走。她几乎要呕吐，想去咬它，可手指已经抽出去了。他仍在邪笑，把湿润的手指举到她眼前。接着，他闭上双眼，再一次用蘸有她唾液的指尖在天灵盖的那圈赤裸的头皮上画了一圈。

男人轻叹一声，慢慢睁开双眼。接着，带着诡谲的宁静感，他转身走出了房间。

突然间万籁俱寂，凯瑟琳感觉到自己剧烈的心跳。就在她头顶，有一组不同寻常的灯，似乎从紫红色慢慢转为深红，照亮了低矮的天花板。看到那个天花板，她惊呆了。每方每寸都有图画。头顶上是一幅让人眼花心慌的抽象拼贴，显然是在模拟宇宙星空。星星、星球、星座，都夹杂着占星术符号、图表和公式。箭头代表椭圆形的星星轨道，几何符号代表着上升角度，黄道十二宫所属的动物全都俯瞰着她。看起来就像是一个疯狂的科学家在西斯廷教堂撒野。

凯瑟琳侧过头往旁边看，左边的墙也好不到哪儿去。一排蜡烛插在中世纪地轴架上，闪烁的光芒照在已完全被文字、照片和图画遮蔽的墙上。有些看似纸莎草或羊皮纸，像是从古书上扯下来的；还有些书页显然没那么老旧；混在纸页中的是无数照片、素描、地图和注解图；显然，这全都是小心翼翼地粘贴在墙壁上的。细绳错综，如蛛网般穿钉其间，它们间的关联显得更加扑朔迷离，仿佛有无限混乱的可能。

凯瑟琳扭头，再转向另一边。

不幸的是，这下她看到了整个房间里最骇人的一幕。

邻近禁锢她的石板桌，立着一只小边柜，让人一眼就想到医院手术室里的器械桌。柜子上摆放着一系列物件——注射器，一小瓶黑色液体……还有一把骨柄大刀，铁打的锋刃磨得光可鉴人，散发出异常的寒光。

我的上帝……他打算把我怎么样？

第 105 章

中央情报局系统安全部专家里克·帕里什终于大步流星地走进了诺拉·凯的办公室，手里拿着一张薄薄的纸。

“你怎么这么慢啊？”诺拉问。*我跟你说了立刻下来。*

“抱歉，”他说，把玻璃瓶底厚的眼镜往高鼻梁上推。“我本想帮你多搜集点资料，可——”

“把你已经搜集到的给我看。”

帕里什把打印纸递给她。“编辑过了，但你能看出要点。”

诺拉快速扫视一遍，惊诧万分。

“我还在设法查明黑客是怎么混进来的，”帕里什说，“但看起来像是有个代理蜘蛛侵入了我们的一个内部搜索终端——”

“别管那茬儿了！”诺拉打断他的话，从打印纸上抬起视线。“真是搞不懂，中央情报局怎么会有一个关于金字塔、古代入口、刻有铭文的表记的机密档案？”

“就是这个问题花了我这么久。我想看看到底是哪个文档被锁定为目标，就追查了文档路径。”帕里什停顿一下，清了清嗓子。“结果显示，这个文档归于私人机密栏，归属于……情报局局长本人。”

诺拉转了转椅子，被惊得目瞪口呆，她简直不敢相信。*佐藤的上司有一个关于***共济会金字塔**的文档？她知道，现任局长和许多情报局高级长官一样，是高等级的共济会会员，但诺拉无法想象，他们中的任何人会在情报局内部电脑上存有共济会的机密。

再次回顾这二十四小时内的所见所闻，她又觉得，万事皆有可能。

西姆金探员趴在富兰克林广场隐蔽的灌木丛里，眼睛紧盯着阿玛斯神庙圆柱林立的入口。*没情况*。里面没有灯光，也没有人靠近大门。他转头去看巴拉米。那人孤零零地在公园中央走来走去，看上去很冷。*真的很冷*。西姆金看得很清楚，他在发抖，浑身颤抖。

手机震动起来。是佐藤。

“我们的目标晚了多久？”她问。

西姆金看了看计时器。“目标说是二十分钟。现在已经四十分钟了。情况不妙。”

“他不会来了，”佐藤说。“完了。”

西姆金知道她说得对。“有没有哈特曼的消息？”

“没有，他去了卡洛拉马高地后就没有向我汇报过。我打不通他的电话。”

西姆金板起了面孔。如果这是真的，那问题肯定就大了。

“我刚刚和现场联络处通过电话。”佐藤说，“他们也找不到他。”

该死的。“他们有没有在凯雷德上安 GPS 定位装置？”

“有。是卡洛拉马高地住宅区的地址。”佐藤说，“集合你的手下。我们撤。”

佐藤合上手机，眺望首都宏伟的天际线。冰凉的风吹透身上单薄的夹克，她环抱手臂，给自己取暖。佐藤井上部长不是经常感到冷……或害怕的女人。然而，此刻的她却又冷又怕。

第 106 章

迈拉克冲上陡坡时只缠着他的丝质裹腰布，他走过油画后的转门，穿墙进入起居室。*我得快点准备*。他瞥了一眼死在门厅里的中央情报局探员。*这个家不再是安全地了*。

一手攥着金字塔，迈拉克大步迈向二楼书房，在笔记本电脑前坐下。登录后，他想起楼下的兰登，想知道要过多少天、甚至多少周，溺毙在秘密地下室的尸体才会被发现。已经无关紧要了。到那时，迈拉克早就走了。

兰登已经完成了他的使命……相当出彩。

他不但让**共济会金字塔**首身合一，还破解了镌刻在底座的玄妙符格。乍眼看去，那些符号似乎根本无解……可答案竟如此简单，就明摆在他们眼前。

迈拉克的电脑启动了，屏幕上显示出之前接收到的那封电子邮件——照片里的金字塔上字迹闪耀，有一小部分被沃伦·巴拉米的手指挡住了。

奥秘
隐藏于
团会之中
[redacted]富兰克林广场

八号……富兰克林广场，凯瑟琳刚才告诉迈拉克了。她还承认了，中央情报局探员在广场上埋伏好了，等着抓获迈拉克，也列出了金字塔所指的“团会”可能是什么。共济会？圣地兄弟会？玫瑰十字会？

全都不是，现在迈拉克知道了。*兰登看透了真相*。

十分钟前，水淹没他的脸时，这位哈佛教授看透了破解金字塔的关键点。“八……富兰克林……！”他如此高喊，眼神透着惊惧，“奥秘隐藏于……八……富兰克林……”

一开始，迈拉克不理解他的意思。

“那不是地址！”兰登的嘴压在树脂玻璃窗上，继续高喊：“八阶富兰克林！是个**幻方**！”接着他又提到阿尔布雷特·丢勒……解开金字塔第一层密码的钥匙，也能破解最后的谜题。

迈拉克很了解幻方——kameas，古代神秘术士是这么称呼它的。古籍《玄妙哲学》[①]中详细描述了幻方的神秘力量，以及基于幻方数格的强力魔符的设计方法。莫非兰登要告诉他，幻方就是破解金字塔底面符格的关键？

“你需要一个八乘八幻方！”教授是这样喊的，仅剩下嘴唇还在水面上。“幻方是以**级数**（order）归类的！三级乘三级就叫‘三阶幻方’！四级乘四级就叫‘四阶幻方’！你需要一个‘八阶（order eight）’的幻方！”

液体完全吞没了兰登，教授吸入最后一口气时还在喊着什么：著名的共济会员……美国国父……科学家、神秘学家、数学家、发现家……同样也是一个神秘 kamea 的创造者，那个幻方至今仍以他命名。

富兰克林。

迈拉克恍然大悟，兰登说对了。

现在，迈拉克坐在楼上的电脑前，屏息凝神，充满期待。他飞快地在网上搜索，得到了好几十条结果，他挑中一条点了进去，开始阅读。

富兰克林八阶幻方

美国科学家本杰明·富兰克林于一七六九年创建八阶幻方，堪称世上最著名的幻方之一。这则幻方所包含的“斜向折线总和”被誉为开天辟地之杰作，因而震惊世界。富兰克林对这种神秘艺术形式的痴迷，大抵源自他和同时期最知名的炼金术士和神秘学家的私交，他自己也同样笃信占星术，这亦是其所著《穷理查德历书》中预言的根基。

---

① 又称《玄妙哲学三卷书》，是德国魔法师、玄学作者、神学家、占星师和炼金术士海因里希·科内利乌斯·阿格里帕（1486—1535）的作品，对文艺复兴时期的哲学有影响力，论述了魔法仪式的魔力及其和宗教的关系。

52	61	4	13	20	29	36	45
14	3	62	51	46	35	30	19
53	60	5	12	21	28	37	44
11	6	59	54	43	38	27	22
55	58	7	10	23	26	39	42
9	8	57	56	41	40	25	24
50	63	2	15	18	31	34	47
16	1	64	49	48	33	32	17

迈拉克把富兰克林的著名幻方琢磨了一番——从一到六十四，所有数字排列精妙——每一行、每一列、每条对角线的总和都一样。金字塔上的铭文应该这样理解：奥秘隐藏于富兰克林八阶幻方。

迈拉克笑了。他激动得浑身发抖，抓过金字塔翻到底面，察看符格

这六十四个符号，需要依据富兰克林幻方中的数字重新标号、排列。尽管迈拉克还想象不出这些混乱的字符会瞬间在另一组序列里变成怎样有序有意义的信息，但他对古老的承诺绝对信赖。

Ordo ab chao.

心在狂跳，他取出一张纸，飞快地画下一张八列乘八行的空白格子。再开始根据重新确定的位置一个一个将符号填入空格里。几乎是立竿见影，数格立刻显得容易理解了，他大为惊叹。

混沌中方得秩序!

他完成了全部的破译工作了，几乎不敢相信地凝视着眼前的答案。线条生硬的画面显形了。原本乱七八糟的符格摇身一变……序列重组……尽管迈拉克还不能领会其**全部**内涵，却这已经足够了……足以让他知晓下一步该何去何从。

金字塔指明道路。

新符格指向一个全世界最神秘的地方。不可思议的是，这恰是迈拉克一直以来魂牵梦萦的地方！他日夜梦想能在那里完成自己的旅程。

宿命。

第 107 章

凯瑟琳·所罗门身下的石桌冰冰冷冷的。

脑海中，罗伯特惨死的惊悚场景挥之不去，对哥哥的关切也随之沉浮。*彼得，也死了吗?* 邻近小柜上怪模怪样的刀让她觉得毛骨悚然的结局也在等待着她。

真的这样结束了?

说来也怪，她的思绪突然飞向自己的科研项目……意念科学……以及她最近取得的突破性进展。*所有的一切都消失……灰飞烟灭。*她再也不能让全世界分享她的收获。迄今为止最震撼的发现就在数月前，实验结果很有可能改写人类对死亡的认识。怪就怪在，现在想起那个实验……反倒让她感到出其不意的安慰。

还是个小女孩时，凯瑟琳·所罗门就常琢磨是否真的有来生? *天堂存在吗? 死后会发生什么?* 长大后，她从事科学研究，迅速抹去了天堂、地狱或来生等空想。她开始接受，“死后的生活”这一概念纯属人类自创……专为缓解人终有一死这一恐怖事实而设计的童话。

或者说我是这么相信的……

一年前，凯瑟琳和哥哥曾讨论起一个哲学界一直争论不休的问题——人类灵魂是否存在——他们的讨论聚焦于一个细节：人类是否拥有能在*体外*存活的某种意识。

他们都感觉到，这种形式的人类灵魂或许*真的*存在。大多数古代先哲都有共识。佛教和婆罗门教的真知都认同灵魂转世轮回之说——灵魂在身体死后会转移到新的身体，如此轮回反复；柏拉图学派所定义的“身体”是“监狱”，以防灵魂从中散逸；斯多葛学派称灵魂为apospasma tou theu，意为“神的一颗粒子”，相信死后会被上帝召唤。

凯瑟琳颇为沮丧地提到，人类灵魂的存在或许是科学永远无法验证的概念。要确证有一种意识能在死后存活于人体之外，好比是呼出一缕烟，而你还指望着多年后能找到它。

他们讨论过后，凯瑟琳产生了一个奇特的念头。她哥哥曾提及《创世记》中称灵魂为*Neshmah*——是一种与身体分离的精神性的“智能”。这让凯瑟琳想到智能（intelligence）这个词还有“思想”的内涵。意念科学清楚地指出，*思想*是有质量的，那就能推断出，人类灵魂因此或许也有质量。

我能称出人类灵魂的重量吗？

这个想法简直匪夷所思，显然是……傻得不值一提。

三天后，凯瑟琳从沉睡中惊醒，突然挺坐起来。她跳下床，开车去实验室，立刻着手规划，这项实验简单至极……也惊人的大胆。

她不知道实验会不会成功，便决定暂时不告诉彼得，等实验完成时再谈也不迟。实验足足用了四个月，但凯瑟琳最终还是把哥哥带到了实验室。她推出一台此前一直藏在后面储藏室里的大型设备。

“由我本人设计建造。”她一边解释，一边把自己的发明创造展示给彼得看。“有什么猜想？”

她哥哥打量着那台奇特的机器。“保育器？”

凯瑟琳哈哈大笑，摇了摇头，尽管这么猜也不算太离谱。这台设备的外貌通体透明，*确实*有点像医院常见的早产婴儿保育器。不过，这台设备却符合成人体格，颀长，密闭，是个圆头圆脑的中空塑料舱，酷似未来派的睡眠舱。它被安置在一大堆电子器械上头。

“瞧瞧这个能不能帮你猜对。”凯瑟琳说着，插上电源。设备上的数码显示屏亮了，当她精心校准某些控制键时，液晶数字不停地跳动着。

调试完毕，屏幕上的数字显示为：

0.0000000000 kg

“电子秤？”彼得越发困惑了。

“不只是普通的秤。”凯瑟琳从旁边的柜子上抽出一张小纸片，轻轻搁在密闭舱的顶部。显示屏上的数字又跳动起来，在新数值确定后显示为：

.0008194325 kg

“高精度微量天平，”她说，“可以精确到百万分之一公克。”

彼得依然没看懂。“你造了一台精准秤……为了秤一个人？”

“回答正确。”她抬起设备顶端的透明盖。“如果我把一个人放进舱内关上盖子，那个人就处于完全密闭的环境。没东西出来，也没东西进入。没有气体，没有液体，没有尘屑。也没东西能流失——不管是这个人的呼气，还是蒸发的汗液和体液，什么都不会。”

彼得的手插入浓密的银发，凯瑟琳知道，这是他紧张时特有的小动作。“唔……显然，那个人很快就会死在里面。”

她点点头。“六分钟左右，取决于呼吸频率。”

他转身看她。“我不明白。”

她笑了。“你会明白的。”

离开设备，凯瑟琳把彼得领进“立方体”的控制室，让他在等离子视屏墙前坐下。她开始在键盘上输入指令，进入存储在全息光盘上的一组视频资料。等离子屏幕启动后，出现在他们眼前的仿佛是家庭录影带。

摄影机掠过一间简朴的卧室，床摊着没铺，床头有药瓶、呼吸机和心率监视器。镜头在游移，彼得一头雾水，直到屏幕最终显示出凯瑟琳的精准秤装置，摆放在卧室的正中央。

彼得的眼睛瞪大了。“这是……？”

密闭舱的透明盖子是敞开的，一个十分苍老的老人戴着氧气面罩躺在里面。他同样年迈的太太和一位济贫院护工站在舱旁。老人呼吸艰难，双眼紧闭。

“密闭舱里的这个老人是我在耶鲁大学的科学导师，”凯瑟琳说，“我们多年来一直有联系。他病得很重。他总是说，希望日后能把遗体捐献给科学研究，所以，当我把这项实验的来龙去脉跟他解释之后，他立刻想要参与进来。”

彼得惊得说不出话来，只是瞪着展现在眼前的屏幕。

现在，护工转向老人的太太。“时候到了。他准备好了。”

老太太抹了抹泪眼，坚决而镇定地点点头。“好。”

护工把手伸进密闭舱，缓慢而轻柔地摘下了老人的氧气罩。老人微微动了动，但双眼始终是闭着的。接着，护工把呼吸机和别的器械都推到另一边，把老人留在房间中央完全独立的密闭舱里。

垂死老人的太太现在走过去了，俯下身，温柔地亲吻丈夫的前额。老人没有睁开眼睛，但嘴唇动了动，那么微小的动作，却显出了微笑，虚弱却充满爱意。

离了氧气罩，老人的呼吸立刻变得更艰难了。显然，临终时刻即将到来。老太太带着令人钦佩的勇气和镇定，按照凯瑟琳教的步骤，慢慢拉下透明的顶盖，阖上，扣紧。

彼得的神经也绷紧了，往后靠了靠。“凯瑟琳，以上帝之名，这是在干什么？”

“别担心。”凯瑟琳轻声说。“密闭舱里还有空气。”这段录影，她看了不知多少遍，却仍能让她心跳加快。她指了指垂死老人躺着的密闭舱下的秤。液晶数字显示为：

51.4534644 kg

“那是他的体重。”凯瑟琳说。

老人的呼吸越来越微弱，彼得忍不住探身向前，屏息凝神地注视。

“这是他的心意，”凯瑟琳轻声说。“注意接下去发生的事。”

老人的太太退后了，现在坐到了床上，和护工一起静静等待。

大约又过了六十秒，老人微弱的呼吸变快了，而后戛然而止，仿佛老人自己选定了时辰，简单地咽下了最后一口气。一切都停止了。

结束了。

老太太和护工一言不发地互相抚慰。

没别的事发生。

又过了几秒钟，彼得带着明显的疑问看了看凯瑟琳。

等着瞧吧，她心想，再次将彼得的视线导向密闭舱的数码秤，显示屏上的数字仍在静静闪亮，显示着死去老人的体重。

接着，事情发生了。

彼得看到了，身体不禁向后摇了摇，险些跌下椅子。"可是……那……"他震惊地捂住嘴巴。"我不……"

了不起的彼得·所罗门很少有张口结舌的时候。第一次目睹这事时，凯瑟琳的反应也差不多。

老人咽气之后，过了片刻，屏幕上的数值突然减少了。死后的老人要比活着的老人*轻一点*。重量的减少是如此微少，但是可以称出来的……这暗示了什么？完全让人不知所措。

凯瑟琳回想起自己手指颤抖地在实验笔记本上写下的话，"如此看来，在死亡的瞬间，有一种看不见的'物质'离开了人类身体。它有可以计量的质量，并不受物理性的阻碍。我必须作此假设：它是在我尚无认识、亦无感知的维度中移动。"

看到哥哥脸上的震惊表情，凯瑟琳知道，他明白了个中真意。"凯瑟琳……"他说不下去了，只是眨巴着他灰色的眼睛，好像要确定自己不是在做梦。"我认为你刚刚称出了人类灵魂的重量。"

他俩之间有了一段长时间的寂静。

凯瑟琳感觉到她哥哥在试图想清楚所有严峻而惊人的后果。*这需要时间*。如果他们刚才目睹的一切确凿无疑的话——那就证明了灵魂或意识或生命力可以越出身体的疆域——那么，无数神秘难解的命题都将被崭新的、震撼的光芒照亮：轮回，宇宙意识，濒死体验，星状投射，遥视"千里眼"，梦中的预言，等等等等。医学期刊上充斥着这类故事：死于手术台的患者从天花板上俯瞰到自己的身体，又被抢救回来。

彼得沉默着，凯瑟琳刚刚看到他的眼里有泪。她能理解。她也哭了。彼得和凯瑟琳都失去了亲爱的人，对有过丧亲之痛的人来说，任何有关人类死后有灵的微妙暗示都会带来一丝希望之光。

他想起扎伽利了，凯瑟琳看到了哥哥眼神中深切的悲恸，不禁想到

这点。多年来，彼得一直背负着沉重的负罪感，觉得自己该为亲生儿子的死负责。他曾对凯瑟琳说过很多次，把扎伽利留在监狱里，是他此生犯下的最可怕的大错，而他永远无法饶恕自己。

此刻，有扇门砰然合上，凯瑟琳回过神来，突然意识到自己还身处地下室，躺在冰冷的石桌上。陡坡尽头的金属门大声撞响，文身男子回来了，正在下斜坡。她听到他径直跑入走廊，进了一间屋子，忙了一会儿又出来，顺着走廊进入她所在的房间。他一进门，她就看到他推着什么东西。非常重的东西……下面有轮子。他走到灯光下，她简直不敢相信所见的一切。文身男子推的是一个上面坐了人的轮椅。

出于理智，凯瑟琳认得出轮椅上是谁。但出于情感，她却几乎无法接受眼前的情形。

彼得？

她都不知应该为哥哥还活着而感到狂喜……还是恐惧。彼得的体毛被剃光了。厚实的银发都不见了，眉毛也没有了，光滑的皮肤微微泛亮，好像涂过油。他穿着一件黑丝袍。右手的位置已空无一物，残肢断臂裹在一条干净挺括的绑带里。哥哥因痛楚而微阖的双眼勉强睁开，两人对视时，他的眼神里溢满遗憾和悲哀之情。

“彼得！”她的嗓音嘶哑。

她哥哥想说话，却只能从喉管里发出含糊的声音。凯瑟琳这才发现，他被绑在轮椅上，嘴被堵住了。

文身男子俯下身，轻柔地抚摸着彼得剃光的头皮。“为了一件巨大的荣耀之事，我已为令兄做好了准备。今晚有他的戏份。”

凯瑟琳浑身僵硬起来。*不……*

“彼得和我马上要走，但我认为你想道个别。”

“你要带他去哪儿？”她虚弱地问道。

他笑了。“彼得和我必须前往圣山。宝藏就在那里。**共济会金字塔**透露了地址。你的好朋友罗伯特·兰登真是帮了大忙。”

凯瑟琳凝视着哥哥的双眼。“他把罗伯特……杀了。”

彼得的脸因悲愤而扭曲了，他狠狠地摇着头，仿佛无法再承受更多痛苦。

“好了，好了，彼得，”男子说着又抚摸起他的头。“别破坏了眼下的气氛。对你的小妹妹说声再见吧。这是你们最后一次家庭聚会。”

仿佛五雷轰顶，凯瑟琳绝望至极。“为什么你要这么做？！”她冲着他大喊，“我们和你有什么仇？！你为什么对我们家这么恨之入骨？！”

文身男子走近一步，嘴巴贴近她的耳朵。“我有我的道理，凯瑟琳。”然后他走向边桌拿起那把古怪的刀。他举刀向她而来，把寒光凛冽的刀刃架在她脖子上。“这是历史上最著名的刀。”

凯瑟琳不懂得什么著名的刀，但这一把显然很古老，闪着不祥之光。宽刃好似刀片般锋利。

“别担心，”他说，“我没打算在你身上浪费它的威力。我要把它保留给最值得的牺牲……在一个更加神圣的地方。”他转向她的哥哥。“彼得，你认得这把刀，是不是？”

她哥哥双眼圆睁，恐惧和怀疑尽显无遗。

“是的，彼得，这把手工宝刀仍然在世。我可是花了不少钱才弄到手的……而我要把它留给你用。终于等到了这一天，你和我可以一起结束这痛苦的旅程。”

说完，他用一块布把刀和别的用品都小心地包起来——薰香，小瓶液体，白色丝袍，以及其他仪式所需的东西。他把这个包袱放进罗伯特·兰登的皮包里，里面还有**共济会金字塔**和尖顶石。凯瑟琳眼看着他拉上拉链，转向她哥哥，却无计可施。

“拿上这个好吗？彼得。”他把沉甸甸的包搁在彼得的膝盖上。

随后，男子走向一只抽屉翻寻起来。她能听到金属小物件的磕碰声。他返身回来，抓起她的右臂固定住。凯瑟琳看不见他在做什么，但彼得显然可以，他又开始歇斯底里地挣扎。

凯瑟琳感到右肘窝里刺痛袭来，奇特的暖意随之扩散。彼得用被勒住的嘴发出痛苦的声音，他使劲想摆脱沉重的椅子，但没有用。凯瑟琳感到肘部以下的前臂和指尖有一股冰冷的麻木感漫开来。当文身男人站到一旁时，凯瑟琳才看清她哥哥如此恐惧的原因。文身男子朝她的血管里扎进了一根医用针管，好像要让她献血。然而，这个针管却没有连上管子。她的鲜血正无阻无拦地从针孔里流出来……顺着她的手肘、前臂，流到了石桌面上。

“人体沙漏。”男子说着转向彼得。“等一会儿，我请求你上场时，我想让你记住凯瑟琳……在黑暗中孤独死去的样子。”

彼得的面容已被剧烈的痛苦扭曲。

“她还会活着，”男子又说，“大约一个多小时吧。如果你迅速配合我，我会有充足的时间回来救她。当然，如果你拒不合作……你妹妹就会真的在黑暗中孤独地死去。”

彼得不顾口舌被堵，怒吼着。

“我知道，知道。”文身男子说，在彼得的肩上搭上一只手。“这对你很难。但不应该啊。毕竟，你又不是第一次放弃家人。”他停顿一下，弯腰在彼得的耳边低语道，“当然啰，我在想你的儿子，扎伽利，在索根立克监狱。”

彼得用力挣脱束缚，凄楚的怒喊又透过嘴里的布含糊地传出来。

“住口！”凯瑟琳喊道。

“那天晚上，我记得可清楚了。”男子收拾完毕，仍以奚落的口吻说，“整个过程我都听到了。狱卒开了价让你带走儿子，可你决意让扎伽利吸取教训……用抛弃他的方式。你儿子吸取教训了，没错，可不是吗？”男子笑了。“他之所失……成了我之所得。”

此时，男子找出了一块亚麻布，严严实实地塞进凯瑟琳的嘴里。“死亡，”他在她耳边说，“应该是件安静的事。”

彼得死命挣扎。文身男子再也没说一个字，他慢慢拉着彼得的轮椅，倒退着走出房间，让彼得尽情欣赏妹妹的最后一幕。

凯瑟琳和彼得的眼神最后一次锁定彼此。

接着，他消失了。

凯瑟琳听到他们上了陡坡，走过了金属门。他们退出去时，她听到文身男子锁上了金属门，继续穿过“美慧三女神”。几分钟后，她听到一辆车发动了。

整栋豪宅一片死寂。

凯瑟琳独自躺在黑暗中，血在流。

第 108 章

罗伯特·兰登的神智盘旋在无尽的深渊里。

没有光。没有声音。没有感觉。

只有无限而寂静的虚空。

柔软。

轻盈。

身体释放了他。他没有了禁锢。

物质世界不复存在。时间不复存在。

现在，他是纯粹的意识……无血无肉无骨，仅是知觉，悬浮在无垠宇宙的空无之中。

第 109 章

改良型 UH-60 直升机低空盘旋在卡洛拉马高地住宅区开阔的屋顶上，轰鸣着飞向支援部门提供的坐标。西姆金探员头一个发现黑色凯雷德随意停靠在一栋豪宅前的草坪边。车道门是关着的，宅子里又黑又静。

佐藤指示飞机降落。

前门草坪上停着好多辆车，其中一辆是安保巡逻车，警灯和前灯都大亮着。飞行员艰难地降下飞机。

西姆金率领他的小分队跳出机舱，举起枪械直冲门廊而去。西姆金发现前门锁住了，他双手拢在玻璃窗上往里瞧。门厅里很暗，但西姆金可以依稀分辨出地板上的身体。

“见鬼，”他低声咒骂一句，“是哈特曼。”

一名探员抓起门廊上的一把椅子，朝着凸窗玻璃砸下去。因为有直升机还在身后轰鸣，玻璃的粉碎声几乎听不到。数秒钟之后，他们都进入了大宅。西姆金冲到门厅，跪在哈特曼身边，查了查脉搏。没有。血流得到处都是。接着，他便看到了插进哈特曼喉咙口的螺丝刀。

天啊。他站起身，指挥手下人开始地毯式搜查。

探员们分散到底楼各处，用镭射瞄准器在黑漆漆的豪宅里细细搜索。他们在起居室和书房里都没发现什么，却在餐厅发现一具女尸，是一名被扼死的保安警员。这让他们吃惊不已。西姆金立刻觉得希望破灭，估计罗伯特·兰登和凯瑟琳·所罗门也难逃一死。这个心狠手辣的杀手显然布下了圈套，如果他能轻而易举地把中央情报局探员和身带武器的保安警员杀死，那么教授和科学家显然断无机会生还。

底楼查完了，没有埋伏，西姆金又派两名探员去楼上搜查。这时，他在厨房里发现一道阶梯，通向地下室和地窖。到了楼梯最下面，他扭亮照明。宽敞的地下室一尘不染，好像从没用过。锅炉，光秃秃的水泥墙，几只箱子。**这儿什么也没有**。西姆金上楼梯返回厨房，就在这时，手下从二楼下来了。大家都摇摇头。

房子已被弃置。

没人在家，也没见更多尸体。

西姆金用无线电对讲机通知佐藤解除警报，也汇报说发现了恐怖的新情况。

等他回到门厅时，佐藤已经踏上了门廊阶梯。还能看到她身后的沃伦·巴拉米，孤零零地呆坐在直升机里，脚边放着佐藤的钛合金手提箱。安全部部长的机密电脑能连通秘密卫星信道，让她在世界各地进入中央情报局电脑系统。今晚早些时候，她就是用这台电脑让巴拉米看了些资料，那男人当场惊呆了，转而完全配合他们的行动。西姆金不知道巴拉米看到了什么，但不管是什么，任何人都能一眼看出建筑师自那之后一直显得失魂落魄。

佐藤迈进门厅时愣了一下，朝哈特曼的尸体低下了头。之后，她抬起眼睛，盯住西姆金。“没发现兰登或凯瑟琳？彼得·所罗门呢？”

西姆金摇摇头。“如果他们还活着，一定被他挟持了。”

“你有没有发现这屋子里有电脑？”

“有，夫人。在办公室里。”

“带我去。”

西姆金带着佐藤走出门厅，进了起居室。长毛绒地毯上满是凸窗的碎玻璃碴。他们经过壁炉、一幅大画和几排书架，朝办公室的门走去。办公室里嵌着木壁板，古董书桌上搁着一台大显示器。佐藤绕到书桌后，看了一眼屏幕，立刻眉头紧锁。

“该死的。”她竭力压住怒火。

西姆金也绕过来看了看屏幕。一片空白。“有什么不对吗？”

佐藤指了指书桌上空荡荡的电脑扩展机座。“他用的是手提电脑，随身带着了。”

西姆金没明白。“他有什么资料是您想看的吗？”

“不。”佐藤的声音更冷峻了。“他有的资料，我不想任何人看到。”

楼下隐蔽的地下室里，凯瑟琳·所罗门听到了直升机螺旋桨的轰鸣，紧接着是砸碎玻璃窗的声音，靴子在她头顶的地板上踏出重响。她很想高呼求救，可堵在嘴里的布阻碍了一切可能。她几乎发不出任何声响。她越使劲，肘部的血也就流得越快。

她感到气短头晕。

凯瑟琳明白，自己该冷静下来。*动动你的脑子，凯瑟琳*。倾尽全力之后，她哄劝自己进入冥想状态。

罗伯特·兰登的神智飘荡于虚空。他窥向无垠的虚无，寻找任何可以参照之物。什么也没找到。

彻底黑暗。彻底寂静。彻底祥和。

甚至没有地心引力能告诉他何谓上天。

他的身体不见了。

这准是死亡。

时间仿佛被重叠、被拉长又被缩短，仿佛在这地方没有定向。他不知道究竟过了多久。

十秒钟？十分钟？十天？

突然，仿佛无限遥远的星际在剧烈爆炸，记忆开始显形，如冲击波一般飞穿浩瀚的虚无，又如巨浪般向兰登滚滚而来。

霎那间，罗伯特·兰登有了记忆。图像疾速在他人脑飞掠……生动而恼人。他正仰面瞪视一张文满图案的脸孔。一双强有力的手搬起他的头，重重地砸向地板。

痛苦如火山般爆发……继而是黑暗。

灰色的光。

疼痛抽搐。

记忆点滴汇集。兰登被拖着走，半昏半醒，被拖下去、下去、下去。拖着他的人在吟诵什么。

真言有意……真言有为……真言能毁[①]……

---

① 原文为拉丁文。

第110章

佐藤部长独自站在书房里，等候中央情报局卫星图像部门审核她的请求。在华盛顿特区工作的奢侈待遇之一，便是拥有全面覆盖的卫星监控。要是运气好，某颗人造卫星或许恰好拍摄到今晚这栋豪宅的照片……有可能捕捉到了半小时内有辆车离开此地的画面。

“对不起，夫人，”卫星部门的技术人员说。“今晚没有卫星拍摄到这个坐标。您需要请求定位监测吗？”

“不用了，谢谢。太晚了。”她挂了电话。

佐藤长吁一声，现在，完全无法得知目标去哪儿了。她走出门厅，手下人正在把哈特曼探员的尸体装袋、提上直升机。佐藤已经下令，让西姆金召集全员，准备返回兰利总部，但西姆金还逗留在起居室，手脚都撑在地上。看上去像是病了。

“你没事吧？”

他抬起头来，神色有点怪。“你看到这个了吗？”他指向起居室的地板。

佐藤走过去，低头去看长毛绒的地毯。然后摇摇头，没看出什么来。

“蹲下来，”西姆金说。“看看地毯上的小细毛。”

她照做了。没过多久，她就看出了端倪。地毯上的纤维扁扁平平，好像被压倒了……两条痕迹呈直线，看似轮椅或别的什么重物曾从上面滚着，穿过了房间。

“奇怪的是，”西姆金说，“压痕的走向。”他一针见血地指出。

佐藤的目光跟着淡淡的平行轨迹在起居室地毯上移动。轨迹似乎消失在紧贴壁炉从地板直顶天花板的大幅油画下。*搞什么鬼？*

西姆金走到油画前，想把它从墙上摘下来。但它纹丝不动。“固定住了，”他说，又用手指摸索边框。“等等，下面有什么东西……”手指碰到底边下的一根小杆，只听“咔嗒”一响。

西姆金推动画框，整幅油画慢慢绕着中轴旋转，俨然是个转门。佐藤赶忙跟上去。

他扬起手电筒，照向门后漆黑的空间。

佐藤眯起眼睛。*原来如此*。

短短的走廊尽头，有一扇沉重的金属门。

冲击兰登空茫神智的回忆时隐时现。记忆复苏，一串炽热的火花正在旋转，还有一声古怪、遥远的呢喃。

*真言有意……真言有为……真言能毁……*①

吟诵不断，如同中世纪圣歌中的低沉歌咏。

*真言有意……真言有为……*②这些词句正在穿透虚空，鲜明地在他身边回响。

*启示录……富兰克林……启示录……真言……启示录……*③

毫无预兆的，一阵凄凉的钟声在遥远的地方敲响。铃声继续响着，越来越大声。此刻敲得更急迫了，仿佛在希望兰登明白，仿佛在敦促他的神志紧紧跟随。

第 111 章

撞钟在钟塔里响足了三分钟，震得兰登头顶的枝形水晶灯叮叮微颤。几十年前，他曾多次在菲利普·埃克塞特学院深受喜爱的大厅里听讲座。然而，今天他是在这里聆听一位挚友为全体学员做的讲座。灯光暗下来，兰登在最后一排落座，就在校长器宇轩昂的肖像画下面。

人群安静下来。

在一片黑暗中，一个高高的身影走过舞台，在讲坛旁立定。“早上好。”麦克风放大了他的声音，虽然观众还看不见他的脸。

每个人都坐得笔挺，仰着头，想看清楚是谁在说话。

幻灯机亮起来，打出一张暗褐色的照片——引人注目的城堡，城堡正面是红砂岩铺就的墙面，高高的正方形塔座，哥特式的装饰。

---

①②③ 原文为拉丁文。

暗影里的人又说话了。“谁能告诉我，这是哪里？”

“英格兰！”暗场中，有个女孩叫出声来。“这面外墙兼有早期哥特式和晚期罗马式风格，可算诺曼式城堡的典范，建于大约十二世纪的英格兰。”

“哇哦！”没露面的声音答道，“有人认识它的建筑师。”

人群中响起交头接耳的轻响。

“可惜，”影子人又说道，“和正确答案相差三千英里以及五百年。”

这下，大厅里炸了锅。

幻灯机又打出一张全彩色的当代照片，显然是同一个城堡，但从不同角度拍摄。城堡的塞纳卡溪流沙岩塔楼占据了前景，但在背景中耸立的恢宏白色建筑物分明是美国圆顶国会大厅，看起来，二者的距离非常近。

“等等！”那女孩惊叫一声，“华盛顿特区里有一个诺曼式的城堡？”

“自一八八五年起就有了。”影子人的声音继续说。“那也是下一张照片的拍摄时间。”

新的幻灯照片出现了——是黑白室内照，照的是一间有着大拱顶的宽阔舞厅，里面摆着动物骨架、科学实验展示箱、浸泡着生物标本的玻璃樽、考古文物和史前爬虫型动物的石膏模型。

“这座奇妙的古堡，”那个声音说道，“是美国第一座现实科学博物馆。这是一位富有的英国科学家送给美国的厚礼，他，就像我们的先辈那样，相信我们羽翼未丰的国家会变成启蒙之地。他把一笔巨大的财富遗赠给我们的先辈，让他们在我们国家的核心点建造‘旨在博闻增识、传播文化的机构’。”停顿了很久，他说，“谁能告诉我，这位慷慨的科学家的大名？”

前排有个胆怯的学生轻轻答道：“詹姆斯·史密森？”

似乎如梦方醒，人群中的耳语声此起彼伏。

“确实是史密森，”讲坛旁的人回答。现在，彼得·所罗门向前一步，走到了灯光下，灰色眼眸里闪现着诙谐的神色。“早上好。我叫彼得·所罗门，我是史密森学会的秘书长。”

学生们报以热烈的掌声。

暗影中的兰登赞许不已，彼得只用几张史密森学会的早期照片就吸引了年轻人的注意力。演示从史密森古堡开始，地下室是科学实验室，走廊布置成展厅，沙龙里摆满了软体动物标本，科学家们自称为“甲壳看守”，甚至有一张老照片展示了古堡最受欢迎的两个住客——一对早已作古的猫头鹰，一个名叫“传播”，一个名叫“增识”。半小时的幻灯放映以一帧国家广场让人难忘的卫星照片结束，庞大的史密森博物馆比肩而立。

“如我开场时所说，”所罗门的结束语是这样的，“詹姆斯·史密森和我国先辈都预料到，我们伟大的国家将成为启蒙之地。我相信，他们今天会深感自豪。作为象征科学和知识的符号，伟大的史密森学会矗立在美国的核心点。先辈的美国梦就是建起一个奠基于知识、智慧和科学准则的国家，我们为他们奉上的献礼，就是生生不息，求索不断。”

所罗门关掉幻灯仪，四周响起学生们热烈的掌声。大厅里的灯光亮了，几十个学生迫不及待地举手提问。

所罗门先点中大厅中部的红发小男生。

“所罗门先生，”男孩听来十分疑惑。“你说我们的先辈摆脱了欧洲宗教压迫，建起一个以科学发展为基准的新国家。”

“说得对。”

“可是……在我的印象里，先辈们都是虔诚的信徒，是把美国作为**基督教国家**建立起来的。”

所罗门笑了。“朋友们，不要误解我，我们的先辈确实有深刻宗教信仰的人，但他们信仰的是自然神论，换言之，他们信仰上帝，是用一种普遍的、开明的方式去信。他们宣扬的惟一**宗教**理想，就是宗教**自由**。”他从讲坛上取下麦克风，踱步到舞台边缘。“先辈们预想的美国是一个精神启蒙的乌托邦，以思想自由、大众教育以及科学发展取代过时的宗教迷信所带来的黑暗。”

后排有个金发女生举起手。

“请说。”

“先生，”那女孩边说边举起手机，“我一直在网上搜索你，维基百科说，你是位显赫的共济会会员。”

所罗门扬了扬手上的共济会戒指。“我本可以让你省下手机网络费。”

学生们哄堂大笑。

“也是，好吧，”女孩说着面露犹疑，“你刚刚提到‘过时的宗教迷信’，可在我看来，如果说该有什么人为宣扬过时迷信负责……就该是共济会。”

所罗门好像一点不担忧。“哦？这话从何说起？”

“呃，我读了很多关于共济会的书，我知道你们有许多奇怪的古代仪式和信仰。这篇网上的文章甚至说，共济会相信某种古代神秘智慧的力量……可以将人类提升到神的境界？”

每个人都转头盯着她看，好像她在胡言乱语。

“事实上，”所罗门说，“她说得对。”

学生们顿时转回头，瞪大眼睛看着台上。

所罗门忍住一丝笑意，问那女孩：“它有没有提供给你更多维基智慧，关于这个魔法知识的？”

女孩显然有点尴尬，但还是照着网页念起来。“为了确保这种强大的智慧不被不相称的人使用，早期术士会用密码记录他们的学识……用一种由符号、神话和寓言构成的隐喻性的语言掩饰潜在的真相。到了今天，这些加密的智慧俯拾皆是……在我们的神话、艺术、古人的神秘学文本之中。不幸的是，现代人已经失去了破解这套复杂密码体系的本领……伟大的真理也已遗失。”

所罗门等了一会儿，“就这些？”

女孩在椅子里调整了一下姿势。“实际上，还有一点点。”

“希望如此。请你……念给大家听。”

女孩有点犹豫，可还是清了清嗓子，继续念：“传说，将**古代奥义**编码深藏的先贤们留下某种秘钥……用来破解神秘编码的密码。据说，这个神奇的密码——世人称之为真言有意——拥有魔力，能驱散黑暗，揭开**古代奥义**以能被理解的方式向所有人开放。”

所罗门面露渴望之色，微笑地说道：“啊，是的……真言有意。”他凝望远方片刻，又垂下眼帘，对金发女孩说：“那么，这个美妙的真言，现在何处？”

女孩显然有所顾虑，显然不想冒犯这位嘉宾讲演人。她一口气读完：“根据传说，真言有意深埋在地下，耐心等候历史中的关键时刻……人类没了真理、知识和古老智慧就没法存活的时刻。在那个黑暗的十字路口，人类将最终掘出**真言**，欢庆启蒙之光普照的奇异新世代。”

女孩合上手机，缩回坐椅里去。

隔了很长一段沉默，又有一个学生举起手。“所罗门先生，你并不当真相信那个，是吗？”

所罗门在微笑，“为什么不呢？我们的神话中有着关于能唤来洞察力与神一般力量的魔法语符的悠久传统。直到今天，孩子们仍会高喊‘abracadabra’（咒语），希望无中生有地创造出什么。当然，我们已经忘记了一点：这个词不是玩物；它起源于古代亚拉姆语神秘主义——Avrah Kadabra——意思是‘我言，我造’。”

静默。

“可是，先生，”那个学生加重了语气。“你肯定不会相信那个词……这个*真言有意*……不管怎么说吧……拥有揭示古代智慧的法力……还能为全世界带来启蒙之光，对吗？”

彼得·所罗门的神色波澜不兴。“我本人相信什么，不该是你们要关心的。你们*应该*关心的是，这则有关举世启蒙的预言回响在地球上的各种信仰、各种哲学体系中。印度人称之为克哩陀过渡纪，占星学家称之为水瓶时代，犹太人描述过弥赛亚的降临，神智学家称之为新世纪，宇宙学家称之为和谐聚汇，甚至预言了精确的日期。”

“二〇一二年十二月二十一日？”有人喊了一句。

“是的，*迫在眉睫*啊……如果你相信玛雅传说的话。”

兰登笑出声来，记起十年前所罗门就曾料到：电视上口沫四溅的专家们必将预言二〇一二年就是世界末日。

“时间暂且不论，”所罗门说，“我还发现一件奇妙的事，纵观历史，不管哪方哪派的哲学家们都会提到一点——启蒙之光即将降临。在每一种文化，每一个时代，世界的每一个角落里，人类的梦想都聚焦在同一个理念上——人类即将神化……我们的思维将很快发挥真正的潜能。”他笑了笑，“如何解释这种同步发生的信仰呢？”

“*真理*。”人群中响起一个平静的声音。

所罗门顺着声音转过身。“是谁说的？”

举起手的，是个矮小的亚洲男孩，线条柔和的五官表明他是尼泊尔人或西藏人。“也许是有一种普遍的真理，深埋在每个人的灵性中。也许在我们内心深处*都有*一样的内涵，如同我们DNA里的共享常数。也许这种集体性的*真理*可以解释所有这类巧合和相似。”

所罗门双手合十，向那个男生虔诚行礼，此时的他喜形于色。“谢谢你。”

大家都不出声。

“真理，”所罗门对全场说道，“真理拥有力量。如果我们都受相似思想的吸引，或许是因为那些思想是真实的……存留在我们的灵性深处。而当我们聆听真理时，就算尚不理解，这真理在我们内心仍能引起共鸣……响彻在我们下意识的智慧中。或许，我们并非**学到**真理，而是真理被重新唤醒……重新记起……重新认识……因为它早已深埋在我们心中。”

全场寂静无声。

所罗门任由这寂静久久延续，接着，他轻轻地说：“作为结束语，我应该提醒你们，揭示真理绝非易事。古往今来，启蒙之光每一次点亮都有黑暗伴随，互为敌对。这就是自然和平衡的法则。如果我们看到当今世界黑暗肆虐，我们就必须意识到，这意味着有等量的光明在兴盛。我们身处一场真正伟大的启蒙之光即将照亮的临界点，我们所有人——你们所有人——三生有幸能生活在这个历史关键时刻。相比于以往历史中各个年代曾所有生存于世的先人……我们将跻身于这条时间狭缝，见证终极的复兴。历经千年愚昧，我们将看到科学、思想甚至宗教揭示真理。”

所罗门在又将掌声雷动时抬手请求大家安静。“小姐？”他指了指后排的金发黑衣女生——刚才拿着手机表达异议的人，“我知道你和我没有完全达成共识，但我想感谢你。你的激情在即将发生的改变中是重要的催化剂。冷漠滋养黑暗……而坚信则是我们最有效的解毒剂。继续钻研你的信仰吧，研读《圣经》。”他笑了。“尤其是最后几页。”

“《启示录》？”她说。

“正是。《启示录》是我们共享**真理**的生动例子。《圣经》的最后一卷讲述的故事和无数传统宗教中的一模一样。他们全都预言了伟大智慧的揭晓时刻。”

又有人问：“可是《启示录》不是关于世界末日的吗？你知道啊，反基督，哈米吉多顿[①]，善恶间的最终决战？”

所罗门咯咯地笑了。“这儿有人学过希腊语吗？”

---

① 《圣经》中世界末日善恶决战的战场。

好几只手举起来了。

"'启示 Apocalypse'的字面意思是什么？"

"是说，"有个学生刚一开口就愣住了，好像很惊讶，"Apocalypse 的意思是说揭示……或是展现。"

所罗门点点头，表示赞同。"完全正确。'启示'的字面意思本该是'**展现**'。圣经中的《启示录》预言了伟大真理和超出想象的智慧的揭示过程。《启示录》要说的不是世界末日，而是我们**所知**的这个世界的终结。《启示录》的末世预言只是《圣经》中一个被误解的好消息。"所罗门走到舞台前部。"相信我，启示**即将**到来……一切绝非我们所闻的那样。"

在他们头顶高处，钟声敲响了。

学生们带着迷惑与兴奋爆发出雷鸣般的掌声。

第 112 章

凯瑟琳·所罗门正在意识的边缘徘徊，突然被震耳欲聋的爆破声惊得一跳。

过了一会儿，她闻到了烟味。

耳鸣。

各种声音混杂。遥远。喊叫。脚步。她突然能轻松呼吸了。嘴里的破布被抽走了。

"你安全了。"一个男人轻声说，"再坚持一下。"

她指望那人能把手臂上的针管抽走，可他却已开始发号施令。"把医药箱拿来……针头加上静脉注射器……注入乳酸钠林格液……给我个血压计。"他开始检查她的各项生命体征时，又说，"所罗门小姐，对你下手的人……他去哪儿了？"

凯瑟琳想说话，可是没力气。

"所罗门小姐？"那人又问了一遍。"他去哪儿了？"

凯瑟琳很想睁开眼睛，却觉得自己不行了。

"我们需要知道他的**去向**。"那人连连追问。

凯瑟琳轻轻说了两个字，尽管她知道这样的回答没有意义，"……

圣……山。”

佐藤部长迈过破损的铁门，走下通往隐蔽地下室的木板斜坡。一名探员在坡底和她相遇。

“部长，我认为你想看看这个。”

佐藤跟着探员走进窄小走廊旁的小屋。房间里灯火通明，四壁荒芜，只有地板上摊着一堆衣物。她一眼就认出了罗伯特·兰登的斜纹软呢外套和路夫鞋。

探员指了指里面墙边的一口棺材样的大容器。

这是什么状况？

佐藤朝那口大箱子走去时，又发现墙上有条透明管子连通到箱底。她颇为警惕地走近箱子。现在，她能看到顶盖上的小滑板了。她探身拉开滑板，露出一扇入口似的小玻璃窗。

佐藤倒退一步。

树脂玻璃窗下……漂浮着浸在水中的，是神情空茫的罗伯特·兰登教授。

光！

任兰登盘旋的无尽虚空突然间充满了刺目阳光。白热的光线穿透了黑暗空间，令他的神智也感到灼热。

光无处不在。

突然，从他面前的光芒万丈的云层里，浮现出一个美丽的剪影。是面容……朦胧不清……双眼看透空虚，直视着他。光线围绕在这张脸周围，兰登不知道自己是否在凝视上帝的脸。

佐藤低头看着水箱，不清楚兰登教授是否明白究竟发生了什么事。她很怀疑这一点。毕竟，这种高科技的惟一目的就是使人丧失判断力。

“感知剥夺水箱”出现于五十年代，至今仍是新时代实验者中流行的一种休闲方式。它的昵称是“浮逸”，能制造出逼真而玄妙的回到子宫的体验……是一种通过移除所有感官刺激——光、声、触摸甚至地心引力，静止大脑的活动从而协助在传统型的水箱里冥想的方法，人会仰面漂浮在浮力超大的盐水配方中，脸浮在水面上以便呼吸。

不过，近年来，水箱技术突飞猛进。

氧化氟碳溶液。

这项新技术又被称为“全液气”，彻底违反直觉，因而鲜有人相信其存在。

透气的液体。

一九六六年，利兰·C.克拉克成功地让一只在氧化氟碳溶液中浸没了数小时的小白鼠存活下来，自那时起，“呼吸液”就成了现实。到了一九八九年，全液气技术在电影《深渊》中大显身手，尽管只有极少数观众意识到了他们观看的是真实的科学表演。

最初，全液气是现代医学的产物，通过将早产儿放回充满液体的模拟子宫来帮助早产儿呼吸。人类的肺要在子宫中生长九个月，对全液气状态并不陌生。氟碳曾是非常黏稠的溶液，令人无法呼吸，但现代科技日新月异，已能制造出浓度近乎纯水、可以让人轻松呼吸的液体。

为了发展美国军事科技，中央情报局科技部的高级官员——他们被情报界戏称为“兰利的巫师团”——一直在广泛研究氧化氟碳。海军精英深潜队发现与常用的氦氧混合气或氢氦氧混合气相比，呼吸氧化氟碳溶液能让他们潜得更深，而没有患压力病的风险。无独有偶，美国国家航空和宇宙航行局和空军也发现，与传统氧气瓶相比，拥有液体呼吸装备的飞行员更能经受住地心引力，因为在人体内部器官里，液体能比气体更均匀地分散地心引力。

佐藤早有耳闻，现在出现了一些“极端体验实验室”，允许你尝试全液气水箱——他们美其名曰“冥想机”。眼前的这台水箱大概是为主人的私人实验而制的，然而，加上去的沉重的大锁让佐藤相信，*这台*水箱也曾有过更险恶的用途……诸如审讯，中央情报局对此可不陌生。

水攻，这种不为世人所知的审讯技术极其有效，因为受害者真的会**相信**自己要被淹死了。佐藤知道好几桩高度机密的审讯过程，都使用了类似这台水箱的感知剥夺装置，为的是增强濒死幻觉，令恐惧快速蹿升到极限。浸没在可以呼吸的液体中的受害者，实际上可以算是“淹死”。随着溺亡体验而来的惊恐通常会让当事人无法意识到自己呼吸的这种液体比水黏稠一点。当液体灌入肺叶时，他经常会吓得昏厥，然后在“单独监禁”的极端状态下醒来。

局部麻木剂、麻痹剂、迷幻剂混合在温热的氧化液体中，能让囚徒觉得自己完全离开了身体。意识发送移动四肢的指令，但肢体绝不会有动作。酷似“死亡”的这种状态本身就够骇人听闻了，而伴随强烈光照、冷空气、震耳噪音的“重生”过程更让人神智混淆，会造成剧烈痛苦乃至创伤。经过几次重生、几次淹死，囚徒会变得毫无理智，根本不知自己是死是活……对审讯者将绝对言听计从。

佐藤想过，或许该等医疗队来帮助兰登清醒，可她没有时间了。*我得知道他了解的情况。*

“关灯，”她说，“给我找几条毯子来。”

刺目的灯光消失了。

那张脸，也消失了。

黑暗重新降临，但兰登能听见低声细语，仿佛远在光年外的虚空境界。含糊的低语……听不真切的言词。现在有振动感……仿佛世界要分崩离析。

接着，发生了！

宇宙毫无征兆地裂成两半。一条巨大的裂沟乍现于虚空……似乎空间自身在层层断裂。一层灰雾从裂缝中涌出，兰登看到了惊悚的场面。许许多多没有身体的手突然伸向他，抓住他的身体，想把他拖出自己的世界。

*不！*他想和他们斗，可没有手臂，也没有拳头。*或许他有？*突然之间，他感到身体在神智周围显形了。血肉回来了，正被强有力的手攫紧，把他往上拉。*不！求求你！*

可已经太晚了。

那些手把他拽过裂口时，疼痛猛冲进他的胸腔。肺里好像灌满了沙。*我没法呼吸！*他感到背脊突然贴在他所能想象到的最冷最硬的什么表面上。有什么东西在压迫他的胸，一遍又一遍，有力，却痛苦至极。一口又一口，他喷出热乎乎的东西。

我想回去。

他觉得自己是个离开子宫的胎儿。

很多液体咳出来，咳得他都痉挛了。胸和颈都在疼，酷刑般的疼。嗓子眼里火烧般灼热。人们在讲话，想要压低声音，在他耳里却如震雷。视野里模模糊糊的，只能看到依稀的人影。皮肤仍然没知觉，像块死皮。

渐渐的，胸膛感到的压力……更重了。*我无法呼吸！*

他咳出更多的液体，如条件反射一般呕个不停，然后才总算能往里吸气。冷风灌入肺腑，他觉得自己俨然是第一次呼吸的新生儿。这个世界太折磨人了。兰登不想别的，只愿回到母体。

罗伯特·兰登不知道过了多久。现在，他感到自己侧身躺着，裹在毛巾和毯子里，身下是硬木地板。一张熟悉的面孔正俯视着他……但炫目的光芒消失了，只有遥远的低吟在他的头脑里回响。

真言有意……真言有为……

“兰登教授，”有人轻轻叫他，“你知道自己在哪里吗？”

兰登虚弱地点点头，仍在咳嗽。

更要紧的是，他开始意识到今晚发生了什么。

第113章

兰登身披羊毛毯，颤巍巍地站起来，低头凝视敞开的大水箱。他的身体慢慢地恢复了知觉，尽管他情愿麻木。嗓子和肺部灼烧般疼痛。这个世界又艰难又残酷。

佐藤刚把感知剥夺水箱解释了一遍……还补充说，如果不是她把他救出来，他可能会活活饿死，甚至更糟。兰登一点也不怀疑彼得也经历过类似的折磨。*彼得在天堂与地狱之间*，刚入夜时，文身男子就曾这样对他说。*他在阿拉弗……海密斯坦根*。兰登觉得，若是彼得经受了不止一次这样的“重生”过程，那他把绑架者想知道的一切都和盘托出也就不足为奇了。

佐藤让兰登跟着她走，他便拖着脚步在狭窄的走廊里慢慢往深处走去。他终于第一次看到了这个诡谲的隐蔽地。他们进了一间正方形小屋，中央摆着石桌，亮着怪诞的彩灯。凯瑟琳在这里，兰登如释重负地长吁一声。不过，场面却让人十分忧心。

凯瑟琳面朝上躺在石桌上。浸透鲜血的毛巾扔在地板上。一名中央情报局探员正高举着一只乳酸钠林格输液袋，靠扎在手臂上的针管给她输液。

她静静地在抽泣。

“凯瑟琳？”兰登嘶哑地叫了一声，几乎发不出声音。

她转过头，迷惑不解地看着他。“罗伯特？”瞪大的眼睛里透出怀疑，继而充满喜悦。“可我……眼看着你淹死了啊！”

他朝石桌走去。

凯瑟琳挣扎着半挺上身，不顾给她输液的探员的阻拦。兰登走到桌边，凯瑟琳伸出双臂，揽住他裹着毯子的身体，紧紧地抱着他。“感谢上帝。”她轻声说着，亲吻他的脸颊。然后又亲了一下，捏捏他，仿佛她还不能相信他真的是兰登。“我不懂……怎么会……”

佐藤开始讲解感知剥夺水箱和氧化氟碳，但凯瑟琳显然没仔细听。她只是紧紧地抱着兰登。

“罗伯特，”她轻声说，“彼得还活着。”在讲起和彼得令人震惊的重聚时，她的声音都颤抖了。她描述了他的状况——坐轮椅，奇特的古刀，文身男子提及的某种“牺牲”，以及她怎么被当作人体沙漏留在这里，以此胁迫彼得合作。

兰登说话还很困难。“你……知不知道……他们去了哪里？！”

“他说要带彼得去圣山。”

兰登松开怀抱，紧张地看着她。

凯瑟琳热泪盈眶。“他说他破解了金字塔底部的符格，是金字塔告诉他的，该去圣山。”

“教授，”佐藤开始施压了，“这话，你听得懂吗？”

兰登摇摇头。“完全不明白。”可他仍感到一丝希望油然而生。“但是，如果他能从金字塔底部获取信息，我们也可以。”是我告诉他该怎么破解的。

佐藤摇摇头。“金字塔不在这里，我们找过了，他随身带着呢。”

兰登静静地想了一会儿，闭起双眼，想回忆起自己见过的金字塔底部。符格是他即将淹死前最后见到的影像之一，伤痛有奇妙的刺激，能把濒死的时刻烙印在心里。他能记起一部分，当然记不全，但或许一部分也足够了呢？

他转向佐藤，突兀地说道：“我大概能记住一些，但我需要你帮我在互联网上找一些资料。”

她立刻掏出黑莓手机。

“搜索关键词为‘富兰克林八阶幻方’。”

佐藤震惊地瞥了他一眼，但没有提问就马上输入。

兰登看上去的世界还是模模糊糊的，他才刚刚开始适应这个奇特的环境。他发现他们身靠的这张石桌上遍布血渍，右边的墙上贴满了书页、照片、素描和地图，还有一张巨大的绳网将它们连结起来。

我的上帝啊。

兰登朝怪异的拼贴墙走去，身上还裹着毛毯。钉在墙上的无疑都是搜集来的情报——古书的断章残页，从黑魔法到基督教《圣经》不一而足，手绘的符号和魔咒图案，从阴谋论网站上打印下来的网页，还有华盛顿特区的卫星照片，标着密密麻麻的注解和问号。还有张纸是一份不同语言的长长的单词表。他认出其中有些是共济会会员所用的敬语，其他的是古代魔法用语，还有些是魔法仪式上念的咒语。

这就是他要找的？

一个词？

就这么简单？

兰登长久以来对**共济会金字塔**这一传闻的怀疑在很大程度上正是基于它关于能揭开**古代奥义**隐藏地的宣称。这一隐藏地若被发现，必然会涉及一个庞大的地下密室，其中装满了曾经被存贮在失传已久的古代图书馆、后来不知怎么保留了下来的成千上万册书籍。这一切听起来太不可信了。*那么大的密室？在华盛顿的地下？*可是，他现在记起了彼得在菲利普·埃克塞特学院的讲座，又看到墙上的魔咒词表，一个惊人的新想法在他的脑海中蹦了出来。

兰登最不相信咒语的什么魔力……但显然，文身男子是五体投地笃信的。再一次浏览这些密密麻麻的语词、地图、书页、打印件和所有关联线和备注贴纸时，他的心跳加快了。

毫无疑问，这里有一个不断复现的主题。

*我的上帝啊，他是在找寻*有深切含义的真言……*失落的真言*。兰登任凭思绪由此发散，同时追忆彼得讲座上的片言只语。*失落的真言正是他要找的！这就是他坚信埋在华盛顿地下的宝藏。*

佐藤走到他身后。“你要的资料是这个吗？”她把黑莓手机递给他看。

兰登凝视着屏幕上的八阶幻方。“就是它，”他抓过一张纸片，“我要笔。”

佐藤从口袋里取出笔，“请尽快。”

位于地下室的科技部办公室里，诺拉·凯再一次细看系统安全部的里克·帕里什给她送来的编译脚本。中央情报局局长怎么会藏着一份有关古代金字塔入口和地下秘密宝藏地点的文档？

她抓起电话，拨号。

很快就响起佐藤紧张的声音。“诺拉，我刚想给你电话呢。”

“我有新情况要汇报。”诺拉说，“我不知道是否合情理，但我发现了一份修改过的——”

“不管是什么都先搁下。”佐藤打断她的话，“没时间了。我们对目标的估计有误，我有一百个理由相信，他要把威胁付诸行动。”

诺拉后背发凉。

“好消息是，我们知道他下一步要去哪里。”佐藤深吸一口。“坏消息是，他随身带着笔记本电脑。”

第 114 章

不足十英里之外，迈拉克帮所罗门掖了掖毯子，他推着轮椅走过月光下的停车场来到一幢大楼的阴影下。这座楼宇的外围刚好有三十三根圆柱……每一根也刚好是三十三英尺高。这座巨山般的庞然大物在这个时间十分冷冷清清，没有人会看到他们在这里。看到也无所谓。远远地望见穿着黑色长外套、面相和善的高个儿男子推着秃头的残疾老人在晚间散步，谁也不会多想的。

他们到达了进口处，迈拉克推着彼得凑近安全门锁的电子键区。彼得只是执拗地瞪视着它，分明是不愿输入密码。

迈拉克放声大笑。“你以为带你来这里是为了让我进门？你这么快就忘了我也是你们的兄弟吗？”他伸手键入开锁密码，这是他升入第三十三级共济会后得到的。

“咔嗒”一声，沉沉的大门打开了。

彼得呻吟着，在轮椅里挣扎起来。

“彼得啊彼得，”迈拉克咕哝道，“想想凯瑟琳吧。你合作，她就能活命。你可以救她。我向你保证。”

迈拉克推着束手无策的彼得进去后锁上了大门，心因充满期待而狂跳起来。他把彼得推过几条走廊来到电梯间，摁下按键。电梯门开了，迈拉克倒推着轮椅走进去。为了确保彼得能看到他的所作所为，他伸长手臂，按下了最上面的按钮。

彼得痛苦不堪的脸上又添了畏惧之色。

“嘘……”迈拉克轻声说着，轻柔地抚摩着彼得剃光的脑袋。电梯门合拢了。“你也知道……秘密就是怎样死。”

我记不全那么多符号!

兰登紧闭双眼，竭尽全力回忆金字塔底部上的格子以及每个格子里的符号，就算他有过目不忘的惊人记忆力，也记不全那么多啊。根据富兰克林幻方重新标注的数字顺序，他把少数记起的符号写在相应的格子里。

眼下，他还看不出什么端倪

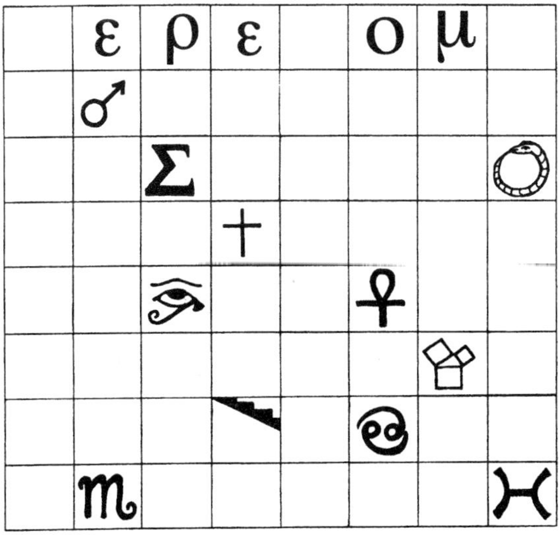

“瞧！”凯瑟琳在一旁打气，“这办法一定行得通。第一排全都是希腊文，同类型的符号被归拢在一起！”

兰登也注意到了这一点，但他想不出哪个希腊语词能补全第一排的空格。*我需要第一个字母。*他又瞥了一眼幻方图，拼命去想原本在左下角的那个字母。*想啊！*他闭上眼睛，追忆金字塔底部的画面。*最后一排……左下角……倒数第二个符号……是哪个字母？*

刹那间，兰登仿佛又回到了水箱，惊恐万分，瞪着树脂玻璃窗外的金字塔底部。

灵光蓦地照亮，他看到了！睁开眼睛，喘着粗气，他说，“第一个字母是 H。”

兰登低下头，在新排列的符格里填上第一个字母。希腊单词仍然残缺不全，但已足以让他辨认。他突然领会了这个词的意思。

Ηερεδομ！

心怦怦直跳，兰登在黑莓手机里输入一条新的搜索。他键入了这个闻名于世的希腊词的对应的英语单词。第一条搜索结果显然链接到了网络百科全书。他看了一下，知道这个网页说得很正确。

HEREDOM ［名词］共济会高层所用的重要术语，
源自法国玫瑰十字会的仪式，指代苏格兰的一处神秘山峰，
传说中类似团体的所在地。
源自希腊语 **Ηερεδομ**，
演变为 **Hieros-domos**，意为“圣屋”。

“就是它！”兰登略带迟疑地说，“他们就是要去这儿！”

一直站在他身后看着屏幕的佐藤糊涂了，“去苏格兰的神秘山峰了？”

兰登摇摇头。“不，华盛顿有栋大楼的秘密代号就是 Heredom。”

第 115 章

圣殿堂——在共济会兄弟间被称为 Heredom——始终是美国苏格兰派共济会的镇山之宝。这幢建筑以虚构的苏格兰山峰命名，屋顶的陡峭

斜坡颇有金字塔的神采。不过，迈拉克知道，宝藏藏匿于此可是绝非虚构。

就是这地方，他心下明朗，**共济会金字塔***指明了方向*。

老电梯慢悠悠地升到第三层，迈拉克掏出那张纸片，上面画着依循富兰克林幻方密码排出的新符格。所有希腊字母都已聚到第一排，重组出一个单词，最后还有一个符号。

Η	ε	ρ	ε	δ	ο	μ	↓

言下之意，再明白也没有了。

在圣殿堂之下。

Heredom ↓

失落的真言*在这里……的某个地方。*

虽然迈拉克不知道确切的藏宝地，但他信心十足，答案必定隐藏在符格中的其他符号里。非常合适，在揭开**共济会金字塔**和这栋大厦的机密时，再没有比彼得·所罗门更有资格帮忙的人了。*尊者本人。*

彼得在轮椅里挣扎，被堵住的嘴发出闷闷的低吼。

“我知道你在担心凯瑟琳，”迈拉克说，“但事情就快完了。”

对迈拉克来说，结局仿佛是突如其来的。经过多年的精心谋划、忍耐痛楚、等待和搜寻……这个时刻现在到来了。

电梯开始减速，他觉得兴奋得难以自持。

电梯停止时震动了一下。

铜门滑开，迈拉克凝望着他们眼前的华丽会堂。高耸的尖顶天花板上有一扇天眼窗，月光透下，饰以图符的巨大正方形房间笼罩在月光中。

*我走了一大圈，又回来了。*迈拉克心想。

就是在这座殿堂里，彼得·所罗门和共济会兄弟们愚蠢至极地为迈拉克主持宣誓仪典，让他皈依门下。现在，共济会最庄严的秘密——甚至大多数会员都不相信真有其事——就要暴露于光天化日之下。

“他什么也找不到。”兰登说，他还是头昏眼花，跟着佐藤和其他人上了木板坡、走出地下室时仍然东倒西歪的。“没有实际存在的真言。它无外乎是个隐喻——**古代奥义**的符号。”

凯瑟琳也跟在后头，两名探员帮着身体虚弱不堪的她上了斜坡。

这行人小心地迈过被炸烂的铁门，走过旋转油画，进了起居室，兰登一路上都在向佐藤解释**真言**是共济会中最不朽的符号之一——只是一个词语，用世人无法再破译的神秘语言书写而成。这个“**真言**”，如同**奥义**本身，只会在灵性超凡、足以破译古老真言的人面前展现出潜藏的巨能。“据说，”兰登作出总结，“如果你能拥有并理解**失落的真言**……**古代奥义**就将清晰地展现于你眼前。”

佐藤瞄了他一眼。“所以你相信那个男人在寻找一个词？”

兰登不得不承认，乍一听来，这确实太荒唐了，但也确实解答了一系列问题。“听着，我不是魔法仪式领域的专家，”他说，“但从他地下室墙壁上的资料来看……还有根据凯瑟琳对他没有文身的天灵盖的描述……我敢说，他是希望找到**失落的真言**，并刻在自己的身体上。”

佐藤带领整队人马走向餐厅。豪宅外，直升机已经完成启动，螺旋桨飞旋得越来越响。

兰登提高音量，也提高了动脑的频率继续说道：“如果这家伙当真相信他能开启**古代奥义**的巨能，那他心里就没有比**失落的真言**更具潜能的符号。如果他找到它，文刻在自己的天灵盖——身体上最神圣的地方——他就会坚信自己已装点得十分完美，完成了仪式所需，就准备……”他停顿了一下，看到凯瑟琳怅然若失的表情，显然是在为命悬一线的彼得担忧。

“可是，罗伯特，”她虚弱地说，在直升机的轰鸣下，那声音几乎听不见。“这是好消息，不是吗？如果他想先在头顶文刻**失落的真言**，然后把彼得当作牺牲品杀掉，那我们还有时间。在他找到**真言**之前，是不会杀死彼得的。而且，如果**真言**并不存……”

当探员过来帮凯瑟琳坐下时，兰登尽量显出乐观的神色。“可惜的是，彼得仍然认为你在流血等死。他知道要救你的惟一办法就是和那疯子合作……或许会帮他找到**失落的真言**。”

“那又怎样？”她执意地说，“如果真言*并不存在*——”

“凯瑟琳，”兰登说，他深深地直视她的双眸。“如果我相信你就要血尽而亡，如果有人向我保证，只要找到**失落的真言**就能救你一命，那我无论如何都会给他找出一个词语——随便什么词儿——然后祈祷上帝他不会食言。”

“夫人！”有个探员在隔壁房间喊起来。“你最好过来看一下！”

佐藤赶忙走出餐厅，看到那个探员从楼上的卧室里跑下来，手里拿着一个金色发套。*这是什么鬼玩意儿？*

“男式假发，”说着，他把它递给她。“在梳妆室里找到的。请仔细看。”

金色假发套比佐藤想象的要重。头顶部分好像涂抹了厚厚的定型啫喱。奇怪的是，假发内侧伸出了一条细线。

“根据头型而定的凝胶式电池，”探员说，“能为藏在头发里的光纤针眼微型摄像头供电。”

“什么？”佐藤摸索了一圈，果然在厚厚的金发中摸到了小小的镜头，从外表根本看不到。“这东西是个隐形相机？”

“*摄像机*，”探员说，“影像都存储在这张微型电晶卡里。”他指了指埋在发套里的一方邮票大小的硅晶片。“可能是运动驱动式的。”

上帝啊，她心里说，*他就是这样得手的*。

这比胸针佩花里的老土摄像头狡猾多了，在安全部部长今晚面临的棘手危机中，这枚小小的摄像头起到了关键作用。她又端详了片刻，把它递还给探员。

“继续搜查，”她说，“我想掌握这家伙的一点一滴！我们知道他的笔记本电脑不在这儿，但我还要知道，他在移动中到底打算怎样连通外部世界？好好搜搜他的书房，用户手册、光缆，凡是可能透露他电脑硬件信息的线索都不能放过！”

“遵命，夫人！”探员退下了。

快没时间了。佐藤听出来，直升机的螺旋桨已达到全速。她赶忙回到餐厅，西姆金已将沃伦·巴拉米从直升机里领到了这儿，并正向他打听那幢建筑物的情况，他们深信他们的追踪目标已经去了那里。

圣殿堂。

“正门是从里面反锁的，”巴拉米说，他仍然裹紧一条保温毯，在富兰克林广场站了许久让他浑身冰冷，现在还忍不住颤抖。“你们只能走大楼后面的出入口。门口有密码锁，密码只有兄弟会员才知道。”

“密码是什么？”西姆金一边问，一边做着笔记。

巴拉米坐下来，俨然是站不住了。尽管牙齿打战，他还是背出了自己的进门密码，又说：“地址是第十六大街1733号，但你们应该开到大楼背后，从车道和停车坪进去。有点难找，不过——”

“我很清楚它的方位，”兰登说，“等快到的时候我可以给你指路。”

西姆金摇摇头。“你不能跟我们去，教授。这是军方——”

“什么我不能去！”兰登把他顶回去，“彼得在那儿！况且那栋楼像个迷宫！没人带你走，你花十分钟也找不到上会堂的路！”

“他说得对，”巴拉米说，“那儿就是个迷宫。有一部电梯，但很老了，也很吵，直通会堂，门一开就能看到全景。如果你希望静悄悄地行动，只能走楼梯。”

“你一辈子也找不到路，”兰登再次警告他，“从后门进去，你要穿过会徽厅、尊荣厅、中庭平台、中庭、主楼梯——”

“行了！”佐藤说，“兰登和我们一起走。”

第116章

力量在增强。

迈拉克在推着彼得·所罗门一步步向圣坛走去时，能够感觉到力量在他体内上涌下沉地脉动。*走出这扇门时我将会比走进门时强大得多。*此刻万事俱备，只需为最后一块拼图定位。

“*真言有意，*”他对自己低语，“*真言有为。*”

迈拉克把彼得的轮椅靠在圣坛边，然后转个方向，再拉开搁在彼得膝头的沉重的皮包的拉链。他将手探入包内，搬出金字塔，在月光下端起，与彼得的视线齐平，把底部的符格亮给他看。“这么多年啊，”他嘲弄般地说，“你根本不知道金字塔是怎样守卫秘密的。”迈拉克把金字塔小心翼翼地放在圣坛一角，再回头转向那个背包。“至于这个宝器，”他拿出金尖顶石继续说道，“和它许诺的一样，的确能让混沌显出秩序。”他万分小心地把尖顶石置于金字塔上，然后退后一步让彼得看个清楚。“看哪，你的表记完整了。”

彼得的脸抽动起来，徒劳地试图开口说话。

“好极了。我看得出来你有话要对我说。”迈拉克粗暴地扯掉他嘴里的布团。

彼得·所罗门连咳带喘了好一会儿才总算说出话来，“凯瑟琳……”

“凯瑟琳时限无多。你要想救她，我建议你就完全照我说的做。”迈拉克心想，估计她现在已经断气了，即使还没也应该快了。她够幸运的了，能活着和哥哥道别。

“求你了，”彼得声音嘶哑地央求起来，“给她叫辆救护车……”

“我会的。但你必须先告诉我怎么进入秘密阶梯。”

彼得神情大变，不相信地说：“什么？！”

“阶梯。共济会传说里提到的，深及秘所之下百余英尺，**失落的真言**的所在地。”

现在，彼得面露惊惶。

“你知道传说的，”迈拉克想哄骗他松口，“一道秘密的阶梯，隐藏在一块巨石之下。”他指了指圣坛——整块花岗岩上有一行镀金的希伯来文：上帝说：“要有光，于是便有了光”。“显然，就是这地方。暗梯入口肯定就藏在我们脚下的地板下面。”

“这栋楼里没有什么秘密楼梯！”彼得喊起来。

迈拉克耐心地笑了笑，手指向上一指。“这栋楼的形状酷似金字塔。”他又指了指通向尖顶中央天眼窗的四面拱弧墙。

“是的，圣殿堂就是一座金字塔，但和——”

“彼得，我有一整夜的时间。”迈拉克抚了抚完美身躯上的白色丝袍，“可凯瑟琳就不一样了。你想让她活下去，就得告诉我暗梯在哪里。”

“我跟你说了！”他再次大声说，“这栋楼里没有秘密阶梯！”

“没有？”迈拉克冷静地取出那张纸，上面画着他重新排过序的金字塔底部符格。“这是**共济会金字塔**提供的最后一条信息。你的朋友罗伯特·兰登帮我破解的。”

迈拉克举起纸，悬在彼得双眼前。尊者见了，倒吸一口冷气。六十四个符号重新排列后不仅变成了一个意思明晰的整体……而且真正的图案也于混沌中显形了。

一道阶梯的图案……在金字塔之下。

彼得·所罗门瞪着眼前的符格，只觉不可思议。经过世世代代，**共济会金字塔**一直严守秘密，此刻，秘密被遽然揭开，他感到腹中升起一种冰冷的不祥预感。

金字塔的最终密码

乍眼看去，这些符号的真实意义对彼得来说仍有些神秘，但他当即就明白了，文身男子为何对自己的解读如此确信。

他以为，在一座名为 Heredom 的金字塔下有一道暗梯。

他完全误解了这些符号。

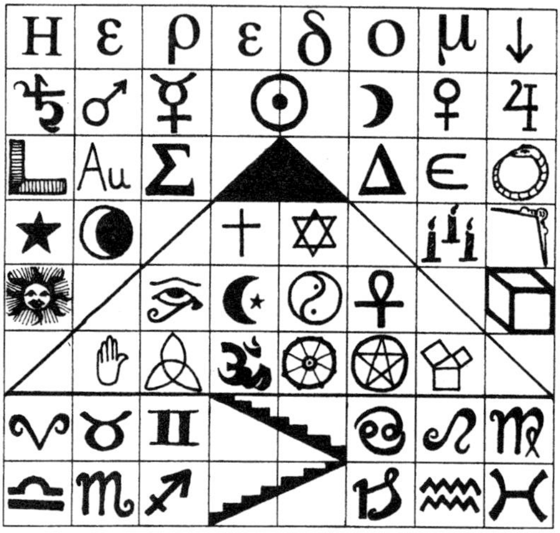

“在哪里？”文身男子逼问道，“告诉我怎样找到暗梯，我就放凯瑟琳一条生路。”

但愿我能那么做，彼得心里说。但阶梯不是真的。阶梯的神话纯粹是符号性的隐喻……共济会伟大寓言体系中的一则。它被称作“旋梯”，出现在第二等级的寻迹板[①]上。它寓示着人类的智慧朝向神圣的真理不断攀登。就像雅各的梯子，旋梯是一个符号，象征通向天国的路途……人类向神而行的旅程……尘世和灵界的联系。每一级台阶都代表着不同的灵性、美德和智慧。

他本该知道的，彼得暗忖。他经受了所有的宣誓仪式。

---

① tracing board，是共济会仪式中的一种特殊装置，状如棺材，上有图符。

每一个共济会入会者都了解阶梯的象征含义，那就是他可以攀登的方向，能让他“参与人类科学的奥秘”。共济会，和意念科学、**古代奥义**一样，格外重视尚未开发的人类心智，许多共济会符号都和人类生理学息息相关。

心智，就像纯金尖顶石傲立于身体顶端。哲人之石。能量经由脊椎之梯上下涌动周转，将空灵的心智和物质的身体紧密相连。

彼得知道，脊椎骨共有三十三块，这绝非巧合。*共济会有三十三个等级*。脊椎的底部，亦即骶骨（sacrum），其字面意思就是“神圣的骨头”。*身体真的就是一座殿堂*。共济会尊崇的人类科学正是研究如何发挥这座神殿的最大潜能、并使之效力于崇高目的的古老知识。

不幸的是，跟这个男人解释这些并不能救凯瑟琳的命。彼得低头凝视符格，不由颓然长叹。“你是对的，”他在信口开河，“这栋楼下面真的有一道暗梯。你先帮凯瑟琳找到救援，我就会带你下去。”

文身男子只是瞪着他看。

所罗门无畏地与他对视，透出一丝挑衅的意味。“要么救我妹妹，聆听真言……要么就把我们都杀了，让蒙昧无知永远持续！”

男子不露声色地垂下手里的纸，摇了摇头。“我对你很不满意，彼得。你没通过测试。你还是把我当傻子在耍。难道你真的认为我不明白自己在追寻什么？你以为，我还没有领悟到自己的真正潜能吗？”

说完，男子转过身去褪下丝袍。白色丝袍轻轻滑落在地板时，彼得第一次看到他背后的文身，沿着脊椎而上。

上帝啊……

白色缠腰布以上，一道古雅的旋梯在他结实的背脊中央升腾而上。每一级台阶都落定在一节脊椎骨上。彼得瞠目结舌，任由视线跟随阶梯而上，直到男子的后脑勺。

彼得看呆了。

文身男子略略后仰，露出剃光的头颅，以及天灵盖上那圈留白的赤裸头皮，那圈头皮四周盘绕着一条首尾相连的蛇。

合一。

此时，男子慢慢垂下头，转身面向彼得。胸前庞大的双头凤凰正透过那双死气沉沉的眼睛瞪着他。

“我在寻找**失落的真言**，”男子说，“你打算帮我……还是眼看着自己和妹妹去死？”

你知道怎样找到它，迈拉克暗想，你知道，但不肯告诉我。

或许，彼得·所罗门记不得自己在酷刑逼问下说了些什么。在感知剥夺水箱里熬过的一次又一次令他神志迷乱，完全屈服。令人难以置信的是，他悉数向迈拉克吐露的一切都与**失落的真言**的传说吻合。

失落的真言不是隐喻……是真的。**真言**，是用古老的语言写的……隐匿了数百上千年。只要有人领会到它的真谛，**真言**就能带来超乎想象的法力。**真言**的奥秘深藏至今……**共济会金字塔**的力量，能令它公之于众。

“彼得，”迈拉克一边说，一边直勾勾地看着俘虏的眼睛。“刚才，你看符格的时候……你看出了什么，你有一个新发现。这个符格对你而言有特殊的意义。告诉我。”

“你不救凯瑟琳，我什么也不会说！”

迈拉克朝他笑笑，“相信我，你妹妹的生死不是你眼下要关心的问题。”他不再多说，而是转向兰登的皮包，把他从自家地下室里收集来的用品一一取出，在祭坛上虔诚地排列整齐。

一件叠好的丝袍。纯白色。

一座纯银香炉。古埃及没药。

一樽彼得的鲜血。混以灰烬。

一根黑乌鸦的羽毛，他的圣笔。

祭刀。取加纳沙漠中的陨石淬铁锻造。

“你以为我怕死吗？”彼得高喊，极度的痛苦令他嗓音嘶哑。“如果凯瑟琳不在了，我就一无所有了！你杀了我全家！你把我的一切都夺走了！”

“不是一切。”迈拉克回答。“还没有。”他把手探入皮包取出书房里的笔记本电脑。开机后，他瞥了一眼自己的俘虏。“我怀疑你还没有弄明白自己所处困境的实质。”

第 117 章

中央情报局的直升机飞离草坪，迅速掉头、提速，兰登感到肚腹一沉，根本没想到直升机能这么灵活。凯瑟琳留下来休养，跟她一起留下的还有巴拉米和一位仍在继续搜查豪宅并等待后援部队抵达的探员。

兰登走之前，她吻了吻他的脸颊，轻轻地说："保重，罗伯特。"

现在，军用直升机总算平稳飞行，直奔圣殿堂而去，兰登忍受着种种不适，只是硬撑着。

坐在他身旁的佐藤对飞行员大喊："直飞杜邦圆环区！"在震耳欲聋的噪音中，她扯着嗓门喊："我们就在那儿降落！"

兰登吓了一跳，冲着她问道："杜邦？！那儿离圣殿堂还有*好几个*街区呢！我们可以在圣殿堂的停车场降落！"

佐藤摇摇头。"我们需要*悄无声息地*潜入那栋楼。如果我们的目标听到我们——"

"我们没时间了！"兰登绝不罢休，"那个疯子就要把彼得杀了！直升机的声音说不定会吓到他，让他罢手！"

佐藤用冰寒刺骨的眼神盯着他。"我之前说过了，彼得·所罗门的安全*不是*我首先考虑的问题。我认为我说得够清楚了。"

兰登没心情再听一堂国家安全的讲座。"听着，在这架飞机上，只有*我*知道他走哪条路进入——"

"小心点，教授，"部长在警告他，"你在这里是我的小组成员之一，我需要*你*的充分配合。"停顿了一下，她又说，"事实上，现在让你了解一下今晚这场危机的严重性，或许还算明智。"

佐藤从座位底下拉出光滑的钛合金手提箱，打开后，露出一台看着出奇复杂的手提电脑。开机时，屏幕上跳出中央情报局的标记，下面是密码格。

佐藤一边输入登录密码，一边问道："教授，你还记得在那人家里发现的金色假发套吗？"

"记得。"

"唔，发套里藏着一枚微型纤维光学摄影机……藏在前额部位。"

"隐形摄像机？我不明白。"

佐藤面色冷峻地说："你马上就会明白了。"她在手提电脑上运行了一个文档。

稍等片刻……

解密文件……

视频窗口跳出，充满整个屏幕。佐藤提起手提箱，放到兰登大腿上，让他独自观看。

一幅奇特的画面显出来。

兰登惊吓得往后一缩。这是什么鬼东西？！

屏幕模糊又幽暗，一个被蒙住眼的男人出现了。穿着中世纪异教徒被拖向绞刑架时的衣衫——脖子上套着绳索，左腿裤脚卷到膝盖，右边袖管卷到肘部，衬衫敞着大口，露出了胸膛。

兰登惊讶地瞪视着。他读过很多有关共济会仪式的文献，足以让他看明白眼前的情形。

共济会入会仪式……准备加入第一等级。

这个人很高大，肌肉发达，金色的头发看起来很眼熟，浑身肌肤都是深古铜色。兰登一下子就认出了他。他的文身显然被古铜色的化妆品遮掩了。他站在全身镜前，利用藏在前额假发中的摄像头，摄录自己的镜中像。

可是……为什么？

淡入黑屏。

新的影像出现了。一间正方形小屋，灯光昏暗。黑白方格瓷砖地板看起来触目惊心。一条低矮的木制圣坛围在三面立柱的神龛里，坛上闪动着烛光。

兰登恍然大悟。

哦，我的上帝啊。

画面诡异地晃动，像业余爱好者拍摄的家庭录影带，镜头开始环顾四周，一小群男人的身影显露出来，他们都在观察宣誓入会的新人。从穿着打扮来看，他们都像是共济会的高层人士。灯火幽暗，兰登认不出他们的面孔，却一眼就认出了举办仪式的地点，这绝不会错。

集会所的布局很传统，全世界各地都有类似的大堂，但尊者椅上方的粉蓝色三角墙却足以揭示这就是华盛顿特区里最古老的共济会集会所——波托马克五号，正是为白宫和国会大厦埋下奠基石的乔治·华盛顿和共济会先辈们的聚会之地。

这座集会所至今仍在使用。

彼得·所罗门不仅要监督圣殿堂，还兼任本人所在地的集会所里的尊者。共济会会员的入会仪式都在这类集会所内举行，新入会者的共济会之旅由此开启……从第一等级到第三等级都是。

“兄弟们，”彼得的声音听来那么熟悉，“以宇宙伟大建筑师之名，我为修行共济会第一等级的新人敞开这座集会所！”

话音刚落，又传来急促的槌声。

兰登简直不能相信自己的眼睛，录影带被剪辑过了，用几个叠现的画面一笔带过彼得·所罗门操持的仪式中更为刻板的时刻。

寒光逼人的匕首架到入会者赤裸的胸膛……如若入会者“不合时宜地泄露共济会秘密”，就将受利剑穿心的惩罚……描述黑白格地板象征着“生死两界”……概略惩戒章程，包括割喉、拔舌、灼沙埋身……

兰登惊呆了。*我真的亲眼目睹了？*数百年来，共济会宣誓典仪始终深藏不露，外人无从得知。惟有一次泄密，是几个众叛亲离的兄弟写的。兰登读过那些文本，却从未*亲眼目睹*一次宣誓仪式……这和阅读书面描写有着天差地别。

尤其是经由这样剪辑的视频。兰登已经看出了端倪，这段录影带别有用心，用卑劣的手法炮制，旨在广而告之，却只想混淆视听，剪切掉了仪式所有的崇高意向，只留下最令人惊恐的场景。如果这段视频泄漏出去，兰登知道，一夜之间就会成为互联网上的惊爆热点。*“反共济会阴谋论者”肯定会不遗余力地追上来，像鲨鱼闻到血，群起而攻之*。而共济会的组织高层，尤其是彼得·所罗门，像身在暴风眼，更将被卷进争端，无论怎样拼死辩解都无法力挽狂澜……哪怕仪式本身只是无伤大雅的过场，纯粹是象征性地使用利器。

更诡异的是，这段录影带里还提到了《圣经》中对人类燔祭的说法……*“亚伯拉罕敬畏神，愿意把第一个出生的亲儿子当燔祭献上。”*兰登想起彼得，只恨直升机飞得不够快。

这时，影像转场了。

同一个房间。不同的夜晚。一大群共济会会员在围观。彼得·所罗门坐在尊者椅上打量着宣誓人。这次，是晋升第二等级的仪式。画面叠现，更有冲击力了。*跪在圣坛前……发誓“永远保守仅存于共济会内的谜”……如若造次甘愿受罚，开膛破肚，活取心脏，弃置地上，供野兽饕餮……*

兰登自己的心也仿佛被揪住了，而这时，影像又变了。新的夜晚。更多兄弟聚会。地板上搁着状如棺材的“寻迹板”。

第三等级。

这是象征死亡的仪式——所有等级里最严苛的一程——宣誓者被迫“面对个体消亡的终极挑战”的时刻。这次的仪式如同严刑拷问，事实上，恰是英文俗语“给他三级拷问（give someone the third degree）”的来源。尽管兰登很熟稔这个仪式在学术上的意义，亲眼目睹的细节却令他猝不及防。

谋杀。

快速切换的暴力镜头是以吓得要死的被害人的视角拍摄的，逼真地再现了宣誓者遭到的残酷谋杀。重拳如雨点般落向他的脑袋，其中还有共济会的石槌。自始至终，有位执事在沉痛地讲述“寡妇之子——海勒姆·阿比夫[①]”的生平，那是所罗门王神殿的主建筑师，宁死也不愿吐露他掌握的秘密知识。

当然，这场攻击只是一场模拟，但在镜头里的效果却让人毛骨悚然。在一顿群殴痛打之后，宣誓者——现在已是“死去的旧我”——被放到象征性的棺材里，眼睛要闭上，手臂要交叉叠放，完全仿照尸体。共济会兄弟们起身，围绕死尸哀悼，还有一架管风琴在演奏《死亡进行曲》。

死神之舞的场面实在让人坐立难安。

而且，还越来越恐怖。

兄弟们围拢在被杀害的兄弟周围，隐形摄像机清楚地拍下了他们的脸庞。兰登这才发现，所罗门不是这间屋子里惟一的名人。正向下看棺材里的受戒者的那个人，几乎天天现身电视屏幕。

还有一个显赫的美国参议员。

哦，上帝啊……

场景又变了。现在是户外……夜间……同样晃动的影像……那男人走在城市的街道上……几绺金发被风吹起，摇曳在镜头前……转了个弯……镜头的视角向下，对准手上的什么东西……一美元纸币……国玺的近景特写……全视眼……未完工的金字塔……紧接着，突如其来的，

① 传说中的共济会的始祖为海勒姆（Hiram Abiff），他是建造耶路撒冷神殿（即所罗门王神殿）的重要石匠之一，被三个妒忌他的工匠所杀，埋于殿内的青铜墓里，但不久即再度复活。因此，凡加入共济会者，都要举行一场象征死亡与复活的仪式。

抬头眺望远方眼熟的轮廓线……一座巨大的金字塔形的建筑物……斜坡式的墙壁向上聚拢，汇集在没有尖顶的屋顶上。

圣殿堂。

他觉得有种恐怖感在灵魂深处震荡。

影像仍在继续……那个男人正疾步走向圣殿堂……登上一级级台阶……走向伟岸的铜门……十七吨重的斯芬克斯守护神像林立两旁。

新成员步入了金字塔，走向新一轮入会仪式。

暗场。

远处传来的管风琴声震撼人心……一幅新画面出现了。

会堂。

兰登的喉头一阵紧缩。

屏幕上，巨穴般的室内灯火通明。天眼窗下，黑色大理石圣坛在月光下熠熠闪光。圣坛周围，共济会第三十三等级的高层人士全都落座手工打造的猪皮椅，阴郁地静坐，等候见证入会。镜头别有用心地缓慢掠过他们的脸庞。

兰登惊恐地凝视着屏幕。

虽然他未曾见过这场景，但却十分好理解。最显赫、最卓越的共济会高层人士在全世界最有权势的都会里济济一堂，必有许多深具影响力的知名人士露面。果不其然，坐在圣坛周围的那些人身披绸袍和共济会饰裙，浑身珠光宝气，大都是美国最有威望的名人。

两位最高法院大法官……

国防部部长……

议院发言人……

镜头仍在一一扫视与会者的脸孔，兰登只觉头晕目眩。

三位家喻户晓的参议员……包括多数党领导人……

国土安全部部长……

以及……

中央情报局局长……

兰登实在不想看下去，却又不得不看。这画面太有蛊惑力了，即便是对他，也是出乎意料的。就在那时，他明白了佐藤为何那么紧张。

此刻，镜头里出现了一个令人震惊的画面。

人类的头骨……盛满深红色的液体。彼得·所罗门修长的双手捧着传说中的“死灵骷髅”，正在递给宣誓者。手指上的共济会戒指在烛光下幽幽闪烁。红色的液体是红酒……但波光闪动时，俨然像是鲜血。视觉效果太骇人了。

祭神五奠酒，兰登知道，因为他曾读过约翰·昆斯·亚当斯[①]所著的《共济会信录》中的祭酒描写，那算得上是第一手材料。可亲眼看着它发生……而且，还有全美最有权势的人们安之若素地旁观……这等画面，实在让兰登感到触目惊心。

宣誓者双手捧着骷髅……平静的红酒映照出他的面容。“*如我蓄意或任意违背这誓言……愿此刻入喉的醇酒成为致命的毒药*。”他立下誓言。

显然，这位宣誓人早已图谋不轨，蓄意食言，远远超乎所有人的想象。

兰登简直不敢想，如果这段录影带公之于众将导致什么后果。*没人会理解的*。政局会动荡，剧变会骤生。反共济会派、正统基督教派和阴谋论家会叫嚣鼓噪，憎恶恐惧之词会如火山爆发，清教派处死女巫之举将卷土重来。

真相必被歪曲，兰登明白。*对共济会，一向如此*。

*真相*是，兄弟会聚焦于死亡，其实是勇于赞颂*生命*。共济会仪式的用意在于唤醒沉睡的灵魂，令他从愚昧无知的黑暗墓穴里升华，提携他走进光明，给予他明目以洞悉一切。只有有过*死亡的*经历，人类才能彻底领悟生命。只有领悟到在世时日有限，人才会珍惜生命，才会带着尊严、正直和侍奉他人的良心善待生命。

共济会的受戒仪式骇人听闻，是因为意在扭转思想，转变自我。共济会的誓言冷酷无情，是因为旨在警示：他只能从这个世界上带走自己的尊严及其所“言”。共济会的教义神秘莫测，是因为想达成全世界*通用*之意……妙用一系列普遍的符号语言和隐喻，超越宗教、文化、种族的界限……创造出统一的“通行世界的思想”，即兄弟友爱。

有那么一瞬间，兰登看到一丝希冀。他想要说服自己，如果这段录影带泄露，公众会打开思想和胸襟，会容忍并意识到*所有*精神性的仪式都包含看似恐怖的部分——尤其是抛开内涵、只看表面的话——十字架

---

① 约翰·昆西·亚当斯（1767—1848），美国第六届总统，任期自一八二五年至一八二九年。

是再现酷刑，犹太教有割礼仪式，摩门教有生者代替死者的浸洗礼，天主教有驱魔仪式，伊斯兰女人要戴希嘉布面纱，萨满教有幻境治愈仪式，犹太人信仰卡巴诺仪式，甚至吃下代表基督血肉的圣餐仪式也是如此。

我是在做梦吧，兰登心想，*这段视频必会掀起惊涛骇浪*。他想象得出来，如果俄罗斯或伊斯兰世界的著名领袖出现在这样的视频中——利刃架在赤裸的胸膛，立下恶毒的血誓，集体模拟杀人场景，躺在象征性的棺材里，还抱着人类骷髅饮血一般的酒——那又会发生什么。全球人士将在第一时间爆发势不可挡的激烈抗议。

上帝拯救我们……

现在，屏幕上的宣誓者将骷髅捧到唇间。他将骷髅倾倒……将血红色的酒一饮而尽……完成宣誓。接着，他放低骷髅，望向身边的人群。美国最有盛名、最值得信赖的男人们纷纷颔首，示意认同。

“*欢迎你，兄弟*。”彼得·所罗门说。

影像淡入黑场，兰登这才发现，自己竟一直屏着气。

佐藤一言不发地伸出手合上手提箱，从他膝头拿走了电脑。兰登看着她，想说点什么，却发现无言以对。言语并不重要。他的神色已说明了一切，他理解了。佐藤是对的。今晚，他们的确面临着国家安全危机……险峻程度无法估量。

第118章

裹着缠腰布的迈拉克在彼得·所罗门的轮椅前来回踱步。“彼得，”他细声耳语，享受着俘虏惊恐万状的每一秒，“你忘了你还有**第二个**家庭……你的共济会兄弟们。而我，也将毁灭他们……除非你帮我。”

搁在大腿上的笔记本电脑闪着冷光，所罗门神情紧张，几乎失控。“求你了，”他终于抬起眼帘，口齿不清地说道，“如果这种视频传出去……”

“如果？”迈拉克放声大笑，“*如果*传出去？”他指指插在电脑一侧的小型调制解调器。“我正和全世界相连呢。”

"你不会……"

我会的，迈拉克心里说，所罗门的恐惧让他很享受。"你有能力阻止我，"他说，"并且救出你妹妹。但你必须说出我想知道的一切。**失落的真言**藏在什么地方？彼得，我知道这个符格清清楚楚揭示了怎样找到它。"

彼得又瞥了一眼符格，不露声色。

"或许这有助于激发你的灵感。"迈拉克凑到彼得的肩旁，在电脑键盘上敲击了几下。电子邮件程序启动了，彼得显然僵住了。屏幕上显示出迈拉克在上半夜就存好的一封电邮——附有一个视频文件，长长的发送列表上全是各大媒体机构。

迈拉克笑了。"我认为，到了该分享的时候了，你觉得呢？"

"不行！"

迈拉克探下身，点击邮件系统的"发送"键。彼得全身被缚，却剧烈颤动，想让电脑跌到地板上去，但无济于事。

"放轻松，彼得，"迈拉克轻声说，"群发的大邮件。得花几分钟才发得完呢。"他指了指显示发送进程的小窗口：

发送中：2% 已完成

"只要告诉我该去哪儿找，我就中止发送，谁也看不到这个。"

彼得面色苍白，眼看着小窗口的百分比在上涨。

发送中：4% 已完成

这时，迈拉克把电脑挪离彼得的膝头，放在近旁的一把猪皮椅上，并转过屏幕，让彼得也看得见。随后，他回到彼得身边，把绘有符格的纸摊平在他膝头。"传说，**共济会金字塔**会揭示**失落的真言**。这是金字塔最后的密码。我相信你知道该如何解读。"

迈拉克瞥了一眼笔记本电脑：

发送中：8% 已完成

迈拉克掉转目光，再看向彼得。所罗门瞪着他，此时，灰眼睛里分明闪着憎恨之火。

*恨我吧，*迈拉克心里说。*情感越强烈，仪式完成时，即将释放的能量也会越有潜力*。

兰利总部，诺拉·凯把电话压在耳朵上，几乎听不清佐藤在直升机的轰鸣中说了什么。

“他们说不可能阻止文件传发！”诺拉得大声喊，“关闭本地服务器起码要一个小时，而且，如果他用的是无线设备，切断地面因特网也无法阻止他发送。”

当今世界，要阻止数码信息流动已近乎不可能。有太多入口能让人连通互联网。光缆，Wi-Fi热点，无线调制解调器，SAT电话机，超级电话，有电邮功能的掌上电脑，阻绝可能的情报泄密的惟一办法就是销毁资料所在的硬件设备。

“我查看了你所乘坐的UH-60的规格书，”诺拉说，“看起来，你们的飞机装备了EMP。”

EMP——电磁脉冲枪——是执法机构普遍配置的器械，时常用于远距离安全阻止追车。它发射出的高强度电磁波能有效烧毁射程内的任何电子设备——汽车、手机和电脑。根据诺拉查到的规格书，UH-60在底部装备了带有镭射瞄准的六千兆赫磁电管，上面配有能发出一万兆赫脉冲的五十分贝喇叭。对一台笔记本电脑发送电磁波，能直接烧毁母板并立刻销毁硬盘上的所有资料。

“EMP也没用，”佐藤也得喊，“目标在一座石制建筑物里面。视野和电磁波都被屏蔽。你有没有发现视频已经泄露的迹象？”

诺拉朝第二台显示屏瞥了一眼，那台机器一直在搜索互联网上有关共济会的大新闻。“还没有，夫人。但一旦公开，我们会立刻获悉。”

“随时汇报。”佐藤挂了电话。

直升机正对杜邦圆环俯冲下去时，兰登屏住了呼吸。看到有飞机从树间的空隙下降并急速降落在草坪上，几个行人慌忙闪开。草坪以北的著名双层喷泉恰是由林肯纪念堂的两位设计师设计的。

三十秒钟后，兰登已坐进临时征募的凌志越野车前排副驾驶座，风驰电掣般沿着新汉普郡大道直奔圣殿堂而去。

彼得·所罗门苦思冥想也想不出万全之策。头脑中只有凯瑟琳在地下室失血将亡的场面……还有刚刚目睹的视频文件。他慢慢扭头，去看几码开外的猪皮椅上的电脑。进程窗口里的实色部分都快到三分之一了。

发送中：29% 已完成

文身男子慢悠悠地绕着正方形圣坛踱步，手拿一支点燃的薰香挥洒香气，自顾自地吟唱颂词。浓密的白色烟雾朝着天窗团团升腾。现在，他虎目圆睁，似乎听从了魔鬼的征召，灵魂出窍。彼得转而去看那把古刀，它静静地搁在平摊在圣坛上的白丝袍上。

彼得·所罗门心下明白，今晚自己定会死在这座会堂里。问题在于，怎么死。他能找出营救妹妹和兄弟会同胞的办法吗……抑或，他只会死得毫无意义？

他低头看向符格。第一次亲眼看到时，震惊令他无视符格里的深意……令他无法洞穿混沌的迷雾……因而没有窥见惊人的真谛。可是，现在的他看到，这些符号的真实用意变得清澈无比。他仿佛在一道全新的光线下看清了那个符格。

彼得·所罗门明白了，自己该怎样做。

他深吸一口气，举目仰望天眼窗里射下的月光。接着，他开口了。

一切伟大的真理都很简单。

很久以前，迈拉克就知道了。

彼得·所罗门正在诠释的答案是如此优雅、如此单纯，以至于迈拉克有十万分的把握：真相只能如此。金字塔的最后机密远比他预料的更简单，太不可思议了。

失落的真言就在我的眼皮底下。

刹那间，似有一道刺眼的光射穿围绕真言的历史和神话的昏暗迷障。如同信誓旦旦的传说所言，**失落的真言**是用古老的语言写就的，千真万确，还能将神秘的力量赐予每一种人类所知的哲学、宗教和科学。

炼金术、占星术、卡巴拉神秘主义、基督教、佛教、十字玫瑰派、共济会、天文学、物理学、意念科学……

此刻，站立在圣屋伟大的金字塔顶层、举办宣誓仪式的会堂里，迈拉克凝望着寻觅多年的宝藏，他知道自己准备得再充分不过了。

很快，我就完整了。

失落的真言，找到了。

单独留在卡洛拉马高地的探员站在一大堆垃圾里，他刚刚把在车库发现的垃圾箱里的垃圾清空。

“凯小姐？”他手拿电话，对佐藤的分析员说，“翻找垃圾是个好主意。我确有新发现。”

豪宅内，凯瑟琳·所罗门的体力一点点地恢复了。乳酸钠林格输液十分有效，她的血压回复正常，剧烈的头痛也停止了。她坐在餐厅里休息，医护指示很明确，让她不要走动。她依然筋疲力竭，却越来越急切地想知道她哥哥的消息。

人都上哪儿去了？情报局的法医队还没到，留守的探员仍在搜查证物。之前，巴拉米陪着她在餐厅里坐了一会儿，薄薄的毯子仍旧不离身，现在，连他也走开了，想去找些说不定能帮情报局营救彼得的信息。

凯瑟琳心神难安，她坐不住了，便费力地站起身，蹒跚地挪着小步走向起居室。她在书房里找到了巴拉米。建筑师正站在一个打开的抽屉前，背对着她，显然是被抽屉里的东西深深吸引了，没注意到她进屋。

她走到他身后。“沃伦？”

老人吓了一跳，转过身来，匆匆忙忙地用屁股把抽屉顶回去。只见他一脸震惊悲痛之色，脸颊还有泪痕。

“出什么事儿了？”她低头看了看抽屉。“里面是什么？”

巴拉米好像哽住了。他的神色说明，他只愿自己没有发现所见之物。

“抽屉里有什么？”她又问。

巴拉米热泪盈眶，哽咽了好久。终于，他说：“你和我一直不明白，**为什么**……为什么这个人好像痛恨所罗门家。”

凯瑟琳的眉头紧锁，“因为？”

“这……”巴拉米支支吾吾地说，“我刚刚找到原因。”

第 119 章

圣殿堂顶层的会堂里，自称“迈拉克”的男人站立在圣坛前，轻轻抚摩着头顶上空白无纹的环形头皮。*真言有意*，口中念念有词，他进行着预备工作。*真言有为*。最后的素材终于找到了。

最珍贵的宝藏总是最简练的。

圣坛之上，薰香袅袅升腾旋绕。烟雾恍若顺着一束月光向上飞舞，澄清了一条通天之道，只有自由的灵魂才能随心所欲地通行。

时机已到。

迈拉克拿起盛有彼得鲜血的小樽，拔出木塞。任由他的俘虏在一旁观看，他把乌鸦羽毛笔的笔尖浸入猩红色的酊剂，举到留白的环形头皮上。他停顿了一下……感慨这一夜让自己等待了太久。伟大的变身终于要发生了。*当**失落的真言**铭刻于人类心智，他就已准备得当，接获超乎想象的能力*。成圣的古老传说就是这样说的。至此，人类尚未实现这则神话，迈拉克已尽其所能让世界维持原样。

迈拉克手中的羽毛笔尖落在了皮肤上，他镇定自若。他不需要镜子，也不需要助手，只需手感，以及心眼。慢慢地、小心地，他将**失落的真言**书写在*衔尾蛇*环绕的天灵盖上。

彼得·所罗门惊恐地看着他。

写完后，迈拉克闭上双眼，放下羽毛笔，将肺中的气全然吐尽。在他的生命中，这是前所未有的感触。

我完整了。

我合而为一。

多年来，迈拉克一直对一样人造物精益求精，那就是他的肉体，此刻，逼近变身的终点，他能感觉到文刻在身上的每一根线条。*我是纯粹的杰作。完美而完整。*

“我满足了你的要求，”彼得的声音突然响起来，“快去救凯瑟琳，还要停止发送。”

迈拉克睁开眼，笑了。“你和我的事儿还没完呢。”他转向圣坛，拾起那柄古刀，指肚轻轻搁在锋刃上。“这把古刀是上帝授权打造的，”他说，“用于人牲祭礼。你早就认出来了，是不是？”

所罗门的灰眼睛冷漠如石。“很独特，这个传说我有所耳闻。”

“传说？明明白白记在《圣经》里呢。你不相信这是真的？”

彼得只是瞪着他。

为了寻找、购买这件古物，迈拉克花费巨资。坊间称其为“阿克达之刀”，所用的铸铁取自三千多年前落在地球上的一颗陨石。*天堂之铁，古老的传说如是言*。人们还相信，亚伯拉罕在阿克达——摩利亚山上捆绑以撒——把亲生子以撒当作燔祭时，用的就是这把刀。这段古事记载于《创世记》中。教皇、纳粹神秘主义者、欧洲炼金术士、私人收藏家都曾想拥有这把经历了千百年历史的非凡的刀。

他们保护它，也赞赏它。迈拉克心想，*但没人敢用它担当真正的使命，从而释放它真正的力量*。今晚，阿克达之刀的命运将圆满完成。

阿克达，在共济会仪式上也一直被奉为神圣器物。在第一等级的入会仪式上，共济会会员要赞美“*敬奉上帝的最威严圣礼……亚伯拉罕服从至高无上之神的意志……甘愿献上燔祭，头生子……*”

刀锋沉甸甸的，迈拉克握在手中只觉无比喜悦，他蹲下身，用新近磨光的利刃轻松削断捆缚彼得和轮椅的绳索，绳索掉落在地。

彼得·所罗门企图活动僵硬的四肢，却疼得退缩。“你为什么要这么对我？你以为这样做就能成就什么吗？”

“你应该比所有人都明白啊，”迈拉克回答。“你钻研古道多年。你知道神秘的力量有赖于*牺牲*……要把灵魂从身体里释放出来，打一开始就只有这一条路。”

“你对牺牲一无所知。”彼得又痛又恨，咬牙切齿地说道。

好极了，迈拉克心里说。*喂饱你的恨吧。那只会让这事更容易*。

迈拉克空无一物的胃囊咕噜咕噜地叫，他照样在自己的阶下囚面前踱来踱去。“人类流动的鲜血蕴藏着巨大能量。从古埃及人到凯尔特德鲁伊教团，从中国人到阿兹特克人，每个人都明白这道理。人身祭品有魔力，但现代人变弱了，太害怕使用货真价实的祭品，又太脆弱，不敢献出灵魂羽化所需的生命。可古书上写得明明白白。只有靠献上最神圣的祭品，人们才能拥有终极力量。”

“你认为我是神圣的祭品？”

迈拉克哑然失笑，“你还真是不明白啊，是不是？”

彼得狐疑地看着他。

“你知道我家为什么有感知剥夺箱吗？”迈拉克双手搭在腰下，扭动依然只围了一条缠腰带的精心文刻的身躯。“我一直在勤学苦练呢……做好准备……期待着我只剩下精神的瞬间……从这个凡俗躯壳里解放的瞬间……把这具美丽的肉体献给众神的瞬间……我，我才是珍贵的！我才是纯洁的白羔羊！”

彼得张口结舌，一个字也说不出来。

“是的，彼得，一个人必须把最珍爱的东西献给神。他最纯真的白鸽子……他最宝贝最有价值的献祭……你对我来说，一点儿不珍贵。你，根本不配当祭品。”迈拉克对他怒目而视。“你还不明白吗？你不是祭品，彼得……我是。我的肉身就是燔祭。我就是厚礼。瞧瞧我啊。我准备好了，让自己配得上自己最后的旅程。我就是祭礼！”

彼得仍是目瞪口呆。

“秘密就是怎样死。”迈拉克又说，“共济会会员都明白。”他指着圣坛说，“你们敬畏古义真理，可你们全都是懦夫。你们明知道献祭的力量，却远远地躲开死亡，就知道演戏，模拟谋杀，假扮不流血的死亡仪式。今晚，你们富含寓意的圣坛将见证它真正的力量……还有，它真正的用意。”

迈拉克俯下身，抓住彼得·所罗门的左手，把“阿克达之刀”的骨柄塞到他掌心里。左手侍奉黑暗。这一点，也同样经过精心策划。此情此景，彼得别无选择。迈拉克想不出比这更具潜力、更富象征性的祭礼了——在这个祭坛，死在这个人手里，用这把刀，深深扎入这颗心，心里只存一个意愿：把肉身包在绘满神秘图符的裹尸布里，作为装饰一新的礼物献上！

自我奉献，迈拉克就将在群魔中荣享尊贵地位。真正的力量存在于黑暗和鲜血。古人皆知，因此，魔法术士各自选择匹配个人天性的立场。迈拉克的选择是明智的。混沌，是宇宙万物的自然天性。漠然，是熵的原动力。人类的冷漠无情，恰是黑暗灵魂生根发芽的沃土。

我侍奉它们，它们也会尊我为神。

彼得一动不动。只是低头凝视掌中的古刀。

“我准许你这样做，”迈拉克在奚落他，“我是自愿献祭。你最后的角色是命定的。你要亲手令我羽化登仙。你要把我从肉体中解放出来。你要这么做，否则，你就会失去亲妹妹和亲爱的兄弟会。你将彻头彻尾一无所有，孑然于世。”他停下来，微笑着垂头看着这个俘虏。“就把这当作你最终的惩罚吧。”

彼得的眼睛慢慢抬起来，迎向迈拉克的笑脸。“杀了你？是对我的惩罚？你以为我会犹豫吗？你谋杀了我的儿子，我的母亲，我整个家族！”

“我没有！”迈拉克怒火爆发，他自己也始料未及。“是你大错特错！我没有杀害你的全家人！是你！是你决定把扎伽利留在监狱里！从那以后，巨轮转动，一切都无法回头！是你杀害了全家人，彼得，不是我！”

彼得的手攥得死死的，指关节都变白了，愤怒的手指抠进刀柄里。“你不知道我为什么把扎伽利留在监狱里。”

“我都知道！”迈拉克反驳道，“我就在那儿。你声称自己打算帮他。当你让他在财富和智慧中选择时，也是想帮他吗？当你下了最后通牒、逼他加入共济会时，也是在帮他吗？什么样的父亲会让亲儿子在‘财富和智慧’中抉择，还指望他明白该如何定夺！什么样的父亲会明明有机会带着亲儿子飞回家、却情愿把他留在大牢里？！”迈拉克冲到彼得面前，蹲下身，把那张纹满图符的脸孔凑到彼得的眼前。“可最重要的是……什么样的父亲正视亲儿子的眼睛……甚至经年累月……却根本认不出他！”

石室里，迈拉克的语声回响萦绕了很久。

然后，只有死寂。

在这突兀的静止中，彼得·所罗门仿佛中了邪，身子恍恍惚惚地摇晃着。此刻，他脸上的表情仿佛在说，这完全难以置信。

*是的，父亲，就是我。*多少年来，迈拉克就在等待这一刻……报复当年弃他而不顾的人……逼视那双灰眼睛，说出埋藏多年的真相。现在，这一刻终于来到了，他一字一句地往下说，渴盼他的话如泰山压顶，直抵彼得·所罗门的灵魂。“你该高兴才对，父亲。你的浪子回头了。”

彼得面如死灰。

迈拉克玩味着每一瞬间。“我的亲生父亲作出决定，让我继续坐牢……就在那一瞬间，我发誓，那是他最后一次拒绝我。我不再是他的儿子。扎伽利·所罗门不再存在。”

他父亲的眼里突然涌出两颗晶莹颤动的泪珠，迈拉克觉得，那是他此生见过的最美丽的事物。

彼得忍住泪流，直勾勾地看着迈拉克的脸，好像第一次见到这个人。

“狱卒想要的无非是钱，”迈拉克说，“可你不给。然而，你从未想过，我的钱和你的钱一样，都是绿色的美钞。狱卒才不在乎谁付他钱，只要钱到手就好。当我提出可以付给他一大笔钱时，他就挑了一个重病的囚犯，和我身高体型差不多，给他换上我的衣物，再把他打得面目全非。你看到的照片……你埋下的紧闭的棺材……都不是我的，只是个陌生人。”

彼得的脸上尚有泪痕，但此刻又现怒容，他难以相信这番话。“哦，我的上帝啊……扎伽利。”

“不再是了。扎伽利走出监狱时，他已经换了一个人，变身了。”

他决意用实验用的生长激素和类固醇改造年轻的身躯，原本孱弱的青春期体格和娃娃脸都一去不返，彻底的改头换面。就连声带也被毁了，年轻男子的嗓音永远变成了低沉嘶哑的耳语声。

扎伽利变成了安多罗斯。

安多罗斯变成了迈拉克。

今晚……迈拉克将完成自己所有化身中最了不起的涅槃。

与此同时，在卡洛拉马高地的豪宅里，凯瑟琳·所罗门站在拉开的书桌抽屉旁，低头注视里面的东西，那只能被视为恋物癖者的收藏：全是老报纸和老照片。

“我不明白，”她对巴拉米说，“这个疯子显然是死缠着我的家族，可——”

“再看看……”巴拉米已经坐下了，可看起来仍是震惊不已。他催促她仔细看。

凯瑟琳在报纸堆里翻找，每一张剪报都和所罗门家族有关——彼得的成功事迹，凯瑟琳的最新研究成果，他们的母亲伊莎贝尔惨遭杀害，扎伽利·所罗门被大肆报道的吸毒成瘾，终被定罪，最终惨死于土耳其监狱。

这人对所罗门家族的追踪近乎狂热，可凯瑟琳还是看不出为什么。

就在这时，她看到了那些照片。第一张，扎伽利站在齐膝深的碧蓝海水里，背后的海滩远处有星星点点的石灰白房屋。希腊？她猜想，这张照片只可能是扎伽利在欧洲为所欲为、吸毒成瘾的那段时日里拍的。可是，很奇怪，与狗仔队在毒品派对上拍到的形销骨立的扎伽利相比，这张照片上的他显然更健康。体形匀称，好像也更强壮、更成熟了。在凯瑟琳的印象里，他从未这么强健过。

她疑窦顿生，察看照片上的日期。

可这……不可能啊。

日期，是扎伽利惨死狱中后的整整一年。

突然，凯瑟琳绝望地在那叠照片中前后翻看。所有照片都是扎伽利·所罗门……慢慢地变老。这份收藏，显然是某种个人影像年谱，按照时间顺序排列，显示出他身上一点一滴的缓慢变化。照片一张张翻过去，凯瑟琳眼看着戏剧性的巨变骤然出现。扎克的身体变形了，肌肉开始鼓凸，五官也显然因高剂量类固醇而改变，看得凯瑟琳惊恐起来。他体形仿佛扩增了一倍，眼中渐渐流露出猎食中的野兽般的凶猛残暴。

我根本认不出是他！

他和凯瑟琳记忆中的小侄子判若两人。

当她看到他剃光头的照片时，只觉膝头一抖，腿脚发软。下一张照片，是他的裸身照……第一道文身傲然呈现。

她的心跳几乎都停止了。“我的上帝啊……”

第 120 章

“右转！”兰登在征募来的凌志越野车前排副座上大喊。

西姆金一个急转，驶上 S 街，直接插进人行道树下的居民区。快到十六街时，圣殿堂的天际线像座大山一样出现在右侧。

西姆金望向那巨大的建筑物——仿佛有人在罗马万神殿上加筑了一座金字塔。他准备到十六街就右转，向它的前门开去。

“别转！”兰登下了命令，“直走！走S街！”

西姆金照做了，沿着这条路，开在圣殿堂的东侧。

“到十五街，”兰登说，“右转！”

西姆金完全听从这位向导，稍后，兰登又指出一条几乎看不见的、没铺路面的入口通道，就在圣殿堂后花园的正中央。西姆金开上了车道，驾着凌志直达后门。

“瞧！”兰登指了指，只有一辆车停在后门入口。一辆大货车。“他们在这儿！”

西姆金停下越野车，熄火。他们下了车，准备进去，一切都悄无声息。西姆金抬头仰望这座坚如磐石的建筑物。“你是说，会堂在**最顶上**？”

兰登点点头，手指直指圣殿堂尖顶。“金字塔尖的那个平台，就是会堂里的天窗。”

西姆金转身对兰登说：“会堂里有天窗？”

兰登犹疑地看了看他。“当然有。通天眼……就在圣坛的垂直上方。”

UH-60停在杜邦圆环待命。

乘客席上的佐藤咬着手指甲，等待小分队的汇报。

终于，西姆金的声音从无线电的杂音里传出来。“夫人？”

“我是佐藤。”她高声喊话。

“我们要进入建筑物了，但我侦察到了新情况，或许对你有用。”

“说吧。”

“兰登先生刚刚告诉我，目标最有可能所在的房间里有一扇很高很大的天窗。”

佐藤听罢，思忖片刻。“明白。谢谢。”

西姆金挂断了。

佐藤把咬断的指甲吐出去，扭头对飞行员说：“起飞。”

第121章

很多丧子的父母常会幻想，孩子如果还活着，现在多大了……该是什么模样……又会变成怎样的人……彼得·所罗门也不例外。

现在，彼得·所罗门有了答案。

站在他眼前的是文身巨人，可他出生时是个珍贵的小宝贝……婴儿时代的扎克在柳编摇篮里蜷着小身体……在彼得的书房里第一次笨拙地迈开脚步……学说第一句话。纵是温馨家庭里天真无邪的孩子，也会滋生出邪恶，这一悖论始终在人类灵魂深处挥之不去。彼得早就被迫让自己相信：儿子体内流淌的是他的血，但让血液流转的跳动的心却是儿子自己的。独一无二……仿佛是从宇宙间任意择取的。

我的儿子……是他杀了我的母亲，我的朋友罗伯特·兰登，我的妹妹也可能难逃一死。

彼得想在对视中寻觅某种关联……某种亲切熟稔的东西，结果却令他心寒至极，麻木得失去感觉。尽管这个人的瞳仁和彼得的一样是灰色的，他却完全是陌生人，眼底充满了近乎异类才有的憎恨和复仇的怒火。

"你的力气够吗？"他的儿子又在嘲讽他了，瞥一眼攥在彼得手里的阿克达古刀。"你能一手了结这么多年来造的孽吗？"

"儿子……"所罗门简直听不出这是自己的声音。"我……我是爱你的。"

"你两次想杀死我。第一次，你把我抛弃在监狱里。第二次，你在扎克的桥上想开枪射中我。那现在就来了结吧！"

刹那间，所罗门觉得自己飘出了身体。他不再认得自己。他失去了一只手，被剃光了头，身披黑袍，坐在轮椅里，手握一把古刀。

"了结啊！"他又喊了一句，赤裸胸膛上的文身在摇颤。"杀了我，这是你救出凯瑟琳的惟一办法……也是救出兄弟会的惟一办法！"

所罗门不禁去看猪皮椅上的笔记本电脑和无线调制解调器。

发送中：92% 已完成

凯瑟琳流血而亡的画面在他的脑海里挥之不去……还有他的共济会兄弟们的。

"还有点时间，"那个男人轻声说道，"你知道，只有这么一条路可走。让我从凡胎俗身中解脱。"

“求你了，”所罗门说，“别这样……”

“是你干的！”他咬牙切齿地说，“你强迫自己的孩子作出不可能的选择！你还记得那天晚上吗？财富，还是智慧？就是那一夜，你永远地放弃了我。但我回来了，父亲……今晚，该轮到你作选择了。扎伽利，还是凯瑟琳？选哪个？你会不会杀死儿子，救出妹妹？你会不会杀死儿子，救出兄弟？你的国家？还是干等，等到一切为时已晚？等到凯瑟琳死去……等到那视频传遍天下……等到你必须在余生里想明白，自己原本可以阻止这些悲剧发生？时间一分一秒在流走。你明白必须怎么做。”

彼得的头在疼。*你不是扎伽利，*他对自己说，*扎伽利早就死了，死了很久很久。不管你是什么……不管你从哪里来……你都不是我的骨肉。*尽管彼得·所罗门不相信自己的话，他知道他必须抉择。

他没有时间了。

要找主楼梯！

罗伯特·兰登一头冲进黑漆漆的大厅，朝这栋楼的中心地带跑。特纳·西姆金紧随其后。恰如兰登所愿，他直接跑到了圣殿堂的中庭。

八根绿色花岗岩多利安立柱巍峨矗立，中庭看似多文化混杂的墓穴——古希腊、古罗马和古埃及——黑色大理石雕像，花枝型焚香圆炉，日耳曼十字架，双头凤凰纹章，赫尔墨斯头像的烛台。

兰登在此拐弯，跑向中庭尽头宽阔的大理石阶梯。“这条路直通会堂，”他压低了声音说道，两人快步登上楼梯，尽可能不发出任何声响。

上了第一层平台，兰登迎面看到共济会渊博贤士阿尔伯特·派克[1]的青铜雕塑，基座上还有他的名言：*利己之事，随一己之死而亡；利他利世之所为，永垂不朽。*

迈拉克颇有感触，会堂里的气氛发生了明显变化，仿佛彼得·所罗门先前感知的所有困惑和痛楚正在逐渐沸腾……像炽热的激光汇集到迈拉克身上。

好了……时候到了。

彼得·所罗门从轮椅里立起身，现在他站稳了，面向圣坛，手握

---

① 阿尔伯特·派克（1809—1891），美国著名将军、律师、作家，著名的共济会会员。

古刀。

“救救凯瑟琳。”迈拉克继续欺哄他，诱使他走向圣坛，自己倒退着走，最后，在准备好的白丝袍上摆平身体。“完成你的使命。”

仿佛走在噩梦里，彼得一寸一寸往前挪。

迈拉克已仰面躺平，凝望寒冬月光中的天眼窗。*秘密就是怎样死。*此时此刻再完美不过了。*失落已久的古老真言文饰在身，亲生父亲的左手下刀，我就如此献祭自己。*

迈拉克深深吸气。

接受我吧，群魔，因为这是我的肉体，这是我献给你们的大礼。

彼得·所罗门站在迈拉克身前，低头看着他，浑身发抖。噙满泪水的双眼里闪现着绝望、犹疑和痛苦。他最后看了一眼房间另一边的笔记本电脑和调制解调器。

“抉择吧，”迈拉克轻声细语，“让我从血肉之躯中得以解脱。上帝要这个，你也要。”他把双臂放在体侧，挺起胸膛，让那壮观的双头凤凰傲然挺立。*帮我摆脱束缚灵魂的肉体吧。*

彼得老泪纵横，好像此时已看穿了迈拉克，因而视而不见。

“我杀了你母亲！”迈拉克还在轻声细语，“我杀了罗伯特·兰登！我要杀死你妹妹！我还要毁灭你的兄弟会！完成你必须完成的使命吧！”

彼得·所罗门的面容被悲恸和遗憾彻底扭曲。他向后一仰，痛不欲生地嘶喊一声，扬起了古刀。

罗伯特·兰登和西姆金探员气喘吁吁，一路奔到会堂门外，就在这时，门内突然传出撕心裂肺的尖叫声。那是彼得的声音。兰登听得很真切。

彼得的哭喊声痛彻心扉。

我来迟了！

兰登顾不上西姆金，他抓住把手拽开了大门。眼前恐怖的景象证实了他最担心的预想。就在那儿，在昏暗的会堂中央，只有一个光头男子的轮廓立于圣坛前。他一身黑袍，手里握着一把大刀。

兰登还没来得及动身，那人便持刀挥下，狠狠刺中平躺在圣坛中的另一人。

迈拉克闭上双眼。

如此美好。如此完美。

阿克达之刀在月光中划出冰凉的弧线。惑人的薰香袅袅盘桓在他上方，为他即将自由的灵魂铺好了通天之道。刀影落下时，杀他的人那一声凄楚无望的嘶吼响彻空寂的圣室。

人祭之血和父母之泪玷污了我。

迈拉克张开双臂迎候光辉灿烂的重击。

变身、涅槃、成神的时刻终于降临。

真是不可思议，他没有觉得疼痛。

雷霆般的颤动充盈肉体，震耳欲聋，深沉厚重。会堂之屋在震颤，一束刺眼的白光自上方射下。天堂喧声雷动。

迈拉克知道，成功了。

完全与计划一致。

兰登不记得自己怎样在从头顶出现的直升机的轰鸣声中冲向圣坛，也不记得怎样张开双臂扑上去……抱住黑袍男子的身体……拼死强扭住他，死活不让他第二次挥刀刺下。

他们的身体扭打在一起，兰登看到一束强光透过天窗照亮了圣坛。他以为会看到圣坛上躺的是血迹斑斑的彼得·所罗门，却发现光照下的赤裸胸膛上一丝血迹也没有……只有织毯般的细密文身。刀在他身边，刀刃迸裂，显然是被刺进了坚石圣坛，而非血肉之躯。

当他和黑袍男子一齐撞倒在坚硬的石头地板上，兰登发现那人的右臂上绑着绷带，这才恍然大悟，也越发困惑：他扑倒的竟是彼得·所罗门。

当他们一起滑倒在石头地面时，直升机的探照灯从上方刺目地照了进来。直升机低低地轰鸣着，它的滑橇刮到了贵重的玻璃墙。

直升机的前方旋出一把怪模怪样的枪，透过玻璃向下瞄准。激光瞄准器射出一道红光，透过天窗，落在地板上，径直射向兰登和所罗门。

不！

但上面没有开火……只能听到直升机螺旋桨的巨响。

兰登感到一阵古怪的能量在浑身微微荡漾，除此再无异样。距离他头部不远的猪皮椅上，笔记本电脑发出离奇的“嘶嘶”声。他及时翻身，扭头看到屏幕突然变成一片漆黑。可惜，最后那条信息清晰地残留在视野里。

发送中：100% 已完成

飞起来！该死的！上去！

UH-60的飞行员把旋翼控制杆拉到超速传动，以免螺旋桨擦碰到大玻璃天窗。他知道，旋翼下方出现的六千磅上升压力已使玻璃几乎快要爆裂。不幸的是，直升机下的金字塔斜面有效地把这股巨压分向四面，使得他无法拉升。

上去！快啊！

他扳转了机头，想要掉头飞远些，可左翼支柱擦到了天窗的玻璃。就那么一瞬间，可也只需一瞬间。

会堂顶端巨大的天眼窗爆裂了，漩涡般的碎玻璃在空中飞溅……尖锐的碎片如急雨般笔直地落到下面的房间里。

星星从天堂里坠落。

迈拉克举目遥望美丽的白光，看到星光闪烁着向他飞来……越来越快……仿佛急不可耐地用星辉笼罩他。

突然间，疼痛袭来。

到处都疼。

刺痛。撕裂般的痛。猛砍般的痛。尖锐的刀锋划破柔软的血肉。胸膛，脖颈，大腿，脸庞。他的身体一下子绷紧了，反抗着疼痛。当疼痛把他从出神的恍惚中活活拽出来时，满身鲜血的他高喊一声。头顶的白光也变身了，突然之间，宛如魔法，一架漆黑的直升机悬在他上方，雷鸣般的机翼鼓出刺骨的寒风，灌进这间会堂，瞬间就把迈拉克吹得冰凉，袅袅薰香也被吹到角落里消失殆尽。

迈拉克一扭头，看到阿克达之刀一裂两半，砸向花岗岩圣坛后，落在他身旁，圣坛上已铺满了一层厚厚的碎玻璃。*就算我如此对待他……彼得·所罗门还是偏移了刀尖。他不肯看到我血溅身亡。*

带着忽而涌现的恐惧，迈拉克仰起头，俯视自己修长的身体。这具活生生的人造物，本该是他最伟大的祭品。可是，现在已然支离破碎。他的身体浸在血泊中……大片大片的碎玻璃插在他身上，到处都是。

迈拉克虚弱极了，脑袋沉沉地坠落在花岗岩圣坛上，双眼瞪着屋顶上的空洞。直升机已经飞走了，取而代之的，只是一轮死寂而冰凉的月亮。

空瞪着双眼，迈拉克艰难地喘息……孤零零地躺在圣坛上。

第 122 章

秘密就是怎样死。

迈拉克明白，一切都出错了。没有炫目的天光，没有仙境恭迎，只有黑暗和剧痛，甚至在他的眼睛里。他什么也看不见，可还能感觉到周围的动静。各种各样的声音……人声……其中一个嗓音分明是罗伯特·兰登，太奇怪了。*这怎么可能？*

“她很好，”兰登一遍又一遍地说，“凯瑟琳很好，彼得。你妹妹没事儿。”

不，迈拉克心想，*凯瑟琳已经死了。肯定。*

迈拉克看不见，也分不清自己的眼睛是睁是闭，可他听到直升机飞远了。安静，仿佛突如其来地降临会堂。迈拉克还能感觉到大地平稳的频率变得不均衡了……仿佛海波的潮汐正被聚涌而来的风暴扰乱。

化混沌为有序。

有个不熟悉的声音也在大声喊叫，急迫地问兰登笔记本电脑和视频的事。*太晚了*，迈拉克知道。*毁灭已完成*。现在，视频文档就如野火般扩散到惶恐世界的每个角落，毁灭兄弟会的未来。*最有本领散播智慧的那些人，必须全都消灭*。人类的无知，才是助长混沌的最佳养分。没有启蒙之光的地球，才是等待迈拉克的黑暗势力的滋养暖房。

我作出了巨大贡献，没多久，我就会被接纳为王。

迈拉克的知觉告诉他，有个人在安静地靠近。他知道那是谁。他能闻到亲手涂在父亲净身后身上的圣油味。

“我不知道你是不是能听到我说话，”彼得·所罗门凑近他耳畔低语。“但我想让你知道一点。”他伸出一根手指，触碰迈拉克天灵盖上的圣处。“你写在这里的……”停顿了一下，他才说，“这不是**失落的真言**。”

当然是，迈拉克心想。*是你说服我的，毫无疑问了。*

传说**失落的真言**用早已失传的古秘语写就，当今人类无法识读。但彼得已经道破天机，这种古秘语，其实就是地球上最古老的语言。

图符之语。

在符号学界，有**一个**符号能统率所有其他的符号。这个符号最古老，也最普遍，融合了所有古代文明，代表埃及太阳神的光明、炼金术的成就、点金石的法术、玫瑰十字的纯洁、造物的瞬间、宇宙万物、太阳在占星学中的主导地位，甚至包括悬在未完成的金字塔上方的全视眼。

环点符。万物之源的象征。万象之端。

这是几分钟前彼得刚刚对他讲的。起初，迈拉克有所疑虑，但他又看了看符格，意识到金字塔的图形确实*直指*一个环点符——圆圈中有一个点。**共济会金字塔***是地图*，他心想着回忆着传说，*指向***失落的真言**。看起来，他父亲总算是说实话了。

一切伟大的真理都很简单。

失落的真言*不是词语……而是图符。*

急切难耐的迈拉克立刻就把环点符画上了自己的天灵盖。他一边画，一边感到能量和满足感在滚滚上涌。*我的杰作和献祭终于完整了。*黑暗的力量正在恭候他呢。他的努力将得到犒赏。这本该是他此生最荣耀的时刻……

然而，就在最后关头，一切都出错了，大错特错。

彼得依然站在他身旁，说着一些迈拉克始料未及的话。“我欺骗了你，”他在说，“你让我别无选择。如果我把真正的**失落的真言**告诉你，你既不会相信我，也不会领悟的。”

失落的真言*……不是环点符？*

“真相就是，”彼得说，“**失落的真言**，世人皆知……却只有极少数人看得懂。”

这句话在迈拉克脑海中如回声荡漾。

“你依然是不完整的，”彼得说着，把手掌轻轻按抚在迈拉克的头上。“你的使命还没有完成。但不管你要去哪里，请记住……你是有人爱的。”

不知为何，迈拉克觉得父亲的轻抚火烧火燎，如有魔法，催动了他体内的化学反应。毫无征兆的，一阵炽烈的能量从他的血肉之躯中汹涌而出，仿佛体内每一个细胞都正在溶化。

就在那一瞬，所有尘世间的苦楚剧痛都蒸发殆尽。

变身，在发生。

我在俯瞰自己，血肉模糊的残骸在神圣的花岗岩坛面上。我的父亲跪在我身后，用仅剩的那只手捧着我毫无生气的头颅。

我感到怒火在喷涌……还有困惑。

这不是怜悯的时刻……该是复仇和变身的时刻……可我父亲到底还是不肯顺从我，拒绝完成他的角色，拒绝用利刃把他的痛苦和愤怒扎入我的心脏。

我困在这里了，悬旋着……被凡胎之躯牵住。

我父亲的手轻抚过我的脸，合上了我光芒褪尽的双眼。

我感到那牵绳松开了。

雾渺之气滚滚而来，围住了我，越来越浓重，把光线遮蔽得越来越幽暗，把世界藏匿在视野之外。突然，时间加速，我陷入深渊，从未想象过的黑暗深渊。在这儿，在荒芜的空虚里，我听到一声耳语……感触到力量在凝聚。它越来越强大，以惊人的速度攀升，将我围绕。邪恶而强大，阴森而威慑。

在这里，我不是孤身一人。

这就是我的胜利，恭迎我的盛典。不过，不知为何，我的心中不是喜悦，更像是无边无际的恐惧。

这和我期待的不一样。

这力量开始飞旋，摄人魂魄的强力把我死死地围在漩涡的中央，威胁要把我撕碎。突然间，这黑暗悄无声息地汇集，化身成史前猛兽，在我面前暴跳。

我面对的，全是早已逝去的黑暗灵魂。

我在无穷尽的恐惧中尖叫……当黑暗完全吞噬我的时候。

第 123 章

国家大教堂里，盖洛韦主教觉察到空中有一丝奇妙的动荡。他不确定那是因为什么，但有种幽灵消失的感觉……仿佛沉重感突然浮空释尽……仿佛远在天边，又近在眼前。

独自坐在书桌旁，他陷入深深的冥思。他不确定过了多久，电话铃才响起。是沃伦·巴拉米。

“彼得还活着，”他的共济会兄弟说道，“我刚刚得到消息，我知道你想立即获悉。他会好起来的。”

“感谢上帝。”盖洛韦长吁一声，“他在哪里？”

盖洛韦静听巴拉米讲述他们离开大教堂书院后发生的一切惊心动魄的事。

“但你们都还好吧？”

“慢慢缓过来，是的，”巴拉米说，“倒是还有一件事。”他停住了。

“什么事？”

“**共济会金字塔**……我认为兰登恐怕已经破解了。”

盖洛韦不得不微笑。说来也怪，他毫不惊讶。“那就告诉我，兰登有没有发现金字塔守住了秘密？它有没有揭示传说所言？”

“我还不清楚。”

它会的，盖洛韦在心里念道。“你需要好好休息。”

“您也是。”

不，我需要的是祈祷。

第 124 章

电梯门打开时，会堂里已是灯火通明。

尽管凯瑟琳·所罗门的双腿还觉得软绵绵的，却急忙赶来见哥哥。高耸宽阔的会堂里，冷飕飕的空气闻起来有薰香的味道。眼前的一幕让她止步不前。

恢宏的大房间中央，躺在低矮的石圣坛上的，是一具血肉模糊的文身尸体，玻璃碎片如剑矛般刺穿他的全身。高高在上的天窗碎成了大空洞，宛如向天堂敞开。

我的上帝啊。凯瑟琳立刻扭开头，寻觅彼得的身影。她发现哥哥正坐在另半边的地板上，一位医护人员一边照料他一边和兰登及佐藤部长说着什么。

“彼得！”凯瑟琳跑过去喊他。“彼得！”

她的哥哥抬起眼帘，释怀之情不言而喻。他迅速起身朝她走去。这时，他穿着件朴素的白衬衣和黑裤子，大概是有人从他楼下的办公室里取来的。右臂吊在绷带里，他拥抱她的时候有点别扭，可凯瑟琳几乎没注意到。那是多么亲切的慰藉啊，像一个茧包裹着她，像从来如此的那样，甚至像是回到童年，保护她的哥哥总是给她这样的怀抱。

他俩静静地拥抱。

凯瑟琳终于轻轻地说："你好吗？我是说……真的？"她松开他，低头看着绷带，本该是右手的地方却空无一物。泪水再一次涌上她的双眼。"我……真的太难过了。"

彼得一耸肩，好像根本不当一回事儿。"血肉之躯。凡人的身体不会永存的。重要的是你平安。"

彼得装得若无其事，让她心如刀绞，也让她牢记她爱他的所有原因。她抚摸着他的头，体会着难以割舍的血肉亲情……他们的身体里流淌着同样的血。

她又悲凄地想到，今晚，在这间屋里还有*第三个*所罗门家族的成员。圣坛上的尸体攫住了她的目光，凯瑟琳忍不住发起抖来，想尽全力忘掉刚刚看到的相册。

她移开视线，现在她的目光找到了罗伯特·兰登。她在他的眼睛里找到了深切的同情，来自他内心最深处，仿佛兰登无论如何都会明白她此刻在想什么。*彼得知道了*。复杂的情绪涌上凯瑟琳的心头——释怀、怜悯、绝望。她感到哥哥的身体像个孩子似的颤抖不已。这是她此生从未见过的事。

"别忍着。"她轻声说。"没事的，哭出来就好了。"

彼得的颤抖好像深入骨髓。

她又拥住他，轻抚他的后脑勺。"彼得，你总是最强的那个……你**总是**陪我，帮我。但我现在可以陪着**你**了。没事了。我就在这儿。"

凯瑟琳把他的头轻轻搁到自己的肩上……于是，伟大的彼得·所罗门瘫软在她怀里，泣不成声。

佐藤部长退到一旁，接听来电。

是诺拉·凯。她的消息——总算有起色了——还不错。

"夫人，还是没有信息扩散的迹象。"她听来很乐观。"我很肯定，本该有所发现了。看起来，您把它截住了。"

*多亏了你，诺拉。*佐藤想着，低头瞥了一眼那台电脑，兰登眼看着它完成发送。千钧一发，好险啊。

在诺拉的建议下，搜查豪宅的留守探员清空了垃圾箱，发现了一只刚买的无线调制解调器的包装盒。有了型号编码，诺拉就能比照兼容载波、带宽和服务监控系统，从而隔离笔记本电脑最有可能使用的入网节点——靠近十六街和寇克朗街交汇口，也就是会堂三个街区外的一台小型传输设备。

诺拉立刻把相关资料传输给直升机上的佐藤。在接近圣殿堂的时候，飞行员让直升机低角度低空飞行，就在笔记本电脑完成邮件发送的前几秒，以电磁波扰乱这个中继节点的信号，导致无线网络中断。

"今晚干得漂亮，"佐藤说，"你可以回家睡觉了。是你挣得的。"

"谢谢夫人。"诺拉犹豫了一下。

"还有别的事吗？"

诺拉沉默许久，显然在考虑要不要说。"报告夫人，别的事可以等到早上再说。晚安。"

第 125 章

圣殿堂底楼的古雅洗手间寂静无声，罗伯特·兰登拧开陶瓷洗手池上的热水龙头，一边看着镜中的自己。虽然光线很暗，还是能看得分明……他已筋疲力尽。

皮包又挎在他肩上了，现在轻多了……除了私人物品和散乱的演讲稿，再没别的了。他忍不住笑起来。今晚飞抵华盛顿做讲演的累人程度可真是超出了他的预料。

尽管如此，兰登却甚感欣慰。

彼得得救了。

视频也保住了。

兰登合掌掬起温热的水洗了洗脸，精神重新振奋起来。虽然还是昏昏沉沉的，但肾上腺素好歹发挥了作用……他好像重新回到了自己的身体里。擦干手，他看了看米老鼠腕表。

天哪，都这么晚了。

兰登走出洗手间，沿着尊荣厅的弯道走廊往回走，这条过道有着漂亮优雅的弧形，沿途挂着一幅幅功绩显赫的共济会会员肖像……美国数届总统，大慈善家，各种学科的大家，还有其他深有影响力的美国名人。他在哈利·S.杜鲁门的油画前驻足，想象着此人如何经受每一等级的宣誓、复查等等繁缛仪式，最终成为共济会会员。

在我们司空见惯的世界之后还藏有一个隐秘的世界。它是我们所有人的。

“你溜走了。”走廊里传来人声。

兰登转身去看。

是凯瑟琳。今晚，她仿佛经过地狱重返人间，此刻却容光焕发……不知怎的，竟显得更年轻了。

兰登挤出一丝疲惫的笑容。“他怎样？”

凯瑟琳走上前，给了他一个温馨的拥抱。“我该如何谢你才好？”

他笑出声来，“我什么忙也没帮上，你知道的，对不对？”

凯瑟琳久久地拥抱他。“彼得会好起来的……”终于，她松开怀抱，凝视兰登的双眼。“他刚刚告诉我一些不可思议的事……**美妙的**事。”她的声音在颤抖，充满了激动和期待。“我要亲自去看看。我过一会儿就回来。”

“什么？你要去哪儿？”

“不会很久的。现在，彼得想和你谈谈……单独谈谈。他在图书室里等你呢。”

“他说为什么了吗？”

凯瑟琳扑哧一笑，摇摇头，“彼得总有秘密，你应该最清楚。”

“可是——”

“我们过一会儿再见。”

说完，她转身离去。

兰登长叹了一声。他觉得今晚听够秘密了。当然，还有好多问题没有答案——**共济会金字塔**和**失落的真言**都在其中——但他觉得，如果答案当真存在，也不会向他袒露的。非共济会成员无权享有。

攒起最后一丝余力，兰登走向共济会图书室。一进门就看到彼得坐在桌旁等他，桌上放着金字塔。

“罗伯特？”彼得微笑着招呼他过去。“在下有一言要表。”

兰登挤出个鬼脸。“没错，我还听说有一言失落了呢。”

第 126 章

圣殿堂图书馆是华盛顿地区最古老的公共阅读室。这里的藏书富足而精湛，超过二十五万册的藏书中包括珍本《兄弟奥义书》。此外，图书馆还陈列了珍贵的共济会珠宝、典仪圣器，甚至还有一卷罕见的本杰明·富兰克林手抄本。

不过，最让兰登心仪的宝藏，只有极少数人会注意到。

幻象。

所罗门早就向他展示过，从特殊的角度去看，图书馆书桌和金色台灯会构成一幅显而易见的光学幻象……俨然是一尊尖顶金光闪闪的金字塔。所罗门说过，他始终视这种幻象为无声的警示：共济会奥义昭然天下，只要选对适度的视角，每个人都会一目了然。

但今晚，共济会奥义几乎暴露了核心。兰登正对尊者彼得·所罗门和**共济会金字塔**坐下。

彼得在微笑。“你所说的那一‘言’，罗伯特，并非传奇。那是*现实*。”

兰登直视对面的人，好不容易才开口说道：“可是……我不懂。这怎么可能？”

“是什么让你难以接受？”

*全部都是！*兰登想这么说，还在老朋友的目光里寻找任何符合常理的判断力。“你是在说，你相信**失落的真言**是*现实之物*……而且当真拥有*法力*？”

“法力无边，”彼得答，“通过解开**古代奥义**之谜，它的力量能让人类脱胎换骨。”

“就用一个*词*？”兰登反问道，“彼得，我不可能相信一个词语——”

“你会相信的。”彼得镇定自若地打断他的质疑。

兰登默默无语地看着他。

“如你所知，”所罗门继续说，他已站起身绕着书桌踱步。“古人早就有预言，会有这么一天，**失落的真言**将被重新发现……重见天光……人类也将再一次接近那遗忘已久的力量。”

兰登想起彼得那次关于《启示录》的讲座。很多人把它误解为世界末日预言，但“启示”这个词本身意为“揭示”，由古人预言揭示超凡智慧。*启蒙之光普照的新世代*。话虽如此，兰登仍然无法想象，引发如此天翻地覆的巨变只需……一句真言。

彼得指向金字塔，此刻，它与纯金尖顶石并排放置。“**共济会金字塔**，”他说道，“传奇表记。今晚已合二为一……完整了。”他虔诚有加地托起金尖顶，叠加在金字塔上。沉沉的金块准确落位，发出清脆的“咔哒”声。

“今晚，我的朋友，你完成的举动是史无前例的。你整合了**共济会金字塔**，破解了它的密码，最后，还揭示了……*这个*。”

所罗门取出一张纸摊在桌面上。兰登一眼就认出，这是根据富兰克林八阶幻方重新排列的符格。他在会堂里匆匆忙忙地看了一遍。

彼得说：“我很好奇，想知道你是否能读懂这些符号的排列。毕竟，你是专家。”

兰登注视符格。

Heredom，环点符，金字塔，阶梯……

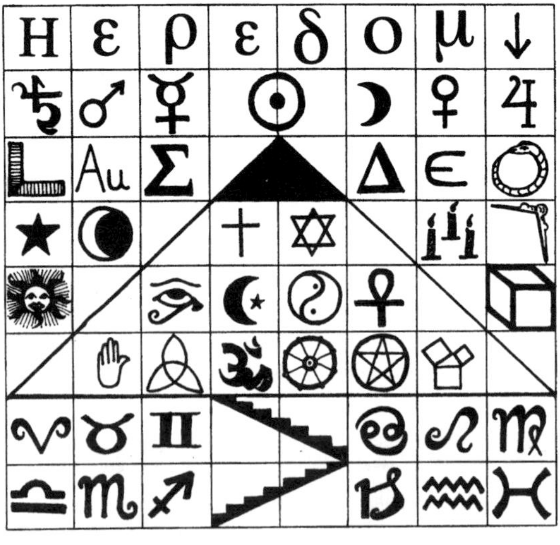

兰登叹了一口气。“好吧，彼得，你大概也能看出来，这是一张象形图符。很明显，它所用的语汇表示的意义是隐喻和象征性的，而非字面上的。”

所罗门笑出声来，“让我向符号学专家提一个简单的问题……好吧，告诉我，你看到了什么。”

*彼得真的想听这个？*兰登把纸拉到近前。“行，我早就看过这些了，简而言之，我认为这个符格是一幅*画*……描绘了天堂和人间。”

彼得挑了挑眉毛，仿佛吃了一惊。“哦？”

“当然是这样。图案的顶端，我们看到这个词——Heredom，意为‘圣屋’——我把它诠释为上帝的居所……也就是*天堂*。”

“好。”

“Heredom 后面有个向下的*箭头*，代表这幅画的*其余部分*显然是臣服在天堂*之下*的……万物……*尘世*。”兰登的视线移到符格的最下端。“最下面这两排，在金字塔*之下*的部分，代表尘世本身——陆地——所有领域中最低层的部分。相应的，这些低层领域囊括了十二个古代*占星*术符，象征了原始宗教，表示最初的人类灵魂仰望天堂，在星云间看到上帝之手。”

所罗门把椅子拉近，察看符格。“好，还有吗？”

“基于占星术，”兰登继续说，“大金字塔从地面升起……延伸向天堂……这个长盛不衰的符号象征遗失的古文明。金字塔里充满历史上伟大的哲学和宗教……埃及人，毕达哥拉斯派信徒，佛教徒，印度教徒，伊斯兰信徒，犹太教信徒，基督徒，诸如此类……全都向上汇拢，聚于一处，经由金字塔变幻的通道升腾而出……从而最终融会，成就单一而统一的人类哲学。”停顿一下，他又说，“单一而普遍的通识……一种全球共享的上帝景象……由盘桓在尖顶石上的古代符号来象征。”

“环点符，”彼得说，“普遍通识的上帝符号。”

“对。纵观历史，环点符对*所有人*而言都代表着*万物*——太阳神 Ra，炼金术里的金，全视眼，大爆炸前的奇点——”

“全宇宙的伟大建造者。”

兰登点点头，觉得彼得在会堂里说服迈拉克相信环点符就是**失落的真言**时，说的就是这套逻辑。

“还有吗？”彼得问道，“这阶梯该如何解释？”

兰登低头看了看金字塔下的阶梯图案。“彼得，我相信你和别人一样明白，这个符号象征着共济会旋梯……引导你走出尘世愚昧，向上攀登直往光明……就像雅各之梯通向天堂……或是联系人类肉身和永恒思想的节节脊椎。”顿了顿，他说，“至于*剩下的*符号，显然是天堂、共济会、科学和所有支持**古代奥义**的元素的组合。”

所罗门托着下巴，“教授，你的诠释很出色。我同意，当然了，这个符格可以被视为寓言，不过……”他的眼里渐渐闪现出莫测高深的意味。“这些图符的集合也诉说了另一种内容，更有启示意味的内涵。”

“哦？”

绕着书桌，所罗门又踱起步来，“今晚早些时候，在会堂里，我确信自己必死无疑时，望着这个符格，不知为何，我看穿了寓言，看穿了隐喻，看到了这些符号试图告诉我们的要旨。”他停下来，冷不丁转向兰登，“这个符格恰恰揭示了*精准方位*，指出**失落的真言**埋藏在何处。”

“又来了？”兰登在座位里不安地挪动身子，突然担心这一晚的伤痛令彼得丧失了理智，陷入了迷障。

“罗伯特，传说*一直*把**共济会金字塔**描绘成地图——*真真切切的*地图——能指引配得上它的人找到**失落的真言**的秘密隐藏地。”所罗门点了点兰登面前的符格。“我向你保证，这些符号恰如传说所言……是份*地图*。照着这份精确的图表，我们一定能找到通向深埋地下的失落的真言的阶梯。”

兰登发出极不自然的笑声，现在，他留神了。“就算我相信**共济会金字塔**的传说，这个符格也绝对不可能是地图。看看吧，它*没有*一丁点儿像地图。”

所罗门笑了。“有时候，只需稍稍改变视角，旧貌也会换新颜。”

兰登又看了看，还是没看出什么新意。

“让我问你一个问题。”彼得说，“当共济会奠基时，我们要把石头埋在建筑物的东北角，你知道这是为什么吗？”

“那还用说？因为清晨的第一线光亮能照到东北角。这象征着建筑物有能力跃出地面，耸立在光明中。”

“对，”彼得说，“所以，或许你该看看，第一线光明落在何处。”他指了指符格。“东北角。”

兰登的视线又回到纸面上，落在右上方，也就是东北角的位置。那里的符号是↓。

“向下的箭头，”兰登说着，想领会所罗门的暗示。“也就是说……在圣屋（Heredom）*之下*。”

“不，罗伯特，不是*之下*，”所罗门答。“想一想。这符格不是隐喻的迷宫。它是张*地图*。那么，在地图上，**向下**的箭头指的是——”

“南面。”兰登不禁惊叫出声。

“对啊！”所罗门应和着，兴奋的笑意越来越浓。“正南！在地图上，下就是南。以此类推，在地图上，Heredom 这个词的意思就不会寓意天堂，而是地理方位的名字。”

“圣殿堂？你是说，地图指向……这栋楼的正南方？”

“赞美上帝！”所罗门说着朗声大笑。“总算是拨云见日了。”

兰登仔细查看符格。“可是，彼得……就算你说得对，同一经度上的两万四千英里都算得上这栋楼的正南方，*随便哪里*都有可能。”

“不，罗伯特。你忽视了传说，传说讲得很明白，**失落的真言**埋在华盛顿。范围一下子就缩小了。此外，传说还声称，阶梯口顶端坐落着一块巨石……而且，石头上还用古文刻着一条讯息……作为一种*标志*，以便相称的人能找到它。”

兰登很难正儿八经地深究这件事，何况他对华盛顿地区不太熟悉，想不出他们此刻所在的大楼正南方会有什么，但他很有把握的是：没有镌刻古文的巨石压在深埋地下的暗梯上。

“石头上镌刻的讯息，”彼得说，“就在我们眼皮底下。”他伸手点中兰登面前的符格第三行。“这，就是铭文，罗伯特！你已经解开了难题啊！”

兰登不知如何作答，只能呆呆地去看那七枚图符。

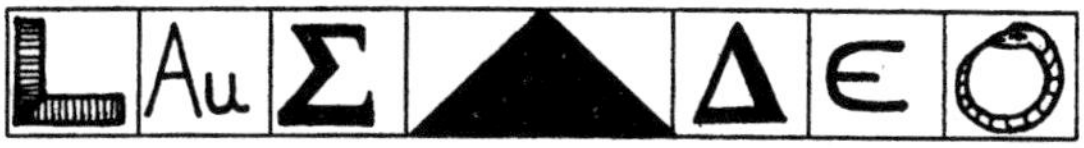

解开了难题？兰登实在看不懂，这七个完全分属不同体系的符号凑在一起会有什么含义，而且他也无比确凿地知道，美国首都任何建筑物上都*没有*这样的铭文……尤其是在阶梯顶的巨石上。

“彼得，”他开口了，“我看不出什么玄机。我也不知道华盛顿有哪块石头上刻着这条……讯息。”

所罗门拍拍他的肩膀。“你经过了它却熟视无睹。我们都错过了。它就在光天化日之下，昭然若揭，和奥义本身一样。今晚，当我看到这七个符号时，幡然醒悟，传奇都是真的。**失落的真言**就埋在华盛顿……确实栖于一块铭文巨石下的长梯之底。”

兰登一头雾水，默然无语。

“罗伯特，今晚，我相信你赢得了知晓真相的权利。”

兰登瞪着彼得，试图听明白他刚刚说的话。“你打算*告诉*我**失落的真言**埋在哪里？”

“不，”所罗门说着微笑起身。“我打算*带你去看*。”

五分钟后，兰登置身凯雷德后排，坐在彼得·所罗门旁边。西姆金坐上驾驶座时，佐藤正走向停车场。

“所罗门先生，”部长走到车前，点燃香烟，“根据你的请求，我刚刚打过电话。”

“那么？”彼得摇下车窗问道。

“我命令他们给你们放行，但不能久留。”

“谢谢你。”

佐藤打量着他，露出好奇的神色。“我必须要说，这个请求真是太不寻常了。”

所罗门故弄玄虚地耸耸肩。

佐藤不理他了，又绕到兰登座位的窗旁，用指关节敲了敲玻璃。

兰登摇下车窗。

“教授，”她的口气冷冰冰的，“你今晚的协助，虽说是一百个不情愿，但对我们的成功来说至关重要……为此，我谢谢你。”她深吸一口烟，吹向一旁。“不过呢，最后再给你点小建议。下一次，再有中央情报局的高级长官对你说，她面临着国家安全危机……”她的黑眼球一闪，“别把哈佛那套狗屁搬出来。”

兰登张开嘴刚想说话，佐藤部长却转身离去，头也不回地穿过停车坪，朝等候她的直升机走去。

西姆金朝后看看，面无表情。“先生们，准备好了吗？”

“事实上，”所罗门说，“再稍等片刻。”他取出一块叠好的小黑布，递给兰登。“罗伯特，出发前，我想请你戴上这个。”

兰登困惑不解地看了看那块布。黑天鹅绒的。展开后，他发现手中正摊着共济会遮眼布——按照惯例，第一级会员入会时都要戴。*搞什么鬼？*

彼得说：“我不想让你看到我们去哪里。”

兰登转身对彼得说：“你想让我蒙着眼睛过去？”

所罗门狡猾地一笑，“我的秘密。我的规矩。”

第 127 章

中央情报局兰利总部外，风有点冷。诺拉·凯冻得发抖，跟着系统安全部的里克·帕里什走过月光下的中央庭院。

里克要带我去哪里？

共济会录影带危机已平息了，感谢上帝，但诺拉还是心神不宁。局长电脑里的私人编译文档在她心里烙下谜印，挥之不去。她和佐藤将在晨会上作进一步讨论，诺拉想掌握一切事实。最后，她给里克·帕里什打了电话，请求他的援助。

现在，她跟着里克走到楼外，去了外面她从不知道的地方，诺拉无法摆脱徘徊在脑海里的那些诡异的词句：

地下秘址……在华盛顿特区某处，坐标……揭示一个通向……的古代入口……警告金字塔藏有危险……破解表记的铭文将解开……

“你和我都同意，”他们一边走，帕里什一边说，“用蜘蛛盗用密码的黑客显然是在搜寻**共济会金字塔**的资讯。”

显而易见，诺拉心说。

“不过，结果却误入共济会传奇的机密区域，我认为连他自己也没想到。”

“你这是什么意思？”

“诺拉，你知道中央情报局局长出钱赞助一个内部论坛，供情报局探员分享他们在各个领域的真知灼见吗？”

“当然知道。”论坛是探员们畅所欲言的闲聊空间，话题很广泛，环境很安全，是局长了解员工的一个有效途径。

“局长论坛的主机在他的私人服务器区域，不论权限高低，你都能进入论坛，为此，这个论坛建在局长机密防火墙之外。”

“你到底要说什么？”他们拐弯绕过情报局餐厅时，她发问了。

“简而言之……”帕里什指了指前面黑漆漆的地方。“那个。”

诺拉抬眼一看。他们面前的广场对面有一尊庞大的金属雕塑，在月光下泛着冷光。

情报局收藏了五百多件原创艺术品，多年来引以为傲，而这尊名为“隐秘”的雕塑，是迄今为止最有名的。隐秘之名，来自希腊语Kryptos，作品出自美国艺术家詹姆斯·桑博恩之手，堪称情报局历史上的一段传奇。

雕塑由大块S形铜板构成，直立而起，如同一面波动的金属墙。在宽阔的墙面上刻有将近两千个字母……汇成一组变幻莫测的密码，让人无从下手。好像还嫌数字不够恼人，在S形密码墙周边，还精心放置了数量惊人的其他图符——以奇怪角度插入的花岗岩石板、一个罗盘玫瑰、一块天然磁石，甚至还有一条用摩斯密码写的讯息，注释着“明晰回忆”和“暗影力量”。大多数密码爱好者都相信，循着这些特殊图符的指示，就能揭开雕塑密码墙的真意。

“隐秘”是艺术……但也是谜。

为了破解个中密码，情报局内外的密码分析专家和业余爱好者都欲罢不能，着了魔似的。最后，就在几年前，一部分密码被解开了，还成了美国国内的头条新闻。“隐秘”的大部分内容还没解开，但解开的那小部分太古怪，反而让这座雕塑更显得扑朔迷离了。密码解开后，那一小段文字提到了地下秘址，通往古代坟墓的入口，经度和纬度……

诺拉依然记得破解的部分：*信息被汇集并传输到不为人知的地下秘址……完全看不见……那怎么可能呢……他们利用地球的磁场……*

诺拉从没仔细打量过这座雕塑，也不关心它到底破解了没有。但此时此刻，她想知道答案。“你为什么带我来看‘隐秘’？”

帕里什狡黠地坏笑，夸张地从口袋里抽出一张对折的纸。“瞧瞧吧！你最关心的神秘编译文档。我搞到了全文。”

诺拉蹦了起来。“你钻进局长的机密区了？”

“没有。不过一开始我是有那个打算。看看吧。”他把纸递给她。

诺拉一把抓过，展开那张纸。当她看到情报局官方信纸、标准页眉时，惊讶得连连点头。

这份文档**不是**高度机密。根本不是。

员工论坛：隐秘

压缩储存编号：线 #2456282.5

诺拉明白，自己看的是一组发帖，为了节省存储空间，全部压缩编辑后存储在一页上。

“你用关键词搜寻的文档，”里克说，“其实是一群解码狂人絮絮叨叨谈论‘隐秘’。”

诺拉往下扫视，果然发现了一句话里有她再熟悉不过的一些关键词。

吉姆，雕塑说，它被传输到一个**地下**秘址，信息就藏在那儿。

“这段文本出自局长的在线‘隐秘’论坛，”里克解释说，“这个论坛存在很多年了。帖子有好几千呢。有**一张**帖子碰巧提到这些关键词，我觉得不奇怪。”

诺拉往下看，又发现一个帖子，也有那些关键词。

就算马克说密码的经纬度指向华盛顿特区某处，
但他用的**坐标**有一度偏差——《隐秘》又指回了自身。

帕里什走向雕塑，伸手拂过波形墙上的密码词海。“这上面许多密码尚未破解，还有好多人认为，它要说的讯息和共济会的秘密有关。”

诺拉这才隐约想起共济会和“隐秘”的链接，当时，她只想过滤疯疯癫癫的瞎想。现在，她再一次环视雕塑周边各式各样的小图符，突然明白了，那就是破碎的密码——整套表记——恰如**共济会金字塔**。

好怪。

那个片刻，诺拉简直把“隐秘”看成了现代版的**共济会金字塔**——密码分散在许多断章残片中，使用了不同的材质，每一种都扮演了不同的角色。“你觉得，有没有一种可能，‘隐秘’和**共济会金字塔**或许藏着同样的秘密？”

“谁知道呀？”帕里什困惑不解地把这雕塑上下打量一番。“我怀疑我们根本不会得知完整的讯息。除非有人能说服局长打开他的保险箱，偷偷看一眼答案。”

诺拉点点头。现在，她全记起来了。雕像“隐秘”最初在这里安置时，一同送到的还有一个密封的信封，里面有这座雕塑的所有解码程式。封存的答案托付给当时的局长——威廉姆·韦伯斯特，他就把它锁进了办公室保险箱。多年来，局长换了一届又一届，据说那个信封还在箱子里躺着。

奇怪的是，威廉姆·韦伯斯特的名字突然让诺拉灵光一现，想起了另一段已经破解的内容：

它被埋藏在那里。
谁知道具体的地址？
只有 WW。

没人知道埋藏在某处的“它”究竟是什么，但大多数人相信，WW 指代的正是威廉姆·韦伯斯特，两个字母就是他名姓的缩写。有一次，诺拉曾听到这样的谣传：WW 其实是指另一个人，叫威廉姆·惠斯顿，皇家学院神学家，可她才懒得去瞎琢磨呢。

里克又说起来了：“我得承认，我对艺术家们不太感冒，但我真觉得桑博恩这家伙是不折不扣的天才。我刚刚在网上看了他的另一个雕塑作品，‘西里尔投影’，巨大的俄文字母照出来，内容是克格勃档案中有关意念控制的篇章。太神奇了。”

可诺拉听不进去了。她在仔细察看那个文档，找到了第三个含有关键词的一个帖子：

正确，逐字逐句摘引了著名考古学家的日记，
讲述了他挖掘到地下、发现通往图坦卡门墓穴的**古代入口**的时刻。

诺拉知道，“隐秘”雕像中摘引的考古学家实际上就是著名的古埃及学家霍华德·卡特。下一个帖子就提到了他的名字。

我刚在网上查阅了卡特的野外考古日志，
他好像找到了一块泥板，警告任何打扰法老亡灵宁静的人，
金字塔藏有危险，后果不堪设想。
诅咒！我们该不该留点神啊？☺

诺拉皱着眉头，“里克，看在上帝的分上，这个白痴查的金字塔资料甚至都不靠谱。图坦卡门不是葬于**金字塔**里的。他被埋在帝王谷。解码专家们都不看探索频道吗？”

帕里什一耸肩。“技术精英嘛。”

诺拉看到了最后一段有关键词的帖子。

伙计们，你们知道我不是阴谋家，
但吉米和戴维最好在二〇一二年世界末日……之前
赶紧破解这段**表记**铭文，让最后的奥义早日公之于众。回见。

“不管怎么说，”帕里什说，“我猜想在你指控中央情报局局长私藏有关古代共济会传说的机密文档之前，应该知道‘隐秘’论坛这档子事。其实呢，我都怀疑像局长这么有权有势的人压根儿没工夫搭理这种事。”

诺拉想起了共济会录影带，所有出席古代仪式的达官显贵们都被拍得一清二楚。*要是里克知道……*

她明白，到头来，不管“隐秘”最终揭示了什么讯息，都必定有神秘的潜台词。她抬头望向这件闪闪发光的艺术品——静静矗立在美国最高权智机构中心点的三维密码，她在想，它会不会最终放弃坚守的秘密。

她和里克往回走进大楼时，诺拉没有笑意。

它被埋藏在那里。

第 128 章

真是疯了。

凯雷德一路向南行驶在空旷的街道上，蒙着双眼的罗伯特·兰登什

么也看不见。坐在后排他身边的彼得·所罗门保持沉默。

他要带我去哪里？

兰登又好奇又忧惧，怎么想也想不出缘由，只能任凭想象力驰骋。彼得的立场极其坚定。**失落的真言**？埋在暗梯下，上面压着刻有铭文的巨石？纯属无稽之谈。

兰登牢牢记着金字塔上的符格……但那七个图符让他束手无策，完全理不出头绪。

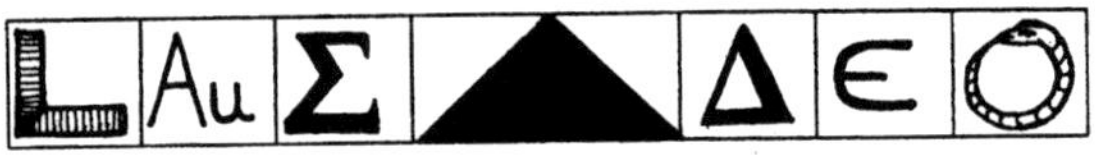

石匠的直角尺：象征正直和言行“真实”。

字母 Au：科学界通用的金元素的缩写代号。

Σ：希腊字母表中的 S，数学里的求和符号。

金字塔：象征人类向天而行的埃及符号。

Δ：希腊字母表中的 D，数学里的变量符号。

水银：此处是其最古老的炼金术符号。

衔尾蛇：象征整合为一。

所罗门执意强调，这七个图符是一条“讯息”。如果确有其事，那这条讯息恰是兰登无法解读的。

凯雷德突然减速了，他急转向右，开上了新路面，像是车道或辅路。兰登打起精神仔细聆听任何能透露地点的细微声音。他们才开了不到十分钟，虽然兰登很想聚精会神，但没多久就开小差了。他只知道，他们离开了圣殿堂。

凯雷德停住了，兰登听到车窗摇下来。

“中情局西姆金探员，”他们的司机威严地说道，“我相信你在等候我们。”

“是的，先生，”回答他的是一个军人特有的铿锵语音。“佐藤部长已致电通告。稍等片刻，我去移开安全路障。”

兰登越听越糊涂，好像他们在进入军事基地。车子又启动了，开上一条光洁得不寻常的路面，他双眼被蒙，转头对着所罗门问道，“彼得，我们在哪儿？”

“*不要*拉下你的眼罩。”彼得的口气很严厉。

车子继续开了一小段又减速停下。西姆金关闭了引擎。人声更多了。军人。有人要求察看西姆金的证件。探员下了车，和那些人低语了几句。

兰登的车门突然被拉开了，强有力的手扶着他走下车座。空气很冷。有风。

所罗门在他身边。“罗伯特，就让西姆金探员带你进去吧。”

兰登听到钥匙开锁的声音……接着，沉重的大铁门被拉开了。听起来像是古代壁垒。*他们要带我去哪儿？*

西姆金扶着他往金属门走去。他们跨过了一道门槛。“教授，笔直走。”

突然安静下来。死寂。空无一人。里面的空气像是经过特殊处理的。

西姆金和所罗门一边一个夹着兰登，导引双目被蒙的他走进一条长长的走廊，有回音。路夫鞋踩到的地板像是石制的。

他们身后，金属门轰然关闭，兰登吓了一跳。钥匙转动，锁舌扭紧。眼罩下，他的脸开始冒汗了。他只想一把扯掉这玩意儿。

现在，他们停下不走了。

西姆金松开兰登的手臂，正前方传来一阵按下电子键钮的“哔哔”声，继而传来意想不到的“隆隆”声，兰登想，那只可能是一扇自动开启的安全门。

“所罗门先生，你和兰登先生继续吧。我会在这里等你们。”西姆金说，“带上我的手电。”

“谢谢你，”所罗门说，“我们不会花太长时间的。”

*手电？！*兰登的心突然怦怦直跳。

彼得搀着兰登小步往前蹭。“跟着我走，罗伯特。”

他们一起慢慢地往前走，又跨过了一道门槛，身后的安全门又隆隆作响地关闭了。

彼得停顿了一下，“有什么不对吗？”

兰登猛然觉得心神不宁，快要失去平衡感了。“我想，只是需要摘下这个眼罩。”

“还不行，我们就快到了。”

“就快到哪儿了？”兰登心里着慌，只觉得肚腹往下坠。

“我告诉你了——我要带你去看暗梯，向下直通**失落的真言**。”

“彼得，这不好玩儿！”

“本来就不是。这是为了打开你的思路，罗伯特。这是为了提醒你，世间还有甚至连你都不曾注意到的玄妙秘密。往下再走一步之前，我希望你为我做一件事。我希望你相信……哪怕就一瞬间……相信传说是真的。相信你就要俯瞰深陷地下几百英尺的旋梯，它通向人类最伟大的失落已久的宝藏。”

兰登只觉头晕。尽管他很想相信挚爱的友人，却做不到。“还要走很远吗？”天鹅绒眼罩已经浸透汗水了。

“不。事实上再走几步就到了。还有最后一扇门。我现在就开门。”

所罗门松开他的手，虽然才一小会儿，兰登却摇摇晃晃，只觉头重脚轻。他伸手摸索以求平衡，彼得立刻在一侧撑住他。前方，厚重的自动门隆隆开启了。彼得挽着兰登的手臂，他们再次向前走。

“这边。”

他们跨过了又一个门槛，门在身后合拢。

寂静。寒冷。

兰登立即感受到，这个地方——且不管是哪里——和重重安全门外的世界毫无关系。空气潮湿而阴冷，就像在墓穴中。从声音的回响可知，这里局促而荒芜。他觉得幽闭恐怖即将劈头盖脸地袭来了。

“还有几步路。”所罗门扶着他绕过一个弯，让他站在某个精确的位置。最终，他说：“摘下眼罩吧。”

兰登抓住天鹅绒蒙眼布一把从脸上扯下来。他环顾四周，想知道身在何处，却仍然两眼一抹黑。他揉了揉眼睛，看不见。“彼得，这儿一点儿光也没有！”

“是的，我知道。伸手向前，有一条栏杆，抓紧它。”

兰登在黑暗中摸索，摸到了那条铁栏杆。

“现在，好好看。”他听到彼得窸窸窣窣在摸什么，突然，手电发出耀眼的光束，刺破了黑暗。光束指向地面，还没等兰登看清四周，所罗门就把手电高举过栏杆，光束笔直照下去。

兰登眼前顿时出现无底深渊……无穷无尽的旋梯垂直地深陷地下。

我的上帝啊！他的膝头打颤，腿差点儿软下来，不由得紧紧攥住栏杆。阶梯是经典的方形螺旋形，他看得到起码三十级旋梯伸向地下，再往下，手电就照不到了。**甚至看不到底！**

“彼得……”他嗫嚅地说，“这到底是什么地方！”

“我可以马上带你到阶梯的底部，但在那之前，你得看看别的。”

这等奇景，兰登已无法抗拒，他任由彼得带着他离开阶梯口，走过一间奇怪的小房间。彼得始终只让手电照亮他们脚下磨光的石头地面，兰登便无法得知此地的全貌……惟一可以确定的是，这里很狭小。

非常小的石室。

很快，他们就走到几步之遥的对墙下，有一面正方形的玻璃嵌在墙上。兰登心想这可能是扇能看到后面房间的窗子，但从他站立之处只能看到另一边黑漆漆的。

“去吧，”彼得说，“看一眼。”

“那儿有什么？”兰登回想起在国会大厦下方的反思室的那一瞬，当时他真的相信，室内藏有通向某种巨大的地下深洞的入口。

“看看吧，罗伯特，”所罗门示意他向前，“做好心理准备，因为眼前的景象**必会**让你大吃一惊。”

兰登不知道该期待什么，只能向玻璃窗走去。当他靠近入口时，彼得关上了手电，逼仄的小室立刻被吞入伸手不见五指的黑暗。

视力慢慢适应黑暗，兰登伸手向前摸索，摸到了墙，摸到了玻璃，他把脸慢慢凑近透明的窗口。

后面仍旧只是黑暗。

他又凑得更近些……脸都压在玻璃上了。

于是，他看到了。

震惊！迷惑！仿佛惊涛骇浪，令兰登五脏六腑翻江倒海，三魂七魄迷失方向。神智无论如何都难以接受眼前这过于出乎意料的景象，人也几乎要仰面跌倒。纵是有天马行空的想象，罗伯特·兰登也绝对猜不出这扇玻璃窗的另一边潜藏着什么。

视野里，是光辉灿烂的景象。

黑暗中，一束耀眼的白光如珍宝般夺目闪烁。

至此，兰登彻悟了——入口处设有路障……大门口有士兵把守……外面有厚重的金属门……隆隆开启又闭合的自动门……腹中一沉的感觉……还有这间小小的石室。

“罗伯特，”彼得在他身后轻声道，“有时候，看到光芒只需换个角度。”

兰登无言以对，愣愣地望着窗外。他的视线穿透暗夜，望穿一英里开外的虚无空间，沉入更深……更深……尽在黑暗中……最终落在亮如白昼的美国国会大厦纯白色圆顶的顶端。

兰登从不曾在这个角度看国会大厦——从五百五十五英尺高、闻名天下的埃及式方尖碑顶端俯瞰下去。今晚是他此生第一次坐电梯登上碑顶的观景小室……身处华盛顿纪念碑的尖塔里。

第 129 章

罗伯特·兰登站在玻璃窗前，像被催眠了一样，被脚下的景致深深迷住。在一无所知的情况下，突然上升到几百英尺的高空，此刻，平生所见最壮观的一幅景象让他大为赞叹。

美国国会大厦辉煌的圆顶像一座巍峨的山峰，自国家广场东头隆起。建筑物的两边，两条平行的光带向他延伸而来……史密森博物馆灯火通明的外墙面……艺术、历史、科学和文化的灯塔。

现在，兰登无比惊讶地意识到，彼得言称属实的……基本都是千真万确的事实。*确实有一座旋梯……巨石压顶下行数百英尺的阶梯*。他的头顶正上方，便是这座金字塔的巨大尖顶石，兰登这才想起一些已忘却的细节似乎有着诡谲的关联：华盛顿纪念碑的尖顶石的重量刚好是三千三百磅。

又见数字三十三。

更让他惊叹的是，这座尖顶石的尖峰、最高的顶点，包着一小圈铝箔——想当年，铝是和金子一样珍贵的金属。华盛顿纪念碑闪闪发光的尖顶只有一英尺高，和**共济会金字塔**的尺寸完全相同。这太不可思议了，这座小小的金属金字塔身上刻有一段著名的铭文——*Laus Deo*——兰登突然间全明白了。这就是石头金字塔底部真正要传达的讯息。

这七个图符是音译的字！

最简单的密码。

这些图符就是字母。

石匠的直角尺——L
金元素——AU
希腊字母表中的 S——S
希腊字母表中的 D——D
炼金术中的水银符号——E
衔尾蛇——O

“*Laus Deo*，”兰登喃喃自语。众所周知的拉丁语——意为“赞美上帝”——用一英寸高的小字体，镌刻在华盛顿纪念碑的顶端。昭然若揭，所有人却都看不见。

Laus Deo.

“赞美上帝，”在他身后的彼得说着，环顾小室中的柔和光芒。“**共济会金字塔**最后一道符码。”

兰登转过身。他的挚友露出由衷的笑容，兰登突然记起来，刚才，彼得在共济会图书馆就口口声声说过“赞美上帝”。可我又一次错过了。

传说中的**共济会金字塔**把他引到这里……这是多么恰当的指引，一想到这里，兰登不禁打了个寒战——这是美国最伟大的方尖石，古代神秘智慧的象征——矗立在这个国家的核心点，笔直通向天堂。

惊奇之中，兰登开始以逆时针方向沿着小小的正方形室壁踱步，又停在另一扇观景窗前。

正北。

朝北的窗户外，兰登一低头就看到白宫那熟悉的轮廓，就在他正前方。他再抬起眼帘望向地平线，笔直的十六街向正北面的圣殿堂伸展开去。

我在 Heredom 的正南方。

他继续逆时针方向行走，停在下一扇窗前，面向西方。兰登的视线沿着宽阔的长方形水池游走，望见林肯纪念堂，它的倒影清晰地映现在水面上，纪念堂的经典古希腊建筑灵感取自雅典的帕特农神庙，亦即雅典娜神庙——庇护英雄伟业的女神。

Annuit coeptis，兰登想到美国国玺背面的铭文，*天佑国事*。

走到最后一扇窗时，兰登向南望去，越过潮汐盆地的黑水面，杰斐逊纪念堂在暗夜里光辉闪现。圆顶阁的线条柔缓上扬，兰登明白，那是模仿罗马神话众神最初的神圣家园——万神殿的手笔。

把四个方向的观景窗都看了一遍，兰登也记起了他曾见过国家广场的卫星航拍照片——以华盛顿纪念碑为原点，广场的四臂延伸开去，有如罗盘上的四方基准指针。*我正站立在美国的十字原点*。

兰登再往前走，便回到了彼得的身边。这位尊师挚友容光焕发。“好，罗伯特，就是这个。**失落的真言**。这就是埋藏它的地方。**共济会金字塔**指引我们来到*这里*。”

兰登愣了一下，方才缓过神来。他把**失落的真言**忘了个一干二净。

“罗伯特，我知道，再没人比你更信得过了。又经过这样一个夜晚的考验，我相信，应该让你知晓这一切的真面目。恰如传说所言，**失落的真言**确实埋藏在旋梯之底。”他指了指纪念碑的楼梯口，下面是漫长的阶梯。

兰登刚刚缓过神来，此刻又懵了。

彼得当即从口袋里掏出一件小东西。“你还记得这个吗？”

兰登接过彼得多年前托付给他的立方体小盒子。“当然……但很抱歉，我没有担当好保护它的职责。”

所罗门笑出声来，“大概时机已到，该是它见天日的时候啦。”

兰登看着立方体小盒，不禁纳闷，彼得为什么把它递给他呢。

“在你看来，它像什么？”彼得问。

兰登看到 1514℞，想起凯瑟琳刚刚开启封存时的第一印象。“奠基石。”

“完全正确，”彼得答，“不过，有几件关于奠基石的事你或许不知道。首先，安置奠基石的*概念*起源于《旧约》。”

兰登点点头。“《诗篇》。”

“对。真正的奠基石总是*埋*在地下的——代表建筑物始于地下，耸出地表，通向天堂之光。”

兰登向外望着国会大厦，它的奠基石就深埋地基之下，直到今天，仍是深掘不出，无法找到。

“到了最后，”所罗门说道，“就如你手中的石头盒子一样，许多奠基石都是中空的小容器……因而能够保存深藏的财富……宝器，如果你愿意这么叫——象征希望，期待即将建设的楼宇前程似锦。”

兰登对这种传统也很熟稔。即便是当今时代，共济会仍会在埋下的奠基石里内封寓意深重之物——时物胶囊[①]，照片，告示，甚至是显赫人士的骨灰。

“我告诉你这些的目的，”所罗门说着瞥了一眼楼梯井，“应该很清楚了。”

“你认为，**失落的真言**就埋在华盛顿纪念碑的*奠基石*里？”

“不是我*认为*，罗伯特，而是我*知道*。按照整套共济会典仪程序**失落的真言**于一八四八年七月四日埋在这座纪念碑的奠基石里。”

兰登瞪着他。“我们的共济会先辈们埋下了一个*词语*？”

彼得点点头。“他们确实这么做了。他们理解所埋之物的真正力量。”

整整这一晚，兰登一直任由思绪蔓延在超凡脱俗的奇思怪想中……**古代奥义**，**失落的真言**，先辈的机密。他真想听到实实在在的结论，尽管彼得口口声声说揭开一切奥义的钥匙就埋在他脚下五百五十五英尺下的奠基石里，兰登还得花一番工夫才能接受。*人们耗尽毕生心力钻研秘奥，却仍然无法获得深埋其中的力量。*丢勒的《忧郁症Ⅰ》浮现在兰登脑海里——灰心丧气的术士，身边尽是器械用具，却仍然无法揭开炼金术的奥秘。*如果奥秘当真可以昭示天下，你也不会在一个地方找到所有答案！*

不管答案是什么，兰登始终坚信，都已载入遍布世界的浩繁卷帙之中，这答案化为术语融入了毕达哥拉斯、赫尔墨斯、赫拉克里特斯、帕拉切尔苏斯和数百位哲人的著作。这答案是在厚厚的积尘、被遗忘的炼金术古籍、秘籍、魔法和哲学中被发现的。这答案就隐藏于亚历山大的古老图书馆里、苏美尔的楔形文字泥板上，以及古埃及的象形文字里。

“彼得，我很抱歉，”兰登摇摇头静静地说，“领会**古代奥义**需要毕生求索。我不能想象，密钥怎么会藏于一个词语中。”

彼得揽住兰登的肩，“罗伯特，**失落的真言**不是一个‘词’。”他善

① 原文为time capsule，指贮存有具时代特征物品的容器。

解人意地笑道，“我们称其为言词，只是因为先人们如此称呼它……自鸿蒙太初即始。”

第130章

太初有道[1]。

盖洛韦神父跪在国家大教堂的大十字架前，为美国祈祷。他祈祷深爱的祖国尽快领悟道的真谛——历代典藏的古代先哲之书——圣贤传授的灵性真理。

历史赐予人类贤智导师、开明圣人，他们对灵性和心智奥秘的见解最为博大精深。包括佛祖、耶稣、穆罕默德、琐罗亚斯德[2]在内的先哲数不胜数，他们宝贵的话语都借由最古老、最珍贵的载体穿越历史而历久弥新。

典籍。

世界上的每一种文化都有自己的圣书经典，各言各道，却殊途同归。对基督教徒来说，**真言**就是《圣经》，对穆斯林而言是《可兰经》，对犹太教而言是《摩西五经》，对印度教而言是《吠陀经》……此外还有很多很多。

有道言明方向。

在美国的共济会前辈心中，道之**真言**即为《圣经》。*历史上仅有寥寥几人领悟到个中真谛*。

今晚，当盖洛韦独自跪在大教堂里时，他把双手按在这部**真言**之上——这翻旧的老书，是他自己的《共济会圣经》。像所有《共济会圣经》一样，这本珍贵的藏书里包含《旧约》、《新约》和共济会先哲撰写的宝贵箴言。

哪怕盖洛韦已失明，他依然熟稔扉页上的字字句句。这段荣光之辞早已被他遍布世界的兄弟们用不同语言熟读了千万遍。

---

① 这是《约翰福音》的第一句话。

② Zoroaster：琐罗亚斯德，古波斯祆教始祖。

这段话说的是：

时光之河……典籍如舟。

诸多书卷始于顺流，惟以残破为终，无人记念，不复存现。

沙石俱下，仅有少而又少堪忍时间考验得以幸存，祈佑来年历代。

诸多流逝不再，惟有这些典籍得以幸存，自有其原因。身为信仰宗教的学者，盖洛韦主教始终惊叹的是，古老的灵性典籍——地球上被研读最多的这些书——其实恰是最没有被领悟透彻的。

奇异奥妙，就封藏在这些书页里。

很快，光就要降临，人类将最终开始领会古人传授的真理——能扭转乾坤，却简明扼要——并完成质的飞跃，彻悟自身潜藏的秉异天赋。

第131章

挺立在华盛顿纪念碑里的旋梯共有八百九十六级石阶，围绕着一条开放式的电梯井呈螺旋形下沉。兰登和所罗门正在朝下走，兰登仍在回味彼得数分钟前与他分享的惊天机密：**罗伯特，这座纪念碑下，中空的奠基石里，我们的先辈埋下了一份真言——《圣经》，它静静等候在梯底的黑暗中。**

他们往下走时，彼得突然停在两段楼梯间的平台上，他挥动手电，照亮了嵌在石壁上的一枚大石章。

这又是怎么回事？！兰登看到铭文时吓了一跳。

章纹描刻出一个惊恐万状、身披长袍的形象，手握一把长镰刀，跪在一尊时漏旁。这人的手臂上举，食指伸直，笔直指着一本巨大的、打开的《圣经》，仿佛在说："答案就在那里！"

兰登凝视着章纹，转向彼得。

尊师的双眼炯炯有神，透着神秘的光彩。"我希望你想一想，罗伯特。"话音在空荡荡的阶梯石壁间回响。"你认为为什么《圣经》能在千百年世态沉浮中幸存至今？为什么它还在这里？是因为里面的故事动人心魄、十分好读吗？当然不是……但原因是**有的**。它正是基督教僧侣花费毕生心血企图解开《圣经》谜团的**原因**。也是犹太神秘教徒和卡巴拉信徒钻研《旧约》的**原因**。这个**原因**，罗伯特，便是这本古籍的字里行间藏有神的大能……尚未揭晓的巨量智慧累积在那里，等待公之于众的那一天。”

《圣经》里包含着另一层含义，一层隐藏在寓言、象征和比喻里的秘密讯息，对此兰登并不感到意外。

“先知警示我们，”彼得继续说，“转述奥义所用的语言是一种密码文。《马可福音》中说道，‘**神国的奥秘只教你们知道……若是对外人讲，凡事就用比喻**。’《箴言》也在提醒我们，智慧的讲法就是‘谜语’，也就是《哥林多前书》中所说的‘奥秘的智慧’。《约翰福音》早有警告：‘这些事我是用比喻对你们说的……用晦暗之语’。”

晦暗之语，兰登暗忖，这个奇特的词汇在《箴言》和《诗篇》中屡次出现。《诗篇第七十八章》中说：**我要开口说比喻。我要说出古时的晦暗之语**。兰登早已知晓，“晦暗”并不是说“邪恶的黑暗”，而是说：所言真意不见天日，遮蔽在阴影里。

“如果你有疑虑，”彼得又补充道，“《哥林多前书》中明明白白地写着：比喻有两层含义：给婴儿吃的奶、给成人吃的饭——‘奶’用来喂给不能参透奥秘的幼稚头脑，‘饭’才是真正的奥义，只有心智成熟的人才能吃透。”

彼得扬起手电，再一次照亮长袍加身、心无旁骛地手指《圣经》的人形。“我知道你是个怀疑论者，罗伯特，但想想这个吧。如果《圣经》**没有**隐含奥秘的潜台词，那么，为什么历史上最杰出的头脑——包括皇家学院最有才气的科学家们——会着迷般地钻研这本书？艾萨克·牛顿爵士写下洋洋**百万字**，尝试去破解《圣经》的真谛，其中一七〇四年的手稿宣称他已从《圣经》中提炼出了隐秘的**科学**资讯！”

兰登知道，这是真事。

“还有弗朗西斯·培根爵士，”彼得往下说，“身为先知先觉的大师接受詹姆斯王的约请编撰钦定权威版《詹姆斯王圣经》，毋宁说是他亲手创造了这版英译本，他诚心信服《圣经》隐含秘意，以至于用他**自己的密码体系撰写了英译本，直到今天仍未被完全破解**！当然，你也知道，培根是玫瑰十字会会员，著有《古人智慧》一书。”彼得笑了，“就连一贯批判传统的大诗人威廉·布莱克也曾暗示我们，应当读透字里行间的潜台词。”

兰登记得那段诗：

昼夜不休读《圣经》，
但你参黑字，我读白纸。

“不止是欧洲英才名士，”彼得说着往下走得更快了。“这里也有，罗伯特，就在年轻的美利坚合众国的核心地点，我们英明的前辈们——约翰·亚当斯、本杰明·富兰克林、汤玛斯·潘恩——都提醒过世人，仅仅读通《圣经》的字面意思必将导致深远的危机。实际上，汤玛斯·杰斐逊十分确信《圣经》的真谛是隐藏着的，乃至当真**裁切页码**，重新编辑了此书，用他的话来说，他是在尝试‘祛除人为附加物，以便还原教旨真义’。”

兰登当然知道这件惊世骇俗的轶闻。《杰斐逊版圣经》至今仍有印刷，许多引发争议的修订都被收录进去，处女诞生耶稣和耶稣复活的情节都被删除。不可思议的是，十九世纪上半叶每一位新晋国会议员都会收到一册《杰斐逊版圣经》。

“你是知道的，彼得，我发现这个议题引人入胜，我可以理解，幻想《圣经》隐含奥秘对贤明的思想家来说很有诱惑力，但对我来说这不合逻辑。任何精通专业的教授都会告诉你，**教导**历来不能以密码的形式完成。”

“你说什么？”

“导师**传道解惑**，彼得。我们要说得**明明白白**。为什么那些先知们——历史上最伟大的导师们——要**含糊其辞**？如果他们希望改变世界，为什么要用密码来教导？为什么不明说，让全世界人都听得懂呢？”

彼得一边往下走，一边扭头瞥了一眼，似乎对这个问题吃了一惊。“罗伯特，《圣经》不明说、古代神秘教派潜行匿迹，都是出于同一缘由……新会员要宣誓入会才能学到先贤的秘识……无形学院[1]的科学家

① 原文为Invisible College，源于十七世纪中叶，被视为英国皇家学院的前身，最初以发表“大气定律”成名的罗伯特·波义耳将业余的科学爱好者以俱乐部的形式组织起来，他们常非正式聚会，互相讨论科学知识，交换研究心得。最初仅有十人，以后规模渐大；当时尚无正式的期刊出版，科学家总是将自己的研究进展通过私人通信和私下传阅等方式来进行交流；“无形学院”的概念是相对于官方的大学学院而言的。

们拒绝和他人分享知识，都是基于同样的缘由。这奥秘太强盛了，罗伯特。**古代奥义**是不能在屋顶上被大声疾呼的。奥义就像火炬，在大师的手中传递便能照亮前途，而落在疯子手里，就能烧毁地球。”

兰登的脚步停了一拍。他在说什么？“彼得，我是在说《圣经》啊。你为什么谈起了**古代奥义**？”

彼得转过身。“罗伯特，你没明白吗？古代奥义就是《圣经》。”

兰登如坠五里云雾，目瞪口呆。

彼得沉默片刻，给他消化这则命题的时间。“**古代奥义**历经数代传承下来，《圣经》是其中的一部典籍。字字句句无不企图把秘密倾诉给我们。你还不懂吗？《圣经》中的‘晦暗之语’就是古人与我们分享隐秘智慧耳语之音的。”

兰登一言未发。在他的理解中，**古代奥义**该是一种教诲世人发挥心智的潜能的方法……一份个人神化的秘方。他从未接受奥义法力之说，也显然不能接受《圣经》潜藏着解开这些奥义的密钥这种子虚乌有的臆断。

“彼得，《圣经》和**古代奥义**是彻底相反的东西。奥义尽是在说：神在你之内……人就是神。而《圣经》说的都是：神高高在上……人是没有神力的罪人。”

“对！完全正确！你说得一针见血啊！人类把自身和上帝分离的瞬间，**大道真言**的实义就已失落。自以为是的人叫嚣只有他们参透了**真言**……**真言**是用他们的语言写就的，别无其他……就此，古代先哲们的呼声渐渐沉入历史长河，消失在这种混沌不堪的聒噪中。”

彼得一级一级往下走。

“罗伯特，你和我都知道，如果诸位先哲看到他们的教义被歪曲误解到了这等地步……宗教自甘堕落，沦为通往天堂之路的收费站……战士们又如何冲杀战场，还信誓旦旦，以为上帝会恩宠他们的事业……他们会何等寒心惊惧啊！我们遗落了**大道真言**，但真谛并非遥不可及，甚至就在我们眼皮底下。它存在于所有历经坎坷、留存至今的文本中，从《圣经》到《薄伽梵歌》、《可兰经》，诸如此类。所有这些典籍都供奉在共济会的圣坛上，因为共济会会员明白，世界似乎遗忘了什么……这些典籍中的每一字、每一句都以其特有的方式，静静低语，道出完全一致的真谛。”彼得的语气里激情洋溢，“‘难道不知你就是神？’”

兰登一怔，这句著名的古谚今晚屡次被提及。他和盖洛韦主教对谈、在国会大厦解释《华盛顿成圣》时，这句话都出现过。

彼得放低声音，渐成耳语："佛祖说过，'你就是佛'；耶稣教诲过，'神的国就在你们心里'，甚而对我们许诺，'我所做的事，信我的人也要做，并且要做比这更大的事。'甚至护教派——罗马西波吕都斯教父——也引用过同一句圣言，最初见于诺斯替教派导师莫诺缪所言：'放弃寻找上帝……相反，要以你自身作为起点。'"

兰登回想起圣殿堂里的共济会泰勒椅[①]背上刻有一句警言：**认识你自己**。

"曾有位智者对我说，"彼得的声音越来越缥缈，"你和上帝之间惟一的区别就是，**你**已忘却自己是神圣的。"

"彼得，你的话我都听进去了——**真的**。我也乐于相信我们就是神，但我没看到众神行走在尘世间。我没看到超人。你可以指出《圣经》或别的宗教典籍中断言属实的神迹，但那些只是人们口耳相传的古老传说，被经年累月添油加醋地夸张过。"

"或许吧，"彼得说道，"也或许，我们仅仅需要用自己的科学手段去跟进和获取古人的智慧。"他停顿了一下，"有趣的是……我相信凯瑟琳的研究成果恰是为此预备的。"

兰登突然想起来，凯瑟琳刚才急匆匆地跑出了圣殿堂。"嘿，她到底去哪儿了？"

"她很快就会到这里来的，"彼得说着咧嘴一笑。"她去确认一笔巨大财富的下落啦。"

到了外面，纪念碑底，彼得·所罗门深吸寒夜的清新空气，倍觉精神抖擞。看到兰登出神地凝望地面，挠着头，在纪念碑基座上左右察看，彼得不禁饶有兴趣地在旁观望。

"教授，"彼得逗趣地说，"藏有《圣经》的奠基石在地底下呢。你并不能**得到**那本书，但我向你保证，它就在下面。"

"我相信你，"兰登显然陷入了沉思，"只不过……我有所发现。"

兰登退后一步，审视华盛顿纪念碑所在的大地台。圆形的人行道全

---

① 泰勒椅是共济会集会所外守卫者的坐椅。

由白石建成……除了两圈装饰性的地砖是黑石，构成了两道同心圆，围绕着纪念碑。

“一个圈套一个圈，”兰登说，“以前我从没发现，华盛顿纪念碑是竖立在两个同心圆的圆点。”

彼得忍不住放声大笑。*什么都逃不过他的火眼金睛*。“是的，了不起的环点符……上帝的符号，放之四海而皆准……就在美国的十字原点。”他故作姿态地一耸肩，“我相信，这仅仅是个巧合。”

兰登似乎退得更远了，现在他举目望去，视线跟着光辉耸立的尖塔笔直向上，洁净的白石映衬在漆黑的冬夜天空之下。

彼得感觉到，兰登已开始领会这一造物的真义……一个对古代智慧静默无声的提醒……一个矗立在伟大国家正中心的已被启蒙的人类象征符。即便彼得**看**不见碑顶的铝箔小尖顶，他也知道它在那里，人类的进步思想努力奔向天堂。

赞美上帝。

“彼得，”兰登走过来，看似正在经受神秘启蒙的考验，“我差点儿忘了，”他说着从口袋里掏出彼得的共济会金戒指。“都一晚上了，我一直想把它亲手交还你。”

“谢谢你，罗伯特。”彼得伸出左手接下戒指，满怀赞叹之情。“你知道，所有围绕这枚戒指和**共济会金字塔**的机密玄妙……对我的生命影响巨大。年轻时，金字塔就交到我手上，带着百年许诺，隐藏着神秘奥义。仅仅是一枚小小的戒指，却让我*坚信*，世间有天机。它激起了我的好奇心，点燃了我求圣的渴望，也让我灵感不断，打开思路参悟**古代奥义**。”他静静地微笑起来，让戒指滑入口袋。“现在我意识到了，**共济会金字塔**的真正目的不是为了揭示答案，而是激发世人对真谛的痴迷狂想。”

两人在纪念碑底沉默地站立片刻。

兰登终于开口了，语气十分严肃。“我需要你帮我个忙，彼得……作为朋友。”

“当然。什么事都行。”

兰登提出了他的要求……无比坚定。

所罗门点点头，知道他说得对。“我会的。”

“马上就去。”兰登补了一句，示意等候在一边的凯雷德。

“好吧……但有个警告。”

兰登翻了翻白眼，咯咯地笑出声来，“你总有警言留到最后说。”

“没错，这是最后一件事，我想让你和凯瑟琳亲眼见证。”

“在这个钟点？”兰登看了看手表。

所罗门朝老朋友亲切地微笑。“这是华盛顿最壮观的财富……而且，只有**很少、极少**数人有幸目睹。”

第132章

凯瑟琳·所罗门攀上华盛顿纪念碑前的小丘，只觉心头敞亮。今晚，她熬过了非同一般的震惊和悲痛，但现在她的心神又重新聚集，完全倾注到彼得刚才与她分享的天大的好消息上，哪怕只是短短一瞬……而她刚刚亲眼见证了这个好消息。

我的研究成果保住了。全部。

她实验室里所有的全息数据备份装置都在今晚被毁了，但刚才，彼得在圣殿堂告诉她，他早就秘密地把她意念研究的所有资料都备份到SMSC的行政办公室里了。*你知道，你的工作太让我着迷了*，他是这样解释的，*我想跟进你的进展，但不想打扰你*。

“凯瑟琳？”有个低沉的嗓音突然冒出来。

她抬头看。

孤零零一个身影站在灯火通明的纪念碑剪影前。

“罗伯特！”她赶紧跑上去，和他拥抱在一起。

“我听到好消息了，”兰登轻轻地说，“这下你放心了吧。”

她激动得嗓子都哑了。“太不可思议了。”彼得救出的这些研究报告无疑是一项科学壮举——大量的实验资料，能够证明人类的意念是真实可测的世间能量。凯瑟琳的实验演示了人类意念作用于各种物事的效应——从冰晶到随机事件发生器，甚至亚原子粒子运动。实验结果非常有说服力，不可驳倒，很可能令怀疑论者倒戈信服，并在很大程度上影响全球性的认知。“一切都将改变，罗伯特。*一切*。”

“彼得对此深信不疑。”

凯瑟琳环顾四周，想找到哥哥的身影。

“在医院呢，”兰登说，“我坚持让他走的，就算帮我个忙。”

凯瑟琳长吁一声，踏实了。“谢谢你。”

“他让我在这里等你。”

凯瑟琳点点头，她抬起视线望向通体白光的方尖塔。“他说他要带你来这里。和‘赞美上帝’有关？他没详细说。”

兰登疲惫地笑出了声：“我也不能肯定自己是否真的领悟了。”他望向纪念碑的塔尖。“你哥哥今晚说了不少，我脑子一下子转不过来。”

“让我猜猜，”凯瑟琳说，“**古代奥义**，科学，还有《圣经》？”

“全猜对了。”

“欢迎来到*我的*世界，”她俏皮地眨了下眼睛，“很久以前，彼得就引我入门了。我的研究因此获益匪浅。”

“凭直觉说，他说的有些内容很有道理。”兰登摇摇头。“但从理智上分析……”

凯瑟琳笑着揽住他，“你知道的，罗伯特，在这件事上，我或许可以帮到你。”

国会大厦深处，建筑师在一条冷清的走廊里行走。

*今晚，只有一件事还没做。*他心想。

他走到办公室，从书桌抽屉里取出一把极其古老的锁匙。钥匙由黑铁铸成，又长又细，标志已被磨损。他把它放进口袋里，做好迎接宾客的准备。

罗伯特·兰登和凯瑟琳·所罗门正在赶往国会大厦的路上。应彼得的请求，巴拉米要给予他们极其特殊的优待——亲眼目睹这栋大厦最壮阔瑰丽的秘密……只有建筑师才能揭示的罕见奇景。

第133章

国会大厦圆形大厅，有一条圆环形的窄道就在圆顶天花板下延伸，罗伯特·兰登正紧张地一寸一寸往前挪步。他斗胆往栏杆下瞥了一眼，顿时被那高度吓得头晕眼花，难以置信，不到十小时前，彼得的手曾惊现于下面圆形大厅的地板上。

同样的大厅、同样的地板，此刻只站着国会大厦的建筑师，从一百八十英尺的高度看下去，他只是一个小黑点，稳健地横穿圆形大厅，消失在视野里。巴拉米陪着兰登和凯瑟琳登上了这层阳台，留下详细的指示后，便把他俩单独留下了。

彼得的指示。

兰登看了看巴拉米交给他的那把黑铁古钥，又望了望从这层阳台往上行的逼仄楼梯井……陡峭向上。*上帝啊，帮帮我。*据建筑师说，这些狭窄的阶梯通向一扇金属小门，用兰登手中的钥匙就能打开。

那扇门后有什么？彼得执意让兰登和凯瑟琳亲眼观看。彼得没有细说，反倒留下一系列严格的指令：一定要到了某个*时辰*才能把那扇门打开。*我们必须等到那时候才开门？为什么？*

兰登又一次看了看手表，痛苦地咕哝了一声。

把钥匙放入口袋，他的目光越过眼前的空旷，向圆环走廊对面望去。凯瑟琳无所畏惧地大步向前，显然没有丝毫恐高症状。她已经走到半圆的中央，一边欣赏着布伦米迪的《华盛顿成圣》——巨大的壁画就在他们头顶上泛着幽光。这个视角无比优越，也无比珍稀，华盛顿的人像高达十五英尺，醒目地占据着将近五千平方英尺的穹顶中部，离得这么近看，当真是纤毫毕现。

兰登转身背对凯瑟琳，面朝外壁，非常轻声地说道："凯瑟琳，这是你的良心在发问。你为什么要抛弃罗伯特？"

显而易见，凯瑟琳对圆形大厅里令人惊叹的声学特性熟稔在心……因为墙壁立刻回话了。"因为罗伯特胆小如鼠。他就该过来跟我待在一起。在获准开启那扇门前，我们有的是时间。"

兰登知道她说得对，一百个不情愿地沿着阳台，双手搭在墙上慢慢往前蹭。

"这儿的穹顶实在太让人震惊了，"凯瑟琳连连赞叹，还伸长脖颈探出去看头顶《华盛顿成圣》令人叹为观止的细节。"传说中的众神全都和科学家及其发明创造融为一体？想想吧，**这**就是我们国会大厦正中心的画面。"

兰登抬眼向上去看伸展在穹顶上的富兰克林、富尔顿、莫尔斯匍匐着的形象……他们身边都有各自的科技发明。这些大人物的头顶，有一道闪耀的彩虹跃升，他的目光也顺着七彩弧线移向祥云围绕、升腾天堂的乔治·华盛顿。人能成神的至高预示。

凯瑟琳说道："这仿佛在说，**古代奥义**的整个精髓都盘旋在圆形大厅上。"

兰登不得不承认，这世上没几个壁画家会把科学发明和众神乃至成圣的人类集中在一个画面里。这幅天顶画中壮观的群像**确实**就是**古代奥义**的一个信息，在此出现，必有其原因。建国元勋们视美国为一张白纸，一片沃土，**奥义**的种子能在此播撒、发芽。今天，这些飞升的形象——升入天堂的国父——静静地悬腾在我们的立法者、领导人和总统之上……无异于大胆的明示，预示未来的蓝图，许诺了人类即将完全开发精神意念的光辉时刻。

"罗伯特，"凯瑟琳轻声叫他，她的目光聚焦在众多的人像上：美国最伟大的发明家身畔有米涅瓦女神相伴。"这是预言性的，真的。今天，人类最先进的发明被用于研究人类*最古老*的智慧。意念科学或许很前卫，但确实是地球上*最古老*的科学——研究人类思维意念的学科。"她转向他，惊喜溢于言表。"而且，我们已经知道，古人对意念的理解实际上远比今天的我们更深刻。"

"有道理，"兰登答道，"人类心智就是古人们可以使用的惟一科技。早期的哲学家对心智的研究可谓无所不用其极。"

"没错！古代典籍长篇累牍地记述人类心智的能力。《吠陀经》描绘了意念能量的流动。《皮斯提斯·苏菲亚》[1]描述了宇宙意识。犹太教《光明书》探索了意念精神的本质。萨满教的典籍论及远距离治愈时预言到了爱因斯坦的'远程影响力'。到处都是！更别提《圣经》了，我一开口就会刹不住车的！"

"你也是？"兰登说着咯咯地笑起来。"你哥哥就试图说服我相信《圣经》是一本由密码编撰的科学宝典。"

"它*就是*嘛，"她说道，"如果你不相信彼得，那就读一些牛顿关于《圣经》的奇思妙论吧。一旦你开始理解《圣经》中富有密码意味的比喻，罗伯特，你就能意识到，它是本研究人类意念的专著。"

---

① 原文为二至三世纪时的诺替斯派古籍，是以古希腊语撰写的传道书。

兰登一耸肩。“我看我还是回家去把《圣经》从头再读一遍吧。”

“让我问问你，”显然，她对他的怀疑不太满意，“《圣经》告诉我们，‘始建神殿’是……一座‘不用工具也不发出噪音’就建起的神殿，你认为它说的是怎样的*神殿*呢？”

“唔，文中说了，你的身体就是神殿。”

“对，《哥林多前书》第三章第十六行。岂不知*你们*是神的殿。”她冲他微笑。“《约翰福音》也说到同一件事。罗伯特，《圣经》充分意识到潜藏在我们身心中的神力，也敦促我们尽力开发那种能力……敦促我们建起自己*意念*的神殿。”

“可惜的是，我认为许多宗教界人士的共识是：等待一座*真正的*神殿重新建起。这是弥赛亚预言的一部分。”

“是的，但那忽略了关键的一点。基督复临指的是*人类*的降临——人类最终建起意念神殿的时刻。”

“我不知道，”兰登边说边抚着下巴，“我不是《圣经》研究者，但我非常确定，《圣经》里描述得很详细，要建起的是一座*物理性质的*神殿。分成内外两部分结构——外殿称为圣殿，内殿称为圣人堂。两殿之间只以一层薄纱相隔。”

凯瑟琳笑了，“就《圣经》怀疑论者而言，你的记忆力还真不赖。顺便问一下，你有没有看过真实的人类大脑？大脑由两部分构成——外部称为硬脑膜，内部称为软脑膜。两部分间只隔一层蛛网膜——蛛网状、薄纱般的组织。”

兰登惊讶地点点头。

她慢慢地抬起手，按上兰登的太阳穴。“罗伯特，所以太阳穴才叫做神殿。”

兰登想细细思忖凯瑟琳的话，却突然不经意地想起诺斯替派的《玛丽福音》里有这么一句：*思想在哪里，财富就在哪里。*

“你大概也听说过，”凯瑟琳的语气平缓下来，“关于瑜伽修行者冥想时所做的脑扫描？人类大脑在注意力高度集中的状态下，松果体会分泌出蜡一般的物质，这确实是*物理性质*的。这种脑部分泌物和身体里的其他体液都不同。它具有不可思议的治愈疗效，可以复原细胞，这或许就是瑜伽修行者长寿的原因。这是真实的*科学*，罗伯特。这种物质的成分属性十分惊人，难以置信，只能由聚精会神的头脑创造出来。”

“我记得，几年前读过这类报道。”

“是的，说起这个，你也该记得《圣经》中有关‘天赐吗哪’[①]的典故吧？”

兰登没看出这二者有相关点。“你是说，从天国降下、给予饥民的神奇食粮？”

“正是。据说，吗哪可以治愈病患，赐予永生，更奇怪的是，不管谁享用，都不会产生任何排泄物。”凯瑟琳停顿了一下，仿佛在等他吃透这些内容。“罗伯特？”她试探性地追问道，“不如说是某种降自**天国**的营养物质？”她点了点自己的太阳穴。“神奇地治愈身体？不产生排泄物？你没明白吗？这些都是密码，罗伯特！**神殿**就是‘身体’的密符。**天堂**就是‘意念’的密符。**雅各之梯**就是你的脊椎。**吗哪**就是这种罕见的脑部分泌物。当你读到《圣经》中的这类密码词符时，一定要留神。它们通常都在字面之下另有深意。”

这时，凯瑟琳打开了话匣子。她在解释为什么纵观**古代奥义**，同样的魔法物质会反复出现：神的花蜜，长生不老仙丹，青春之泉，智者之石，神赐之食，甘霖，ojas[②]，索玛体质。随后，她又谈起大脑松果体代表着上帝的全视眼。“《马太福音》第六章第二十二行说道，”她越讲越兴奋，“‘当你的眼睛成为一，全身就充满光明[③]’，瑜伽术中的额轮、印度教徒前额上的红点，都吻合这个概念，也就是——”

凯瑟琳愣了一下，看起来有点窘迫。“对不起……我知道我说个不停了。我只是觉得这都太让人兴奋了。多年来，我一直在研究古人宣称的人类奇异念力，现在，**科学**告诉我们，要**获得**这种能力，可以用实打实的物理手段。如果使用得当，我们的大脑可以唤起的能量堪比超人。《圣经》和许多古代典籍一样，剥茧抽丝地详解了有史以来被创造出的最精妙复杂的机器……**人类的意念**。”她叹了一声，“不可思议的是，科学尚只能触及意念的皮毛。”

“听起来，你的意念科学必将引发质的飞跃。”

---

① 原文为 manna from heaven，《圣经》中译为“神迹”，也有人译为“天降甘霖”。

② 瑜伽术语，阿育吠陀所谈的 ojas 是供养生命的物质，掌管消化力，协调所有身心活动，ojas 带来福佑、满足、活力及长寿。

③《马太福音》中译本为“你的眼睛若瞭亮，全身就光明”，本文根据原文 when your eye is single， your body fills with light 直译。特此注明。

“毋宁说是倒退。”她说，“古人们早已知道许多科学事实，我们现在只是重新发现罢了。用不了几年，现代人类就将被迫接受目前不可想象的现实：我们的意念能生发的能量，足以改变物质形态。”她停了一下，又说：“粒子对我们的思想有反应……这就意味着，我们的思想拥有改变世界的大能。”

兰登温和地一笑。

“我的研究让我相信这一点，”凯瑟琳说道，“上帝是非常真实的，它是一种蔓延到万事万物的心智能量。而我们人类，是在那种形象中被创造出来的——”

“什么？”兰登打断她，“在……意念能量的形象中创造出来？”

“完全正确。我们的物理形体经过数代进化，但是，依据上帝的形象创造出的，是我们的意念。我们一直死抠字面意思读《圣经》。我们读到，上帝根据自己的形象创造了我们，但与上帝相像的并非我们的物理形体，而是我们的意念。”

兰登陷入了沉默，聚精会神地听她讲。

“罗伯特，这是了不起的天赋，上帝在等待我们领悟这一点。我们在世界的各个地方，仰望天空，等待上帝……却从没意识到，是上帝在等待我们。”凯瑟琳停下来，给他时间思忖这段话。“我们就是造物者，却一直天真地扮演‘被造者’的角色。我们把自己看作无助的羔羊，汇聚在创造我们的上帝身边。我们像惊恐的小孩一样跪倒在地，祈求赐助，祈求宽恕，祈求好运。但一旦我们意识到，我们是在造物主的形象里被创造出来的，就会开始明白，我们也必然是造物者。等我们领悟了这一事实，大门就将敞开，人类的潜能就能畅行无阻。”

兰登想起一段难以忘怀的话，出自哲学家曼利·P. 霍尔的专著：如果神不想让人有智慧，他就不会将领会知识的本领赐予人。兰登再一次举目凝望《华盛顿成圣》——寓示人类升向神国的象征性画面。被造者……变成造物者。

“最惊人的地方在于，”凯瑟琳说道，“一旦我们人类开始发挥真正的潜能，我们对自己的世界就有了极大的控制力。我们将可以设计现实，而不再仅仅是作出被动的反应。”

兰登的视线又拉回来，“这听上去……很危险。”

凯瑟琳好像大吃一惊，也颇为触动。“是的，你说得太对了！如果意念能影响世界，那么，我们就必须对自己怎样去思考十分谨慎。毁灭性的想法也会有效力，而我们都知道，毁灭比创造容易得多。”

兰登不禁想起，传说无不在重申：必须保护古老的智慧，不能让不配知晓的人染指，只能与开明贤士分享。他也想起“无形学院”，伟大的科学家艾萨克·牛顿请求罗伯特·波义耳对他们的秘密研究“守口如瓶”。这是不能公之于众的，牛顿在一六七六年的信中写道，否则，这世界难逃一劫。

“有趣的转折出现了，”凯瑟琳说道，“全世界所有宗教，千百年来都迫令信徒虔诚追随信念、信仰的概念，讽刺的是，如今轮到了科学。科学界百余年来不断讥讽宗教是迷信，却必须承认自己的下一个重大研究领域恰是关于信念和信仰的科学……笃信其意，才有力量。正是曾经损蚀我们对神奇事物信仰的科学，如今要返身建起桥梁，去跨越它自己一手造成的鸿沟。”

兰登思忖良久。之后，他慢慢举目眺望《华盛顿成圣》。“我有个问题。”他说着又朝凯瑟琳看，“即便我能接受——哪怕只有一瞬间——我能用意志力改变物理形态，甚至如心所愿……恐怕，我在自己的生活中也找不到什么事，能让我相信我有这种奇能。”

她耸耸肩，“你还没有卖力地去找。”

“得了吧，我想听到实打实的答案。你那是牧师的回答。我要的是科学家的回答。”

“你想要实打实的答案？听着。如果我给你一把小提琴，说你有能力用它演奏出惊人的音乐，我不是在撒谎。你确实有能力，但你需要勤学苦练，以证明那种能力。这和学习使用意志力没有区别，罗伯特。正确引导的思想，是一门需要学习的技艺。证明一种意图，需要有如镭射般集中的意念，全身心、全感官的实现力，还要有深刻的信念。我们在实验室里已证实了这一点。就像拉小提琴那样，有些人展示出更高的天赋，有些人则不能。回头看看历史，想想那些创下奇迹伟业的杰出人士吧，他们都是灵性得到启蒙的人。”

“凯瑟琳，请别告诉我你当真相信奇迹。我是说，说真的……化水为酒，或是用一只手就能治好病患？”

凯瑟琳深吸一口气，又徐徐长吁。“我亲眼见证，有人只靠意念就把癌细胞转化为健康细胞。我也见证了人类意念以无数方式影响了物质世界。一旦你眼见那种事发生，罗伯特，一旦这种事变成你所属现实的一部分，你再读到奇迹故事时，就只剩信几分的问题了。”

兰登显得很焦虑。“这种看待世界的方式很能激励人心，凯瑟琳。但对我来说，这种对信念的飞跃却是不可能的。如你所知，让我心怀信仰从来都不是易事。”

“那就别当它是*信仰*，而是把它看作观念的变革吧，仅仅接受一点：世界不尽如你所想。历史上，科学界的每一次重大突破都以一个足以颠覆我们信仰的简单理念为开端。‘地球是圆的’这句简单的陈述就曾遭到无情的抨击和嘲笑，当时的人认为那是不可能的，只因为他们相信大海的水会从这个星球上流光。太阳中心论也曾被贬为异端邪说。狭隘的头脑总是痛击他们不能理解的思想。总有人创建……也总有人摧毁。这种动态平衡始终存在。但最终，造物者会找到信徒，信徒的数量聚集到一个临界点，突然间，地球就变成圆的了，日心说也就此成立。观念一变，新的现实就诞生了。”

兰登频频颔首，思绪飘渺，遐想联翩。

“你脸上的表情很滑稽。”她说。

“哦，我不知道。出于某种原因，我刚刚回忆起以前我总在深夜划着独木舟到湖中央，躺在星空下，思考这一类的问题。”

她会心地点点头。“我想我们有相似的回忆。仰面躺在地上，举目观望天堂……思路敞开了。”她抬头看了看穹顶，又说道：“给我你的夹克。”

“要干嘛？”他脱下外套递给她。

她把它对叠，铺在过道上，外套俨然成了一条长枕头。“躺下吧。”

兰登躺下来，凯瑟琳指示他把头枕在对叠外套一侧。然后，她在他身边躺下——像两个孩童，肩并肩躺在狭窄的过道上，仰望布伦米迪的大壁画。

“好吧，”她轻声说道，“你要这样想象……有个小孩躺在独木舟里……仰望星空……他敞开思绪，充满了好奇。”

兰登想照着做，但此时此刻，身体放平，浑身放松，他突然感到一阵疲倦。视野模糊起来，头顶有一片朦胧的形状令他顿时清醒过来。*这可能吗？*他不能相信自己以前从未注意到这种现象，但《华盛顿成圣》中的人影清清楚楚地排列成两个同心圆——一个套着一个。*这幅壁画*

也是一个环点符？兰登想知道今晚他还看漏了什么。

“有些重要的事我想告诉你。罗伯特，还有一件所有这些事中最……我认为是我的研究成果中最让人震惊的一个。”

还有？

凯瑟琳支着手肘撑起上身。“我保证……如果我们身为人类能够诚实地领悟这一简单的事实……世界就能在一夜之间发生巨变。”

现在，她完全攫住了他的注意力。

“在说之前，”她说，“我要先提醒你，共济会的颂歌有言，‘汇聚分散的’……‘混沌之中方得秩序’……找到‘合一’。”

“继续。”兰登的好奇心被吊起来了。

凯瑟琳低头微笑着对他说：“我们用科学手段证实了，分享这种思想的人越多，意念的能量值就会呈指数倍增长。”

兰登保持沉默，猜想她要把这个话题引向何处。

“我要说的是……两个头脑赛过一个……但两个头脑的意念不是加倍，而是许多许多倍。众多头脑和谐共奏，就能多倍放大一种意念的效应……指数倍的增长。这就是祷告团、治愈圈、合唱团、聚众膜拜所固有的大能。全宇宙意识的想法并非新世纪所创的新概念。这是确凿无疑的科学事实……全效发挥这种能量，就潜藏着改造世界的可能。这是意念科学最基础的发现。还有呢，这事儿眼下正在发生。你可以感到它就在你周围。科技以前所未有、闻所未闻的方式把我们联系在一起：推特、谷歌、维基百科，诸如此类——都融成一体，创造出一个互动相连的思想网络。”她笑起来，“我向你保证，一旦我的专著出版，推特上的粉丝们准会一起发送消息，‘在读意念科学’，对这种科学的兴趣也将呈指数倍地猛增。”

兰登只觉眼皮越来越重，“你知道的，我到现在还没学会上推特发推特。”

“是发消息。”她一边纠正他，一边笑出声来。

“对不起。”

“没关系。闭上眼睛吧，到时候了我会叫醒你。”

兰登意识到，自己早把建筑师交给他们的古钥匙忘得一干二净了……还有，他们为什么要上这么高的地方。当困倦再次袭来时，兰登闭上了双眼。意识的黑暗里，他发现自己还在思索全宇宙意识……思索柏拉图关于“世界的心智”和“汇聚上帝”的论述……荣格的“集体无意识”。这想法既简洁又惊人。

上帝现于“众”……而非在“一”中。

“耶洛因[①],”兰登突然说出声来，迅速睁开双眼，他刚想到一个意外的关联。

“什么？”凯瑟琳低着头，仍在凝视他。

“耶洛因，”他重复了一遍，“《旧约》中希伯来语的‘神’！我一直对这个词很好奇。”

凯瑟琳笑了，好像读得懂他的心思。“是的，这个词是复数形式。”

对啊！兰登从没理解，为什么《圣经》的开篇第一段提到上帝时用的是复数。耶洛因。《创世记》里万能的上帝被描述成“众”……而非“一”。

“神是复数形式的，”凯瑟琳轻声说，“因为人类的心智是复数形式的。”

此刻，兰登的思绪仿佛坠入漩涡……梦境、回忆、希望、恐惧、启示……全都盘旋在他头上的穹顶。眼睛再次即将阖上时，他知道自己在凝视三个拉丁文，彩绘在《华盛顿成圣》中——

E PLURIBUS UNUM。

“合众为一。”他心中念念有词，沉入了梦乡。

---

① 原文为 Elohim，意为神，上帝。

尾　声

罗伯特·兰登慢慢醒来。

许多张脸孔俯视着他。*我在哪里？*

过了一会儿，他想起自己身在何处了。他慢慢坐起来，头顶是《华盛顿成圣》。躺在硬邦邦的过道上，背僵硬得有点疼。

凯瑟琳在哪里？

兰登看了看米老鼠腕表。*时间差不多了*。他站起来，谨慎万分地朝扶栏后的中空地带看下去。

“凯瑟琳？”他喊出声来。

万籁俱寂的圆形大厅里，回声缭绕。

他把软呢外套从地上捡起来拍了拍，重新穿上身。他检查了口袋，建筑师给他的铸铁古钥不见了。

兰登掉头往后走，一路奔向建筑师指给他们看的那个平台……陡峭的金属阶梯一格格向上，通往黑暗的尽头。他开始攀登，越登越高。渐渐的，阶梯越来越狭窄，越来越倾斜。兰登还是鼓足了劲道往上爬。

就差一点儿了。

现在，阶梯都快缩成天梯了，通行过道仿佛被压缩。阶梯总算登到了尽头，兰登一步踏上小小的顶部平台。眼前是一扇厚重的金属门。黑铁古钥在锁洞里，门虚掩着。他轻轻一推，门“吱呀”一声开了。迎面而来的空气很寒冷。兰登一迈过门槛踏入幽暗的夜色，便知自己走到了楼外。

“我刚想去叫你呢，”凯瑟琳微笑着对他说，“时辰就要到了。”

当兰登认出了周围的景致，不禁倒抽一口冷气。他正站在美利坚合众国国会大厦尖顶上的一小圈人行过道上！头顶正上方便是自由女神的黄铜雕像，凝望着沉睡中的首都华府。她面朝东方——那儿，第一线深红色的朝阳印染了地平线。

凯瑟琳扶着兰登沿着天台过道走到面朝西方的位置，正对国家广场。远方，华盛顿纪念碑的剪影挺立在晨曦的微光里。从这个得天独厚的角度看，尖尖的碑顶甚至比先前更夺目。

“它建好时，”凯瑟琳轻声说，“是整个星球上最高的建筑物。”

兰登想象着石匠们搭起五百多英尺高的脚手架，高高悬空，手工叠加每一块砖石，一块又一块……那情景恍如一张张黄褐色的老照片。

我们是建造者，他心想。我们是造物者。

自古以来，人类早已感觉到自身有特殊之处……还有更多的潜能。人类渴望不曾拥有的力量。人类梦想过飞行、治愈，用每一种能想到的方法改造世界。

人类确实这么做了。

今天，人类的伟业点缀了国家广场。史密森学会里富藏了我们的发明创造，我们的艺术、科学以及伟大哲人的思想。他们告诫历史，人类就是造物者——从美国原住民历史博物馆的石器工具，到国家航空航天博物馆里的火箭和航天飞机。

如果祖先们能看到我们今天的所作所为，他们当然会认为我们是神。

兰登眺望晨雾中博物馆和纪念碑铺展而成的几何形，接着，他的视线又落回华盛顿纪念碑。他在想象着一本《圣经》被埋在奠基石里的情景；也在沉思上帝的**真言**其实就是**人类**的话语。

他想到至高无上的环点符，它如何被嵌入美国十字原点的纪念碑下的环形基台。兰登突然记起彼得托付给他的那个石头小盒。立方体，他现在明白了，放下四边铰链，它就会自动打开，形成精确的几何构图——中心有环点符的十字架。兰登不得不笑出来。*就连小小的石盒也在暗示这个十字原点。*

“罗伯特，看！”凯瑟琳指着纪念碑顶。

兰登举目远眺，但没看到什么。

接着，他再定睛一瞧，发现了。

广场另一边，高耸的纪念碑尖顶反射出一块金灿灿的太阳光斑。闪耀的小光点迅速变亮，越来越灿烂，在尖顶石的铝箔尖顶上熠熠生辉。兰登痴迷地凝望着，朝阳渐渐壮大成一束光，照耀在暗影中的城市上方。他遥想刻在铝箔尖顶东侧的铭文，恍然惊觉：第一线阳光落在国家的首都，每一天都是如此，也同样照亮那四个字：

赞美上帝。

“罗伯特，”凯瑟琳轻叹道，“从没有人爬到这里来看过日出。这就是彼得想让我们亲眼目睹的光景。”

随着日光在纪念碑顶越聚越亮，兰登只觉心跳加速。

“他说他相信这就是先辈们把纪念碑造得这么高的原因。我不知道这是不是真的，但我知道一点——有一条古老的法律，严令禁止在我们的首都建造比它更高的建筑物。永远不能。”

朝阳在他们身后慢慢跳出地平线，晨光也在尖顶石上一点点下降。兰登看着看着，几乎感觉到天庭遵循其永恒的轨道，越过虚无的空间，围绕在他的周围。他想起伟大的宇宙建筑师，想起彼得曾明确地说他想让兰登亲眼目睹的奇景只有*建筑师*才能揭开。兰登还以为他指的是沃伦·巴拉米呢。原来*此建筑师非彼建筑师*。

日光越来越强盛，金光吞没了整个三千三百磅重的尖顶石。*人类的意念……接受启蒙之光*。接着，一点点下移，照上纪念碑的正身，开始日复一日的清晨普照。*天堂朝尘世而来……上帝连通人类*。兰登意识到，这个过程会在夜晚降临时反其道而行。日薄西山时，光线将再次攀上纪念碑，从尘世返回天堂……准备新一天的到来。

他身边冻得直发抖的凯瑟琳朝他走近了些。兰登把她揽在怀里。当他们俩在静默中并立时，兰登回想起今晚获得的所有知识。他记起凯瑟琳的信念：一切都要改变了。他想起彼得的信念：启蒙的时代就要来临。他也想到一位伟大的预言家曾大胆宣称：*掩藏的事，没有不显出来的，隐瞒的事，没有不露出来被人知道的*。

朝阳普照华盛顿，兰登望向天国，夜晚最后的星子正在退隐。他的神思在宗教、信仰、人类间游走。他不由得畅想，每一种文化，每一个国家，每一个时期，人类总是在共享同一种思想。我们都有造物者之说。我们为它取了不同的名字，为它创想了不同的容貌、不同的祈祷文，但上帝对人类而言是普遍而永存的。上帝，就是我们共享的符号……象征了生命中我们无法理解的所有奥妙。古人把上帝当作我们无限潜能的符号而赞美称颂，但古老的符号在时光荏苒中失落已久。直到现在。

在这个时刻，站在国会大厦的顶端，享受晨光的暖流渐渐注满四周，罗伯特·兰登感到心底涌出强有力的激奋。那是他此生不曾有过的深邃情感。

希望。